Louisiana-Trilogie

Erster Band
Tiefer Süden

Zweiter Band
Die noble Straße

Dritter Band
Am Ufer des Ruhmes

Weitere Werke von Gwen Bristow

Kalifornische Sinfonie
Der unsichtbare Gastgeber
Celia Garth
Morgen ist die Ewigkeit
Alles Gold der Erde
Melodie der Leidenschaft

Gwen Bristow

Tiefer Süden

Roman

Schneekluth

CIP-Kurztitelaufnahme der Deutschen Bibliothek

Bristow, Gwen
Tiefer Süden: Roman/Gwen Bristow. 23. Auflage. Sonderausgabe
Aus dem Amerikanischen von Karl S. Döhring
München: Schneekluth, 1983
Einheitssacht.: Deep Summer <dt.>
ISBN 3-7951-0664-8

Aus dem Amerikanischen übersetzt von Karl S. Döhring
Die Originalausgabe erschien unter dem Titel
DEEP SUMMER

ISBN 3-7951-0664-8

Gesamtherstellung: Freiburger Graphische Betriebe, Freiburg i. Br.
Printed in Germany 1983 v

ERSTER TEIL

1.

Die späte Abendsonne warf seidigen Glanz auf die Wellen des Flusses. Am Ufer drangen ihre Strahlen wie goldne Speere durch die Zweige der immergrünen Eichen, und in dem lang herabhängenden graugrünen Spanischen Moos raunte der Wind wie ein leiser Unterton zu den lauten Rufen der Bootsleute.

Während die Männer das Flachboot festmachten, lehnte Judith sich über den Seitenrand und wusch einige Tücher und ein Paar braungelber Nankinghosen ihres Vaters aus. Es war schwer, Kleider im Fluß zu säubern. Wie eifrig man auch reiben mochte, immer hatten sie einen gelblichen Schein, wenn sie getrocknet waren. Welche Erleichterung würde es doch sein, wenn diese lange Reise endlich vorüber wäre und sie sich wieder wie zivilisierte Menschen angesiedelt hätten. Wie wundervoll würde es sein, wieder einen Brunnen mit klarem Wasser und einen großen Herd zum Kochen zu haben!

Die Männer banden das Boot mit Stricken an einem Baum fest, und Judiths Bruder machte sich daran, ein Feuer am Ufer zu entzünden. Ihr Vater schickte die Leute dann fort, um nach Wild Ausschau zu halten.

Das Boot tanzte in der Strömung leicht auf und ab. Judith breitete die Tücher und die Hose auf dem Deck aus, damit sie trocknen sollten, und machte sich selbst zum Abendessen fertig. Sie kämmte das Haar durch, das goldbraun und widerspenstig war wie der Strom, und nachdem sie die Zöpfe aufgesteckt hatte, band sie ein frisches Tuch um die Schultern. Ihre Mutter war schon mit dem Dreifuß an Land gegangen. Judith nahm die Kochtöpfe und folgte ihr.

Die Männer hatten gedörrten Mais, Bohnen und in Streifen geschnittenes getrocknetes Wild ans Ufer gebracht. Judith mischte Mais und Bohnen und schüttete Wasser dazu. Als sie den Topf auf den Dreifuß stellte, hörte sie vom Fluß her eine Stimme.

»Guten Abend, meine Reisegefährten!«

Sie erschrak ein wenig und schaute auf. Ein anderes Flachboot näherte sich der Biegung, und während die fremden Bootsleute es die Strömung hinunterstießen, winkte der Eigentümer nach dem Ufer. Er war groß und breitschultrig. Die Sonne hatte sein frisches Gesicht gebräunt bis auf eine Stelle, an der eine Narbe wie eine schmale weiße Linie über seine linke Wange lief. Er trug einen Rock aus weinroter Atlasseide und Silberschnallen an den Knien und den Schuhen, und seine seidenen Strümpfe schimmerten im Sonnenlicht. Judith starrte ihn verwundert an. Sie hatten während ihrer Fahrt den Mississippi herunter andere Siedler getroffen, aber noch keinen, der in so vornehmer Kleidung reiste wie dieser Mann.

»Guten Abend!« rief Judiths Vater vom Ufer zurück und verbeugte sich höflich, aber ein wenig nachlässig. Allem Anschein nach hielt er nicht viel von einem Mann, der in so herausfordernd eleganter Aufmachung in die Wildnis hinauszog.

Der Fremde kam darüber nicht in Verlegenheit. Er grinste nur. Sein langes Haar, das mit einem schwarzen Seidenband zurückgehalten wurde, leuchtete in der Sonne rotgolden auf.

»Wollen Sie sich in Louisiana niederlassen?« rief er.

»Ja.«

»Gut. Ich auch. Gestatten Sie, daß ich mich vorstelle. Philip Larne – zu Ihren Diensten.«

»Meine Empfehlungen, Mr. Larne. Mein Name ist Mark Sheramy. Dies sind meine Frau, mein Sohn Caleb und meine Tochter Judith.«

»Darf ich Ihnen allen meine Hochachtung ausdrücken. Ich nehme an, daß wir uns wiedertreffen werden.«

Mark Sheramy verneigte sich wieder. Der junge Mr. Larne berührte die Stirn, als ob er den Hut abnehmen wollte, aber da er keinen trug, machte die Bewegung den Eindruck, als ob er die anderen freundlich entließe. Sein Flachboot hatte die Biegung des Stromes erreicht, wo ein Dickicht von Schilf weit ins Wasser vorsprang. Mr. Larne sah jetzt Judith an und lächelte. Sein Blick wich nicht von ihr, bis sein

Boot hinter dem Gestrüpp am Ufer verschwand.
Judith fühlte, daß ihr ein Schauer über den Rücken lief. Unruhig sah sie zu ihren Eltern hinüber, ob sie diese unverfrorene Aufmerksamkeit beobachtet hätten. Aber ihr Vater legte Holzscheite aufs Feuer, und ihre Mutter war eifrig damit beschäftigt, die Waldhühner zu rupfen und vorzubereiten, die von den Bootsleuten im Walde geschossen worden waren. Judith holte einen Topf Wasser und fragte sich, ob Mr. Larne sie wohl so angesehen hatte, weil er sie für schön hielt.
Sie war fünfzehn und alt genug, um hübsch aussehen zu wollen. Aber ihr Vater sagte, sie wäre noch zu jung, als daß sie Schmuck tragen könnte, und da sie niemals einen Spiegel gesehen hatte, der größer war als eine Hand, konnte sie sich kaum ein Urteil über ihre äußere Erscheinung bilden. Sie wußte, daß ihre Augen eine bräunlichgoldene Farbe hatten wie ihr Haar, und daß ihre Haut rein, wenn auch zu stark von der Sonne gebräunt war. Wenn sie aber auf ihr graues Baumwollkleid und das einfache Schultertuch sah, wollte sie kaum glauben, daß ein vornehmer Herr in Seide und Silber sie bewundernd anschauen könnte. Mißbilligend betrachtete sie die nußbraunen Anzüge, die Caleb und ihr Vater trugen. Daheim in Connecticut hatten sie sehr ordentlich und sauber ausgesehen. Aber zu Hause kleideten sich alle anständigen Farmer in dieser Art und machten nur eine Ausnahme, wenn sie zu einer Versammlung oder an Feiertagen zum Markt ritten. Woher mochte Mr. Larne nur kommen?
»Mutter«, sagte sie plötzlich.
Mrs. Sheramy sah von ihren Waldhühnern auf. »Ja, mein Kind?«
»Dieser Mr. Larne reist – so ganz allein. Vielleicht hat er uns nur angesprochen, weil er sich einsam fühlt. Er hat sein Boot an der anderen Seite des Dickichts am Ufer festgemacht. Wäre es nicht nett, wenn wir ihn zum Abendessen einladen würden?«
»Ja – vielleicht«, erwiderte Mrs. Sheramy nach kurzem Zögern. Dann wandte sie sich an ihren Mann. »Wie denkst du darüber, Mark?«

Er lehnte sich auf sein Gewehr.
»Ich weiß nicht recht«, entgegnete er langsam. »Mir kommt es nicht so vor, als ob er gute Gesellschaft für uns wäre.«
»Aber Vater!« rief Judith. »Er sieht doch wie ein Lord aus!«
Mark lächelte leicht. »Eher wie ein eleganter Taugenichts! Ich kenne diese Art Menschen. Die treiben sich in den Kolonien herum und machen sparsamen Leuten wie uns, die sich ein neues Heim gründen wollen und in der Furcht Gottes leben, nur Unannehmlichkeiten.«
Judith steckte den Löffel in das Gericht aus Bohnen und Mais.
»Es ist wirklich unchristlich von dir, daß du so schlecht über einen Mann denkst, nur weil er fein angezogen ist.«
»Judith!« sagte ihr Vater.
»Es tut mir leid.« Sie biß sich auf die Lippe, aber dann war sie freudig erstaunt, als sie hörte, was ihre Mutter sprach.
»Immerhin, Mark, wenn der arme Mann den ganzen Fluß herunter nur die Kost dieser rauhen Bootsleute gehabt hat, muß er sich nach einer Mahlzeit sehnen, die eine Frau zubereitet hat. Warum sollen wir ihn nicht zum Essen einladen?«
Mark zuckte die Schultern.
»Nun gut. Geh hinüber, Judith, und lade ihn ein.«
»Jawohl, Vater.« Sie machte sich sofort auf und bahnte sich einen Weg durch das Schilfrohr. Die Sonne stand schon tief, aber als Judith die Halme beiseite bog, glänzten sie noch schwach in den letzten Strahlen auf. Jenseits des Dickichts blieb das Mädchen stehen. Plötzlich wurde sie ängstlich und scheu. Philip Larne saß auf einer gebogenen Baumwurzel. Er hatte das Gewehr quer über die Knie gelegt und hielt nach Wildenten Ausschau, während seine Bootsleute ein Feuer anzündeten. Judith hatte das Gefühl, daß sie die Zunge nicht mehr bewegen konnte. Dieser Mann gehörte einer Welt an, die sie nicht kannte, und ihn zum Abendessen einzuladen, erschien ihr wie ein großes Kunststück. Dazu mußte man die Gewandtheit besitzen, die man sich nur bei Hofe oder im Ballsaal aneignen konnte. Sie hätte sich lautlos wieder fortgestohlen, wenn er sie nicht gerade in

dem Augenblick bemerkt hätte. Sofort sprang er auf und lehnte sein Gewehr gegen einen Baum.

»Oh, die entzückende junge Dame, die ich eben kennengelernt habe!« begrüßte er sie.

Dann trat er näher und küßte ihr die Hand. Das hatte vorher noch niemand getan. Verwirrt und verlegen machte sie einen Knicks.

»Ich – ich bitte Sie um Verzeihung, aber meine Mutter – meine Mutter schickt ihre besten Empfehlungen – und möchte wissen, ob Sie heute mit uns zu Abend essen wollen.«

Philip Larnes blaue Augen musterten sie von oben bis unten, und obwohl er liebenswürdig antwortete, spielte doch ein belustigtes Lächeln um seine Lippen.

»Ich fühle mich sehr geehrt, Madame.«

»Dann – dann wollen Sie also kommen, Mr. Larne?« fragte sie befangen, während sie langsam nach dem Dickicht zurückging.

Er lachte. »Warten Sie doch einen Augenblick!« rief er und faßte sie am Arm, damit sie nicht fortlaufen konnte. »Sie zittern ja, Miß Sheramy! Halten Sie mich denn für einen Indianer, der Ihnen den Skalp rauben will?«

»Nein – natürlich nicht – aber –« Sie zögerte. Er sprach jedoch so herzlich und freundlich, daß sie auch lachte, bevor sie es selbst wußte. »Ich bin nicht sehr an Fremde gewöhnt«, gestand sie.

»Dann ist es aber hohe Zeit, daß sich das ändert. Sie ziehen doch in ein ganz neues Land! Kommen Sie her, setzen Sie sich und plaudern Sie ein wenig mit mir.«

Judith trat einen Schritt zurück. »Aber ich dachte, Sie wollten mit mir kommen!«

»Das würde ich zu gerne tun. Aber –« Die letzten Sonnenstrahlen fielen auf seine rotseidenen Schultern, während er sich umwandte und einen Blick nach dem Fluß warf, wo sein Boot angebunden war. Es war größer als die meisten Flachboote, nahezu achtzehn Meter lang, und hatte ein schmales Deck und eine sehr große Kabine, deren kleine Fenster dicht geschlossen waren. Er mußte wohl viele Haushaltungsgegenstände mit sich führen, daß er so viel Platz brauchte, um sie unterzubringen. Das war sonderbar, denn man konnte doch kaum erwarten, daß ein Mann sich Hausgeräte anschaffte, ehe er wirklich einen Haushalt hatte. Allem Anschein nach hatte er keine Familie auf seinem Flachboot. »Ich kann mein Fahrzeug nicht unbewacht zurücklassen«, erklärte er ihr.

»Aber Ihre Bootsleute können doch aufpassen!« wandte sie ein. »Die haben auch Gewehre!«

Er zwinkerte ihr zu. »Sie sind treu und ergeben, solange ich sie beaufsichtige. Aber ich würde keiner Bootsmannschaft trauen, wenn es sich um eine kostbare Ladung handelt.«

»Eine kostbare Ladung?« wiederholte sie. »Dann sind Sie also ein Kaufmann? Sie bringen Ihre Waren den Strom hinunter?«

Er zuckte leicht zusammen, und der Griff seiner Finger wurde härter. »Was sollte ich denn Ihrer Meinung nach auf dem Boot haben?«

»Nun – Pflüge und Stühle und Spinnräder, so wie wir«, antwortete sie überrascht. Aber als er sie nicht losließ, wurde sie ärgerlich. »Ich habe überhaupt nicht darüber nachgedacht«, sagte sie kurz, »und ich wäre Ihnen dankbar, wenn Sie mich nicht wie ein Polizist am Arm packten!«

»Verzeihen Sie mir! Ich hatte ganz vergessen, daß ich Ihren Arm hielt.« Er lächelte sie an, als er sie freigab. »Ich muß allerdings gestehen, daß ich weder einen Pflug noch einen Stuhl oder ein Spinnrad besitze. Ich habe nur –« Er zögerte eine Sekunde. Dann fügte er hinzu: »Ware.«

Judith senkte beschämt den Blick, weil sie ihn so grob angefahren hatte. Aber sie wunderte sich trotzdem über seine ausweichende Antwort. Warum hatte er nicht einfach gesagt: »Flachs« oder »Whisky« oder was es sonst sein mochte?

Eifrig und mit gewinnender Liebenswürdigkeit sprach er weiter. »Ich darf mein Boot nicht allein lassen. Aber ich habe mich so einsam gefühlt auf diesem endlosen Strom – warum wollen Sie nicht bleiben und mit mir zusammen zu Abend essen?« Er nahm ihre Hand und zog sie zum Feuer hin. »Ja, Sie müssen bleiben.«

»Aber das kann ich doch nicht!« Sie blieb auf halbem Wege stehen. »Was in aller Welt sollte ich meinem Vater sagen?«

»Sagen Sie ihm«, Philip lachte, »sagen Sie ihm, daß ich Ihnen Kuchen aus Honig und Reismehl angeboten habe, und Apfelsinen mit einer Soße aus Sirup und Zimt, und getrocknete Feigen von der Gullahküste –«

Ohne daß Judith wußte, wie es gekommen war, saß sie auf der krummen Baumwurzel. »Die Gullahküste – wo in aller Welt ist die denn?«

»An der unteren Grenze von Südkarolina.«

»Kommen Sie von dort?«

Er nickte, streckte sich zu ihren Füßen im Gras aus und stützte den Kopf auf einen Ellbogen.

»Und Sie? Aus Neuengland?«

»Ja, aus Connecticut. Woher wußten Sie das?«

»Hat Ihnen schon einmal jemand gesagt, daß Ihre Augen die Farbe von Champagner haben?« sagte er, statt ihr Antwort zu geben.

Judith fühlte, daß sie rot wurde. »Nein, niemand hat so etwas gesagt. Was ist denn Champagner?«

»Schäumender Wein, den sie in Frankreich machen.«

»Waren Sie in Frankreich?« fragte sie erstaunt.

»Ja. Trinkt man denn in Connecticut keinen Champagner?«

»Ich weiß es nicht. In unserer Gegend jedenfalls nicht. Waren Sie noch nie in Connecticut?«

»Kurze Zeit war ich einmal dort. Während des Krieges zwischen den Franzosen und den Indianern.«

»Ach, waren Sie auch im Krieg?« rief sie dankbar. Sie freute sich, daß er ein Soldat des Königs gewesen war. Nun würde ihr Vater vielleicht besser über ihn denken, denn Mark war auch im Kriege gewesen.

»Natürlich«, erwiderte Philip. »Ich habe unter General Braddock und dem jungen Mr. Washington von Virginia gedient.« Es lag ein heiterer Ton in seiner Stimme.

»Dann kommen Sie also mit einem königlichen Landbrief herun-

ter?« fragte sie, beglückt, daß er ein verantwortungsbewußter Bürger und nicht ein eleganter Tunichtgut war, wie ihr Vater dachte.
Er lachte laut auf. »Selbstverständlich! Wollen Sie das Schreiben sehen?«
Er zog ein großes, versiegeltes Dokument aus seinem gekräuselten Hemd. Darin wurde allen, die es wissen wollten, bekanntgegeben, daß Seine Majestät König Georg III. seinem Untertanen Philip Larne als Belohnung für dessen Dienste im Kolonialkrieg gegen die Franzosen dreitausend Acker auf dem östlichen Ufer des Mississippistromes in dem Lande Louisiana in der Unterprovinz Westflorida schenkte, die durch den Friedensvertrag an England abgetreten worden war. Ausgefertigt durch die Abgesandten des Königs in der Stadt Charleston in der Kolonie Südkarolina am 12. Januar im Jahr der Gnade 1772.
Sie gab ihm den Bogen zurück.
»Ja, mein Vater hat auch einen solchen Landbrief. Er wartete noch lange nach dem Kriege, bis er sich darum bewarb, weil er Neuengland nicht verlassen wollte.«
Philip setzte sich auf und legte die Arme um die Knie.
»Ich wundere mich auch, daß er seinen Wohnsitz verlassen hat. Er sieht nicht aus wie ein Mann, der gerne umherzieht.«
»Das tut er auch nicht. Aber drei Jahre hintereinander hatten wir Mißernten, und im letzten Winter war es so bitter kalt, daß die Hälfte unserer Kühe umkam. Und alle Leute in unserer Gegend sprachen über die neue englische Niederlassung in Louisiana. Männer, die nicht im Kriege gewesen waren, sagten meinem Vater, sie beneideten ihn, weil er hier freies Land erhalten würde. Er bekam auch einen Brief von Mr. Walter Purcell, einem jungen Mann, der unseren Ort vor fünf Jahren verlassen hatte und auch im Besitz eines königlichen Landbriefes war. Der schrieb ihm, Louisiana wäre ein so fruchtbares Land, daß man in den besten Gegenden vier Ernten im Jahr erzielen könnte.«
»Glauben Sie, daß Ihnen das Land gefallen wird?« fragte Philip lächelnd.

»Ich – ich denke schon«, erwiderte sie, aber ihre Worte klangen unsicher und zweifelnd. Ihr Blick schweifte über den Wald und den trägen Fluß, dessen kleine Wellen im letzten Abendlicht rötlich erschienen. »Aber es ist so sonderbar fremd hier. Fast kommt es mir verzaubert vor mit all den Palmen und dem Spanischen Moos, das von den Bäumen niederhängt. Und das Land ist so flach. Vielleicht geht es Ihnen anders«, fügte sie scheu hinzu. »Sie sind ein weitgereister Mann. Aber ich – ich bin niemals aus unserem Ort hinausgekommen, bis wir im letzten Winter von dort fortzogen.«

»Und Sie dachten, die ganze Welt sähe so aus wie Neuengland?« fragte Philip freundlich.

»Ich weiß wirklich nicht, was ich eigentlich dachte. Aber jetzt weiß ich es besser. Ich fühle –«

»Was fühlen Sie?« fragte er, als sie zögerte.

»Es ist mir, als ob ich viel älter wäre seit unserer Abreise. Hatten Sie nicht dasselbe Gefühl, als Sie nach Frankreich gingen?«

Philip lachte leicht, und sie erschrak über sich selbst, daß sie so zutraulich zu einem Fremden sprach. Aber er hatte so interessiert zugehört. Nun kniete Philip vor ihr und legte seine Hände auf die ihren.

»Sie sind das lieblichste Kind, das ich je in meinem Leben sah. Aber in Wirklichkeit sind Sie doch gar kein Kind mehr?«

»Ich bin fünfzehn. Vater nennt mich immer noch ein Kind.«

»Aber Sie wissen, daß das nicht stimmt. Sie sind eine äußerst bezaubernde junge Dame.«

Sie hielt den Atem an.

»Hat Ihnen das noch nie ein anderer Mann gesagt?«

Judith schaute auf seine Hände nieder, die auf den ihren ruhten. Es war plötzlich so dunkel geworden, daß sie seine Finger kaum noch sehen konnte.

»Sie werden mich für ein schrecklich einfältiges Landmädchen halten, aber ich bin noch nie in meinem Leben mit einem jungen Mann allein gewesen.«

»Um Himmels willen«, sagte Philip leise.

»Und ich bin davon überzeugt, daß mein Vater gleich kommen und mich hinüberholen wird. Deshalb ist es besser, wenn ich jetzt –«

Ein heiseres Bellen ertönte aus dem Wald.

Es war nur kurz und klang schrecklich. Judith sprang mit einem Schrei auf. Philip griff nach seinem Gewehr. Die Bootsleute ließen die Kochtöpfe fallen, packten ihre Flinten und stürzten in das Dikkicht. Judith sah dort zwei Augen, die aus dem Dunkel unter den Bäumen aufglühten. Sie schimmerten grünlich und leuchteten wie die einer Katze, nur waren sie viel größer und schienen einem Gespenst zu gehören, das keinen Körper hatte. Ein Schuß fiel, dem sofort ein zweiter folgte. Die Augen verschwanden. Sie fühlte, daß Philip den Arm um ihre Schultern legte.

»Fürchten Sie sich nicht! Es ist alles in Ordnung!« sagte er.

»Was – was war das?« fragte sie entsetzt.

»Ein Panther. Die Leute werden sich um ihn kümmern.«

»Sind Sie auch sicher, daß das Tier tot ist?«

»Ja, bestimmt«, versicherte er. Aber sie hörte nicht, was er sonst noch sagte. Erschreckt drehte sie sich nach dem Fluß um, wo sich neuer Lärm erhob.

In dem Boot war es plötzlich lebendig geworden. Aus der Kabine drangen laute Rufe und klatschende Geräusche, als ob wilde Tiere unruhig geworden wären und die Wände ihres Käfigs sprengen wollten.

»Bleiben Sie, wo Sie sind!« rief Philip und eilte nach dem Boot. Aber sie lief hinter ihm her, da sie sich fürchtete, allein zurückzubleiben. Er sprang auf das Deck und riß eins der kleinen Fenster auf. Sie sah im Innern starke Holzstangen und ein schwaches Licht im Hintergrund.

Philip brüllte durch das Gitter und verlangte Ruhe. Als sie ihn erreichte, schlug er heftig den Fensterladen zu, aber doch nicht schnell genug, als daß sie nicht noch einen Blick ins Innere hätte werfen können. Betroffen stieß sie einen Schrei aus, als sie sah, woraus die Ladung bestand.

Er wandte sich zu ihr um. Sie standen so dicht nebeneinander, daß

sie seinen Gesichtsausdruck erkennen konnte. Er lächelte herausfordernd und doch auch wieder beruhigend.
»Sind Sie so erstaunt, daß ich mit Sklaven handle?«
Sie drehte die Enden ihres Tuches ineinander.
»Nein, eigentlich nicht«, erwiderte sie unsicher. »Wir haben schon verschiedene Sklavenhändler auf dem Fluß gesehen.«
Aber sie wandte sich nach der Laufplanke, die von dem Deck ans Ufer führte. Er folgte ihr und faßte sie an der Schulter.
»Warum gehen Sie denn dann so fort? Gibt es denn in Connecticut keine Sklaven?«
Sie blieb stehen. »Doch, natürlich gibt es dort Sklaven. Nicht viele – sie sind im Winter nicht zu gebrauchen – wir haben niemals welche gehabt.« Sie war immer noch verwirrt. Andere Sklavenhändler, die sie beobachtet hatte, hielten ihre Schwarzen nicht so abgesperrt. Mit diesem großen Boot stimmte etwas nicht. Im nächsten Augenblick erkannte sie mit Schrecken, was es war.
Sie zuckte zurück. »Lassen Sie mich gehen!« rief sie. »Sie sind ein Schmuggler – ein Pirat – lassen Sie mich fort!«
Er lachte über diesen heftigen Ausbruch. »Sehe ich denn wirklich wie ein Pirat aus?«
»Ich weiß nicht, wie solche Seeräuber aussehen, aber hätten Sie die Sklaven nicht gestohlen, so hätten Sie Kaufbriefe, und wenn Sie die besäßen, wären Sie nicht so darauf bedacht, daß niemand sieht, was Sie auf Ihrem Boot haben. Lassen Sie mich gehen, sage ich Ihnen!«
Sie begann zu weinen. Sie hatte schon haarsträubende Geschichten von Schmugglern auf dem Mississippi gehört, die anderen die Kehle durchschnitten, nur um ihnen die Bootsladung zu rauben. Aber eigentlich weinte sie nicht, weil sie sich fürchtete, sondern weil sie sich bitter enttäuscht fühlte. Er war so nett und liebenswürdig gewesen.
»Seien Sie doch nicht unvernünftig«, sagte Philip.
Aber Judith bedeckte das Gesicht mit den Händen und schluchzte hilflos. Plötzlich hörte sie die Stimme ihres Vaters vom Ufer.
»Judith! Mr. Larne! Was für Schüsse waren das?«

Sie trat einen Schritt zurück und drückte sich gegen die Wand der Kabine, während sie die Augen mit ihrem Tuch trocknete. Philip ging zum Ufer hinunter.
»Es tut mir leid, daß Sie gestört wurden, Mr. Sheramy«, hörte sie ihn sagen. Er sprach so ruhig, als ob nichts geschehen sei, und doch hatte er sich eben selbst als Verbrecher entlarvt. »Meine Leute haben nur einen Panther erlegt. Die junge Dame hat sich gefürchtet und ist auf das Boot gelaufen. Einen Augenblick, ich werde ihr herunterhelfen.«
Er kam zu ihr zurück, und während er ihren Arm nahm, sagte er laut: »Es ist jetzt sicher für Sie, Miß Sheramy. Sie können mit Ihrem Vater durch das Gebüsch zurückgehen.« Aber als sie nach der Planke gingen, fügte er leise hinzu: »Hören Sie auf zu weinen, Sie kleiner Dickkopf! Wollen Sie denn, daß ich gehängt werde?«
Judith blieb stehen. In der Dunkelheit konnte sie die Gestalt ihres Vaters am Ufer nur undeutlich erkennen, aber Philip fühlte sie wirklich und warm neben sich. Sie schaute auf, und er lächelte wieder, leicht spöttisch und doch so zärtlich.
»Ich weine nicht«, flüsterte sie. »Und ich werde auch nichts sagen. Das verspreche ich.«
»Ich danke Ihnen.« Philips Stimme klang so leise, daß Judith sie kaum hören konnte.
Es blieb keine Zeit, noch mehr zu sagen. Er führte sie zu der Stelle, wo ihr Vater wartete, und verneigte sich tief.
»Bringen Sie Ihrer Frau meine besten Empfehlungen und Komplimente und sagen Sie ihr, wie leid es mir tut, daß ich Ihre Einladung nicht annehmen kann. Die Schwierigkeiten der Reise machen es unmöglich. Gute Nacht!«
Er drückte Judiths Hand schnell, bevor er sie losließ.

Die Sonne spiegelte sich in dem goldglänzenden Strom, und auf beiden Ufern zogen sich üppig blühende Orangenhaine hin. Es sah aus, als ob meilenweit weiße Spitzen über die Bäume gebreitet wären. Ein Duft von schwerer Süße hing über dem Land.

Judith saß neben Philip am Ufer und lauschte auf seine Worte. Seit ihrer ersten Unterhaltung waren sieben Tage vergangen, und immer fand Philip eine Gelegenheit, mit ihr zu sprechen, wenn die Boote haltgemacht hatten. Zuerst hatte sie ihm gesagt, daß sie mit einem Sklavenschmuggler nicht reden wollte, aber es war schwer, ihm etwas abzuschlagen, wenn er mit seinem bezaubernden Lächeln darum bat. Sie hatte ein böses Gewissen, aber sie hörte ihm begeistert zu.

. . . Und dann kletterte Bonylegs immer höher den Mast hinauf. Er hatte ein blankes Messer zwischen den Zähnen und zwei Pistolen im Gürtel, und ich dachte, es wäre um mich geschehen. Jetzt noch kann ich dieses Messer sehen, das auf beiden Seiten scharf geschliffen war, und die Zahnlücke über der Schneide –«

»Ja – und was geschah dann?«

»Ich verfeuerte meine letzte Kugel, Judith, und die Hand des Herrn lenkte den Schuß direkt in die Brust meines Feindes, denn meine eigene Hand zitterte so sehr, daß ich kaum die Pistole halten konnte. Und Bonylegs fiel herunter wie eine Sternschnuppe!«

»Wie Luzifer!« rief sie.

»Wer?«

»Luzifer – in der Bibel.«

»Ach ja – natürlich. – Nachher wurden wir mit der Schiffsbesatzung bald fertig. Nun hatten wir sein Schiff erobert. Es war voll von Sklaven, Seidenballen und Silber, das er von englischen Schiffen geraubt hatte –«

»Was haben Sie mit den Leuten gemacht?« fragte sie atemlos.

»Die haben wir selbstverständlich mitgenommen, liebe Judith. Und es ist mein Anteil an den Sklaven und Schätzen, die ich in dem Boot den Strom hinunterbringe.«

»Aber Philip«, widersprach sie entsetzt, »die gehören doch nicht Ihnen!«

»Nun gut, liebe Judith, aber Bonylegs gehörten sie auch nicht.« Er lachte leise. »Wir schafften ihn beiseite und befreiten das Meer von einem bösen Seeräuber. Glauben Sie nicht, daß wir dafür eine Belohnung verdienten?«

»Aber gibt es denn nicht ein Gesetz über Piratenschiffe? Ich weiß doch, daß die Beute an den königlichen Gouverneur abgeliefert werden muß, und daß er eine Belohnung dafür gibt.«

»Möglich. Davon weiß ich nichts«, antwortete er belustigt. »Aber der königliche Gouverneur hat nicht die Gefahr ausgestanden, daß Bonylegs ihm den Dolch zwischen die Rippen stoßen konnte. Verstehen Sie denn nicht?« rief er. »Ich wollte nach Louisiana, aber ich konnte doch nicht nur mit meinen beiden Händen hierherkommen und allein das Dickicht abholzen!«

»Ich – nein, ich verstehe es wohl nicht«, gab Judith zweifelnd zu. Sie erhob sich und hielt die Schürze zusammen, in der sie Brennholz gesammelt hatte. »Meine Leute werden mich vermissen, Philip, ich muß jetzt gehen.«

»Warum laden Sie mich denn nicht noch einmal zum Essen ein?« Philip stand auch auf. »Wenn ich es vorher wüßte, würde ich mein Boot in eurer Nähe verankern, und wir könnten beide Fahrzeuge im Auge behalten, während wir essen.«

»Ja –« Sie schälte ein Stück Rinde von einem Zweig ab. »Ich fürchte, mein Vater hält nicht viel von Ihnen, Philip. Er sagte meiner Mutter, sie sollte Sie nicht wieder einladen. Er – er meinte, daß Sie keinen guten Einfluß auf Caleb und mich hätten.«

Philip lachte. »Einen so starrsinnigen jungen Mann wie Ihren Bruder könnte ich wohl kaum beeinflussen. Und was Sie betrifft, meine liebe Judith –«

»Ich muß jetzt wirklich gehen«, erwiderte sie hastig und eilte durch das Gebüsch davon.

Während sie das Feuer schürte, dachte sie an Philips letzte Worte. Ach ja, er hatte großen Einfluß auf sie – gefährlichen Einfluß. Sie kümmerte sich nicht um die Wünsche ihres Vaters und lauschte heimlich den Geschichten, die Philip ihr von Plünderungen, Raub und blutigen Abenteuern erzählte. Und sie empfand immer weniger Abscheu davor. Wenn ihr noch vor einer Woche jemand gesagt hätte, daß sie sich von einem so schlechten Menschen bezaubern ließe!

Obwohl Philip ihr wahrscheinlich noch lange nicht alles von seiner schrecklichen Vergangenheit berichtet hatte, wußte sie bereits, daß er einen sündigen Charakter hatte und sich weder um den Segen des Himmels noch um die Verdammnis der Hölle kümmerte. Aber sie sagte nichts dagegen und ermahnte ihn nicht zum Guten, denn wenn sie bei ihm war, vergaß sie, daß Männer und Frauen nur auf der Erde lebten, um ihre unsterbliche Seele auf die Ewigkeit vorzubereiten. Sie vergaß alles und sah nur, wie schön er trotz der langen Narbe im Gesicht aussah, und wie einsam und trostlos ihr Leben gewesen war, bevor sie ihn getroffen hatte.

Judith nahm das Wildbret vom Feuer und rief den Männern zu, daß das Essen fertig wäre. Ihr Vater füllte seine Schale und winkte das Mädchen zu sich.

»Hast du vor kurzem mit Mr. Larne gesprochen?« fragte er, als sie auf dem Gras saß.

Sie senkte den Blick. »Ja, Vater.«

»Ich dachte, ich hätte eure Stimmen gehört«, fuhr Mark ernst fort. »Judith, du darfst ihm nicht erlauben, daß er mit dir spricht, wenn du allein bist. Wir wissen nichts von ihm.«

»Doch, Vater, wir wissen etwas«, widersprach sie. »Ich meine – er hat mir erzählt, daß sein Vater eine Reispflanzung an der Küste von Karolina hatte.«

Mark zuckte die Schultern. »Die Leute dort sind eine leichtfertige Gesellschaft, soviel ich gehört habe. Sie lesen atheistische französische Bücher und glauben nicht an das Wort Gottes.«

»Er hat mir doch aber gesagt, daß er in England zur Schule ging«, verteidigte ihn Judith. »Und später haben sie ihn nach Paris geschickt, damit er lernen sollte, wie man sich höflich unterhält –«

»Hm. Junge Leute lernen in Paris wahrscheinlich noch ein gut Teil mehr, als sich höflich zu unterhalten.«

»Aber Mark!« mischte sich Mrs. Sheramy ein. »Das Kind ist doch erst fünfzehn Jahre alt!«

Er antwortete nicht darauf, und sie aßen schweigend weiter. Judith beobachtete die glitzernden Wellen auf dem Strom und überlegte, was ihr Vater wohl gemeint haben mochte. Sie wußte es nicht, wenn er nicht noch etwas anderes über die gotteslästerlichen Bücher hatte sagen wollen.

Als die Bootsleute ihre Mahlzeit beendet hatten, ging sie zu einer flachen Stelle am Ufer, wo der Fluß eine kleine Bucht bildete, und wusch die Schüsseln aus. Als sie die Gefäße ins Wasser steckte, fiel etwas Kaltes auf ihren Nacken und rutschte dann in ihr Tuch.

Der Topf entglitt ihrer Hand und fiel klatschend ins Wasser. In dem Gebüsch dicht neben ihr stand Philip und lächelte sie mutwillig und herausfordernd an. »Es tut mir leid, daß ich Sie erschreckt habe.« Er bückte sich schnell, um den Topf aus dem Wasser zu retten.

Judith richtete sich auf und ließ sich auf die Fersen nieder, während sie die Hände verschränkte.

»Bitte, gehen Sie fort. Mein Vater hat gesagt, ich soll nicht mit Ihnen sprechen.«

»Das dachte ich mir schon.« Er setzte sich kühn und ruhig neben sie.

Judith warf einen Blick über die Schulter, aber das Gebüsch verdeckte sie, so daß die anderen sie nicht sehen konnten. »Was haben Sie in mein Tuch fallen lassen?« fragte sie und schämte sich, weil es zwischen ihren Brüsten verborgen lag.

»Ein kleines Geschenk, das ich Ihnen geben wollte, seit ich Sie zum erstenmal sah. Betrachten Sie es doch einmal, ob es Ihnen gefällt.«

Sie zog die dünne goldene Kette, die mit Edelsteinen besetzt war, aus dem Ausschnitt. »Ach, Philip«, rief sie, »wie schön! Was ist das?«

»Es sind Topase. Ich habe außer Ihnen noch keine Frau gesehen, die topasfarbene Augen hat.«

Judith sah, wie die Steine im Sonnenlicht aufglühten. Sie konnte es kaum glauben, daß ihre Augen so golden strahlen sollten wie diese Steine. Aber dann fühlte sie plötzlich schwere Gewissensbisse.

»Philip, haben Sie das auch ehrlich erworben?«

»Ich fürchte, nein, wenn Sie mich genau danach fragen«, entgegnete er lachend. »Aber deshalb ist der Schmuck nicht weniger schön. Bitte, nehmen Sie ihn an, Judith! Ich werde nie wieder ein Schiff ausrauben, solange ich lebe. Ich will ein ebenso ehrlicher Farmer und Pflanzer werden, wie nur jemals einer nach Louisiana kam.«

Plötzlich zog er sie so fest an sich, daß es schmerzte, und bedeckte ihre Lippen mit Küssen. Judith hatte früher manchmal darüber nachgedacht, wie es sein müßte, von einem Mann geküßt zu werden. Sie hatte immer geglaubt, es müßte sehr peinlich sein. Aber jetzt empfand sie es als das Schönste und Herrlichste, was sie je erlebt hatte. Nachdem sie sich diesem Gefühl einen Augenblick überlassen hatte, stieß sie ihn von sich.

»Tu das nicht!« rief sie. »Du bist ein Seeräuber – ein Dieb – ein Mörder –«

Philip wich zurück, als ob er sie nicht wieder anrühren wollte. Er lächelte nicht mehr belustigt, sondern sehr zärtlich und liebevoll. »Ja, das stimmt wohl. Aber du wirst nie wieder jemand finden, der dich so heiß liebt wie ich.«

Tränen traten in ihre Augen.

»Du liebes Mädchen«, sagte er, nahm ihre Hände in die seinen und ließ die Topaskette in ihre Finger gleiten. »Liebst du mich denn nicht auch?« fragte er leise.

»Ich weiß es nicht«, erwiderte sie gebrochen. »Ich weiß nur das eine – wenn ich es tue, ist es Sünde. Du hast so viel Schreckliches getan – du mußt alle zehn Gebote gebrochen haben –«

»Ja, jedes einzelne«, entgegnete er sofort. »Und ich will sie wieder alle zehn brechen um deinetwillen, oder ich will sie um deinetwillen halten, was bedeutend schwerer ist. Darf ich dir nicht einmal alles von Anfang an erzählen, Judith?«

Sie setzten sich nebeneinander ins Gras. Wenn Gott einen so schönen und herrlichen Menschen wie Philip Larne erschaffen konnte und ihn später zur Hölle verdammte, wäre das eine üble Verschwendung, dachte Judith.

»Liebste Judith, ich möchte dich doch heiraten. Es ist sonderbar – ich habe nie geglaubt, daß ich einmal den Wunsch haben könnte, jemand zu heiraten. Darf ich fortfahren?«

Sie nickte.

Philip legte den Arm um die Knie.
»Judith, ich bin ein nichtsnutziger jüngerer Sohn. Aber wenn man ein nachgeborener Sohn an der Gullahküste ist, kann man kaum etwas anderes sein als nichtsnutzig. Man kann entweder Geistlicher, Offizier oder Richter werden, und wenn einem das alles nicht gefällt, ist man zur Untätigkeit verdammt. Solange ich zurückdenken kann, wollte ich Pflanzer werden, aber die große Farm ging auf meinen älteren Bruder über. Nach dem Tode meines Vaters hatte ich stets Streit mit meinem Bruder. Da ich nichts zu tun hatte, trank ich viel und spielte auch mehr, als gut war, so daß alle Leute sich über mich ärgerten. Schließlich kaufte er mir eine Offiziersstelle in der Armee und schickte mich fort, damit ich gegen die Franzosen kämpfen sollte.«
Judith sah auf den Strom hinaus. Das Wasser war dunkelgelb wie die Topase, die sie in der Hand hielt.
»Zuerst gefiel mir der Krieg«, fuhr Philip fort, »aber mit der Zeit wurde mir auch das langweilig, und als die Feindseligkeiten zu Ende gingen und der Friede geschlossen wurde, kehrte ich nach Karolina zurück. Eines Abends trank ich zuviel, geriet mit einem Vetter über ein Mädchen in Streit, das uns im Grunde nicht das geringste anging, und am nächsten Tage duellierten wir uns. Er schlug mir mit seinem Rapier eine Wunde ins Gesicht –«
»Was, du hast die Narbe im Duell erhalten?« fragte sie vorwurfsvoll.
»Ja, liebes Kind, und wenn ich ihn nur im Gesicht verwundet hätte, wäre ich vermutlich jetzt nicht hier auf dem Fluß. Aber leider muß ich gestehen, daß ich ihm mit einem scharfen Hieb von unten herauf den Leib aufschlitzte.«
»Philip!«
»Drei Tage später starb er unter den größten Schmerzen, und ich mußte das Land verlassen. Als ich daher hörte, daß König Georg die Soldaten belohnte, die gegen die Franzosen gekämpft hatten, und ihnen Land in Louisiana schenkte, bat ich um meinen Anteil. Meine Felder liegen auf den Höhen von Dalroy.«

»Was? Dort liegt auch das Land meines Vaters!«
»Dann sind wir beide glücklich. Es ist bestes Land. Aber was nützte mir das alles? Ich konnte doch nicht nach Louisiana gehen ohne Pflüge, Sklaven oder Geld, um mir Schwarze zu kaufen?«
»Und so hast du –« Sie schwieg und sah ihn fragend an.
»So habe ich mich aufgemacht und mir beschafft, was ich brauchte. Ich nahm es von den Schiffen, die den älteren Söhnen an der Küste von Karolina Güter brachten. Sie hatten sie zwar gekauft, aber sie brauchten sie nicht. Schließlich eroberten wir Bonylegs' Schiff mit seinen Schätzen, und darauf verließ ich die See. Ich habe alles gestohlen, was ich besitze, aber es ist im ganzen nur so viel, als mein väterliches Erbe ausmachen würde, wenn ich der älteste gewesen wäre.« Er beugte sich vor und schaute sie forschend an. »Glaubst du, daß ich hoffnungslos schlecht bin, Judith?«
Sie stützte die Stirn in die Hand. »Ich weiß es nicht! Ich dachte immer, daß die Menschen ihre Pflicht an dem Platz tun sollten, den ihnen Gott gegeben hat. Aber ich bin jetzt ganz verwirrt.«
»Sieh einmal her.« Philip breitete eine Landkarte auf seinen Knien aus. Die Seidenspitze seines Ärmels bedeckte Neuengland, während er mit dem Finger auf Louisiana zeigte. »Hier ist der Strom, und hier – vier Tagereisen von Neuorleans – liegen die Dalroy-Höhen. Dreitausend Acker von dem reichsten Land in diesem Erdteil warten auf dich und mich. Welch eine herrliche Heimat werden wir haben! Orangenhaine und Indigofelder! Und unsere Pflanzung wird Ardeith heißen – den ganzen Weg habe ich darüber nachgedacht, wie ich sie nennen soll. Wie gefällt dir der Name?«
»Er ist schön«, erwiderte Judith. Sie erinnerte sich nur noch schwach an ihre unsterbliche Seele.
»Wir werden ein Herrenhaus bauen«, fuhr Philip fort, »und hinter den Wirtschaftsgebäuden wird ein Sklavendorf liegen. Wir wollen Ton zu unserem Haus verwenden und die Zypressenlatten mit dem grauen Spanischen Moos verkleiden. Solche Wände aus Ton sind dauerhafter als Holz und halten auch die Hitze ab. Von den Negern lassen wir eine Allee von Eichbäumen pflanzen, die zu unserem Tor

führt. Bevor wir alt sind, werden sich die Zweige ausbreiten, und die Bäume werden so groß sein wie die hier im Walde, und lange Schleier von Spanischem Moos werden an den Ästen hängen. Wenn wir darunter hinreiten, wird es unsere Schultern streifen. Du wirst eine große Dame sein, Judith, und wir wollen eine Familie gründen, du und ich, und nach hundert Jahren werden unsere Nachkommen, die auf Ardeith herrschen, sich mit Stolz an uns erinnern, die zusammen den großen Strom herunterkamen und sich hier niederließen.«

Judith stand langsam auf und preßte die Hände auf die Brust. Ihr Blick schweifte über die Orangenbäume und die kleinen Dschungelpalmen. Sie schaute auf die dunklen Granatbäume und den verführerischen Strom, als ob sie das alles zum erstenmal in ihrem Leben sähe. Aber dann legte sie in einer abwehrenden Bewegung die Hände über die Augen. Sie sah auch das kleine weiße Haus zwischen den Maisfeldern, und sie sah sich selbst als kleines Mädchen auf der Schwelle an einem Streifen sticken, auf dem vorgezeichnet stand: »Allmächtiger Gott, sieh mich, Judith Sheramy, 4. Juli 1768.« Drei Buchstaben mußte sie jeden Morgen in rotem Kreuzstich sticken, bevor sie draußen spielen durfte.

Sie erinnerte sich auch an das grausame Naturspiel der furchtbaren Stürme, an die wilde Schönheit der Bäume, die sich wie mit schwarzer Tinte gezeichnet von dem gelblichen Himmel abhoben. Plötzlich stieg ein tiefes Heimweh in ihr auf. Sie wußte, daß sie nie wieder ein Schneetreiben oder armlange Eiszapfen sehen würde, die von der Dachtraufe herabhingen. Sie würde auch nie wieder in der Kirche hören, wie der Pfarrer den Dankgottesdienst abhielt, wenn ein kalter Frühling im April schüchtern seinen Einzug in das Hügelland hielt. Langsam nahm sie die Hände von den Augen und sah Philip an. Und wie von weither hörte sie die Worte des königlichen Gouverneurs, daß die Soldaten des Königs ein anderes Neuengland am großen Strom gründen sollten.

Philip, der sie genau beobachtet hatte, schien ihre Gedanken zu verstehen. Er nahm ihre Hände in die seinen und trat dicht zu ihr. »Wenn die Bootsleute recht haben«, sagte er schlicht, »kommen wir

morgen zu einem Hafen, den die Engländer New Richmond und die Franzosen Baton Rouge nennen. Dein Vater wird dort mehrere Tage lang rasten, um seinen Bootsleuten Ruhe zu gönnen. Ich hatte das auch vor, aber jetzt werde ich es nicht tun. Ich fahre so schnell wie möglich nach Dalroy hinunter, und wenn du dann ankommst, werde ich dich finden.«
»Ja«, erwiderte sie zitternd.
»Aber bis dahin«, fuhr er zärtlich fort, »wirst du mit deiner Familie zusammen sein und kannst über all das nachdenken.«
»Ja«, sagte sie wieder.
»Du Liebes!« Philip zog sie an sich, und diesmal machte sie nicht einmal den Versuch, Widerstand zu leisten. Sie legte die Arme um ihn und schmiegte sich an ihn. Eine Welle von Dankbarkeit und Verehrung kam über sie, so daß sie alles vergaß. Philip liebte sie! Wie lange sie sich umschlungen hielten, wußte sie nicht, aber plötzlich packte eine rauhe Hand sie an der Schulter und riß sie zurück. Sie taumelte und wäre beinahe gefallen. Als sie das Gleichgewicht wiederfand, sah sie, daß ihr Vater wütend auf Philip einsprach. Schnell steckte sie die Kette mit den Topasen in den Ausschnitt.
»Sehr wohl, Mr. Sheramy. Aber ich habe ihr nichts zuleide getan«, entgegnete Philip.
Mark hatte das Gewehr in der Hand und zum Anschlag bereit.
»Mr. Larne«, sagte er, während er die Lippen kaum öffnete, »wenn Sie meine Tochter noch einmal anrühren, schieße ich Sie nieder.«
Philip verneigte sich. »Mr. Sheramy, es war schon seit einiger Zeit meine Absicht, Sie um die Erlaubnis zu bitten, Ihre Tochter zu heiraten. Ich hoffe, Sie geben mir die Ehre, meinen Wunsch zu gewähren.« Er lächelte zu Judith hinüber, als ob er ihr Mut einflößen und versichern wollte, daß es nicht auf die Antwort ihres Vaters ankäme.
Judith fühlte die kalte Kette auf ihrer Brust, als ihr Vater heftig erwiderte:
»Unter keinen Umständen gebe ich meine Einwilligung zu einer solchen Heirat, Mr. Larne. Guten Abend.«

»Guten Abend«, erwiderte Philip und ging durch das Gehölz fort. Mark trat zu Judith und legte den Arm um sie. »Komm mit, Kind«, sagte er liebevoll. Er schien nicht böse auf sie zu sein, er war nur ernst und traurig. Sie fühlte sich viel schuldbewußter, als wenn er ihr Vorwürfe gemacht hätte. Schweigend gingen sie nebeneinander her, bis sie das Lagerfeuer sehen konnten. »Möchtest du einen Augenblick hierbleiben, bevor wir zu den anderen gehen?« fragte er.
»Ja, Vater.« Judiths Stimme versagte, und sie begann zu schluchzen. Er setzte sich auf einen umgefallenen Baumstamm, zog sie zu sich nieder, hielt sie wie ein Kind und streichelte ihr Haar. Nach einiger Zeit faßte sie sich wieder.
»Warum hast du gesagt, daß du ihn niederschießen würdest?« fragte sie.
»Weil ich das tun werde, wenn er dich noch einmal anfaßt.« Nach einer Pause fügte Mark hinzu: »Ich habe dich zu lieb, Judith, um dich einem solchen Mann zu geben.«
»Einem solchen Mann?« wiederholte sie aufsässig. »Er hat dir doch noch gar nichts von sich erzählt!«
»Das braucht er auch nicht zu tun. Mein liebes Kind, siehst du denn nicht, daß er ein gottloser, leichtsinniger, unzuverlässiger Mensch ist? Er würde dich vernachlässigen in seinem Hang nach Vergnügen und Zerstreuung, anstatt dich zu beschützen und für dich zu sorgen. Nein, Judith. Du wirst ihn nicht wiedersehen.«
Ihre Hand umklammerte einen abgebrochenen Ast, der aus dem Baumstamm vorragte. »Er sagt, daß er mich sehr liebt, Vater.«
»Vertraue mir, Kind.« Langsam fuhr er mit der Hand auf der Rinde des Baumes entlang, bis sie auf der ihren ruhte. »Du würdest mit einem solchen Mann sehr unglücklich werden, viel unglücklicher, als ich dir jemals sagen kann. Du bist noch zu jung, um das zu verstehen. Wenn ein tüchtiger junger Mann kommt und um deine Hand anhält, werde ich mich ebenso freuen wie du. Es ist mein Wunsch, daß du heiratest, aber du sollst einen guten Mann haben, Judith.«
Sie schwieg. Noch vor einer Woche hätte sie es nicht für möglich gehalten, daß ein Mädchen es wagen könnte, die Worte seines Vaters

anzuzweifeln. Aber in diesen letzten sieben Tagen hatte Philip alle ihre Grundsätze erschüttert, obwohl die Begriffe, die er ihr beigebracht hatte, noch so neu waren, daß ihr die Worte fehlten, um sie zu erklären.

»Eine Heirat ist nicht die Stillung eines plötzlichen leidenschaftlichen Wunsches, Judith. Die Ehe ist ein heiliges Sakrament und dauert das ganze Leben.«

»Ja, Vater«, erwiderte sie. Und weil er so bekümmert schien, fügte sie hinzu: »Ich möchte immer das Rechte tun, Vater.«

»Das weiß ich.« Er drückte ihre Hand.

Caleb rief sie. Die Leute machten das Boot los, denn am Nachmittag wollten sie weiterfahren.

»Was habt ihr beide denn so lange im Walde gemacht?« fragte Mrs. Sheramy, als sie in die Nähe des Feuers kamen.

»Nur ein wenig geplaudert«, entgegnete Mark. »Wir müssen jetzt aufbrechen, damit wir morgen nach Baton Rouge kommen.«

Erst als sie unterwegs waren, fiel Judith ein, daß sie zwei gute Kochtöpfe bei der kleinen Bucht am Ufer zurückgelassen hatte. Ihre Mutter schimpfte wegen dieser Nachlässigkeit. Aber Mark meinte: »Du mußt nicht so streng mit ihr sein, Catherine. Man kann mehr Hoffnung auf sie setzen als auf die meisten jungen Mädchen in ihrem Alter.«

Judith ging fort und ließ sich auf dem Deck nieder. Sie beobachtete Philips Boot, das in weitem Vorsprung den einzelnen Biegungen des Stromes folgte. Allem Anschein nach hatte ihr Vater die Absicht, nichts mehr über Philip zu sagen. Er nahm es als selbstverständlich an, daß sie ihm gehorchen würde, wie sie es bisher immer getan hatte.

Ein Kanu von Illinois kam an ihnen vorbei. Die Händler sangen ein lustiges französisches Lied, während sie schnell dahinruderten. Ein Eingeborenenkanu folgte ihnen, das mit Perlen und Decken beladen war. Es wurde von Indianern gerudert, die es schweigend und geschickt durch die Wellen der Strömung lenkten. Nach einer Weile hörte sie, daß ihr Vater die Grüße eines andern Bootes erwiderte, das der Familie St. Clair von Pennsylvania gehörte. Wieder konnte sie Philips Boot sehen, das sich inzwischen noch weiter von ihnen entfernt hatte. Er hielt sein Wort und fuhr den Strom hinunter, so schnell er nur konnte.

Judith legte die Hände um die Knie und lehnte sich gegen die Wand der Kabine. Es kam nicht darauf an, was ihr Vater sagte oder tat, Philip würde sie doch finden. Und was sollte sie ihm dann sagen? Sie sehnte sich so sehr nach ihm! Der Gedanke, daß er heute abend nicht am Landungsplatz sein würde, wenn sie ihr Boot festmachten, gab ihr ein Gefühl von Leere und Einsamkeit. Sie wünschte, daß er dort wäre und ihr von Piratenschlachten oder Zweikämpfen oder irgendwelchen anderen Abenteuern erzählte, über die er gern plaudern wollte. Er sollte ihr wieder sagen, daß er sie liebte, und sie fest in die Arme schließen, ohne daß sie gestört wurden. Ein neues unsagbares Verlangen nach ihm war über sie gekommen. Es erfüllte sie ganz, wenn sie es auch nicht verstehen konnte. Wieder dachte sie darüber nach, was es sein mochte, das die Männer von den Frauen wollten. Es war etwas Schönes oder Schreckliches oder vielleicht beides. Seltsam, obwohl sie so wenig davon ahnte, glaubte sie doch, es müßte etwas Schönes sein, da sie nun wußte, daß Philip Larne es von ihr haben wollte.

Am liebsten hätte sie geweint. Dieses müßige Herumsitzen war nicht gut. Man sollte immer etwas Nützliches tun – oder war das vielleicht auch nur eine der Lebensregeln aus Neuengland, die hier am sonnigen Strom keine Geltung mehr hatten?

Sie ging in die Kabine, holte ein Tuch heraus und säumte es. Wie mausgrau und häßlich nahmen sich doch ihre Kleider gegen Philips blau- und rotseidene Gewänder aus! Und wie grau und farblos würde ihr ganzes Leben sein, wenn sie ihrem Vater gehorchte! Bis sie ein eigenes Haus bauten, würden sie die Gäste Walter Purcells sein. Er war der Sohn des ältesten Freundes ihres Vaters. Ein fleißiger, tüchtiger junger Mann mit allen Tugenden, die es nur gab. Judith verzog ironisch den Mund, während sie nähte. Sicher würde sein Haus blitzblank, aber nüchtern sein. Von ihr erwartete man, daß sie sich dort wie ein wohlgesittetes junges Mädchen benähme. In Häubchen und Schultertuch sollte sie am Spinnrad sitzen, bis ein anderer ordentlicher junger Mann in einem Barchentrock und Nankinghosen kam, ihr den Hof machte und sie schließlich als brave Ehefrau heimführte. Ach, das wollte sie nicht! Wozu hätte Gott dieses wunderbare Land hier geschaffen, wenn nicht für ausgelassene Fröhlichkeit, für lachendes Glück und für Männer wie Philip Larne!

*

Schließlich kamen sie nach den Höhen von Dalroy.

Unterhalb von Baton Rouge waren die Ufer niedrig gewesen und nur sanft angestiegen, aber plötzlich erhob sich das Ostufer zu beträchtlicher Höhe, und ein Landrücken hing wie ein vorspringendes Riff über dem Strom. An dem unteren Ende befand sich der Anlegeplatz. Die Sheramys sahen dort so viele Flachboote und Kanus, daß sie zuerst glaubten, ihre Bootsleute würden nicht landen können. Aber sie fanden doch noch eine Lücke und machten das Boot fest. Judith kletterte nach ihrem Vater an Land.

Sie standen zusammen auf der belebten Werft, während die Männer die Kisten ans Ufer trugen. Judith empfand plötzlich Furcht bei dem Gedanken, daß sie an diesem wilden Platz leben sollte. Es herrschte ein wirres Durcheinander. Bootsleute schrien und riefen, schwarze Neger rollten schwere Lasten über die Planken, Indianer begrüßten die einfahrenden Boote mit Gesang und fingen dann die Melonen und die kleinen Münzen auf, die ihnen von den Leuten aus den Fahrzeugen zugeworfen wurden. Eine Unmenge von Wagen, Lastkarren und mit Früchten beladenen Holzgestellen standen in einem unentwirrbaren Knäuel am Ufer. Das war die Stadt Dalroy in der Provinz Westflorida im Lande Louisiana. Die neue Heimat! Philip würde es hier gefallen. Er würde sie auslachen, weil sie sich fürchtete. Sie hielt nach ihm Ausschau, aber sie konnte nur Fremde und Warenballen sehen. Natürlich war er nicht hier. Er war weit hinten im Wald, und es mochte Tage dauern, bis er erfuhr, daß sie angekommen waren.

Plötzlich kam ein Mann auf sie zu. Er stieg über Kisten und Fässer und rief den Negern zu, daß sie ihm aus dem Wege gehen sollten. Judith erkannte zu ihrem größten Erstaunen in ihm den biederen Walter Purcell aus Connecticut. Aber wie hatte er sich verändert! Er war von der Sonne braun gebrannt wie ein Indianer, trug einen Rock aus apfelgrüner Atlasseide und hatte Silberschnallen an den Knien. Er rief ihnen zu, winkte und sprang schließlich über einen Lastkarren. Dann packte er Mark Sheramys Hand und hieß ihn freudig willkommen.

Judith trat einen Schritt zurück und starrte ihn an. Aber dann kam eine heimliche Freude über sie. Es war also wirklich wahr! Niemand konnte Neuengland nach Louisiana verpflanzen! Irgendwo auf dem Fluß fuhren alle über eine Grenzlinie, und Philip hatte von jeher auf diese Seite gehört.

Der Wagen fuhr auf einem holprigen Weg den Wald entlang. Ab und zu kamen sie an einem Indigofeld vorbei, in dessen Nähe ein Blockhaus oder manchmal auch ein ansehnliches Gebäude mit Wänden aus rotem Ton und Spanischem Moos stand. Schließlich erreichten sie Walter Purcells Grundstück. Lynhaven hieß die Farm, wie er ihnen sagte. Das rote Haus war groß und hell und durch einen Gang in zwei Hälften geteilt, an dessen beiden Seiten sich je fünf stattliche Räume befanden. Vor dem Eingang lag eine Holzveranda, die mit weißer Farbe gestrichen war. Mr. Purcell nannte sie eine Galerie, und als sie ihn fragten, erklärte er ihnen, daß die Kreolen dieses Wort dafür gebrauchten. In Louisiana waren viele Kreolenworte in die englische Sprache eingedrungen. Mark fragte etwas skeptisch, ob man viel mit den Kreolen zusammenkäme.

»Selbstverständlich«, erwiderte Mr. Purcell. Er selbst hatte eine Frau aus Neuorleans geheiratet. »Sehr liebenswürdige, charmante Menschen, diese Kolonialfranzosen.«

Mehrere Neger eilten ihnen aus dem Hause entgegen, und während sie durcheinanderschwatzten, schrien und die Kisten abluden, trat ein schwarzhaariges Mädchen auf die Veranda heraus. In dem rotseidenen Kleid und mit den kleinen Locken, die auf ihrem Nacken tanzten, sah sie wie eine Puppe aus. Sie war so jung, daß Judith sie überrascht ansah, als Mr. Purcell sagte: »Meine Damen und Herren, darf ich Ihnen meine Frau vorstellen? Gervaise, dies sind meine Freunde aus Connecticut.«

Gervaise lächelte und machte einen Knicks, während sie mit den kleinen Händen ihren Puffrock zurückhielt. »Sie sind uns herzlich willkommen.« Sie sprach mit einem weichen, fremdländischen Akzent und war so ruhig und selbstsicher, als ob das Eintreffen von vier Gästen etwas Alltägliches wäre.

»Seit einer Woche ist mein Mann jeden Tag zur Werft hinuntergefahren und hat nach Ihnen Ausschau gehalten.« Sie wies mit der Hand auf den Neger, der eine tiefe Verbeugung machte und die Tür offenhielt. »Bitte, treten Sie ein.«

Als Judith ihrer Mutter ins Innere folgte, warf sie einen Seitenblick auf Gervaise. Sie hatte noch niemals eine junge Dame gesehen, die so selbstbewußt und städtisch aussah, und sie hätte gern gewußt, ob Gervaise jeden Tag solche Locken und solche Kleider trug. Aber das mußte die junge Frau wohl tun. Sie hatte unmöglich vorher wissen können, wann die Sheramys eintreffen würden, um sich zu ihren Ehren so zu kleiden.

»Walter«, wandte sich Gervaise an ihren Mann, »die Räume links hinten sind für Monsieur und Madame und den jungen Herrn bestimmt. Ich werde die junge Dame zu ihrem Zimmer führen.« Sie legte ihre Hand in die Judiths, blieb noch einen Augenblick stehen und gab einer Gruppe von Schwarzen Aufträge. Dabei sprach sie halb französisch, halb englisch. Dann brachte sie Judith in einen Raum, der Wände aus rotem Ton hatte. Die Fenster reichten bis zum Fußboden. Ein schmales, hohes Bett stand darin, über das ein Moskitonetz gespannt war. Eine junge Negerin, die Gervaise Titine nannte, folgte ihnen mit einem hölzernen Zuber und einem Krug heißen Wassers.

»Sie sind sehr freundlich zu uns«, sagte Judith scheu, als sie das Band ihres Sonnenhutes löste. »Hoffentlich machen wir Ihnen nicht zu-

viel Umstände.«
»Aber durchaus nicht.« Gervaise lachte ein wenig, als ob sie über diese Bemerkung erstaunt wäre. »Ich sehe es gern, wenn wir Gäste haben. Walter ist immer den halben Tag auf der Farm, und es ist so langweilig, wenn man nur Diener und ein Baby zur Gesellschaft hat.«
»Was, Sie haben schon ein Baby?« rief Judith.
»Ja, ein kleines Mädchen. Babette heißt es. Warum sind Sie so erstaunt darüber?«
»Ach – Sie sehen selbst noch fast wie ein kleines Mädchen aus.«
Gervaise lachte wieder. »Sie meinen, weil ich so schmal und schlank bin? Aber ich bin schon siebzehn und seit drei Jahren verheiratet.« Sie legte die Hand auf die Türklinke. »Entschuldigen Sie mich jetzt bitte. Ich will den Mädchen sagen, daß sie noch mehr Gedecke für das Abendessen auflegen. Sie können Titine alles sagen, was Sie haben wollen. Bitte, scheuen Sie sich nicht, Ihre Wünsche zu äußern. Wir möchten, daß Sie sich hier recht wohlfühlen.« Mit einem Knicks schloß sie die Tür. Judith blieb zurück und schaute ihr nach, während Titine die Kleiderkiste auspackte. Fast empfand sie Ehrfurcht vor Gervaise, die alles so bestimmt und selbstverständlich tat, als ob sie in ihrem Leben nie einen Augenblick der Verlegenheit gekannt hätte. Frauen wie sie mußte Philip an der Gullahküste kennengelernt haben, Frauen, die es verstanden, mit Fremden umzugehen, Sklaven zu beaufsichtigen, wundervolle Kleider zu tragen und immer lächelnde Überlegenheit zu zeigen. Judith warf den Hut mit ungerechtfertigter Heftigkeit auf das Bett. Sie verstand sich nur gut darauf, Hammelfleischpasteten zu bereiten und Frostbeulen zu heilen, und sie hatte die Empfindung, daß sie eigentlich nicht hierher gehörte.
»Junge Miß fertig für Bad?« fragte eine sanfte Stimme hinter ihr. Judith wandte sich um. Titine stand respektvoll neben der hölzernen Wanne. Sie war schlank und schwarz und trug zu dem blauen Kattunkleid ein gelbes Kopftuch.
»Ja«, erwiderte Judith, »sobald ich mich ausgezogen habe.«

Sie wünschte, Titine möchte das Zimmer verlassen, denn sie war nicht daran gewöhnt, sich vor Fremden auszukleiden. Aber die Schwarze trat näher, knöpfte Judiths Kleid auf und löste mit geschickten Fingern die Schleifen der Unterröcke. Judith zeigte ihr Erstaunen nicht. Offenbar war dies hierzulande Sitte, wenn es auch seltsam genug war, nackt vor einer Sklavin zu stehen und sich dann wie ein kleines Kind von ihr baden zu lassen. Aber nachdem sie den ersten Schrecken überwunden hatte, fand sie es doch sehr angenehm, wenn es auch nicht schicklich sein mochte. Sie hatte immer Mühe gehabt, sich den Rücken zu waschen. Ein hilfloses weibliches Wesen zu sein, war entschieden schön. Das mußte Philip gemeint haben, als er sagte, er wollte sie zu einer großen Dame machen.
»Miß tragen dies hier zum Abendessen?« fragte die Schwarze.
Sie hatte Judiths bestes Kleid in der Hand. Ihr Vater hatte gesagt, der blaue Musselin wäre zu zart, um ihn in die Wildnis mitzunehmen, aber neben dem eleganten Kleid von Gervaise wirkte er wie dickes, steifes Zeug.
»Ach ja«, sagte Judith. Sie sah, daß Titine frische Strümpfe und Wäsche wohlgeordnet auf dem Bett ausgebreitet hatte. Sie legte das blaue Kleid dazu, dann nahm sie ein Hemd auf, das Judith vor drei Tagen in einer kleinen Bucht am Strom gewaschen hatte. Gehorsam stieg Judith hinein und setzte sich auf einen Stuhl, während Titine die Strümpfe holte. Es war kaum zu begreifen, daß jemand anders ihr die Strümpfe anziehen konnte, da er sie von der falschen Seite überstreifen mußte, aber Titine schien überzeugt zu sein, daß keine Frau dergleichen selbst fertigbrachte. Sie kniete vor ihr nieder und strich geschickt und schnell die Strümpfe über Judiths Füße.
Es war alles höchst sonderbar, aber es fiel überraschend leicht, sich daran zu gewöhnen.
Schließlich brachte Titine Brenneisen, eine Kerze in einem Drahtrahmen und einen roten Topf mit duftender Pomade. Sie legte die Eisen auf den Rahmen, um sie zu erhitzen, und kämmte Judiths Haar über Baumwollrollen hoch. Mit Pomade wurden kleine Lokken gelegt, die in die Stirn hingen, mit den Eisen andere geformt, die

in den Nacken fielen. Als alles fertig war, stellte Titine einen Spiegel auf die Kommode, und Judith drehte sich langsam um.

Der Spiegel war zwar nur schmal, aber lang, so daß sie sich bis zur halben Größe darin betrachten konnte. Sie hatte das Gefühl, als ob sie einen Korb auf dem Kopf balancierte, und ihr Korsett war so fest geschnürt, daß sie kaum atmen konnte, aber sie stieß doch einen kleinen Freudenruf aus, als sie ihr Spiegelbild sah. Niemand hatte ihr jemals gesagt, wie schön ihre Schultern geformt waren und was für eine schlanke Taille sie hatte. Sie sah fein, zart, zerbrechlich aus. Judith lehnte sich über die Kommode und konnte den Blick nicht abwenden. Jetzt glich sie den Frauen, an die Philip gewöhnt war. Wenn alles andere auch so leicht war wie dies –?

Es klopfte an der Tür, und Gervaise trat ein.

»Wollen wir ins Speisezimmer gehen, wenn Sie fertig sind?« fragte sie. Dann hielt sie plötzlich inne. »Aber wie anders sehen Sie jetzt aus, nachdem Sie sich umgekleidet haben! Ist es nicht wirklich eine große Erleichterung, wenn man nach einer beschwerlichen Reise wieder zum zivilisierten Leben zurückkehren kann?«

»O ja«, erwiderte Judith.

Sie zögerte, sah noch einmal in den Spiegel und wandte dann Gervaise den Blick zu. Ob sie ihr wohl gestehen durfte, wie wenig sie an diese Bequemlichkeiten gewöhnt war, die Gervaise »zivilisiertes Leben« nannte? Aber sie fand nicht den Mut dazu.

Immerhin überlegte sie, ob sie nicht mit ihr über Philip sprechen sollte. Gervaise war auch jung und mußte wissen, wie es war, wenn man sich verliebt hatte, denn sie war doch verheiratet!

Aber auch das tat Judith nicht. In diesem Haus erschien ihr alles romantisch – das Reisgericht und die Krabben, die sie aßen, die Diener, die auf leisen Sohlen über den Fußboden gingen, und der kleine Negerjunge, der den großen Fächer aus Putenfedern über dem Tisch bewegte. Gervaise war ruhig und sachlich, und Judith konnte sich kaum vorstellen, daß diese junge Frau aufregende Erfahrungen hinter sich hatte. Gervaise sprach nicht viel, wenn sie nicht gerade die Fragen von Mrs. Sheramy beantwortete, die etwas über die Haushaltführung in Louisiana wissen wollte, und sie war zu ihrem Mann so höflich, als ob sie einander eben erst vorgestellt worden wären. Walter, Mark und Caleb sprachen über Ernten und das Geschäft auf der Werft. Der Vater machte keine Bemerkung über Judiths enggeschnürte Taille oder ihre ungewöhnliche Frisur. Daraus schloß sie, daß er in unbedeutenderen Dingen nachsichtig sein wollte, weil sie Philip aufgegeben hatte. Das hatte sie jedoch nicht versprochen, wie sie sich energisch sagte, obwohl sie erkannte, daß sie diese Frage allein entscheiden mußte. Sie hatte keinen Menschen, dem sie sich anvertrauen konnte, und es war ihr, als ob sie von allen anderen abgeschieden wäre. Als es Zeit war, zu Bett zu gehen, atmete sie auf.

Nachdem Titine sie ausgekleidet und sich zurückgezogen hatte, stand Judith in ihrem Nachtgewand am Fenster und sah auf die Bäume und die Indigofelder hinaus, die in silbernem Mondlicht vor ihr lagen, Irgendwo dort draußen war Philip – Philip, der sie liebte und den sie glühend heiß wiederliebte trotz aller Einwände ihres Vaters. »Du würdest mit einem solchen Mann sehr unglücklich werden . . . Du bist noch zu jung, um das zu verstehen.« Es war, als ob sie noch einmal hörte, was er auf dem Baumstamm am Flußufer zu ihr gesagt hatte. So ernst und doch so sanft hatte er mit ihr gesprochen, daß es ihr wehe tat, daran zu denken, wie sehr es ihn schmerzen würde, daß sie sich gegen seinen Wunsch für Philip entschied. Er war so viel älter und klüger als sie und so gut – aber sie erinnerte sich daran, wie Philip sie in der kleinen Bucht geküßt hatte. Sicher konnte er ihr kein Leid zufügen, das schrecklicher wäre als ein Leben ohne ihn. Sie blies die Kerze aus, sank ins Bett und vergrub das Gesicht in den Armen. War denn niemand da, der sie verstand? War sie die einzige auf der Welt, die in einen Strudel von Sternen und Feuer geraten war, weil ein Mann sie geküßt hatte?

Es war sehr ruhig. Alle schliefen schon, nur sie wachte noch.

»Judith! Liebste Judith!«

Sie richtete sich auf. Die Worte waren im Flüsterton gesprochen worden, kaum so laut wie das Raunen des Windes in den Palmen draußen, aber sie wußte sofort, daß es Philip war. Dann sah sie im

Mondlicht, daß er über die niedrige Fensterbank ins Zimmer stieg.
Sie preßte den Handrücken gegen den Mund.
Philip schlug das Moskitonetz zurück und kniete vor ihrem Bett nieder.
»Ach, Liebste, bist du es wirklich?«
»Philip«, sagte sie atemlos und zitternd, »sie bringen dich um, wenn sie dich hier finden! Geh fort!«
»Judith«, erwiderte er, als ob er ihre Worte nicht gehört hätte, »komm mit mir! Ich habe ein Haus – es ist aus Baumstämmen zusammengefügt –, meine Sklaven haben sie im Walde geschlagen. Aber wir kommen damit aus, bis wir uns ein großes, stattliches aus Moos bauen können wie dieses hier – ich kann dich nicht länger entbehren! Draußen habe ich ein Pferd, und der Pfarrer von der St.-Margarethen-Kapelle wartet daheim, um uns zu trauen –«
»Nicht heute nacht, Philip«, flüsterte sie erschreckt. »Nicht so plötzlich – nein, nicht heute nacht!«
Er setzte sich auf das Bett und legte den Arm um sie.
»Liebe Judith, es bleibt uns kein anderer Weg. Sie werden niemals zugeben, daß ich dich heirate. Das weißt du doch. Liebst du mich denn nicht genug, um jetzt mit mir zu kommen?«
Mit heißen Küssen bedeckte er ihre Lippen, ihre Augen und ihren Hals, und das Erbe ihrer Ahnen, die nach Amerika ausgewandert waren, um das Heil ihrer Seele zu retten, zerschmolz im silbernen Mondlicht. Judith streichelte sein Haar und die Narbe, die quer über sein Gesicht lief.
»Ach, Philip, ich liebe dich so sehr. Ich gehe mit dir.«
Er nahm ihre Hände in die seinen und küßte sie.
Judith richtete sich auf.
»Geh jetzt hinaus, daß ich mich anziehen kann.«
»Beeile dich«, sagte Philip zärtlich. »Und mache kein Geräusch.«
Als er durch das Fenster hinausgeklettert war, stieg Judith aus dem Bett. In dem Mondschein fand sie ihre Kleider, aber sie konnte das Haar nicht zu den schönen Locken formen, wie die Sklavin es getan hatte. Sie wollte es aber auch nicht wieder in Zöpfe flechten, und so

fiel es lose über ihre Schultern, als sie über das Fensterbrett hinaustrat.

»Philip!« flüsterte sie.

Er schloß sie in die Arme. »Wie schön du aussiehst, wenn dein Haar gelöst ist! Ich wußte nicht, daß es so herrlich ist.«

Bevor sie sich noch einmal umsehen konnte, fühlte sie, daß er sie aufs Pferd hob und dann hinter ihr in den Sattel sprang. Er drückte eine Pistole in ihre Hand.

»Halte sie bereit, damit du schießen kannst. Es ist möglich, daß Indianer im Walde sind.«

Das Pferd setzte sich in Bewegung, und ohne noch ein Wort zu sprechen, ritten sie in den Wald hinein, dessen Dunkelheit sie umschloß. Judith hielt die Waffe krampfhaft in der Linken und legte den rechten Arm um Philips Hals. Ein schmaler Weg lief zwischen den Eichen entlang, der ihr wie ein Zauberpfad erschien. Sie ritten noch immer, als der Mond jenseits des Waldes unterging. Judith konnte nichts sehen als schwarze Bäume und nichts hören als das Klappern der Hufe. Sie dachte darüber nach, wohin er sie wohl entführen würde, aber als sie seinen Arm um ihre Hüften und seine Wange an der ihren fühlte, wußte sie, daß er sie unmöglich nach einem Platz bringen konnte, wohin sie nicht gehen wollte.

2.

Die schwarze Tibby kniete vor dem Herd und fuhr mit einem langen eisernen Löffel in den Kochtopf, der auf dem Feuer stand. Sie nahm ein wenig von dem Gumbogericht heraus und prüfte den Geschmack.

»Essen beinahe gar, junge Miß.«

Es roch in dem Blockhaus nach Garnelen, Hühnern, Okra, Lorbeerblättern und Thymian. Judith saß auf der Kante des Bettes. Sie wollte einen Riß in einem von Philips Hemden ausbessern, aber ihre Hände waren so feucht, daß der Stoff daran klebte, und die Naht war so krumm, als ob ein unerfahrenes junges Mädchen sie gemacht hätte. Die Sonne sandte glühende Strahlen durch die Ritzen zwischen den Baumstämmen der Wände, und durch die Fenster fiel blendendweißes Licht auf den Fußboden. Auf dem Herde züngelten die Flammen um den Kochtopf und versengten Judiths Gesicht, obwohl sie sich schon an die äußerste Ecke des Bettes zurückgezogen hatte. Sie fühlte sich krank und schwindlig von der Hitze. Ein dumpfes Stechen im Hinterkopf quälte sie, und sie konnte fühlen, wie der Schweiß an ihren Hüften hinunterlief.

Sie preßte die Unterlippe zwischen die Zähne und biß hart darauf. Der Schmerz sollte sie von der furchtbaren Hitze ablenken. Wieder und wieder sagte sie sich vor: »Ich werde nicht ohnmächtig. Ich werde nicht ohnmächtig. Wenn ich schon im Juni schwach werde, sterbe ich wahrscheinlich im August. Ich will nicht ohnmächtig werden.«

Warum hatte ihr nicht jemand gesagt, daß es so schrecklich sein würde? Sechs Wochen waren nun seit ihrer Ankunft in Louisiana vergangen, und während der letzten fünf Wochen hatte sich der Himmel wie ein großer umgestülpter Kupferkessel über dem Wald gewölbt, den Philip stolz »die Pflanzung« nannte. Morgens ging die Sonne mit gleißendem Glanz auf, so schön und herrlich, daß man manchmal auf kurze Zeit die grelle Glut vergessen konnte. Aber dann stieg sie am Himmel empor und sandte Feuergluten auf die Erde nieder, denen man nicht entrinnen konnte. Und wenn es Abend wurde, sank sie wieder in den Fluß hinab und hinterließ purpurrote Flammen, die endlich von der Dunkelheit ausgelöscht wurden. Aber selbst während der Nacht drückte die Hitze noch so sehr, daß man kein Bettuch und keine Decke über sich dulden mochte. Dann warf sich Judith auf ihrem Lager hin und her, bis die Matratze aus Moos feucht wurde. Erschöpft fiel sie schließlich in einen unruhigen Schlaf, aus dem sie nur wieder durch die erbarmungslos strahlende Sonne geweckt wurde.

Auch wenn es regnete, gab es nur eine kurze Abkühlung, für die man nachher wieder büßen mußte. Denn wenn die Sonne aufs neue schien, begann die Erde zu dampfen, und die Luft wurde so feucht, daß man kaum atmen konnte. Manchmal weinte Judith vor Sehnsucht und Heimweh, wenn sie sich an die schönen Sommertage in Connecticut erinnerte. Aber sie bemühte sich, ihren Schmerz vor Philip zu verbergen. Er war so herrlich und bewundernswert. Es würde ihm wehe tun, wenn er wüßte, daß sie weinte. Philip kümmerte sich um die Hitze ebensowenig wie um die großen Heuschrecken, die über den Boden hüpften, wenn die Bäume des Ardeith-Waldes unter den Axthieben der Schwarzen niedersanken. Unmöglich würde er glauben, daß sie manchmal dachte, die Hitze müßte sie umbringen.

»Tibby, wenn du das Feuer noch heißer machst, fange ich an zu schreien!« rief sie.

»Mäm?« Die Schwarze sah fragend zu ihrer Herrin hinüber, während sie ein Stück Holz in der Hand hielt. »Gumbo ordentlich kochen, Miß Judith.«

Judith seufzte hilflos. Sie konnte kaum die Hälfte von dem verstehen, was Tibby sagte, aber Tibby war eine gute Köchin und wußte sicher, was sie tat. Sie war die einzige von Philips Negern, die etwas vom Haushalt verstand. Deshalb hatte er sie Judith gegeben. Die anderen mußten den Wald ausroden. Wenn doch nur ein zweiter Raum in dem Blockhaus wäre, dachte Judith verzweifelt, dann hätte ich nicht so entsetzlich unter dem Feuer zu leiden. Aber das kleine Haus hatte nur vier Wände, eine Tür und ein paar Öffnungen an Stelle von Fenstern, und draußen im Freien war es noch schlimmer. Judith sah zu den Sklaven hinaus, die Zypressenlatten auf die Fundamente des neuen Hauses stellten. Es würde ein großes Gebäude werden, ähnlich dem Heim von Gervaise und Walter Purcell, aus dem sie in der ersten Nacht geflohen war. Manchmal wünschte sie, daß sie nicht durchgebrannt wäre. Philip hätte auf sie warten sollen, bis er ein Haus gebaut hatte, in dem eine Frau wohnen konnte. Aber reuevoll wies sie diesen Gedanken immer wieder zurück. Er hatte sie zu sehr geliebt, um noch warten zu können, und es war ihm nicht im Traum eingefallen, wie schrecklich ein Sommer in Louisiana für ein junges

Mädchen aus Connecticut sein würde. Ihm kam es nicht darauf an, in einem Blockhaus zu wohnen. Er kümmerte sich auch nicht darum, daß Ameisen zwischen den Ritzen im Fußboden krabbelten, und er lachte über die Maden im Maismehl. Nichts von alledem bedrückte ihn. Er war froher Dinge, weil er sein eigenes Land rodete und seinen eigenen Indigo pflanzte.

Judith ließ das Hemd in den Schoß sinken und preßte die Hände gegen den schmerzenden Kopf.

»Ach, es ist schon gut«, sagte sie zu Tibby. »Mach du nur dein Feuer! Mach es so heiß, daß ich auch koche wie eine Garnele im Gumbo. Mir ist es ganz gleich. Vielleicht sterbe ich schon eher.«

»Aber junge Miß!« Tibby schob das Holzscheit unter den Kochkessel und trat ans Bett. »Was haben das Honigkind?«

Tibbys schwarzes Gesicht glänzte, als die Sonnenstrahlen auf die Schweißtropfen fielen. Sie legte die Arme um Judith und klopfte ihr liebevoll auf die Schultern.

»Nicht aufregen, Honigkind. Ich glaube, Ihnen fehlen Mutter – oder nicht?«

Judith verbarg das Gesicht an Tibbys Busen und nickte. Sie dachte oft daran, wie ihre Mutter wohl diese Höllenhitze ertrug. Sie hatte sie in diesen Wochen nur zwei- oder dreimal gesehen. Das Land der Sheramys stieß zwar an Philip Larnes Pflanzung, aber zwischen dem Blockhaus und der Wohnung von Judiths Eltern lag der Wald. Der war so dicht und unwegsam, daß ebensogut hundert Meilen hätten dazwischenliegen können.

»Kann die Hitze auch Menschen umbringen, Tibby?« fragte Judith.

»Ach, Unsinn, junge Miß! Nicht lange, dann werden Sie wie ich – dann machen Ihnen das überhaupt nichts mehr. Haben Sie denn keine Sommer, wo Sie früher lebten, Honig?«

»Dort ist es nicht so heiß wie hier.« Judith hatte den Kopf nicht gehoben. Es war ein Trost, daß jemand einen so zärtlich hielt, selbst wenn es nur eine schwarze Sklavin war.

»Ja, nur Geduld, meine Zuckerpflaume, bis Mr. Philip luftige große neue Haus aufrichten da drüben, dann haben Sie nett und kühl –«

Judith zweifelte daran, aber sie war zu erschöpft, um Tibby zu widersprechen. Sie strich das feuchte Haar aus der Stirn und erhob sich.

»Ich will nach draußen gehen«, sagte sie. Der Geruch des brodelnden Gumbo machte sie krank, und sie fühlte sich von Minute zu Minute elender. Wie konnte nur jemand ein so stark gepfeffertes Gericht bei so heißem Wetter essen?

»Ja, Mäm. Sie können Mr. Philip hereinrufen.«

»Ist das Essen fertig?«

»Ja, Mäm, sicher.« Tibby wickelte Lappen um ihre Hand und nahm den Deckel vom Topf.

Verstärkt kam der Geruch von den Garnelen und den vielen scharfen Gewürzen aus dem Kessel.

Judith eilte aus dem Blockhaus. Sie zürnte dem Himmel, weil er diese Gluthitze niedersandte, um sie zu quälen; sie war böse auf Philip, daß er zur Mittagszeit hungrig nach Hause kam, um diese scharf gewürzte rote Masse zu essen, und sie war wütend auf Tibby, die in dieser Gullahsprache redete, die kaum jemand aus Connecticut verstehen konnte. Sie lehnte sich an die Wand des Blockhauses und bedeckte das Gesicht mit den Händen. Alle Menschen und Dinge haßte sie in diesem Augenblick. Ein Moskito setzte sich auf ihren Nacken. Sie schlug danach und ging dann nach dem Walde zu.

Die Sklaven rodeten ein Stück für eine Indigopflanzung aus. Von dorther kam der Klang der Äxte, die auf die Baumstämme niedersausten. Hier draußen war die Luft frischer, aber die Sonne brannte auf Judiths Kopf. Die Arme juckten, die Manschetten waren zu eng, um sie aufzurollen, und es schien nicht anständig zu sein, mit nackten Armen herumzulaufen. Auch hier draußen roch es nach Essen. Die Sklavenfrauen, die Philip mitgebracht hatte, kochten junge Kräuter und Pökelfleisch in Töpfen, die in Dreifüßen über dem Feuer hingen. Die weiche Erde klebte an Judiths Schuhen, und das Unkraut setzte sich an ihrem Kleid fest, während sie zwischen den Baumstümpfen um die Fundamente des neuen Hauses herumging.

Die Sklaven arbeiteten nach dem Rhythmus eines lauten Gesanges. Die Worte waren ein Gemisch aus der halbvergessenen Sprache des Urwaldes und Ausdrücken der Gullahküste. In langsamem Takt hoben sie die Äxte, aber ihr Gesang klang greulich wie das Geheul von Wilden in einer weltverlorenen Gegend, wo nie ein Christ den Fuß hingesetzt hatte. Trotz der drückenden Hitze lief Judith ein kalter Schauer über den Rücken, als sie stehenblieb, um die großen, kräftigen Schwarzen zu beobachten. Die Sonne schien auf die unbekleideten Rücken der Neger, die bis zum Gürtel nackt waren. Ihre Schultermuskeln zogen sich zusammen, wenn sie die Äxte hoben. Oben stießen die Zweige der Bäume zusammen und bildeten eine einzige grüne Decke. Hier und dort rankte sich ein Schlinggewächs in die Höhe und drückte das Spanische Moos an die Äste. Große, leuchtendrote Blumen hingen herab wie Lichter in der Dämmerung des Waldes.

Ein Regen von Rindenteilchen und Holzsplittern fiel nieder, wenn die Äxte in die großen Stämme fuhren. Judith sah diesem Schauspiel halb furchtsam, halb verzaubert zu. Sie dachte darüber nach, was die Neger eigentlich wären. Die Pfarrer stritten sich darum, ob die Schwarzen eine Seele hätten wie die Weißen oder nicht – wie könnten sie eine unsterbliche Seele haben, wenn sie im afrikanischen Urwald wie die wilden Tiere hausten, sich gegenseitig abschlachteten, kochten und verspeisten? hatte der Geistliche von St. Margareten gefragt. Aber andererseits schien Tibby, die Gumbo kochte, wirklich menschlich zu sein.

Einer der Neger zeigte auf Judith und rief ihr etwas zu.

Sie erschrak und starrte ihn an. Der Mann schrie aufs neue, und nun wandten sich alle Schwarzen nach ihr um und begannen laut zu rufen und zu schreien. Judith zog mit beiden Händen ihr Tuch über der Brust zusammen und wollte fliehen; aber ihre zitternden Knie versagten den Dienst. Schon sah sie im Geiste, wie sie von den Schwarzen in einem Kessel geschmort wurde. Sie öffnete den Mund und versuchte, Philip zu Hilfe zu rufen, aber auch die Stimme gehorchte ihr nicht mehr. Nun warfen die Neger die Äxte zu Boden und stürzten auf sie zu. Sie strauchelte, als die vielen großen Männer auf sie eindrangen. In dem Augenblick des höchsten Schreckens löste sich etwas in ihrer Kehle, und sie begann laut zu schreien. Aber sie wurde trotzdem in die Höhe gehoben. Der eine Neger, der sie trug, stolperte über eine Baumwurzel und fiel zu Boden. Ein anderer riß sie hoch und schleifte sie weiter. Ihr Kleid blieb an den Sträuchern und den scharfen Blättern der kleinen Palmen hängen, und Stacheln kratzten ihr Gesicht auf. Plötzlich hörte sie einen donnerähnlichen Fall hinter sich, und als die Neger gleich darauf stillstanden, sah sie Philip. Er schob die Sklaven beiseite, kniete neben ihr nieder und nahm sie in die Arme.

»Ist dir nichts geschehen, Judith?«

Sie klammerte sich an ihn und fühlte, daß Blut über ihre Wange lief.

»Philip!« stöhnte sie atemlos. »Philip, was wollten die Kerle?«

Die Neger standen grinsend und schwatzend um sie herum.

»Philip!« rief sie wieder. »Was wollten sie?«

Er lachte laut auf.

»Liebe Judith, ich habe dir doch gesagt, du möchtest nicht in den Wald gehen. Haben sie dir nicht zugerufen, daß du fortlaufen solltest?«

Er hatte sich auf die Erde gesetzt und hielt sie in den Armen wie ein kleines Kind. Sie fühlte ein Würgen in der Kehle.

»Sie haben alle plötzlich auf mich eingeschrien. Ich – ich dachte, sie wollten mich ermorden und auffressen.«

Er lachte immer noch.

»Liebes Kind, ein großer Baum stürzte um und hätte dich sicher erschlagen. Sie haben dir zugerufen, daß du schnell aus dem Wege gehen sollst, aber da du nicht machtest, daß du fortkamst, blieb nichts anderes übrig, als dich aufzuheben und fortzutragen. Sie haben es gut gemeint und dafür eine Extraportion Pökelfleisch verdient.«

»Du sollst mich nicht auslachen«, erwiderte sie ärgerlich und stand auf. Philip klopfte Erde und trockene Blätter von den Beinen ab. Sein Hemd war an den Schultern stark durchgeschwitzt, und sein

volles blondes Haar, das mit einem Band zusammengehalten wurde, war an beiden Seiten des Scheitels naß.
Judith ging nach dem Blockhaus zurück. Sie fühlte sich unbedeutend und nutzlos, und sie war böse auf Philip, weil er sie ausgelacht hatte.
Er folgte ihr und legte den Arm um ihre Schultern.
»Ich bin hungrig wie ein Berglöwe. Hoffentlich hat Tibby recht viel gekocht.«
»Es gibt Gumbo mit Garnelen und Reis.«
»Großartig! Es ist eine mühsame Arbeit, den Wald umzuroden, und man wird hungrig davon. Sieh doch nur, Judith, wieviel sie heute schon am Haus gearbeitet haben! Wenn es möglich wäre, ein paar Leute mehr bei der Feldarbeit zu sparen, könnten wir noch vor dem Winter einziehen.«
Er ging nicht besonders schnell, aber es fiel ihr schwer, mit ihm Schritt zu halten. Ihre Kleider klebten an den Beinen, und wieder wurde sie schwindlig von der Hitze.
»Im nächsten Sommer«, sagte Philip, »wird dort drüben, wo sie jetzt die Bäume umhauen, ein großes Indigofeld stehen. Dann folgt ein Tabakfeld. In ein paar Jahren müßten wir die ganzen Wälder abgeholzt haben. Indigo bringt übrigens die besten Ernten. Aber wir werden auch Reis bauen und Orangenbäume anpflanzen, vielleicht auch ein paar Acker Baumwolle.«
Er kümmert sich nur um seine Ernten, um weiter nichts, dachte sie rebellisch. Er sieht nicht einmal, wie elend ich mich fühle. Ich bin nicht viel mehr für ihn als Tibby auch . . .
Plötzlich lehnte sie den Kopf gegen die Wand des Blockhauses und brach in Tränen aus.
Philip blieb stehen und nahm sie in die Arme. Sein Ton verriet, wie erstaunt und besorgt er war.
»Aber Judith, Liebling, was in aller Welt fehlt dir denn?«
All ihre Entschlußkraft schien geschwunden zu sein. Judith verbarg das Gesicht an seiner Brust und schluchzte.
»Ich – ich kann nicht mehr!« sagte sie mit halberstickter Stimme.

»Die Hitze und alles – und ich kann nicht atmen, mein Kopf schmerzt immer – ich bin so krank, und ich glaube, ich werde sterben.«

Philip zog sie an sich und küßte die Tränen von ihren Wangen.

»Mein armes, liebes Kind! Das ist der erste heiße Sommer, den du erlebst, nicht wahr? Komm nach innen.«

»Aber da ist doch das Feuer«, widersprach sie, aber offenbar hatte er nicht gehört, was sie sagte, denn er zog sie hinein. Mit größter Mühe drängte Judith die Tränen zurück. Philip schob eine Kiste in die Ecke, die am weitesten vom Feuer entfernt war, und sie setzte sich.

»Bring ihr Wasser, Tibby«, befahl er.

Die Schwarze war gerade damit beschäftigt, den Gumbo in große Schüsseln zu füllen und sie auf den Tisch zu stellen. »Junge Miß nicht gesund«, sagte sie. Mit einer Kürbisflasche schöpfte sie Wasser aus dem Eimer, der auf einer Bank stand. »Hier sein Wasser, Honiglamm.«

Judith versuchte es zu trinken. Während der langen Reise im Flachboot hatte sie sich daran gewöhnt, aus dem Strom zu trinken, aber plötzlich dachte sie, daß sie noch nie in ihrem Leben so etwas Faules geschmeckt hätte. Das Wasser war lauwarm und fühlte sich sandig auf der Zunge an. Der scharfe Geruch von Gumbo schlug ihr ins Gesicht, es wurde ihr kalt vor Ekel und Abscheu, dann kam plötzlich wieder eine Hitzewelle über sie, ihr Magen schien sich in ihrem Innern umzudrehen, und in ihrem Kopf schwirrte alles. Unvermittelt stürzte sie aus dem Haus. Als Philip, der ihr nacheilte, sie erreichte, war sie zwischen dem hohen Unkraut auf die Knie gesunken, klammerte sich mit Mühe an eine Palme und kämpfte mit dem Erbrechen.

Er half ihr auf, führte sie zu der Stufe vor dem Blockhaus, wo es schattig war, und setzte sich neben sie.

»Ach, es tut mir so leid, Philip«, sagte sie leise.

Er legte den Arm um sie und zog sie an sich, so daß ihr Kopf an seiner Schulter ruhte. Dann stellte er einige Fragen an sie.

Judith wich zurück und hielt den Atem an.
»Glaubst du, daß ich ein Kind bekomme, Philip?«
»Aber Liebling«, erwiderte er zärtlich, »hast du denn das nicht gewußt?«
Sie schüttelte den Kopf. »Ich glaube, ich weiß überhaupt nichts«, sagte sie dann. »Du mußt mich für ein furchtbar dummes Ding halten, Philip.«
Er riß Kräuter ab, die am Boden wuchsen, und zerpflückte sie.
»Nein. Aber vielleicht bin ich es, der nicht Bescheid weiß.«
Judith rollte die Enden eines Loches zusammen, das Palmenstacheln in ihr Kleid gerissen hatten. »Philip, tut es sehr weh?«
Er nickte. »Ja, man sagt es.«
»Erzähle mir noch, wie es ist, Philip.«
Er hob den Kopf.
»Das kann ich nicht, Liebling. Ich weiß nichts darüber.«
Erstaunt sah sie ihn an. Es war ihr unfaßbar, daß er etwas nicht wissen sollte.
»Aber, Philip –«
»Ich weiß es wirklich nicht. Ich habe früher nie darüber nachgedacht.« Er lächelte ein wenig. »Es tut mir leid, Judith.«
»Ach, mir nicht.« Ihr erster Gedanke war gewesen, daß Philip ihretwegen keine Reue empfinden durfte. Er hatte doch so viel zu tun. »Meine Mutter kann es mir sagen. Sie wird mir schon raten, und dann ist alles gut. Wir könnten doch auch nicht die Familie gründen, von der wir gesprochen haben, wenn ich keine Kinder bekäme.«
Er lachte, zog sie an sich und küßte sie. »Du hast recht, das ginge dann nicht, mein lieber, kleiner, tapferer Soldat. Morgen in aller Frühe spanne ich den Wagen an und bringe dich zu deiner Mutter.«
»Willst du das wirklich tun? Sie wird sich sehr freuen, wenn wir sie besuchen.«
»Sicher möchte sie mir am liebsten das Genick umdrehen«, erwiderte Philip trocken. Er nahm ihre Hände in die seinen. »Judith, du liebst mich doch? Es tut dir nicht leid, daß du mit mir davongelaufen

bist?«
»Ach nein! Ich liebe dich so sehr.« Sie lächelte ihm zu, froh und erleichtert, daß sie wirklich einen Grund hatte, sich krank zu fühlen. Dieser Zustand bedeutete nicht, daß sie die Strapazen und Härten eines Pionierlebens in dem heißen Klima nicht aushalten konnte. Es war ein aufregender Gedanke, daß sie ein Kind bekommen sollte, besonders wenn es schön sein und wie Philip aussehen würde. Und es war herrlich, daß sie hier, mitten in der Wildnis, ein großes Haus bauen und ein Reich für sich aufrichten wollten.
Unter den Bäumen war ein Geräusch zu hören, und Judith wandte sich um.
»Sieh doch! Ist das nicht ein Wagen, der den Weg herunterkommt?«
»Natürlich. Was in aller Welt?« Philip zog die Pistole aus der Ledertasche seines Gürtels. »Du gehst wohl besser hinein, Judith.«
Sie stand auf, aber bevor sie seiner Aufforderung folgen konnte, hatte der Wagen den freien Platz vor dem Blockhaus schon erreicht.
»Ach, das ist mein Bruder Caleb«, sagte sie.
Philip steckte die Pistole fort, ging zum Wagen und rief seinem Schwager einen Gruß zu. Judith folgte ihm verwundert. Es mußte schon etwas sehr Wichtiges vorliegen, daß ihr Bruder die weite Fahrt unternommen hatte.
Caleb stieg aus dem Wagen und kam ängstlich auf die beiden zu. Er war ein großer, knochiger Bursche und hatte die gleichen strengen Züge wie sein Vater. Immer war er schweigsamer gewesen als Judith und hatte sich der harten, straffen Disziplin, die im Hause herrschte, besser gefügt. Aber wenn er auch nur wenig Geduld mit seiner Schwester hatte, weil sie so impulsiv handelte, waren die beiden einander doch sehr zugetan.
Er schaute zu Boden und stieß mit der Spitze seines Stiefels in den Staub.
»Judith – Mutter ist sehr krank. Es wäre gut, wenn du mit mir kämest.«

»Was, Mutter ist krank?« fragte sie erstaunt. Wie seltsam! Ihre Mutter war immer so gesund gewesen. »Geht es ihr sehr schlecht?«
»Ja, ich glaube.« Caleb stieß wieder in den Boden. Obwohl er größer war als seine Schwester, schien er doch plötzlich ein kleiner Junge zu sein. »Sie hat sich niemals ganz wohl gefühlt, seitdem sie hierher kam. Die Hitze und all das andere. Nun hat sie irgendein Fieber und muß zu Bett liegen. Vater sagte, es sähe so aus, als ob niemand mehr etwas für sie tun könnte.« Judith schaute zu Philip auf, der besorgt die Stirne runzelte.
»Möchtest du zu ihr gehen, Judith?«
»Ach ja, bitte, laß mich zu ihr, Philip!«
»Aber du bist doch selbst krank. Habt ihr denn keine Haussklaven?« fragte er Caleb ungeduldig.
Der junge Mann schüttelte schüchtern den Kopf. »Alle Schwarzen, die wir gekauft haben, sind Neger von Neuorleans aus französischem Besitz und taugen nur für die Feldarbeit. Mutter wollte keine im Haus haben. Sie ist nicht an sie gewöhnt.«
»Ach, Philip, bitte, laß mich gehen!« wiederholte Judith. »Warte einen Augenblick, Caleb.« Sie zog Philip ins Haus. »Du mußt mich jetzt zu ihr lassen. Wir wollten sie ja sowieso morgen besuchen, und ich war eine schlechte Tochter, daß ich mit dir davonlief. Ich glaube, sie hat sich all diese Wochen hindurch Sorgen um mich gemacht. Sie wollte nichts darüber sagen, aber ich weiß bestimmt, daß es ihr sehr nahgegangen ist. Ich will zu ihr fahren und ihr sagen, daß es mir gut geht. Das wird sie beruhigen.«
»Gut«, entgegnete Philip, aber seine Stimme klang zweifelnd. »Ich werde Caleb sagen, daß du mit ihm fährst.«
»Gib ihm etwas zu essen, während ich ein paar Sachen in ein Bündel packe. Du kannst dann morgen kommen und mich abholen.«
Er ging hinaus, um Caleb zu sprechen, und Judith packte ein Nachtgewand und ein sauberes Kleid ein. Sie schämte sich, daß sie nicht Philip hatte verbergen können, wie sehr sie sich danach sehnte, ihre Mutter zu besuchen.

»Es ist aber kein besonders schöner Platz, an dem der Mann dich wohnen läßt«, sagte Caleb unvermittelt, als der Wagen über den unebenen Weg holperte.

»Ach, er ist sehr gut«, widersprach Judith. »Wir leben dort sehr sauber. Ich habe außerdem eine Negersklavin, die alle Arbeit für mich tut.«

»Die Mutter sagt, die Schwarzen sind gut für die Feldarbeit, aber nicht für die Zubereitung des Essens. Wie soll man wissen, ob sie sauber sind, wenn sie doch eine so schwarze Haut haben?«

Judith wollte nicht zugeben, daß sie zuerst dieselben Bedenken gegen Tibby gehabt hatte. »Sie können genau so reinlich sein wie Weiße«, erwiderte sie trotzig. »Die Schwarzen halten sich nicht für schmutzig, weil sie dunkel sind. Philip hat sein ganzes Leben lang Sklaven gehabt, und er weiß es.«

Caleb schnalzte, um die beiden Maulesel aufzumuntern. Judith hielt sich an den beiden Seiten ihres Sitzes fest, damit sie nicht aus dem Wagen geschleudert würde. Die Glut der Sonne drang durch ihren Hut, aber sie wollte es Caleb nicht sagen. Wenn sie Philip ihrer Familie gegenüber verteidigte, mußte sie auch das Land in Schutz nehmen, das er so liebte. Nach einer Weile räusperte sich Caleb.

»Judith – geht es dir auch gut?«

»Aber selbstverständlich!«

»Nun ja, Mutter – sie fürchtete immer, daß es dir schlecht ginge. Sie hat sich furchtbar aufgeregt an dem Tag, als sie herüberkam und das kleine Blockhaus sah. Regnet es denn nicht hinein?«

»Nein, höchstens, wenn ein wirklicher Wolkenbruch kommt.«

»Und Philip – ist er gut zu dir?«

»Wundervoll! Er trägt mich auf Händen.«

»Läßt er dich nicht zuviel arbeiten?«

Judith lachte. »Er will mich überhaupt nichts tun lassen. Ich habe ihn gebeten, mir ein Spinnrad zu besorgen, aber er sagt, das wird er erst tun, wenn er auch ein Mädchen beschaffen kann, das dann für mich spinnt. In der Gegend, aus der er kommt, lassen die vornehmen Frauen alle Arbeit durch Sklaven verrichten.«

»Nun ja«, antwortete Caleb, »wir gehören nicht zu diesen vornehmen Leuten.«

»Aber bestimmt werden wir zu ihnen gehören, Caleb! Wir alle. Wir haben doch große Plantagen vom König bekommen, und Indigo wächst hier üppig. Sieh dir doch an, wie großartig die Purcells leben.«

»Vater sagt, er weiß nicht, was in Mr. Purcell gefahren ist, daß der jetzt plötzlich so großartig auftritt. Sicher ist die Französin daran schuld, die er geheiratet hat.«

»Gervaise? Sie ist sehr nett, nur ein wenig still. Ich glaube nicht, daß sie stolz ist.«

»Nun, auf jeden Fall mußt du Mutter beruhigen. Es geht ihr wirklich sehr schlecht.«

Judith lächelte. Sie wollte ihrer Mutter schon sagen, wie großartig Philip wäre. Dann könnte sie auch wegen ihrer eigenen Schwierigkeiten um Rat fragen. Heute abend würden sie die Männer aus dem Zimmer schicken und dann eine lange vertrauliche Unterredung miteinander haben. Judith sah ihren Bruder Caleb mitleidig von der Seite an. Er war vier Jahre älter als sie und doch eigentlich noch ein Junge. Sie dagegen war erst fünfzehn und schon eine verheiratete Frau. Und sie würde ein Kind bekommen, den späteren Erben der Ardeith-Plantage . . .

Die Pflanzung der Sheramys war »Silberwald« genannt worden. Caleb hatte den Namen vorgeschlagen. Auch er hatte eine Neigung zum Romantischen, obwohl sie viel tiefer verborgen war als bei Judith. Die weißen Stämme der Zypressen hatten ihn angeregt, ein schön klingendes Wort für das Land zu finden, auf dem diese herrlichen Bäume wuchsen. Er und seine Eltern hatten bei den Purcells gewohnt, während Mark Sheramys Sklaven ein Blockhaus bauten, das groß und bequem genug war, um ein paar Jahre darin zu wohnen, bis das Land abgeholzt war und man die Sklaven dazu anstellen konnte, ein großes Haus aus Moos und Lehm zu bauen. Das Blockhaus umfaßte vier Räume und war stark und fest. Kein Wunder, daß sie verächtlich auf die kleine Hütte herabsahen, die Philip und seine Neger in acht Tagen aufgestellt hatten. Aber er hatte sie in so kurzer Zeit errichtet, weil er nicht länger ohne sie leben konnte, erinnerte sich Judith mit Stolz, als sie aus dem Wagen stieg und ins Haus eilte.

Mark Sheramy kam ihr langsam aus dem Vorzimmer entgegen. »Es war gut von dir, daß du gleich gekommen bist«, sagte er. »Es tat mir leid, daß ich dich von deinem Mann fortholen mußte.«

Judiths Gewissen schlug, als er so freundlich und liebevoll zu ihr war und ihr nicht die geringsten Vorwürfe machte.

»Aber ich wollte sowieso kommen, Vater«, versicherte sie.

»Ich freue mich, daß du dein Haus verlassen konntest. Caleb und ich verstehen nicht viel von Krankenpflege.«

»Wo ist denn Mutter?«

»Im Schlafzimmer. Geh leise!«

Judith ging zur Seitentür. Was für ein schönes, kühles Haus war dies doch! Und so sauber! Es gab einen besonderen Kochraum, und nirgends war Schmutz in den Ritzen und Spalten zu sehen.

Leise trat sie in das Zimmer ihrer Mutter. Sie fühlte einen plötzlichen Schmerz, als sie das Spinnrad sah, das in ihrer alten Heimat am Herd gestanden hatte, und die Teppiche, die aus alten Stoffen zusammengewebt waren. Sie hatte selbst dabei mitgeholfen. Ihre Mutter lag auf dem Bett. Das Moskitonetz hing davor, so daß Judith sie nicht deutlich sehen konnte. Außerdem war es hier bedeutend dunkler als draußen im hellen Sonnenlicht.

Mrs. Sheramy hob den Kopf ein wenig von dem Kissen.

»Judith?« sagte sie mit schwacher Stimme. »Mein liebes, kleines Mädchen.«

Judith hob das Moskitonetz, umarmte ihre Mutter und küßte sie. Aber als sie fühlte, wie langsam die Mutter die Arme hob, um sie um ihre Schultern zu legen, und wie heiß die Wangen waren, wußte Judith, daß sie am nächsten Tag nicht nach Ardeith zurückkehren würde. Und mit Schrecken wurde ihr klar, daß es lange dauern würde, bis sie eine Frage an die Mutter richten durfte.

3.

Sie sagten Judith nicht, daß Catherine Sheramy sich schwere Sorge gemacht und schließlich krank geworden war. Aber Judith sagte es sich selbst. Walter und Gervaise Purcell kamen zu Pferde herüber und brachten stärkende Suppe und guten Rat, wie die Kranke gepflegt werden sollte. Gervaise war selbst so zart und sah neben diesen plumpen Teppichen und den aus vielen einzelnen Stoffresten zusammengestellten Steppdecken noch zierlicher und schlanker aus. Sie setzte sich an Catherines Bett, legte ihr kalte Kompressen auf die Stirn und erklärte, es wäre eine Art Fieber, das aus den Sümpfen käme. Leute, die nicht an diese heißen Sommer gewöhnt seien, hätten besonders darunter zu leiden. Aber Judith glaubte bestimmt, daß ihre Mutter das Fieber nicht bekommen hätte, wenn sie sich nicht so große Sorgen um ihre Tochter gemacht hätte. Sie versuchte sich vorzustellen, was ihre Eltern empfunden haben mußten, als sie an jenem Morgen aufwachten und Josh, Philips Diener, mit einem Brief auf sie warten fanden. Darin stand, daß Judith von Hause fortgelaufen war.
Die Antwort, die sie darauf zurücksandten, war so schlicht und einfach gewesen, daß Judith bis jetzt noch nicht darüber nachgedacht hatte, wie schwer es ihren Eltern geworden sein mochte, in so ruhigem Tone zu schreiben.

»Meine liebe Tochter Judith,
wir hätten wohl gewünscht, daß Du uns gegenüber anders gehandelt hättest, aber trotzdem erhoffen Deine Mutter und ich nichts anderes als Dein Glück. Da Du uns schreibst, daß Mr. Larne Dich in Ehren geheiratet hat, so beten wir beide, daß Du ihm ein pflichtbewußtes und gehorsames Weib sein mögest und daß er Dir ein liebevoller, gütiger Gatte sei. Möge Gott der Herr Euch bewahren und nicht zulassen, daß Ihr je von dem Wege seiner Gebote abweicht.

Dein Dich liebender Vater Mark Sheramy.«

»Siehst du, Philip!« hatte sie außer sich vor Freude gerufen. »Ich wußte doch, daß sie nicht böse sein würden, wenn ich ihnen sagte, wie sehr ich dich liebe.«
»Selbstverständlich haben sie nichts dagegen«, antwortete Philip lachend. »Und ich würde mich auch nicht darum kümmern, wenn sie etwas dagegen hätten.«

Auch jetzt machten sie der Tochter keinen Vorwurf, obwohl die Mutter so krank war. Catherine sagte leise, es täte ihr leid, daß sie Judith Unannehmlichkeiten mache, und Mark fragte beinahe furchtsam: »Bist du auch glücklich mit deinem Mann, Judith?«
»Aber natürlich, lieber Vater.«
»Ich bin froh, daß er gut zu dir ist, mein Kind«, entgegnete er, aber er sagte nichts davon, daß er ihretwegen große Sorgen gehabt hatte und noch immer für ihre Zukunft bangte.

Judith tat alles, was sie konnte, aber es mußte soviel geschehen. Die Mahlzeiten waren zuzubereiten und die Zimmer in Ordnung zu halten. Für die Mutter mußten Mehl- und Krankensuppen gekocht werden, aber sie schien nicht wieder zu Kräften zu kommen, was man auch für sie tun mochte.
Philip kam zu Besuch und protestierte. »Aber Judith, du darfst nicht so schwer arbeiten! Fühlst du dich denn wohl genug dazu?«
Sie bestand darauf, daß sie stark genug wäre, obwohl das Kochen am offenen Feuer sie so krank und elend machte, daß sie sich manchmal am liebsten zu ihrer Mutter ins Bett gelegt hätte. Philip schickte Tibby herüber, daß sie ihr helfen sollte, und aß inzwischen, was die Negerfrauen in den Zelten bei Ardeith kochten.
Manchmal wurde Catherine von Schüttelfrost gepackt, und selbst wenn es so heiß war, daß die anderen kaum atmen konnten, zitterte sie so stark, daß ihre Zähne vor Kälte aufeinanderschlugen. Alle Decken, die sie aus Connecticut mitgebracht hatten, konnten sie nicht wärmen. Dann kam plötzlich das Fieber zurück. Dazwischen gab es auch Tage, an denen es ihr besser zu gehen schien. Schüttel-

frost und Fieberanfälle blieben aus, und Judith hoffte, daß ihre Mutter sich bald erholen würde. Sie wollte sie doch wegen des Kindes um Rat fragen. Aber bevor Catherine genügend Kraft gesammelt hatte, kam ein neuer Fieberanfall und schwächte sie so sehr, daß Judith nichts zu fragen wagte. Sie versuchte, die Angst aus ihrem Herzen zu verbannen. Nahezu alle Frauen hatten doch Kinder bekommen, und den meisten von ihnen schien es nichts geschadet zu haben. Sie erinnerte sich, daß ihre Mutter sie ab und zu mit einem Glas Marmelade oder mit Blumen zu dem Haus einer befreundeten Frau geschickt hatte, wenn ein Kind angekommen war. Diese Frauen hatten immer sehr glücklich und stolz ausgesehen. Aber einige Frauen in Connecticut waren auch daran gestorben. Judith wußte nicht, was den Tod verursacht hatte. Wahrscheinlich waren sie nicht gesund genug gewesen. Darüber brauchte sie sich ja keine Sorgen zu machen, denn sie war in ihrem Leben kaum krank gewesen.

Trotzdem bedrückte sie der Gedanke. Wenn doch Gervaise einmal wiederkommen würde! Dann könnte sie die danach fragen. Aber Gervaise erschien nicht wieder. Walter Purcell ritt öfter den Waldweg zu ihnen herüber, und eines Tages führte er Judith in das Vorderzimmer und fragte sie, ob sie etwas brauche, das Gervaise ihr schicken könnte.

Judith schüttelte den Kopf. »Ich möchte sie nur gern selbst einmal sehen und sprechen«, antwortete sie.

»Es tut mir leid, daß sie nicht kommen kann«, erwiderte er. »Sie hat mich ausdrücklich gebeten, es Ihnen zu sagen, denn Sie denken vielleicht, daß sie sich nicht um Ihre kranke Mutter kümmert. Aber sie ist im dritten Monat, und man braucht drei Stunden oder mehr, wenn es gerade geregnet hat, um den Weg zurückzulegen. Ich möchte sie deshalb nicht hierherkommen lassen. Der Weg ist so uneben, und ein Stoß im Wagen könnte ihr Tod sein.«

Judith nickte. »Es ist schon gut. Ich danke Ihnen, daß Sie so gut zu uns sind.«

Sie sah ihm nach, als er fortging, und fühlte sich einsam und verlassen. Angst erfüllte sie aufs neue. Sie beneidete Gervaise, die in einem großen Hause wohnte, umgeben von vielen Dienstboten. Gervaise hatte auch schon vorher ein Kind gehabt und wußte wenigstens, was sie zu erwarten hatte. Auch aus diesem Grunde beneidete Judith die andere.

Tibby fragte sie eines Tages: »Miß Judith gehen mit kleine Baby?«

Im ersten Augenblick wußte Judith nicht, was die Schwarze meinte, aber als sie dann verstand, rief sie: »Daß du meinem Vater nichts davon sagst! Er hat schon genug Sorgen.«

»Ja, Mäm«, antwortete Tibby und ging fort, während sie leise etwas vor sich hin murmelte. Als aber Philip das nächste Mal kam, nahm sie ihn beiseite und sagte zu ihm: »Mr. Philip müssen junge Miß nach Hause nehmen. Müssen ausruhen.«

Aber Judith wollte nicht gehen. Es war jetzt August, und sie ahnte, daß ihre Mutter nicht mehr lange durchhalten konnte. Catherine warf sich im Fieber unruhig auf ihrem Lager hin und her und sprach abgerissene unverständliche Worte. Der Vater wanderte so schweigsam und bedrückt im Hause und auf den Feldern umher, daß es Judith schwerer wurde, seinen stillen Schmerz zu ertragen, als die wirren Fieberphantasien ihrer Mutter zu hören.

Sie konnte nicht viel mehr tun als die Kissen glätten und die heiße Stirn der Kranken durch nasse Tücher kühlen. Aber auch dies hatte wenig Zweck, denn es war noch immer glutender Sommer, und man konnte kein wirklich kaltes Wasser bekommen. Bevor es mit ihrer Mutter zu Ende ging, schickte Judith einen der schwarzen Feldarbeiter zu Philip und bat ihn, zu ihr nach Silberwald zu kommen. Er erfüllte ihren Wunsch auch, aber seine Haltung war einer solchen Zeit wenig angemessen. Er war schmerzlich berührt und verstört wie ein Kind, denn einer solchen Krisis gegenüber war seine eigene kräftige Natur hilflos.

Kurz vor ihrem Tode wurde Catherine ruhiger. Der irre Blick schwand aus ihren Augen, und sie fragte nach Mark. Judith holte ihren Vater und wartete dann mit Philip und Caleb im Vorderzimmer. Nach einer Weile kam Mark heraus und schloß die Tür leise hinter sich. Er sprach kein Wort und ging mit schweren Schritten auf die

Veranda hinaus. Zum erstenmal durchzuckte Judith der Gedanke, daß er aussah wie ein alter Mann. Sie wußte, daß es vorüber war, obwohl er es nicht gesagt hatte. Was mochten er und die Mutter wohl in diesen letzten Minuten gesprochen haben? Sie wußte, daß sie es nie erfahren würde. Auch sie hatte bereits erlebt, daß zwei Menschen, die verheiratet waren, etwas Gemeinsames verband, das niemand lösen konnte. Im nächsten Augenblick griff sie nach Philips Hand, und sie traten zusammen auf die Veranda hinaus. Caleb folgte ihnen, blieb aber auf der Türschwelle stehen.

Mark saß auf der Treppenstufe und hatte die Stirn in die Hände gestützt. Judith ging leise zu ihm und legte die Hand auf seinen Kopf. Wie stark und voll sein Haar noch war! Mark schaute nicht auf.

»In diesem weichen Land gibt es nicht einmal einen Stein, den man auf ihr Grab setzen könnte«, sagte er nur.

Judith war so erschüttert, daß sie kaum atmen konnte. Philip legte den Arm um sie. Wie sonderbar, daß sie jetzt nicht weinen konnte, obwohl ihr sonst die Tränen so leicht kamen.

Die Sklaven zimmerten einen Sarg aus Zypressenholz, und am nächsten Tage kam der Pfarrer von St. Margareten zur Beerdigung. Auch Walter Purcell erschien mit verschiedenen Freunden, die sich ihr Vater in dem neuen Lande bereits erworben hatte. Sie brachten herrliche Blumen, Gardenien und weiße Rosen, und legten sie auf den Sarg. Judith sah sich nach Philip um. Den ganzen Tag über war sie so beschäftigt gewesen, daß sie ihn aus den Augen verloren hatte. Sie konnte ihn nicht entdecken, und sie hoffte nur, daß ihr Vater in seiner Trauer es nicht bemerkte. Caleb war es aufgefallen, denn er fragte sie leise nach ihm. Sie konnte nur den Kopf schütteln und erwidern, daß sie es nicht wüßte.

Der Pfarrer trat an den Sarg und begann mit dem Trauergottesdienst:

»Ich bin die Auferstehung und das Leben; wer an mich glaubet, der wird leben, ob er gleich stürbe, und wer da lebet und glaubet an mich, wird nimmermehr sterben.«

Die Sklaven trugen den Sarg hinaus und stellten ihn auf einen Wagen. Judith und die anderen fuhren in einem anderen Wagen den langen, holperigen Weg entlang, der zu dem Friedhof bei der kleinen Holzkapelle führte.

Die Sonne ging unter, und lange, dünne Schatten fielen auf das Grab, als die Sklaven den Sarg hinunterließen und der Pfarrer die erste Handvoll Erde darauf warf. Mark stand mit gesenktem Kopf neben dem offenen Grabe. Er war so still, daß Judith und Caleb nicht wagten, zu ihm zu sprechen, selbst dann noch nicht, als der Sarg mit Erde bedeckt war. Die Dunkelheit brach rasch herein. Es war sehr ruhig.

Plötzlich zerriß das scharfe Geräusch kreischender Wagenräder die Stille. Sie drehten sich um und wollten sehen, wer käme, denn um diese Zeit waren nur noch wenige Leute unterwegs. Der Wagen fuhr direkt in den Kirchhof, ohne auf die Feier zu achten. Erst als er ziemlich nahe herangekommen war, erkannte Judith, daß Philip neben seinem Diener Josh auf dem Bock saß. Sie ließ Calebs Arm los und eilte zu ihrem Mann, aber er kümmerte sich kaum um sie. Er half Josh, eine schwere Last aus dem Wagen zu heben. Sie setzten sie auf den Boden nieder, dann ging Philip zu Mark.

»Hier ist es«, sagte er.

Mark schrak zusammen. Er allein hatte sich kaum um Philips Ankunft gekümmert.

»Was?« fragte er nach einem Augenblick, als ob ihm erst klar würde, daß er angesprochen worden war.

»Ein Stein.«

Mit einem Ausruf sank Mark auf die Knie und betastete den dunklen Gegenstand am Boden. Der Diener des Pfarrers hielt eine Laterne. Judith nahm sie ihm aus der Hand. Sie hatte keinen Stein mehr gesehen, seitdem sie nach Louisiana gekommen war, aber dies war wirklich einer. Wenn auch etwas uneben, war er doch viereckig. Grobe Buchstaben waren in die Oberfläche eingemeißelt, aber man konnte sie lesen.

»Catherine, Ehefrau von Mark Sheramy, gestorben am 21. August 1774.«

Judith warf die Arme um Philip und begann zu schluchzen. Die Tränen, die ihr am vergangenen Tage versagt geblieben waren, brachten ihr jetzt wundersame Erleichterung. Philip hatte sie nicht im Stich gelassen, sondern irgendwie einen Grabstein aufgetrieben, den einzigen Gegenstand des Trostes, der den Schmerz ihres Vaters lindern konnte.

Es dauerte Tage, bevor er Judith gestand, woher er den Stein hatte, und auch dann sagte er es nur, nachdem sie versprochen hatte, niemals zu ihrem Vater darüber zu sprechen. Er hatte ihn gestohlen. Die französischen und spanischen Schiffe, die nach Neuorleans kamen, um dort Rohstoffe einzukaufen, brachten immer nur geringe Fracht mit, denn es gab nicht viele Familien, die sich den Luxus leisten konnten, fertige Waren aus Europa zu beziehen. Deshalb nahmen die größeren Schiffe, wenn sie nach dem Golf von Mexiko fuhren, eine Ladung Ballast an Bord, die aus Felsblöcken und Steinen bestand. Die Steine wurden an der Werft von Neuorleans ausgeladen, ohne daß man wußte, welchen Wert sie in einem Land hatten, das nur aus Lehm und Schlamm bestand. Die Stadtverwaltung nahm sie in Besitz und benützte sie zum Pflastern der weichen Straßen.

Erst vor zwei Tagen hatte Philip erfahren, daß ein reicher Pflanzer in der Nähe von Baton Rouge sich für hohe Kosten ein paar von diesen französischen Steinen im Boot hatte kommen lassen, um einen Weg von seinem Parktor bis zum Hause damit zu pflastern. Das Fahrzeug mit den Steinen war nach Dalroy gekommen und dort an der Werft festgemacht worden. Philip fuhr nach dort, befreundete sich mit den Bootsleuten, die Wache hielten, und machte sie betrunken. Dann nahm er einen großen Stein mit sich. Judith hielt Diebstahl zwar immer noch für eine Todsünde, aber in diesem Falle konnte sie nicht anders als ihm vergeben.

*

In der ersten Septemberwoche brachte Philip sie zurück nach Ardeith. Mark ging zum Wagen hinaus, um sich von ihr zu verabschieden. Philip hatte ihm inzwischen mitgeteilt, daß sie ein Kind erwarte. Es täte ihm sehr leid, sagte Mark, daß er das nicht vor dem Tod der Mutter gewußt hätte.

»Ich hätte dich dann nicht gebeten, herüberzukommen und so schwer zu arbeiten«, fügte er hinzu.

»Ach, das ist schon gut«, antwortete sie. Nun wußte er endlich, was sie in diesem Sommer durchgemacht hatte, und verstand, warum sie nicht mehr für ihre Eltern hatte tun können. »Ich verlasse dich nicht gern, Vater. Es ist niemand hier, der für dich sorgen kann.«

»Philip hat versprochen, daß er diese Schwarze zurückschickt. Mache dir keine Sorgen um uns. Wir werden gut durchkommen.«

Er legte den Arm um sie und klopfte ihr scheu und zärtlich auf die Schultern. Judith kam zum Bewußtsein, daß ihr Vater schon viel Kummer und Sorgen gehabt hatte. Vier Kinder, die älter waren als sie und Caleb, waren ein Jahr vor Calebs Geburt an Blattern gestorben. Und nun war auch die Mutter tot, und sie selbst, die doch bei ihm hätte sein sollen, während er so hart arbeitete und die Wälder umrodete, hatte ihm nur noch mehr Schmerz zugefügt.

»Vater, es tut mir leid«, sagte sie leise zu ihm, »daß ich mit Philip fortgelaufen bin, ohne es dir mitzuteilen. Ich werde nie wieder etwas tun, das dir Kummer macht.«

»Du bist immer ein braves Mädchen gewesen, Judith«, erwiderte Mark.

Philip kam aus dem Hause und grüßte beide. »Nun, bist du fertig?« fragte er Judith.

Er hob sie in den Wagen, dann schüttelte er Mark zum Abschied die Hand. »Morgen schicke ich Tibby zurück. Im Augenblick kann ich sie noch nicht hierlassen, denn ich habe eine neue Sklavin für Judith gekauft, und Tibby muß sie erst in alles einführen. Also, auf Wiedersehen.«

Er stieg zu ihr in den Wagen und schnalzte mit der Zunge, so daß die Maultiere anzogen. Judith schaute zu ihm auf, als sie fortfuhren. Philip war anders als die Männer in ihrer eigenen Familie. Wie wunderbar mußte es doch sein, wenn man eine solche Einstellung hatte wie er. Philip war aufrichtig traurig, als ihre Mutter starb, aber nachdem es vorüber war, hatte er sich auch damit abgefunden. Er schien sich nur um das kümmern zu können, was der Tag von ihm verlangte. Judith hielt sich mit beiden Händen an dem Sitz fest, um auf dem holprigen Wege nicht aus dem Wagen geschleudert zu werden.

»Laß die Tiere nicht so schnell laufen!« rief sie.

»Ach, verzeih, Liebes!« Er zog die Zügel an und lächelte ihr zu. »Jetzt geht es schon langsamer. Es ist so schön, daß du wieder zurückkommst«, sagte er nach einer Weile. »Jedesmal, wenn ich von einem Besuch bei euch nach Hause kam, habe ich dich mehr vermißt.«

Sie lächelte auch und war neugierig, wie sie das Blockhaus wiederfinden würde. Wahrscheinlich hatten während ihrer langen Abwesenheit die Ameisen sich dort breitgemacht. Es war schon schwer genug gewesen, sie im Haus ihres Vaters aus der Küche fernzuhalten, obwohl dieses gut und sicher gebaut war.

Wie heiß es noch immer war! Sie hatten September, und in Connecticut würde das Laub der Bäume nun bald in bunten Farben schillern. Am Morgen würde es dort schon ziemlich kalt sein. Die Männer ernteten die Felder ab, und die Frauen spannen Wolle und strickten warme Strümpfe für den Winter – Wolle und dicke Strümpfe! Bei dem Gedanken überlief Judith eine Gänsehaut an den Beinen.

»Bei dem guten Wetter müßten wir eigentlich eine großartige Indigoernte haben«, meinte Philip.

»Ist das gutes Wetter für Indigo?«

»Ja. Im nächsten Frühjahr wollen wir auch noch etwas Baumwolle pflanzen. Die meisten Farmer scheuen davor zurück. Sie sagen, es kostet zuviel, wenn die Sklaven die Samen auslesen müssen. Aber wir werden das von den Kindern tun lassen. Es ist leichte Arbeit.«

»Ja – ich glaube«, sagte Judith. Sie hielt sich an dem Sitz fest, denn sie fürchtete, daß ihre Knochen sich verlagern könnten und ihr Kind zu Tode geschüttelt würde. Kein Wunder, daß Mr. Purcell seine Frau zu Hause ließ, während sie in anderen Umständen war. Philip nahm

beide Zügel in eine Hand und stützte Judith.
»Hast du gehört, daß ich eine neue Schwarze für dich gekauft habe? Ich habe es deinem Vater erzählt.«
Sie nickte.
»Das war gut von dir. Dann brauche ich die Arbeit nicht selbst zu tun?«
»Das würde ich niemals zulassen. Du siehst bleich aus, weil du zu schwer gearbeitet hast. Es ist ein nettes Mädchen aus Neuorleans. Ihr Herr war ein Mann namens Peyroux. Als er starb, haben sie einige seiner Neger den Fluß hinaufgeschickt, um auf der Plantage zu arbeiten. Sie heißt Angelique.«
Judith sah sich nach Tibby um, die auf dem Boden des Wagens saß. Es war ein unangenehmer Gedanke gewesen, daß sie ohne sie auskommen sollte.
»Angelique ist ein schöner Name. Ist sie eine französische Negerin?«
»Ja. Du mußt ihr erst Englisch beibringen.«
Die Räder knirschten, als sie über einen umgestürzten Baumstamm fuhren. Der Wagen setzte hart auf, und Judith klammerte sich an Philips Arm, um nicht herauszufallen. Er erzählte ihr, wie die Pflanzer Indigo in großen Fässern kochten, um den Farbstoff daraus zu gewinnen. Sie wünschte nur, er würde aufhören, über diesen verdammten Indigo zu sprechen, und sich mehr um sie kümmern. Konnte er denn nicht verstehen, daß sie Schmerzen im ganzen Körper spürte und nicht mit einer Dienerin allein sein wollte, die nicht einmal englisch sprechen konnte? Sie fürchtete sich auch wegen des Kindes, das sie bekommen sollte. Außer Philip war niemand da, der ihr helfen konnte, ihre Probleme zu lösen, und er war so selbstsicher, daß er glaubte, jede Aufgabe meistern zu können, wenn sie ihm in den Weg kam.
Vor dem Blockhaus hielten sie an, und er hob sie aus dem Wagen. Tibby nahm das Kleiderbündel und folgte ihnen.
»Nun kannst du dich einmal gründlich ausruhen«, sagte er.
Das Blockhaus sah gebrechlicher aus als jemals. Es lehnte sich schon

bedenklich nach einer Seite. Das Unkraut wucherte vor der Tür so hoch, daß Judith ihre Röcke heben mußte, als sie hindurchging. Sie trat ein, und Philip folgte ihr. Aber dann hielt sie plötzlich den Atem an, so angenehm war sie überrascht.

Im Innern sah es so sauber und ordentlich aus, wie man es sich nur wünschen konnte. Der rauhe Fußboden war geschrubbt, und die Kochtöpfe standen der Größe nach bei dem Herd. Philips Kleider hingen an Haken, die Kisten waren in einer Reihe an die Wand gestellt, die Decken auf dem Bett glattgestrichen. Auf dem Tisch sah Judith sogar eine Vase mit einem Strauß feuerroter Blumen.

»Ach, das ist ja – herrlich!« rief sie.

Philip lächelte. »Angelique hat das alles gemacht.«

Die neue Sklavin erhob sich aus einer Ecke neben dem Herd und machte einen tiefen Knicks. Sie sagte etwas auf französisch, und Philip antwortete ihr. Judith betrachtete sie neugierig.

Angelique war schlank und gut gewachsen. Ihre Haut hatte die Farbe von hellem Milchkaffee, und ihre Augen waren dunkel, wie schwarzer Samt. Sie trug ein blaues Kattunkleid und eine weiße Schürze. Um ihren Kopf war ein rotgoldenes Tuch geschlungen, und auf jeder ihrer Wangen tanzt eine schwarze Locke, als sie den Knicks machte.

Sie beeilte sich, Judith den Hut und das Schultertuch abzunehmen, und als Judith sich niedersetzte, kniete Angelique vor ihr nieder und zog ihr die Schuhe aus. Dann brachte sie eine Schüssel mit Wasser, um den Schweiß von dem Gesicht ihrer Herrin abzuwaschen.

Judith sah lächelnd zu Philip auf. »Sie gefällt mir.«

»Das dachte ich mir. Es ist schwer, ein Mädchen wie sie hier in der Wildnis zu halten.« Er neigte sich über Judith und küßte sie. »Und nun sagst du ihr, wie alle Dinge heißen. Ich muß draußen nachsehen, wie die Arbeit vorwärts geht.«

Judith warf ihm eine Kußhand nach. Ach, er war wirklich gut zu ihr! Man konnte ja kaum erwarten, daß ein Mann wie Philip, der kaum etwas von körperlichem Unbehagen verspürte, verstehen sollte, wie sich eine junge Frau fühlt, die im vierten Monat schwanger war und eine so beschwerliche Fahrt im Wagen hinter sich hatte. Aber Angelique war eine Frau. Sie würde es begreifen. Wenn man nur mit ihr sprechen könnte!

Tibby, die sich inzwischen am Herd zu schaffen gemacht hatte, stellte eine Schüssel mit Reis und Okra auf den Tisch.

»Nun erst essen gute Mahlzeit, Honiglamm«, sagte sie in gereizter Stimme. »Nicht kümmern um aufgeblasene Pute. Können nicht einmal sprechen.«

Angelique öffnete eine Kiste und nahm ein großes Palmblatt heraus, das als Fächer zurechtgeschnitten war. Damit wedelte sie, um die Fliegen von dem Essen fernzuhalten und Judith Kühlung zuzufächeln. Tibby brachte inzwischen eine Kürbisflasche mit Wasser.

»Tibby«, sagte Judith, »es tut mir leid, daß du nach Silberwald zurückgehen mußt. Wenn du hierbliebst, könntest du mir helfen, Angelique zu unterrichten, damit sie so sprechen lernt wie wir.«

»Ja, Mäm. Aber Mädchen mit helle Farbe zählen nicht.«

Judith sah die Sklavin ernst an.

»Warum denn nicht?«

»Wenn ihre Mami sich anständig benehmen, Tochter sein nicht so hell.«

Judith steckte den Löffel in die Schüssel.

»Aber Tibby!«

»Ja, Mäm«, erwiderte die Schwarze schnell und strich mit der Hand über die Schürze, »Entschuldigen, junge Miß. Mit alle Respekt.«

Angelique hörte belustigt zu. Offenbar wußte sie nur zu gut, daß die schwarzen Sklavenfrauen die helleren Negerinnen nicht leiden mochten. Sie brauchte die Sprache nicht zu kennen, um die Bedeutung der Worte zu verstehen. Ab und zu lächelte sie Judith heimlich zu, und Judith lächelte zurück.

»Die Neger mit helle Haut«, sagte Tibby verächtlich, »versuchen immer zu sein wie weiße Leute.«

Judith lachte und sagte Tibby, daß sie eine Schüssel mit Okra zu Mr. Philip hinausbringen sollte. Sie war froh, als die Schwarze verschwand, ging im Zimmer umher, zeigte mit der Hand auf die einzelnen Gegenstände und lehrte Angelique die englischen Namen. Die junge Negerin lernte sehr schnell, und beide lachten, wenn sie die neuen Worte verkehrt aussprach.

Angelique machte nicht den Eindruck einer Sklavin. Sie war wie ein anderes junges Mädchen, das freundlich sein wollte. Auch war sie schön, viel schöner, als Judith es bei einer Farbigen je für möglich gehalten hätte. Judith stützte nachdenklich das Gesicht in die Hände. Sie hätte gern gewußt, ob Philip sie noch für schön hielt. Der einzige Spiegel in dem Blockhaus war klein und viereckig. Philip brauchte ihn, wenn er sich rasierte.

An dem Abend bat sie ihn, er möchte ihr doch einen großen Spiegel kaufen, wenn er das nächste Mal in die Stadt käme.

»Ich bringe dir den ersten, den ich auf der Werft finden kann«, sprach er, zog sie an sich und küßte sie.

Sie lehnte den Kopf an seine Schulter und sah nach oben. Durch eine Ritze zwischen zwei Baumstämmen im Dach schimmerte ein Stern.

»Philip, das Dach hat sich geworfen. Wenn es das nächste Mal regnet, werden wir naß.«

»Ich werde dafür sorgen, daß es in Ordnung gebracht wird«, erwiderte er und schaute auch hinauf. »Als es in der letzten Woche regnete, kam Wasser durch, und ich wollte schon ein paar Sklaven rufen, um es auszubessern. Ich bin froh, daß du mich daran erinnerst.«

Judith zog sich von ihm zurück. Alle ihre Glieder schmerzten nach dieser Fahrt über die unebenen Wege, und die Gleichgültigkeit, mit der er erzählte, daß er das Loch im Dach schon vor einer Woche bemerkt hätte, machte sie ärgerlich. Sie vergaß ganz, daß sie sich nicht beklagen wollte.

»Du bist mir ein feiner Mann! Warum hast du das Dach nicht ausbessern lassen, bevor du mich zurückbrachtest?«

»Aber Liebling, es regnet doch im Augenblick nicht«, entgegnete er erstaunt. »Ich lasse es ja machen. Ich sagte dir schon, daß ich es nur vergessen habe.«

Er wollte wieder den Arm um sie legen, aber sie klammerte sich an

den Bettpfosten.
»Laß mich in Ruhe! Du sagst, daß du mich lieb hast und mich zu einer großen Dame machen willst, und dann bringst du mich hier in eine elende Hütte, die nicht einmal für einen Schweinestall gut genug ist! Mein Vater hat mir ja gleich gesagt, daß es mir schlecht gehen würde. Du und deine großen Prahlereien! Ich habe niemals behauptet, daß ich eine elegante Dame bin, aber bevor ich heiratete, brauchte ich nie in einem Haus zu wohnen, in dem es durchregnete!«
»Aber liebes Kind«, widersprach Philip, »es regnet doch nicht. Warum in aller Welt schreist du denn so?«
»Woher willst du wissen, daß es heute abend nicht regnet?« Judith begann zu schluchzen, als sich ihre Stimme überschlug. »Ich habe alles getan, was ich nur tun konnte. Ich bin in dieser Hitze fast erstickt, ich habe Käfer aus dem Gumbo sammeln müssen, bevor ich ihn essen konnte, ich habe meine Mutter gepflegt, bis sie starb, und ich habe dir niemals gesagt, wie sehr ich mich fürchte, weil ich nicht weiß, wie es ist, wenn man ein Kind bekommt. Und hier ist niemand, der es mir sagen könnte. Aber ich halte es nicht aus, wenn ich nicht einmal ein Dach über dem Kopf habe!«
Sie schluchzte so wild und so erregt, daß ihre letzten Worte wie laute Schreie gellten. Philip nahm sie entschlossen auf wie ein Kind und legte sie auf das Bett. Er hielt sie in den Armen und beugte sich über sie, als sie das Gesicht weinend in die Matratze drückte.
»Judith«, sagte er freundlich.
»Ach, laß dein Gerede! Du hast mich in diese entsetzliche Lage gebracht, aber du kannst ja nur an deinen Indigo denken und hast weiter nichts im Kopf als deine Felder.«
»Mein armes, liebes Kind! Es tut mir leid, daß das Dach nicht in Ordnung ist. Aber du wirst dich nicht besser fühlen, wenn du dich so benimmst.«
Judith atmete kurz auf.
»Ich liebe dich wirklich«, fuhr er nach einer kurzen Pause fort. »Das mußt du mir glauben. Vermutlich ist das die Belohnung, wenn ein

Mann eine Frau zu sehr liebt, um vernünftig zu sein, und nicht auf sie wartet. Ich wußte nicht, daß du schon so bald ein Kind haben würdest, und ich hoffte, dieses Blockhaus würde mindestens ein Jahr halten. Bitte, liebes Herz, sag doch, daß du mich trotz alledem noch liebst. Du mußt mich doch lieben, sonst wärst du in jener Nacht nicht mit mir gekommen.«

Sie weinte jetzt ruhiger, ohne zu schluchzen.

»Ach, Philip, ich liebe dich so sehr! Aber ich habe keine Ruhe und keinen Frieden gehabt, seitdem ich dich gesehen habe. Nichts als furchtbare Hitze, schreckliche Moskitos und Ratten! Ich bin so krank, und meine Fußgelenke sind geschwollen –«

»Ich weiß es, mein Kind. Kann ich nicht irgend etwas tun, um dir zu beweisen, daß es mir leid tut?«

»Ja. Besorge Kitt, um die Löcher in den Wänden und im Dach zuzumachen.«

Er unterdrückte ein Lachen. »Wenn ich das nächste Mal zur Stadt fahre, bringe ich ihn mit. Ich habe ja versucht, dir zu erklären, daß ich nicht viel tauge.«

»Ja, aber es stimmt nicht«, erwiderte sie und legte die Arme um seinen Hals. »Halte mich fest. Liebst du mich wirklich so sehr, wie du immer gesagt hast?«

»Ich wußte nicht, daß du zuhörtest.«

»Das tat ich auch nicht. Aber ich verstand es doch. Ich liebe dich doch so sehr, Philip, und es ist mir ganz gleich, was geschieht, solange ich dich habe.«

»Fürchtest du dich auch nicht mehr wegen des Kindes?«

»Nein, kein bißchen. Ich hoffe, daß ich ein Dutzend bekomme und daß sie alle aussehen wie du.«

Sie zog ihn an sich, und er küßte sie, und an diesem Abend fürchtete sie sich auch wirklich nicht.

4.

Aber am nächsten und übernächsten Tag erwachte die Angst wieder, und während der folgenden Zeit fürchtete sich Judith mehr und mehr, wenn sie auch Philip kein Wort davon sagte.
Es war niemand da, den sie fragen konnte, und selbst wenn es anders gewesen wäre, hätte sie nicht gewußt, welche Fragen sie stellen sollte. Eines Tages schickte Gervaise einen Diener, der ein großes Stück feinen Musselin und einen merkwürdig falsch geschriebenen Brief brachte. Gervaise konnte zwar sehr gut englisch sprechen, aber nicht schreiben.
An einem anderen Tag kam eine Dame und schenkte Judith Flanellstoff, um Windeln und Wäsche für ihr Baby zu machen. Sie sprach mit einem auffallend französischen Akzent.
»Ich bin Sylvie Durham. Mein Mann ist Amerikaner und baut Flachboote für den Fluß. Wenn Sie erst die schwere Zeit hinter sich haben, besuchen Sie uns doch einmal?«
Judith sagte zu und dankte ihr. Alle Leute in Dalroy schienen Philip zu kennen und zu wissen, daß seine Frau ein Kind erwartete. Aber sie konnte diese fremden Frauen nicht fragen. Währenddessen fühlte sie, wie sich das Kind in ihrem Körper bewegte. Das war sehr seltsam, aber sie wußte nicht, was später kommen würde. Philip sagte, daß sie das Kind im Februar haben würde. Vielleicht wußte Angelique etwas darüber, aber die neue Sklavin sprach noch nicht gut genug englisch, als daß man sich viel mit ihr hätte unterhalten können.
Immerhin war es ein Trost, Angelique um sich zu haben, denn früher war diese die Zofe einer Dame gewesen. Sie konnte Judiths Haar in mindestens zehn verschiedene wundervolle Frisuren legen und beim Nähen so feine Stiche machen, daß sie kaum zu sehen waren. Sie half Judith, aus dem Musselin und Flanell Wäsche für das Baby anzufertigen. Judith brachte ihr bei, wie man die Buchstaben des Alphabets schrieb, wie sie es selbst gelernt hatte, als sie noch ein

kleines Mädchen war. Sie verbrachten vergnügte Stunden miteinander, als die Winternebel das Land bedeckten und Judith lieber am Feuer saß als draußen umherging. Jeden Tag freute sie sich mehr darüber, daß Philip Angelique gekauft hatte, um ihr in dieser beschwerlichen Zeit Gesellschaft zu leisten.

Aber die Sorge und die Angst, was später geschehen würde, steigerten sich immer mehr, je weiter die Zeit fortschritt.

An einem nebligen Dezembertag verließ Judith das Haus, um spazierenzugehen, während Angelique hinter dem Blockhaus wusch. Als sie in die Nähe der Negerzelte kam, hörte sie ein verzweifeltes Stöhnen. Jemand mußte furchtbare Schmerzen haben. Verstört blieb sie stehen. Im nächsten Augenblick wurde aus dem Stöhnen ein entsetzliches Schreien, als ob ein Tier, das sich in einer Falle gefangen hatte, in höchster Todesangst wäre.

Judith stürzte zu dem Feuer, wo die Frauen das Essen kochten. Sie taten ruhig ihre Arbeit und schienen gar nicht zu hören, daß in den Zelten jemand zu Tode gefoltert wurde.

»Was geschieht dort?« rief sie atemlos.

Die Frau, die ihr am nächsten war, hob den Kopf ein wenig.

»Mäm?«

»Kannst du nicht hören, was ich sage?« fuhr Judith sie wild an. »Was geschieht dort?«

Die Frau schaute nach der Richtung, zuckte die Schultern und schüttelte den Kopf. »Ach, nicht kümmern, Miß. Sie nur bekommen Kind.«

Judith hielt sich die Ohren zu und taumelte nach dem Blockhaus zurück. Als sie es erreichte, warf sie sich auf das Bett, ohne die Hände von den Ohren zu nehmen. Trotzdem konnte sie das Schreien noch hören. Es war zwar schwach, aber unverkennbar. Entsetzt lauschte sie darauf, als Angelique ins Haus trat.

Die Dienerin eilte ängstlich zu ihr. In ihrer Aufregung redete sie teils französisch, teils englisch. Sie setzte sich auf den Bettrand, nahm Judith in die Arme und sprach auf sie ein. Aber es dauerte einige Zeit, bis Judith verstand, was sie ihr sagen wollte. Da sie es immer wie-

derholte, konnte Judith es schließlich verstehen.
»Ich einmal haben Kind, Miß. Ich werden helfen, wenn Ihre Zeit kommen.«
Judith hob den Kopf.
»Ich helfen Miß«, sagte Angelique wieder.
»Ach, du hast ein Kind gehabt?«
Die Dienerin nickte.
»Was ist aus deinem Kind geworden?«
»Kind tot, Miß. Aber wir nicht lassen sterben Ihr Baby.«
»Du willst für mich sorgen?«
Angelique lächelte und nickte.
Judith legte die Arme um sie und verbarg ihr Gesicht. Angelique drückte sie an sich und streichelte das Haar ihrer Herrin zärtlich. Dann begann sie ein Lied zu singen, als ob sie ein Kind in Schlaf wiegen wollte.

Yé halé li la cyprier
So bras yé 'tassé par derrier,
Yé 'tassé so la main divant . . .

Judith konnte die Worte nicht verstehen, und auch Philip gelang es nicht, als er hereinkam und Angelique immer noch sang. Später erzählte er Judith, daß es das Französisch sei, das die Kongosklaven sprachen. Aber Angeliques Stimme klang so zart und einschmeichelnd, ihre Liebkosungen waren so behutsam, daß es keiner Worte dazu bedurfte. Judith fühlte sich nicht mehr allein.
Trotz des großen Feuers war es in diesen Tagen im Blockhaus ziemlich kalt. Judith hatte nicht gedacht, daß es in Louisiana jemals kalt werden könnte. Aber der Winter war mit feuchter Kälte hereingebrochen, und draußen herrschte ein so kühler Nebel, daß man nicht warm werden konnte.
Philip hatte den Negern den Auftrag gegeben, das Dach auszubessern, aber es schützte nicht genug gegen die schweren Winterregen, und die Feuchtigkeit drang durch die Ritzen zwischen den Baum-

stämmen. Philip versprach, noch mehr Kitt zu beschaffen, wenn er zur Stadt fuhr. Aber er vergaß es wieder, denn der Indigo wurde jetzt ausgepflanzt, und er hatte nur Sinn für die prachtvollen Felder.

Im Januar lichtete sich der Nebel, und die Tage wurden kalt, aber hell und sonnig. Judith fühlte sich bedeutend wohler. Unerwartet schnell kam der Februar.

Niemand hatte ihr gesagt, was sie im Februar zu erwarten hatte. Sie hatte nur den Namen des Monats gehört. Aber als sie eines Morgens aufwachte, war der Tag so herrlich, der Himmel klar, das Sonnenlicht golden, daß sie aus dem Bett sprang und sich auf das Fensterbrett stützte. Sie wünschte nur, daß ihr Körper nicht so schwer wäre, denn sie hätte am liebsten getanzt. Strahlender Sonnenschein lag über den Eichen und Magnolien, und es war hell und schön wie im Sommer, obwohl es noch kalt war.

Die Tage vergingen, aber das Wetter blieb herrlich. Obwohl Judith manchmal glaubte, ihre Beine wären so schwer, daß sie kaum von einer Seite des Blockhauses zur anderen gehen könnte, fühlte sie sich doch seltsam beschwingt. Was war dies doch für ein sonderbares, wundervolles Land, in dem der Februar so unvergleichlich schön sein konnte! Der Name des Monats klang nach Schnee und Eis, aber hier sproßte und grünte alles. Die neu hervordrängenden Blätter der immergrünen Eichen stießen die alten ab, so daß sie auf die Erde niederfielen, und an den Magnoliensträuchern bildeten sich lange, dunkle Knospen. Das Spanische Moos, das von den Bäumen herabhing, war im Winter grau gewesen. Jetzt bekam es einen grünlichen Schein. Überall regte sich frisches Leben, beglückend und wundersam.

Warum hatte ihr im letzten Sommer, als die Hitze sie beinahe umbrachte, niemand gesagt, daß es im Februar derart schön sein würde? Judith wunderte sich immer wieder darüber. Nun taten ihr die Leute leid, die sie in Neuengland zurückgelassen hatte. Sie konnten nicht jeden Morgen, wenn sie die Fenster öffneten, diese Wunder der Natur sehen. Alle Zweige und Blätter schienen aus Gold und Saphir zu sein. Gewiß, der Sommer würde wiederkommen und der Himmel aufs neue einer großen kupfernen Schale gleichen, die das Schicksal erbarmungslos über die Erde wölbte. Aber in diesem Jahr würde sie nicht verzweifeln, denn sie wußte ja, daß es wieder anders werden und ein neuer Februar folgen würde. Wahrscheinlich hatten die armen Kolonisten, die zuerst nach Neuengland gekommen waren, bei dem langen weißen Winter dasselbe Gefühl gehabt, denn ihnen hatte auch niemand gesagt, daß im Juni reicher Blumenschmuck auf Wiesen und Feldern prangen würde. Jener Juni, den sie zum erstenmal in der neuen Heimat erlebten, mußte ihnen ebenso wie ein Wunder erschienen sein wie ihr hier im Süden der Februar. Man sollte vorher wissen können, daß der Februar in Louisiana so herrlich und schön war. Es lohnte sich, um seinetwillen die Hitze des Sommers und die Nebel des Winters zu ertragen.

Aber vielleicht war es doch besser, nicht darauf vorbereitet zu sein. Wenn das Wunder unerwartet kam wie dieses, steigerte die Überraschung den Taumel der Glückseligkeit und Begeisterung. Hier unten gab es nicht die Wiesenblumen wie in Connecticut, dafür schmückten die Sträucher sich mit feuerfarbenen Blüten, deren Namen sie nicht kannte, und an den leblos erscheinenden Stengeln in den Nebenbuchten des Flusses prangten dunkelrote Blumen. Bald würden auch ihre Beschwerden vorübergehen, dachte Judith, die ihr soviel Sorgen machten, und sie würde wieder so leichtfüßig und frisch wie früher sein. Jetzt war es sogar köstlich, die Bewegungen des Kindes im eigenen Körper zu spüren. Es war das erste einer großen Familie, die später über dieses herrliche Land gebieten sollte. Sie war stolz, daß sie bald ein Kind haben sollte.

An einem Vormittag kam Philip unerwartet ins Haus zurück.

»Ich fahre zur Stadt, um die Pflugscharen ausbessern zu lassen, Judith. Was soll ich dir mitbringen?«

Sie lächelte ihn an.

»Etwas Kitt, um die Ritzen zwischen den Baumstämmen auszufüllen. Bitte!«

»Ja, das will ich bestimmt tun, Liebling! Diesmal vergesse ich es sicher nicht. Und was meinst du zu dem Spiegel, den ich dir versprochen habe?«

»Glaubst du immer noch, daß ich schön bin?« fragte sie ernst.

»Du hast die herrlichsten Augen, die ich jemals gesehen habe. So dunkelgolden wie die Sonne auf dem Fluß.«

»Immerhin fühle ich mich glänzend.«

»Ich auch. Es tut mir nur leid, daß ich immer soviel Zeit verschlafen muß.« Er küßte sie. »Also, auf Wiedersehen, Schatz. Ich komme zurück, so schnell ich kann.«

Sie trat in die offene Tür und winkte ihm zu, als er in den Wagen stieg und davonfuhr. Der Wind zerzauste ihr Haar. Sie streckte die Arme aus und holte tief Atem. Im Westen zogen Wolken über dem Fluß auf, die sich schneeweiß von dem tiefblauen Himmel abhoben. Sie hoffte, daß es nicht regnen würde, bevor Philip mit dem Kitt zurückkam.

Bei seiner Rückkehr am Nachmittag hatten sich die Wolken im Westen schwarz gefärbt. Die Sonne, die sie verdunkelten, umsäumte die hochaufgetürmten Massen mit purpurnen Rändern. Judith ging zur Tür und beobachtete Philip und Josh, die viele Dinge aus dem Wagen luden. Eifrig eilte Philip auf sie zu.

»Sieh einmal, was ich dir mitgebracht habe, Liebling! Gestern kam ein Boot aus Neuorleans an, und die Waren wurden auf der Werft von Purcell verkauft. Sieh doch nur her!«

Er breitete ein Stück feinster Seidengaze vor ihr aus, die so hauchdünn war, daß man beinahe gedruckte Schrift dadurch lesen konnte.

»Kommt aus Paris, Judith. Es gibt hier in der Gegend nur sehr wenig Frauen, die ein solches Kleid tragen könnten. Angelique soll es für dich machen – Angelique, regardera!«

»Ach, Philip, wie herrlich!« Judith und Angelique nahmen den Stoff in die Hand und befühlten ihn. Auf den zart rosenfarbenen Untergrund waren kleine blaue Blumen gedruckt. Sie dankte ihm, fragte sich aber im stillen, was in aller Welt sie mit einem so feinen Kleid in einem Blockhaus anfangen sollte.

»Und sieh dir dies an! Rosenrote Bänder für den Besatz. Auf beiden

Seiten haben sie Seidenglanz. Und hier ist ein Topf mit Pomade, um Ringellöckchen zu drehen. Der ist aus Neuorleans, und der Duft kommt von vielen Tausenden zerdrückter Jasminblüten.«

»Und was ist in dem Paket?«

»Ein paar französische Romane.«

»Ach so. Die kann ich aber nicht lesen.«

»Ich werde sie dir vorlesen. Und hier – ein Gürtel aus pflaumenfarbenem Samt.«

»Der ist wunderschön, aber ich kann ihn jetzt wirklich nicht umbinden.«

»Verwahre ihn für später! In diesen Flaschen ist Burgunderwein. Aber nun kommt das schönste Geschenk von allem. Genau das, was du dir gewünscht hast.«

Er trug einen großen eingepackten Gegenstand ins Haus, der mehr Platz einnahm als ein Spinnrad.

»Was ist es denn, Philip?«

»Pack es nur aus und betrachte es!«

Judith streckte die Hand aus und zog das Leinentuch herunter. Sie erschrak, senkte den Kopf und trat unwillkürlich einen Schritt zurück. Einen Augenblick schwieg sie, dann begann sie zu weinen.

»Aber Judith, Liebste, was hast du denn?«

Sie wandte sich um und bedeckte die Augen mit den Händen, um die Tränen zurückzuhalten. »Ach, um Himmels willen, Philip, sehe ich so aus?«

Er blieb stehen, warf Angelique einen Blick zu und schüttelte den Kopf. Dann sah er zu Judith herüber, die dem Spiegel den Rücken zukehrte und schluchzte.

»Häng ihn zu!« sagte sie heftig.

Langsam nahm er das Tuch auf und breitete es wieder über das Glas.

»Vielleicht hast du recht«, sagte er nach einer Weile. »Es tut mir leid, daß ich ihn gerade jetzt gekauft habe.«

Judith trocknete die Augen mit einem Ende ihres Schultertuches, eilte stürmisch zu ihm und legte die Arme um seinen Hals.

»Ach, Philip, verzeih mir. Es war so lieb von dir, daß du ihn mir

mitgebracht hast. Er gefällt mir doch so gut. Ich habe nur – einen großen Schrecken vor mir selbst bekommen!«
Philip lächelte sie zärtlich an. »Schon gut. Wir wollen ihn verhängt lassen, bis du wieder schlank und schön bist.«
»Nein, das wollen wir nicht tun. Ich benehme mich wie ein kleines Kind. Ich weiß nicht, wie du es überhaupt mit mir aushältst.« Judith zog das Tuch von dem Spiegel. »Es ist so lieb von dir, daß du mir so schöne Sachen schenkst.«
»Gefallen sie dir wirklich?«
»Aber natürlich, Philip, sie sind entzückend. Den herrlichen Seidenstoff müssen wir in die Kiste legen, damit er nicht naß wird, wenn es heute nacht regnet. Und rufe doch Josh, damit er schnell die Ritzen zuschmiert. Die Wolken dort drüben sehen sehr drohend aus.«
Er ließ die Arme sinken. »Ach, Judith, den Kitt habe ich ganz vergessen.«
»Was, du hast ihn wieder vergessen?«
Er nickte. »Den ganzen Weg zur Stadt habe ich mich daran erinnert, aber als ich dann auf die Werft kam, machte es mir so viel Spaß, für dich einzukaufen, daß ich an nichts anderes mehr dachte.«
Judith holte tief Atem und trat von ihm fort. Plötzlich drehte sie sich wieder um.
»Du bist doch ein törichter Narr!« rief sie außer sich. »Ich kann nicht zur Stadt fahren, weil mich das Rattern und Rütteln umbringen würde, und ich habe außer dir niemand, auf den ich mich verlassen könnte, und alles, was du bringst, sind Kleider, die ich nicht tragen kann, und französische Bücher, die ich nicht verstehe, und ein Spiegel, der mir zeigt, wie häßlich ich aussehe! Ich habe dich doch nur um das eine gebeten, mir etwas mitzubringen, um die Wände und das Dach auszubessern, damit es nicht hereinregnet. Aber nicht einmal in solchen Kleinigkeiten bist du zuverlässig! Ich mag nicht länger in einem Hühnerstall leben!«
Philip drehte sich um und ging hinaus.
Judith eilte zur Tür und sah, daß er wieder in den Wagen stieg.
»Wohin fährst du?« rief sie.

»Zur Stadt, um Kitt zu holen!« rief er zurück, ohne sich umzusehen.

»Aber doch nicht jetzt, Philip! Es wird Nacht, bevor du zurückkommen kannst!«

»Josh wird inzwischen schon für dich sorgen. Es ist leichter, in der Nacht zu fahren, als mit dir im Haus zu bleiben, wenn du so schlechter Laune bist.«

Er schlug mit der Peitsche auf die Maultiere ein, und mit einem Ruck fuhr der Wagen an. Philip stand auf und schlug aufs neue auf die Tiere ein. Judith wußte sehr wohl, daß er nicht die Maulesel treffen wollte, sondern am liebsten sie selbst verprügelt hätte.

Josh, der auf der Stufe der Tür stand, schaute auf.

»Ich besser in Nähe bleiben, junge Miß?«

»Ja«, erwiderte sie und ging hinein.

Furchtsam trat Angelique zu ihr. »Der Spiegel?« fragte sie und hielt das Tuch in der Hand.

»Ach, laß ihn stehen«, entgegnete Judith kurz, trat zum Fenster und setzte sich dort nieder. Die Wolken waren schwarz und drohend, so daß sie keinen Sonnenstrahl mehr durchließen. Aber Judith fühlte sich zu unglücklich, um sich darum zu kümmern.

Gleich darauf kam Angelique zu ihr und berührte sie leise am Arm. Judith sah, daß die Dienerin Maisbrot und kaltes Fleisch auf den Tisch gestellt hatte, aber sie schüttelte den Kopf. Sie beobachtete die Bäume, die sich in dem aufspringenden Wind neigten, und dachte an ihren elenden Zustand. Angelique setzte sich auf eine Kiste in einer Ecke und aß zu Abend.

Plötzlich fühlte Judith einen stechenden Schmerz in der Körpermitte. Sie zuckte zusammen, stand auf und hielt den Atem an.

Angelique sah es und sprang auf.

»Qu'est-ce que c'est, Madame?«

»Ich – ich weiß es nicht«, erwiderte Judith verstört, denn der Schmerz war ebenso schnell geschwunden, wie er gekommen war.

Angelique ging in die Ecke zurück und aß weiter. Auch Judith setzte sich wieder, aber bevor sie Zeit hatte, sich zu erholen, packte sie der Schmerz aufs neue. Sie tastete nach der Lehne des Stuhles hinter sich und rief: »Angelique!«

Die Dienerin eilte zu ihr. Judith war bleich vor Bestürzung. Nachdem der Schmerz vorüber war, fühlte sie sich wieder wohl. Angelique trat näher und suchte sie zu beruhigen. Judith begriff den Sinn der Worte nicht, aber sie lächelte, um damit zu zeigen, daß ihr der freundliche Ton wohltat. Angelique legte den Arm um sie, und als der Schmerz wiederkehrte, faßte Judith die Hände der anderen und hielt sie fest, bis der Anfall vorüber war.

Angelique setzte nun das Essen beiseite und entfaltete eine rege Tätigkeit. Sie holte alle möglichen Dinge aus den Kisten und hängte den großen Wasserkessel an einem Haken über das Feuer. Dann rief sie Josh und gab ihm den Auftrag, mehr Feuerholz hereinzubringen.

Judith blieb am Fenster sitzen. Die Schmerzen waren so sonderbar. Sie hatte das Gefühl, als ob zwei Hände sie packten und versuchten, sie in der Mitte auseinanderzureißen. Aber zwischen den einzelnen Anfällen traten lange Pausen ein, in denen sie nichts fühlte. Sie wünschte, Philip käme zurück. Sie hätte ihm dann sagen können, daß sie glaubte, ihr Kind würde jetzt geboren. Sie hätte ihm gern vorher noch erklärt, wie leid es ihr tat, daß sie ihn wegen seiner Vergeßlichkeit so bitter ausgescholten hatte. Ja, sie sah es ein, es mußte sehr schwer sein, mit ihr zusammenzuleben. Sie bemühte sich immer, den Mund zu halten, aber wenn die böse Stimmung über sie kam, konnte sie wirklich sehr verletzende und niederträchtige Worte gebrauchen.

Wieder packten sie die Wehen. Sie klammerte sich mit beiden Händen an das Fensterbrett. Josh kam herein und häufte Holz neben dem Herde auf. Als er wieder gegangen war, dachte sie, es wäre das beste, sich zu Bett zu legen. Wenn Frauen Kinder bekamen, lagen sie immer im Bett. Soviel wußte sie jedenfalls. Sie sagte Angelique, daß sie ihr ein Nachtgewand bringen sollte. Die Dienerin kleidete sie aus, aber als Judith sich niederlegen wollte, hielt Angelique sie zurück.

»Nein, nein«, sagte sie. »Nein. Gehen.«
Das war sonderbar. Aber Judith ging gehorsam in dem Raum auf und ab. Angelique war behutsam und mitfühlend; immer wieder sagte sie leise auf französisch irgendwelche Worte, die tröstlich klangen, obwohl man sie nicht verstehen konnte.
Judith dachte sich, daß es eigentlich gar nicht so schrecklich wäre, ein Kind zu bekommen. Die Schmerzen waren zwar schlimm, aber doch auszuhalten.
Aber es wurde dunkel, Philip kam nicht zurück, und die Schmerzen wurden schlimmer und schlimmer. Die Wehen folgten jetzt so dicht aufeinander, daß Judith zwischendurch kaum Atem holen konnte, und während eines solchen Anfalles bekam sie überhaupt keine Luft. Sie klammerte sich an Angelique, und gequälte Laute entrangen sich ihrer Kehle. Die Dienerin war zart und liebevoll, aber Judith sehnte sich nach Philip. Er hätte jetzt zurückkommen müssen. Auf ihn konnte sie sich stützen, so fest sie wollte. Angelique war doch nicht so stark und taumelte machmal unter Judiths Griff. Außerdem mußte man doch heftige Schmerzen ausstehen, wenn man ein Kind bekam, und Philip sollte eigentlich hier sein, um zu sehen, was sie durchzumachen hatte. Dann würde er ihr vielleicht verzeihen, daß sie heute so schlechter Laune gewesen war.
»An Bettpfosten festhalten, junge Miß«, sagte Angelique. »Der Feuer ausgehen, müssen Holz auflegen.«
Judith hielt sich an dem Pfosten, während Angelique sich um das Feuer kümmerte. Die Wehen setzten jetzt schneller und schwerer ein. Judith biß sich auf die Finger und packte den Pfosten noch fester, um nicht aufzuschreien.
Angelique schaute vom Herd auf und sagte: »Tapfere, gute Lady, junge Miß.«
Judith erkannte, daß sie doch sehr große Schmerzen aushalten mußte. Draußen war es jetzt stockdunkel, und es mußten seit dem ersten Anfall bereits mehrere Stunden vergangen sein. Die sonderbarsten Dinge gingen in ihrem Körper vor, die sie niemals erwartet hätte. Angelique schien jedoch nicht überrascht zu sein. Aber das Kind

hätte eigentlich jetzt schon geboren sein müssen.
»Wie lange dauert das noch, Angelique?« fragte Judith unsicher.
Die Dienerin sah wieder vom Feuer auf: »Madame?«
»Ich sagte –« Judith brach plötzlich ab, denn die Wehen setzten wieder heftig ein. Sie legte beide Arme um den Pfosten und biß mit den Zähnen in das Holz. Als es vorüber war, stieß sie hervor: »Ich sagte – wie lange – geht das noch so weiter?«
Angelique erhob sich. »Pauvre petite«, sagte sie leise, ging zu Judith, nahm sie in die Arme und küßte sie auf die Stirn. Sonst sagte sie nichts, aber Judith verstand, daß dies noch lange nicht das Ende war. Wieder zerrten die Schmerzen furchtbar an ihr. Judith dachte, wenn dies noch länger anhalten sollte, würde sie lieber sterben als ein Kind bekommen. Aber es geschah nichts. Angelique bat Judith, wieder umherzugehen, als die Wehen nachließen. Aber Judith sank beim ersten Schritt zu Boden, und als Angelique sich über sie beugte, um ihr aufzuhelfen, stieß sie hervor:
»Bitte, laß mich liegen – bitte!«
Angelique brachte sie darauf zu Bett. Immer neue Krämpfe schüttelten Judith. Sie glaubte, sie würde entzweibrechen, und biß sich in die Arme, bis das Blut kam. Sie erinnerte sich daran, wie die Frau in den Zelten geschrien hatte. Jetzt verstand sie das. Angelique saß neben ihr und wischte ihr den Schweiß von der Stirn.
Judith konnte alles deutlich sehen, die Ritzen in den Wänden und das schiefe Dach, die Kleider an den Haken, die Kisten, die umherstanden, weil es keinen Platz in dem Raum gab, um die Sachen unterzubringen. Ihr Blick fiel auf den großen Sack Maismehl, über den eben eine Schabe krabbelte. Ein Zug von Ameisen kroch über den Boden, und das Feuer auf dem Herd tauchte alles in einen rötlichen Schein. Sie hatte die Decke in Todesangst beiseite gestoßen, und obwohl sie das schwache Gefühl hatte, Stiche an den Fußgelenken zu spüren, hatte sie sich noch nicht darum gekümmert. Aber als sie jetzt nach unten sah, schrie sie auf.
»Ich habe Ameisen am ganzen Körper, Angelique!«
Ihre Stimme versagte, Angelique bemerkte die Tiere und gab sich so-

fort alle Mühe, sie wegzufegen, aber es waren Hunderte und Hunderte, und einen Augenblick später wußte Judith, warum sie in solchen Scharen ins Bett kamen.
Ein Regentropfen fiel auf ihren Arm, und sie fühlte den feinen Sprühregen, der durch die Ritzen in den Wänden drang, auf ihrer Stirn. Nun kam ihr zum Bewußtsein, daß sie den Regen schon seit einiger Zeit gehört, aber während der wilden Schmerzen nicht darauf geachtet hatte. In den kurzen Ruhepausen zwischen den Wehen wurde ihr klar, daß es in Strömen goß und der Kitt zwischen den Balken und auch der Lehm zwischen den Blockwänden fortgewaschen wurde. Die Ameisen auf dem Boden krochen um die Pfützen herum, und die Ameisen im Bett bissen und stachen Judith in Arme und Beine. Tropfen fielen auf sie nieder, und um diese Jahreszeit war nicht einmal ein Moskitonetz über das Bett gespannt, das den Regen etwas hätte abhalten können. Sie wand sich in verzweifelter Qual, und Philip war draußen im Walde. Eine geflügelte Schabe kroch durch eine Ritze in der Wand, erschrak über den plötzlichen Feuerschein und flug Judith ins Gesicht.
Entsetzt schrie Judith auf. Sie rief nach Philip und bat Angelique, ihr zu helfen. Die Dienerin rückte an der Bettstelle, um sie an einen Platz zu bringen, an dem es nicht durchregnete. Sie brachte feuchte Tüchter und versuchte, die Ameisen von Judiths Beinen abzureiben. Entschlossen zog sie die Betttücher unter ihrer Herrin fort und schüttelte sie über dem Herdfeuer aus. Aber es kamen immer neue Tiere, und sie konnte sie nicht abwehren. Der Regen drang durch das Dach herein und versickerte durch die Risse im Fußboden. Immer mehr Schaben flogen um das Bett. Manche stießen sich an der Wand und fielen zu Boden. Judith schrie nach Philip, aber erst als der Morgen dämmerte, kam er nach Hause. Er war durchnäßt und durchkältet, hatte ein böses Gewissen und war leicht angetrunken, denn er hatte bis spät in die Nacht in einem Gasthaus gesessen. Der Regen hatte die Wege in Morast verwandelt, so daß er sieben Stunden zur Heimfahrt gebraucht hatte.
Trotz des klatschenden Regens hörte er Judiths Schreie. Als der Wa-

gen vor der Tür hielt, sprang er heraus, rüttelte an der Tür und rief Angelique zu, wer er war. Sie zog den Bolzen zurück, und mit tropfenden Kleidern trat er ein.

Judith erhob sich halb aus dem Bett und rief: »Philip! Schaffe die entsetzlichen Tiere fort!«

Im ersten Augenblick konnte er sich nicht rühren. Das Bett stand in der Mitte des Zimmers. Angelique hatte Löcher in die Ecken des Bettuches gerissen und sie an die Bettpfosten gebunden, um den Regen abzuhalten, denn das Wasser drang durch mehr als ein Dutzend undichte Stellen im Dach herein.

Philip trat an das Bett. Im Schein des Herdfeuers sah er Todesangst auf Judiths gelblich-weißem Gesicht. Die Betttücher waren fortgenommen, und auf den Moosmatratzen zeigten sich feuchte Stellen. Die Steppdecke, die Angelique über Judith gebreitet hatte, war beiseite gestoßen, und überall wimmelte es von Ameisen. In Zügen krochen sie über Judiths Körper.

Sie sah zu ihm auf und murmelte durch die zusammengebissenen Zähne: »Bitte, schaffe sie fort, Philip!«

»Ja«, erwiderte er. Mit den Händen wischte er sie ab und schleuderte die Decke auf den nassen Boden. »Judith«, sagte er, während er angestrengt arbeitete, um die Ameisenplage zu bewältigen, »kannst du verstehen, was ich sage? Verzeihst du mir, daß ich dich so im Stich gelassen habe?«

Sie nickte.

Philip hob sie auf und fegte die kleinen schwarzen Tiere von ihr ab. Er nahm eine Schabe von der Matratze, warf sie auf den Boden und zertrat sie. Angelique hatte die Füße des Bettes nicht heben können, aber Philip hielt einen Pfosten nach dem anderen hoch, so daß sie einen Wassertopf darunterstellen konnte, der weitere Ameisen hinderte, ins Bett zu kriechen. So schnell er konnte, entfernte er die Tiere von Judiths Armen und Beinen. Schließlich setzte er sich auf die Matratze und wischte den Schweiß von ihrer Stirn. Hilflos sah er, wie die Muskeln an ihrem Hals während der Krämpfe wie Stricke hervortraten.

Judith unterdrückte einen Schrei, tastete nach seinen Händen und klammerte sich an ihn, während die Wehen sie schüttelten. Er sah rote Flecken an ihren Beinen, wo die Ameisen sie gebissen hatten. Angelique suchte die letzten totzudrücken, die sich in den Falten der Matratze verborgen hatten. Graues Licht fiel durch die Ritzen der Wände, und in dieser Beleuchtung entdeckte er einige Ratten, die an einem Sack Kartoffeln in der Ecke nagten. Zum erstenmal in seinem Leben hielt Philip sich selbst für einen nutzlosen Menschen, wie es früher alle Leute an der Küste von Karolina gesagt hatten. Er erinnerte sich an die Worte seines Vaters, der ihm erklärt hatte, es würde eines Tages etwas geschehen, um es ihm selbst klarzumachen.

Nun fragte er sich, ob Judith wohl jemals glauben würde, daß er sie wirklich liebte. Erbittert über sich selbst beschloß er, immer zärtlich zu ihr zu sein, so daß sie es doch noch begreifen mußte.

»Judith, mein liebes Kind, es tut mir so leid, daß alles so gekommen ist. Bitte, sage mir, daß du meine Worte verstehst!«

Sie versuchte zu sprechen, aber es kam nur ein heiserer Laut aus ihrer Kehle. Er wußte nicht, ob sie ihm antwortete oder nicht.

Wieder wollte er zu ihr sprechen, aber in dem Augenblick richtete sie sich mit einem furchtbaren Schrei auf. Dann sank sie erschöpft zurück. Ihr Gesicht war so aschgrau, daß er dachte, sie wäre tot. Er sprang auf und neigte sich über sie. Beglückt sah er, daß sie noch atmete.

Hinter ihm sagte Angelique: »Mais il est beau, Monsieur Philip!«

Er neigte sich wieder über Judith.

»Liebes Kind, es ist alles vorüber. Du hast einen Sohn geboren.«

Judith lag ruhig und hatte einen Arm über die Augen gelegt. Als Angelique später das Kind brachte, war Judith vor Erschöpfung eingeschlafen. Die Dienerin hatte es in eine Kalikoschürze eingewickelt, weil diese das einzige trockene Kleidungsstück im Raum war.

Philip deckte Judith mit einem pelzbesetzten Mantel zu, den er in Marseille gekauft hatte.

5.

Philip sagte, sie müßte für den ersten Kirchgang als junge Mutter ein weißes Kleid haben, und Judith ließ es Angelique aus einer Rolle elfenbeinfarbener Seide anfertigen. Gervaise hatte ihr den Stoff gesandt, als sie von der glücklichen Geburt des Sohnes gehört hatte. Philip nannte das Kind »David« nach seinem eigenen Vater. »Das soll mich an etwas erinnern«, sagte er. Obwohl Judith nicht wußte, was er damit meinte, war sie doch einverstanden. Ein Name war ebensogut wie der andere, solange sie nur jeden Morgen ihr Kind sehen konnte, das ihr jedesmal wie ein neues Geschenk vorkam. Der Kleine war kräftig und gesund, und da sie sich jetzt wieder erholt hatte, erschien ihr die Nacht, in der er geboren wurde, fern wie ein böser Traum.

An dem Sonntag, an dem sie eingesegnet wurde, fuhr sie nach Lynhaven, um bei Gervaise zu bleiben, bis das Mooshaus in Ardeith fertiggestellt war. Sie ging nur ungern, denn das Blockhaus kam ihr jetzt nicht mehr so übel vor, nachdem alle Spalten und Ritzen ausgekittet waren. Aber seit der Nacht, in der David zur Welt gekommen war, hielt Philip das Leben darin für unerträglich. Er ärgerte sich über die Ritzen zwischen den Balken und über die Ameisen, es paßte ihm nicht mehr, daß man in einem Raum schlafen und kochen mußte, und er sagte immer wieder, daß er nicht verstehen könnte, wie Judith dieses Dasein überhaupt ausgehalten hätte. Obwohl ihr der Gedanke schrecklich war, ihn allein zu lassen, gab sie doch schließlich nach und stieg mit Gervaise in den schönen Wagen, den Walter Purcell vor kurzem aus Neuorleans erhalten hatte. Auch Gervaise war erst vor kurzem nach ihrem letzten Kindbett aufgestanden.

Angelique fuhr hinter ihnen in einem Wagen mit der Amme, die Philip aus den Negerquartieren für den kleinen David ausgesucht hatte. Judith flüsterte Gervaise zu, daß sie zuerst von heftigem Schrecken gepackt worden sei, als sie ihr rosiges Kind an den Brüsten einer schwarzen Frau gesehen habe. Philip hatte ihr allerdings versichert, daß keine der Frauen, die sich Sklaven hielten, sich die Mühe gäbe, ihre Kinder selbst zu stillen. Gervaise lachte und erwiderte leise, daß auch sie eine schwere Aufgabe mit ihren Kindern hätte – beide waren hier in der St.-Margarethen-Kapelle getauft worden, obwohl sie selbst katholisch war. König Georg III. gestattete keine katholischen Kirchen in dem englischen Louisiana. Aber sie hatte ihre Kinder heimlich selbst noch einmal getauft, um sicher zu sein. Nach diesen vertraulichen Geständnissen lachten sie herzlich und fühlten sich wie zwei Freundinnen.

Jeden Sonnabend kam Philip nach Lynhaven und blieb bis zum Sonntagabend. Obwohl Judith ihn in der Zwischenzeit sehr vermißte, freute sie sich jetzt doch, daß sie sich dort aufhalten konnte. Gervaise war eine untadelige Gastgeberin und hielt ihren Haushalt mustergültig in Ordnung, obwohl sie selbst nicht imstande war, irgendeine Arbeit zu verrichten. Sie bewunderte Judith, die selbst kochen und feine Säume nähen konnte.

Judith fand es herrlich, jeden Morgen so lange im Bett zu liegen, bis Angelique mit dem Kaffee kam. Den Tag brachte sie mit Reiten und Plaudern zu, oder es wurden neue Kleider angeprobt, die nach Modellpuppen von Paris hergestellt wurden. Philip sagte ihr bei seinen Besuchen, daß sie sich ändere. Sie selbst fühlte das auch unbestimmt; es war, als ob der Rhythmus ihres Körpers sich dem nachlässigen und sorgloseren Leben anpaßte, das die Plantagenbesitzer am Mississippi führten. Auch ihre Geistesrichtung stellte sich dementsprechend ein. Es war so leicht, hier das Dasein von der heiteren Seite zu nehmen.

Aber niemals, dachte Judith, würde sie es lernen, so gleichgültig zu sein wie Gervaise. Niemals würde sie das Leben so unbeteiligt betrachten können wie Gervaise, als ob es nur ein amüsantes Schauspiel wäre. Manchmal beneidete sie die Freundin um diese Ruhe, manchmal aber auch empfand sie deshalb Mitleid mit ihr. Es war eine Einstellung zum Leben, die vor Ungemach und Ärger schützte, gleichzeitig aber auch große leidenschaftliche Erlebnisse, aufwühlenden Schmerz und jubelnde Freude von einem Menschen fernhielt. Obwohl Gervaise mit Erfolg ihr Leben in ihrem Heim so angenehm wie möglich gestaltete, glaubte Judith doch nicht, daß Gervaise einen anderen Menschen so lieben könnte, wie sie selbst Philip zugetan war. Sicherlich liebte Gervaise ihren Mann nicht so stark, wenn sie ihn auch gern hatte und die beiden niemals in Meinungsverschiedenheiten gerieten.

Gervaise erzählte Judith sachlich und ruhig von ihrer Heirat. Es war klar, daß sie Philip für einen liebenswürdigen Taugenichts und Judiths Flucht mit ihm für ein peinlich rücksichtsloses Verhalten gegen ihre Eltern hielt. Als Gervaise vierzehn Jahre alt war, kam Walter Purcell nach Neuorleans, um Sklaven von ihrem Vater zu kaufen, der sie von St. Domingo einführte. Ihr Vater war ein starrsinniger Kreole, der viele Töchter hatte und in Schulden geraten war, weil er ihnen Aussteuern beschaffen mußte. Gervaise war ein hübsches Mädchen, und der junge Amerikaner, der vom Strom herunterkam und durch einen königlichen Gnadenakt ein ungeheuer großes Landgut erhalten hatte, mußte mit der Zeit sicher einmal ein reicher Mann werden. Außerdem war Monsieur Durand glücklich, als er erfuhr, daß Amerikaner nicht sosehr auf einer Aussteuer bestanden wie Kreolen. Dieser Vorteil ließ ihn die Tatsache übersehen, daß Mr. Purcell ein englischer Ketzer war und einer anderen Religion angehörte. Walter Purcell andererseits brauchte eine Frau, und Mädchen aus guter Familie waren in den unkultivierten Niederlassungen von Westflorida sehr gesucht. So bot man ihm Gervaise an, die fast gar nichts mit bekam, und er entschied sich auch für sie. Jeder der beiden Männer war davon überzeugt, daß er dabei ein gutes Geschäft gemacht hätte.

Gervaise wurde dann mitgeteilt, daß man sie glücklich verheiraten würde. Sie beklagte sich auch nicht, denn Walter Purcell schien ein angenehmer junger Mann zu sein, wenn auch seine barbarische Sprache wenig dazu angetan war, mit ihm vertraut und bekannt zu werden. Um die Wahrheit zu sagen, sie hielt diese Heirat selbst für ein großes Glück. Ihr Vater hatte kurz vorher große Verluste im Geschäft gehabt; auf einem seiner Schiffe war eine Krankheit ausgebrochen und die Hälfte der Negersklaven daran eingegangen. Gervaise war deshalb in großer Sorge wegen ihrer Aussteuer. Wenn der Mann, der sie zur Frau begehrte, sie mit der Handvoll Sous nahm, die sie außer ihrem Namen besaß, mußte er wirklich von ihrer anmutigen Gestalt bezaubert sein, wie sie glaubte.

O ja, Gervaise war glücklich genug. Walter liebte sie sehr und behandelte sie wie ein Schoßkätzchen. Und da sie niemals den Wunsch äußerte, selbst ihr Geschick zu gestalten, ging das Leben in Lynhaven seinen friedlichen Gang. Aber wenn Philip herüberkam, verglich Judith die leidenschaftliche Liebe zwischen ihnen mit der sorgsam gepflegten Liebenswürdigkeit, mit der die beiden Purcells miteinander verkehrten, und nicht eine Minute lang hätte sie ihr Leben mit dem von Gervaise vertauschen wollen, selbst wenn sie in einem kleinen Blockhause wohnen mußte, in dem es soviel Käfer und Ungeziefer gab.

Philip schloß einen Vertrag mit Walter Purcell und kaufte einen großen Teil des Landes, den dieser noch nicht abgeholzt hatte. Walter Purcell hatte ein großes Dock am Flußufer gebaut, das zu seinem Eigentum gehörte, und interessierte sich nun viel mehr für das Geschäft mit seiner Werft als für den Plantagenbau. Gervaise sagte, sie verstünde nicht, was Philip mit noch mehr Wald anfangen wollte, wenn es doch noch Jahre dauerte, bevor er seine eigenen Ländereien gerodet hatte. Aber Judith verstand es sehr wohl. Sie kannte Philips Pläne; sie malte sich wie er die Zukunft aus, in der sie eine große Farm ihr eigen nennen und Indigofelder besitzen würden, die bedeutend größer als die ursprünglich dreitausend Acker waren.

Philip brachte seine erste Ernte mit gutem Verdienst unter und gab Judith Geld für Einkäufe. Sie fuhr mit Gervaise zum Kai. Angelique und die Zofe von Gervaise folgten ihnen in einem anderen Wagen, denn Judith hatte gelernt, daß Damen in der Stadt ihr Heim nicht ohne Begleitung verließen. Sie besuchten die Boote, die von Neuorleans heraufgekommen waren, und Judith kaufte Schuhe, Musselin und für David eine französische Rassel, die aus dünnem Holz gemacht und mit Tierbildern bemalt war. Sie kaufte auch blauen Kalikostoff und buntgestreifte Tücher für Angelique. Einmal wollte sie damit ihre Dankbarkeit für die liebreiche Hilfe bei Davids Geburt beweisen, dann aber machte es ihr auch Freude, das schöne Mädchen gut zu kleiden.

Die Dienerin war so dankbar, daß Judith darüber staunte.

»Aber Angelique, ich möchte dir wirklich etwas Schönes schenken. Sage mir doch, was du haben möchtest!«

»Ich brauche nicht viel, junge Miß«, antwortete Angelique. Sie schwieg einen Augenblick, dann fügte sie leise hinzu: »Keine weiße Lady so gut zu mir wie Sie.«

Judith beobachtete sie nachdenklich. Angelique stickte an einem Kleidchen für David. Ihre goldbraunen Hände bewegten sich geschickt über den Musselin. Judith überlegte, was für ein Leben das Mädchen wohl geführt haben mochte, bevor es den Fluß heraufgebracht und verkauft worden war.

»Waren sie im Hause von Monsieur Peyroux nicht gut zu dir?« fragte sie.

Angelique blickte nicht auf. »Ach, ganz gut dort. Reichlich zu essen und nicht zuviel Arbeit. Aber die sprechen nicht zu uns wie junge Miß.«

»Vielleicht hast du niemals Gelegenheit gehabt, ihnen zu zeigen, wie gut du sein kannst. Ich möchte dir wirklich etwas sehr Schönes schenken, Angelique, nur um zu beweisen, daß ich es nicht vergessen habe.«

Die Dienerin blickte auf, zögerte und senkte die Augen wieder.

»Ich brauche nichts, was zu kaufen, aber ich wünschen mir –«

»Nun – was?«

»Mich niemals verkaufen – niemals von Ihnen fort müssen.«

Judith sprang auf. »Aber Angelique, hast du je gedacht, daß ich das tun würde?«

Angelique zuckte in gleichmütigem Fatalismus die Schultern. »Es können doch sein.«

»Aber das würde ich nie tun, Angelique!« Judith legte die Arme um sie. »Ich weiß wirklich nicht, was ich anfing, bevor ich dich hatte. Du bist meine beste Freundin. Nicht um tausend Pfund würde ich dich verkaufen! Ich würde dich nicht hergeben, selbst wenn der König und die Königin von London kämen und dich haben wollten! Nein – niemals – niemals – niemals!«

Angeliques dunkle Augen füllten sich mit Tränen. »Sagen das im Ernst, Miß Judith?«

Judith nickte heftig.

»Sie sind gute Lady.«

Judith setzte sich auf den Fußboden und stützte die Arme auf Angeliques Schoß. »Höre zu! Du mußt mir etwas versprechen.«

»Ja, Madame?«

»Erzähle nie jemand etwas von der Nacht, in der David geboren wurde. Es soll kein Mensch wissen, daß es durch das Dach regnete, oder daß die Ameisen kamen, oder daß Mr. Philip mich allein gelassen hatte.«

Angelique lächelte. »Nein, davon schweigen, junge Miß.«

Die beiden sahen sich verständnisvoll an.

Gervaise kam herein und sagte Judith, daß Philip angekommen sei. Judith eilte hinaus, denn es war kein Sonnabend, und sie fürchtete, es könnte zu Hause etwas Unangenehmes vorgefallen sein. Aber Philip war offenbar in der besten Stimmung. Er sah eleganter aus denn je in einem blauen Rock mit einem reichgefältelten Jabot. Judith war stolz auf ihn, als er sich mit höfischer Eleganz vor Gervaise verneigte, deren Hand küßte und dabei sagte: »Sie werden von Tag zu Tag schöner, Madame.«

Aber dann hob er Judith hoch, setzte sie auf seine gekreuzten Arme wie ein kleines Kind und fragte, was denn der kleine David mache. Dann sagte er ihr, daß er hergekommen sei, um sie mitzunehmen. Das Haus in Ardeith war fertiggestellt – jawohl –, und es war auch schon eingerichtet.

»Es ist zwar kein Schloß«, meinte er, während seine Augen vor heimlicher Freude leuchteten, »aber man kann gut darin wohnen.«

Judith umarmte ihn entzückt. »Laß mich jetzt wieder herunter. Ich möchte unser Haus zu gerne sehen!«

Er wandte sich an Gervaise, als er Judith auf die Füße gestellt hatte. »Wo ist Walter?«

»Im Haus«, antwortete Gervaise. »Aber warum fragen Sie?«

»Ich habe wichtige Neuigkeiten für ihn. Heute morgen kam ein Boot mit englischen Nachrichten den Fluß herunter. Man sagt, daß die Kolonien an der Küste sich gegen den König auflehnen.«

Judith hielt den Atem an. »Aber das ist ja schrecklich!«

»Worüber streiten sie sich denn?« wollte Gervaise wissen. Es war eigentlich mehr eine höfliche Frage, als daß sie erfahren wollte, was dort vorging, denn die englischen Kolonien an der atlantischen Küste lagen für sie so fern wie England selbst.

»Ach, es handelt sich ganz allgemein um den Handel und die Zölle. Außerdem wollen sie ihre eigenen Abgeordneten ins Parlament entsenden.«

»Es wurde schon sehr viel über die Zölle und Abgaben gesprochen, bevor wir Connecticut verließen«, sagte Judith. Sie sah die atlantische Küste ebenso wie Philip als eine Tatsache an, die auch sie anging. »In Boston haben sie damals eine ganze Teeladung ins Wasser geworfen. Mein Vater sagte, daß das gut war –«

»Das stimmt auch«, pflichtete Philip ihr bei. »Aber ein Aufruhr gegen die Majestät des Königs – das ist doch ein starkes Stück.«

»Kämpfen sie schon?« fragte Judith.

»Ja, es ist schon zu verschiedenen Zusammenstößen zwischen den Kolonialtruppen und den königlichen Besatzungen gekommen.« Er lachte. »Ich wünschte beinah, ich wäre wieder daheim.«

»Aber Philip! Du würdest doch nicht gegen den König Waffen tragen! Du hast doch einen Eid geschworen, als du deinen Landbrief für Louisiana erhalten hast?«

»Ich würde mein Versprechen nicht halten, wenn er die seinen bricht. Eine richtige offene Empörung könnte vielleicht eine gute Lektion für die Regierung in London sein. Die Kolonisten wollen nichts anderes sein als Untertanen des Königs, auch jetzt noch. Niemand hat vollständige Unabhängigkeit verlangt.«

»Unabhängigkeit? Das wäre doch lächerlich. Ich bin als Engländerin geboren und hoffe auch als solche zu sterben.« Judith brach ab und warf einen Blick auf Gervaise. Sie fürchtete, daß ihre Worte taktlos geklungen hatten, da Gervaise nicht das Glück hatte, als Untertanin Georgs III. auf die Welt gekommen zu sein.

Aber Gervaise lachte. »Meine Liebe, ich habe meine Staatsangehörigkeit bereits dreimal gewechselt, und ich bin erst achtzehn. Neuorleans war französisch, als ich geboren wurde, dann trat König Ludwig uns an Spanien ab, und es wurden neue Flaggen auf der Place d'Armes gehißt. Darauf heiratete ich und kam hierher, und so bin ich nun Engländerin. Was ich noch alles werde, bevor ich sterbe, kann ich nicht sagen, aber ich weiß eins –«

»Nun, was wissen Sie, Gervaise?« fragte Philip, als sie innehielt. Auch er lachte.

»Mr. Philip Larne, wir leben hier in Louisiana, und Sie verlangen sehr viel, wenn Sie wünschen, in demselben Lande zu sterben, in dem Sie geboren sind. Ist das Hochverrat?«

»Es gibt Anlaß zum Nachdenken, Madame.«

»Ich will jetzt aber dafür sorgen, daß Sie Kaffee bekommen.« Gervaise ging ins Haus.

Philip sah lächelnd auf Judith nieder. »Bist du froh, daß du endlich in dein eigenes Heim einziehen kannst?«

Sie nickte. »Ich habe dich sehr vermißt.«

»Und du hast mir auch sehr gefehlt, mein liebes Kind.« Er lächelte mutwillig. »Dein Vater und dein Bruder wollen auch nach Ardeith kommen. Vielleicht sind sie jetzt weniger böse und glauben nicht mehr, daß ich dein Leben vollständig ruinierte, als ich dich von ihnen wegholte.«

Judith rieb eine Wange an dem Ärmel seines Seidenrockes. »Mir ist es gleich, was sie denken. Wir wollen hineingehen und Angelique sagen, daß sie meine Sachen packen soll.«

Judith sprudelte über vor Lebhaftigkeit. Sie brannte darauf, in das neue Haus zu kommen. Aber all ihre Erwartungen wurden übertroffen, als sie an diesem Tage nach Ardeith zurückkam.

Sie konnte das große Gebäude schon zwischen den Eichen sehen, als der Wagen sich auf dem holperigen Weg der Farm näherte. Schon bevor sie anlangten, stellte sie triumphierend fest, daß ihr Haus größer und prächtiger war als das der Purcells. Seine hellroten Mauern schimmerten leuchtend hinter der weißen Galerie, und es hatte drei Eingänge statt eines einzigen, denn es besaß drei geräumige Flure, die es der Länge nach teilten, und einen der Breite nach. Die Blocks, die durch diese kreuzweisen Gänge gebildet wurden, umfaßten nach der Front wie nach der Rückseite des Hauses nur je zwei Räume, so daß das Haus im ganzen sechzehn Zimmer besaß. Dazu kamen die Sklavenquartiere, die seitwärts im Hintergrunde standen.

Judith trat über die Schwelle des Haupteinganges, gefolgt von der Amme, die den kleinen David trug. Dann traten ihr Vater und Caleb ein, darauf Walter und Gervaise Purcell. Überrascht hielt sie den Atem an. Ein so weiträumiges Haus hatte sie nicht erwartet! Durch die Flure und den Mittelgang hatten die Zimmer genügend Luftzutritt. Es entstand Zug und Gegenzug. Durch die offenen Türen konnte sie Möbel mit gewundenen Füßen und geflochtenen Sitzen sehen, die von den Sklaven angefertigt worden waren. Einen Augenblick stand sie sprachlos. Beinahe hätte sie vor Freude aufgeschluchzt, als sie an das Blockhaus dachte, das noch im letzten Jahr hier gestanden hatte. Sie wandte sich um. Ihr Vater machte ein erstauntes Gesicht, Gervaise bewunderte das stattliche Gebäude mit einem gewissen Neid, und Philip war stolz wie ein König, der sein Reich zeigt.

»Ach, Philip, mein lieber Philip«, rief sie mit halberstickter Stimme, »ich habe niemals gehofft, daß ich wirkliche Glasfenster haben würde!«

Er legte den Arm um sie, als er sich an die anderen wandte. »Nun kommt bitte und seht auch noch das andere an.«

Er zeigte ihnen das Schlafzimmer. Darin stand eine Bettstelle, in der vier Leute ebenso bequem hätten schlafen können wie zwei. Auf der anderen Seite des Flurs lag das Kinderschlafzimmer mit einem Bett für die Amme und einer Wiege aus geflochtenem Rohr.

»Sieh doch bitte«, sagte Philip zu Judith, als er sie ins Schlafzimmer zurückführte. Über dem Bett hing eine Kordel, die an einer Reihe von Ringen quer über die Decke lief, dann durch die Wand ging und zu einer Klingel in Angeliques Zimmer führte. »So kannst du sie morgens rufen, daß sie dir das Frühstück ans Bett bringen soll, ohne daß du selbst aufzustehen brauchst.«

Judith warf einen Blick zu ihrem Vater hinüber. Er war starr vor Staunen über solchen Luxus.

»Ich habe auch eine Klingel im Wohnzimmer und im Eßzimmer anbringen lassen, damit du nicht soviel umherlaufen mußt, um die Sklaven zu rufen«, fuhr Philip fort.

Er ging zum Speisezimmer voraus. Dort stand ein Tisch, an dem zwanzig bis dreißig Gäste Platz finden konnten. Von der Decke hing ein Fächer aus großen Putenfedern herab.

Außerhalb des Hauptgebäudes stand das Küchenhaus mit einem Herd von drei Meter Länge und vier Kranen für große Töpfe und Kessel.

Judith brachte kein Wort heraus. Am liebsten hätte sie geweint. Ihr Vater trat zu ihr und nahm ihre Hände ernst in die seinen.

»Du mußt Gott den Herrn bitten, dich vor Stolz zu behüten, meine Tochter, wenn du in solchem Überfluß lebst.«

Das Glück war fast zu groß für Judith. Sie sah sich als Herrin dieses prächtigen Hauses, die ihre Sklaven und Diener durch Klingeln herbeirufen konnte und wie eine Königin an der großen Tafel saß. Es war kaum zu glauben, daß sie mit dem Flachboot den Strom heruntergekommen war, in dem kleinen Blockhaus gelebt hatte und nun in diesem wundervollen Haus wohnen sollte. Sie riß ihr Kind aus den Armen der Amme, eilte in das Schlafzimmer und sank vor dem Bett auf die Knie. David war so fein und zart. Philip hätte versprochen, daß ihr Sohn einst der Herr über ein Reich werden sollte, aber selbst in ihren kühnsten Träumen hatte sie sich ein so herrliches Reich nicht vorgestellt. Sie betete leise, aber die geflüsterten Worte kamen nur stoßweise hervor.

»Ich bitte dich, Gott, hilf mir, daß ich gut werde – mache mich so gut, daß ich das alles verdiene – die große Küche und die Klingeln

für die Diener und das Glas in den Fenstern. Mache aus David einen guten Jungen und laß ihn liebreich sein zu den Armen, die nicht in einem so großen Palast wohnen können.«
Plötzlich sah sie einen kleinen Zug von Ameisen, die über den Zypressenholzfußboden krochen, als ob sie ebensoviel Rechte in diesem Hause hätten wie sie selbst. Sie schauderte zusammen und sprang auf. Eine große Heuschrecke hüpfte aus einer Ecke des Zimmers und glotzte sie mit ihren grünen Augen an. Schnell betete Judith weiter:
»Und bitte, lieber Gott, hilf mir, daß ich Louisiana nicht ein Loch voll Ungeziefer nenne, wenn Philip in der Nähe ist und es hören kann.«

Noch bevor Judith einen Monat in dem neuen Hause wohnte, gab sie dem Sprichwort recht, daß die Herrin einer großen Plantage die erste Sklavin darauf sei.
Sie mußte die Negerinnen beaufsichtigen, die spannen, webten und nähten, sie mußte einen Blumengarten vor dem Hause entwerfen und Essen geben, die in Wirklichkeit festliche Banketts waren. Philip sah gern Gäste im Haus, und der Kreis seiner Freunde war ständig gewachsen. Die einflußreichsten und größten Pflanzer und Geschäftsleute auf den Dalroy-Höhen gehörten jetzt dazu.
Judith hatte mit Angelique neun Haussklavinnen, aber sie wurden niemals mit der Arbeit fertig. Außerdem sprachen die neuen schwarzen Dienerinnen meistens nur das Gumbo-Französisch. Obwohl Judith von Gervaise schon etwas Französisch gelernt hatte, war sie doch dankbar, daß Angelique ihre Wünsche den anderen verdolmetschen konnte. Ohne Angelique wäre es ihr überhaupt unmöglich gewesen, das große Haus zu verwalten. Die wußte wirklich alles. Sie sagte, wie man Lorbeerblätter im Schatten trocknen konnte, um das Okra-Gumbo-Gericht zu würzen; sie verstand, ein harziges Öl aus den Tannen zu gewinnen, das gegen Moskitostiche gut war, sie konnte Judiths Haar über einem Rahmen zu den eleganten modernen Frisuren auftürmen, die fast wie ein kleines Schloß auf

einem Berge aussahen. Angelique zeigte ihrer Herrin auch, wo sie Arsenik auf den Fußboden der Veranda streuen mußte, um die Heuschreckenplage zu vermindern. Die Tiere wurden durch die Indigopflanzung in der Nähe des Hauses angelockt. Ebenso war es Angelique, die den Rat gab, alle Bettstellen im Hause zweimal im Jahre auseinanderzunehmen und die Ritzen mit einer Lösung aus Quecksilber und Eiweiß zu bestreichen.

»Warum macht man das?« fragte Judith.

»Das soll gegen Wanzen schützen«, erwiderte Angelique.

»Ach, mein Gott!« rief Judith. Voll Ungeduld fragte sie sich, warum anständige Leute es überhaupt aushielten, in Louisiana zu wohnen. Das Land sah aus wie ein Paradies, war aber in Wirklichkeit nur ein Paradies für Käfer und anderes Ungeziefer. Immerhin strich sie gewissenhaft die Betten mit der Quecksilberlösung ein und achtete auch darauf, daß die Sklaven in ihren Häusern dasselbe taten. Das ordnete sie so häufig an, daß Philip schließlich sagte, sie würde ihn noch arm machen, wenn sie soviel Quecksilber kaufte. Es war sehr teuer. Er fragte sie, ob sie das nicht wüßte. Es mußte von Europa importiert werden, und seit Ausbruch des Amerikanischen Freiheitskrieges waren die Preise dafür schon auf das Dreifache in die Höhe geschnellt.

Judith entgegnete scharf, daß er mehr Geld aufwenden könnte, um das Haus sauber zu halten, wenn er nicht soviel für französische Weine ausgeben würde. Wollte er vielleicht eines Morgens Ungeziefer in der Wiege des kleinen David finden?

Philip fragte dagegen, ob sie ihren Gästen zum Essen nichts anderes als selbstbereiteten Orangenwein anbieten wollte, und fügte hinzu, anständige Leute hätten keine Wanzen.

Sie erwiderte, das käme davon, daß anständige Leute sich Mühe gäben, das Ungeziefer aus dem Hause fernzuhalten.

Darauf rief Philip ungehalten, sie hätte eine fixe Idee und sähe überall Wanzen.

Judith war durch den Wortwechsel in heftige Erregung geraten und sagte ihm ins Gesicht, daß er vielleicht auch eine fixe Idee hätte, wenn er eine Nacht durchgemacht hätte wie sie, in der sie nicht nur die furchtbaren Schmerzen einer Geburt ertragen mußte, sondern obendrein beinahe noch von Ameisen und Kakerlaken aufgefressen worden wäre.

Philip ging hinaus und schlug die Tür zu, daß es knallte.

Empört sah sie ihm nach, aber sie fühlte doch eine gewisse Genugtuung. Das war eine Waffe, die sie immer gegen ihn gebrauchen konnte, und in diesem Augenblick war sie froh darüber.

Aber als sie im Herbst merkte, daß sie wieder ein Kind bekommen sollte, erinnerte sie sich mit Grauen an die erste Geburt und erschrak so heftig, daß sie kaum die Haltung bewahren konnte. Es fiel ihr schwer, nach außen hin mutig zu erscheinen. Philip freute sich darüber, als sie es ihm erzählte, aber sie hielt ihn für herzlos, weil er nicht an die Schmerzen dachte, die sie auszustehen hatte.

»Warum bist du so ärgerlich?« fragte er sie. »Du willst doch nicht dein ganzes Leben lang nur ein einziges kleines Küken versorgen?«

Sie waren in ihrem Zimmer und machten sich zum Abendessen fertig. Judith drehte eine kleine Tabaksdose aus Porzellan so heftig, daß sie etwas von dem Inhalt verstreute. Der Wind wehte ihr den Tabak ins Gesicht, so daß sie niesen mußte.

»Du könntest wenigstens sagen, daß es dir leid tut«, entgegnete sie, als sie wieder sprechen konnte.

»Aber ich bin wirklich nicht traurig darüber, Liebling. Es tut mir ja leid, daß es so schmerzhaft und umständlich ist, Kinder zu bekommen, aber es wäre doch entsetzlich, wenn du unfruchtbar wärest.«

»Es ist schon gut«, erwiderte Judith kurz. Sie stülpte den Deckel wieder über die Dose und fügte hinzu, ohne aufzuschauen: »Wenigstens habe ich bei der zweiten Geburt ein Dach über dem Kopf.«

Es folgte eine kleine Pause.

»Ich bin jedesmal dankbar, wenn du aufhörst, darüber zu reden«, sagte Philip dann.

Plötzlich wandte sie sich um und trat zu ihm.

»Ach, Philip, verzeih mir! Ich bin wirklich nicht so schlecht, wenn

es auch häßlich klingt, was ich sage.«
»Das weiß ich.« Er lachte ihr zu. »Du bist – laß mich einmal nachrechnen – wie alt bist du eigentlich?«
»Im November werde ich siebzehn.«
»Glaubst du, daß du mit ungefähr zwanzig Jahren gelernt hast, den Mund zu halten?«
Sie nickte ernst. »Ich will es versuchen.«
Danach nahm sie sich fest vor, nicht wieder die Fassung zu verlieren und ruhig zu bleiben, aber es gelang ihr nicht immer. Sie hatte soviel zu tun! Sie mußte sich um ihr Heim kümmern und Wäsche für das zweite Kind beschaffen. Außerdem bemühte sie sich auch noch, den Haushalt in Silberwald zu beaufsichtigen. Sie wußte, daß ihr Vater und Caleb das schätzten. Aber als die heftigen Winterregen einsetzten und die Straßen aufweichten, fürchtete sie die weite Fahrt und sandte Angelique an ihrer Stelle hinüber. Die Dienerin berichtete ihr, daß Mark und Caleb angenehm und behaglich lebten und davon sprachen, so bald wie möglich auch ein festes Haus zu bauen.
»Ich wünschte nur, Caleb würde heiraten«, sagte Judith. »In Silberwald müßte eine Hausfrau schalten und walten.«
Angelique lachte. »Mr. Caleb wird schon heiraten, wenn er es für richtig hält, aber nicht eher. Wenn ich an Ihrer Stelle wäre, würde ich nicht versuchen, ihm darin einen Rat zu geben.« Das Englisch von Angelique hatte sich schnell gebessert, und sie vermied es, in den Dialekt zu verfallen, den die meisten Sklaven sprachen.
Die Amme brachte David herein. Judith drückte den Kleinen an sich und küßte seinen goldenen Lockenkopf. »Glaubst du, daß ich noch einmal ein so schönes Kind haben werde wie dieses?«
»Das wird Gott fügen, Miß Judith.« Angelique faßte in die Tasche und holte eine Hasenpfote heraus. »Eine Dienerin in Silberwald schickt Ihnen die. Sie ist vom linken Hinterfuß eines Hasen, der um Mitternacht an einem Freitag auf einem Kirchhof erlegt wurde. Sie sagt, Sie möchten sie unter die Matratze legen, wenn die ersten Wehen kommen, dann haben Sie eine leichte Geburt.«
»Danke.« Judith lachte trotz ihrer Furcht, als sie die Pfote nahm.

»Glaubst du daran?«
»Nun, ich weiß nicht recht. Jedenfalls schadet es nichts, wenn Sie es versuchen. Das Mädchen sagte, Sie sollten sie unter Ihrem Kleid tragen, bis die Zeit kommt.«
»Gut.« Judith steckte die Pfote in den Ausschnitt. »Aber sage um Himmels willen Mr. Philip nichts davon. Er glaubt an nichts, was er nicht beweisen kann.«
Aber seinetwegen hätte sie hundert solcher Talismane bei sich tragen können. Er hätte sich nicht darum gekümmert, denn er war mit seinen eigenen Angelegenheiten beschäftigt.
Alle Leute sprachen in diesem Jahr über den Aufstand an der Küste. Man diskutierte darüber, wie lange es noch dauern und ob es auch große Änderungen für Louisiana bringen könnte. Die erste Folge der Revolution zeigte sich, als der spanische Gouverneur von Neuorleans, der mit seinen Sympathien offen auf seiten der Amerikaner stand, die Engländer stromauf dadurch ärgern wollte, daß er ihrem Handel zu schaden suchte. Er machte bekannt, daß die Boote, die von den englischen Plantagen kämen, höhere Hafenabgaben zu zahlen hätten.
Diese Verordnung rief sowohl bei den Kreolen als auch bei den Engländern einen Sturm der Entrüstung hervor. Man konnte wohl patriotisch sein, wie Michael, Gervaises Bruder, ihr aus Neuorleans schrieb, aber Handel zu treiben war ebenso wichtig, und da Spanien und England in Frieden miteinander lebten, war es dumm und einfältig von Gouverneur Unzaga, gleichsam den Kriegszustand zwischen Neuorleans und Westflorida zu erklären. Die kreolischen Kaufleute konnten nicht ohne die Waren der Engländer leben, und umgekehrt brauchten die Plantagenbesitzer einen Markt. Keine der beiden Parteien wollte es zulassen, daß der Handel durch zu hohe Abgaben unterbunden wurde. Die Kreolen sagten, die Boote der Engländer sollten wie gewöhnlich herunterkommen; wenn der Gouverneur sich dazwischenstecke, würde er nur einen kleinen Privatkrieg gegen sich selbst heraufbeschwören.
Philip bemerkte, daß diese Art der Auffassung zu durchsichtig war,

um noch weiter darüber zu sprechen. Aber als er sieben Boote mit Indigo lud und sagte, er würde sie selbst nach Neuorleans hineinschmuggeln, wollte Judith es nicht zugeben.
»Nimm einmal an, sie fangen dich?« fragte sie besorgt.
»Ich habe schon größere Gefahren auf mich genommen, Liebling«, erinnerte er sie. »Kümmere du dich nur um deine eigenen Sachen!«
Triumphierend kehrte er nach Hause zurück. Als Judith ihn wiedersah, fühlte sie sich so erleichtert, daß ihre Augen sich mit Tränen füllten.
»Wie war es denn?« wollte sie wissen.
»Es ist nichts weiter geschehen. Wir haben die Boote nachts ausgeladen und den Indigo vor Tagesanbruch in die Lagerhäuser gebracht. Er kommt nun ohne weiteres zollfrei auf die spanischen Schiffe. Gouverneur Unzaga hat wirklich nicht viel Verstand. Er schadet sich durch diese Verordnung nur selbst. Wir haben nicht einmal den gewöhnlichen Hafenzoll bezahlt. Ende des Frühlings wird so viel den Fluß hinuntergeschmuggelt werden, daß er nicht einmal mehr genug an Zöllen einnimmt, um die Anlegestellen für die Boote in Ordnung zu halten.« Philip grinste. »Das hat Spaß gemacht!«
Judith schüttelte den Kopf und seufzte. Philip betrachtete alles von der scherzhaften Seite, besonders wenn es mit einer Gefahr verbunden war. Keinen Augenblick dachte er daran, daß dieses Abenteuer böse Folgen für sie und David hätte haben können, wenn er abgefaßt und wegen Schmuggelns gehängt worden wäre. Immerhin war sie dankbar, daß Philips rücksichtsloses Vorgehen ihm genug Geld eingebracht hatte, um das Land zu bezahlen, das er von Walter Purcell gekauft hatte. Sie bestand darauf, daß diese Schuld abgetragen wurde, obwohl Philip warten und die Summe zum Ankauf neuer Haussklaven für sie verwenden wollte. Aber Judith hatte von Jugend auf gelernt, daß Schulden beschämend seien und nicht anstehen durften.
Philip hatte recht gehabt mit seiner Voraussage. Bevor der Frühling zu Ende war, schmuggelten alle Leute, die am Fluß wohnten, und

Gouverneur Unzaga war verzweifelt. Philip unternahm drei weitere Fahrten nach Neuorleans und schmuggelte vergnügt seine ganze Ernte. Judith blieb äußerlich ruhig, obwohl sie besorgt war. Sie sagte sich ingrimmig, daß sie ja einen so steifen und biederen Mann, wie es ihr Vater und ihr Bruder waren, hätte haben können, wenn sie gewollt hätte. Aber diese unerschrockene Sorglosigkeit, die ihr soviel Sorgen bereitete, liebte sie ja gerade an Philip.

Ob nun die Hasenpfote wirkte oder nicht, die zweite Entbindung verlief überraschend leicht. Judith fragte Philip, ob er etwas dagegen hätte, wenn sie dem Kind den Namen »Christoph Columbus« geben würde.

»Ich fühle mich wie Columbus«, fügte sie hinzu. »Ich habe viele neue Dinge in einer neuen Welt entdeckt.«

Aber Philip erklärte, daß keiner seine Söhne Columbus heißen würde. Christoph könnte sie ihn nennen, wenn sie es wünschte. Sie sagte, ihre Heirat mit ihm wäre wie eine Reise in eine neue Welt. Er wußte nicht sicher, was sie damit ausdrücken wollte. Aber als sie ihn fragte, ob sie den Namen des Kindes aussuchen dürfte, fürchtete er, daß sie den Jungen Melchisedek nennen oder ihm einen anderen dieser grauenvollen biblischen Namen geben würde, wie es in ihrer Familie üblich war. So atmete er auf, daß es zu diesem Kompromiß kam.

Der Gewinn aus der nach Neuorleans geschmuggelten Indigoernte hatte seine kühnsten Hoffnungen übertroffen, und er war so zufrieden über seine Klugheit, mit der er die spanischen Zollbeamten hinters Licht geführt hatte, daß er Judith in beinahe allen Fragen nachgegeben hätte.

6.

Mark Sheramy sagte, daß Schmuggel nicht ehrenhaft sei, und weigerte sich, daran teilzunehmen. Aber er kalkulierte seine Kosten so geschickt, daß er trotz der erhöhten Hafenzölle einen geringen Ver-

dienst herauswirtschaftete und ein kleines, aber sehr gemütliches Fachwerkhaus aus Moos und Lehm in Silberwald bauen konnte.
Im zweiten Frühling der Revolution, als Christoph nahezu ein Jahr alt war, sagte Caleb zu Judith, daß er nach Neuorleans fahren wollte, um mehr Sklaven zu kaufen. Philip besorgte ihm darauf einen Platz auf einem Boot, das seinem Freund Alan Durham gehörte. Dieser war ein amerikanischer Siedler, der, anstatt sein Land zu bebauen, eine Werft gegründet hatte, Boote baute und diese an die Händler auf dem Strom verkaufte. Er stellte die verschiedensten Arten von Fahrzeugen her und benützte dazu das Holz, das er in seinen großen Wäldern fällte. Durch die Vermittlung seines wohlwollenden französischen Schwiegervaters konnte er seinen Handel bis nach Neuorleans ausdehnen.
Erstaunt und bezaubert wanderte Caleb durch die Straßen von Neuorleans. Eine berückend schöne Stadt! Der Strom zog in Windungen an ihr vorüber, und hinter ihren Häusern erhob sich ein Palisadenzaun, um die Indianer abzuhalten. In diesen Tagen hatte er zwar kaum noch Zweck, da die meisten benachbarten Stämme entweder mit Geld bestochen waren oder keine Bedeutung mehr besaßen. Die große Palisade war vor sechzig Jahren dort errichtet worden, als Neuorleans nur aus einem Haufen kleiner Hütten bestand, in denen die Bewohner furchtsame Tage zubrachten.
Caleb gefielen diese etwas schlammigen Straßen, die niemals trocken zu werden schienen, weil der weiche Schlamm zwischen den Pflastersteinen durchdrang. Es machte ihm auch Freude, die Damen mit ihren Spitzenmantillen zu bewundern, die am Fuß der Treppe zur Kathedrale aus ihren Tragestühlen stiegen, damit sie die schönen Schuhe nicht beschmutzten. Die Wagen trugen an den Verschlägen und den mit Schmutz bespritzten Türen Wappen und Monogramme. Er liebte es, auf dem Sklavenmarkt den Wirrwarr der vielen Sprachen zu hören, und er ging gerne in die Läden, wo französische Weine, Musselinballen, Wampumstickereien und unbearbeitete Felle aus dem Land der Pelztierjäger im Südwesten ausgestellt waren. Und obwohl er ein Protestant war, gefiel ihm die katholische

Kathedrale doch, deren Glocken über die Place d'Armes hinschallten, wenn sie zum Gebet riefen. Alan Durham lachte ihn aus, weil er lieber in den Straßen spazierenging als in der Kneipe saß. Aber Alan verstand nicht, daß allein der Anblick dieser großen Stadt mit ihrem Lärm und ihren Gerüchen Caleb schon trunken machte.

Am dritten Morgen nach seiner Ankunft lehnte Caleb auf der Place d'Armes an einer Dattelpalme und beobachtete den Sonnenaufgang, während Alan, der in der Nacht lustig gezecht hatte, sich noch ausschlief.

Die Boote jenseits des Uferdammes leuchteten in rötlichem Schein, die Glocken der Kathedrale erklangen, und fast glaubte er, daß auch hier draußen auf dem freien Platz Weihrauch in der Luft hinge. Aber wahrscheinlich kam der wunderbare Duft von den großen Blüten eines Magnolienbaumes. Über den Schutzdamm hinweg sah er viele Schiffe aus fremden Ländern, die Indigo holen wollten. Im Licht der aufgehenden Sonne strahlten sie rötlich und golden, und ein Schimmer dieses Glanzes fiel über das Wasser hinweg auf die dunklen Wälder am anderen Ufer.

In der Kathedrale hinter ihm ertönte Musik, und fromme Leute kamen auf dem Wege zur Messe an ihm vorüber; Obstfrauen vom Markt gingen zu Fuß, vornehme Damen und Herren kamen im Wagen oder ließen sich von ihren Sklaven in Sänften tragen. Ein junges Mädchen eilte an ihm vorbei. Ihre weißen Röcke flatterten im Wind, als sie den Uferdamm hinaufstieg.

Bei einem blühenden Zitronenbaum blieb sie stehen und nahm den buntbedruckten Seidenschal ab, den sie um den Kopf getragen hatte. Sie wandte Caleb den Rücken zu, streckte die Arme aus und holte tief Atem. Die Sonnenstrahlen fielen auf die seidenen Fransen des Schals. Ein hoher Kamm hielt das schwarze Haar, und der Wind, der vom Fluß heraufwehte, zeigte über den bauschigen Musselinröcken eine schlanke Taille. Sie breitete den Schal auf das feuchte Gras des Uferdammes und warf sich im Schatten des Zitronenbaumes nieder, so daß sie vor der Sonne geschützt war.

Caleb stieg auch die Anhöhe hinauf und ging auf das Mädchen zu.

Wenn er nur zehn Sekunden angehalten hätte, um nachzudenken, würde er es wahrscheinlich nicht getan haben, wie er sich später klarmachte, denn Kreolen rächten sich mit scharfen Rapieren an Männern, die ihre Schwestern und Töchter ansprachen, ohne ihnen vorgestellt zu sein. Aber in dem Augenblick hatte er alles vergessen und sah nur dieses bezaubernde Mädchen unter dem Zitronenbaum.

Erst als sie ihn bemerkte und sich aufsetzte, fiel ihm ein, daß er kein Recht hatte, sie anzusprechen. Zugleich kam ihm zum Bewußtsein, daß er keine Worte kannte, um mit ihr zu reden. Er hatte wohl ein paar französische Brocken aufgeschnappt, die ausreichten, um sich mit den Händlern zu verständigen, aber ihre Mantille deutete darauf hin, daß sie eine Spanierin war. So drückte sich seine Bewunderung nur in seinem Lächeln aus, als er vor ihr stand.

Sie schien sich nicht zu fürchten. Mit einer Hand stützte sie sich auf den Boden, während sie ihn mit ihren dunklen Augen verwirrt und erstaunt betrachtete. Ihre schmalen schwarzen Augenbrauen liefen über der Nase beinahe zusammen. Die Nase war nicht besonders schön, sondern flach und am Ende ein wenig nach oben gebogen, aber der Mund war entzückend und hatte das warme Rot einer Erdbeere. Und ihre Haut war so zart und rein wie die eines Kindes.

Caleb überraschte sich selbst bei dem Gedanken, wie sonderbar es war, daß die Kreolen ihre Frauen zwar sorgsam bewachten, ihnen aber erlaubten, so tief und aufreizend ausgeschnittene Kleider zu tragen.

»Ich bitte um Verzeihung, Madame«, sagte er, machte aber keine Anstalten, fortzugehen.

Sie sah ihn immer noch verwundert an, aber dann fragte sie zögernd: »Sie – machen – englisch, Señor?«

»Ja!« rief er erfreut. »Sie sprechen englisch?« Er setzte sich neben sie in das Gras.

»Nicht soviel gut«, antwortete sie und wich etwas zur Seite. »Wer sind Sie?«

»Mein Name ist Caleb Sheramy.« Er rückte näher. »Wirklich, ich

möchte Sie nicht belästigen – aber Sie sahen so unendlich schön aus – ich konnte nicht anders, ich mußte zu Ihnen sprechen.«
Sie lachte. »Gracias – ich meine – danke.«
»Ach, bitte, darf ich nicht ein paar Minuten hierbleiben und mit Ihnen plaudern? – Ich – ich wohne nämlich nicht hier, und ich kenne in ganz Neuorleans keinen Menschen.«
Sie lachte noch fröhlicher als vorher und betrachtete ihn wohlgefällig.
Caleb war froh, daß er seinen besten schwarzen Rock und ein Jabot trug. »Sie sein so spaßig, Sie Engländer.« Sie sprach mit einem schweren fremden Akzent, aber ihm erschien es melodisch und herrlich. Wenn sie lachte, zog sie den Mund an der einen Seite zusammen, so daß das Lachen von der anderen zu kommen schien.
»Wir sind in Wirklichkeit gar nicht so spaßig und sonderbar, wenn Sie uns erst näher kennenlernen. Haben Sie schon einmal einen Engländer gekannt?«
»Ja, einige.«
»Ich bin eigentlich kein Engländer, sondern Amerikaner. Ich komme aus Connecticut.«
»Wo sein das?« wollte sie wissen. »Über Ozean?«
»Nein, oben im Norden.«
Sie wandte den kleinen dunklen Kopf, als ob sie versuchte, Connecticut am Strom zu entdecken. Er bemerkte, daß sie nicht den Fluß hinauf, sondern stromab schaute.
»Nicht in dieser Richtung«, erklärte er. »Im Norden.«
»Aber das sein Norden.« Sie lachte wieder. »Sie machen wie alle Fremden. Sie glauben, wir sein nicht bei Verstand, wenn wir sagen, daß Fluß bei Neuorleans nach verkehrter Richtung fließt. Er drehen sich herum.«
»Was macht er? Sie meinen, daß er rückwärts fließt?«
»Nein – so.« Sie zeichnete mit dem Finger einen Bogen auf die Falten ihres Schals. »Er machen – wie Sie sagen – Biegung.«
»Erzählen Sie mir doch, wie Sie heißen.«
Sie senkte den Blick und spielte mit den Fransen ihres Tuches.

»Dolores Bondio.«
»Sind Sie Spanierin?«
»Ich sein geboren in Kuba.«
»Leben Sie jetzt hier?«
Sie flocht die Seidenfransen ineinander. »Ich leben hier, seitdem meine Mutter und mein Vater tot. Ich wohnen bei meiner Tante Juanita.«
»Ist sie sehr strenge? Würde sie außer sich geraten, wenn sie sähe, daß wir uns unterhalten?«
Dolores schaute auf.
»Sie sein sehr streng«, erwiderte sie vertraulich. »Ich müssen ganze Zeit bei ihr bleiben. Heute morgen – ich sein fortgelaufen. Sie sein in Messe. Sie glaubt, ich auch dort. Aber ich sein fortgeschlüpft. Der Morgen sein so schön, und ich wollen nicht immer zur Kirche gehen wie Nonne.«
Caleb blickte düster drein.
»Gehen die Katholiken jeden Tag zur Kirche?«
»Die meisten frommen Katholiken tun das. Sein Sie katholisch?«
»Nein.«
»Wer sein Sie denn? Erzählen Sie doch auch etwas über sich. Wo liegen denn Con – Con – ich können das Wort nicht aussprechen.«
»Das liegt weit entfernt. Man muß sechs bis acht Monate reisen, bis man hinkommt. Aber jetzt wohne ich nicht mehr dort, sondern in Westflorida.«
»Wo sein das?«
»Das ist Englisch-Louisiana auf dem Ostufer des Flusses oberhalb von Neuorleans. Mein Vater und ich haben eine Plantage dort.«
»Ach!« Sie lächelte und verzog wieder den Mund auf diese merkwürdige Art. »Sein Sie einer von den Engländern, die Land von König bekommen haben?«
Er nickte.
»Warum kommen Sie nach Neuorleans? Sein Sie in diesem neuen amerikanischen Krieg?«
»Nein, ich kam hierher, um Sklaven zu kaufen. Wir haben nicht ge-

nug Leute, um das Land zu roden.« Er drehte sich im Grase, stützte sich auf die Ellbogen und betrachtete ihr reizvolles spanisches Gesicht. »Nun erzählen Sie mir von sich weiter.«

Es folgte eine kleine Pause. Dolores hob die Hände mit echt südlicher Lebhaftigkeit.

»Aber ich haben so wenig zu erzählen.« Sie senkte den Blick wieder und schob die Unterlippe leicht vor. Dadurch erhielt ihr Gesicht einen traurigen, fast vorwurfsvollen Ausdruck. »Ich leben eben hier – mit Tante und Kusinen.«

Sie sah so unglücklich aus, daß sie ihm plötzlich leid tat. »Aber sind die denn nicht gut zu Ihnen, Miß Bondio?«

»Sie – ach ja, sie sein ganz nett.« Sie faltete die Finger im Schoß und schaute von ihm fort über den Strom.

Mit einer impulsiven Bewegung legte Caleb seine Hände über die ihren.

Sie erschrak und sprang auf. »Ich müssen gehen«, sagte sie.

»Nein!« rief er. »Noch nicht.«

»Doch. Tante sperren mich ein, wenn sie erfahren, daß ich nicht in Messe war. Lassen Sie mich gehen. Bitte, lassen Sie mich gehen«, bat sie, denn er hielt noch immer ihre Hände fest. »Ich müssen schnell über den Platz zur Kirche, damit ich dort sein, wenn sie mit Beten fertig.«

Er widersprach, aber Dolores zog ihn den Abhang hinunter. Sie hatte eine Hand frei gemacht und den Schal aufgehoben. »Ach, bitte, Señor, ich müssen gehen!«

»Aber warten Sie doch!« Am Fuß des Uferdammes hielt er sie zurück. »Ich möchte Sie doch wiedersehen. Wann kann ich Sie wiedertreffen?«

»Das sein nicht möglich.« Ängstlich sah sie nach der Kathedrale hinüber.

»Aber Sie müssen mir versprechen, daß wir uns wiedersehen. Können Sie denn nicht heimlich von Hause fortgehen – vielleicht heute abend?«

»Ach nein! Ich können nicht. Bitte –«

»Doch, sagen Sie, daß Sie können. Sie gefallen mir so gut – sie können Sie doch nicht die ganze Zeit ins Haus einschließen.«
Dolores suchte jetzt nicht mehr zu entkommen. Sie warf einen Blick auf den Kathedralenturm, dann sah sie Caleb an. »Würden amerikanische Mädchen das tun?« fragte sie furchtsam.
»O ja«, versicherte er.
»Bei Sonnenuntergang«, flüsterte sie. »Ich versuchen, ob ich zum Abendgebet kommen können. Unten an den Stufen von Kathedrale. Aber nun lassen Sie mich gehen.«
Sie riß sich von ihm los und eilte quer über den Platz, während sie den Schal über den Kopf zog.
Caleb beobachtete sie, bis sie in dem Schatten hinter der Quelle des heiligen Wassers verschwand.

Schon lange vor Sonnenuntergang wartete er auf sie. Aber es dauerte lange, bis sie kam, und er fürchtete schon, daß ihre Tante sie am Morgen auf dem Abhang beobachtet hätte. Als die letzten Sonnenstrahlen die Türe der Kathedrale aufleuchten ließen, sah er sie aus der Straße kommen, die zwischen der Kathedrale und dem Cabildo-Haus lag, in dem die Regierungsversammlungen stattfanden. Dolores ging langsam und sie sah sich nach allen Seiten um, als ob sie Angst hätte, daß jemand sie hier sehen könnte, der sie kannte. Sie hielt die schwarze Spitzenmantille so dicht um sich, als ob sie ihr Gesicht verbergen wollte. Hinter ihr kam eine Schwarze in einem rotgestreiften Kleid.
Er eilte ihr entgegen. Sie wandte sich um und sprach auf spanisch zu der Frau, die sie begleitete, worauf diese in der Kirche verschwand. Dolores sah zu Caleb auf. Ihre Augen wurden von der Mantille beschattet.
»Was machen wir jetzt?«
»Können wir nicht zu dem Platz hinübergehen?« Er nahm ihren Arm. Mit der anderen Hand zog sie die Spitzen über Mund und Kinn.
»Nein, nein«, flüsterte sie. »Es sein noch hell – wenn ein Freund

meines Onkels mich mit einem Mann allein sehen –« Sie zog ihn unter die Bogen des Cabildo zurück. »Hier können wir uns unterhalten.«

Sie setzten sich auf eine schmiedeeiserne Bank, die neben einem Tor des Gebäudes stand. Die schweren Bogen, die von Säulen getragen wurden, schlossen die Sonnenstrahlen aus und hielten das Licht ab. Dolores ließ den schwarzen Spitzenschleier fallen, und in der Dämmerung sah ihr Gesicht so bleich wie altes Elfenbein aus.

»Concepcion – sie setzen sich in Sklavenbank dort drüben und bleiben lange Zeit. Sie sein gut«, flüsterte Dolores und kicherte. »Tante Juanita haben gefragt, warum ich plötzlich so fromm sein. Ich sagen, ich fühlen mich bedrückt wegen meine Sünden.«

Caleb lachte auch ein wenig. Er hielt ihre beiden Hände in den seinen.

»Ich glaube nicht, daß Sie je in Ihrem Leben eine Sünde begangen haben.«

»O doch«, versicherte sie ihm. »Ich haben Neid gehabt wegen meine Kusinen, weil sie gute, schöne Aussteuer haben, und ich haben Aufruhr in meinem Herzen gegen lieben Gott, weil er meinen Vater in den Himmel geholt und mich so arm zurückgelassen haben. Ich haben Aufruhr gegen meinen Onkel, weil er denken, er haben richtigen Mann für mich gefunden –«

»Einen Mann?« Caleb erschrak. »Werden Sie heiraten?«

Dolores nickte. »Ich müssen heiraten oder in Kloster gehen. Sie müssen verstehen, sie haben außer eigenen Töchtern durch mich noch ein Mädchen mehr. Und sie haben selbst zu viele Töchter, um mir eine Aussteuer zu geben. Deshalb haben sie einen Mann gefunden, der mich nehmen, wenn ich nur bescheidene Aussteuer haben – und ich wollen ihn nicht! Er sein alt – er haben drei Frauen begraben, und er haben acht Kinder! Aber mein Onkel sagen, er werden gut zu mir sein, und ich werden Wagen haben. Aber ich –« Ihre Stimme klang, als ob sie ein Schluchzen unterdrückte. »Ich mögen keinen alten Mann heiraten, der drei tote Frauen und acht lebendige Kinder haben!« Sie hatte so schnell gesprochen, daß ihre Worte sich überstürzten. Ihre Aussprache war so merkwürdig, daß Caleb sie kaum verstehen konnte. »Aber ich haben noch nie allein mit einem jungen Mann gesprochen vor heute morgen – oder vielleicht denken Sie, ich sein kein gutes Mädchen, weil ich ohne Dueña auf Anhöhe laufen?«

Als die Sonne verschwand und es unter den Gewölben beim Cabildo-Haus dunkel wurde, hielt Caleb sie plötzlich in den Armen und küßte sie in glücklicher Verwirrung. Einen Augenblick gab Dolores nach, aber dann stieß sie ihn fort, sprang auf und hielt ihre Mantille dicht zusammen.

»Madre de Dios! Ich sollen doch wissen, was Sie von mir denken – nein, so sein ich nicht!«

Sie lief von ihm fort, aber er holte sie ein und hielt sie zurück.

»Dolores, mein armes, liebes Kind, ich habe nichts Schlechtes von dir gedacht! Es geschah nur, weil du so schön und so unglücklich bist – bitte, komm zurück und sage mir alles. Hat dich denn noch niemand geküßt?«

Sie schlug die Augen nieder. »Nein«, erwiderte sie leise.

»Bitte, komm zurück und setze dich. Concepcion – oder wie sie sonst heißt – wird uns nicht verraten.«

Nach kurzem Zögern kehrte sie zu der Eisenbank zurück. Eine Weile blieb sie schweigsam, und obwohl sie im Dunkeln so verführerisch aussah, daß er sie zu gerne wieder geküßt hätte, wagte er es doch nicht.

Schließlich begann sie zu sprechen, als ob sie ihm nun traute. Sie erzählte ihm, daß ihr Vater schon vor ihrer Geburt vom König von Spanien nach Havanna geschickt worden war. Sie wohnten dort in einem großen Haus und hatten Diplomaten aus den drei Ländern zu Gast, die wegen des Flußtals und der jenseits liegenden Inseln immer miteinander in Streit lagen. Von diesen hatte sie Englisch und Französisch gelernt außer ihrer spanischen Muttersprache.

»Aber sie sagen, mein Englisch sein sehr schlecht«, entschuldigte sie sich lächelnd.

»Ach, es klingt entzückend«, erwiderte er. »Erzähle nur weiter!«

Ihr Vater war vor drei Jahren gestorben. Sie wurde nach Neuorleans gebracht, wo ihr Onkel ein Mitglied des spanischen Cabildo war. Er hielt es für richtig, sie mit einem alten Mann zu verheiraten, der gut zu ihr sein würde. Was konnte ein armes Mädchen wie sie sonst erwarten, wenn sie nicht ins Ursulinerinnenkloster gehen wollte?
»Und sie sagen, ich würde eine sehr schlechte Nonne werden«, erklärte Dolores.
Er stimmte ihr zu, obwohl er kaum wußte, was von einer Nonne außer beständiger Keuschheit verlangt wurde. Aber allein das würde schon ein Unglück für Dolores sein. Sie erschien ihm nicht weniger bezaubernd, obwohl er inzwischen entdeckt hatte, daß sie einen Zahn in der oberen Reihe verloren hatte. Um diese Lücke zu verbergen, verzog sie beim Lachen den Mund so sonderbar. Das gelang ihr ausgezeichnet.
Sie sah, daß er es bemerkt hatte, und bedeckte die Seite ihres Gesichtes mit der Hand.
»Ich bin in Havanna einmal vom Pferd gefallen.«
»Ach, darauf kommt es gar nicht an«, versicherte er.
»Es sein verflucht unangenehm.«
»Was sagst du da?« rief Caleb betroffen.
Sie schrak zusammen. »Was haben ich gesagt?«
»Du sagst –« Er lachte. Ihr Englisch war so fehlerhaft, daß man sich nicht darüber aufregen durfte. Nun mußte er ihr natürlich eine Erklärung geben. »Nette junge Mädchen, die englisch sprechen, nehmen niemals das Wort ›verflucht‹ in den Mund.«
»Ach, es tun mir leid. Die Männer im Haus meines Vaters haben es gesagt.«
»Das kann ich mir denken. Aber zerbrich dir deshalb nicht den Kopf.«
»Sein es sehr schlechte Wort?«.
»Ja.«
»Ach, ich sein so traurig! Ich werden es nicht wieder sagen.«
Er wollte gerade wiederholen, daß es nicht so schlimm wäre, als Concepcion auf der Straße zwischen der Kathedrale und dem Ca-

bildo vorüberkam. Dolores stand auf und ging zu ihr. Caleb wartete, während die beiden sich auf spanisch unterhielten. Schließlich kehrte Dolores zurück.

»Sie sagen, Zeit für Abendgebet sein vorüber. Ich müssen nach Hause gehen. Ich sein schon zu lange fort.«

»Kommst du morgen wieder zur Messe?« fragte er begierig.

Sie lächelte ihm über die Schulter zu.

»Ja.«

Caleb sah sie danach jeden Tag. Er kaufte so viele Sklaven, wie er sich vorgenommen hatte, und veranlaßte, daß sie nach Silberwald geschickt wurden. Alan Durham hatte genügend Aufträge für Flachboote gesammelt und wollte nach Hause zurückkehren, aber Caleb zögerte noch. Er erzählte ihm von Dolores, und eines Abends nahm er ihn zu einem Tor in einem verborgenen Hofe in der Toulouse Street mit, damit er sie kennenlernen sollte. Weder die Familie von Gervaise noch die Verwandten von Alans Frau kannten jemand, der Bondio hieß, aber sie waren ja Franzosen und beherrschten die spanische Sprache noch nicht genügend, um gesellschaftlich in diesen Kreisen zu verkehren. Und Dolores' lebendiges Vorhandensein war nicht zu leugnen.

Alan stimmte Caleb bei, daß sie entzückend war. »Aber Sie können doch nicht immer in Neuorleans bleiben und sich in dunklen Gängen mit ihr treffen«, sagte er. »Zum mindesten kann ich nicht länger bleiben, und wenn ich stromauf fahre, wie wollen Sie dann nach Hause kommen?«

Caleb hatte den Entschluß gefaßt, Neuorleans nicht ohne Dolores zu verlassen. Er war noch nie so glücklich gewesen. Er fühlte sich zu beseligt, um daran zu denken, was sein Vater sagen würde, wenn er diese schöne Kreolin mit den tiefausgeschnittenen Kleidern und den heidnischen Mantillen sähe. Ebensowenig überlegte er sich, ob Dolores auf eine Farm passen würde. Er war verliebt.

In dem dunklen Bogengang bei dem Cabildo schloß er sie in die Arme und sagte ihr, daß er sie liebte und zu seiner Plantage mitnehmen wollte. Er fühlte, wie sie zusammenzuckte. Sie ließ den Kopf auf seine Schulter sinken und schluchzte leise.

»Du wollen mich mit dir nehmen? Sein das dein Ernst? Meinen du es wahr und aufrichtig?«

»Aber natürlich! Wenn du mich nur begleiten willst.«

»Aber – aber du kennen mich gar nicht.«

»Ich weiß, daß du schön und lieb und gut bist und daß ich dich liebe. Ich bleibe so lange hier, bis du mir versprichst, daß du mitkommst.« Er lächelte im Dunkeln. »Du kennst mich doch auch nicht, Dolores.«

»O ja, ich kennen dich!« Sie streichelte sein Gesicht. »Du sein gut. Ich wissen, daß alles, was du erzählen, richtig sein. Ich wissen, Caleb.« Sie wandte sich von ihm ab. »Wollen du mich heiraten?«

»Ja, selbstverständlich. Aber –«

»Ja?«

»Wenn dein Onkel ein Beamter des Cabildo ist, wird kein Priester in Spanisch-Louisiana uns ohne seine Einwilligung trauen. Glaubst du, ich könnte es wagen, ihn um deine Hand zu bitten?«

»Meinen Onkel? Du – englischer Protestant – er würden mich ebensogut einem Heiden geben! Er würden mich morgen sofort zu Ursulinerinnen schicken! Ach, Caleb, nicht zu ihm gehen! Können wir nicht heiraten, ohne ihn zu fragen?«

»O ja, mein liebes Kind, wenn du mir genug traust, um mich über die englische Grenze zu begleiten.«

»Ich dir trauen – ich überall mit dir hinreisen. Ach –« Ihre Stimme versagte. »Ich haben nicht gewußt, daß du mich wirklich so sehr lieben!«

Er zog sie wieder an sich. »Dolores, kannst du morgen früh zur Messe gehen? Ich treffe dich dann hier, und wir gehen zu meinem Boot. Wir können uns trauen lassen, sobald wir jenseits der Grenze sind.«

»Wo werden das sein?«

»In Manchac. Dort machen wir halt. Wenn die Gegenströmung nicht zu stark ist, können wir am nächsten Tage dort sein.«

»Ich komme, Caleb. Aber ich können keine Kleider mitbringen.

Vielleicht können ich zwei Röcke von jede Art übereinanderziehen. Dann sein ich aber dick!«
»Ach, das macht nichts. Du hast ungefähr die Gestalt meiner Schwester. Sie wird dir alles leihen, was du brauchst, bis Kleider für dich gemacht werden. Du kommst also morgen?«
»Ja, ja!« Sie umarmte ihn stürmisch. »Ach, ich war noch niemals so glücklich. Sein Silberwald eine – große Plantage?«
»Wenn der Wald ganz abgeholzt ist, wird sie sehr groß sein. Sicher gefällt es dir dort.«
»Ich werden Silberwald lieben! Caleb, ich wollen eine so gute Frau für dich sein! Ich wollen besser englisch lernen und alles tun, was du wollen.«
Er küßte sie wieder. »Ach, Liebling, ich hoffe, du wirst glücklich.«
»Nun müssen ich aber gehen. Concepcion sein in Kirche.«
»Willst du sie mitnehmen? Vielleicht kannst du sie herausschmuggeln?«
»Nein, nein, ich wollen nichts mitnehmen. Alle deine Verwandten sollen auch meine sein. Morgen – bei Kirche!«
Sie lief zur Kathedrale, und er sah kurz darauf, daß sie die Straße entlang ging. Concepcion folgte ihr.
Am nächsten Morgen fuhren sie mit dem Flachboot den Strom hinauf. Dolores trug zwei Paar Strümpfe und hatte ein Nachtgewand unter ihrem Reifrock versteckt. Sie saß mit Caleb an Deck, während die Plantagen zu beiden Seiten des Flusses an ihnen vorüberzogen. Die Bootsleute stemmten sich kräftig gegen die Strömung.
Nach einiger Zeit begann Dolores zu singen:

»O Zénéral La Florio!
C'est vrai yé pas capab' pran moin!«

»Was heißt das?« fragte er sie. »Das ist doch nicht Spanisch?«
»Nein, das sein Französisch, das die Kreolen sprechen. Lied handeln von Sklaven, der fortgelaufen sein. Er singen zu Monsieur Fleuriau,

Oberrichter am Cabildo. Er sagen: ›Sie können mich nicht fangen, Zénéral!‹« Sie lachte und drückte seine Hand. »Es sein so, wie ich jetzt fühlen. Sie können mich nicht fangen, ich sein fortgelaufen! C'est vrai yé pas capab' pran moin!«
Er hatte schon gefürchtet, daß sie Heimweh bekommen oder sich fürchten würde, wenn das Flachboot stromauf fuhr, Neuorleans außer Sicht kam und es in fremdes, englisches Gebiet ging. Aber sie schien überzuschäumen vor Glück und Freude und Triumph.
»Ach, ich sein so froh, daß ich mit dir gehen!« flüsterte sie.
Am nächsten Tag wurden sie in Manchac getraut.

7.

Judith spielte mit ihren Kindern im Garten von Ardeith, als ihr Vater zu Pferde herüberkam und ihr die Nachricht brachte, daß Caleb mit einer kreolischen Frau von Neuorleans zurückgekehrt wäre.
»Sie stammt aus Kuba«, sagte er, »und sie ist sonderbar in ihrer Art. Manchmal redet sie so eigentümlich, daß ich sie nicht verstehe. Sie hat kaum etwas anzuziehen, und Caleb meinte, du würdest ihr vorläufig aushelfen.«
Judith freute sich, daß Caleb geheiratet hatte, wenn sie sich auch wunderte, daß gerade die schwüle Schönheit einer Kreolin sein trotziges junges Herz besiegt hatte.
Mark erzählte ihr kurz, daß Dolores die Tochter eines spanischen Granden sei.
»Sie ist von Hause fortgelaufen.«
»Wie sieht sie denn aus?«
Der Vater zögerte. »Das ist schwer zu sagen, Judith. Sie ist nicht wie die Frauen, die wir kennen. Aber Caleb ist so verliebt in sie, wie ich es noch niemals sah. Sie ist auch wirklich schön, nur wenn sie zu sehr lacht, sieht man, daß ihr ein Zahn fehlt. Aber sie lacht nur selten so herzlich, daß man die Lücke bemerkt.«
Judith wußte nicht viel von spanischen Kreolen, aber sie hatte schon

so viel von ihren temperamentvollen Launen gehört, daß sie sich fragte, ob es gut ausgehen würde, wenn eine Kreolin mit Caleb und ihrem Vater zusammenwohnte. Duldsamkeit in Dingen, die sie nicht verstanden, war gerade keine Tugend der Sheramys. Aber sie sagte darüber nichts zu Mark, denn sie sah, daß er bereits beunruhigt war. Sie erwiderte nur, sie freue sich, daß Caleb eine Frau gefunden hätte, und ritt nach Silberwald, um sie willkommen zu heißen. Angelique begleitete sie mit einer Anzahl notwendiger Kleidungsstücke.

Dolores kam ängstlich die Treppe des Hauses herunter. Sie trug ein zerknittertes rotes Kleid und einen Überwurf aus geblümtem Stoff, aber ihr Haar war mit einem spanischen Kamm kunstvoll aufgesteckt, und zwei Rosen leuchteten über ihrem linken Ohr.

»Und du sein Judith?« fragte sie. »Du machen mich so glücklich, daß du kommen!«

Dolores sprach eifrig, als ob sie gefürchtet hätte, daß Calebs Familie sie überhaupt nicht empfangen würde. Judith küßte sie zum Willkommen.

Neidisch betrachtete Dolores das Reitkleid der Schwägerin mit der Fransenschärpe und den Rockschößen. Dann sah sie an sich herunter. »Du verzeihen doch?« sagte sie leise und zögernd. »Dies sein das einzige Kleid, das ich haben.«

»Aber natürlich! Vater hat mir schon gesagt, wie es kam, daß du keine Kleider mitnehmen konntest. Ich habe einige mitgebracht.«

Dolores drückte ihre Hand. »Danke. Das sein ja so schöne Sachen. Können du die wirklich entbehren?«

»Ach ja. Wo ist dein Zimmer, Dolores?«

»Hier.«

»Bring die Kleider hinein, Angelique. Miß Dolores kann sie sich ansehen, ob etwas dabei ist, das sie gebrauchen kann.« Judith lächelte, als ihr Bruder auf sie zukam. Dolores verschwand mit Angelique im Schlafzimmer.

»Sie ist sehr lieb, Caleb.«

»Ja, findest du es nicht auch?« Er sah seiner Frau entzückt nach, und

Judiths Bedenken und Befürchtungen über diese Heirat schwanden. Wenn er sie so innig liebte, würde das Mißtrauen seines Vaters gegen Fremde keinen Eindruck auf ihn machen. »Ich werde ihr schon helfen, daß sie sich allmählich an uns gewöhnt, Caleb«, flüsterte sie ihrem Bruder zu.
»Willst du das tun? Ich glaube, sie hat Angst vor uns allen.«
»Das arme Kind.« Judith ging ins Schlafzimmer. Angelique packte gerade die Kleider aus. Dolores bewunderte die Herrlichkeiten. Sie sprach französisch, und ihre Worte überstürzten sich. Als sie Judith sah, schwieg sie und wartete respektvoll, ob ihre Schwägerin etwas sagen würde.
Judith legte einen Arm um sie. Um Himmels willen, dachte sie, das Mädchen ist ja so eng geschnürt, daß sie wirklich eine Wespentaille hat.
»Dolores, wenn ich dir irgendwie helfen oder einen Rat geben kann – vielleicht möchtest du etwas über den amerikanischen Haushalt erfahren –, dann brauchst du mich nur zu fragen.«
»Ach – dürfen ich das?« rief Dolores. »Ich haben nicht gewußt, wieviel man lernen müssen.«
»Natürlich. Ich werde dir zeigen, wie alles gemacht wird.«
»Danke vielmals. Dein Vater –« Dolores wandte den Blick nach der Tür. »Er mögen mich nicht – aber das sollen anders werden. Ich werden dafür sorgen!« Ihre dunklen Augen leuchteten vertrauensvoll auf. Man konnte leicht verstehen, daß Caleb sich in sie verliebt hatte. Sie war so lebensprühend, daß sie in diesem düsteren Haus wie eine lichte Fackel wirkte.
Judith küßte sie impulsiv. »Dolores, du bist entzückend!«
Ihre Schwägerin erwiderte die Umarmung mit einer Leidenschaft, die erstaunlich war für eine einsame junge Frau in einem fremden Land. »Haben du mich wirklich gerne, Judith?«
»Selbstverständlich!«
»Du sein gut«, sagte Dolores leise und zog Judith zu sich auf das Bett. Es lag eine Steppdecke darüber, die Judith und ihre Mutter im letzten Sommer in Connecticut aus Stoffresten zusammengenäht

hatten. »Judith, ich – ich wollen so sehr machen eine gute Frau für Caleb, damit er nicht traurig sein müssen über Heirat mit mir. Du werden mir sagen –«

»Was soll ich sagen?« fragte Judith, als ihre Schwägerin zögerte. Dolores lachte. »Wie ich die Speisen machen müssen, die er und alte Herr gerne essen.«

»Komm nach Ardeith – mir ist jeder Tag recht«, antwortete Judith vergnügt. »Dann sage ich es dir. Mein Mann kann die neuenglische Küche nicht leiden, aber ich glaube, ich kann mich noch erinnern, wie wir zu Haus gekocht haben.«

»Morgen?«

»Ja, gut. Ich werde dir die Rezepte aufschreiben.«

Dolores schüttelte den Kopf. »Ich können sie nicht lesen.«

»Kannst du überhaupt nicht lesen?«

»Nur Spanisch. Französisch und Englisch ich haben gelernt nur von Hören, wenn andere sprachen.«

»Dann werde ich es dir vorsagen, und du kannst es wiederholen, bis du es auswendig weißt. Du mußt dir keine Sorgen über meinen Vater machen, Dolores. Er hat nie viel gesprochen, und seit dem Tod meiner Mutter ist er noch schweigsamer geworden. Aber er ist sehr gut.«

»Zu gut.« Dolores schauderte ein wenig zusammen, aber dann lächelte sie wieder. »Der alte Herr werden mich gern haben, wenn ich Baby haben. Ich hoffen, ich bekommen sehr schnell Baby. Du haben zwei?«

»Ja, zwei kleine Jungen. David ist zwei Jahre alt, Christoph wird im Juni ein Jahr sein. Du mußt dir die beiden ansehen. David hat blondes Haar und ist sehr ungezogen, Christoph ist dunkel und sehr artig. Sogar jetzt ist er brav, obwohl er gerade Zähne bekommt.«

Unwillkürlich faßte Dolores mit der Hand an den Mund.

»Das braucht dich nicht zu bedrücken«, sagte Judith freundlich. »Es fällt nicht besonders auf.«

»Zwei Herren fochten ein Duell in unserem Hof in Havanna aus. Ich hörte den Lärm ihrer Rapiere, lief hinaus, war aber so erschrocken,

daß ich stürzte und mit dem Kopf gegen die Mauer schlug –«
»Liebes Kind, mach dir deshalb keine Sorgen. Man merkt es wirklich nicht so sehr, wie du denkst. Bei einer so schönen, zarten Haut, wie du sie hast, sieht man über andere Fehler leicht hinweg.«
»Du glauben das wirklich?« fragte Dolores ernst.
Sie gefiel Judith, denn sie war so eifrig bemüht, die anderen zufriedenzustellen.
Nach einigen Wochen zeigte sich, daß Dolores selbst Mark Sheramy gewann, obwohl er schwer zugänglich war. Der alte Mann mußte zugeben, daß doch nicht so viel an ihr auszusetzen war, wie er anfänglich befürchtet hatte. Die Männer aus seiner Familie heirateten gewöhnlich keine Mädchen, die sich mit Gardeniablüten im Haar an den Tisch setzten und so tiefausgeschnittene Kleider trugen, daß ihr Busen schamlos enthüllt wurde. Aber offenbar erschien ihm das weniger skandalös, wenn sie ihm gute Pasteten oder einen schmackhaften Pudding vorsetzte.
Caleb und Judith lobten sie, weil sie es verstanden hatte, sich Marks Gunst zu erobern, aber Dolores sah sie nur bescheiden an, verzog ein wenig den Mund und antwortete: »Meine Lieben, in meiner Heimat sagten die Leute, daß ein Mann eine Frau um so lieber hat, wenn sie die Gerichte auf den Tisch stellt, die er gerne ißt.«
Ihr Englisch besserte sich im ersten Sommer rasch, was die Grammatik betraf, aber ihre Aussprache änderte sich nicht. Trotzdem klang es eigenartig melodisch, wenn sie redete. Und sie sah entzückend aus, wenn sie schmollend den Mund verzog, um die Lücke in den Zähnen zu verbergen. Man hatte immer den Eindruck, daß sie jemand küssen wollte. Die Männer sahen es gern, und viele von ihnen ahnten nicht, warum sie das tat. Judith bewunderte Dolores, die es verstand, aus einem Fehler, der weniger kluge Mädchen entstellt hätte, einen Vorzug zu machen.
Dolores war auch in der Unterhaltung anregend, nachdem sie ihre Scheu erst einmal abgelegt hatten. Sie erzählte ihnen Geschichten von den Diplomaten und Staatsbeamten, die immer die Hacken zusammenschlugen, wenn sie in dem Hause ihres Vaters zu Gast wa-

ren, und von den hohen Persönlichkeiten, die sie begleiteten, wenn sie in den Parks spazierenritt. Dolores konnte vorzüglich reiten; es gab kein Pferd auf der Plantage, das sie nicht bändigte.

»Es ist merkwürdig«, meinte Caleb, »daß sie vom Pferd fiel und sich einen Zahn ausschlug. Sie kann doch so gut reiten.«

»Ich wußte nicht, daß sie zu Pferde war, als sie stürzte«, erwiderte Judith. »Sie sagte mir, zwei Männer hätten im Hof miteinander gekämpft und sie erschreckt. Sonderbar, daß sie auf einem Pferd über den Hof geritten sein sollte.«

»Vielleicht sind die Patios in Havanna größer als in Neuorleans«, entgegnete Caleb.

Judith fand es trotzdem seltsam und sprach eines Tages im August zu Philip darüber, als sie einen Ritt auf die Felder machten. Dolores war jetzt vier Monate in Silberwald. Philip, der allen Menschen freundlich entgegenkam, war auch ihr mit selbstverständlicher Liebenswürdigkeit begegnet. Aber er zog die Augenbrauen hoch, als Judith ihn fragte, ob die Höfe in Havanna so groß seien, daß man mit Pferden darin herumreiten könne.

»Ich glaube, die kleine Dolores lügt einfach schamlos.«

»Aber Philip!«

»Meine liebe Judith, ich weiß nicht, auf welche Weise sie ihren Zahn verlor, und ich kümmere mich auch nicht darum. Es ist nicht wichtig.«

»Ich kann nicht verstehen, daß sie so unsicher darin ist, Gesellschaften richtig zu geben. Aber es mag vielleicht sein, daß sie von unseren Sitten und Gebräuchen keine Ahnung hat.«

Philip sah sie ruhig an. »An Dolores ist nichts auszusetzen«, sagte er. »Kümmere dich nur um deine eigenen Angelegenheiten!«

»Sie wußte nicht einmal etwas von Tassen mit zwei Untersätzen«, fuhr Judith hartnäckig fort. »Ich dachte, die gäbe es in jedem guten Service. Aber ich mußte ihr erklären, daß man den Kaffee zum Abkühlen in die tiefe Untertasse gießt und dann die Tasse auf den flachen Teller setzt, damit sie nicht einen Ring auf dem Tischtuch hinterläßt. Vielleicht haben sie keine doppelten Untertassen in

Kuba.«

»Hast du denn von all diesen Dingen gewußt, als du von Connecticut herunterkamst?« entgegnete Philip kühl.

»Ach, Philip, wir haben niemals vorgegeben, elegant zu sein. Wir waren nur einfache Farmersleute.«

Er antwortete nicht direkt, sondern machte eine Bemerkung über seine Indigofelder, dann ritt er hinaus und gab einem Aufseher den Auftrag, einige Kongoneger unter die Ibus zu mischen, denn die Schwarzen vom Kongo waren leichter zu regieren als die Ibus, die gern Unruhe stifteten, wenn zu viele von ihnen an einem Platz versammelt waren.

»David wird es einmal leicht haben, wenn er groß ist und die Plantage übernimmt«, sagte er zu Judith, als er wieder zu ihr kam. »Er wird nur noch Negersklaven haben, die alle in Amerika geboren sind. Die Schwarzen aus Afrika sind schwer zu lenken. Man weiß niemals, ob ein Sklave, den man kauft, in seiner Heimat nicht ein Häuptling war.«

Sie merkte, daß er nicht weiter über Dolores sprechen wollte, und vermied es einige Zeit, sie zu erwähnen. Aber sie sah wohl, daß Angelique, wenn sie auch nichts darüber sagte, doch keine besondere Achtung vor Calebs kreolischer Frau hatte.

Eines Tages im Herbst, als sie sich zum Abendessen in Silberwald ankleiden ließ, fragte Judith Angelique, was sie von Miß Dolores hielte.

»Sie ist immer sehr freundlich zu mir gewesen«, erwiderte Angelique, die gerade vor Judith kniete und ihr die Strümpfe anzog.

»Das ist aber keine Antwort auf meine Frage.«

Angelique strich die Strümpfe an Judiths Beinen glatt. »Nun ja – wenn sie spricht, macht sie sich groß, Miß Judith. Sie hätten mir sagen sollen, daß ich Ihre Silberschnallen an den Schuhen putzen mußte.«

»Wenn sie angelaufen sind, ist es jetzt zu spät. Du hast kaum noch Zeit, mein Haar zu ordnen. Ich möchte heute eine sehr hohe Frisur haben. Stecke die Seidenvögel darauf! Aber was meinst du damit,

daß sie sich groß macht?«
»Ich möchte nicht über weiße Leute sprechen«, entgegnete Angelique und erhob sich vom Boden.
»Du hast mehr Verstand als die meisten Weißen. Das weißt du auch. Kämme mein Haar über den Rahmen und nimm reichlich Pomade, damit sich die Frisur länger hält. Du denkst wahrscheinlich, daß sie manchmal Geschichten erzählt, die erfunden sind?«
Angelique lachte. »Miß Judith, ich glaube, sie redet nur so, weil Mr. Caleb es gerne hört. Er hält sie für eine wundervolle Frau.«
»Ja«, sagte Judith niedergeschlagen, »das stimmt.«
Sie beobachtete im Spiegel, wie Angelique ihr Haar hoch kämmte. Dolores trug immer noch die spanischen Kämme an Stelle der seidenen Figuren. Die standen ihr vorzüglich, besonders wenn sie eine echte spanische Mantille, die sie auf dem Markt gefunden hatte, darüber drapierte.
»Sie wollen also die Vögel haben, Miß Judith?« fragte Angelique. »Nicht die Kriegsschiffe?«
»Alle tragen in diesen Tagen Kriegsschiffe wegen des amerikanischen Krieges. Nein, ich möchte die Vögel haben, und ein Nest mit Eiern dazwischen. Du kennst die Frisur doch –«
»Jawohl, Madame.«
Als die Frisur fertig war, nahm Judith den Handspiegel und betrachtete sich von allen Seiten. »Wirklich schön. Elf Zoll hoch?«
»Ja, ungefähr.«
»In Paris sollen die Damen so hohe Frisuren tragen, daß sie im Wagen knien müssen, wenn sie zu einer Gesellschaft fahren, um den schönen Aufbau nicht zu verderben.«
Angelique lachte, als sie die Kämme beiseitelegte. »Meiner Meinung nach sind elf Zoll für die Kolonien schon sehr schön, Miß Judith.«
Judith hatte noch immer ein unbehagliches Gefühl wegen Dolores. Aber als sie in Silberwald ankamen und Dolores ihnen auf der Veranda lebhaft entgegenkam, wurden ihre Befürchtungen wieder beschwichtigt.
Die junge Frau sah wirklich anziehend aus, jedenfalls schön genug,

um Caleb zu fesseln, obwohl er altüberkommene Anschauungen über die Ehrbarkeit der Frauen hatte. Sicher waren ihre kleinen Flausen und Lügen harmlos. Wenn sie sich ein paar besondere Federn ansteckte, um auf die Familie ihres Mannes Eindruck zu machen, war das schließlich kein allzugroßer Fehler.

Judith beobachtete Gervaise, die kühl und zurückhaltend auf der anderen Seite des Tisches saß, und überlegte, ob auch sie Dolores für nicht ganz echt hielt. Als sie nach Hause aufbrachen, stieg sie mit Gervaise in Purcells Wagen, da Walter und Philip noch über ein Geschäft zu sprechen hatten und nebeneinander herritten, bis sich ihre Wege trennten. Als der Wagen angefahren war, fragte Judith unvermittelt:

»Gervaise, was denkst du über meine Schwägerin?«

Ihre Freundin zuckte die Schultern unter dem Mantel. »Sie ist reizend, solange sie den Mund hält.«

»Das meinte ich aber nicht.«

»Doch, das ist es.« Gervaise lächelte ein wenig ironisch. »Ich wünschte nur, daß sie englisch zu mir sprechen würde. Ihr Französisch ist einfach fürchterlich.«

Judith gab zu, daß sie es kaum verstanden hatte, aber sie beherrschte es ja selbst nicht.

»Sie spricht geradezu Negerfranzösisch«, erklärte Gervaise kurz. »Die gemeinen Ausdrücke, die sie gebraucht! Ich weiß wirklich nicht, wo sie manche Worte aufgelesen hat.«

Judith erzählte ihr, daß Caleb Dolores manchmal verbieten mußte, soviel auf englisch zu fluchen. »Sie kennt die Bedeutung der Worte nicht.«

Gervaise zuckte wieder ein wenig mit den Schultern. »Ich fürchte nur, sie hält uns für echt einfältig, daß sie uns solche Geschichten auftischt. Sie macht sich ein wenig groß.« Sie legte ihre Hand auf Judiths Arm. »Aber sie ist wirklich sehr schön. Sage bitte meinem Mann nicht, daß ich eine unfreundliche Bemerkung über sie gemacht habe. Er hält sie für außerordentlich anziehend.«

Judith hatte schon vorher beobachtet, daß Männer Dolores mehr

schätzten als Frauen. Sie nahm sich vor, Philip nach ihr zu fragen. Er sollte ihr endlich sagen, was er wirklich von ihr dachte.
Nachdem sie den Kindern am Abend gute Nacht gesagt und sie geküßt hatte, erzählte sie Philip, was Gervaise über das Französisch von Dolores geäußert hatte. Sie saßen im Speisezimmer bei einem Glas Wein und aßen einige leichte Biskuits dazu, wie gewöhnlich, wenn sie an einer Gesellschaft teilgenommen hatten.
Philip hörte ihr mit sonderbarem Lächeln zu. Einen Augenblick schwieg er, während er ihr Glas aufs neue füllte. Aber dann sagte er:
»Judith, warum kümmerst du dich soviel um Dolores?«
»Ach, sie ist auf ihre Weise wirklich sehr lieb und rührend, Philip, und ich glaube, sie ist vollkommen hilflos, wenn einmal ein Unglück über sie hereinbricht –«
»Was meinst du denn damit?«
»Wenn ein paar so dickköpfige Puritaner wie mein Vater und Caleb über etwas empört sind und sich im Recht fühlen, können sie furchtbar sein.«
Er schob einen der silbernen Leuchter beiseite, so daß er sie besser sehen konnte. »Judith, die Sache geht mich nichts an, aber wenn das Mädchen die Tochter eines spanischen Granden ist, dann bin ich eine Mokassinschlange.«
»Philip! Bist du deiner Sache auch ganz sicher?«
»Ich glaube, ich kann eine Dirne erkennen, wenn ich sie sehe.«
Judith fiel das Biskuit aus der Hand. Was Philip eben ausgesprochen hatte, bestätigte ihre schlimmsten Befürchtungen.
»Wer ist sie denn?« fragte sie unsicher.
»Ich habe nicht die geringste Ahnung.« Nach einer kurzen Pause fragte er: »Hast du niemals bemerkt, wie sie den Schnupftabak aufschlürft, wenn sie eine Prise nimmt?«
Judith biß sich auf die Lippen. »Mir ist schon Verschiedenes aufgefallen.«
»Aber Dolores ist klug. Sie gibt genau acht, wie anständige Leute sich bewegen, und paßt sich sofort an. Aber meiner Meinung nach

hat sie deinen Bruder vollkommen eingewickelt und hinters Licht geführt.«
»Aber Philip, warum sagst du ihm das nicht, wenn du deiner Sache so sicher bist?«
»Warum sollte ich denn das tun?«
»Aber um Himmels willen –«
»Ja, um Himmels willen, was meinst du denn, Judith? Er ist vollkommen glücklich, solange er es nicht weiß, und sie gibt sich die größte Mühe, alles gutzumachen. Vielleicht haben die beiden miteinander verabredet, zu sagen, daß sie von vornehmer Herkunft ist, damit dein Vater sich eher mit dieser Heirat abfindet.«
»Nein, das würde Caleb niemals tun«, widersprach sie. »Er ist ehrlich und aufrichtig und kann kaum verstehen, daß andere die Unwahrheit sagen. Aber er liebt sie über alles.«
»Ja. Und deshalb sage ich dir auch, daß du die beiden in Ruhe lassen sollst. Vielleicht macht es Caleb Freude, sich selbst zu betrügen, vielleicht weiß er auch alles. Andererseits kann ich mich irren und Dolores wirklich eine Dame sein. Auf jeden Fall ist es nicht meine Sache, und auch du darfst dich nicht einmischen.«
Judith erhob sich vom Tisch, trat ans Fenster und sah auf eine Gruppe von Bananenstauden hinaus, die klar vom herbstlichen Mondlicht beschienen wurden. »Aber wie hat er nur so töricht sein können, Philip?«
»Liebes Kind, wenn man sich bis über die Ohren verliebt hat, macht man die größten Dummheiten.« Er ging zu ihr und legte den Arm um ihre Schultern. »Haben nicht alle deine Verwandten gesagt, du seist eine Närrin, als du dich in mich verliebtest?«
»Ja – aber das war doch ganz anders!«
»So, war es das? Ich danke dir.« Er zog ihren Kopf an seine Schulter. »Kümmere dich nicht um Caleb und Dolores, solange die beiden miteinander zufrieden sind. Versprichst du mir das?«
Judith versprach es, aber sie fühlte doch, daß sich Wolken zusammenzogen und das Ungewitter sich jeden Augenblick entladen konnte. Bis jetzt schien Caleb keinen Verdacht zu haben, daß Dolo-

res nicht aus so vornehmen Verhältnissen stammte, wie sie ihm erzählt hatte. Er verehrte sie blindlings. Ihr Vater erwähnte Dolores kaum, und Judith wußte nicht, was er im Grunde dachte.
An einem Märztag kam Dolores stolz zu Pferde nach Ardeith und erzählte Judith, daß sie in anderen Umständen sei. Aber Judith konnte sich kaum darüber freuen. Sie hatte im stillen gehofft, Dolores würde unfruchtbar sein, da sie schon nahezu ein Jahr verheiratet war, ohne daß sich Anzeichen von Mutterschaft bemerkbar machten. Diese neue Verwicklung verstärkte Judiths böse Zukunftsahnungen noch mehr.
Die Krisis kam, als wichtigere Dinge in den Vordergrund traten. Gouverneur Unzaga war nach Spanien zurückgekehrt, und Gouverneur Galvez hatte dessen Stelle in Neuorleans eingenommen. Er gab sich Mühe, freundschaftliche Beziehungen zu den Engländern in Westflorida aufrechtzuerhalten, hatte aber doch großes Interesse daran, die Macht der englischen Rivalen zu brechen. Deshalb unterstützte er die amerikanischen Rebellen durch Proviantsendungen. Kanonenboote mit der gestreiften Flagge der Rebellen fuhren auf ihrem Wege nach Neuorleans immer häufiger an den Docks von Dalroy vorüber.
Die meisten Bewohner von Westflorida waren empört, daß diese Rebellenboote ungehindert Durchfahrt erhielten, und nur die Furcht, daß sie selbst nicht mehr mit ihren Booten in den Hafen von Neuorleans fahren dürften, hielt sie davon zurück, die feindlichen Fahrzeuge anzugreifen.
Aber Philip wollte wissen, was eigentlich vorging. Er hatte weder Streit mit den Engländern noch mit den Amerikanern, sagte er zu Judith, aber wenn er in Karolina geblieben wäre, dann würde er wahrscheinlich jetzt unter den Rebellen mitkämpfen. Und wenn man ab und zu Sendboten der aufständischen Amerikaner zum Essen einlud, erfuhr man bei der Unterhaltung, was sich draußen in der Welt zutrug.
Als daher Mr. Thistlethwaite auf seinem Weg den Strom hinauf mit einem verdächtig aussehenden Boot aus Neuorleans in Dalroy an-

legte, machte Philip sich am Kai mit ihm bekannt und nahm ihn zum Essen nach Ardeith mit.

Mr. Thistlethwaite kam von Delaware. Er war ein großer, starker Mann, hatte ziemlichen Umfang und ein robustes Gesicht wie ein Beefsteak. Seine Sprache war so rauh, daß Angelique erschreckt auf die Veranda lief und die beiden Kinder in den Hof brachte, damit sie dort spielen sollten.

Die Sheramys von Silberwald waren an diesem Abend auch zum Essen eingeladen, und Mark und Caleb saßen bereits im Wohnzimmer. Philip holte sie auf die Veranda heraus und stellte Mr. Thistlethwaite vor. »Mrs. Larne kommt auch gleich«, sagte er dann. »Sie ist noch dabei, die Blumen zu begießen.«

»Oh, ich liebe es, eine Dame zwischen Blumen zu sehen«, erwiderte Mr. Thistlethwaite mit seiner schallenden Stimme. »Es ist so süß und schön, sich eine Frau in solcher Umgebung vorzustellen.«

Philip und Caleb lachten.

»Meine Frau verstand sich auch sehr gut auf Gartenarbeit«, fuhr der Gast fort. Als er sich daran erinnerte, ging ein Grinsen über seine groben Züge. »Roten Fingerhut hatte sie besonders gern. Überall im Garten zog sie den. Aber heutzutage haben wir wenig Gelegenheit, uns um Gärten zu kümmern. Die verdammten Rotröcke zertrampeln die ganze Erde. Eine schwere Zeit, Mr. Larne. Alle Leute, die mitkämpfen, wollen Generäle sein, und das ist unmöglich, wie Sie wohl verstehen werden.«

Mark Sheramy erzählte, daß er an dem französischen Krieg teilgenommen hätte und daß damals dieselben Schwierigkeiten und Eifersüchteleien bestanden hätten.

»Ja«, erwiderte Mr. Thistlethwaite, »das ist immer die schlimme Sache.« Seine Stimme klang so laut wie ein Nebelhorn. »Jeder will ein großer Mann sein und kümmert sich überhaupt nicht um sein Land. Selbstlose Patrioten sind in diesen Tagen sehr selten. Aber wir rechtlich denkenden Amerikaner können schon unsere Soldaten im Zug halten. Ich sage Ihnen, die Tage, da es noch gekrönte Häupter gibt, gehen zu Ende. Alle Menschen sind frei und gleich –«

Judith hörte ihn, als sie ins Schlafzimmer ging, um sich umzukleiden.

»Philip bringt doch die sonderbarsten Menschen mit«, flüsterte sie Dolores zu, die im Garten mit ihr gearbeitet hatte.

»Wer ist es denn?«

»Einer dieser lauten Amerikaner, die man manchmal am Kai trifft. Wahrscheinlich wird er den ganzen Alkohol im Hause austrinken. Ob der wohl ein Glas Orangenwein mag? Es ist eigentlich viel zu heiß für Whisky.«

»Soll ich den Leuten sagen, daß sie Orangenwein holen?« fragte Dolores. »Ich bin schon fertig mit dem Umziehen.«

»Ja, möchtest du das tun? Sage einem der Diener, daß er ihn auf die Veranda bringen soll.«

Als Judith in die Halle trat, sah sie Dolores vorübergehen. Ein Diener mit einem Tablett, auf dem Weingläser standen, folgte ihr. Dolores sah in den goldgelben Baumwollkleid, das vorzüglich zu ihrem dunklen Haar und ihren dunklen Augen paßte, hübscher aus als je. Kein Mensch hätte vermuten können, daß sie in anderen Umständen war.

Auf der Schwelle zögerte Dolores einen Augenblick. Mr. Thistlethwaite sprach sehr laut; die anderen drei lachten über seine Erzählungen und sahen sie nicht. Aber er hatte sie bemerkt und schlug mit der flachen Hand auf sein Knie, als er sie erkannte.

»Ja, was soll man denn dazu sagen? Das ist doch Dolores! Mädchen, was tust du denn hier?«

Dolores zuckte leicht zurück. Judith, die nun auch durch die Tür getreten war, sah, daß Philip und die anderen sich erhoben.

»Erlauben Sie –« sagte Philip.

»Ach, eine Vorstellung ist überflüssig!« rief Mr. Thistlethwaite und nahm ein Glas vom Tablett. »Weiß Gott, das erinnert mich an die alten Zeiten! Wie oft habe ich ein Glas mit Dolores getrunken!«

»Ach, kennen Sie sich?« fragte Caleb erstaunt.

Dolores fand ihre Stimme wieder. Sie kniff die Lippen zusammen. »Ich habe diesen Herrn noch nie in meinem Leben gesehen.«

Mr. Thistlethwaites Gesicht rötete sich noch mehr, als er sich räusperte.
»Nun – hm – ich vermute –«
»Ich glaube, Sie irren sich, Mr. Thistlethwaite«, sagte Philip ruhig. »Die Dame, mit der Sie sprechen, ist Mrs. Caleb Sheramy. Darf ich Ihnen nun auch meine Frau vorstellen?«
»Sehr erfreut, Madame.« Mr. Thistlethwaite verbeugte sich tief und unterdrückte ein Lachen. »Aber ist das nicht das sonderbarste Zusammentreffen! Mrs. Sheramy, ich bitte tausendmal um Verzeihung, und auch Sie, Mr. Sheramy, aber ich möchte verdammt sein – ach, entschuldigen Sie, meine Damen –, wenn diese Lady nicht genau so aussieht wie ein Mädchen, das ich früher in Neuorleans kannte. Man möchte sie geradezu für ihre Zwillingsschwester halten. Wie aus dem Gesicht geschnitten, sage ich Ihnen! Ist das nicht seltsam?«
Er schlug sich mit der Hand auf die Hüfte und lachte. Aber niemand stimmte ein, und niemand sagte ein Wort.
»Sie hieß Dolores Bondio und kam von Kuba herüber, um die Gäste in Miß Juanitas Kneipe zu bedienen. Ein hübsches Mädel! Sie wäre noch schöner gewesen, wenn ihr nicht ein Zahn gefehlt hätte. Aber man konnte sie einen ganzen Monat kennen, ohne es zu sehen, denn wenn sie lachte, verzog sie den Mund nach der anderen Seite. Mrs. Sheramy, ich bitte nochmals um Verzeihung, daß ich Sie auch nur einen Augenblick mit ihr verwechseln konnte!«
Dolores' Lippen zitterten. Calebs sonnengebräuntes Gesicht sah plötzlich fahl aus. Sein Vater hielt einen Stuhl so krampfhaft umklammert, daß die Muskeln auf seinem Handrücken scharf hervortraten.
»Da Sie erklären, daß Sie sich geirrt haben«, sagte Philip verbindlich, »wird Mrs. Sheramy Ihre Entschuldigung sicher annehmen. Aber Sie sprachen eben so interessant von dem Gefecht bei Bunker Hill – möchten Sie uns davon nicht noch etwas erzählen?«
Dolores hatte sich hoch aufgerichtet und hielt ihr Weinglas fest in der Hand. Als Philip zu sprechen aufgehört hatte, warf sie es Mr.

Thistlethwaite ins Gesicht.
»Sie verdammter Bastard!« schrie sie, und bevor er sich von dem Schrecken erholen und den Wein aus den Augen wischen konnte, überschüttete sie ihn mit einer wahren Sturzflut von gemeinen Schimpfworten.
Philip packte sie am Handgelenk. »Dolores, laß das!«
Caleb riß sie von ihm fort. »Ich werde mich darum kümmern«, sagte er. Er schien kaum die Lippen zu bewegen. »Ich bringe sie nach Hause. Sei so gut und lasse die Pferde vorführen.«

8.

»Weiter!« sagte Caleb. »Was machte dein Vater in Havanna?«
»Er arbeitete in einem großen Stall, in dem Pferde vermietet wurden«, erwiderte Dolores finster.
»Wie lange warst du in Neuorleans?«
»Drei oder vier Jahre. Ich kann mich nicht genau darauf besinnen.«
»In der Kneipe hast du die Gäste bedient. Was hast du sonst noch dort getan?«
»Ach, sei still!« schrie sie und preßte die Hände gegen die Schläfen. »Ich wollte ja gar nicht, daß die Sache weiterginge, als du mich an jenem Morgen am Uferdamm ansprachst. Ich habe den Männern immer alle möglichen Geschichten von mir erzählt, weil ihnen das gefiel. Und dann sagtest du, daß du eine Plantage oben am Fluß hättest –«
Er stand auf und kniff die Augen zusammen. »Du glaubtest wohl, du könntest mich leicht zum Narren halten?«
Nun geriet auch Dolores in Wut. »Ach, du warst ja auch ein so dummer Bauerntölpel! Bestimmt wärst du in der Stadt in die größten Schwierigkeiten gekommen – an deiner Stelle würde ich Gott auf den Knien danken, daß du nichts Schlimmeres gefunden hast als mich!«

Sie ging zur anderen Seite des Zimmers und wieder zurück, während sie die Fäuste aufeinanderschlug. Schließlich blieb sie vor ihm stehen und hob bittend die Hände.
»Caleb, ich dachte nicht, daß es so schrecklich wäre! Ich wollte so gerne zur Gesellschaft gehören und eine richtige vornehme Dame werden. Meine Tante Juanita hat mich geschlagen, wenn sie betrunken war, und gesagt, ich wollte zu hoch hinaus. Ich hatte ja nirgends einen Platz, an den ich gehen konnte. Heiraten konnte ich auch niemand, höchstens einen betrunkenen Matrosen, der eine Frau haben wollte, damit sie für ihn kochte. Und dann kamst du, und alles war so leicht. Du glaubtest mir, was ich sagte –«
»Woher hattest du die Negerin, die dich begleitete?«
»Die habe ich gemietet. Sie sprach nicht englisch, und so war alles gut. Mir machte die Sache viel Freude und Vergnügen, selbst wenn du mich nicht geheiratet hättest. Aber als du sagtest, daß du mich liebtest, war ich so glücklich, daß ich hätte sterben können, und ich habe auf das heilige Kreuz geschworen, daß ich dir eine gute Frau sein wollte. Und das bin ich auch gewesen. Gestern hast du mich doch noch geliebt! Ich bin dieselbe!«
»Ach, geh zu Bett!« Caleb hatte ein Gefühl, als ob er Sand in den Augen hätte, und sein ganzer Körper schmerzte. Dieses Verhör hatte nun Stunden und Stunden gedauert und doch zu nichts geführt. Er konnte es nicht länger aushalten.
»Ja«, sagte Dolores und ging in das Schlafzimmer.
Auf der Schwelle zögerte sie einen Augenblick und sah sich nach ihm um, dann schloß sie die Tür.
Caleb schickte eine Dienerin hinein und ließ sich holen, was er für die Nacht brauchte. Er schlief in einem Zimmer auf der Rückseite des Hauses.
Während der folgenden Tage wurde es schlimmer und schlimmer.
»Ich bin sehr traurig, Caleb«, sagte Mark. »Sie ist es nicht wert, daß du dir soviel Mühe gibst.«
Aber Caleb konnte sich nicht zurückhalten, er mußte mit ihr sprechen. Manchmal war Dolores sanft und bat ihn, ihr zu verzeihen,

aber dann konnte sie wieder eine kleine Hexe sein. Sie schrie, tobte, fluchte und warf ihm die häßlichsten Schimpfworte an den Kopf, bis er ihr befahl, in ihr Zimmer zu gehen. Wenn sie zu Tisch kam, sagte sie gewöhnlich überhaupt nichts. Sie saß nur da und schwieg trotzig, so daß ihm der Appetit verging.

Philip schickte einen kurzen Brief. »Ich bedauere den unangenehmen Auftritt, den wir am Montag auf der Veranda in Ardeith erlebt haben, außerordentlich. Wenn ich Dir raten oder helfen soll, laß es mich bitte wissen. Ich bin wie immer Dein gehorsamer Diener Philip Larne.«

Caleb war froh, daß sein Schwager sich fernhielt.

Philip wäre auch dauernd fortgeblieben, denn er hatte eine fast religiöse Scheu davor, sich in die Angelegenheiten anderer Menschen einzumischen. Aber Judith war nicht so zurückhaltend. Zehn Tage nach dem unglücklichen Besuch von Mr. Thistlethwaite ritt sie nach Silberwald mit der ausgesprochenen Absicht, Dolores zu retten und nach Ardeith zu bringen. Sie tat es, obgleich Philip nichts davon wissen wollte. Seinem Gefühl nach mußte man Caleb und Dolores in Ruhe lassen, damit sie die Schwierigkeiten lösen konnten, die nur sie allein etwas angingen. Er erinnerte Judith auch daran, daß Dolores sich sehr häßlich und niederträchtig benommen hatte und man Caleb keinen Vorwurf machen konnte, wenn er sich darüber sehr ärgerte.

Aber Judith bestand auf ihrer Ansicht und verteidigte sie mit beredten Worten. Sie kannte die Männer ihrer Familie besser als er. Die Sheramys waren Abkömmlinge der alten Puritaner, die ihre Frauen in den Stock geschlossen hatten, nur weil sie am Sonntag auf der Straße gelacht hatten.

»Philip Larne«, rief sie schließlich, »du weißt nicht, wie grausam ein guter, rechtschaffener Mann sein kann.«

Er zuckte die Schultern.

»Und außerdem gibt es doch auch anständige Kellnerinnen?«

Er zog die Augenbrauen hoch. »Ich habe noch nie von einer solchen

gehört.«
»Willst du sie aus diesem Grund nicht hier haben?«
»Nein, liebste Judith, ich möchte auch freundlich zu ihr sein. Aber sie wird hier im Wege sein. Du wirst es bald bereuen, und Caleb wird es dir nicht danken, daß du dich eingemischt hast. Wenn du es dir nun aber einmal in den Kopf gesetzt hast, tu es meinetwegen. Mache mir nur später keine Vorwürfe, wenn es Unannehmlichkeiten gibt.«
Caleb und Mark waren auf dem Felde, als Judith in Silberwald eintraf, und wenn sich Dolores auch nicht herzlich zeigte, war Judith doch froh, daß sie gekommen war. Ihre Schwägerin sah hager aus und hatte schwere Schatten unter den Augen. Ihr Kleid war so zerknittert, als ob sie es schon einen oder zwei Tage getragen hätte, und zum erstenmal konnte man deutlich sehen, daß sie schwanger war. Gewöhnlich hielt sie sich gerade, aber nun war sie zusammengesunken und machte einen müden Eindruck. Sie hörte Judith zu und äußerte nicht einmal ein Wort des Dankes, als Judith ihr sagte, sie möchte sie nach Ardeith mitnehmen, bis sie sich wieder kräftiger fühlte.
»Mir fehlt nichts«, entgegnete Dolores kühl.
Aber sie nahm das Anerbieten doch an und setzte sich auf das Reitkissen hinter Judiths Sattel. Es schien ihr leichter zu fallen, das zu tun, was man ihr sagte, als selbst etwas zu unternehmen. So ritten sie nach Ardeith. Angelique saß ebenfalls auf einem Pferd, das auch den Kleiderkasten von Dolores trug.
Judith quartierte ihre Schwägerin in einem der Gastzimmer ein und gab ihr eine Dienerin namens Christine, die für sie sorgen sollte.
Dann zog sie Angelique in ihr Zimmer. »Zieh mir das Reitkleid aus und suche etwas Passendes heraus, was ich zum Abend tragen kann. Angelique, was soll ich nur mit Miß Dolores anfangen, nachdem sie nun hier ist?«
Die Dienerin lachte zuversichtlich. »Geben Sie ihr etwas zu tun. Sie kann helfen, Kleider für die Kinder zu nähen.«
»Mit den Dienerinnen? Nein, das geht nicht.«

»Aber sie weiß dann, daß sie sich nützlich machen kann. Wenn sie herumsitzt und nur die Hände in den Schoß legen muß, fühlt sie sich bestimmt unglücklich.«

»Du magst recht haben«, sagte Judith langsam, nachdem sie kurze Zeit nachgedacht hatte.

Angelique hielt ein buntbedrucktes Kleid aus Baumwollstoff hoch, das Judith gewöhnlich nur zum Kirchgang anzog.

»Warum tragen Sie nicht einmal dieses schöne Gewand zum Abendessen? Sie müssen heute abend sehr hübsch aussehen, wenn Sie Mr. Philip sagen, daß sie hier ist. Ich muß auch noch Rosen holen. Er sieht es so gern, wenn Sie Blumen im Haar haben.«

»Ach, meine liebe Angelique, du bist so klug! Sage Josh, daß er auch den englischen Portwein auf den Tisch stellen soll.«

Philip hörte die Neuigkeit ohne große Aufregung.

»Du hast schon zwei Kinder und zwanzig Dienstboten«, sagte er nur, »und nun willst du dir noch mehr Sorgen aufladen! Nun gut. Aber wenn sie anfängt, meinen Gästen Gläser oder sonstige Dinge ins Gesicht zu werfen –«

»Das wird sie nicht tun. Und ich kann ihr auch wirklich keinen Vorwurf machen, weil sie diesem unverschämten Mr. Thistlethwaite Wein ins Gesicht gegossen hat. Wir können den Leuten erzählen, daß Dolores sich nicht wohl fühlte, weil sie ein Kind erwartet, und daß wir sie hierherholten, damit ich mich um sie kümmern und sie pflegen kann. Das wird zwar niemand glauben, aber es klingt annehmbar.«

Philip lachte nachsichtig.

Am nächsten Tag ritt Caleb nach Dalroy, wo er am Kai das Laden eines Indigobootes beaufsichtigen wollte. Unterwegs machte er in Ardeith halt.

Judith saß auf der Veranda und zeigte David, wie man ein Haus aus kleinen Klötzen von Zypressenholz baute. Sie stieg die Treppe hinunter und ging ihrem Bruder entgegen.

»Wo ist Dolores?« fragte er kurz, ohne abzusteigen.

»Im Haus«, erwiderte Judith eifrig. »Möchtest du sie nicht einige

Zeit bei mir lassen?«
»Wie lange will sie bleiben?«
»Bis nach der Geburt.«
Caleb bog seine Reitpeitsche. In seinen Zügen zeigte sich eiserne Selbstbeherrschung. Der Ausdruck seines Gesichts glich dem seines Vaters, dem die vielen Jahre der Enttäuschung anzusehen waren, aber er war nicht wie bei Mark durch Güte gemildert.
»Wie geht es ihr?« fragte er schließlich.
»Gut. Kann ich sie hierbehalten, Caleb?«
»Ja. Sieh zu, daß sie gut gepflegt wird. Und was sie braucht – ich meine Kleidung für das Kind und sie selbst – besorge bitte und lasse mir die Rechnungen zuschicken.«
»Das will ich tun, Caleb.« Als er mit seinem Pferd wenden wollte, fügte sie hinzu: »Möchtest du sie nicht sehen?«
»Nein«, erwiderte er schroff und ritt davon.
Judith überlegte sich, ob sie auch so hart und unduldsam geworden wäre, wenn sie Philip nicht in so jungen Jahren geheiratet hätte. Der kleine David zupfte an ihren Röcken, daß sie das Blockhaus mit ihm fertig bauen sollte.
Sie setzte sich auf eine Stufe der Treppe, zog ihn an sich und freute sich wieder, daß er seinem Vater glich. Er hatte die Schönheit und das gewinnende Wesen der Larnes. Sie konnte sich nicht vorstellen, daß er jemals rücksichtslos und hart zu anderen sein würde.
Sie tat alles, was in ihren Kräften stand, um Dolores den Aufenthalt angenehm zu machen, aber sie empfand es nicht als angenehm, sie im Hause zu haben. Wenn Dolores sich auch Mühe gab, ihr keine Umstände zu machen, so war sie doch im Wege. Wenn bei Tisch eine Fremde Judith und Philip gegenübersaß, konnten sie keine scherzhaften Bemerkungen austauschen und sich nichts Liebes sagen, wie sie es gewöhnlich taten. Sie konnten auch nicht über die vielen Einzelheiten ihres gemeinsamen Lebens sprechen, die für die Ohren eines anderen zu zart waren.
Judith war so herzlich wie möglich zu Dolores und sagte ihr, wie lieb es von ihr wäre, beim Nähen der Kinderkleider zu helfen, aber

trotzdem wünschte sie die Schwägerin wieder fort.
Dolores war sehr still. Nur wenn sie mit den Kindern spielte, lachte sie vergnügt. Sie brachte ihnen Volkslieder in ihrem Gumbo-Spanisch bei und erfand nette kleine Spiele für sie. Judith fragte sie manchmal, ob ihr die Kinder nicht zur Last fielen. »Die Amme kann sich doch um sie kümmern«, meinte sie.
Aber Dolores schüttelte eifrig den Kopf. »Ach, bitte, laß mich mit ihnen spielen! Ich liebe Kinder so sehr!«
So ließ Judith sie gewähren.
Nur im Umgang mit den Kindern leuchteten Dolores' Augen auf. Sonst zeigte sich von der sprühenden Lebhaftigkeit, die Judith zuerst so gut an ihr gefallen hatte, kaum noch etwas. Über sich selbst sprach sie kaum ein Wort.
Judith hatte auch wenig Grund, sich über sie zu ärgern, bis sich eines Nachmittags im November ein Zwischenfall ereignete. Sie hatte eine Anzahl ihrer Bekannten zum Essen eingeladen. Danach spielten sie Karten. Gervaise war gekommen, Sylvie Durham und noch ein halbes Dutzend anderer Damen. Dolores erwartete die Geburt ihres Kindes in ein oder zwei Wochen, aber sie sagte, sie fühlte sich wohl genug, und sie würde so gerne Karten spielen. In Silberwald gab es überhaupt keine Karten, und Judith erinnerte sich daran, wie unangenehm es ihr zuerst gewesen war, daß in Louisiana alle Leute um Geld spielten. Aber später hatte sie sich daran gewöhnt und sogar Gefallen daran gefunden.
Dolores war in guter Stimmung, obwohl sie zuerst schlecht spielte und verlor. Sie lachte über sich selbst und erheiterte die anderen mit ihren Bemerkungen. Judith hatte sie nicht so vergnügt gesehen, seitdem sie nach Ardeith gekommen war, und machte sich Vorwürfe, daß sie nicht eher herausgefunden hatte, wie sehr Dolores das Kartenspiel liebte. Sie konnte Sylvie Durham nicht leiden, weil diese so anmaßend stolz als Kreolin auftrat und immer betonte, daß die Kreolen besser wären als irgend etwas, das aus England käme. Aber an diesem Tag gab sich Sylvie Durham freier und war ebenso fröhlich wie die anderen.

Dolores begann zu gewinnen, aber sie tat es in einer ebenso liebenswürdigen und anmutigen Weise, wie sie vorher verloren hatte. Judith kam der Gedanke, daß ihre Schwägerin vielleicht gesellschaftlich doch ein großer Erfolg geworden wäre, wenn Mr. Thistlethwaite ein Jahr später aufgetaucht wäre. Sie bedauerte seinen Besuch auch um ihrer selbst willen, denn das gesellige Leben in dieser Gegend war etwas eintönig, und man konnte niemand entbehren, der unterhaltend war. Vielleicht ließ Caleb sich doch besänftigen, und im Laufe der Zeit würden die Leute alles vergessen.

Als man aufbrach, hatte Dolores den anderen alles abgewonnen, aber sie schienen darüber froh zu sein.

»Ich habe selten einen so angenehmen Nachmittag verlebt«, rief Sylvie Durham, als sie vom Tisch aufstand. »Dolores, sobald Sie wieder ausgehen können, müssen Sie uns besuchen.«

»Das wird mir großes Vergnügen machen«, erwiderte Dolores. »Soll ich mit Ihnen gehen und Ihren Hut holen?«

»Ja, kommen Sie, bitte. Sie wissen, auch ich bin Kreolin. Sie sprechen doch französisch.«

Arm in Arm entfernten sich die beiden.

Judith ging mit Gervaise zu deren Pferd. Gervaise lächelte ihr zu, als sie in den Sattel stieg.

»Wir hatten wirklich einen sehr schönen Tag, meine Liebe.« Sie sah sich verstohlen um und fügte dann leise hinzu: »Kann ich dir irgendwie helfen?«

»Nein, danke, es geht ihr soweit gut.«

»Ja, das muß ich auch sagen.« Gervaise drückte Judiths Hand. »Ich hoffe nur, dein Bruder gibt sein törichtes Benehmen bald auf. Aber es ist einfacher, töricht zu sein, wenn es sich um eine Ehe handelt.«

»Glaubst du?«

»Ja. So wenige Menschen sind vernünftig genug, mit Ruhe hinzunehmen, was das Schicksal für sie bereithält.«

Dolores trat mit Sylvie aus dem Haus, und sie verabschiedeten sich freundschaftlich voneinander. Als die Gäste weggeritten waren,

legte Dolores ihren Arm in den Judiths, und sie stiegen zusammen die Treppe zum Hause hinauf.
»Es war doch wirklich nett?« meinte Dolores.
»Ja, wir haben uns sehr gut unterhalten. Aber bist du nicht müde geworden?«
»Nein, nicht im mindesten. Ich bin doch nicht krank.« Dolores schaute zum Himmel auf. »Die Sonne ist schon am Untergehen. Wenn sie sich nicht beeilen, müssen sie im Dunkeln nach Hause reiten.«
Judith gab den Dienern den Auftrag, die Kerzen anzustecken, und sammelte die Karten auf, die verstreut herumlagen. Als Philip ins Zimmer trat, sah sie auf.
»Dolores hat den anderen Damen das ganze Geld abgewonnen«, sagte sie.
»Das ist ja schön. Spielst du gerne Karten, Dolores?«
»Ich habe immer viel Vergnügen daran gehabt.«
Die Amme brachte David und Christoph herein, damit sie gute Nacht sagen sollten. Dolores nahm das Geld, das sie gewonnen hatte, in beide Hände und eilte auf die Kinder zu. »Gute Nacht, ihr lieben Kleinen.«
»Gute Nacht, Tante Dolores«, sagten sie zusammen. Sie teilten die Vorurteile der Erwachsenen nicht, sondern liebten und verehrten sie.
»Hier habe ich etwas für euch. Seht einmal her. Morgen fahrt ihr mit der Mammy zur Stadt und kauft euch etwas Schönes dafür. Es ist ein Geschenk von Tante Dolores. Die Hälfte für dich, David, die andere Hälfte für Christoph.«
»Dolores!« rief Philip. »Gib es den Kindern nicht.«
»Bitte, tue es nicht«, widersprach auch Judith.
»Ach, aber deshalb wollte ich doch gewinnen. Sie sind so lieb!«
Sie war so begeistert davon, daß weder Philip noch Judith es ihr abschlagen konnten. David und Christoph, die kaum wußten, was Geld bedeutete, waren trotzdem sprachlos vor Freude über die schönen blanken Münzen.

»Aber habt ihr denn keinen Anstand?« schalt die Amme. »Kleine Gentlemen sagen danke, wenn sie Geschenke bekommen.«
»Danke, Tante Dolores.« David sah seinen Bruder an. »Chris – bedanke dich auch.«
Christoph murmelte etwas, das wie ein Dank klang. Obwohl Judith daran zweifelte, daß es für die Kinder gut war, soviel Geld auf einmal zu erhalten, brachte sie es doch nicht übers Herz, ihr die Freude zu verderben.
»Das war sehr lieb von dir, Dolores«, sagte sie, als die Kinder gegangen waren.
»Aber ich wollte ihnen doch etwas Gutes tun.« Dolores sah lächelnd auf die Motten, die um die Kerzen auf dem Tisch flatterten. »Du bist so freundlich zu mir gewesen – ich möchte auch etwas für die Kinder tun. Und ebenso für euch«, fügte sie leise und zärtlich hinzu.
Philip wurde immer verlegen, wenn andere ihm ihren Dank ausdrückten. »Ich wünschte nur, du könntest mir auch beibringen, so gut zu spielen«, lenkte er ab.
»Ach, das ist nicht schwer.« Dolores nahm ein Pack Karten. »Ich will es dir zeigen. Ich weiß nicht viel, aber sieh einmal her!«
Sie mischte die Karten und begann auszuteilen. Judith hielt den Atem an. Philip trat näher und sah Dolores über die Schultern.
Sie bewegte die Hände so schnell, daß man ihren Fingern kaum folgen konnte. Einmal teilte sie so aus, daß der eine Mitspieler nur Karten von derselben Farbe bekam und ein anderer abwechselnd die Hälfte von der einen und die Hälfte von der anderen Farbe erhielt. Dann schlug sie die Karten wieder zusammen und teilte so aus, daß alle hohen Werte in einer Hand zusammenkamen und die anderen nur niedrige erhielten. Dabei lachte sie leise.
»Um Himmels willen«, sagte Philip, »das hast du in meinem Hause getan?«
»Aber selbstverständlich. Ich will dir zeigen, wie man es macht. Ein Herr, der auf den Passagierbooten spielte, hat es mir beigebracht. Viele seiner Tricks habe ich nicht lernen können. Ich bin zu dumm. Aber dies hier ist einfach. Zuerst hatte ich es vergessen, aber dann fiel

es mir wieder ein. Es ist so leicht, wenn man es kann.«
Philip sammelte die Karten auf und warf sie ins Feuer, ohne ein Wort zu sagen.
Aber Judith hatte ihre Stimme wiedergefunden.
»Du niederträchtige – Spitzbübin!« rief sie.
Dolores schob den Stuhl zurück und atmete schwer. »Aber – Judith!«
Judith überlief es heiß und kalt.
»Dolores – Dolores«, sagte sie langsam, »wie konntest du das tun!«
»Sei still, Judith«, warnte Philip.
Dolores stand auf und lehnte sich an den Kamin. Philip nahm freundlich ihren Arm. »Willst du nicht lieber auf dein Zimmer gehen, Dolores? Wir können nichts dafür, daß wir entsetzt sind, aber wir verstehen, daß du nicht wußtest, wie wir darüber denken.«
»Laß mich los!« Sie schüttelte seinen Arm ab. »Du hast es leicht, gut zu sein. Man muß Geld haben, um gut zu sein. Versuche doch einmal, von der Wohltätigkeit anderer zu leben! Wenn man einen Löffel Reis ißt, muß man immer denken, daß der Reis einem anderen gehört! Ich hoffe, daß ich sterbe, und daß mein Kind auch stirbt, dann seid ihr uns los – verdammt noch einmal!«
»Du hast meine Freundinnen betrogen«, sagte Judith halb zu sich selbst. »Du gehörst in eine Kneipe.«
»Judith, willst du um Gottes willen den Mund halten!« rief Philip.
Er führte Dolores in ihr Zimmer. Sie warf Judith noch ein paar häßliche Worte an den Kopf, als sie hinausging. Philip schloß die Tür hinter ihr und sagte den Dienern, daß sie ihr das Abendessen auf einem Tablett bringen sollten. Währenddessen saß Judith im Wohnzimmer und stützte den Kopf in die Hände.
»Na, hoffentlich hat dir die Schimpferei Spaß gemacht«, sagte Philip.
»Ach, es tut mir ja so leid. Ich hätte nicht so reden sollen. Das war nicht recht. Aber warum hat sie sich so unaussprechlich gemein benommen?«

»Du hast sie hierhergebracht, wie du weißt.«
»Ja, ich weiß es! Und sie hat in meinem Heim die anderen betrogen – warum mußt du mich auch noch daran erinnern?«
»Weil ich ihrer ebenso überdrüssig bin wie du. Aber da du sie jetzt doch nicht fortschicken kannst, möchte ich dir raten, wenigstens ruhig zu bleiben, solange sie noch hier ist. Um Himmels willen, du kannst ja reden!«
»Ja, ja, das habe ich schon vorher gehört. Was soll ich denn nun mit dem Geld machen, das sie den Kindern gegeben hat? Ich kann unmöglich zulassen, daß sie es behalten.«
»Warum denn nicht?«
»Das wäre doch kaum anständig.«
»Dann gib es der Kirche. Aber was du auch tust, sprich darüber nie wieder ein Wort zu Dolores.«
Judith erwähnte nichts mehr davon, aber Dolores grollte und schwieg. Ihr Verhalten zeigte Judith deutlich, daß es keinen Zweck hatte, vorzutäuschen, daß sie den Vorfall vergessen hätte. Sie versuchte, David und Christoph das Geld abzunehmen, aber die Kinder erhoben ein solches Geschrei, daß sie es nicht aushalten konnte. So erlaubte sie schließlich, daß sie es für sich ausgeben durften. Die Kinder verstanden ja doch noch nicht, was es bedeutete, beim Kartenspiel zu betrügen.

Dolores' Kind, ein Junge, wurde in der nächsten Woche geboren. Judith gratulierte ihr so herzlich, wie es ihr möglich war, und schenkte ihr ein gesticktes Steckkissen, das sie eben aus Frankreich erhalten hatte. Aber sie konnte kaum verbergen, wie erleichtert sie sich fühlte, daß die Geburt vorüber war und nun für Dolores eigentlich kein Grund mehr bestand, noch länger in Ardeith zu bleiben. Es war Zeit, daß sie von ihrer unangenehmen Gegenwart befreit wurden.
Judith schrieb Caleb einen Brief und teilte ihm mit, daß das Kind geboren wäre und daß es Dolores gut ginge.
Mark kam sofort herüber, aber sein Sohn begleitete ihn nicht. Er

schaute so ernst und düster drein, daß Judith ihn nicht fragte, ob Caleb sich denn so wenig für sein Kind interessiere, daß er es nicht einmal sehen wolle. Sie führte den Vater ins Kinderzimmer. Mark neigte sich über die Wiege, und ein zärtlicher, freundlicher Ausdruck verklärte sein gefurchtes Gesicht.
»Ein schönes, gesundes Kind«, sagte er leise. »Wir wollen ihn Roger nennen.«
»Roger?« fragte sie zweifelnd. »Hat früher jemand in unserer Familie diesen Namen gehabt?«
Er schüttelte den Kopf und ließ dem Kleinen den Finger, als dieser danach griff. »In Erinnerung an Roger Williams von Rhode Island. Ein Führer der Ketzer, aber ein Mann von großem Mut.«
»Will Caleb das Kind so nennen?« fragte Judith nach kurzem Zögern.
»Er hat mir nichts darüber gesagt. Ist Dolores wohl stark genug, daß ich sie begrüßen kann?«
»Ja. Sie liegt im nächsten Zimmer.«
Mark zog den Finger aus der Hand des Kleinen und ging mit ihr zur Tür. »Es ist gut von dir, daß du sie bei dir aufgenommen hast«, sagte er verlegen. »Wenn deine Mutter noch gelebt hätte, wäre es in Silberwald vielleicht nicht so schwer für Dolores gewesen.«
Judith wunderte sich, sagte aber nichts. Sie trat an das Bett ihrer Schwägerin. »Der Vater ist hier und möchte dich sprechen.«
Mark kam darauf herein. Dolores schaute zu ihm auf und sah ihn mit ihren schwarzen Augen ruhig an, aber ihr Gesicht war müde und traurig.
»Wir sind glücklich, daß du einen so schönen Sohn geboren hast, Dolores«, sagte er zu ihr.
»Seid ihr das wirklich?« erwiderte sie, ohne sich zu rühren.
»Ja, natürlich. Ich habe ihn Roger genannt – nach einem großen Prediger.«
»Das ist gut. Ich bin damit einverstanden.«
Mark feuchtete die Lippen an und steckte die Hände in die Rocktaschen. Nur selten trug er eine Perücke, aber zu Ehren dieser beson-

deren Gelegenheit hatte er eine aufgesetzt, und er runzelte nun die Stirn, als ob die ungewohnte Kopfbedeckung ihm lästig fiele.
»Caleb wird bald kommen und dich besuchen«, sagte er.
Dolores wandte das Gesicht ab und begann leise zu weinen, ohne zu schluchzen. »Bitte, geh fort«, murmelte sie. »Du alte Essigflasche.«
Mark nahm eine Hand aus der Tasche und spielte mit einem Knopf seines Rockes. Judith streichelte leise Dolores' Haar.
»Wir wollen wieder gehen, Vater«, flüsterte sie Mark zu.
Er nahm ihren Arm, und sie verließen das Zimmer. In der Halle sagte er: »Es ist Zeit, daß ich wieder aufbreche.«
»Willst du nicht mit uns zu Abend speisen? Das Essen ist beinahe fertig.«
»Nein, ich will gehen. Du –« er zögerte, »du bist sehr gut zu ihr gewesen.«
»Nein, ich habe mich grauenhaft benommen. Ich habe mein Bestes getan und war doch schrecklich zu ihr.«
»Ich glaube, wir können Leute ihrer Art kaum verstehen.« Mark seufzte und ging hinaus.

Das Kind war sechs Tage alt, als Caleb nach Ardeith kam.
Er sehnte sich glühend danach, sein Kind zu sehen, aber ebensosehr fürchtete er eine Begegnung mit Dolores, und das hielt ihn zurück. Am Sonntag nach der Geburt des Jungen ließ er seinen Vater allein zur Kirche gehen, während er selbst die Straße über die Höhen entlang ritt. Bevor er Judiths Brief erhielt, hatte er keine Ahnung gehabt, daß solche Gefühle ihn überwältigen könnten, aber von dem Tage an dachte er nur noch an seinen Sohn Roger. Das Kind war das einzige, womit sich seine Gedanken beschäftigten.
Er beobachtete die gespenstischen Nebelschwaden, die über den Fluß zogen, und wilder Haß gegen Dolores stieg in ihm auf. Sie hatte ihn belogen und betrogen, sie hatte ihn dazu verführt, sie zu heiraten, weil sie all das haben wollte, was er ihr geben konnte. Caleb war sparsam und rechtlich denkend. Niemals war es ihm eingefallen, an

den abenteuerlichen, romantischen Geschichten zu zweifeln, die sie ihm erzählt hatte. Und jetzt, da mit einem Schlage alles zusammengebrochen war, hatte er das entsetzliche Gefühl, daß sie ihn mißbraucht hatte. Das verletzte seinen Stolz ebensosehr wie sein Gefühl. Sie hatte ihn zum Narren gemacht, so daß alle Leute über ihn sprachen. Die einen bemitleideten ihn, die anderen machten sich über ihn lustig. Caleb hatte es vorher nie erlebt, daß andere ihn bemitleideten oder auslachten. Das war ihm unerträglich. Er hatte das heftige Verlangen, sie ebenso tief zu kränken, wie sie ihn beleidigt hatte. Und es sollte in aller Öffentlichkeit geschehen. Alle sollten es wissen; alle, die seine Demütigung gesehen hatten, sollten jetzt auch Zeugen seiner Rache sein. Sie sollten begreifen, daß Caleb Sheramy nicht mit sich spielen ließ. Er zog scharf am Zügel und ritt nach Ardeith.

Eine Auseinandersetzung mit Philip und Judith wollte er vermeiden. Deshalb war er froh, daß sie um diese Zeit in der Kirche sein würden.

Josh, der vorn auf der Treppe saß, erhob sich sofort. Seine runden Augen wurden groß vor Neugierde, als Caleb näher kam.

Caleb ärgerte sich aufs neue. Offenbar hatten die Schwarzen in ihren Quartieren über ihn gesprochen.

»Wo ist Mrs. Sheramy?« fragte er kurz.

»Sie sein in ihr Zimmer, Massa Caleb.«

»Sag der Amme, daß sie das Kind herausbringen soll.«

»Ja, Massa Caleb.« Josh starrte ihn an, ohne sich zu rühren.

»Willst du wohl machen, daß du ins Haus kommst und tust, was ich dir sage?«

Caleb sprach so heftig und scharf, daß Josh plötzlich fortsprang, als ob er einem Stockhieb ausweichen wollte. Caleb blieb auf derselben Stelle der Veranda stehen.

Gleich darauf erschien ein Negermädchen mit dem Kleinen auf dem Arm. An der Schwelle hielt sie an und knickste, als ob sie sich fürchtete, näher zu kommen.

Caleb ging auf sie zu.

»Gib ihn mir!«
Sie zögerte, dann reichte sie ihm das Kind. Vorsichtig, fast schüchtern, nahm Caleb das kleine rosarote Bündel, das in ein weißes Tuch gehüllt war. Er staunte, daß der Junge so leicht und so unglaublich klein war. Roger schlief, aber als die Amme ihn dem Vater gab, bewegte er sich und wimmerte leise. Caleb drehte sich sofort um und ging auf die Treppe zu.
»Massa Caleb! Wohin gehen?« rief das Mädchen und eilte hinter ihm her.
»Bleib, wo du bist!« sagte er über die Schulter.
Aber sie folgte ihm die Stufen hinunter und den Weg entlang. Josh lief auch hinter ihr her. Mit langen Schritten ging Caleb auf sein Pferd zu und sprang in den Sattel. Keuchend stürzte die Amme auf ihn zu.
»Massa Caleb, bitte, Massa Caleb, kleine Kind nicht fortnehmen!« Ihre Stimme klang schrill vor Furcht.
»Halte deinen verdammten schwarzen Mund und laß meinen Steigbügel los!«
»Aber Massa Caleb, ich dürfen Kind nicht geben – ich Dienerin von Massa Philip –er mir nicht sagen, daß ich Ihnen Baby geben sollen!«
»Schweig!« befahl Caleb barsch. »Und du, mache, daß du aus dem Wege gehst«, wandte er sich an Josh. »Sonst bekommst du mit der Peitsche ein paar über den Rücken! Fort von hier!«
Er schlenkerte mit dem Fuß, so daß die Amme den Steigbügel loslassen mußte, und trieb das Pferd an.
Die Schwarze schluchzte verzweifelt. Der kleine Roger wachte nun ganz auf und begann heftig zu schreien, aber Caleb sah sich nicht um und ritt schnell davon.

An demselben Nachmittag noch kamen Philip und Judith nach Silberwald, aber Caleb blieb unnachgiebig und ließ nicht mit sich reden.
»Wenn du sie sehen könntest«, sagte Philip schließlich, »würdest du

mehr Mitleid mit ihr haben.«

Caleb antwortete nicht.

»Weiß du auch«, wandte Judith sich erregt an ihn, »daß du sie beinahe getötet hast? Als du das Kind wegnahmst, stand sie aus dem Bett auf und versuchte, hinter dir herzulaufen. Angelique fand sie in der Halle. Dolores war noch zu schwach, um zu gehen, und war ohnmächtig umgesunken.«

»Wollt ihr beide jetzt bitte gehen und mich in Frieden lassen?« rief Caleb. »Es ist mein Kind, und sie soll es nicht aufziehen, damit es nicht einen ebenso schlechten Charakter bekommt wie sie. Also, geht ihr jetzt?«

Judith nahm ihre Handschuhe auf, aber Philip trat auf seinen Schwager zu.

»Noch einen Augenblick, Caleb. Darf ich wissen, was du mit Dolores beabsichtigst? Sie ist immerhin deine Frau.«

Caleb spielte nervös mit einem vorstehenden Rohrende an der Wiege des Kleinen. »Ja. Darüber möchte ich mit dir sprechen. Es war sehr freundlich von dir, daß du sie so lange bei dir behalten hast.«

»Ich nehme an, daß du nicht mehr mit ihr zusammenleben willst, nachdem du ihr das Kind auf diese Weise fortgenommen hast?«

»Du brauchst nicht zu befürchten, daß sie dir weiterhin zur Last fällt, Philip. Ich habe sie geheiratet, und ich werde für sie sorgen, wie es meine Pflicht ist. Ich hatte den Plan, ihr ein Haus in Dalroy zu kaufen oder in Neuorleans, wenn sie lieber dort wohnen will, und ihr eine vierteljährliche Rente auszusetzen. Das Haus kann sie bekommen, sobald sie kräftig genug ist, um Ardeith zu verlassen.«

Philip zuckte die Schultern. »Nun gut«, erwiderte er kurz.

»Caleb«, sagte Judith zornig, »du bist ein hochmütiger, selbstgerechter Pharisäer!«

Dann verließ sie mit Philip das Haus.

Caleb umgab das kleine Kind mit geradezu fanatischer Zärtlichkeit. Er hatte bisher nur wenige Menschen geliebt, aber an denen, die ihm teuer waren, hing er mit unverbrüchlicher Treue. Und nun schien alles, was er an zurückgehaltener Liebe und Zuneigung in sich trug, auf das Kind überzugehen. Seine Liebe grenzte fast an Verehrung, und das Gefühl, daß dieses Kind ihm gehörte, war so stark, daß er wünschte, er könnte Dolores vergessen, die Roger das Leben gegeben hatte. Aber das gelang ihm nicht, und unwillkürlich erinnerte er sich immer wieder an die begehrenswerte schöne junge Frau, die er nach Silberwald gebracht hatte, nicht an die Lügnerin mit dem nichtswürdigen Charakter, als die sie sich entpuppt hatte. Als er sich dabei ertappte, stieg seine Empörung aufs neue. Er verhärtete sein Gemüt und entschloß sich, den anderen zu zeigen, daß ihre Macht über ihn gebrochen war.

Als zwei Wochen vergangen waren, konnte er sich das Haus kaum noch ohne den kleinen Roger vorstellen. Am Abend des vierzehnten Tages beobachtete er, wie die Amme alles vorbereitete, um das Kind zu Bett zu bringen. Er lächelte beglückt. Auf diesen Augenblick freute er sich den ganzen Tag. Er nahm den Jungen auf den Arm, ging mit ihm auf und ab und wiegte ihn, bis er eingeschlafen war.

»Sie sein so lieb zu ihm wie eine Frau«, sagte die Amme, als sie ihr eigenes schwarzes Baby in die Wiege bettete, die in der Ecke stand.

Caleb legte Roger behutsam unter die Decken, flüsterte gute Nacht und schlich auf Zehenspitzen quer durch den Flur zu seinem eigenen Zimmer.

Das Haus war sehr ruhig, so ruhig, daß er glaubte, das leise Schnarchen seines Vaters im nächsten Raum zu hören. Plötzlich richtete er sich in seinem Bett auf. Er hatte geschlafen, und irgend etwas war zu seinem Bewußtsein durchgedrungen. Jenseits des Flurs hatte ein Kind geschrien. Da er nichts weiter hörte, zuckte er die Schultern und legte sich wieder nieder. Das mußte der kleine Negerjunge gewesen sein, denn Roger war noch zu klein, um so laut schreien zu können. Aber gleich darauf vernahm Caleb eine Stimme aus dem Kinderzimmer. Sein Herz begann heftig zu schlagen. Die Worte waren leise gesprochen worden, aber doch lauter, als die Person, die sie geäußert hatte, ahnen mochte.

Caleb war nun vollkommen wach. Er wußte, daß es nicht zwei

Frauen auf der Welt mit dieser Sprache gab. Sofort sprang er aus dem Bett, lief barfuß über den Flur und riß die Tür zum Kinderzimmer auf.

Durch das große Fenster konnte er den sternbedeckten Nachthimmel sehen, und dagegen hoben sich die Umrißlinien einer Gestalt ab, die er wohl nicht erkannt hätte, wenn sie ihm weniger vertraut gewesen wäre. Die Frau hatte Roger auf dem linken Arm. In der Rechten hielt sie eine Pistole. Sie hatte die Waffe gegen die Amme gerichtet, die starr vor Schrecken an der Wand lehnte. Durch die Geräusche war das kleine Negerkind aufgewacht und schrie aus vollem Halse, während Roger nur leise weinte.

»Lege das Kind sofort wieder in die Wiege!« rief Caleb wütend und stürzte auf das Fenster zu.

Dolores fuhr herum und bedrohte ihn mit der Pistole, während sie Roger heftig an die Brust drückte. Im nächsten Augenblick fiel ein Schuß. Die Gestalten verschwammen in der Dunkelheit vor Caleb, als er einen heftigen Schmerz in der Seite fühlte.

Obwohl er das Bewußtsein nicht ganz verloren hatte, versagte doch seine Zunge den Dienst. Er hatte die undeutliche Vorstellung, daß Dolores mit Roger auf dem Arm durch das Fenster stieg und daß die schwarze Amme zu erschreckt war, um sie aufhalten zu können. Er versuchte aufzustehen, war aber nicht dazu imstande. Inzwischen war jedoch das Haus wach geworden, und er hörte die Stimme seines Vaters:

»Mach, daß du von hier fortkommst, du schamloses Frauenzimmer!«

Caleb sah noch, daß Mark Sheramy Dolores das Kind aus den Armen riß, dann übermannte ihn der Schmerz so sehr, daß er ohnmächtig wurde.

Judith ging vier Tage lang ruhelos in der Halle von Ardeith auf und ab. Sie war in größter Sorge, daß Caleb an seiner schweren Wunde sterben würde, und sie schwor sich, daß Dolores nie wieder den Fuß über ihre Schwelle setzen dürfte. Aber dann wurde sie plötzlich weich, weinte in bitterer Reue und bat Philip, zu dem Hause zu gehen, wo Dolores gefangen saß, und sie zurückzubringen. Er hatte das schon vorher tun wollen, denn der Raum, in dem man die Frau eingesperrt hatte, war ein entsetzlich unsauberes Loch. Aber er wußte, wie sehr Judith ihren Bruder liebte trotz aller Gegensätze, die zwischen ihnen bestanden, und solange Calebs Leben in Gefahr schwebte, wollte er sie nicht zwingen, die Frau als Gast bei sich aufzunehmen, die vielleicht an seinem Tod schuld war.

Dolores hatte nicht einmal so viel Anstand, den beiden dafür zu danken. Als sie aus der Gefangenschaft kam, hatte sie nur den einen Wunsch, ein Bad zu nehmen. Sie blieb in Ardeith, aber sie war ein ungebetener Gast. Ihre Zeit brachte sie hauptsächlich mit David und Christoph zu.

Caleb erholte sich wieder und ging in Philips Begleitung zum Gericht von Dalroy, wo er es sich viel Geld kosten ließ, um zu verhüten, daß Dolores öffentlich angeklagt wurde. Judith wußte nicht, ob Caleb dies aus Rücksicht für Dolores tat oder weil er wünschte, daß die ganze Angelegenheit so wenig Staub wie möglich aufwirbeln sollte. Sie kannte Caleb kaum noch wieder und konnte nur den Kopf schütteln, als Philip eines Tages zu ihr sagte, ihr Bruder sei ebenso hart wie die Felsen in Neuengland.

Caleb versicherte aufs neue, daß er ein Haus für Dolores kaufen wollte, sobald sie Ardeith verließe. Andererseits hatte er ein Gesuch eingereicht, daß die Fürsorge für das Kind ihm allein übertragen werden sollte, und bis die Entscheidung darüber getroffen wurde, konnte Judith ihre Schwägerin nicht gut fortschicken.

Sechs Monate später fällte der Königliche Gerichtshof in Seiner Majestät geliebter Kolonie Westflorida die Entscheidung. Die Begründung des Urteils füllte sieben volle Seiten und besagte, daß Dolores Sheramy, nachdem sie versucht hatte, ihren rechtmäßigen Gatten Caleb Sheramy zu ermorden, und nachdem sie ihn durch Vorspiegelung falscher Tatsachen dazu veranlaßt hatte, sie zu heiraten, hierdurch der Gnade des Königs für verlustig erklärt wurde. Der verbrecherische Anschlag auf das Leben ihres Ehegemahls zeige außerdem, daß sie unwürdig sei, der Vormund ihres Kindes zu sein, das sie dem besagten Caleb Sheramy ehelich geboren habe. Unter diesen Umständen hätte das Gericht Caleb Sheramy allein damit beauftragt, den besagten Roger Sheramy in der treuen und wahren Religion der Kirche von England aufzuziehen, so daß er ein guter Untertan des Königs von England werden sollte.

Judith wartete auf der Veranda, als Philip vom Gericht zurückkehrte. Er stieg vom Pferde und ging langsam die Stufen hinauf.

»Nun, wie ist es ausgegangen?« fragte sie.

Er nahm eine Abschrift des Urteils aus der Tasche und reichte sie ihr. »Es ist so gekommen, wie wir fürchteten.«

Judith lehnte sich gegen das Geländer. »Muß ich es ihr sagen, Philip?«

»Das wäre wohl besser. Was wird sie jetzt machen?«

»Ich weiß es nicht. Es wird furchtbar für sie sein. Sie hat sich in der letzten Zeit immer eingeredet, daß das Gericht anders entscheiden würde.«

Philip schlug mit der Reitpeitsche gegen den Pfosten der Veranda. »Immerhin, meine liebe Judith, wenn dich das trösten sollte, kann man schließlich sagen, daß sie die ganze Sache sich selbst zuzuschreiben hat. Beinahe hätte sie doch Caleb totgeschossen. Und du hast wirklich alles für sie getan, was du tun konntest.«

Dolores kam auf die Veranda heraus. Sie blieb stehen und sah fragend auf das Dokument, das Judith in der Hand hielt.

»Wie haben sie entschieden?« fragte sie nach einer kurzen Pause.

Judith reichte ihr das zusammengefaltete Schriftstück. Dolores öffnete es und blätterte die Seiten um, dann gab sie es zurück.

»Du weißt, daß ich nicht Englisch lesen kann!« rief sie.

»Ach, ich vergaß ganz.« Judith faßte sich und ordnete die Seiten der Reihe nach. »Das Urteil lautet: ›Allen Leuten zu wissen durch dieses Schriftstück: Im Namen Seiner Majestät Georg III., durch Gottes Gnade König . . .‹ Ach, Philip, lies du es ihr bitte vor!«

Dolores hatte die Hände auf den Rücken gelegt und lehnte sich gegen die Türfüllung. Philip las das Urteil und die Begründung vor, so schnell er konnte. Manchmal stolperte er über die langatmigen Sätze und die Zierate der sonderbar verschnörkelten Schrift. ». . . Gegeben in der Stadt Dalroy im Lande Louisiana am dritten Tag des Monats Juli Anno Domini 1779.«

Dolores hatte reglos zugehört. Philip und Judith erwarteten, daß sie laut aufschreien, weinen oder schimpfen würde, aber sie blieb still, als ob Philip noch weiterläse. Schließlich streckte sie die Hand aus.

»Willst du mir das geben?« fragte sie leise.

»Ja, hier ist es.« Mitfühlend fügte er hinzu: »Dolores, es tut mir furchtbar leid.«

»Danke«, erwiderte sie und ging hinein. Sie hörten, wie sie ihre Zimmertür schloß.

»Soll ich zu ihr gehen, Philip?« fragte Judith.

»Nein, das würde ich nicht tun. Wir wollen lieber zu Abend essen und sie in Ruhe lassen.«

»Gut. Wenn du dich waschen willst, schicke ich dir heißes Wasser.«

Judith ging bedrückt ins Haus. Sie hatte Mitleid mit Dolores. Die Frau mochte ja verdient haben, was jetzt über sie kam, aber in Judith regte sich trotzdem heftiger Widerspruch. Niemand würde sie je dazu bringen, ein so hartes Urteil zu fällen. Als sie an Dolores' Tür vorüberkam, hörte sie, daß diese verzweifelt schluchzte. Es war ein heiseres, trockenes Weinen, das ihren Körper schüttelte.

Dolores kam an dem Abend nicht wieder aus ihrem Zimmer, und Judith ließ auch die Diener nicht hineingehen, die es gut meinten und ihr Speisen und Kaffee bringen wollten.

Als Philip und Judith in ihrem Schlafzimmer waren, sagte er, daß Dolores wahrscheinlich betrunken sei. »In der letzten Zeit hat sie hin und wieder Whisky und Kognak aus dem Schrank genommen, wenn sie die Aufregung und die Ungewißheit nicht mehr ertragen konnte.«

»Ich kann ihr deshalb keinen Vorwurf machen.« Hätte Dolores an diesem Abend Opium genommen, Judith hätte sie nicht daran gehindert.

Als Philip sich zur Ruhe legte, schlang sie die Arme um ihn. Sie dachte darüber nach, wodurch sie es verdient haben könnte, in soviel Glück und Wohlstand zu leben. Es schien ihr, daß Gott der Herr ihr alle diese Dinge in den Schoß gelegt hatte. Sie besaß ein wunderschönes Haus, hatte eine große Anzahl von Sklaven, prächtige Kinder und einen Mann, der sie verehrte. Bevor sie einschlief, betete sie zu Gott, er möchte sie so gut machen, daß sie dieser Schätze auch wert wäre, und sie bat, er möchte Caleb verzeihen, der in seiner Unvernunft und Hartnäckigkeit nicht wußte, was er tat.
Am nächsten Morgen ritt Philip in der Frühe auf die Indigofelder hinaus. Als er gegen Mittag zurückkehrte, wartete Judith ängstlich auf ihn.
»Philip, sie ist bis jetzt noch nicht aus ihrem Zimmer gekommen – glaubst du nicht, daß ich einmal hineingehen soll?«
»Mach die Tür einen Spalt auf und sieh hinein, ob sie wach ist. Es ist ja möglich, daß sie die ganze Nacht keine Ruhe gefunden hat und erst gegen Morgen eingeschlafen ist. Aber wenn sie noch weint, tut ihr etwas Mitgefühl sicher gut.«
»Das dachte ich auch.« Judith ging durch die Halle zu dem Zimmer ihrer Schwägerin. »Dolores?« fragte sie leise durch die Tür.
Als keine Antwort kam, klinkte sie die Tür behutsam auf, um kein Geräusch zu machen. Dabei merkte sie, daß diese nur angelehnt war.
»Philip, Philip, komm her!« rief sie erschreckt.
Er eilte zu ihr. »Was gibt es denn?«
»Sie ist fort, Philip! Und sie hat alles mitgenommen!«
Er trat hinter ihr ins Zimmer.
Das Bett war nicht aufgedeckt, aber die Steppdecke zerknittert, und das Kissen glich einer formlosen Masse, als ob jemand es umarmt, dann mit Fäusten geschlagen und darauf wieder umarmt hätte. In dem Raum herrschte so große Unordnung, als ob jemand in aller Eile aufgebrochen wäre. Ein Strumpf, ein Stück Spitze und ein buntes Seidenband lagen auf dem Fußboden, Schubladen waren aufgezogen und geleert. Das Licht, das auf dem Tisch gestanden hatte,

war vollkommen ausgebrannt. Philip warf einen Blick auf das Fenster. Die Läden waren weit geöffnet. Das Haus war nicht besonders hoch gebaut; eine Kiste aus dem Fenster hinunterzulassen, daraufzutreten und nach unten zu klettern, mußte einer so gewandten jungen Frau wie Dolores nicht schwergefallen sein.

Judith faßte ihn am Arm.

»Glaubst du, daß sie nach Silberwald gegangen ist?«

»Ich weiß es nicht. Warte einen Augenblick.« Er ging hinaus. Judith sah sich im Zimmer um und entdeckte eine umgestoßene Whiskyflasche auf dem Boden, die zum Teil ausgelaufen war. Kurz darauf kam Philip zurück.

»Meine Pistolen und Schießwaffen sind alle an ihrem Platz. Aber ich habe Josh den Auftrag gegeben, ein Pferd zu satteln und in Silberwald nachzufragen, ob sie dort etwas von ihr gesehen haben.« Er lächelte ironisch. »Ich glaube aber nicht, daß sie sich dorthin gewandt hat.«

»Warum denn nicht?«

»Sie hat das Geld genommen, das in der Schreibtischschublade im Gewehrzimmer lag.«

»Um Himmels willen! War es viel?«

»Vier oder fünf Pfund. Jedenfalls genug, daß sie damit nach Neuorleans zurückkommen kann.«

»Sie hat auch meine silberne Pomadendose mitgenommen«, rief Judith empört. »Alles, was ihrer Meinung nach genug Wert hatte, um es zu verkaufen, hat sie fortgeschleppt!«

»Die arme Frau. Ich bedaure sie.«

»So etwas verstehe ich nicht«, sagte Judith erregt. »Das ist nun die Belohnung dafür, daß man versucht, gut und freundlich zu sein. Du hättest ihr doch das Reisegeld nach Neuorleans gegeben, wenn sie dich darum gebeten hätte – das hätte sie wissen sollen.«

»Verstehst du denn nicht, daß es ihr leichter fiel, das Geld zu stehlen, als noch einmal um eine Wohltat zu bitten?«

»Ach, ich weiß nicht. Was soll denn jetzt aus ihr werden?«

»Meiner Meinung nach wird sie es uns danken, wenn wir sie in Ruhe

lassen und uns nicht bemühen, es herauszufinden.«
Josh kehrte von Silberwald mit der Nachricht zurück, daß man dort nichts von Dolores gesehen und gehört hatte. Judith war inzwischen in immer größere Aufregung geraten, denn Dolores hatte auch die Börse mit dem Wirtschaftsgeld genommen, außerdem drei kleine Silberbecher mit Goldrand, die zu einem für teures Geld aus Frankreich eingeführten Satz gehörten. Auch einige goldene Zahnstocher aus dem Speisezimmer und verschiedene andere Dinge von geringerem Wert waren verschwunden.
Judith rief Philip zu, daß dies eine Strafe für ihn wäre, weil er den Grundstock seines Vermögens von einem Piratenschiff gestohlen hätte.
Er zuckte nur die Schultern und sagte, das könnte wohl so sein.

9.

Flachboote und Fahrzeuge mit scharfen Kielen lagen dichtgedrängt am Kai, und Sklaven mit muskulösen Armen beluden sie mit den Erzeugnissen der Plantagen. Neger und Weiße standen zwischen den großen Warenballen umher, die überall aufgestapelt waren. Hier und dort sah man Gruppen von Soldaten, die entweder würfelten oder sich träge sonnten.
Dolores blieb stehen und setzte ihren Kasten nieder. Die Sonne brannte bereits heiß, und die junge Frau war sehr müde und abgespannt. Der Kasten war doch schwerer, als sie anfänglich gedacht hatte. Ihre Arme schmerzten von der Anstrengung des Tragens. Wenn sie nicht unterwegs den Wagen getroffen hätte, der mit einer Ladung Indigo nach der Werft unterwegs war, hätte sie ihre Sachen wahrscheinlich nicht hierherbringen können. Von Ardeith mußten es wohl sechs oder acht Meilen bis zum Kai sein. Vielleicht war es auch noch weiter, aber sie war so müde und unglücklich gewesen, daß sie sich nicht viel um die Länge des Weges gekümmert hatte. Sie hatte den Kutscher gefragt, ob in Dalroy Boote nach Neuorleans

führen. Aber der Schwarze war ein Feldsklave, der nichts von dem Bootsverkehr auf dem Strom wußte.
Ein junges Mädchen ging umher und verkaufte Früchte. Dolores fiel es ein, daß sie seit gestern abend nichts mehr gegessen hatte. Sie winkte das Mädchen zu sich und kaufte ihr Bananen und Weintrauben ab. Ein paar kleinere Münzen hatte sie in eine gestrickte Börse gesteckt, die sie an einer Schnur um den Hals trug und in den Ausschnitt des Kleides gesteckt hatte.
Den Rest des Geldes, das sie von Ardeith mitgenommen hatte, verwahrte sie in einer Tasche unter ihren Röcken. Sie war ärgerlich darüber, daß sie nicht mehr gefunden hatte. Die Larnes lebten so verschwenderisch, daß sie sicher irgendwo auf der Farm viel Geld liegen hatten. Aber sie hatte in der vergangenen Nacht nicht gewußt, wo sie danach suchen sollte. Nun, auf jeden Fall genügte die Summe, die sie besaß, um damit nach Neuorleans zu kommen. Sie wollte nur fort von diesen Menschen, die soviel Unglück und Elend über sie gebracht hatten. Sie haßte sie alle – Caleb, der ihr das Kind genommen hatte, als es erst sechs Tage alt war, den strengen alten Mann, der sie für eine verworfene Frau hielt, die Purcells mit ihrer gezwungenen Höflichkeit, und Philip und Judith, die so freundlich und liebevoll zu ihr waren, daß sie das Gefühl hatte, eine heimatlose Katze zu sein.
Manchmal hatte sie gewünscht, daß man sie auf den Feldern arbeiten ließe oder ihr sonst etwas zu tun gäbe. Wenn sie doch nur aufhören wollten, unentwegt gut und freundlich zu ihr zu sein! Sie wäre auch schon längst vorher fortgelaufen, wenn nicht noch die Aussicht bestanden hätte, das Kind wiederzubekommen. Aber nachdem man ihr den kleinen Roger nun ganz genommen hatte, konnte sie den Anblick der Dalroy-Höhen nicht länger ertragen. Sie wollte auch keinem der Leute mehr begegnen, die das Kind so oft betrachten konnten, wie sie wollten. Roger war jetzt sechs Monate alt, und selbst wenn sie ihn hätte sehen können, würde sie ihn nicht mehr erkannt haben.
Verzweifelt hatte sie zugehört, als Philip ihr die Entscheidung des

Gerichts vorgelesen hatte. Ihrer Meinung nach war es unmöglich, daß ein so entsetzliches Urteil gesprochen werden konnte, und doch war es geschehen. Sie verstand das Englische nicht gut genug, um die langen Satzgebilde des Schriftstücks zu erfassen, aber sie begriff, daß Caleb sie aus seinem Hause fortgeschickt hatte und ihr niemals gestatten würde, ihr eigenes Kind wiederzusehen. Das erste hatte sie ja erwartet, und es lag ihr auch jetzt nicht mehr viel daran, obwohl sie Caleb in der ersten Zeit sehr geliebt hatte. Aber daß eine Anzahl von Richtern in weißen Perücken einen solchen Spruch fällen könnte, daß diese hochgelehrten Leute nicht wußten, das Kind gehörte ebenso zu ihr wie ihre Hände und Füße – das war unmöglich, und doch hatten sie es getan. Und nun stand sie hier am Kai, eine gesunde Frau, die sich bewegen, sprechen und gehen konnte, wohin es ihr gefiel, und trotzdem war sie hilflos und konnte die Richter nicht daran hindern, ihr dies anzutun. Selbst als sie ein Pferd aus Philips Stall genommen und versucht hatte, ihr Kind zurückzuholen, war nicht mehr dabei herausgekommen, als daß sie Caleb eine Kugel in die Seite geschossen hatte und selbst ins Wachthaus gesperrt worden war. Hätte sie dieses verdammte Negerkind im Dunkel eher gesehen, so hätte sie ihm ein Kissen über den Kopf legen können, daß man es nicht schreien hörte. Die Amme wäre mit der Pistole schon in Schach gehalten worden, bis sie selbst mit Roger hätte fliehen können. Sie hatte wirklich nicht die Absicht gehabt, jemand zu verletzen. Aber als sie dann Caleb sah und erkannte, daß er ihr das Kind aufs neue nehmen wollte, packte sie wilder Haß, und als sie abdrückte, hatte sie nur den einen Wunsch, ihn zu töten.

Dolores dachte nach, während sie die Trauben aß. Eigentlich hätte sie wohl dankbar sein sollen, daß man sie nicht an den Galgen gebracht hatte, aber sie war es nicht. Man hätte ihr ebensogut das Genick brechen können, als sie herumzustoßen, wie man es tat. Wenn man sie jetzt hier am Kai mit all den Dingen fand, die sie von Ardeith mitgenommen hatte, würde man sie wohl auf jeden Fall aufhängen. Aber die Larnes konnten sich ja dies alles und noch viel mehr wieder beschaffen, und sie hatte sich so arm und elend gefühlt. Besitz gab ein gewisses Sicherheitsgefühl, wenn man allein war. Und sie hatte Ardeith verlassen müssen. Es wäre zu schrecklich für sie gewesen, noch einmal morgens in dem Zimmer aufzuwachen, in dem Roger geboren worden war.

Caleb hatte zwar gesagt, er wollte sie unterstützen – glaubte er wirklich, daß sie seine Mildtätigkeit annehmen würde? Wahrscheinlich lag ihm nur daran, aus dem Mund der anderen zu hören, wie gut er wäre, daß er seine nichtswürdige Frau obendrein noch unterhielte und vor dem Verhungern schützte. Es gab ja auch Leute, die sich damit rühmten und brüsteten, daß sie ihre Negersklaven durchfütterten, wenn sie zu alt waren, um zu arbeiten. Heilige Mutter Gottes! Sie wollte sich ihren Lebensunterhalt lieber zusammenstehlen und auf den Docks leben! Diese Bande sollte keine Gelegenheit mehr haben, ihr Wohltaten zu erweisen.

Ihre Beine schmerzten, und ihr Rücken tat weh. Ein Mann kam vorbei und sprach sie an.

»Ach, halten Sie den Mund!« sagte Dolores müde. Sie sah sich auf dem belebten Kai um und rief einen Negerjungen zu sich, der träge an einem Verschlag mit Früchten lehnte. Er hatte ein Metallschild an seinem Hemd, ein Zeichen dafür, daß sein Herr ihn zum Dock geschickt hatte, um dort irgendwelche Arbeiten auszuführen, da er zu Hause an diesem Tag keine Beschäftigung für ihn hatte. Dolores gab ihm den Auftrag, ihren Kasten zu bewachen, während sie an der Wasserfront entlang ginge und nach Booten fragte. Sie wollte von ihm wissen, ob heute eins nach Neuorleans hinunterführe.

Er rollte die Augen und sagte, es wäre wegen des amerikanischen Krieges heute nicht so leicht, nach Neuorleans zu kommen.

Dolores rieb die Spitze ihres Schuhes über einen Astknorren in den Bodenbrettern. »Ach Gott, ist der Krieg immer noch nicht zu Ende?«

Der junge Neger erklärte, daß der Kampf noch andauerte und daß die großen Boote hauptsächlich für Militärtransporte benützt würden. Aber ein Boot, die »Cienega«, die etwas weiter den Strom hinunter lag, würde morgen nach Neuorleans abfahren.

Dolores wanderte am Ufer entlang und hielt Ausschau nach der »Cienega«. Es fiel ihr schwer, das Schiff zu finden, denn es waren so viele Kisten und Frachtballen aufgestapelt, und es standen so viele Menschen umher – Soldaten, Packmeister und Indianer, die Pelze verkauften –, daß man kaum einen Schritt vorwärts kam. Es waren nur wenig Frauen zu sehen, und sie wurde in allen drei Sprachen angeredet, die sie verstand, außerdem auch in anderen Mundarten, die sie nicht kannte. Manchmal antwortete sie nicht, manchmal drehte sie sich um und schimpfte und fluchte in der Sprache, die ihr zuerst einfiel.

Schließlich fand sie die »Cienega«. Es war ein großes Flachboot, mit Indigo, Tabak und Pelzen beladen. Eine Dame und ein Herr sprachen gerade mit dem Kapitän und vereinbarten mit ihm, daß er sie und ihre vier Sklaven den Strom hinunter mitnehmen sollte. Dolores wartete, bis sie die Verhandlung zu Ende gebracht hatten, dann fragte sie, ob sie auch mitfahren könnte. Aber der Kapitän erwiderte nur kurz, daß er allein reisenden Frauen keine Passage gäbe.

Sie widersprach heftig und erklärte, daß sie für einen Schlafplatz bezahlen könnte.

»Sie haben gehört, was ich eben sagte«, entgegnete er. »Ich habe kein solches Boot, wie Sie denken.«

»Verdammter Kerl«, sagte Dolores, aber er hörte es nicht, denn er hatte sich umgedreht und gab einem Mann der Besatzung einen Befehl.

Hilflos ging Dolores weiter und beobachtete die Dame und den Herrn, die eben mit dem Kapitän einig geworden waren. Er half ihr in den Wagen, der oberhalb des Kais auf sie wartete. Dolores seufzte. Ja, einen männlichen Beschützer oder wenigstens ein paar anständig aussehende Sklaven mußte man haben. Wenn man weder das eine noch das andere besaß, geriet man nur in Schwierigkeiten. Je mehr man des Schutzes bedurfte, desto mehr wurde man umhergestoßen.

Sie fragte bei einem anderen Boot an, aber dieses fuhr stromauf nach Baton Rouge, wo sich eine englische Besatzung befand. Die näch-

sten Schiffe waren schmutzig, mit Pelzen und Bärenfett aus Illinois beladen und nahmen keine Passagiere mit. Darauf kam sie an ein paar Fahrzeugen mit Kanonen und Soldaten vorbei. Die Leute waren aber nur auf den Krieg eingestellt und wollten keine Frauen an Bord dulden, auch nicht als Fahrgäste.
Eine spanische Fregatte mit schweren Geschützen hatte dicht neben einem anderen Kriegsschiff Anker geworfen, das eine sonderbare, aber hübsche Flagge führte. Sie zeigte rote und weiße Streifen und in der oberen Ecke ein blaues Feld mit weißen Sternen. Dolores wunderte sich, woher das Kriegsschiff kommen mochte. Sicher aus einem fremden Land. Als ein Soldat in einer nußbraunen Uniform die Schiffsplanke herunterkam, fragte sie ihn, was für ein Schiff das wäre. Er erklärte ihr, daß es aus den Freien und Gleichen Vereinigten Staaten von Amerika käme. Was das bedeutete, wußte sie nicht. Er erzählte ihr auch, daß sie bedeutende Diplomaten den Strom hinunterbrächten, die eine Konferenz mit ihren Freunden in Neuorleans abhalten wollten. Das spanische Schiff begleitete sie durch Louisiana, damit die Engländer ihnen keine Schwierigkeiten machten.
»Können Sie mich nach Neuorleans mitnehmen?« fragte Dolores.
Er betrachtete sie von Kopf bis zu Fuß und grinste.
»Ich würde gern ja sagen, Madame, aber es ist leider nicht erlaubt.«
»Ich mache Ihnen keine Unannehmlichkeiten«, erwiderte sie verzweifelt. Sie war so müde, daß sie eine Fahrt auf irgendeinem Schiff zu jeder Bedingung angenommen hätte, wenn man ihr nur eine Koje gegeben hätte, wo sie ausruhen und schlafen konnte. In der vergangenen Nacht hatte sie nur ein oder zwei Stunden geruht, und sie hätte auch dann nicht schlafen können, wenn sie nicht soviel getrunken hätte. Heute hatte sie nun den ganzen Vormittag mit Kapitänen und Seeleuten gesprochen, bis ihr der Kopf wirbelte. Die Sonne brannte auf den Fluß, und Dolores hatte heftige Kopfschmerzen.
»Nehmen Sie mich doch mit nach Neuorleans!« bat sie.
Er lachte und faßte sie am Arm. »Keine Frau darf diese Planke betreten. Aber wir beide wollen zur Königstaverne gehen, dort können

wir ein Glas zusammen trinken.«
Sie schüttelte ihn ab. »Ach, lassen Sie mich in Ruhe!«
»He, wer hat denn zuerst geredet – ich oder Sie?«
»Scheren Sie sich zum Teufel!« Dolores drehte sich um und lief davon, trat aber auf ihren Rock und fiel in den Staub. Einige Neger, die in der Nähe standen, lachten, als sie sich erhob. Die grellen Sonnenstrahlen blendeten sie, und ihre Kehle war ausgetrocknet, weil sie in der vorigen Nacht soviel Whisky getrunken hatte. Sie fürchtete, sie würde ohnmächtig werden, wenn sie sich nicht bald in einem kühlen, dunklen Raum niederlegen konnte. Und der Himmel mochte wissen, was dann mit ihr geschah. Wenn sie doch nur irgendwo ein kleines Zimmer für sich finden würde! Sie wollte zu dem Negerjungen zurückgehen, der ihren Kasten bewachte. Vielleicht war der damit fortgelaufen. Das Menschengewimmel am Kai war so groß, daß es lange dauerte, bis sie die Stelle wiederfand, an der sie ihn zurückgelassen hatte.
Gott sei Dank, er saß noch auf dem Boden und sah begehrlich zu einem Mädchen hinüber, die mit anderen Schwarzen darauf wartete, auf den Sklavenmarkt gebracht und verkauft zu werden.
»Heda, komm mit!« sagte Dolores.
Der Bursche erhob sich. »Wollen Kasten wiederhaben, Miß?«
»Nein, den sollst du tragen.« Sie fühlte sich unsagbar schwach. Wenn sie jetzt noch etwas Schweres hätte tragen sollen, wäre sie sicher tot umgefallen.
»Ja, Mäm. Wohin gehen?«
»Ich muß ein Zimmer mieten«, sagte sie halb zu sich selbst. »Wir wollen zur Königstaverne.«
Das war der einzige Ort, an den sie im Augenblick denken konnte. Sie wußte nicht, wo das Gasthaus lag, aber der Negerjunge kannte es offenbar, denn er machte sich mit dem Kasten sofort auf den Weg. Sie folgte ihm und betete, daß ihre Kräfte sie nicht verlassen möchten, bis sie dorthin kam.
Caleb hätte im Traum nicht zugegeben, daß sie nach dieser Gegend der Wasserfront ging, aber aus ihrer Erfahrung von Neuorleans her

wußte sie, was sie in der Königstaverne finden würde. Sie hätte triumphierend auflachen mögen bei dem Gedanken, wie bestürzt Judith und Gervaise sein würden, wenn sie allein in eine solche Kneipe kämen und wie sicher sie selbst sich dort fühlte.

Der vordere Raum war niedrig, aber sehr groß. Bierfässer lagen umher, und an den Wänden standen lange Tische mit Bänken. Ein pokkennarbiger Mann und eine schlampige Frau bedienten hinter dem Schanktisch. Auf einer Reihe von Brettern hinter ihnen standen Weinflaschen und Platten mit Brot, Käse und Fleisch. Viele Fliegen schwirrten um die Speisen und den Schanktisch, auf dem Bier und Schnaps verschüttet waren. Gruppen von Männern saßen an den Tischen und tranken, darunter auch einige Frauen. Es waren noch nicht viele Gäste hier, denn es war noch nicht Mittagszeit. Am Abend würde der Raum bis auf den letzten Platz besetzt sein.

Dolores ging zu dem Schanktisch und stützte die Ellbogen darauf.

»Ich möchte ein Zimmer haben«, sagte sie zu der dicken Frau. »Für heute nacht. Aber ich will jetzt schon hineingehen.«

»So?« fragte die Frau.

Dolores hörte, daß ein Mann hinter ihr sie ansprach, aber sie kümmerte sich nicht darum.

»He, du hübsches Ding!« sagte er.

Sie zog die Geldbörse aus dem Ausschnitt. »Ich kann dafür zahlen«, sagte sie kurz. »Wieviel kostet es?«

Als die Frau das Geld sah, war sie beruhigt. Sie forderte einen höheren Preis, als es üblich war, aber Dolores war zu erschöpft, um mit ihr zu feilschen. Als sie einen Schilling auf den Schanktisch legte, fiel ihr noch etwas ein.

»Ein reines Bettuch für zwei Pence?«

»Vier Pence.«

»Ich gebe drei«, erklärte Dolores. »Hier sind sie. Aber ich habe gesagt, ich will ein reines Bettuch haben, nicht eines, auf dem schon jemand geschlafen hat und das wieder zusammengefaltet worden ist.«

»Ist das Ihr Neger?« fragte die Frau und zeigte auf den Jungen, der

die Kiste trug.
»Ja. Er schläft aber nicht hier. Warten Sie einen Augenblick, ich will auch einen Schlüssel haben.«
»Wozu brauchen Sie einen Schlüssel? Es ist doch ein Riegel an der Tür.«
Aber diesmal war Dolores hartnäckig trotz ihrer großen Müdigkeit.
»Ich muß ihn haben.«
Die Frau wühlte in ihren Schürzentaschen und in verschiedenen Schubladen. Schließlich fand sie auch einen Schlüssel. Dolores gab ihr noch einen Penny für ihre Mühe, dann folgte sie ihr auf den Flur hinaus zu einem Schlafzimmer.
Der Raum war dunkel, und es roch darin nach Zwiebeln, Tabak und Schweiß. Die Fensterläden waren geschlossen; eine zerbrochene Scheibe hatte man mit Lumpen zugestopft. An der Wand stand ein Bett mit einer schmutzigen Decke und einem unbezogenen Kissen, das nach dem Übernachten des letzten Gastes nicht einmal aufgeschüttelt worden war. Außerdem sah Dolores noch einen geflochtenen Stuhl, der aber durchgesessen war.
»Geben Sie mir das Bettuch und den Schlüssel«, sagte sie. »Und hören Sie zu. Ich habe für dieses Zimmer bezahlt. Sorgen Sie dafür, daß niemand mich belästigt.« Dann wandte sie sich an den Jungen, der ihren Kasten auf den Boden setzte.
»He, bringe mir noch einen Krug Wasser, dann will ich dich bezahlen und du kannst gehen.«
Die dicke Frau versprach Dolores, daß sie ungestört bleiben sollte. Ein häßliches Grinsen ging über das Gesicht von Dolores. Sie hatte für alles bar bezahlt, und es war so weit gutgegangen. Aber wenn sie weiterhin so viel Geld ausgeben mußte, würde sie nicht nach Neuorleans kommen.
Der Negerbursche brachte einen Zinneimer mit Wasser, erhielt seinen Lohn und ging fort.
Dolores machte die Tür zu und drehte den Schlüssel von innen um. Sie sah eine Schabe, die über den Fußboden kroch, aber sie kümmerte sich nicht darum. Sie war zu müde, um sie totzutreten. Schnell

kniete sie nieder, hielt das Gesicht über den Eimer und trank wie ein durstiger Hund. Das Wasser kühlte ihre Kehle.
Als sie das Fenster öffnete, konnte sie auf den hinteren Hof sehen, auf dem sich Hühner und ein paar Schweine umhertrieben. Es spielten auch drei schmutzige Kinder dort, aber die Luft, die hereinkam, war besser als die abgestandene in der Kammer. Das saubere Bettuch lag auf dem Stuhl. Dolores warf die Decke auf den Boden und suchte die Matratze nach Wanzen ab. Als sie nur ein paar Ameisen fand, atmete sie auf. Das Bettuch war zwar grau, aber immerhin sauberer als die Matratze. Sie warf auch das Kissen zu der Decke auf den Boden.
Über den Dächern der Nachbarhäuser türmten sich Wolken am Himmel auf, und Dolores dachte daran, daß bei Regen das ganze Zimmer von Ameisen wimmeln würde. Die Füße der Bettstelle standen zwar in Blechdosen, aber diese waren trocken. Sie nahm einen der kleinen Silberbecher aus dem Kasten und füllte sie mit Wasser, um die Ameisen abzuhalten.
Schließlich zog sie Schuhe, Kleid und Korsett aus und legte sich nieder. Den Kopf bettete sie auf die gekreuzten Arme. Aber plötzlich fiel ihr ein, daß das Fenster offenstand. Jeder konnte vom Hof her einklettern und ihre Sachen stehlen, während sie schlief. Aber es war so herrlich, endlich auszuruhen, daß sie alle Willenskraft zusammennehmen mußte, um sich aufzuraffen und die Läden zu schließen. Dann sank sie wieder auf das Bett.
Sie war zu müde, um zu weinen. Undeutlich und in zusammenhanglosen Bildern sah sie das Herrenhaus von Silberwald, die Festtafeln, bei denen es gewürzten Braten und Weine aus Europa gab, während sie selbst am Ehrenplatz des Tisches Caleb gegenübersaß. Sie erinnerte sich an die Gärten von Ardeith, an die Tabak- und Indigofelder, die sie vom Fenster ihres Zimmers aus gesehen hatte. Dort war ihr Kind geboren worden, dort hatte sie es im Arm gehalten. Aber diese Bilder tauchten nur verschwommen auf wie frohe Zeiten, die sie in ihrer Kindheit erlebt hatte. Sie waren zu fern und riefen nur ein unbestimmtes Empfinden von Sehnsucht und Heimweh hervor.

Wie wenig hatten sie doch alle diese Menschen verstanden! Diese Zeit wurde dadurch zum Triumph eines Zerrbildes, das sie höhnisch angrinste, während es doch ein märchenhaftes Zwischenspiel hätte sein können, das ihr ein gütiger Gott schenkte. Aber sie konnte sich jetzt nicht zu einer heftigen Gemütserregung aufraffen, um diese Menschen zu hassen. Sie war so müde, daß sie kaum die einzelnen Gefühle voneinander unterscheiden konnte; sie hatte nur noch die Vorstellung, daß sie ein Bündel schmerzender Knochen war. Aber sie war zu erschöpft, um selbst das lange zu fühlen. Nach wenigen Minuten schon schlief sie fest ein.

Als sie wieder aufwachte, war es nahezu dunkel. Sie atmete tief auf und drehte sich um, so daß sie auf dem Rücken lag. Kurze Zeit regte sie sich nicht, betrachtete den Riß in der Wand und überlegte, was wohl aus ihr werden würde. Zweifellos konnte sie nach Neuorleans zurückkehren, aber was sollte sie dort anfangen? Tante Juanita würde sie vielleicht wieder in der Kneipe beschäftigen, und dort war es jedenfalls besser als hier. Aber es war auch möglich, daß sie böse auf sie war und sie nicht bei sich aufnahm. Wahrscheinlich würde sie sagen, es wäre undankbar und häßlich von ihr gewesen, daß sie fortgelaufen war.

Dolores dachte daran, daß sie auf den Docks Früchte verkaufen könnte, aber jeder, der nur ein wenig Verstand besaß, konnte voraussagen, wozu das führte, wenn man nicht eine häßliche alte Frau war, der die Matrosen aus Mitleid etwas abnahmen. Sie konnte ja auch in den Strom springen, sie mußte nur so weit hinuntergehen, daß nicht gutmütige Menschen sich die Mühe machten, sie wieder aus dem Wasser zu fischen. Ebensogut mochte sie tot sein als ein Kind haben, das sie nicht einmal sehen durfte. Welchen Zweck hatte es, unter diesen hartherzigen, grausamen Menschen weiterzuleben, die sie seit ihrer frühesten Kindheit nur gequält hatten?

Ach, sie hatte versucht, alles so gut zu machen wie nur möglich, sagte sie sich bitter, sie wollte eine anständige Frau sein, aber alles, was sie anfaßte, ging verkehrt aus und brachte ihr nur Unglück. Ob das ihr Fehler oder die Schuld anderer war, konnte sie nicht ent-

scheiden. Sie fühlte sich zu elend dazu.
Inzwischen brach die Abenddämmerung herein, und Dolores konnte nicht in dem Zimmer bleiben, ohne daß sie ein Licht hatte. Fröstelnd erhob sie sich. Es würde wohl bald regnen. Es war noch etwas Wasser in dem Eimer. Sie trank wieder, dann wusch sie sich, so gut es ohne Seife ging. Zum Abtrocknen nahm sie eins ihrer Hemden aus dem Kasten. Das kühle Wasser erfrischte ihr Gesicht und ihre Arme. Dann zog sie die Strümpfe aus und stellte die Füße in den Eimer. Sie schmerzten furchtbar von dem Umherwandern auf den Straßen in der vergangenen Nacht und auf dem sonnendurchglühten Kai am Morgen. Aber als sie schließlich saubere Strümpfe und andere Schuhe angezogen, sich angekleidet und frisiert hatte, fühlte sie sich beinahe wohl. Zur Not konnte sie ihr Haar auch ohne Spiegel ordnen, wenn es auch nicht angenehm war. Aber dann fiel ihr ein, daß sie sicherer sein würde, wenn sie nicht so hübsch und anziehend aussähe.
Sie wickelte die Kleider, die sie ausgezogen hatte, um das Silbergeschirr von Ardeith, dann überzeugte sie sich, ob der Geldbeutel auch noch sicher unter ihrem Unterrock angeschnallt war. Darauf band sie den Kasten zu, ging hinaus und verschloß die Tür. Für notwendige Ausgaben hatte sie einige Geldstücke in ihrer Börse.
Das Gastzimmer war jetzt voll von Männern, die an den Tischen saßen, aßen und tranken. Einige hatten schon zuviel Alkohol zu sich genommen und wurden laut. Ein Soldat, dessen Aussprache den Kubaner verriet, faßte sie am Arm. Sie sollte sich neben ihn auf die Bank setzen. Dolores lachte einfältig und tat so, als ob sie kein Spanisch verstünde und nicht wüßte, was er wollte. Sie bahnte sich einen Weg zum Schanktisch und sagte der Frau, sie brauchte Kerzen. Nachdem sie ausgeschlafen hatte, fühlte sie sich wieder so kräftig, daß sie den Preis aushandelte. Sie bekam drei Kerzen für das Geld, das die Frau ihr zuerst für eine einzige abnehmen wollte.
An der Tür war ein Streit ausgebrochen. Als sie englische Worte hörte, wandte sie sich um. Sie lehnte am Schanktisch und hatte beide Arme auf die Kanten der Platte gelegt. Wie gut es war, dachte sie,

daß sie den ganzen Nachmittag geschlafen hatte, denn in der Nacht würde sie nicht viel zum Ausruhen kommen. Sie mußte auf der Hut sein, wenn diese halbbetrunkenen Männer erst erfuhren, daß eine Frau allein in der Kammer hinter dem Schanktisch schlief.
Der pockennarbige Wirt warf einen Mann aus der Gaststube, der nicht bezahlen konnte, was er bestellt hatte.
»Hören Sie doch einmal zu!« rief der Mann. »Ist es denn meine Schuld, daß ich den ganzen Tag über keine Arbeit bekommen habe? Die verdammten Kerle wollen auf den Docks weiter nichts als Negersklaven.«
»Ich habe Ihnen gesagt, daß Sie fortgehen sollen«, wiederholte der Wirt laut. »Drei Tage lang habe ich Ihnen umsonst zu essen und zu trinken gegeben!«
»Und ich habe Ihnen gesagt, ich würde Ihnen sofort Geld geben, wenn ich etwas Arbeit bekomme. Ich habe seit heute morgen nichts zu essen gehabt. Wie kann ich denn arbeiten, um meine Schulden bei Ihnen zu bezahlen, wenn ich einen leeren Magen habe?«
Mehrere Gäste, die sich über den Streit freuten, kamen näher, um besser zuhören zu können. Allem Anschein nach hofften sie, daß es zu einem Kampf kommen würde. Der Fremde war im Vorteil, denn er hatte kräftige Muskeln und sah gesund und stark aus. Dolores hielt den Wirt für einen häßlichen, niederträchtigen Menschen, der eine Tracht Prügel wohl verdient hätte, aber sie durfte nicht in der Gaststube sein, wenn es zu einer allgemeinen Schlägerei kam. Sie drehte sich zu der Frau um, die mit vorgeschobener Unterlippe den Mann an der Tür verächtlich betrachtete.
»Geben Sie mir etwas zu essen«, sagte Dolores, »aber machen Sie schnell!«
»Was wollen Sie denn haben?« fragte die Frau zögernd. An der Tür schien es zu einem Kampf zu kommen, und sie machte keine Miene, Dolores zu bedienen.
»Das ist mir ganz gleich, was Sie mir geben. Außerdem möchte ich ein Glas Bier haben.«
Schließlich füllte die Frau einen Teller mit Reis und Garnelen und

goß eine fettige Soße darüber. Auf den Rand legte sie ein Stück Brot. Dolores nahm den Teller in die eine, das Bier in die andere Hand und ging zur Tür.

»Hier, Mister«, sagte sie. »Hier haben Sie Ihr Abendessen. Kitzeln Sie mich nicht am Arm, Sie –«, fuhr sie einen anderen Mann an. »Sie wollen wohl, daß ich das Essen auf den Boden schütte?«

Der Fremde sah auf sie nieder. Langsam ging ein Grinsen über sein Gesicht. »Was meinen Sie, meine Dame?«

»Ich sagte Ihnen, ich bringe Ihnen Ihr Abendbrot.« Dolores wandte sich an den Wirt. »Sie können aufhören, mit ihm zu zanken. Ich habe dafür bezahlt. Der Mann ist ein Freund von mir.«

Der Wirt drehte sich um und rief laut nach hinten: »He, Lucy, hat die Frau für das Essen bezahlt?«

»Ja.«

»Dann ist es gut. Aber an Ihrer Stelle würde ich dem nichts geben. Der Kerl hat keinen Penny.«

Dolores setzte den Teller auf den nächsten Tisch und zupfte den Mann am Ärmel.

»Essen Sie, Mister.«

Begierig sah er auf den Teller, aber als er sich niedersetzte, zögerte er und schaute zu Dolores auf.

»Sagen Sie, Madame, kennen Sie mich?«

»Nein, aber essen Sie ruhig. Sie sollen mir Gesellschaft leisten.«

Er trank von dem Bier, dann wischte er den Mund mit dem Handrücken ab und versuchte, sie am Handgelenk festzuhalten, als sie fortging.

»Wollen Sie nicht bleiben?«

»Nehmen Sie Ihre Hand weg!«

Er gehorchte. »Es tut mir leid, Madame. Ich dachte nur –«

»Dann haben Sie sich geirrt, wenn Sie das dachten.«

Er nahm einen Löffel Reis und sah wieder lächelnd zu ihr auf. Sein Lächeln war nicht gemein, sondern verriet nur Dankbarkeit und leichte Neugierde. Sie erwiderte es.

»Ich meinte nur, es ist wirklich nett, Madame, daß Sie einem Mann ein Abendessen geben, den Sie früher noch nie gesehen haben. Ich danke Ihnen wirklich dafür. Man wird hungrig, wenn man den ganzen Tag auf den Docks umherläuft und keine Arbeit findet. Setzen Sie sich doch einen Augenblick! Ich will Ihnen nichts zuleide tun.«

Dolores ließ sich ihm gegenüber auf der Bank nieder und stützte das Kinn in die Hände. Er aß so schnell, daß er einige Zeit nicht sprechen konnte. Sie beobachtete ihn. Er hatte eine große, gebogene Nase, ein scharfes Kinn und einen breiten Mund mit schönen weißen Zähnen. Sein Haar war braun, aber oben ein wenig von der Sonne gebleicht. Das Hemd mußte einmal blau gewesen sein, aber die Farbe war ausgesogen. Man konnte sie nur noch an den Säumen erkennen. An der einen Schulter sah sie zwei Risse. Vorher hatte sie schon ein Loch in seinem Strumpf direkt unter dem Knie bemerkt. Allem Anschein nach hatte er keine Frau, die für ihn sorgte.

Er sah von seinem Teller auf. Über seinen blauen Augen wölbten sich buschige Brauen. Sie waren aber von der Sonne so gebleicht, daß sie auf seinem gebräunten Gesicht beinahe weiß aussahen.

»Warum haben Sie mir das gebracht?«

»Ach, ich weiß nicht«, erwiderte sie. »Ich glaube, weil Sie mir so einsam und verlassen vorkamen.«

»Haben Sie denn schon zu Abend gegessen?«

Sie schüttelte den Kopf. Zum erstenmal erinnerte sie sich daran, daß sie den ganzen Tag außer einer Banane und ein paar Trauben nichts zu sich genommen hatte.

»Dann müssen Sie aber auch etwas essen.«

»Nein, davon will ich nichts. Das gehört Ihnen.«

»Es ist aber doch besser, wenn Sie auch etwas nehmen. Sehen Sie einmal her.« Er tauchte ein Stück Brot in das Bier und reichte es ihr über den Tisch. »Essen Sie das! Es tut gut, wenn man keinen Appetit hat.«

Sie nahm es und begann zu essen. Es schmeckte gut.

»Mögen Sie es?«

Sie nickte.

»Die Kerzen, die Sie in Ihr Kleid gesteckt haben, werden aber schmelzen. Die müssen Sie herausnehmen.«

Dolores lachte und legte sie auf den Tisch. »Die hatte ich ganz vergessen.«

»Wie kommt es nur, daß Sie so sonderbar sprechen?«

»Ich bin keine Engländerin.«

»Sie sind wohl eine Kreolin?«

»Ja, eine Spanierin aus Neuorleans.«

»Waren Sie lange hier oben?«

»Nein, nicht allzulange.«

»Wie heißen Sie denn?«

»Dolores.« Sie hielt inne. »Sheramy« wagte sie nicht zu sagen, und »Bondio« blieb unausgesprochen.

»Ich heiße Thad Upjohn.« Nach einem kleinen Zögern fragte er: »Was machen Sie hier, Miß Dolores?«

»Ich bin nur zufällig hereingekommen.«

Die Antwort schien ihn nicht zu befriedigen. »Ist Ihr Mann auch hier?«

Dolores biß sich auf die Lippe. »Ich habe keinen.«

»Aber Sie tragen doch einen Trauring?«

»Warum benützen Sie Ihren Mund nicht zum Essen?« entgegnete sie ärgerlich

Er senkte den Blick. »Entschuldigen Sie, Madame, ich wollte nicht mit Ihnen streiten.«

Dolores stützte die Stirn in die Hände und fuhr mit den Fingern durch das Haar. »Ach, ich bin Ihnen nicht böse. Aber ich fühle mich so elend im Herzen, daß ich gereizt bin –«

»Ja, ja«, sagte er freundlich. »Es macht auch nichts. Es tut mir sehr leid, daß es Ihnen schlecht geht.«

Sie erwiderte nichts und sah auch nicht auf.

»Hören Sie, Miß Dolores«, sagte er nach einer Weile. »Ich habe nichts, daß ich etwas für Sie kaufen könnte, aber es würde Ihnen sicher guttun, wenn Sie etwas essen würden.«

»Glauben Sie?«

»Natürlich. Sie sehen sehr hungrig aus.«
Dolores nahm die Börse aus dem Ausschnitt. »Also gut, holen Sie mir etwas! Aber keine Garnelen.«
Bald darauf kam er mit Brot, Käse und Bier zurück.
»Essen Sie das. Dann fühlen Sie sich stärker.«
Sie biß in das Brot. »Wollen Sie nicht noch ein Glas Bier für sich selbst haben?«
»Ich möchte nicht, daß Sie noch mehr für mich kaufen, Miß Dolores.«
»Ich wünschte aber, daß Sie es tun. Ich meine – nun ja, solange Sie hier bei mir sind, wagt keiner, mich anzureden.«
Er legte die Arme um seinen leeren Teller. »Ich kann auch hier sitzen, ohne Bier zu trinken.«
»Mein Gott, Sie sind aber anständig«, sagte sie mit müder Stimme. »Sie sind heute der erste Mann, der mich nicht wie eine Dirne behandelt hat.«
Thad Upjohn zuckte die Schultern. »Nun, Sie waren auch sehr freundlich zu mir. Das hat mir gutgetan.«
»Haben Sie sich auch so unglücklich gefühlt?«
»Ja. Heutzutage ist es nicht leicht, sich durchzuschlagen.«
»Ich hätte nie gedacht, daß es Männern schwerfallen würde, durchs Leben zu kommen.«
»Wenn man keine Arbeit haben kann wie jetzt, ist es wirklich schwer.«
»Warum gibt es denn keine Arbeit?«
»Das ist nicht so einfach zu erklären. Die einen meinen, es käme vom Krieg, und es würden nicht mehr so viele Schiffe geladen wie früher. Und dann kaufen alle Leute, die hier unten am Kai zu tun haben, Negersklaven. Als ich zuerst herkam, gab es viel Arbeit, aber heutzutage wimmelt es von Schwarzen, und ein weißer Mann kann kaum Beschäftigung finden.«
Dolores runzelte die Stirn und sah nachdenklich auf ihren Teller. Nachdem sie etwas gegessen hatte, fühlte sie sich tatsächlich wohler. Vielleicht war sie vorher hungrig gewesen, ohne es selbst genau

zu wissen.

»Aber warum hat Ihr König Ihnen kein Land gegeben, wenn Sie Engländer sind? Oder sind Sie nicht vor dem Aufstand hierhergekommen?«

»O ja, ich bin schon lange hier. Aber der König hat nur den Leuten Land gegeben, die in dem Krieg gegen die Franzosen und Indianer gekämpft haben, und damals war ich nur ein junger Bursche – kaum siebzehn. Ich fühlte nicht den Drang in mir, oben in Virginia oder Pennsylvania oder wo es sonst sein mochte, gegen Indianer zu kämpfen.«

»Aus welcher Gegend kommen Sie denn?« fragte sie interessiert.

»Aus Georgia.«

»Liegt das am großen Meer?«

»Ja, Madame, zum Teil. Aber ich habe das Meer niemals gesehen. Ich stamme aus dem Hinterland.«

»Ich verstehe«, sagte Dolores, obwohl das nicht stimmte, da sie früher nie etwas von Georgia gehört hatte. Aber es lenkte ab und tat gut, mit einem anderen Menschen über seine Sorgen zu sprechen. Darüber vergaß sie ihren eigenen Kummer. Und wenn sie diesen Mr. Thad Upjohn auch nicht mit den feinen Herren vergleichen konnte, die sie in Silberwald getroffen hatte, so war er doch ein anständiger, netter Mann. Er hatte ein freundliches Wesen, ohne aufdringlich zu sein, und er war auch nicht liebenswürdig und wohlwollend wie die Leute in Ardeith, so daß sie sich gedemütigt fühlte. Für ihn war sie nur eine junge Frau, die sich aus irgendeinem Grunde elend fühlte. Er forschte sie nicht aus, und er bemitleidete sie auch nicht, sondern ließ sie in Frieden. Dafür war Dolores dankbar, ohne daß sie es in Worten aussprach, denn das war alles, was sie im Augenblick von den Menschen verlangte. Er war nicht sehr sauber und sah auch nicht besonders hübsch aus, aber wahrscheinlich würde er einen besseren Eindruck machen, wenn er das Haar kämmte, sich rasierte und eine Frau hätte, die sich um seine Kleider kümmerte.

Am anderen Ende des langen Tisches stand ein Mädchen und sang ein freches Lied in der französischen Sprache der Kreolen. Sie schwenkte die Röcke und wiegte sich in den Hüften, während mehrere halbbetrunkene Soldaten mit den Füßen den Takt dazu traten. Ab und zu warf Thad Upjohn einen Blick auf sie, dann wandte er sich wieder an Dolores.

»Sprechen Sie französisch?« fragte sie ihn und hoffte, daß es nicht der Fall wäre.

»Um Himmels willen, nein, Miß Dolores! Ich kann weiter nichts als meine Muttersprache. Verstehen Sie es denn?«

»Ja, ein wenig.«

»Singt das aufgedonnerte Ding dort französisch?«

Dolores nickte.

»Sagen Sie, dann sind Sie ja gebildet?« meinte er bewundernd.

»Nicht sehr. Man kann in Neuorleans leicht fremde Sprachen lernen, wenn man sie hört.«

»Ich möchte wetten, daß Sie auch gut lesen können und all das.«

»Spanisch ganz gut, aber nicht Französisch und Englisch. Können Sie lesen?«

Ein Grinsen spielte um seinen breiten Mund. »Nein, Madame, aber ich wünschte, ich könnte es.«

»Holen Sie sich doch noch ein Glas Bier.«

»Aber ich kann doch nicht Ihr Geld ausgeben.«

»Gehen Sie schon. Ich sagte doch, Sie sollten mir zum Abendbrot Gesellschaft leisten.«

Er lachte und holte sich noch ein Glas Bier. Dolores war froh, daß er es tat. Sie hatte das Brot und den Käse aufgegessen, aber sie wollte gern noch ein wenig sitzenbleiben und sich mit dem Mann unterhalten. Draußen schlug der Regen gegen die Fenster. Es goß in Strömen.

»Hat man viele Neger in der Gegend, aus der Sie kommen?« fragte sie, als er sich wieder setzte.

»Im Hinterland nicht. Aber an der Küste bei Savannah gibt es viele. Ich bin nie dort gewesen und habe überhaupt wenig Schwarze getroffen, bevor ich nach Louisiana kam.«

»Warum sind Sie eigentlich hierhergegangen, wenn Sie doch kein

Land hatten?«
»Nun, Madame, zu Hause stand es nicht besonders gut. Maulwurfsgrillen sind in die Maisfelder gekommen, und das gibt immer eine schlechte Ernte. Die Leute sagen, Louisiana wäre ein neues Land, da gäbe es viel zu tun und jeder könnte Arbeit finden. So habe ich mich mit meiner Frau aufgemacht und bin hierhergekommen.«
»Ach, Sie sind verheiratet?« Dolores war überrascht. Seine Frau schien sich nicht viel um ihn zu kümmern.
»Nicht mehr, Madame. Sie bekam ein Kind und starb bei der Geburt – ein Jahr, nachdem wir hierhergezogen waren.«
»Wo ist denn das Kind?« fragte Dolores eifrig.
»Das ist auch gestorben, Miß Dolores. Wissen Sie, ich verstehe nicht viel davon, wie man kleine Kinder wartet.«
»Es tut mir leid, daß Sie soviel Unglück hatten.«
»Ja, Madame, es hat mich auch schwer mitgenommen. Das sage ich ganz offen.«
Sie nahm die Kerzen in die Hand, die neben ihrem Teller lagen. »Ich habe auch ein Kind«, sagte sie dann leise.
»Was Sie nicht sagen! Ein kleines Mädchen?«
»Nein, einen Jungen.«
»Meins war ein Mädchen.«
Sie sah nicht auf.
»Ist Ihr Junge auch gestorben?« fragte er nach einer Pause.
»N-nein. Nein, dem geht es gut. Mein Mann hat ihn bei sich.«
»Aber ich dachte, Sie sagten – entschuldigen Sie bitte, Miß Dolores.«
Tränen traten in ihre Augen. Sie biß sich hart auf die Lippen und schuckte.
»Ich wollte Ihnen nicht wehe tun, Madame.«
Sie stützte die Ellbogen auf den Tisch und preßte die Fäuste gegen die Augen. Am entfernten Ende des Tisches hatte jemand ein anderes Lied begonnen, und viele sangen mit. Es war ein gemeiner Text, und man galt nicht als anständige Frau, wenn man ihn verstand. Dolores fühlte, daß ihre Tränen versiegten, und schaute auf. Sie hatte

schon zuviel geweint.
Thad Upjohn beobachtete sie mit aufrichtigem Mitleid.
»Sie haben mir nicht weh getan«, erwiderte sie. »Ich war nur traurig. Ich kann nichts dafür. Ich habe einen Mann gehabt«, fuhr sie plötzlich heftig fort, »aber er hat mich aus dem Hause geworfen. Ich war nicht gut genug für ihn.«
»Ach.«
»Ich war nicht gut genug für ihn«, wiederholte sie, »aber mein Kind hat er behalten. Vielleicht haben Sie schon von ihm gehört. Er heißt Sheramy.«
Thad sah sie betroffen an. »Um Himmels willen, Sie meinen doch nicht die Sheramys von Silberwald?«
Sie nickte.
»So – so.«
Allem Anschein nach fiel Thad im Augenblick nichts anderes ein. Aber gleich darauf fuhr er fort: »Sagen Sie, Miß Dolores, das ist wirklich zu schlimm.« Er schüttelte den Kopf.
Plötzlich erzählte sie ihm alles. Sie fügte nichts hinzu, und sie beschönigte auch nichts. Es war eine große Beruhigung für sie, daß sie zu einem anderen einmal vollkommen ehrlich und offen über sich selbst sprechen konnte. Jetzt kam ihr deutlich zum Bewußtsein, wie schwer und furchtbar es gewesen war, immer in einer Nebelwolke erfundener Geschichten zu leben, ständig auf der Hut zu sein und sich an alles erinnern zu müssen, damit keine Widersprüche entstanden.
Thad hörte schweigend zu und klopfte ihr nur ab und zu auf die Hand.
»Das ist alles«, sagte Dolores schließlich. »Ich habe das Geld gestohlen, und ich habe auch einige Silbersachen mitgenommen. Ich dachte, daß ich sie vielleicht hier verkaufen könnte. Warum ich das getan habe, weiß ich nicht. Vielleicht hatte ich vorige Nacht den Verstand verloren.«
Es trat eine Pause ein.
»Dazu hatten Sie allen Grund, liebe Miß Dolores«, erwiderte Thad

langsam. »Es wäre anderen auch so gegangen.«
»Was soll ich aber jetzt anfangen?« fragte sie ihn.
Er schüttelte den Kopf. »Wenn ich das nur wüßte, Miß Dolores.«
Sie rang die Hände im Schoß. Es war spät geworden. In dem Gastzimmer roch es übel nach Kerzen und Tabak, Bier und Schnaps. Am anderen Ende des Raumes war es zwischen zwei Männern zu einer Schlägerei gekommen. Alle anderen mischten sich ein, riefen den beiden zu und nahmen für den einen oder anderen Partei.
»Ich glaube, Sie gehen jetzt besser, Madame«, sagte Thad.
»Ja.« Sie erhob sich und steckte eine der Kerzen an einem brennenden Licht in einer Flasche an.
»Ich werde mich auch wieder aufmachen«, meinte er, als er aufstand. »Ich möchte hier nicht in eine Keilerei geraten und mir den Schädel einschlagen lassen.«
Sie nahm die anderen Kerzen auf und ging nach der Tür.
»Haben Sie ein Zimmer, wo Sie bleiben können?« fragte Thad.
»Ja, hinter diesem. Es ist nur ein Loch, aber ich kann die Tür zuschließen.«
Er zögerte. »Haben Sie etwas dagegen, wenn ich morgen herkomme und frage, wie es Ihnen geht?«
»Ich würde mich freuen.« Sie standen im Flur. »Wo wohnen Sie denn?«
Er lachte. »Mein Gott, ich habe kein festes Quartier. Meistens schlafe ich draußen auf den Docks. Ich werde schon eine Stelle finden, wo ich vor dem Regen unterkriechen kann.«
Dolores blieb vor ihrer Tür stehen und zog den Schlüssel aus ihrem Kleid. Sie sah zu ihm auf. »Mr. Upjohn, glauben Sie an Gott?«
»Madame? Aber sicher glaube ich an Gott, Miß Dolores. Warum fragen Sie danach?«
Sie holte tief Atem. »Wenn Sie bei Gott schwören, daß Sie mich in Frieden lassen, können Sie hier bei mir bleiben.« Sie schloß die Tür auf. »Es ist schrecklich hier drinnen, aber wenigstens haben Sie ein Dach über dem Kopf. Sie können sich da draußen in dem Regen den Tod holen.«

Thad hielt sie zurück, als sie die Tür aufstieß. »Miß Dolores, ich werde Sie nicht belästigen, das schwöre ich Ihnen, und das meine ich auch so. Aber Sie haben keinen Grund, mir zu glauben. Sie kennen mich doch gar nicht.«
Sie sah ihn an. »Die Gefahr will ich auf mich nehmen. Ich sehne mich so sehr danach, einen Menschen kennenzulernen, der anständig ist. Kommen Sie.«
Sie ging hinein, kniete auf dem Boden nieder und hielt die Kerze seitwärts, damit etwas geschmolzenes Wachs auf den Boden tropfen sollte, um das Licht zu befestigen.
»Brauchen Sie die Decke und das Kissen nicht, die auf dem Boden liegen?« fragte Upjohn.
»Nein«, erwiderte Dolores, ohne aufzusehen. »Sie waren mir zu schmutzig.«
»Ich habe schon auf schlechteren als diesen geschlafen. Lassen Sie mich das Licht lieber festmachen, Sie stecken sonst noch das ganze Haus in Brand.«
Schweigend reichte sie ihm die Kerze. Als diese fest auf dem Boden stand, reichte Dolores ihm den Schlüssel.
»Möchten Sie mir noch einen Eimer Wasser holen, damit ich mich morgen früh wenigstens waschen kann?« fragte sie etwas verlegen.
»Natürlich, Miß Dolores.« Er nahm den Schlüssel und ging hinaus.
Dolores kleidete sich aus. Vielleicht wäre es besser, dachte sie, das nicht zu tun, aber sie hatte diese Kleider schon so lange getragen, daß sie sich unsauber anfühlten. Sie nahm ein Nachtgewand aus dem Kasten und zog es an. Dann legte sie sich auf das Bett und deckte sich mit einem weiten, gesteppten Unterrock zu.
Thad brachte das Wasser. »Haben Sie jetzt alles, was Sie brauchen?« fragte er, als er die Tür zuschloß.
»Ja.«
»Gut, Madame. Dann schlafen Sie ruhig. Ich sorge schon dafür, daß niemand Sie belästigt.«

Er legte die Decke quer vor die Tür, dann kniete er nieder, um das Licht auszublasen.
»Miß Dolores, es ist wirklich sehr nett von Ihnen, daß Sie mich hier im Zimmer schlafen lassen und ich nicht im Regen übernachten muß.«
»Es ist schon gut.«
Thad lehnte sich zurück und setzte sich auf den Boden. »Nun ja, Madame, ich habe auch viel Unglück durchgemacht, seitdem meine Frau und mein Kind starben und ich keine Arbeit bekam. Ich habe auch keine Freunde hier. Es war sehr schön, daß ich Sie getroffen habe.«
»Schlafen Sie jetzt nur.«
Er blies das Licht aus. Dolores hörte, daß er sich in die Decke einwickelte, und nach einiger Zeit schnarchte er leise. Sie atmete dankbar auf, war aber auch überrascht. Es war doch ein gewisser Trost, nicht allein zu sein.
Thad weckte sie, als der Morgen heraufdämmerte. Es regnete nicht mehr.
Dolores richtete sich auf und hielt den Unterrock bis dicht an das Kinn.
»Was wollen Sie?«
»Ich wollte Ihnen nur den Schlüssel geben, Madame, und sagen, daß ich jetzt gehe. Im Hafen fangen sie sehr zeitig mit dem Laden der Boote an.«
»Leben Sie wohl.«
Thad wandte sich zur Tür, hielt aber wieder an und kam zurück.
»Miß Dolores, wohin wollen Sie gehen? Ich meine – nun, ich meine, ich möchte Sie nicht gern allein lassen, ohne daß sich jemand um Sie kümmert.«
Sie sah sich in dem häßlichen Zimmer um, das im grauen Morgenlicht noch abstoßender wirkte.
»Ich bin nicht daran gewöhnt, daß jemand sich um mich kümmert«, erwiderte sie leise.
»Aber Sie müßten doch einen Menschen haben.« Er setzte sich auf

die Bettkante. »Wenn Sie erst anfangen, hier allein herumzugehen, kommen Sie nur dauernd in Ungelegenheiten. Ich bin zwar nicht viel, aber immerhin –«

Dolores sah ihn groß an. Wenigstens war er ein Mann, und das war es, was sie brauchte. In seiner Begleitung konnte sie wahrscheinlich nach Neuorleans fahren. Sie hatte genug Geld bei sich, um die Fahrt für zwei Personen zu bezahlen. Rasch faßte sie ihn an der Hand.

»Wollen Sie damit sagen, daß ich einige Zeit bei Ihnen bleiben kann?«

Er räusperte sich. »Ja, sehen Sie, ich bin so allein, und ich würde mich freuen, wenn ich für einen Menschen sorgen könnte.«

Dolores lachte leise. »Sagen Sie, würden Sie mit mir nach Neuorleans fahren? Dort können Sie leicht Arbeit finden. Es ist wirklich eine große, schöne Stadt.«

»Neuorleans?« erwiderte er unsicher.

Sie nickte. »Ich hasse diese Stadt hier.«

»Wie kommt es denn, daß Sie den Zahn verloren haben?« fragte Thad plötzlich.

»Ach, ein paar Matrosen hatten eine Schlägerei in der Kneipe, in der ich bediente. Der eine warf mit einem Stuhl, und aus Versehen traf er mich. Das ist schon lange her. Damals verstand ich noch nicht, mich in acht zu nehmen.«

Thad schüttelte langsam den Kopf. »Sagen Sie, Miß Dolores, Sie wissen auch jetzt noch nichts davon. Sie sind ebenso hilflos, als ob Sie erst gestern geboren wären. Immer kommen Sie in Schwierigkeiten und Gefahr. Wenn Sie in diese verrückte Stadt fahren, wird es noch schlimmer als je zuvor.«

»Aber ich gehe doch nicht allein! Sie begleiten mich.«

Er erhob sich. »Nein, Madame. Ich habe keine Lust, nach Neuorleans zu gehen. Dort unten spricht kein Mensch englisch, und es gibt noch mehr Neger als hier. Schöne Aussichten, einen Lebensunterhalt zu verdienen! Nein, Madame.«

»Sie – Sie wollen nicht mitkommen?« Dolores seufzte. Wieder war sie zu voreilig und offen gewesen. Wäre sie eine Zeitlang bei ihm geblieben, so hätte er sie wahrscheinlich so liebgewonnen, daß er mit ihr überallhin gegangen wäre. Aber nun mußte sie ihn ziehen lassen, nachdem er einen festen Entschluß gefaßt hatte.

»Nein, ich komme nicht mit«, sagte er. »Wenn Sie hinfahren wollen, kann ich Sie nicht zurückhalten. Und wenn Sie schließlich werden wollen wie die Frauen, die da unten in der Kneipe liegen, kann ich Sie auch nicht daran hindern. Und so werden Sie enden, wenn Sie nach Neuorleans gehen.« Er steckte die Hände in die Taschen und schüttelte den Kopf. »Aber ich glaube, es ist besser, wenn ich jetzt gehe, Madame.«

Als er sich zur Tür wandte, hielt Dolores vor Schrecken den Atem an und bedeckte den Mund mit der Hand. Er verließ sie wirklich! Diesmal war es sein Ernst. Und mit ihm schwand die einzige Möglichkeit, sicher zu leben. Sie sah sich wieder, wie sie tagsüber auf dem Kai umherging und am Abend wieder in einem solchen Zimmer schlief. So würde es weitergehen, bis sie ihr Geld ausgegeben hatte. Plötzlich schrak sie zusammen, warf den Unterrock beiseite, sprang aus dem Bett und lief mit nackten Füßen hinter ihm her.

»Ach, bitte, kommen Sie doch zurück!« rief sie an der Tür. »Bitte! Bitte! Sie haben mich nicht richtig verstanden – ach, bitte, gehen Sie doch nicht fort!«

Thad drehte sich um und kam langsam zurück. »Was haben Sie denn, liebes Kind?«

Dolores zog ihn ins Zimmer zurück und schloß die Tür. Sie fürchtete sich so sehr, daß sie schwer atmete.

»Lassen Sie mich nicht allein!« bat sie. »Ich möchte bei Ihnen bleiben. Ich bin keine leichtfertige Frau, wirklich nicht. Ich bin nicht immer ein Engel gewesen, aber das, was Sie sagten, bin ich nicht. Bitte, lassen Sie mich bei Ihnen bleiben.«

Er schaute auf sie nieder und lachte ein wenig. »Ach, Sie armes, junges Ding, Sie sind ja ganz außer sich.«

Dolores hielt ihn mit beiden Händen. Sie dachte schnell und scharf nach. Sie hatte nicht die Absicht, ihr ganzes Leben mit einem Dockarbeiter zuzubringen. O nein, sie wollte nicht immer scheuern und

Kleider ausbessern, aber im Augenblick schien es das beste zu sein, was sie tun konnte. Er hatte keine Stellung, und er war auch nicht sehr klug, ja, er konnte nicht einmal seinen eigenen Namen lesen; aber er hatte einen guten Charakter. Er sah nicht so aus, als ob er sie schlagen oder immer betrunken nach Hause kommen würde. Und wenn der Krieg vorüber war und die Schiffe wieder regelmäßig verkehrten, konnte sie nach Neuorleans fahren.

»Hören Sie«, sagte sie, »wenn Sie nicht nach Neuorleans gehen wollen, soll es mir recht sein. Ich bleibe auch hier in Dalroy. Ich habe genug Geld, daß wir uns irgendwo ein Zimmer mieten können. Wir leben von dem, was ich noch habe, bis Sie wieder Arbeit bekommen. Lassen Sie mich bei Ihnen bleiben. Ich werde Ihre Kleider flicken, dann sehen Sie auch besser aus. Und ich kann sehr gut kochen, das dürfen Sie glauben. Lassen Sie mich nicht im Stich!«

Thad grinste und legte einen Arm um ihre Schultern. »Also gut, kommen Sie mit. Ich glaube schon, daß wir beide uns verstehen werden.«

»Bestimmt! Warten Sie. Ich muß mich erst anziehen, aber das dauert nicht lange.«

10.

In diesem Sommer erklärte Spanien England den Krieg.

Als die Leute am Fluß diese Neuigkeit hörten, waren sie teils bestürzt, teils belustigt. Das bedeutete so viel, daß die Kreolen in Neuorleans und die Engländer in Westflorida Feinde waren. Aber die große Stadt zwingen zu wollen, gegen ihr eigenes reiches Hinterland Krieg zu führen, war ein Wahnsinn, und die Leute fragten sich verwundert, ob ihre Könige von Gottes Gnaden den Verstand verloren hätten. Zum erstenmal kam ihnen zum Bewußtsein, wie groß der Atlantische Ozean war und wie wenig die Herrscher jenseits des Meeres von Amerika wußten. Die Kreolen in Louisiana waren den amerikanischen Rebellen immer freundlich gesinnt gewesen. Sie waren meist französischer Herkunft, und Frankreich schickte ja auch Soldaten, um den großen General zu unterstützen, der hier unten im Süden nur nebelhaft als Mr. Vasinton bekannt war. Aber weder sie selbst noch die Engländer, die weiter stromauf wohnten, waren in ihrer Vaterlandsliebe fanatisch genug, um ihren besten Kunden den Hals abzuschneiden.

»Ich für meinen Teil«, sagte Philip Larne zu Walter Purcell, »hatte keinen Streit mit König Georg. Aber wenn er glaubt, daß ich Krieg gegen den einzigen Hafen führe, der für uns einen Ausgang zur See bedeutet –«

Walter Purcell lachte und fragte, wie es nur möglich gewesen sei, daß der amerikanische Aufstand zu einem Weltkrieg hatte werden können.

Philip antwortete, daß er das nicht wüßte. Aber wenn ein gewisser Fürst von Hannover etwas mehr Verstand als eine Steckrübe besessen hätte, wäre es nicht so weit gekommen. Wahrscheinlich würde er dadurch Westflorida und vermutlich auch die dreizehn anderen englischen Kolonien an der Küste verlieren.

»Aber im Ernst«, fragte Judith, »was wird aus uns werden?«

»Ach, darum brauchen wir uns wirklich nicht zu sorgen«, beruhigte Philip sie. »Es hängt natürlich alles von Gouverneur Galvez in Neuorleans ab, und der ist kein Dummkopf. Wer ist eigentlich dafür verantwortlich, daß das Gebiet am Mississippi in zwei verschiedene Länder geteilt ist?«

Philip ließ seine Frau nicht mehr zum Einkauf nach Dalroy fahren. Er sagte, es gäbe zuviel Lärm und Aufregung am Kai, als daß eine Dame dorthin gehen könnte. Aber abgesehen von diesen Vorsichtsmaßregeln nahmen die meisten Kolonisten in der Gegend von Dalroy den Krieg mit Neuorleans nicht ernst.

Eine Woche nach Bekanntwerden des Kriegszustandes kam ein Bote von Lynhaven und brachte Judith einen der charakteristischen Briefe von Gervaise.

»Ich weiß, daß ich nun als Kreolin Eure Feindin bin«, schrieb sie. »Wenn Du und Philip das vergessen wollt, wäre es mir eine große

Ehre, wenn Ihr am Donnerstagnachmittag um drei Uhr mit uns speisen würdet. Ich weiß nicht, warum jetzt plötzlich Krieg ist. Walter hat mir gesagt, ich würde es auch nicht verstehen, selbst wenn er versuchen wollte, es mir zu erklären. Ich glaube, er weiß es selbst nicht – aber bitte, sage ihm das nicht. Hast Du schon gehört, daß Deine Freundin Mrs. Ste. Claire von Pennsylvania Zwillinge bekommen hat? Es sind Mädchen. Jetzt haben sie sieben Töchter, und wenn sie nicht bald anfangen, für die Aussteuern zu sparen, beneide ich sie nicht, wenn die Mädchen später einmal heiraten sollen. Bis jetzt habe ich nur Babette, aber unser Geschick liegt in Gottes Hand. Hast Du etwas von Dolores gehört? Deine Gervaise.«

Judith antwortete, daß sie sich glücklich schätzen würden, zu ihnen zum Essen zu kommen, daß auch ihr dieser Krieg unbegreiflich wäre und daß sie nichts mehr von Dolores gehört hätte.

Alle Leute sprachen vom Krieg, aber niemand schien zu glauben, daß etwas geschehen würde, bis sie eines Tages im September die Nachricht erhielten, daß die spanischen Truppen unter dem Befehl des Gouverneurs Galvez am Westufer des Flusses nach Norden marschierten. Philip bemerkte nur kühl, daß das Westufer ja Spanien gehöre und der Gouverneur zweifellos das Recht habe, mit seinen Soldaten dort aufzumarschieren.

Aber Judith wurde von panischem Schrecken erfaßt. Sie befahl der Amme, die beiden Kinder in ihr eigenes Schlafzimmer zu bringen, so daß sie bei ihr und Philip schliefen. Die halbe Nacht lag sie wach und fürchtete, Kanonendonner vom anderen Ufer zu hören. Philip schlief friedlich, nachdem er ihr versichert hatte, Señor Galvez sei viel zu klug und vernünftig, um die Indigoplantagen zu zerstören.

Als der Morgen dämmerte, war von den Soldaten nichts mehr zu sehen, und es zeigte sich, daß Philip recht gehabt hatte.

Es vergingen Tage, bis sie erfuhren, was aus den Truppen geworden war. An einem Sonntagmorgen brachte Philip die Nachricht, als Judith sich gerade zur Kirche anzog. Sie trug ein neues Kleid aus schillernder blauer Seide über einem gestreiften Unterkleid und betrachtete sich im Spiegel, als Philip ins Zimmer trat. Er war schon früh am

Morgen fortgeritten, um sich zu erkundigen, was in der Welt vorging.

»Du mußt machen, daß du fertig wirst«, sagte Judith. »Ich habe Angelique schon gesagt, daß sie deine Kleider und die Perücke herauslegen soll, an der du die Locken hast eindrehen lassen. Mach schnell, sonst kommen wir zu spät.«

Er legte die Hand auf ihre Schultern und drehte sie zu sich um. »Ich habe eine große Neuigkeit: Heute geht es nicht in die Kirche.«

»Nicht in die Kirche? Was redest du denn?« Judith schob die Unterlippe vor. Offenbar war Philip in einer Kneipe gewesen und hatte zuviel getrunken.

»Wir wollen nach Lynhaven fahren. Gervaise kann uns Unterricht darin geben, wie man den Rosenkranz betet. Wir sind keine Engländer mehr. Wir sind jetzt Spanier – Katholiken – Heiden –, niemand weiß, was wir eigentlich sind, denn die Bekanntmachungen sind in Spanisch abgefaßt, und es gibt in der ganzen Stadt keine drei Leute, die sie lesen können.« Er lachte und kniff sie in die Backe.

Judith starrte ihn an. »Philip, das klingt ja fast, als ob du betrunken bist. Was soll das alles heißen?«

Er nahm seine Pfeife und stopfte sie. »Klingle und sage Angelique, daß sie mir ein Licht bringen soll. Alles mögliche ist los. Señor Galvez ist mit seinen Truppen nach Baton Rouge marschiert –«

»Du kannst selbst klingeln. Was gibt es sonst noch?«

»Er hat das Fort eingenommen. Die englische Garnison hat ja sowieso seit Jahren nichts getan. Die Kerle haben sich nur gelangweilt und waren wahrscheinlich froh, daß sie abgelöst wurden –«

Sie stampfte mit dem Fuß auf. »Nimm die Pfeife aus dem Mund und rede doch endlich klar! Was ist denn geschehen?«

»Und dann«, fuhr Philip fort, indem er sich aufs Bett niederließ und an der Klingel zog, »schickte er Hauptmann Delavillebeuvre –«

»Was für einen Hauptmann?«

»Mein Gott, ich kann doch auch nichts dafür, daß der Mann so heißt! Also, Galvez schickte ihn nach Natchez, das kaum befestigt war, um den Stadtvätern mitzuteilen, daß alle englischen Niederlassungen von dort bis nach Manchac jetzt unter der Obrigkeit von Señor Galvez, dem Gouverneur von Neuorleans, und Seiner Majestät dem König von Spanien stünden. Und die mußten entweder Dankeschön sagen oder Krieg anfangen – bring mir ein Licht, Angelique.«

»Ja, Mr. Philip.« Die Dienerin verließ das Zimmer und lachte leise.

Judith setzte sich zu ihm auf das Bett. »Um Himmels willen, erzähle doch weiter. Wird es Krieg geben?«

»Natürlich nicht. Sie sagten Dankeschön, und nun leben wir eben alle in der spanischen Provinz Louisiana.«

Judith seufzte. »Was hast du vorher von der Kirche gesagt?«

»Die ist zugeschlossen, mein liebes Kind. Du glaubst doch nicht etwa, daß es in einer spanischen Kolonie protestantischen Gottesdienst gibt? Ich wünschte nur, ich hätte hören können, was Sylvie Durham sagte, als Alan ihr die Nachricht brachte! Aber schließlich ist es nur gerecht. Als die Franzosen dieses Land an England abtraten, mußten alle katholischen Priester den Laden zumachen –« Er lachte und nahm das Wachslicht, das Angelique ihm reichte. »Danke. Bring uns eine Flasche Burgunder. Wir wollen auf das Wohl des Königs von Spanien trinken.«

Judith war noch zu betroffen, um zu wissen, wie sie sich dem König von Spanien gegenüber einstellen sollte. »Aber Philip«, fragte sie unsicher, »wird König Georg denn nichts dagegen unternehmen.«

»König Georg versucht nun schon seit vier Jahren, etwas wegen seiner anderen amerikanischen Kolonien zu tun, aber er hat keinen großen Erfolg damit gehabt. Hier ist der Burgunder. Laß uns auf den Tag anstoßen, an dem wir Spanier wurden, und auf unseren neuen König.« Er nahm die Flasche auf. »Also, auf den fünften Oktober siebzehnhundertneunundsiebzig und auf König – was meinst du wohl, wie der heißt?«

»Heißt er nicht Philip?«

»Nein. Das war der König, der mit der Königin Elisabeth Krieg führte. Ich glaube, der jetzige heißt Carl, aber ich weiß es wirklich

nicht. Angelique, erinnere mich daran, daß ich mich nach dem Namen meines rechtmäßigen Herrschers erkundige.«
»Miß Judith«, fragte die Dienerin, »was meint er denn?«
»Ach, er hat zuviel getrunken«, erwiderte Judith.

Judith überlegte, was man am Sonntag anfangen könnte, wenn man nicht zur Kirche ging. Es erschien ihr kaum passend, am Feiertag mit den Schlüsseln und dem Nadelkissen am Gürtel herumzugehen und sich um den Haushalt zu kümmern wie sonst. Schließlich half sie sich damit, daß sie am Sonntag ihre großen Gesellschaften gab. Bei Tisch zu sitzen und gut zu essen war keine Sünde, und sie empfand es als angenehm, einen ganzen Tag für die Vorbereitungen ansetzen zu können. Das war, soweit es Judith anging, die einzige Änderung, welche die spanische Herrschaft mit sich brachte.
Die meisten Kolonisten waren froh, daß Louisiana unter spanische Herrschaft gekommen war, und hielten es für einen Segen, denn Gouverneur Galvez erklärte gleich zu Anfang, daß er nicht die Absicht hätte, Land zu enteignen oder in den Handel einzugreifen. Da man jetzt nicht mehr zu schmuggeln brauchte, um die Waren nach Neuorleans zu bringen, hoben sich Handel und Verkehr bald wieder. Galvez sandte zwar irische Priester nach oben, die englisch sprachen, gab aber heimlich den Auftrag, daß niemand gezwungen werden sollte, die Messe zu besuchen.
Zu Anfang des nächsten Sommers kam Gervaise nach Ardeith und schlug Judith vor, sie auf einen längeren Besuch nach Neuorleans zu begleiten. Da das Land nun ungeteilt war, konnte man mit größerer Sicherheit reisen. Gervaises Bruder, der in Kürze eine Schiffsladung mit Schwarzen nach Dalroy auf den Markt bringen wollte, würde sie auf der Rückfahrt mitnehmen.
Judith war begeistert über diese Aussicht. Schon lange war es ihr Wunsch gewesen, die Hauptstadt des Mississippitales kennenzulernen. Philip beschwichtigte ihre Befürchtungen wegen der Kinder und sagte, daß man Angelique den Haushalt ruhig anvertrauen könnte.

Judith sagte, daß sie eigentlich einmal eine Erholung nötig hätte. Der Sommer mit seiner feuchten Hitze lastete schwer auf ihr, und die Moskitoplage war so groß, daß man drei Wochen lang ein Feuer um das Haus unterhalten mußte. Der Rauch drang in die Zimmer, und alles wurde schmutzig und schwarz, denn es war unmöglich, bei solcher Hitze die Fenster geschlossen zu halten. Die Indigoernte reifte heran und lockte zahllose Heuschrecken an. Obwohl Judith genug Arsen streute, um ein ganzes Heer dieser Tiere umzubringen, nahmen sie immer mehr zu.
»Gibt es denn kein Mittel, um sie so umzubringen, daß sie auch wirklich tot bleiben?« fragte Judith an einem heißen Morgen Angelique verzweifelt.
Die Dienerin lachte nachsichtig. »Miß Judith, ich glaube, die Familien der Toten kommen immer zur Beerdigung.«
Judith strich die feuchten Haare aus der Stirn und ärgerte sich darüber, daß dieKinder beim Spielen auf der Veranda soviel Lärm machten.
Es klopfte an der Tür. Cicero, der den Eingang zu bewachen hatte, steckte den Kopf herein und sagte, es wäre eine Frau draußen, die Miß Judith sprechen wolle.
»Ich will niemand sehen«, entgegnete Judith barsch. »Es ist zu heiß, um höflich zu sein. Angelique, geh hinaus und sprich du mit ihr! Wenn sie bettelt, gibst du ihr ein paar Geldstücke aus der Börse in meinem Zimmer.«
Die Dienerin entfernte sich, kam aber gleich zurück.
»Miß Judith, es ist Miß Dolores.«
»Ach, mein Gott!« Judith sprang auf. »Natürlich will ich sie empfangen. Führe sie herein!«
Dolores war also wiedergekommen! Die arme, kleine Dolores, zu der sie so freundlich hatte sein wollen, ohne Erfolg zu haben. Warum hätte Dolores sonst im letzten Jahr mit den Silberbechern und all den anderen Sachen fortlaufen sollen?
Angelique öffnete die Tür, trat dann nach außen und schloß sie wieder.

Dolores blieb an der Schwelle stehen. Die Hände hatte sie vor dem Rock gefaltet. Ihr gedrucktes Musselinkleid war schon so oft gewaschen worden, daß das Blumenmuster ganz verblaßt war. Auch ihr Hut sah alt und abgetragen aus, und das Band, das ihn hielt, hatte ausgeblichene Falten. Kleine Schweißtropfen standen um ihre Lippen.

Judith ging auf sie zu. »Komm doch herein, Dolores! Warum hast du dem Jungen nicht gleich gesagt, wer du bist? Dann hättest du doch nicht warten müssen. Wir haben ihn gekauft, nachdem du voriges Jahr fortgegangen warst, deshalb kannte er dich nicht.«

Dolores lächelte so sonderbar wie früher. »Hast du wirklich nichts dagegen, daß ich gekommen bin, Judith?«

»Aber nicht im geringsten! Ich habe schon so oft darüber nachgedacht, wo du wohl sein könntest. Setz dich doch, bitte!«

Dolores nahm einen Stuhl. Sie spielte mit dem Ende ihres Tuches, dann schaute sie auf und fragte unvermittelt: »Judith, wie geht es meinem Kind?«

»Roger geht es sehr gut, Dolores.« Judith fühlte sich fast ebenso schuldig, als ob sie selbst ihr das Kind genommen hätte. »Er ist kaum krank gewesen. Nur als er die Zähne bekam, war es etwas unangenehm. Es wird sehr gut für ihn gesorgt.«

»Sicher kann er jetzt schon laufen?« fragte Dolores atemlos. »Und sprechen?«

»Ach ja, er watschelt schon herum, und ein paar Worte bringt er auch schon heraus.«

»Zum Beispiel – Vater?«

Judith konnte darauf nicht antworten, denn sie hatte plötzlich das Gefühl, als ob sie ein Stück Watte im Hals hätte. Sie legte die Arme um Dolores und rief fast schluchzend: »Ach, meine liebe Dolores, ich bin so traurig, daß es so gekommen ist, aber ich kann nichts daran ändern. Caleb glaubt, das sei das Richtige dem Kind gegenüber, und ich darf mich nicht einmischen. Aber es tut mir furchtbar leid.«

Dolores hielt sie fest umschlungen. »Willst du wirklich gut zu mir sein? Manchmal habe ich dich nicht leiden mögen, aber du warst immer freundlich, Judith. Was bekommt Roger denn zu essen?«

»Milch und weichgekochte Eier, Reissuppen und ähnliche leichte Sachen.«

»Kann er schon einen Löffel halten?«

»Nein. Manchmal versucht er es, aber dann verschüttet er gewöhnlich das Essen.«

»Wem sieht er denn ähnlich?«

Judith drückte Dolores wieder an sich. »Er sieht mehr aus wie wir, liebes Kind. Er hat die goldgelben Sheramyaugen und hellbraunes Haar wie wir. Aber seine Nase ist der deinen ähnlich.«

»Er muß sehr schön aussehen«, sagte Dolores leise.

Judith setzte sich nieder und hielt die Hände ihrer Schwägerin. Sie erzählte ihr alles von Roger, was ihr nur einfiel: wie er den ersten Zahn bekommen hatte, wie er das erste Wort sprach, wie sie ihn anzogen und alles, was er gesagt und getan hatte. Dolores hörte ihr mit offenem Mund und großen Augen zu.

»Du bist ganz sicher, daß sie niemals schlecht zu ihm sind, Judith?« fragte sie schließlich. »Schlecht? Nein, sein Vater verwöhnt ihn entsetzlich und streichelt ihn beinahe zu Tode!«

»Siehst du ihn oft?«

»O ja, er kommt häufig herüber und spielt mit David und Christoph.«

»Wie groß ist Roger jetzt?«

»Ungefähr so.« Judith zeigte die Größe vom Boden mit der Hand. Dolores biß sich auf die Lippe und senkte den Blick. »Ich dachte, ich könnte ihn vergessen, aber manchmal fehlt er mir furchtbar. Wenn ich einen kleinen Jungen sehe, wünsche ich immer, er gehörte mir. Ich habe noch ein Kind bekommen«, fügte sie unvermittelt hinzu.

»Du hast ein anderes Kind? Das freut mich«, sagte Judith. Sie meinte es auch aufrichtig, obwohl es ihr sonderbar vorkam, daß Dolores so offen darüber sprach.

»Ja. Ein kleines Mädchen. Aber trotzdem wird der Schmerz um Roger nicht leichter.« Dolores fuhr mit der Spitze ihres Schuhs einen Riß im Fußboden entlang. »Hältst du mich für sehr schlecht, weil ich noch ein Kind habe?« fragte sie nach einer kurzen Pause.

»Aber nein! Es ist doch so leicht zu verstehen, daß du gern eins haben wolltest.«

»Aber ich wollte es nicht.« Dolores lachte traurig und legte kleine Falten in die Manschette ihres Ärmels. »Ich wußte nicht, ob ich es dir sagen sollte, denn du wirst es sicher Caleb erzählen –«

»Nein, das tue ich nicht, wenn du es nicht willst –«

»Ach, es kommt ja nicht darauf an. Er glaubt sowieso, daß ich nicht schlechter werden kann, als ich schon bin. Er ist so verdammt fromm. Aber ich konnte nirgends hingehen und traf einen Mann, der nett zu mir war. Ich dachte, ich würde eine Zeitlang bei ihm bleiben, bis ich Gelegenheit hätte, nach Neuorleans zu fahren, aber –« Sie lachte kurz auf. »Ich kam sofort in Schwierigkeiten, als ich von hier fortging, und ich konnte nicht für mich selbst sorgen.«

»Wo ist er jetzt?« fragte Judith freundlich.

»Ach, er sorgt noch für mich. Er hat mich gern, und ich mag ihn auch. Jetzt bekommt er regelmäßig Arbeit, nachdem der Handel sich wieder gehoben hat. Er heißt Thad Upjohn.«

Judith dachte einen Augenblick nach. »Caleb möchte wirklich etwas für dich tun. Er hat mir mehrmals gesagt, daß ich es dir mitteilen soll, wenn ich von dir hörte.«

Dolores lachte wieder hart auf. »Merkwürdig, daß ich in Dalroy lebe und keiner von euch etwas davon weiß. Aber reiche Leute kommen ja nicht hinunter zu den Docks. Ich glaube, ich könnte hundert Jahre dort leben, ohne daß mich einer von euch zu sehen bekäme.« Ihre Züge verhärteten sich. »Sage Caleb, ich will nichts von ihm – ich will niemals etwas von ihm haben. Mir geht es gut.«

»Ich werde es tun«, erwiderte Judith. Sie tadelte sie deshalb nicht.

Dolores drehte das Ende ihres Hutbandes einen Augenblick zwischen den Fingern, ohne zu sprechen. »Ich glaube nicht, daß ich noch nach Neuorleans gehe«, sagte sie dann. »Ich hätte es dort sehr schwer mit einem Kind, und ich glaube auch nicht, daß Thad mich gehen ließe. Er hat die Kleine zu gern und spielt immer mit ihr. Judith, als ich ihm erzählte, ich würde ein Kind bekommen, sagte er,

wir wollten heiraten. Einer von diesen irischen Priestern hat uns getraut. Glaubst du, daß damit alles in Ordnung ist?«
»Natürlich«, erwiderte Judith, obwohl sie wußte, daß sie nicht die Wahrheit sprach. Die Entscheidung des englischen Gerichts hatte weder Dolores noch Caleb gestattet, wieder zu heiraten. Es bedurfte der Erlaubnis des Parlaments oder sonst eines großen Staatsaktes, um eine Ehe aufzulösen. Aber da sie jetzt zu Spanien gehörten, waren die Ehegesetze vielleicht ebenso verworren wie alle anderen Vorschriften. Auf keinen Fall wollte sie Dolores den Trost nehmen, den sie gefunden hatte.
»Es muß alles in Ordnung gewesen sein«, fügte sie zuversichtlich hinzu, »wenn der Priester es gesagt hat.«
»Ich habe ihm nicht erzählt, daß ich vorher schon verheiratet war«, erklärte Dolores aufrichtig. »Aber mein Mann weiß es, und er denkt, daß jetzt alles gut ist.« Sie stützte die Ellbogen auf die Knie und beugte sich vor. »Judith, glaubst du, Caleb erlaubt mir, Roger eines Tages auf ein paar Minuten zu sehen? Ich meine, wenn ich verspreche, kein Wort zu ihm zu sagen? Nur damit ich weiß, wie er aussieht?«
Unwillkürlich ballte Judith die Fäuste. Langsam stand sie auf. »Bleibe hier«, sagte sie zu Dolores, während sie durch das Zimmer ging und an der Klingel zog. »Angelique«, wandte sie sich kurz an ihre Dienerin, als die Tür sich öffnete, »sage Josh, daß er ein Pferd für mich und eins für dich satteln soll. Wir reiten nach Silberwald.«
Angelique sah zu Dolores hinüber, bevor sie hinausging.
Dolores erhob sich und trat verwundert zu Judith. »Warum tust du das?«
»Meine liebe Dolores, ich hole Roger hierher, damit du einige Zeit mit ihm spielen kannst. Warte, bis ich zurückkomme. Ich bringe ihn her, und wenn ich Caleb alle Knochen im Leibe brechen müßte, um es zu erreichen.«
Dolores bedeckte die Augen mit den Händen, als ob sie sich schämte, vor einer Sheramy ihre Tränen zu zeigen. Nach einer Weile

schaute sie wieder auf.
»Judith, es tut mir so leid, daß ich deine Sachen genommen habe.«
»Ach, das macht nichts. Du kannst sie ruhig behalten.«
»Ich habe sie verkauft. Zuerst ging es uns nicht gut. Dann kam der spanische Händler und kaufte sie mir ab.«
»Ich bin dir deshalb nicht böse.« Judith legte einen Arm um Dolores. Dabei fühlte sie, wie nachlässig diese jetzt geschnürt war. »Ich mache dir keinen Vorwurf«, sagte sie freundlich. »Und ich verstehe, daß du nichts von Caleb nehmen willst. Aber möchtest du es nicht wenigstens mir sagen, wenn du etwas brauchst?«
»Ich brauche wirklich nichts.«
Judith drang nicht weiter in sie. Sie gab Cicero den Auftrag, Wein und Biskuits für Mrs. Upjohn zu bringen, während sie unterwegs war.

Judith dachte erbittert, daß sie nie wieder einen so traurigen Anblick ertragen könnte wie den Abschied, den Dolores von dem kleinen Roger nahm, nachdem sie eine Stunde lang mit ihm gespielt hatte. Auch Dolores hatte ihrer Kraft zu viel zugemutet. Als sie fortging, dankte sie Judith, aber sie fügte gebrochen hinzu: »Das darf ich nicht wieder tun. Schicke mir nur manchmal einen Neger, der mir sagt, wie es ihm geht.«
Judith sah ihr nach, dann ging sie ins Haus und vergoß Tränen des Mitleids, als sie ihre beiden Kinder an sich zog.
Später sagte sie zu Philip, sie könnte ihre Familie nicht allein lassen und nach Neuorleans gehen. Er antwortete, wenn sie nicht bald etwas ausgelassene Fröhlichkeit und Abwechslung erlebte, würde sie trübsinnig werden, und was könnte sie dann ihren Kindern bedeuten?
Und als die Trennung erst einmal hinter ihr lag, fühlte sie sich in Neuorleans auch außerordentlich wohl. Michael Durand, der Bruder von Gervaise, wohnte mit seiner Familie in einem Haus an der Rue Royale. Es war wie ein hohler Würfel rings um einen viereckigen Hof gebaut. Die Hauptträume lagen nach vorne, die Wohnungen

der Schwarzen nach hinten. Judith fand das Leben der Kreolen bezaubernd. Es war herrlich, sich in einer Sänfte zu befreundeten Damen tragen zu lassen, um sie zu besuchen. Dann saß man zusammen auf Balkonen hinter durchbrochenem Gitterwerk, trank Kaffee und plauderte in diesem nachlässigen Französisch, das man in Louisiana sprach, über schöne Kleider und Politik. Oder es wurden Sklaven auf dem Markt gekauft, wo sich elegante Damen und Herren einfanden, um Kaffee zu trinken und sich zu unterhalten, als ob sie in einem Klub wären.

Vor allem gefielen ihr die zahllosen Bälle. Sie tanzte mit vornehmen jungen Herren, die in Paris gewesen waren und die letzten Extratouren des Menuetts kannten. Viel Vergnügen machte es ihr auch, die Schiffe zu besuchen, die köstliche Waren von Frankreich brachten. Beglückt und verwirrt stand sie zwischen Ballen herrlicher Seidenstoffe, prachtvoll gestickten hohen Stöckelschuhen, Schnupftabaksdosen, Pariser Parfümflaschen, Kisten erlesener französischer Weine, zierlichem Glas- und Porzellangeschirr und Modepuppen, die nach der letzten, von Marie Antoinette bevorzugten Mode gekleidet waren.

Vielleicht waren es auch die Kreolen selbst, die das Leben so angenehm und leicht machten. Sie hatte noch niemals Menschen gesehen, die ein so heiteres Wesen und soviel angeborenen Charme besaßen. Die jungen Herren sagten ihr so entzückende Komplimente und schmeichelten ihr so sehr, daß sie zuweilen in ihr Zimmer eilte, sich im Spiegel betrachtete und all ihre Fehler und Mängel aufzählte, um nicht ganz und gar den Kopf zu verlieren.

Die galanten Herren sagten höflich, ihr unsicheres Französisch klinge reizend, sie priesen ihre goldbraunen Augen und ihr schimmerndes Lockenhaar, das sie unter allen anderen Damen zu einer auffallenden Erscheinung machte. Die Kreolen waren fast alle dunkel. Sie ließ ihr Porträt von einem jungen Künstler namens Armand Bardou malen, der erst vor kurzem vom Studium an einem Pariser Atelier zurückgekehrt war und als die Sensation der Saison betrachtet wurde. Ihr Kopf und ihre Schultern hoben sich auf dem Bild von einem blauen Hintergrund ab, und der Maler geriet in Ekstase, wenn er von ihren Augen sprach. Er sagte, sie hätten die Farbe des gewaltigen Mississippistromes. Das Bild kostete sie zweihundert Pfund Tabak, aber obwohl ihr böses Gewissen sie anklagte, als sie die Anweisung auf die Plantage ausschrieb, wußte sie doch sehr wohl, daß Philip nichts dagegen einwenden würde. Er hatte ihr gesagt, sie solle sich jeden Luxus gestatten. Das Leben auf der Pflanzung war immer noch zu primitiv, als daß man dort in Versuchung kommen konnte, viel Geld auszugeben.

Gervaise und Judith blieben über Neujahr. Im Januar zerstreuten sich die perlgrauen Nebel, und die Stadt lag wieder in strahlendem Sonnenschein. Gervaise liebte Neuorleans, denn diese Stadt war ihre Heimat. Sie war begeistert über jede Biegung des großen Uferdammes, über jede Palme auf der Place d'Armes. Aber Judith überkam allmählich Heimweh. Sie dachte daran, wie Philip in diesen Tagen über die Äcker reiten und die Tabak- und Indigofelder umpflügen lassen würde. Die Orangen waren jetzt reif, und sicher wurden die Kinder krank, weil sie zuviel von dem frisch geernteten süßen Rohr aussogen. Sie war eben doch ein Landkind und nicht an die Straßen mit ihrem Steinpflaster gewöhnt. Und sie trug schwer an der Trennung von Philip. Die galanten Schmeicheleien der jungen Kreolen klangen allmählich schal und farblos, während ihre Sehnsucht nach Philip immer stärker wurde. Eines Tages sagte sie zu Gervaise, daß sie wieder nach Hause fahren wollte.

Gervaise gab halb zögernd zu, daß es Zeit sei, an die Heimkehr zu denken. Es war auch leichter, jetzt den Fluß hinaufzufahren als später, wenn der Schnee im Norden des Landes schmelzen und der Strom ansteigen würde. In zwei bis drei Wochen wollte Michael Durand wieder eine Fracht Sklaven nach Dalroy bringen, dann konnten sie ja mit ihm fahren.

Judith schrieb einen glücklichen Brief an Philip, daß sie nach Hause käme, und gab ihn dem Kapitän eines Handelsschiffes mit.

Als sie zurückkehrte, war der Februar mit all seiner Herrlichkeit gekommen. Die Luft war weich und zart wie Samt, das Leben fröhlich und sprudelnd wie Champagner. Judith glaubte, sie hätte vorher noch nie gewußt, wie schön Ardeith war und wie sehr sie es liebte. Sie sagte Philip, wie er damals ein Glas auf den Tag ihrer Vereinigung mit Neuorleans getrunken hätte, so möchte sie jetzt auf den Tag ihrer Rückkehr ihr Glas erheben.

11.

»A« für Ardeith und »B« für Baby. Diese beiden Buchstaben konnte der Kleine schreiben.

»Sehr schön«, sagte Judith. »Jetzt will ich dir den nächsten beibringen. So sieht ein C aus.«

David spitzte den Mund, griff mit seinen kleinen, dicken Fingern nach der Feder, malte ein C und machte einen Klecks. »Ist es so richtig, Mutter?«

»Ja. Aber nun versuche es noch einmal ohne Klecks.«

»C«, sagte David. »Aber woran soll ich mir C merken?«

Judith überlegte. »C für Caleb – Onkel Caleb.«

»Ach ja! Was kommt dann?«

»Der nächste Buchstabe ist D. Den merkst du dir an David. Aber damit wollen wir warten, bis du gelernt hast, ein C zu schreiben. Also, nun eine Seite voll A, B und C, schön und deutlich.«

David beugte den blonden Lockenkopf über seine Arbeit. Er schrieb eifrig und schob die Zungenspitze dabei zwischen die Lippen.

Judith dachte an den Rest des Alphabets. Die alte Mrs. Cheesewright hatte es ihr und einem Dutzend anderer kleiner Mädchen vor Jahren beigebracht. Sie saßen damals alle auf einer langen Bank, die zu hoch für sie war, so daß sie mit den Beinen nicht auf die Erde reichten. Die Bank stand vor einem Kaminfeuer, und ihre Gesichter glühten, aber es zog durch die Tür, und am Rücken froren sie. E für Ellbogen. Das würde David selbstverständlich verstehen. F für Feuer, G für Garten. Aber Grashüpfer würde ihm vielleicht besser gefallen. H für Haus. I für Indigo.

Sie legte den Arm um den Jungen. Seine goldblonden Locken berührten ihre Wange, und sie drückte leise die Lippen darauf.
»Du mußt mich aber gehen lassen, sonst mache ich wieder einen Klecks«, wehrte David ab.
»Du schreibst sehr schön. Wenn du damit fertig bist, kannst du draußen spielen.«
David arbeitete so fleißig, daß er schwer atmete. »A für Ardeith«, sagte er leise vor sich hin. »B für Baby. C für Caleb.«
Sein kleiner Körper fühlte sich so zart und weich an. Seltsam zu wissen, daß er später einmal auch hart und stark werden würde, viel stärker als der ihre, so daß er sie aufheben und davontragen konnte, wie Philip sie einst aufgehoben und davongetragen hatte, als sie mit ihm von Lynhaven fortlief.
»Ach, sieh her! Jetzt hast du mich so gedrückt, daß ich doch einen Klecks gemacht habe!« rief David und zeigte auf den Tintenfleck, der von seiner Feder getropft war. »Ich habe dir doch gesagt, du sollst mich in Ruhe lassen!«
»Es tut mir leid, mein lieber Junge. Ich weiß, es war nicht deine Schuld.« Sie zog ihn näher an sich. »Ach, David, du bist so klein.«
»Ich bin nicht so klein. Ich bin größer als Chris, und ich reiche dir schon bis an den Gürtel. Ach, Mutter, höre doch auf! Ich möchte nicht immer geküßt werden!«
Er machte sich aus ihren Armen frei und stand nun mit gespreizten Beinen trotzig vor ihr.
»Muß ich nun noch mehr schreiben? Ich war mit der ersten Seite gerade fertig.«
»Du kannst aufhören, mein Junge. Morgen lernen wir den nächsten Buchstaben.«
»Gut.« David ging hinaus und schlug die Tür hinter sich zu. Judith ließ die Seite trocknen und nahm sie dann in ihr Zimmer mit.
Vor dem Spiegel blieb sie stehen und betrachtete sich. Es war derselbe, den Philip vor Davids Geburt ins Blockhaus gebracht hatte. Judith lächelte trübe, als sie daran dachte, wie sie damals bei dem Anblick ihrer Gestalt geweint hatte, und überlegte, ob sie in kurzem

wieder in so traurige Stimmung kommen und weinen würde. Erstaunt und erbittert hatte sie erkannt, daß sie wieder schwanger war. Christoph wurde im Juni fünf Jahre alt, und sie hatte schon gehofft, der Himmel würde sie nach einer so langen Pause mit weiteren Geburten verschonen.

Sie legte sich aufs Bett und dachte bedrückt an die einsamen Monate, die nun für sie folgen würden. Wie eine Gefangene würde sie im Hause bleiben müssen und aufs neue diese müde Trägheit fühlen. Und am Ende wartete wieder der lange, furchtbare Kampf. Dabei hatte sie soviel zu tun! Es war April, und tausend Arbeiten mußten vor Beginn des Sommers erledigt werden.

Judith zog an der Klingel.

»Bring mir etwas Kaffee«, sagte sie, als Angelique hereinkam.

Ruhig ging die Dienerin hinaus. Sie war merkwürdig still in diesen Tagen. Ob sie krank war? Sie hatte allerdings nichts davon gesagt. Wenn Angelique gerade jetzt krank werden sollte, wäre es sehr unangenehm.

Judith zuckte die Schultern, während sie ihre blühende Erscheinung im Spiegel betrachtete. Das war nun die Folge, daß sie so unerhört gesund war und ihren Mann so leidenschaftlich liebte. Sie lehnte sich wieder in die Kissen zurück und lächelte sich zu, als sie an Philip dachte. Sie liebte ihn so sehr! Als sie nach der monatelangen Trennung von Neuorleans zurückkehrte, war sie in seine Arme gesunken, als ob sie ihn nie wieder loslassen wollte. Sie konnte nichts dafür, er auch nicht. Sie sollte sich wirklich dazu aufraffen, die Folgen dieser heißen Liebe hinzunehmen. Sei vernünftig, sagte sie zu der aufsässigen jungen Frau, die ihr aus dem Spiegel entgegenschaute. Sterben wirst du nicht davon, wenn dir das auch machmal lieber wäre. Ach, man darf nicht immer daran denken.

Angelique brachte eine Tasse Kaffee. »Wünschen Sie noch etwas, Miß Judith?«

»Ja. Sage doch den Burschen, daß sie viele Tabakblätter ins Zimmer bringen. Sie sollen ausgelegt werden, um zu trocknen. Bald kommen die Motten, und ich möchte die Decken fortpacken.«

»Jawohl.« Angelique ging hinaus und schloß die Tür.
Durch das Fenster konnte Judith Philip sehen. Er war herbeigeritten, hielt auf seinem Pferde an und sprach mit einem der Aufseher, der vor ihm stand. Er hatte jetzt außerordentlich viel zu tun, denn er hatte eine besondere Kolonne von Negersklaven zusammengestellt, die ein neues Feld abholzen und roden sollten. Die Baumstümpfe und Wurzeln mußten noch rechtzeitig entfernt werden, damit das Land bepflanzt werden konnte. Alle seine Freunde wunderten sich über die Schnelligkeit, mit der er seine weiten Wälder urbar machte, und über seine glänzenden Ernten. Wenn er mit dieser Ausdauer weiterarbeitete, würde er bald reich werden, und das bedeutete, daß auch sie reich werden würde, denn alles, was er besaß, gehörte auch ihr. Nicht jede Frau konnte eine Anweisung auf die Ernten ihres Mannes ausschreiben, wann sie wollte, ohne daß Rückfragen gestellt wurden. Und nur wenige Frauen hatten so viele Haussklaven, da die Schwarzen doch dringend auf den Feldern benötigt wurden. Ach ja, sie war glücklich, und sie sollte Gott auf den Knien danken, anstatt sich gekränkt und verletzt zu fühlen.
Judith lachte ihrem Spiegelbild noch einmal reumütig zu, dann ging sie auf die Galerie hinaus. Philip winkte, und sie warf ihm eine Kußhand zu. Dann sah sie ihm nach, als er davonritt, und dachte, daß im Grunde nicht Sklaven, Kleider und ein schönes Haus so glücklich machten, sondern das Bewußtsein, geliebt zu werden. Alles andere waren nur schöne Zutaten, die der Himmel einem als besonderes Geschenk bescherte. Sie lehnte den Kopf gegen den Pfosten und faßte den festen Entschluß, sich diesmal zusammenzunehmen und nicht darüber zu klagen, daß sie wieder ein Kind bekam.
Das Blatt mit Davids Schreibübungen lag auf dem Tisch. »David Larne, 22. April 1781«, schrieb Judith in die rechte untere Ecke, dann kniete sie nieder, um es in den Kasten in ihrem großen Schrank zu legen, wo Philip und sie eine kleine Sammlung heimlicher Schätze angelegt hatten. Darin lagen zerbrochene Spielsachen und abgetretene kleine Kinderschuhe, ein Stück von dem Seidenstoff, den Philip damals gekauft hatte, statt den Kitt mitzubringen. Auch die Hals-

kette mit den herrlichen Topasen war darin verwahrt, die er in den Ausschnitt ihres Kleides hatte fallen lassen, als sie die Kochtöpfe am Flußufer auswusch. Manchmal nahm sie diese Kette heraus, um sie bei besonderen Gelegenheiten zu tragen. Judith legte das Blatt zu all den anderen Dingen und nahm die Topaskette heraus. Sie wollte sie am Abend zum Essen anlegen, und es war bald Zeit, daß sie sich anziehen ließ.

Sie klingelte, aber Angelique kam nicht. Schließlich ging sie hinaus, um sich nach ihr umzusehen.

Aber nirgends war Angelique zu finden. Eines der Küchenmädchen sagte endlich, sie wäre vor einiger Zeit in ihr Zimmer gegangen.

Judith eilte den Gang hinunter, bis sie zu Angeliques Zimmer kam. Das Mädchen mußte krank sein.

»Angelique?« rief Judith, als sie die Tür öffnete.

Die Dienerin lag halb angekleidet auf ihrem Bett. Sie richtete sich auf, als Judith eintrat.

»Ach, es tut mir leid, Miß Judith – ich muß eingeschlafen sein.«

»Aber warum hast du dich hingelegt? Fühlst du dich nicht wohl?«

»Nein, es geht mir gut.« Angelique stand auf. »Ich werde mich schnell anziehen und Sie ankleiden, bevor Mr. Philip zurückkommt.«

Judith setzte sich auf das Bett.

»Ich glaube, du brauchst ein Stärkungsmittel. Wenn du das Frühlingsfieber hast, müßtest du ein paar Tage ausruhen und nicht arbeiten. Christine kann mich ja auch anziehen.«

Angelique goß etwas Wasser in ihr Becken und wusch ihr Gesicht.

»Es fehlt mir wirklich nichts, Miß Judith. Ich war in der Küche, um das Kleid zu bügeln, das Sie anziehen wollten. Dabei wurde mir plötzlich so heiß am Feuer, daß ich es nicht mehr aushalten konnte.«

Judith stützte die Ellbogen auf die Knie und beobachtete das Mädchen. Wenn Angelique sich krank fühlte, hatte sie doch keinen Grund, das nicht zu sagen. Gewöhnlich war sie munter wie der Fisch im Wasser. Judith hatte sie zweimal während kürzerer Krankheiten gepflegt. Aber vielleicht, dachte Judith reumütig, glaubte sie nur, es könne sich niemand gesund und wohl fühlen, weil ihre eigenen Beine sie den ganzen Tag schmerzten.

Aber plötzlich richtete sie sich auf und starrte ihre Dienerin betroffen an.

Angelique hatte einen frischen Unterrock herausgenommen und zog ihn über den Kopf, während sie im Hemd mit erhobenen Armen dastand.

»Angelique, bekommst du ein Kind?« rief Judith bestürzt. »Warum in aller Welt hast du mir das nicht gesagt?«

Angelique zog den Unterrock herunter und knüpfte die Bänder zu einer Schleife zusammen. Den Blick hielt sie gesenkt. »Ja – ich dachte, Sie würden böse auf mich sein. Ich wollte es Ihnen nicht eher sagen, als bis es notwendig wäre.«

Judith stützte das Kinn in die Hand und dachte einen Augenblick nach. Alle Dienstboten redeten; es hatte keinen Zweck, sich darüber zu ärgern.

»Ich bin durchaus nicht böse, liebe Angelique. Ich gebe allerdings zu, daß ich sehr erstaunt bin, nachdem du dich all diese Jahre hindurch so zurückgehalten hast. Wer ist es denn?«

»Ach, darauf kommt es nicht an«, erwiderte die Dienerin, während sie ihr Kleid anzog.

»Aber steh doch nicht da und sieh mich so ausdruckslos an! Du willst doch nicht sagen, daß du nicht weißt, wer der Vater ist?«

»Das habe ich nicht gesagt«, entgegnete Angelique ruhig. »Ich sagte nur, daß ich es lieber nicht erzählen möchte.«

»Nun gut, du brauchst es auch nicht zu tun.« Judith überlegte, ob Angelique mit ihrer goldglänzenden Haut und ihrem seidenweichen Haar sich wohl mit einem Schwarzen eingelassen hatte, nun ein Negerkind unter dem Herzen trug und sich deshalb schämte.

Angelique band ihr Kopftuch um die Stirn zusammen. »Ich bin jetzt fertig und kann Sie ankleiden, Miß Judith.«

»Gut, komm in mein Zimmer!«

Während ihr Haar gekämmt wurde, fragte Judith: »Möchtest du

gerne heiraten?«

»Nein, Madame.«

»Aber du kannst heiraten, wenn du ihn liebst, das weißt du. Ich will dir ein Hochzeitsessen in dem großen Saal ausrichten und nachher noch ein Abendessen geben für alle, die hier beschäftigt sind.«

»Das ist sehr liebenswürdig von Ihnen, Miß Judith, aber darum brauchen Sie sich nicht zu sorgen. Soll ich heute die Bergamottepomade verwenden?«

»Ja. Aber wenn du es dir anders überlegen solltest, sage es mir nur. Dann richte ich die Hochzeit aus.« Als Angelique die letzten Nadeln ins Haar gesteckt hatte, wandte sich Judith um. »Ich bin froh, daß du ein Kind bekommst, Angelique. Ich glaube, ich bin auch in anderen Umständen, dann kann ich dich als Amme für mein Kind nehmen.«

»Jawohl, Miß Judith.«

»Aber tu doch nicht, als ob das ein so großes Unglück wäre, du Gute!« Judith klopfte ihr auf die Hand. »Du wirst dein Kind schon liebhaben, wenn es erst geboren ist. Ich denke auch immer, ich möchte das Kind nicht haben, aber wenn ich es dann zum erstenmal sehe, ist es mir, als ob ich einen Blick in den Himmel tue. Du sagtest mir doch früher, du hättest ein Kind gehabt, das gestorben wäre.«

»Ja, Madame.«

»Dann wird dich dieses Kind für alles entschädigen. Und wenn unsere Kinder von gleichem Geschlecht sein sollten, gebe ich das deine dem meinen zur persönlichen Bedienung. Dann kann es im Hause bleiben und mit meinem Kind aufwachsen. Noch eins: sage Mr. Philip nicht, daß ich wieder in anderen Umständen bin. Er soll es erst erfahren, wenn er all die schwere Arbeit hinter sich hat und das neue Feld bestellt ist.«

»Sehr wohl, Miß Judith.«

»Bring mir noch ein Licht und geh dann zu Bett. Du siehst wirklich nicht besonders gut aus.«

Nachdem Angelique sich entfernt hatte, stand Judith noch vor dem Spiegel und spielte mit den Kämmen und den Parfümflaschen auf der

Kommode. Hätte sie das doch nur früher gewußt! Sicher hatte sie Angelique zuviel arbeiten lassen. Die Dienerin hatte in letzter Zeit ein sonderbares Wesen gezeigt. Vielleicht mußte man sie jetzt bis nach der Geburt mit jeder Arbeit verschonen.

Als Philip sich zum Essen angekleidet hatte, hielt sie ihn in ihrem Zimmer zurück, um ihn zu fragen, was er darüber dächte.

»Ich sorge mich um Angelique«, sagte sie.

Philip zog die in Falten gelegten Manschetten an seinem Handgelenk zurecht. »Sage doch den Mädchen, daß sie meine Wäsche nicht zu sehr stärken sollen, ja? Aber was meintest du eben?«

»Ich sagte, daß ich mich um Angelique sorge.«

Er drehte sich um. »Angelique? Warum?«

»Nun, nach all diesen Jahren bekommt sie jetzt ein Kind. Sie hat kein Wort darüber gesagt, bis ich es heute nachmittag selbst merkte und sie danach fragte. Sie sieht recht schlecht aus, und sie will mir nichts Näheres darüber mitteilen – und sie benimmt sich so merkwürdig –«

»Was, Angelique bekommt ein Kind? Weißt du das bestimmt?« Philip trat einen Schritt vor, so daß das Licht der Kerze voll auf sein Gesicht fiel. Die lange Narbe auf seiner Wange glich einem weißen Strich, der sich quer durch sein Gesicht zog, und in seinen Augen spiegelte sich die Kerzenflamme in zwei feurigen Punkten, als er sie scharf ansah.

»Selbstverständlich. Aber was –«

Philip hatte sich umgedreht und war aus dem Zimmer geeilt. Er schloß die Tür so heftig, daß sie nicht zuschnappte, sondern angelehnt blieb.

Judith erhob sich langsam und klammerte sich an den Bettpfosten. Einen Augenblick war es ihr, als ob die Flamme immer größer würde, bis sie nichts anderes mehr sehen konnte als den Lichtschein und Philips Gesicht mit der weißen Narbe, die früher nie abstoßend auf sie gewirkt hatte. Aber Philip stand nicht mehr dort; sie konnte hören, daß er den Gang hinuntereilte. Dann verklang auch dieses Geräusch. Sie ballte die Fäuste und preßte sie gegen die Schläfen, als ob

sie dadurch das furchtbare Hämmern in ihrem Kopf zur Ruhe bringen könnte.
»Ach, Philip!« rief sie laut. »Philip!«

Langsam setzte Judith sich wieder auf die Kante des Bettes. Ihre Hände sanken in den Schoß, und sie beobachtete die Schatten der Kerzenflamme an der Wand. Aber sie hatte nicht mehr die Kraft, sich aufrechtzuerhalten und sank mit dem Gesicht in die Kissen, während wilder Schmerz sie durchzitterte. Vor Monaten schon war das geschehen, was sie eben entdeckt hatte! Darüber kam sie nicht hinweg. Und nun trug sie auch ein Kind von Philip unter dem Herzen, weil sie ihm vertraut hatte.
Seit wann mochte das Verhältnis zwischen den beiden wohl bestehen? Sicherlich seit Monaten, vielleicht seit Jahren. Das Vertrauen, das sie in die beiden setzte, hatte sie blind gemacht. Zweimal am Tag kleidete Angelique sie an und zog sie abends aus, und Philip saß dabei und beobachtete sie, während alle drei sich über das Haus, die Ernten und die Kinder unterhielten. Und während sie selbst sich lächelnd im Spiegel betrachtete, tauschten die beiden heimlich über ihren Kopf hinweg Blicke. Plötzlich wurde ihr alles klar, sie konnte sehen und verstehen, wie es gewesen war. Angelique kämmte ihr das Haar und drehte ihr die Locken im Nacken. »Mr. Philip hat es so gern, wenn Sie Rosen im Haar tragen, Miß Judith«, hatte die falsche Schwarze gesagt, während sie an Philips Küsse und Umarmungen dachte!
Judith hatte die Stirn auf den Ellbogen gelegt. Plötzlich riß sie mit einer heftigen Bewegung die Topaskette ab. Ein Glied brach, und sie schleuderte das Schmuckstück in die nächste Ecke, wo es leise klirrend zu Boden fiel. Wieder sah sie das Bild vor sich, wie das Flachboot durch die Strömung gestoßen wurde, wie die Sonne auf die blühenden Orangenbäume niederstrahlte. Und sie sah sich selbst, die in ihrem Leben noch niemals Juwelen besessen hatte. »Hast du das auch ehrlich erworben?« hatte sie ihn gefragt. Nein, er hatte es nicht auf ehrenhafte Weise bekommen. Nichts von allem, was er ihr

gegeben oder geschenkt hatte, war ehrlich erarbeitet. Mit der Beute des Seeräuberschiffes hatte er die Pflanzung auf Ardeith gegründet, und nun hatte er sie selbst mit seiner Liebe betrogen! Dieses ungeborene Kind war eine dauernde Erinnerung daran, daß sie seinen Lügen geglaubt hatte, und das Bewußtsein, daß es in ihr lebte, machte sie plötzlich krank und elend. Sie fühlte eine entsetzliche Übelkeit. Matt lag sie auf dem Lager, und ein Kälteschauer überlief sie.

Als es an der Tür klopfte, schrak sie auf. Es klopfte wieder, dann hörte sie Christines Stimme.

»Miß Judith, das Essen stehen auf Tisch.«

»Ich komme nicht zum Abendessen«, erwiderte Judith. »Geh fort!«

Wie seltsam ihre Stimme klang, hart und metallisch, als ob ein Schlüssel gegen einen Messingleuchter stieße. Sie überlegte, ob Christine darum wüßte. Vielleicht war Angelique auch nicht die einzige! Angelique war zwar die Schönste von allen, aber nicht die einzige hübsche Frau im Haus, die von einem Weißen und einer Mestize abstammte. Vielleicht wußten alle darum und lachten heimlich über Judiths kindliche Unschuld. Vielleicht hatten sie auch Mitleid mit ihr. Verstohlen redeten die Dienstboten in der Küche und in ihren Wohnungen darüber. »Arme Miß Judith«, würden sie sagen. »Möchte nur wissen, ob sie jemals erfahren, wie Mr. Philip es treiben.«

»Halte verdammte schwarze Maul«, mochte eine andere entgegnen. »Du wissen doch, was bekommen, wenn du zuviel schwätzen.«

Nein, die Dienstboten würden es ihr nicht sagen. Sie waren Philips Sklaven, und sie wußten nur zu gut, welche Strafe die Schwarzen zu gewärtigen hatten, wenn sie den Unmut ihres Herrn erregten. Er konnte ihr dies antun, weil er ihr Schutz in seinem Hause gegeben hatte. Das machte sie hilflos. Sie hatte kein eigenes Vermögen, ihr gehörte weder ein Sklave noch ein Pfund Indigo. Heftig biß sie in ihren Arm, um nicht laut aufzuschreien.

Sie hatte die Tür nicht verschlossen. Die Klinke wurde heruntergedrückt, und Philip trat ein.

Judith richtete sich wieder auf und stützte sich auf beide Hände, als sie ihn anschaute.
Einen Augenblick blieb er an der Schwelle stehen, dann kam er zum Bett und legte die Hand auf ihre Schulter.
»Judith, ich schäme mich so entsetzlich. Wenn du wüßtest, wie leid es mir tut!«
Sie antwortete nicht und schaute nur in sein schönes Gesicht mit den Lachfältchen in den Augenwinkeln und der Narbe über der Wange. Sie sah den Leinenkragen und das Jabot in seiner gelben Seidenweste, den langen blauen Rock, die dunklen Reithosen, die schöngeformten Waden, und sie wunderte sich. Niemals hätte sie es für möglich gehalten, daß sie einen Menschen so schrecklich hassen könnte, wie sie ihn jetzt haßte. Sie haßte seine männliche Schönheit und die Kraft seiner Hand, mit der er ihre Schulter hielt, seine feingeschnittenen Züge und all die Einzelheiten seiner Gestalt, die sie so sehr geliebt hatte und die ihn für andere Frauen ebenso unwiderstehlich machte wie für sie selbst.
»Was soll ich tun, Judith?« fragte er schließlich.
»Nimm deine Hand von mir weg und laß mich in Ruhe.«
Er gab sie frei.
Sie stand auf und ging zu der Kommode hinüber, die in der anderen Ecke des Zimmers stand. Die Kerze war heruntergebrannt, und das Wachs bildete eine unförmige Masse. Sie drückte einen Finger hinein, als sie ihn fragte: »Weißt du auch, was du mir angetan hast, Philip?«
»Ja.«
»Nein, du weißt es nicht«, erwiderte sie leise. Sie schaute immer noch auf die zerfließende Kerze. »Du verstehst es nicht, und du wirst es auch niemals begreifen. Das liegt nicht an dir.«
Sie war erstaunt über den ruhigen Ton ihrer Stimme. Sonst geriet sie doch so leicht in Zorn – über die unwichtigsten Dinge! Sie ging zur Tür und legte die Hand auf die Klinke.
Er folgte ihr, faßte sie mit beiden Händen an den Schultern und drehte sie um, so daß sie ihn ansehen mußte.

»Du gehst noch nicht.«
»Doch. Ich bleibe nicht hier, um mit dir zu sprechen.«
»Du bleibst«, sagte Philip.
Sie versuchte, sich freizumachen, aber er hielt sie fest.
»Nun gut«, sagte sie müde, »du bist stärker als ich. Was hast du mir mitzuteilen?«
Er antwortete nicht gleich. Seine Lippen hatten sich so hart aufeinandergepreßt, daß sein Mund eine gerade Linie bildete, die quer durch sein Gesicht ging.
»Judith, ich weiß, was du von mir gedacht hast«, begann er schließlich. »Aber ich lasse dich nicht fort, bevor ich dir gesagt habe, daß das nicht wahr ist.«
Sie seufzte verzweifelt. »Sage mir nur nicht, daß Angelique das Kind nicht von dir hat.«
»Es ist mein Kind. Ich versuche nicht, das abzustreiten.«
»Das macht jetzt auch keinen Unterschied mehr. Ich könnte dir doch nichts mehr glauben, was du mir noch sagst.«
»Du mußt mir aber glauben!« rief er heftig. »Du mußt verstehen und einsehen, daß dies vorher niemals geschehen ist, und daß es auch niemals wieder geschehen wird. Ich weiß das jetzt sicherer als in unserer Hochzeitsnacht. Ich habe dir ja gesagt, daß ich früher die Frauen niemals in Ruhe lassen konnte. Ich dachte, das läge jetzt hinter mir. Aber dann gingst du nach Neuorleans – und fast vier Monate warst du fort.«
Sie sah an ihm vorbei und schaute durch das Fenster hinaus in die Dunkelheit. Draußen stand ein Magnolienbaum, dessen weiße Blüten zartleuchtenden Sternen glichen.
»Hörst du auch, was ich sage?« fragte er.
»Nein. Die Männer denken vermutlich immer, daß die Frauen solche Ausreden glauben.«
»Es ist aber wahr.«
Sie sah sich im Zimmer um, wo er und sie so lange vertraut miteinander gelebt hatten. Nichts hatte sich seit diesem Nachmittag hier geändert, aber alles sah jetzt in dem schwachen Licht größer und dunk-

ler aus. Sie hatte dieses Zimmer so sehr geliebt, und sie hatte sich soviel Mühe gegeben, es schön und wohnlich zu machen. Die Vorhänge hatte sie selbst gesäumt, die Bettspreite gehäkelt, und erst heute morgen hatte sie frische Rosen auf die Kommode gestellt.
»Philip, willst du mich jetzt bitte gehen lassen?«
Er nahm die Hände von ihren Schultern. Sie öffnete die Tür und ging den Gang entlang, ohne sich umzusehen. In der Halle traf sie Angelique, die dort stand, als ob sie auf ihre Herrin gewartet hätte. Die Dienerin trat einen Schritt vor.
»Miß Judith«, begann sie.
Judith hielt den Atem an. »Geh auf dein Zimmer«, sagte sie hart. »Bleibe dort, bis du gerufen wirst!«
»Jawohl«, entgegnete Angelique ruhig.
Judith ging weiter und öffnete die Tür zum Schlafzimmer der Kinder. In der Dunkelheit konnte sie nur die Umrisse ihrer Gestalten auf dem großen Bett erkennen. David hatte sich lang ausgestreckt, lag auf der rechten Seite und hielt die Hände vor sich hin. Der kleine Christoph dagegen hatte sich zusammengekauert wie ein Fragezeichen. Leise schloß Judith die Tür und legte ihre Kleider ab. Sie ließ die einzelnen Wäschestücke auf dem Boden liegen, wo sie niedergefallen waren, dann schlüpfte sie im Hemd ins Bett und zog die Kinder an sich. Wie weich und zart sie sich anfühlten! Davids blonde Locken glitten wie Seide durch Judiths Finger. Sie liebte diese beiden so sehr. Würden auch sie nur heranwachsen, um ihr so wehe zu tun wie ihr Vater?
Die Augen hatte sie geschlossen, aber sie konnte nicht einschlafen. Sie wandte sich von den Kindern ab und vergrub das Gesicht in dem Kissen. Allmählich schwand die dumpfe Gefühllosigkeit, und wilde Wut flammte in ihr auf. Ein heftiges Verlangen, Philip und Angelique auch solchen Schmerz zuzufügen, packte Judith. Wie gut war sie immer zu dieser Dienerin gewesen – und doch hatte Angelique ihr das angetan!
Judith malte sich aus, was sie Angelique hätte antun können. Zwanzig Hiebe mit der Peitsche konnte sie ihr geben lassen, weil sie ihr

Haar mit der Brennschere versengt hatte – manche weiße Frauen taten das. Sie wollte es auch tun! Welche Genugtuung würde sie empfinden, wenn Angeliques schöner, schlanker Körper an den Pfahl gebunden würde und sich unter den Peitschenschlägen des Aufsehers krümmte!

Nur jetzt ging es nicht. Philip würde das nicht zulassen. Philip, der sie noch in der letzten Nacht in die Arme geschlossen hatte, er würde jetzt Angelique vor ihr beschützen, weil sie seine Geliebte war.

Judith wünschte, sie könnte weinen. Ihre Augen brannten fieberheiß.

Der Tag brach an, als sie schließlich in einen unruhigen Schlaf fiel. Aber bei Sonnenaufgang erwachten die Kinder und machten Lärm. Sie waren erstaunt, als sie ihre Mutter neben sich im Bett fanden, und dachten, das wäre eine Gelegenheit, die gefeiert werden müßte. Vielleicht durch eine Kissenschlacht oder sonst ein heiteres Spiel. David stieg aus dem Bett, fand den Unterrock seiner Mutter auf dem Boden und zog ihn an. Dann marschierte er mit nackten Füßen über den Boden, während der lange Rock hinter ihm herschleifte. Die schwarze Kinderfrau war auch aufs höchste verwundert oder tat wenigstens so. Judith gab ihr den Auftrag, von Christine den Kaffee hierherbringen zu lassen.

Sie war so müde und schläfrig, aber die Kinder waren zu wild, so daß sie keine Ruhe mehr fand. Sie ließ sich von Christine frische Kleider und heißes Wasser bringen. Furchtsam gehorchte die Dienerin. Sie berichtete auch, daß Mr. Philip schon in aller Frühe auf die Felder geritten sei.

Da Judith Angelique nicht im Hause sah, nahm sie an, daß sie sich noch in ihrem Zimmer aufhielt. Eine Weile versuchte sie, David Unterricht zu geben, aber es gelang ihr nicht recht. Sie war zu ruhelos und fühlte sich zu unglücklich, um sich viel darum zu kümmern, ob er seine Buchstaben lernte oder nicht. Schließlich ging er hinaus, um zu spielen.

Judith ließ von Christine all ihre Sachen aus dem gemeinsamen Schlafzimmer in den Raum tragen, den Dolores bewohnt hatte. Sie

stand am Fenster und sah hinauf auf die Gärten, die Felder und den dunklen Waldrand, aber alles in ihr war erstorben und leer.
Auf einem Tablett brachte Christine ihr das Essen. Aber Judith ließ fast alles stehen. Beinahe den ganzen Tag ging sie in dem kleinen Zimmer auf und ab. Sie war zu zermartert, um stillzusitzen, und zu müde, um irgend etwas anderes zu tun. Im Hause war es so still, als ob jemand gestorben wäre. Niemand kam in ihre Nähe. Von den Fenstern aus konnte sie die Kinder spielen sehen. Die Diener gingen hin und her und flüsterten nur miteinander. Gegen Abend sah sie Philip, der zum Hause ritt. Josh kam ihm entgegen und führte das Pferd fort. Sie legte die Hände über die Augen, aber sie zitterte nur und weinte nicht. Nicht einmal Tränen konnte sie seinetwegen vergießen.
Schließlich rief sie Christine und ließ sich von ihr auskleiden und zu Bett bringen. Es war schon sehr spät, als ihr einfiel, daß sie nicht einmal den Kindern gute Nacht gesagt hatte.
Als sie am nächsten Morgen aufwachte, war die Sonne aufgegangen. Da sich in diesem Zimmer keine Klingel befand, mußte Judith an die Tür gehen und Christine rufen, die ihr den Kaffee bringen sollte. Sie zog sich nicht an, denn sie hatte nicht den Wunsch, irgend etwas zu tun, schlüpfte nur in den Morgenrock und nahm ihre Wanderung wieder auf. Was für ein häßliches Zimmer dies doch war, mit den glatten roten Wänden und der steifen nußbraun gefärbten Bettstelle! Viereckig wie eine Gefängniszelle! Und auf dem Fußboden saß eine große Heuschrecke, die sie anglotzte. Die Mädchen mußten Arsenik in die Blechbehälter unter den Bettpfosten schütten, bevor die Ameisen im Sommer ins Haus strömten, und die Sklaven mußten Spanisches Moos besorgen und die Matratzen wieder auffüllen, die schon durchgelegen waren.
Ach, aber wozu? Es lag ihr nichts mehr daran, ob dem Hause Schaden geschah oder nicht. In einem anderen Zimmer hielt sich Angelique auf, die Philips Kind unter dem Herzen trug. Aber wenigstens mußte sie nicht die Qual ertragen, Philips Züge in dem Gesicht eines halben Negerkindes wiederzuerkennen. Angelique konnte unten

am Strom oder vielleicht auch flußaufwärts oder sonstwohin verkauft werden, wo man sie nicht mehr sah. Ihr Kind wurde dann mit ihr verkauft, bevor es zur Welt kam. Irgendwohin, wenn nur dieses verführerische junge Mädchen mit der goldfarbenen Haut Ardeith verlassen hatte mit ihrem Sklavenkind, das dem kleinen David ähnlich sehen würde.

Judith schauderte zusammen. Sie glaubte, sie hätte alles ertragen können, wenn sie nur nicht selbst wieder ein Kind von Philip haben würde.

Judith erschrak, als die Tür sich öffnete und Philip hereintrat.

Er kam näher und lehnte sich an den Bettpfosten.

»Judith«, sagte er, »so kann es nicht weitergehen. Gestern habe ich dich in Frieden gelassen.«

»Ja«, erwiderte sie und fügte ironisch hinzu: »Ich danke dir dafür.«

»Aber dieses Benehmen kannst du doch nicht fortsetzen. Dich einfach hier einschließen!«

»Warum nicht?«

Sie war wütend, daß er so gut aussah. Sein Gesicht begann sich schon wieder zu bräunen.

»Der ganze Haushalt ist in Unordnung!« rief er. »Die Dienstboten laufen herum und wissen nicht, was sie tun sollen, niemand kümmert sich recht um die Kinder. Kein Mensch hat eine Ahnung, ob Mahlzeiten gegessen werden –«

»Ach, kannst du nicht wenigstens einmal fünf Minuten aufhören, nur an dein verdammtes Wohlbefinden zu denken?« erwiderte sie heftig. »Du hast mich Höllenqualen ausstehen lassen, aber dir macht das gar nichts aus. Du bist nur ärgerlich, daß du kein gutes Abendessen bekommst. Vielleicht sollte ich noch dankbar dafür sein, daß ich zum mindesten als Haushälterin einigen Wert für dich besitze!«

Philip betrachtete sie ruhig.

»Um Himmels willen, Judith, laß dieses Gerede! Ich habe dich gestern allein gelassen, damit du dich wieder beruhigen solltest. Aber ich kann jetzt nicht länger schweigen. Ich liebe dich, ob du es nun

wissen willst oder nicht.«
»Gut, daß du mir das gesagt hast. Ich wußte das nicht.«
»Niemals ist es mir so klar zum Bewußtsein gekommen.«
Sie entgegnete nichts. Sie spielte mit dem weiten Ärmel ihres Morgenrocks.
»Judith«, begann er schließlich wieder, »willst du mir nicht glauben? Ich habe dir offen gesagt, was zwischen Angelique und mir vorgefallen ist. Wenn du nicht vernünftig genug bist, um es einzusehen, kann ich dir auch nichts anderes sagen. Ein Bootsmann brachte mir deinen Brief aus Neuorleans, in dem du schriebst, du würdest zurückkommen. Ich nahm ihn sofort mit zu Angelique. Sie konnte ihn nicht zu Ende lesen, weil sie zu sehr weinte. Ich sagte ihr, es täte mir leid, aber es müßte jetzt zwischen uns beiden aus sein. Sie brach dann vollständig zusammen und sagte mir, wie sehr sie dich liebe und wie unwürdig sie sich vorkomme, weil sie dir untreu geworden sei. Ich erklärte ihr, sie dürfe dir nichts mitteilen. Es müsse alles so weitergehen, als ob nichts geschehen sei. Sie hat mir damals nicht gestanden, daß sie ein Kind bekommt.«
»Und dann kehrte ich zurück«, erwiderte Judith bitter, »und du sagtest mir, daß du mich mehr als sonst etwas auf der Welt liebst. Daß keine andere Frau dir auch nur das geringste bedeutet!«
»Das habe ich auch aufrichtig gemeint.«
»Und du denkst, alles andere wäre gleichgültig? Du denkst, wenn ich das Haus einmal verlasse, kannst du dir jede andere hübsche Frau nehmen, die zufällig in der Nähe ist, ohne daß ich mir etwas daraus machte? Wenn du sie bei meiner Rückkehr wieder beiseite schiebst, soll ich auch nichts dazu sagen, daß du mich vergißt, sobald du mich nicht mehr siehst. Bei der Behandlung komme ich mir vor wie ein Tier. Ach, Philip, ist das alles, was die Liebe dir bedeutet?«
Er ballte die Hände zu Fäusten. »Nein. Kannst du mich denn nicht verstehen, Judith?«
»Willst d u mich denn gar nicht verstehen?«
Beide schwiegen kurze Zeit.
Schließlich fragte Philip: »Was verlangst du denn von mir?«

»Bringe Angelique aus dem Hause!«
»Sie ist nicht mehr hier.«
»Wo ist sie denn?«
»Ich habe ihr gesagt, sie solle zu den Negerhütten gehen und dort wohnen.«
»Das ist es nicht, was ich meine! Bringe sie fort von Ardeith. Verkaufe sie, sobald ein Sklavenhändler den Strom herunterkommt. Schaffe sie morgen auf den Sklavenmarkt. Sie soll fort von hier!«
Philip starrte sie an, betroffen und ungläubig.
»Judith! Weißt du auch, was du verlangst?«
»Natürlich weiß ich das. Sie soll fort, damit ich sie nie wieder zu sehen brauche!«
»Nein, das tue ich nicht!« entgegnete er kurz.
»So, du tust es nicht!« Sie schrie jetzt beinahe, denn sie hatte geglaubt, er würde sofort einwilligen. Das war zuviel. Das war mehr, als irgendeine Frau ertragen konnte. »Du willst sie also nicht verkaufen?«
»Nein.«
»Soll das heißen, daß du sie behalten willst, für den Fall, daß ich wieder einmal nach Neuorleans reise?«
Philip trat einen Schritt auf sie zu. »Judith, weißt du, wie es auf diesen Sklavenschiffen zugeht? Du forderst von mir, daß ich sie morde!«
»O nein. Viele Negerfrauen fahren mit den Sklavenbooten den Strom hinunter. Ich verlange nur von dir, daß du sie fortschaffst. Es ist ja so leicht für dich, zu sagen, daß du sie nicht mehr willst!«
»Ich will sie nicht mehr.« Philip verschränkte die Arme. »Aber ich bringe sie unter keinen Umständen auf ein Sklavenschiff. Du hast diese Boote vorüberfahren sehen und weißt, wie schrecklich es an Bord ist. Stelle dir doch vor – eine Frau in ihrem Zustand – mit Ketten an den Füßen –«
»War sie denn nicht auch mit Ketten angeschlossen, als sie nach Dalroy gebracht wurde? Sie ist nun eben einmal eine Negerin, Philip, wenn du das auch vergessen zu haben scheinst.«

»Sie ist eine gefühlvolle, guterzogene Frau, selbst wenn du dich jetzt nicht daran erinnern willst. Und sie ist schwanger. Judith«, bat er sie, »du bist großmütig. Du hast Mitgefühl und Verständnis für andere. Ich will alles für dich tun, soweit es vernünftig ist. Aber ich schicke Angelique nicht den Fluß hinunter auf den Sklavenmarkt.«

Judith konnte vor Zorn kaum atmen. »Sklavenboote mögen kein Paradies sein, aber auch ich habe nicht im Himmel gelebt, nachdem du mir das angetan hast. Ich sage dir nur eines: Sorge dafür, daß sie von hier fortkommt.«

»Nein. Ich bin kein Barbar. Ein Mädchen wie Angelique, jeden Abend an die Wand geschlossen, der Willkür der afrikanischen Wilden und der niederträchtigen Bootsleute ausgesetzt, gezwungen, ihr Kind in einem Sklavenlager unten bei Neuorleans zur Welt zu bringen – warum verlangst du nicht gleich von mir, daß ich ihr den Hals abschneide? Dann ist alles vorbei.«

Judith rang die Hände. Sie setzte sich nieder und preßte sie gegen die schmerzende Stirn.

»Was willst du dann mit ihr anfangen?«

»Ich behalte sie bis zum nächsten Jahr hier. Wenn sie dann wieder gesund und kräftig ist, will ich sie einem Bekannten mitgeben, der nach Neuorleans reist. Sie soll dann als Zofe für eine Dame in einem anständigen Haus verkauft werden. Aber jetzt gebe ich sie nicht fort!«

»Auf keinen Fall dulde ich, daß das Kind hier in Ardeith geboren wird. Das kann ich nicht ertragen, Philip«, rief sie verzweifelt.

»Das tut mir leid, Judith«, erwiderte er leise, aber unerbittlich.

»Dann geh doch zu den spanischen Behörden und lasse sie frei.«

»Und was wird dann aus ihr? Eine Dirne, die sich auf den Docks herumtreibt! Etwas anderes bleibt für eine freigelassene Quarteronin nicht übrig. Nein, das geschieht nicht.«

Sie sprang auf. »Nun gut. Behalte sie hier. Sage mir auch noch, ich müßte ihr in christlicher Demut kalte Kompressen auf die Stirn legen, wenn sie Kopfschmerzen hat. Behalte sie doch dauernd hier,

wenn du kein Boot finden kannst, das luxuriös und prächtig genug ist, um sie den Strom hinunterzubringen. Behalte sie als deine Geliebte.« Judith trat einen Schritt zurück. »Ich hoffe nur«, fügte sie gehässig hinzu, »daß du glücklich mit ihr lebst und sie dir jedes Jahr ein Kind schenkt, das viel schöner und klüger ist als meine Kinder. Aber es ist eine Schande, daß sie Nigger bleiben und nicht mit den meinen in guter Gesellschaft verkehren können.«
Philip ging erregt auf sie zu und schlug ihr ins Gesicht. Dann wandte er sich zur Tür. Als er die Klinke niederdrückte, sagte er über die Schulter:
»Ich wußte, daß ich dich eines Tages schlagen würde, wenn du nicht lerntest, den Mund zu halten. Ich bin froh, daß ich es getan habe.«
Judith stand erstarrt. Als die Tür sich schloß, faßte sie nach der brennenden Wange. Sie fühlte sie nur unbestimmt, als ob sie einem anderen gehörte, denn ihr ganzer Körper bebte vor blinder Wut. Sie sank neben einem Stuhl auf die Knie und begann zu weinen. Ein heftiges Schluchzen durchzitterte sie. Schließlich war sie zu Tode erschöpft, fühlte aber keine Entspannung. Jedes Gefühl in ihr war erstorben, nur ein namenloser Haß gegen die ganze Welt brannte in ihr.
Nach einiger Zeit erhob sie sich. Ihr Mund war trocken, ihre Zunge geschwollen, und ihr Kopf schmerzte entsetzlich, aber trotz des Schmerzes konzentrierten sich ihre Gedanken auf einen plötzlichen Entschluß. Sie kleidete sich an und ging aus dem Hause. Mit schnellen Schritten eilte sie durch die Gärten und Indigofelder nach den Hütten der Schwarzen.
Nur selten ging sie allein auf die Felder hinaus. Die Neger drehten sich daher neugierig um, als sie näher kam. Ein Aufseher nahm den Hut ab und nickte.
»Guten Morgen, Madame. Können wir etwas für Sie tun?«
»Nein, danke«, erwiderte Judith. »Ich wollte nur einmal zu den Hütten der Neger gehen.«
»Jawohl, Madame. – He, du verfluchter Nigger, kannst du nicht gerade pflügen? Und willst du wohl die Missis nicht durch deine Gaffe-

rei belästigen?«
Judith sah die Neger. Sie waren nackt bis auf ein kleines Lendentuch oder eine kurze Hose. Ihre schweißfeuchten Körper glänzten in der Sonne. Die helleren waren Ibus, die dunklen Kongoneger. In einer Hütte am äußersten Ende lebte eine alte Kongonegerin, die im Wudukult bewandert war. Sie war zu alt, um zu arbeiten, aber sie war weise und bereitete Zaubertränke und Medizinen. Selbst die klugen Haussklaven gingen zu ihr, holten ihren Rat ein und gebrauchten ihre Mittel.
Judith verließ die Indigofelder und ging über den unebenen Weg zu den Hütten. Die alte Frau, die so viel verstand, wußte vielleicht auch ein Mittel, um sie aus ihrer verzweifelten Lage zu befreien. Judith fühlte sich so entehrt und verhöhnt, daß sie die Greisin auf Knien bitten wollte, ihr zu helfen.

12.

Philip ging an diesem Abend nicht in ihr Zimmer. Er war noch zu empört, als daß er wieder mit ihr hätte sprechen können. Am nächsten Morgen ritt er zeitig fort und war froh, daß er sich dem Hause fernhalten konnte. Aber die Sonne brannte heiß, und am Nachmittag kam er zurück.
Niemand war vor dem Hause, um sein Pferd fortzuführen. Er stieg ab und warf ärgerlich die Zügel über den niedrigen Ast einer immergrünen Eiche. Keiner der Sklaven war auf dem Posten, sobald Judith sich einmal nicht sehen ließ!
Aber als er über die Schwelle der Haustür trat, fühlte er, daß irgend etwas hier nicht stimmte. Die Mädchen gingen verstört umher, und als er den Gang hinunterging, sah er Christine, die in Judiths Zimmer stürzte. Die Amme kam heraus, als sie die Tür öffnete, und eilte zu der hinteren Veranda, wo David und Christoph in Streit geraten waren. Sie brachte sie ins Freie und gebot ihnen, sich ganz ruhig zu verhalten, weil ihre Mutter krank sei. Betroffen wandte Philip sich

zu Judiths Zimmer, als er Angelique auf sich zukommen sah. Sie hätte nicht hier sein sollen. Er hatte ihr doch gesagt, sie solle dem Hause fernbleiben, damit Judith sie nicht zu sehen bekäme.
Angelique trat schnell auf ihn zu und hielt ihn an.
»Ach!« rief sie atemlos. »Ich bin so froh, daß Sie gekommen sind. Vielleicht sollten Sie zu ihr gehen.«
»Was ist denn geschehen?« fragte Philip erschreckt. »Ist sie krank, Angelique?«
Sie nickte und legte die Hand über die Augen. »Ich fürchte, sie wird sterben.«
Philip packte sie an den Armen. »Sterben? Wer? Judith? Geh aus dem Weg, Angelique! Laß mich hinein.«
»Nein, warten Sie noch einen Augenblick, bis ich alles gesagt habe. Diese böse alte Kongonegerin! Sie wissen, wen ich meine. Sie haben sie damals gekauft, weil sie auch all ihre Kinder kauften. Die macht Zauberarzneien für die Schwarzen auf dem Felde – Miß Judith hätte es besser wissen sollen!«
Angeliques Stimme versagte. Philip hielt sie immer noch an den Armen. Ihre schönen Züge waren von Schmerz und Kummer entstellt. »Sie wußten ja nicht, daß sie wieder ein Kind bekommt. Sie hat sich einen Zauber von der Frau geholt, weil sie es loswerden wollte!«

Tagelang wanderte Philip im Hause umher, hilflos und gequält von Gewissensbissen. Er ordnete an, daß jeder Sklave auf der Pflanzung, der sich ein Mittel bei der alten Negerin holte, dreißig Peitschenhiebe bekommen sollte. Aber wenn er auch diesen wütenden Befehl gab, konnte er doch sonst nichts tun. Verzweifelt beobachtete er Judith und betete zu Gott, an dessen Existenz er eigentlich nicht glaubte, sie genesen zu lassen. Jetzt fürchtete er den Anblick Angeliques beinahe ebenso sehr wie seine Frau, obgleich er Judiths Bitte, Angelique an einen Sklavenhändler zu verkaufen, noch immer nicht erfüllen wollte.
Aber er dachte kaum an Angelique oder an irgend etwas anderes. Nur ein Gedanke erfüllte ihn: ob Judith wieder gesunden würde.

Ob sie ihr Kind zur Welt bringen würde oder nicht, war ihm im Augenblick gleichgültig, und er war weder froh noch traurig, als man ihm sagte, daß der Abtreibungsversuch nicht geglückt sei.
Judiths Freundinnen kamen und brachten Arme voll Rosen, Kallalilien und Leckerbissen, die Judith nicht essen konnte. Sie hätten gehört, daß Judith schwer krank sei, sagten sie und fragten, ob sie etwas für sie tun könnten. Philip dankte ihnen kurz und verneinte es. Gervaise ließ er einige Zeit bleiben, denn Judith schien ihre Gesellschaft angenehm zu empfinden.
Mit ruhiger Selbstverständlichkeit nahm sich Gervaise des Haushalts an und brachte alles wieder ins Geleise. Sie plauderte leicht und gefällig von den Ereignissen in der Umgebung, die sie eher als andere zu erfahren schien. Aber mit keinem Wort deutete sie an, ob sie den wahren Grund von Judiths Krankheit wüßte. Obwohl Philip es für unmöglich hielt, daß sie die Ursache nicht kannte, war er doch dankbar für ihr taktvolles Benehmen.
Judith hatte eine unverwüstliche Gesundheit, die offenbar auch die schwersten Schädigungen überwinden konnte. Sie erholte sich wieder, und Gervaise kehrte nach Hause zurück. Judith nahm wie früher die Leitung des Haushalts in die Hand. Sie beaufsichtigte die Leute, wenn sie Tabakblätter in die wollenen Decken einrollten und die Moskitonetze über die Betten spannten, aber sie zeigte nicht die geringste Neigung, das Zimmer zu verlassen, in dem sie jetzt wohnte. Zuerst ließ er sie gewähren, denn sie sprach so wenig wie möglich mit ihm, und ihre düster grollenden Blicke verrieten ihm, daß sie ihm noch nicht vergeben hatte.
Eines Morgens kam er ins Speisezimmer, wo sie zwei Hausmädchen genaue Anweisung gab, wie sie die Vorhänge stärken sollten. Als die beiden gegangen waren, wandte er sich an sie.
»Judith, du brauchst nicht so viel zu tun. Das ist nicht notwendig. Du sollst doch nicht wieder krank werden.«
Sie setzte sich an den Tisch, auf dem ihre Haushaltsbücher lagen. »Ich möchte, daß alles in Ordnung kommt, bevor es Hochsommer wird. Ich bin jetzt noch stärker, als ich es später sein werde.«

Er zog einen Stuhl heran und ließ sich ihr gegenüber nieder. »Fühlst du dich denn jetzt wohl?«
»Ja, so wohl, wie es den Umständen nach möglich ist. Ich muß glücklich sein, daß ich noch am Leben bin.« Sie bog die Ecken der Buchseiten um. »Du brauchst keine Angst zu haben. Ich werde nicht wieder versuchen, das Kind zu beseitigen. Zweimal bin ich nicht so töricht.«
»Daran dachte ich nicht.« Philip stützte das Kinn in die Hände und sah ihr gerade ins Gesicht. Sie wich seinem Blick aus. »Aber ich möchte mit dir sprechen.«
»Worüber?«
»Ich möchte wissen, wie lange du mich noch wie einen unliebsamen Fremden hier in Ardeith behandeln willst.«
Judith tauchte die Feder in die Tinte. »Wann schickst du diese Frau den Fluß hinunter?«
»Bestehst du immer noch darauf?« rief er. »Ich sagte dir schon, daß ich das nicht tun werde.«
»Ist das dein Ernst?«
»Ja.«
Sie warf die Feder auf den Tisch, so daß es einen Klecks gab. Die Tinte lief die Adern des Holzes entlang. »Wenn Angeliques Kind in Ardeith geboren wird, rede ich nie wieder ein Wort mit dir. Das schwöre ich!«
»Ich will alles tun, was du von mir verlangst, nur das nicht«, entgegnete Philip heftig. »Ich bringe sie jetzt nicht auf ein Sklavenboot. Das ist mein letztes Wort.«
Judith hatte die Ellbogen auf den Tisch gestemmt und stützte den Kopf auf die Fäuste. Philip biß die Zähne zusammen. Es kam ihn hart an, ihr nicht nachzugeben. Verzweifelt bemühte er sich, Judith zu beweisen, daß ihm nichts zu schwer wäre, wenn er sie dadurch für sich gewinnen könnte. Aber er kannte die Sklavenlager besser als sie, und trotz allem, was er ihr gesagt hatte, begriff sie nicht, was sie von ihm verlangte. Er wartete.
Judith sah nicht auf. Sie hielt den Kopf zwischen den Händen, als ob

sie unerträgliche Schmerzen hätte.
»Philip, das darfst du mir nicht antun!« rief sie schließlich halb schluchzend. »Das Kind wird nahezu weiß sein, und es wird deine Züge tragen!«
Sie vergrub den Kopf in den Armen. Philip sah, daß sie weinte, und erhob sich.
»Ich will davon nichts mehr hören«, sagte er kurz. Er überlegte, ob sie wohl mehr ertragen könnte als er.
Judith nahm die Feder auf und schrieb einige Worte in das Buch, das vor ihr lag. Dann warf sie die Feder plötzlich wieder hin, trat ans Fenster und schaute hinaus. Philip stand noch am Tisch.
»Ich würde lieber alle Felder verlieren, als dich so leiden sehen, Judith. Aber du machst uns beiden die Sache zu schwer.«
»Glaubst du?« fragte sie verwundert.
»Ja. Du zerstörst dein Leben, das meine, auch das der Kinder. Alles, was wir haben, richtest du zugrunde, nur wegen dieses einen vergangenen Vorfalls. Es war nicht so furchtbar wichtig, bis du es dazu gemacht hast.«
»Ist es wirklich nicht wichtig?« Judith spielte mit dem Handgriff des Fensterladens, so daß ein lautes Rattern in dem stillen Zimmer ertönte. Nach einiger Zeit sprach sie weiter, hielt aber das Gesicht halb vom ihm abgewandt.
»Du begreifst immer noch nicht, was du mir angetan hast. Ich weiß auch nicht, ob ich es dir klarmachen kann. Du hast mich all die Monate lang belogen, seitdem ich nach Hause zurückkehrte. Oh, ich habe mir noch einmal alles ins Gedächtnis gerufen – jeden Kuß, den du mir gabst, jede Nacht, die ich in deinen Armen einschlief mit einem Gefühl des Geborgenseins. Ich werde es nie wieder spüren. Ich glaubte, daß nichts auf der Welt so herrlich sein könnte wie die Liebe, die zwischen uns besteht. Aber die ganze Zeit glaubte ich an etwas, das überhaupt nicht vorhanden war. Und wenn das nicht auf Wahrheit beruhte, woran soll ich dann glauben?« Sie wandte sich um und sah ihn an. »Ich habe mein Leben darauf aufgebaut. Und nun habe ich eingesehen, daß es nur ein Gebilde meiner eigenen Phanta-

sie war. Weil ich dir traute, empfing ich wieder ein Kind von dir. Und nun gehe ich umher und trage eine lebendige Lüge in mir. Ich versuchte, das Kind umzubringen, weil ich es haßte. Das gelang mir nicht, aber ich hasse es immer noch, und wenn es geboren ist, werde ich es weiter hassen, denn sooft ich es sehe, muß ich an deine Lügen denken.«

Sie machte eine Pause.

»Hast du nun alles gesagt?« fragte er.

»Ja.«

Philip drehte sich um und ging hinaus.

Zum Essen kam er nicht zurück. Judith wartete einige Zeit auf ihn, dann aß sie mit den Kindern. Sie gab David eine Unterrichtsstunde – er war inzwischen bis zum Buchstaben T gekommen. T für Tabak. Er konnte das ganze Wort schon schreiben. Nachher nahm sie ihr Strickzeug und setzte sich im Wohnzimmer ans Fenster. Von dort aus konnte sie David und Christoph beobachten, die draußen spielten.

Sie fühlte sich trostlos unglücklich. Eine Zeitlang war sie geistig so erschöpft gewesen, daß sie den Haushalt in der alten Weise weitergeführt hatte. Es war leichter für sie, das Leben in der eingefahrenen Bahn fortzusetzen, als es zu ändern. Sie dachte überhaupt kaum an etwas, sie wußte nur, daß aller Glanz und alles Glück aus ihrem Leben verschwunden waren. Aber als sie versucht hatte, Worte zu finden, um Philip klarzumachen, was geschehen war, wühlte der heftige Schmerz der ersten Tage ihr Inneres wieder qualvoll auf. Sie zwang sich zum Stricken. Diese Tätigkeit hielt sie wenigstens davon ab, im Zimmer auf und ab zu gehen, die geballten Fäuste aufeinanderzuschlagen und sich Vorwürfe darüber zu machen, daß sie das schlichte, tugendhafte Leben im Hause ihres Vaters um dieses Scheinglückes willen aufgegeben hatte.

Sie konnte die Stimmen der Kinder und das Summen der Insekten hören, die in der Sonne spielten. Es war so ruhig, daß sie erschrak, als jemand hinter ihr ins Zimmer trat. Unwillig sprang sie auf, als sie Angelique sah.

Die Dienerin schloß die Tür.
»Darf ich ein paar Minuten mit Ihnen sprechen, Miß Judith?« begann sie.
Judith setzte sich wieder und legte das Strickzeug in den Schoß.
»Das möchte ich lieber nicht, Angelique«, antwortete sie müde.
»Ich weiß wohl, daß Sie das nicht wollen, aber ich muß Ihnen etwas sagen.« Angelique sprach ruhig und mit kühler Entschlossenheit. Wie unförmig sie doch in den letzten Wochen geworden war! Judith bemühte sich, sie nicht anzusehen.
»Geh zurück zu den Negerquartieren!«
Angelique blieb vor ihr stehen. Sie hatte die Hände ineinandergeschlungen.
»In ein paar Minuten gehe ich wieder, Miß Judith. Aber erst muß ich Ihnen etwas sagen. Sie können mich nicht mehr strafen, denn es gibt nichts Grausameres, als daß Sie mich mit einem Sklavenboot den Fluß hinunterschicken. Das wird morgen geschehen.«
»Was, du fährst den Fluß hinunter?« fragte Judith ungläubig, aber erleichtert. Endlich hatte Philip sie verstanden.
Angelique sprach schlicht, hart und tonlos. »Miß Judith, ich habe niemals gewollt, daß dies geschehen sollte. Zuerst habe ich mich gesträubt, aber Sie wissen, wie Mr. Philip ist – es ist so schwer, ihm etwas abzuschlagen, wenn er bittet – –«
Judith hätte am liebsten laut aufgeschrien. Wie gut sie das wußte!
»Aber ich wollte Ihnen auch sagen, Miß Judith, daß ich die einzige war. Das ist die reine Wahrheit. Wir Dienerinnen auf Ardeith haben oft darüber gesprochen, daß der Herr sich nie um die anderen Mädchen kümmert, sondern nur um Miß Judith. Wir staunten darüber, denn einige von uns hatten früher bei anderen verheirateten Herrschaften gedient. Wir haben oft gesagt, daß wir niemals ein so glücklich verheiratetes Paar gesehen hätten wie Sie und Mr. Philip.«
Judith hatte die Arme auf die Stuhllehne gelegt und das Gesicht darin vergraben. Jedes Wort, das sie hörte, erinnerte sie an die Heimat, aus der sie nun vertrieben war. Sie wünschte verzweifelt, Angelique möchte aufhören zu sprechen, aber ihre Kehle war zu trocken, um

ein Wort hervorzubringen.
»Wenn man jemals solche Freude empfunden hat, weiß man, was das bedeutet. Auch Farbige sind manchmal so glücklich. Ich hatte früher einen Mann. Er hieß Claude. Als die Pflanzung damals aufgelöst wurde, verkaufte man uns an verschiedene Herrschaften. Ich glaube, er lebt jetzt jenseits des Flusses auf der Farm von Monsieur Farron. Wahrscheinlich sehe ich ihn nie wieder, aber ich halte mich immer noch für seine Frau. Als unser Kind starb, war er so gut zu mir. Ich verstehe wohl, daß Sie sich für meine Sorgen und mein Unglück nicht interessieren, aber ich wollte es Ihnen sagen, weil ich weiß, wie es ist, wenn man einen Menschen hat, der einem alles bedeutet, und wenn dieses Glück durch widrige Umstände vernichtet wird. Und ich möchte Sie bitten: Lassen Sie nichts zwischen sich und Mr. Philip treten.«
Judith war nicht fähig, den Kopf zu heben oder ein Wort zu sagen, so sehr schmerzte ihre Kehle. Sie hörte, daß Angelique das Zimmer verließ und die Tür schloß, aber sie blieb in derselben Stellung. Sie zitterte noch vor Erregung über Angeliques Versicherung.
Schließlich erhob sie sich. Das Strickzeug fiel auf den Boden. Sie ging aus dem Haus und wanderte durch die Indigofelder, an den Hütten der Schwarzen vorbei, bis sie zu den Reisfeldern in der Nähe des Flußdammes kam. Sie wollte allein sein, um nachzudenken, fern von dem Hause, wo sie durch die Wirtschaft und die Kinder abgelenkt wurde. Die Nachmittagssonne brannte heiß auf sie nieder, als sie auf den Damm kletterte und auf die glitzernde Wasserfläche des Stromes hinunterschaute. Stimmte das wirklich, was Angelique ihr hatte verständlich machen wollen? Konnte sie das verlorene Glück zurückgewinnen, wenn sie sich aufraffte und die Hand danach ausstreckte?
Sie wandte sich um und sah über die weiten Indigofelder zurück, die sich bis zum fernen Wald ausdehnten. Ein großes wildes Königreich war diese Ardeith-Plantage, die später ihre Kinder und Kindeskinder besitzen würden. Philip hatte diese Pflanzung begründet und aufgebaut, und die Früchte seiner Arbeit würde er ihnen hinterlas-

sen. Aber sie würde ihnen noch etwas mehr als das vererben: die Reinheit ihrer Abstammung. Die Kinder konnten später einmal mit Recht auf ihre Familie stolz sein, weil sie an die Unbescholtenheit ihrer Mutter glauben durften. Die ganze menschliche Zivilisation müßte eigentlich auf einem Matriarchat begründet sein, dachte Judith.

Einige Flachboote fuhren unten vorüber; sie waren auf dem Wege nach den Docks. Jeden Tag kamen solche Schiffe vorbei, große, häßliche Schiffe, die den gefahrvollen Weg von Illinois oder Pennsylvania hinter sich hatten. An den Werften wurden dann die Ballen und Kisten entladen. Die Boote brachten auch neue Siedler, die sich auf dem Hochland von Dalroy niederlassen wollten. Die Kolonie erstreckte sich jetzt schon bis weit hinein in die Wildnis.

Eins der Fahrzeuge war ein Sklavenboot. Judith konnte sehen, wie die Neger sich an Deck sonnten. Jeder von ihnen hatte schwere Eisenringe um die Fußgelenke, und auch untereinander waren sie durch Ketten verbunden. Mehrere Schwarze stießen mit großen Stangen das Schiff den Strom hinunter. Ein weißer Aufseher, der eine Peitsche trug, ging zwischen ihnen auf und ab. Dann und wann schlug er nachlässig damit gegen die Wand des Deckhauses.

Judith sprang auf und hob die Röcke, so daß sie den Damm hinuntereilen konnte. Sie ging, so schnell sie konnte, an den Indigofässern vorbei und überquerte die Felder, wo die Sklaven nach getaner Arbeit zu ihren Hütten zurückkehrten. Die Dunkelheit brach herein, und Judith konnte schon aus der Ferne Lichter in den Fenstern ihres Hauses sehen.

Philip saß auf den Stufen der Veranda und zog Grashalme aus. Als sie näher kam, schaute er auf, senkte dann aber den Blick wieder und riß nervös noch mehr Grasbüschel aus. Sie sah, daß er sich nach seiner Rückkehr noch nicht umgezogen hatte.

»Heute abend macht ein Sklavenboot am Ufer fest«, sagte er. »Ich habe Befehl gegeben, daß Angelique morgen an Bord gebracht wird.«

Judith war stehengeblieben.

»Bist du nun zufrieden?« fragte er.
Judith legte die Finger der einen Hand um das Gelenk der anderen. Es wurde ihr sehr schwer, zu sagen, was sie sagen wollte. Ihre innere Spannung und Erregung verrieten sich in ihrer Stimme.
»Bitte, vergib mir, Philip! Verzeih mir, daß ich sagte, sie sollte mit einem Sklavenschiff fortgeschickt werden. Das braucht nicht zu geschehen. Nein, unterbrich mich bitte nicht! Ich will nicht, daß du sie an einen Sklavenhändler verkaufst. Schicke einen Boten zu der Plantage von Monsieur Farron – sie liegt irgendwo jenseits des Flusses. Du kannst es sicher herausbekommen. Kaufe dort einen Sklaven namens Claude, der früher Monsieur Peyroux in Neuorleans gehörte. Es ist ganz gleich, wieviel er kostet. Kaufe ihn und bringe ihn her. Er ist Angeliques Mann. Gib ihnen eine Hütte weit hinter den Indigofeldern und sage ihr, daß sie dort bleiben muß und nicht wieder ins Herrenhaus kommen darf. Ich kann sie nicht um mich sehen. Aber kaufe den Mann, sobald du ihn findest, und gib ihn Angelique.«
Atemlos hielt sie inne. Philip war aufgestanden. Verwirrt sah er auf sie nieder und versuchte, in der Dunkelheit ihre Züge zu erkennen.
»Meine liebe Judith.« Er lachte leise und erleichtert auf. »Du willst wirklich aufhören, Angelique zu quälen?«
»Ja. Ja. Willst du den Mann kaufen, Philip?«
»Natürlich, wenn du es wünschst.« Er streckte die Hände aus und zog sie an sich. »Weißt du nicht, daß ich alles tun würde, um diesen Höllenqualen ein Ende zu machen, die ich durchlebt habe?«
Sie antwortete nicht.
Die beiden standen auf den Stufen der Treppe, und Philip hielt ihre Hände in den seinen. Der Duft von Magnolienblüten und Nachtjasmin durchzog die Abendluft. Undeutlich konnte sie an den Eichen das lang herabhängende Spanische Moos sehen. Leuchtkäfer glühten auf.
Als Philip sie in die Arme schloß, fühlte sie, daß für ihn nun alles beendet und vergessen war. Aber sie war jetzt klüger und weiser geworden, und sie wußte, daß ihre Liebe nie wieder dieses strahlende

Glück sein würde wie früher. Sie ließ ihn bei dem Glauben, daß sie sich wieder ganz gefunden hätten. Sie war sehr müde. Aber sie hatte nicht erkannt, wie erschöpft sie war, bis sie flüchtig den ungewissen Weg vor sich sah, auf dem sie eben die ersten Schritte getan hatte. Sie wußte jetzt, daß eine mühselige Wanderung vor ihr lag.

ZWEITER TEIL

13.

Welch ein glückliches Geschick ist mir doch nach allem zuteil geworden, dachte Philip Larne, als er sich in seinem Wagen zurücklehnte. Neunzehn erfolgreiche Jahre in Louisiana lagen nun hinter ihm. Die weiten Wälder hatten sich ihm beugen müssen, und kein Haus in der ganzen Gegend hatte eine so prächtige Ausstattung wie das seine. Keine Frau war reicher gekleidet als Judith, und seine Söhne waren die ersten in Dalroy, die von einem französischen Lehrer im Fechten unterrichtet wurden. Selbst in dieser wohlhabenden Stadt am Fluß konnten nicht viele Familien an der Einsetzung des neuen Gouverneurs in so kostbaren Gewändern aus Samt und Musselin teilnehmen wie er und die Seinen. Auch hatte kaum jemand einen so vornehmen, gut abgefederten Wagen, in dem man die Unebenheiten der Straße kaum spürte.

Man hatte viele Fahnen zum Schmuck aufgehängt, und es war eine malerische, farbenfreudige Feier gewesen. Aber die Hälfte der Anwesenden verstand nicht genug Spanisch, um den Reden folgen zu können. Judith hatte zuerst den Versuch gemacht, ihren Kindern Unterricht in den drei Sprachen ihres Heimatlandes geben zu lassen, aber schließlich eingesehen, daß es Mühe genug machte, ihnen in dieser Gegend ein gutes Englisch beizubringen. Das Französisch, das die Kreolen sprachen, hatten sie vom Hören gelernt, und David verstand genug Spanisch, um die Bekanntmachungen an den Kirchentüren zu lesen. Von dem, was im Innern der Gotteshäuser vorging, wußten sie sehr wenig. Die Religionsbekenntnisse waren durch die verschiedenen Sprachen und Rituale durcheinandergeworfen worden, so daß man sich kaum noch auskannte. Sie hielten es für besser, sich nicht darum zu kümmern. Judith hatte zwar versucht, sie fromm und gottesfürchtig zu machen, und ihnen das christliche Abendgebet beigebracht: »O Herr Jesus, mache mich

sanft, demütig und mild, wie du es bist . . .« Sie sagten es auch pflichtschuldig her, und ebenso pflichtschuldig vergaßen sie es wieder, denn so gut wie ihre Mutter wußten sie, daß man mit solchen Tugenden das wilde, herrliche Louisiana nicht bezwingen konnte.
Philip lächelte Judith zu, die ihm gegenübersaß. Sie sah bezaubernd aus in dem kostbaren Hut, von dem rote Federn herabwippten, und dem leichten Musselinkleid, das trotz der Augusthitze noch frisch und duftig war.
»Dieses Kleid steht dir entzückend«, sagte er.
»Danke. Gervaise meint, wir würden bald eine andere Mode bekommen.«
»Warum denn?«
»Seitdem in Frankreich die Republik ausgerufen worden ist, ändern sie alles, sogar die Kleider. Ihre Schwester hat ihr eine Skizze zu einem Kleid geschickt, das gerade von Paris angekommen war. Es ist ganz erstaunlich. Man trägt keine Reifröcke mehr, sondern läßt den Stoff lang und gerade fallen. Das sei griechisch, sagen sie.«
Philip überlegte, daß Judith in einem solchen Kleid sehr gut aussehen würde. Sie war jetzt vierunddreißig und hatte vier Kinder, aber ihre Gestalt war noch ebenso schlank wie am ersten Tag ihrer Bekanntschaft. Sie hatten drei Söhne und eine Tochter, und es waren prächtige Kinder. Philip war stolz auf sie. Die beiden ältesten Jungen und Roger Sheramy ritten neben dem Wagen. Philip sah zu ihnen auf. David war jetzt achtzehn, ein jüngeres Ebenbild seiner selbst, wie Judith immer sagte, obwohl Philip kaum glauben konnte, daß er jemals ein so hübscher Junge gewesen sein sollte. David hatte blonde Locken und blaue Augen, ein rundes Kinn und eine Adlernase wie die römischen Kaiser auf alten Münzen. Und so groß war er, daß seine Mutter sich auf die Zehenspitzen stellen mußte, um ihm einen Kuß zu geben.
Christoph ritt neben ihm. Er war dunkel, ruhig und ernst und erinnerte Philip lebhaft an Mark Sheramy. Manchmal war Philip erstaunt, daß Judith, obwohl sie ihrem Vater so unähnlich war, so viel von dem Charakter des alten Sheramy auf ihren Sohn vererbt hatte.

Christoph war wenig gesprächig und hatte ein zurückhaltendes Wesen. Er sagte, er wolle kein Pflanzer werden, obwohl Philip das kaum für möglich halten konnte. Die meisten jungen Leute in dieser Gegend hätten ihre Eckzähne für einen Anteil an der Ardeith-Plantage gegeben.

Der dritte Sohn saß neben Judith und sah auf die reichen Felder hinaus, an denen sie vorüberfuhren.

Er war elf Jahre alt und hieß Philip.

Manchmal dachte der Vater, daß er den dritten am meisten von all seinen Kindern liebte. Als er den gesunden Jungen mit den roten Backen betrachtete, schauderte er leicht zusammen. Wie nahe daran war es gewesen, daß dieses Kind überhaupt nicht lebend zur Welt kam! Er erinnerte sich an seine geheimen Befürchtungen, daß es durch die verzweifelte Tat der Mutter einen körperlichen oder geistigen Schaden davontragen würde. Aber der Junge hatte nach der Geburt kräftig geschrien und war vollkommen gesund. Judith hatte ihm den Namen seines Vaters gegeben, und Philip war froh darüber. Er selbst hätte es damals nicht vorgeschlagen, aber es war sein Wunsch, daß einer seiner Söhne seinen eigenen Namen trüge. Daß Judith gerade dieses Kind nach ihm benannte, hatte eine besonders innige Bedeutung.

Der kleine Philip war so blond wie David und sah in dem himmelblauen Anzug mit dem weißen Spitzenkragen, den seine Mutter gehäkelt hatte, bezaubernd schön aus. Er schaukelte auf dem federnden Sitz, während er seinem großen Bruder David etwas zurief, den er vergötterte.

David lächelte und schlug mit der Reitpeitsche durch die Luft. »Morgen gehe ich mit Roger fischen.«

»Bringst du mir dann auch ein paar neue Fische für meinen Teich mit?« fragte Philip.

»Ja, wenn du das Unkraut am Rand abschneidest. Der Teich ist ja so zugewachsen, er ist ein Schandfleck für den ganzen Garten.«

»Das tue ich bestimmt. Heute noch.«

»Phil, kannst du nicht einen Augenblick stillsitzen, bis wir nach

Hause kommen?« sagte Judith.
»Ja, Mama. Aber sage doch bitte den Negerjungen, daß sie die Fische in dem Teich nicht stören.«
»Ja, Kind. Ich sage es ihnen. Aber nun mußt du auch ruhig sein.«
»Ich bin hungrig«, erklärte der kleine Philip darauf. »Was gibt es zum Abendessen?«
»Wir haben Feigenkuchen und geschlagene Creme, aber davon bekommst du erst etwas, wenn du vorher deinen Reis gegessen hast.«
Philip lachte, als er seinen Sohn ansah, und der Kleine lachte ihn wieder an. Er war unruhig, obwohl er sich die größte Mühe gab, seiner Mutter zu gehorchen.
»Bekomme ich auch Feigenkuchen?« fragte Rita, die sechs Jahre alt war. Judith hatte gesagt, das Mädchen sei noch zu jung, um an der Feier teilzunehmen, aber Philip hatte sie doch mitgenommen, weil er glaubte, die Parade würde ihr Freude machen.
»Ja«, erwiderte Philip, »wenn du artig bist.« Er setzte die hübsche Kleine auf den Schoß. Sie hatte dunkles Haar, das in Locken auf ihre Schultern fiel.
»Darf ich auch bei Tisch mit essen?« fragte Rita weiter.
»Ja«, versprach Philip, aber Judith schüttelte den Kopf. Zu Hause sollte es ein Festessen zu Ehren der Einsetzung des neuen Gouverneurs geben, und Rita war noch zu klein, um bei den Erwachsenen zu sitzen, nach Judiths Meinung wenigstens. Aber Philip hatte sich so sehr gefreut, als ihm auch eine Tochter geboren wurde, daß er sie von Anfang an verzog. Es begann schon, wie Judith sagte, als er dem Mädchen einen spanischen Namen gab. Das gefiel ihr gar nicht. Er klang heidnisch und paßte nicht in ein Kirchenregister. Aber Philip hatte ihr geantwortet: Da die Kinder doch als Heiden aufwachsen, ist das ein ausgezeichneter Name.
»Nun gut«, entgegnete Judith, »dann meinetwegen. Rita im Namen des Vaters, des Sohnes und des Heiligen Geistes. Und wenn sie sich später in den Kopf setzt, einen spanischen Don von Neuorleans zu heiraten, darfst du mir keinen Vorwurf machen.«

Philip sagte, er wäre damit zufrieden, Rita würde eine so reiche Aussteuer erhalten, daß sie jeden heiraten könnte, der ihr gefiele. Er wollte ihr neunzig Acker besten Indigolandes, sieben Sklaven und eine große Geldsumme für die Erziehung ihrer Kinder mitgeben. Nicht viele junge Mädchen konnten eine so reiche Mitgift in die Ehe einbringen.

Es war entsetzlich heiß. Die Pferde der Jungen wirbelten kaum Staub auf, weil der Boden so feucht war. Früh am Morgen hatte es geregnet, und die Erde dampfte noch. Rita schlug nach einem Moskito, der sich auf ihr Fußgelenk gesetzt hatte, als plötzlich der Wagen zu schaukeln begann. Ein kleiner Junge war an der Seite aufgesprungen und klammerte sich an den Fensterrahmen, neben dem Judith saß.

»He, Madame, wollen Sie nicht ein paar Bananen kaufen?«

»Um Himmels willen!« rief Judith. »Mach, daß du herunterkommst! Du wirst dir noch das Genick brechen.«

»Nein, Madame. Ich kann mich schon festhalten. Wollen Sie ein paar Bananen oder ein paar schöne frische Feigen?«

Rita und der kleine Philip starrten ihn an. Der Wagen rasselte über die Straße, aber der Junge hielt sich mit beiden Händen fest. Den Korb mit den Früchten hatte er über den Arm gestreift. Er war ein schmutziger kleiner Bub mit zerrissenem Hemd. Der Kutscher auf dem Bock hatte ihn nicht gesehen und ließ deshalb auch die Pferde nicht langsamer gehen.

Philip faßte in die Tasche, um dem Kleinen eine Münze zu geben. »Hier. Und laß den Wagen los, wenn du noch leben und groß werden willst.«

»Jawohl, Herr!« rief der Junge und schob Phil zwei Bananen in die Hand. »Die kommen direkt aus dem Schiff –«

Der Wagen fuhr über eine unebene Stelle und mit einem Aufschrei verschwand der Junge vom Fenster.

Judith sprang auf.

»Anhalten!« rief sie. »Wir haben ihn überfahren.«

Die Kinder kletterten zur Seite, um aus dem Fenster zu sehen. Philip lehnte sich hinaus und rief dem Kutscher einen Befehl zu. Der sprang von seinem Bock herab, und gleich darauf klappte der Diener die Stufen herunter, so daß Judith aussteigen konnte. Philip war ärgerlich. Natürlich traf niemanden eine Schuld – man konnte den wilden Rangen, die sich auf den Docks herumtrieben, überhaupt keine Vernunft beibringen –, aber noch nie hatten sie eins von den Kindern überfahren oder verletzt.

Judith sagte Rita und Philip, daß sie im Wagen bleiben sollten, dann eilte sie zu dem Jungen.

Er hatte sich bereits aufgerichtet, saß im Staub und hielt sein Knie, von dem das Blut auf seinen nackten Fuß heruntersträufelte. Sein Korb lag ein paar Schritte entfernt, die Feigen und Bananen waren auf dem Boden verstreut. Judith beugte sich über ihn.

»Laß mich einmal dein Knie sehen – tut es sehr weh?«

»Nein, es ist nicht so schlimm«, erwiderte der Junge, obwohl er das Gesicht verzog, um nicht zu weinen. Er war kräftig und mochte ungefähr zehn Jahre alt sein.

David und Roger ritten auch herbei.

»Kann ich irgendwie helfen?« fragte David, als er sein Pferd zum Stehen brachte.

»Ich brauche dein Taschentuch«, sagte Philip. »Gebt mir auch die euren«, wandte er sich an Roger und Christoph. »Wenn wir die Blutung gestillt haben, setzen wir ihn in den Wagen und bringen ihn nach Hause. Zu Fuß kann er nicht gehen.«

Philip verband die klaffende Wunde in dem Bein des Jungen und gab ihm ein anderes Taschentuch, das er gegen den Riß in seinem Gesicht drücken sollte.

»Es tut mir leid, daß ich vom Wagen herunterfiel, Mr. Larne«, entschuldigte sich der Bub.

»Es tut mir leid, daß du dich verletzt hast! Aber wenn du ein paar Tage lang das Bein schonst, wird es bald besser sein. Woher weißt du denn meinen Namen?«

Der Kleine verbiß den Schmerz und grinste. »Ach, es kennt Sie doch fast ein jeder. Sie haben auch schon früher Bananen von mir ge-

kauft.«
»So?« Philip lächelte.
Der Junge sah mit Erstaunen und einem gewissen Neid auf die drei jungen Leute zu Pferde. »Und Sie sind Roger Sheramy?« fragte er plötzlich und zeigte mit dem Finger auf ihn.
Roger grinste und nickte. Er war etwa vierzehn Jahre alt und sah in dem rotbraunen Anzug und in den hohen Reitstiefeln sehr gut aus. Sein Haar und seine Augen waren goldbraun wie die Judiths. Aber es zeigte sich auch, daß er spanisches Blut in den Adern hatte. Die schwarzen Augenbrauen waren in der Mitte beinahe zusammengewachsen wie bei seiner Mutter, und er hatte dieselbe Nase wie sie.
»Ja«, sagte der fremde Junge, »ich kenne Sie auch.«
David wollte den verletzten Jungen auf sein Pferd nehmen und nach Hause bringen, aber Philip hielt es für besser, den Kleinen im Wagen mitfahren zu lassen. Er hob Rita auf Davids Pferd, so daß der verletzte Junge Platz hatte, und sagte seinem Sohn, sie sollten schon nach Ardeith weiterreiten.
»Wo wohnst du denn?« fragte er dann den Jungen, den er in eine Ecke des Wagens gesetzt hatte.
»Unten bei den Docks. Am Rattletrap Square.«
Philip gab dem Kutscher Befehl, dorthin zu fahren. Er wünschte nur, er hätte auch Judith nach Hause geschickt. Rattletrap Square war ein übler Platz, den eine Dame eigentlich nicht besuchen konnte.
Der fremde Junge sah einen Augenblick auf den feinen blauseidenen Anzug des kleinen Philip, dann strich er mit seinen Fingern neugierig über die schönen Polster des Wagens. »Sagen Sie – wissen Sie, warum ich auf Ihren Wagen sprang?« fragte er plötzlich.
»Nein. Warum hast du es denn getan?«
»Weil ich in gewisser Weise mit Ihnen verwandt bin. Ich bin Gideon Upjohn und ich wollte einmal Miß Judith sehen. Meine Mutter spricht manchmal von ihr.« Er zeigte mit den Fingern auf den gegenüberliegenden Sitz. »Sind Sie das?«
»Ja.« Judith beugte sich vor und legte ihre Hand auf das unverletzte

Knie. »Gideon, wie geht es deiner Mutter?«
»Oh, ganz gut.« Gideon rückte unruhig auf seinem Sitz umher. »Aber sie wird wild und böse sein, wenn ich in Ihrem Wagen nach Hause komme. Sie hat mir streng verboten, Sie zu belästigen.«
»Wie bist du denn mit uns verwandt?« fragte der junge Philip, der Gideon neugierig angestarrt hatte.
»Wir haben vor langer Zeit seine Mutter gekannt«, erklärte Judith und fragte Gideon dann nach seiner Familie. Von Zeit zu Zeit hatte sie einen Diener zu Dolores geschickt und ihr Nachricht von Roger zukommen lassen. Aber die Leute waren immer zurückgekommen und hatten gemeldet, daß Mrs. Upjohn erklärt habe, nichts zu brauchen, obwohl sie in äußerst ärmlichen Verhältnissen lebte. Weder Philip noch Judith hatten sie seit Jahren gesehen.
»Der Mutter geht es gut«, sagte Gideon. »Dem Vater auch. Er arbeitet auf der Werft von Purcell.«
»Hast du auch Brüder und Schwestern?« fragte Judith.
»Ja, Mäm.«
»Wie geht es ihnen?«
»Ach, die Mamie Sue ist seit ein paar Tagen krank. Das ist meine Schwester, die älter ist als ich.«
»Was fehlt ihr denn?«
»Das weiß ich nicht.«
Gideon war fast ebenso zurückhaltend wie Dolores, wenn er auch die anderen im Wagen mit einer gewissen Genugtuung betrachtete. Er schien stolz darauf zu sein, daß es ihm endlich gelungen war, die Aufmerksamkeit der vornehmen Leute auf sich zu lenken, von denen ihm seine Mutter erzählt hatte. Philip hatte ihn sogar in Verdacht, daß er sich absichtlich vom Wagen hatte herunterfallen lassen. Dolores hätte sich in ihrem hartnäckigen eigensinnigen Stolz vollkommen von ihnen zurückgezogen, wenn nicht die Sehnsucht, von Roger zu hören, stärker gewesen wäre. Aber ein Junge im Alter von Gideon konnte das nicht verstehen. Philip erinnerte sich an den Blick, den der Kleine Roger Sheramy zugeworfen hatte.
Er hielt sich am Sitz fest, um nicht herunterzufallen. Der Wagen

suchte sich einen Weg durch die engen Gassen der unteren Stadt. Oberhalb der Werften, wo die Häuser der wohlhabenden Leute standen, waren die Straßen mit Holzblöcken oder Steinen gepflastert, die mit Schiffen den Fluß herunterkamen, aber hier unten in der Nähe des Hafens waren sie voller Löcher und Pfützen zwischen zwei Reihen elender Hütten, die sich in langer Reihe zu beiden Seiten hinzogen.

»Was ist denn das für ein Geruch hier?« fragte der kleine Philip.

Judith reichte mit der Hand über seinen Kopf und zog den seidenen Vorhang zusammen, der vorher vom Fenster zurückgeschoben worden war. Sie selbst hielt sich entsetzt ein Taschentuch vor die Nase.

Die Hütten standen so nahe zusammen, daß man sich kaum vorstellen konnte, wie frische Luft dazwischen hindurchwehen sollte. Das war höchstens möglich, wenn sich eines der kleinen Häuser auf eine Seite geneigt hatte und dadurch die Entfernung zu der Nachbarwohnung größer geworden war. Schweine und Hühner liefen vor den Türen umher und fraßen an dem Abfall, der auf die Straße geworfen war und dort verfaulte. Auch eine Unmenge von Fliegen wurde davon angelockt. Barfüßige Frauen saßen in den offenen Türen und rauchten Pfeifen, und nackte Kinder lagen in den Pfützen und gossen Wasser über sich, um etwas Kühlung vor der großen Hitze zu finden. Sie starrten den vorbeifahrenden Wagen an, und dauernd mußte der Kutscher rufen, daß sie den Pferden aus dem Wege gehen sollten.

»Gideon, hast du dein ganzes Leben lang hier gewohnt?« fragte Judith schließlich.

»Natürlich.«

Philip dachte, daß Gideon diese Umgebung wahrscheinlich viel weniger auffiel als ihnen. Er selbst kannte die Gegend nur oberflächlich und war erstaunt, wie nahe die Menschen hier beieinander wohnten. Das war also das Los der vielen Tausende von Männern und Frauen, die mit leeren Händen nach Louisiana kamen und nicht die nötige Tatkraft besaßen, sich in diesem Lande ein Vermögen zu erwerben.

Früher hatte er niemals über sie nachgedacht.
»Hier ist es!« sagte Gideon plötzlich. »Die dritte Gasse von der Ecke aus.«
Philip rief dem Kutscher zu, daß er halten sollte, und sah von Gideon zu dem kleinen Philip hinüber, der ihm gegenübersaß. Die beiden waren ungefähr gleichaltrig, aber Gideon war frühreif und hatte schon eine gewisse Selbstsicherheit, während der kleine Philip, der immer beschützt und behütet worden war, noch verhältnismäßig kindlich geblieben war. Gideon hatte diese Stufe schon seit Jahren hinter sich, seitdem er gezwungen gewesen war, sich selbst in der Welt durchzuschlagen.
Der Wagen hielt an. Eine Gruppe von kaum notdürftig bekleideten Kindern – die jüngeren hatten überhaupt nichts an – standen im Schmutz und sahen auf dieses ungewöhnliche Schauspiel.
»Ich gehe mit«, sagte Judith und gab dem Diener Auftrag, in den Wagen zu steigen und bei dem jungen Philip zu bleiben. Sie kümmerte sich nicht um seine Bitte, sie begleiten zu dürfen. Zwei oder drei der schmutzigen Kinder kletterten an den Wagenrädern in die Höhe und betasteten die Verzierungen, die auf den Verschlag gemalt waren.
»Wollt ihr wohl machen, daß ihr herunterkommt!« rief der Kutscher. »Ihr verlottertes weißes Gesindel!«
Gideon hinkte und stützte sich auf Philips Arm. Er führte sie eine enge Gasse hinunter, in der tote Katzen, halbverfaulte Reste und Überbleibsel fortgeworfener Nahrung lagen. Judith folgte den beiden, aber es war so schmutzig, daß sie die Röcke heben mußte.
Gideon öffnete eine Tür. »Ich glaube, meine Mutter ist daheim«, sagte er, »wenn Sie sie sehen wollen.«
Sie folgten ihm in das Innere. Trotz des hellen Sonnenscheins draußen war der Raum ziemlich dunkel. Sie hörten die Stimme einer Frau: »Gideon, warum hast du dein Knie verbunden?«
Das Zimmer war groß, aber die Luft unerträglich heiß und stickig. In einer Ecke brodelte ein Topf mit Essen über einem eisernen Dreifuß. Drei Matratzen lagen auf dem blanken Fußboden; über der ei-

nen war ein Moskitonetz an einem hölzernen Gestell aufgehängt. An der Wand standen ein Tisch aus rohem Tannenholz, einige Stühle und leere Packkisten. Kleider hingen an Haken, die in die Wand geschlagen waren. Die Läden der beiden Fenster waren weit geöffnet, aber das Nachbarhaus ließ kein Sonnenlicht hereinfallen.

Als sich Philips Augen an das Halbdunkel gewöhnt hatten, sah er ein kleines Mädchen in einer Ecke. Es spielte mit einer Puppe, die aus einem Maiskolben gemacht war. Neben der Matratze mit dem Moskitonetz stand eine Frau. Das kranke Mädchen konnte man kaum darunter sehen. Obwohl er Dolores lange Zeit nicht gesehen hatte, erkannte er sie doch wieder.

Sie nahm Gideon an der Hand und führte ihn zu der Kiste, von der sie eben aufgestanden war. Dann kam sie langsam auf ihre Besucher zu.

Sie trug kein Korsett, und ihr zerdrücktes, formloses Kleid hatte eine unbestimmbare Farbe. Graue Fäden durchzogen das schwarze Haar, das zurückgebürstet und zu einem unordentlichen Knoten zusammengeschlungen war. Die Muskeln an ihrem Hals und die blauen Adern an ihren Händen traten hervor.

»Hallo, was wollt ihr?« sagte sie.

Philip erzählte ihr, daß Gideon vom Wagen gefallen wäre und sie ihn nach Hause gebracht hätten. Während er mit ihr sprach, wanderten seine Blicke von Dolores zu Judith. Am Morgen bei der Feier war er stolz auf Judiths schöne Erscheinung gewesen, aber in dieser furchtbaren Umgebung sah sie unwirklich aus und glich fast einer Vision. Ihr Mieder aus Blumenstoff schmiegte sich eng um ihre schlanke Gestalt. Sie trug einen weißen Hut mit vier roten Federn, der mit weißen Seidenbändchen unter ihrem Kinn befestigt war, und schwarze durchbrochene Seidenhandschuhe. Ihr Rock war so kurz, daß man die silbernen Schnallen an ihren Schuhen sehen konnte.

»Ich danke euch, daß ihr ihn nach Hause gebracht habt«, sagte Dolores. »Ich habe ihm ein für allemal gesagt, daß er nicht auf fahrende Wagen springen soll, aber es ist sehr schwer, die Früchte zu verkaufen, und außerdem« – sie zuckte die Schultern, als ob sie um Verzeihung bitten wollte – »möchte er immer gern Leute von Ardeith und Silberwald sehen.«

Judith trat zu ihr. »Kann ich dich eine Minute lang allein sprechen, Dolores?«

Dolores zögerte, dann ging sie mit Judith zu einem Fenster. Gideon blieb auf der Kiste sitzen und fuhr mit der Hand über die verletzte Stelle am Knie. Das kleine Mädchen mit der Puppe starrte die Fremden mit großen Augen an.

Judith sprach indessen leise zu Dolores. Philip konnte nicht hören, was sie sagte, aber schließlich rief Dolores: »Nein, Judith, nein!« Sie trat einen Schritt zurück und kreuzte die Hände auf der Brust. »Ich möchte nichts haben. Thad verdient unseren Lebensunterhalt. Er arbeitet auf der Werft. Und du«, wandte sie sich scharf an Gideon, »wenn du noch einmal diese Leute belästigst, mußt du auch auf der Werft arbeiten und schwere Lasten tragen wie dein Vater.«

»Ja«, erwiderte Gideon, aber dann platzte er heraus. »Ich wollte nur einmal die Dame ansehen.«

Philip sagte, er wollte für den Korb Früchte zahlen, die Gideon verloren hatte. Das Geld nahm sie schließlich, als Philip ihr versicherte, daß Gideon nur durch die Schuld des Kutschers heruntergestürzt wäre. Er sagte es in allem Ernst, obwohl er davon überzeugt war, daß der Junge sich absichtlich hatte fallen lassen. Diese kleinen Schlingel, die sich auf den Docks herumtrieben, waren viel zu geschickt, um von einem Wagen zu fallen.

Das Mädchen auf der Matratze stöhnte.

»Das arme Kind«, sagte Judith leise, kniete neben der Matratze nieder und hob das Moskitonetz auf. Sie hörte ein Röcheln und Würgen, als ob das kranke Kind sich übergeben müßte.

Blitzschnell sprang Philip vor und warf einen Blick auf das Mädchen. Er schlug Judith das Kissen aus den Händen und hob sie schnell auf, so daß sie wieder auf den Füßen stand.

»Geh hinaus, Judith!« rief er.

»Was ist es denn?« fragte sie furchtsam, während sie über die Schulter auf das stöhnende Kind zurückschaute. »Ach, mein Gott – das

kann doch nicht –«
»Ja, das ist es. Das gelbe Fieber.« Er zog sie zur Tür. Aber sie machte sich von ihm frei und eilte voraus.
Philip faßte Dolores am Arm. »Wie lange ist das Kind schon krank?«
»Zwei oder drei Tage. Es ist wohl besser, wenn ihr geht.«
»Habt ihr viel gelbes Fieber in diesem Teil der Stadt?«
»O ja. Viele Leute sind ganz plötzlich krank geworden.«
Judith rief über die Schulter zurück, daß sie alles Nötige schicken wollte. Dolores müßte es diesmal um ihrer kranken Tochter willen annehmen. Sie eilten hinaus und stiegen in den Wagen. Judith befahl dem kleinen Philip, sie nicht anzurühren.
Als der Wagen vor der Veranda von Ardeith hielt, gab sie ihm ernste Anweisungen.
»Zieh alle Kleider aus, die du anhast, und gib sie der Mammy. Die soll sie in der Küche verbrennen. Dann nimmst du sofort ein Bad.«
»Aber doch nicht meinen neuen blauen Anzug!« protestierte der kleine Philip. »Vater, muß ich meinen schönen Anzug wirklich verbrennen lassen?«
»Ja, mein Junge, und deine Schuhe auch. Mach schnell und laß niemand an dich herankommen, bis du reine Wäsche und Kleider angezogen hast.« – Sie eilten ins Haus.
Aber nachdem sie sich gewaschen und abgeseift hatten, und nachdem die Kleider verbrannt waren, schämten Judith und Philip sich eigentlich, weil sie so furchtsam gewesen waren.
»Wir haben uns doch nur ein paar Minuten in dem Haus aufgehalten«, meinte Philip, »und im Sommer herrscht das gelbe Fieber immer in der Hafengegend.«
Judith hatte früher noch nie einen Fall von gelbem Fieber aus der Nähe gesehen. Sie fragte Philip, woran man es erkennen könnte.
»Das weißt du sofort, wenn du erst einmal einen Kranken siehst, der daran leidet«, erwiderte Philip und schauderte zusammen. »Blutunterlaufene Augen, entzündete rote Lippen und Nasenöffnungen,

und dieses so entsetzliche schwarze Erbrechen. Aber man steckt sich nicht gerade an, nur weil man in demselben Hause war.«
Judith fühlte sich wieder sicherer. Sie packte Wäsche und Nahrungsmittel zusammen und schickte das große Paket durch einen der Feldneger nach dem Rattletrap Square.
Das Haus war voll von Gästen. Sie waren alle ins Innere gegangen, weil sie auf der Veranda zu sehr von den Moskitos belästigt wurden. Aber Judith zögerte noch in ihrem Zimmer. Sie hatte den Kamm in der Hand und drückte die Ecke in das weiche Wachs der Kerze. Philip trat herein und fragte, warum sie nicht zu den anderen ins Wohnzimmer ginge.
»Ich komme gleich«, erwiderte sie langsam. »Ich habe nur nachgedacht.«
Er bat sie, sich wegen Dolores keine Sorgen mehr zu machen. »Du hast alles getan, was du tun konntest. Es ist nicht deine Schuld, daß sie es nicht mehr annehmen wollte.«
»Ich habe mir keine Gedanken über sie gemacht. Ich wunderte mich nur –« Sie zögerte.
»Worüber denn?«
»Philip, ist es dir nicht aufgefallen, daß alle Leute, die wir in dem schrecklichen Viertel sahen, Weiße waren?«
Er stützte den Ellbogen auf die Kommode und sah aus dem Fenster. »Es ist eine Schande, daß man es zugeben muß, aber schwarze Sklaven sind viel zu wertvoll, als daß man sie so leben ließe.«
»Ich wußte nicht, daß es so etwas Grauenhaftes auf der Welt gibt. Ich denke nicht nur an Dolores – ich denke an all die vielen Menschen, die in solchem Elend hausen müssen. Was haben sie getan, um ein solches Schicksal zu verdienen?«
»Was hat überhaupt irgend jemand getan, um sein Schicksal zu verdienen?« erwiderte Philip nüchtern.

14.

Aber ihr eigenes Leben war so erfüllt und so reich, sagte Judith sich stolz, als sie über den festlich gedeckten Tisch hinsah. Trotz der Stürme, die außerhalb und in ihr selbst getobt hatten, herrschte heitere Ruhe in Ardeith, und sie selbst hatte all dieses Glück aufgebaut.

Die langen Fenster, die bis auf den Boden gingen, waren geöffnet, so daß die Luft das Zimmer durchziehen konnte. An einer Seite des Tisches zog ein kleiner Negerjunge den großen Fächer von Putenfedern. In langsamem Rhythmus schwang er hin und her, während die schwarzen Diener den Gästen lautlos Reis, gebratenes Geflügel und andere Delikatessen servierten. Der Puterbraten war gefüllt mit jungen Maiskörnern und Walnüssen. Es gab frischgebackene Brötchen und scharfgewürzte Gemüse, Feigen, Pfirsiche, in Sirup eingemachte Apfelsinen, frischen Salat in Olivenöl und französischen Wein.

Die Gäste unterhielten sich lebhaft, denn sie waren alle gut miteinander bekannt. Die Purcells waren mit vier von ihren fünf Kindern gekommen. Ihre älteste Tochter hatte bereits geheiratet, und Gervaise, die jetzt sechsunddreißig Jahre zählte, war schon vor vier Jahren Großmutter geworden. Neben ihnen saßen die St. Clairs mit zwei hübschen Töchtern, dann folgten Alan und Sylvie Durham, die ihre beiden ältesten Kinder mitgebracht hatten. Auch Caleb Sheramy und Roger waren erschienen. Mark Sheramy war vor vier Jahren an Sumpffieber gestorben. Er war einfach und sparsam gewesen, und dieses luxuriöse Leben hatte ihm mißfallen. Nach seinem Tode hatte Caleb auch Porzellan- und Silbergeräte angeschafft und ließ den jungen Roger in Samt und Seide gehen. Er wollte, daß sein Sohn in ebenso reichen Verhältnissen aufwüchse wie alle die jungen Leute in der Gegend von Dalroy. Judith überlegte, ob sie ihrem Bruder von ihrer Begegnung mit Dolores erzählen sollte, aber sie unterließ es. Er konnte ihr doch nichts anbieten außer geldlicher Unterstüt-

zung. Dazu war er ja bereit, aber Dolores wollte nichts annehmen. Wenn Judith damit auch nicht einverstanden war, so achtete sie doch ihren Wunsch, daß man sie in Frieden lassen sollte.
Drei Stunden saßen sie bei Tisch. Es war kein Wunder, daß sie die Zeit nach dem Mittagessen bereits dem Abend zuzählten. Zuerst war ihr das sonderbar vorgekommen. Wenn sie aber ein großes Essen abhielten, zog es sich immer bis zum Abend hin.
Als die Gäste sich erhoben, brachten die Diener die Pferde für die Nachbarn, die am weitesten entfernt wohnten. Auch David ließ das seine satteln.
»Ich möchte einen Augenblick mit dir sprechen, David«, sagte Judith, als er hinausging.
»Aber natürlich«, entgegnete er, und sie folgte ihm in das Zimmer, das an der anderen Seite der Halle lag. Dort wartete er auf sie. »Was möchtest du, Mutter?«
Sie lachte leise, nicht weil es irgend etwas zu lachen gab, sondern weil sie stolz auf ihren Sohn war. Es war überquellende Freude. »Wohin reitest du?«
Er lachte auch. »Was vermutest du denn?«
»Willst du wieder einem jungen Mädchen den Hof machen?«
»Sehe ich etwa nicht so aus?« David hatte eine Gardenie im Knopfloch und trug die Reithandschuhe mit den gestickten Stulpen.
Judith redete sich ein, daß sie allen Kindern in gleicher Weise zugetan wäre, aber ab und zu kam ihr doch zum Bewußtsein, daß David ihr Lieblingssohn war. Er glich Philip so sehr, daß sie alle Züge, die sie bei ihrem Mann zu verstehen gelernt hatte, ohne Mühe bei David wiedererkannte. Im stillen hatte sie ihn immer bevorzugt, schon als er noch ein kleiner Junge war.
»Aber warum wolltest du mich sprechen?«, fragte er.
Sie legte die Hände auf seine Schultern.
»Darf ich dir einen Kuß geben, David?« Lachend legte er die Arme um sie, beugte sich nieder und küßte sie herzhaft. »So, bist du nun zufrieden?«
»Danke.« Auch sie lachte. »Ich wußte, daß du ärgerlich geworden

wärst, wenn ich dich in Gegenwart der anderen darum gebeten hätte. So, nun kannst du gehen, mein Junge.«

David lachte über den Einfall seiner Mutter, nahm die Reitpeitsche und ging zu seinem Pferde hinaus. Der verrückte Junge, dachte sie liebevoll. So viel hielt er von einem Mädchen, daß er in dieser mörderischen Hitze noch ausritt, um es zu sehen. Es war bereits über fünf Uhr, aber noch nicht kühler geworden. Wie stattlich er aussah, als er die Allee unter den großen breiten Eichen hinunterritt. Sein Vater hatte öfter von ihm gesagt, daß er zu voreilig und zu unbeständig wäre, Mädchen und schöne Kleidung zu sehr liebte und sich zu wenig darum kümmerte, was seine Eltern sagten. Aber Judith fand diese Fehler liebenswerter als die kühle Zurückhaltung ihres zweiten Sohnes.

Als David außer Sicht kam, ging sie ins Haus zurück und verabschiedete sich von ihren übrigen Gästen, und nachdem diese auch gegangen waren, bestellte sie in der Küche ein einfaches Abendessen. Es sollten nur Wein, Obst und ein paar Biskuits aufgetragen werden, das genügte vollkommen nach einem so reichen Mahl.

Der kleine Philip war inzwischen auf den hinteren Hof gegangen und sorgte dafür, daß das Unkraut an dem Fischteich entfernt wurde. Er hatte ihn angelegt, als David ihm einige farbenprächtige exotische Fische aus dem Marschland in der Nähe des Golfes mitgebracht hatte. Als Judith aus der Küche kam, setzte sie sich auf die hintere Treppe und sah ihm zu, während er das Unkraut ausrupfte. Verschiedene kleine farbige Jungen halfen ihm dabei. Er leitete die Arbeit mit so natürlicher Selbstverständlichkeit, als ob er der Herr wäre.

»Also, seid vorsichtig«, sagte er zu ihnen, »damit keine Erdklumpen ins Wasser fallen. Und ärgert meine Fische nicht! Ihr sollt nur das Unkraut hier am Rand ausreißen. Und wenn ihr eure Sache gut macht, zeige ich euch alle Fische, die mein Bruder David mir mitbringt.«

»Ja, Massa Philip!«

Die kleinen Jungen zogen die hohen wildwachsenden Stauden aus und schlugen eifrig nach den Moskitos, die in der Luft schwärmten. Sie führten seine Befehle etwas nachlässig, aber gutmütig aus. Judith sah zu ihrem Mißfallen einen der kleinen Burschen in der rauhen Kleidung, wie sie die Neger auf den Feldern trugen. Alle Schwarzen, die im Hause tätig waren, hatten Kleider aus geripptem Samt und Kaliko. Sie wollte Phil sagen, daß er nicht Jungen von den Feldern zur Arbeit holen sollte.

Der Kleine in dem rauhen Anzug blieb mit einem Büschel Unkraut in der Hand einen Augenblick stehen, dann kniete er an dem Ufer nieder und beobachtete die Bewegungen eines goldglitzernden Fisches im Wasser. Er steckte die freie Hand in den Teich und versuchte, ihn mit den Fingern zu berühren. Judith wollte ihm schon zurufen, daß er weiterarbeiten sollte, aber Philip kam ihr zuvor und fuhr ihn ärgerlich an.

»He, du, willst du wohl meine Fische in Ruhe lassen!«

»Einen Augenblick, junger Massa«, rief der Knabe, der ganz in den Anblick des Fisches versunken war, und griff nach dem Fisch.

Philip eilte auf ihn zu. »Ich werde dir helfen, in meinem Teich herumzuwühlen!« Er schlug dem Jungen mit der Faust ins Gesicht, so daß dieser ins Gras fiel. Die anderen hörten sofort auf, das Unkraut auszurupfen und sahen die beiden mit großen Augen an. »Macht, daß ihr weiterarbeitet«, befahl Philip ihnen hitzig. »Und du, Benny, laß die Finger von meinem Teich.«

Benny stand langsam auf. Er hatte die kleinen Hände zu Fäusten geballt und atmete schwer.

»Vorwärts, zieh das Unkraut aus!« herrschte Philip ihn an.

Der Junge bückte sich, um das Büschel aufzuheben, das er hatte fallen lassen.

Judith erhob sich.

»Phil!« rief sie.

Aber sie mußte zweimal rufen, bevor er über die Schulter sah.

»Mam?« fragte er gedehnt.

»Komm hierher, Phil!«

»Warte noch einen Augenblick! Ihr müßt auch das Unkraut auszie-

hen, das eben erst aufgekeimt ist. Das wächst sehr schnell nach.«
»Komm hierher, Phil!« wiederholte Judith.
Unwillig gehorchte er. »Was willst du von mir?« fragte er, als er zur Treppe kam.
Sie legte die Hände auf seine Schultern.
»Phil, wie oft habe ich dir schon gesagt, daß du keinen Neger schlagen darfst?«
Er senkte den Blick. »Ja aber, Mam, ich habe Benny doch gesagt, er soll nicht in den Teich fassen! Meine Fische sterben, wenn er sie immer anfaßt.«
»Das hat nichts damit zu tun, Phil. Ich schäme mich, daß ich einen Sohn habe, der einen Negerjungen schlägt. Du weißt doch, daß der sich nicht wehren kann.«
Phil verzog ärgerlich den Mund.
»Wenn du dich nicht ordentlich aufführst und die Dienstboten nicht richtig behandeln kannst, Phil, dann hast du auch kein Recht auf ihre Hilfe. Ich schicke die Jungen jetzt nach Hause, und du gehst in dein Zimmer und bleibst dort, bis ich dir sage, daß du wieder herauskommen darfst.«
»Ach, Mutter, tu das doch nicht! Ich will ja auch Benny sagen, daß es mir leid tut. David schenkt mir doch keine bunten Fische mehr, wenn ich den Teich nicht sauberhalte. Das hat er heute noch gesagt.«
»Du kannst das Unkraut auch morgen früh entfernen. Aber du darfst keinen der Negerjungen holen, daß er dir hilft. Geh jetzt hinein!«
»Ach, wie garstig!« Philip stieß ärgerlich mit dem Fuß nach einem Grasbüschel.
»Geh hinein, Phil!«
Widerwillig gehorchte er.
Judith ging über den Rasen zu dem Teich und sagte den Negerkindern, daß sie nach Hause gehen sollten. Der Junge, den Philip geschlagen hatte, lehnte trotzig an einem Baum. Er hatte ein Blatt von einer Dschungelpalme abgerissen und zerpflückte es. Während die

anderen fortliefen, wandte sie sich an ihn.
»Heißt du Benny?»
Er sah zu ihr auf und machte unwillkürlich eine kleine Verbeugung.
»Ja, Missis.« Sein Gesicht hatte sich in hilflosem Ärger verzogen.
Judith legte eine Hand auf seinen Arm.
»Es war nicht recht von dir, daß du die Fische aufscheuchtest, obwohl Master Philip dir gesagt hatte, daß du es nicht tun solltest, Benny. Aber es tut mir leid, daß er dich geschlagen hat. Das wird er nicht wieder tun.«
Benny sah immer noch zu Boden, während er das Palmenblatt weiter zerpflückte.
»Was tust du überhaupt beim Herrenhaus?« fragte Judith. »Gehörst du nicht zu den Leuten, die auf den Feldern arbeiten?«
»Ja, Mäm. Ich habe die Kapseln aus der Baumwolle gesammelt, als der junge Massa zu uns kam und sagte, einer von uns sollte mit ihm kommen und ihm beim Herrenhaus helfen«, antwortete er immer noch etwas widerwillig. Judith tat der Junge leid, dessen Stolz verletzt worden war. Wie brutal Kinder doch sein konnten!
Plötzlich hob Benny den Kopf und sah sie an. Sein Gesicht war wie helle Bronze, und er hatte feingeschnittene, fast adlerähnliche Züge, eine kühne Nase und große dunkle Augen mit langen, gebogenen Wimpern. Die Strahlen der untergehenden Sonne glänzten auf seinem seidenweichen Haar. Unwillkürlich packte Judith ihn heftig am Arm. Sie wußte nicht, ob es ein einzelner Zug an ihm, sein ganzes Aussehen oder vielleicht diese etwas anmaßende Haltung war, die ihr Herz so wild schlagen ließ. Damals hatte sie den bitteren Entschluß gefaßt, niemals nach diesem Kind zu forschen. Dutzende von farbigen Kindern waren auf der Pflanzung, und die meisten bekam sie kaum zu sehen. Irgendwo unter ihnen lebte auch Angeliques Kind. Sie wußte nicht einmal, ob Philip sich die Mühe gemacht hatte, es herauszufinden.
Er wartete darauf, daß sie weitersprechen sollte, höflich, aber nicht unterwürfig. Sie sagte sich, daß sie nicht weiter mit ihm reden dürfe. Es war besser, ihn gehen zu lassen, solange sie noch nichts Bestimm-

tes über seine Herkunft wußte.
Aber dann konnte sie es doch nicht lassen. »Wer – wer ist denn deine Mutter, Benny?« fragte sie gespannt.
Er antwortete nicht gleich, aber sie sah, daß ihr freundliches Wesen Eindruck auf ihn gemacht hatte. Zuerst war er ärgerlich über sie gewesen, jetzt schämte er sich. Er hatte Mühe, die Tränen zurückzuhalten, und doch wollte er nicht vor ihr weinen.
»Sie heißt Ange –«, begann er, aber seine Stimme versagte. Plötzlich riß er sich von ihr los, drehte sich um, bedeckte die Augen mit dem Arm und schluchzte, während er sich an den Baumstamm lehnte.
Ein heftiger Groll stieg in ihr auf, daß er wirklich lebte und vor ihr stand. Es kam ihr gar nicht zum Bewußtsein, daß er weinte. Ihr Abscheu war so groß, daß sie kaum ihre Gedanken sammeln konnte.
Schließlich versuchte er, sich zu fassen und nicht länger zu weinen. Als ihm das nicht gelang, wollte er ihr wenigstens eine Erklärung geben und sich entschuldigen.
»Es ist – so elend – daß ich – ein Neger bin!«
Als Judith das hörte, fühlte sie plötzlich tiefes Mitleid mit ihm. Sie zog ihn von dem Baum fort und nahm ihn in die Arme. An ihrer Brust schluchzte er weiter, und sie hielt ihn, überwältigt von Mitgefühl, denn sein Schmerz war soviel größer als der ihre.
Nach einiger Zeit versuchte er, sich aus ihren Armen zu lösen. Er schämte sich, daß er geweint und ihr seinen Kummer eingestanden hatte, aber sie hielt ihn zurück.
»Komm, setz dich mit mir auf die Treppe!«
Sie legte den Arm um ihn, und sie gingen zur Veranda. Die Sonne war beinahe untergegangen. Benny bewegte die nackten Zehen im Gras.
»Ich habe mich wie ein kleines Kind benommen, Miß Judith«, sagte er leise. »Bitte, Madame, sagen Sie es niemand!«
»Nein, nein.«
Eine Weile schwiegen sie, dann legte sie wieder den Arm um ihn. »Es tut mir so leid, daß ich dich nicht zu einem weißen Jungen machen kann, Benny.« Noch nie hatte es sie so große Anstrengung gekostet,

etwas zu sagen.
Ihr liebevolles Wesen brach seinen Widerstand.
»Ich bin beinahe weiß«, erwiderte er heftig. »Ich bin heller als meine Mutter und mein Vater.«
»Wer ist denn dein Vater?« fragte sie kaum hörbar.
»Claude. Er arbeitet auf den Indigofeldern. Nur ist er nicht ganz bestimmt mein Vater. Die anderen sagen immer, mein Vater war wirklich ein Weißer.«
Judiths freie Hand ballte sich zu einer Faust. »Haben Sie nicht gesagt, wer das war?«
»Doch, Mäm«, entgegnete Benny mit der Rücksichtslosigkeit, die Kindern eigen ist. »Einige meinen, es ist der Herr. Ich weiß es nicht.«
»Was hat dir denn deine Mutter erzählt?«
»Die sagt, es ist nicht gut, wenn ich das weiß. Manche Neger mit einer hellen Haut sind weiterverkauft worden, weil sie gesagt haben, sie sind Kinder des Herrn. Und mein Vater schlägt mich immer, wenn ich sage, daß ich zu helle Haut habe, um sein Sohn zu sein.« Benny hatte den Kopf gesenkt. Seine Hände hingen zwischen den Knien. »Ich bin ein Neger, aber doch zu hell für einen wirklichen Neger, und ich fühle mich so unglücklich in meinem Herzen.«
»Ja«, erwiderte Judith mit schwacher Stimme. Ich weiß, wie weh es tut.«
Wieder schwiegen die beiden. Benny erschrak, daß er soviel mit einer weißen Dame geredet hatte, und stieß mit den Füßen gegen die Grasbüschel. Offenbar wünschte er, sie möchte ihn loslassen, damit er nach Hause gehen konnte. Judith sah von ihm fort. Ihr Blick schweifte zu dem Himmel, der immer dunkler wurde. Wie ein großer Fächer lag rötlicher Schein über dem Fluß, wo die Sonne untergegangen war. Ein so herrlicher und doch so grausamer Himmel! Immer noch hielt die quälende Hitze an, obwohl die Dämmerung schon hereinbrach. Judith biß sich scharf auf die Lippe. Sie kämpfte gegen den aufsteigenden Zorn, den Benny nicht verdient hatte. Nach einer Weile beruhigte sie sich, als sie an die milde Art zu ver-

zeihen dachte, die Bennys Mutter sie gelehrt hatte. Sie kämpfte allen Haß nieder und zog den Kopf des Jungen an ihre Schulter.

»Benny, ich möchte dir etwas sagen, bevor du fortgehst.« Sie sprach so leise, daß er ihre Worte nicht verstanden hätte, wenn ihre Lippen nicht so nahe an seinem Ohr gewesen wären.

»Ja, Mäm?«

»Du sagtest, daß du dich im Herzen unglücklich fühlst. Ich weiß, was du meinst.«

»Ja, Mäm. Aber – ich glaube nicht, daß Sie das wissen können, Miß Judith.«

»Doch, ich weiß es. Fast jeder Mensch trägt ein schweres Unglück im Herzen, Benny.«

»Wirklich?« fragte er ungläubig.

Sie hielt seinen Kopf an ihrer Brust und streichelte sein seidiges Haar. »Ja, Benny. Auch weiße Leute.«

Es fiel ihm schwer, das zu verstehen, und er erwiderte nichts darauf. Nach einer Weile fuhr sie fort.

»Du mußt dich daran gewöhnen, daß du ein Unglück im Herzen trägst, Benny, denn niemand kann es dir abnehmen. Du bist sogar glücklich daran, daß du es jetzt schon herausgefunden hast, obwohl du noch ein Junge bist, denn von jetzt ab wirst du andere Menschen verstehen, wenn sie sich unglücklich fühlen.«

Benny wartete einige Zeit, bevor er antwortete.

Sie fragte sich, ob sie ihm wohl hatte verständlich machen können, was sie meinte. Wie viele Kinder und auch manche Erwachsene dachte er wahrscheinlich, daß sie gegen alles Leid der Welt gefeit sei, weil sie nicht denselben Kummer hatte wie er. Schließlich fragte er nachdenklich:

»Haben Sie auch ein solches Unglück im Herzen, Miß Judith?«

»Ja.«

»Und was tun Sie dagegen, Missis?«

»Nichts. Ich kann nichts dagegen tun. Ich bewahre es nur in meinem Herzen. Das mußt du auch tun.«

»Ach«, sagte Benny. Er hob den Kopf und sah sie an. Dann schaute

er zu dem großen Haus hinüber, diesem herrlichen Gebäude, in dem die glücklichen Weißen in unvergleichlicher Selbstherrlichkeit und in unvorstellbarem Glück lebten.
»Was macht sie denn so unglücklich, Missis?« fragte er zweifelnd.
»Wenn man an einem wirklich tiefen Unglück trägt, spricht man nicht gern darüber.«
»Ja, Mäm.« Mit trauriger Genugtuung fügte er hinzu: »Jeder Mensch kann ja sehen, was für ein Unglück ich habe.«
Judith holte kurz Atem. »Aber niemand braucht zu sehen, wie sehr du darunter leidest.«
»Hm.« Benny hatte den Saum ihres Musselinrockes zwischen den Fingern und betrachtete das Blumenmuster im Stoff.
Es war nahezu dunkel geworden. Bald würden die Diener die Schüsseln mit dem Abendessen aus dem Küchenhaus herüberbringen.
»Du gehst jetzt besser, Benny«, sagte sie. »Deine Mutter wird sich schon wundern, wo du bleibst. Komm nicht wieder zum Herrenhaus.«
»Ja, Mäm.« Er stand auf und kratzte mit den Zehen des einen Fußes den anderen.
»Wie geht es deiner Mutter?« fragte Judith ihn leise. Sie brachte die Worte nur mit größter Anstrengung heraus.
»Der geht es sehr gut.«
»Hat sie außer dir noch mehr Kinder?«
»Ja, Mäm.«
»Sage deiner Mutter, daß ich nach ihr gefragt habe.«
»Ja, Mäm.«
»Gute Nacht, Benny.«
»Gute Nacht, Missis.«
Judith sah ihm nach, als er fortging. Sie legte den Arm um den Verandapfosten und stützte die Stirn darauf. Als sie über das nachdachte, was sie ihm gesagt hatte, erschien es ihr nichtssagend und leer. Als ob jemand sich an ein Unglück, das er im Herzen trug, gewöhnen könnte, nur weil er sich entschlossen hatte, es zu tun! Deutlicher als in all den langen Jahren kam ihr jetzt zum Bewußtsein, daß sie sich

immer noch nicht an ihr Leid gewöhnt hatte. Sie hoffte, sie würde nie wieder etwas von Benny hören oder sehen.

Ein Neger bog um die Ecke des Hauses. Er nahm den Hut ab, als er näher kam, nahm ihn in beide Hände, stellte einen Fuß hinter den anderen und verneigte sich.

»Missis?«

»Ja?« Sie war aufgestanden, um hineinzugehen, und wandte sich noch einmal um.

»Die weiße Frau, zu der ich die Tücher und Sachen bringen sollen –«

»Ja, was hat sie gesagt?«

»Sie sagen, sie brauchen nichts. Ihr Mädchen sein gestorben.«

»Ach!« rief Judith. Wie schnell doch das Fieber die Kinder dahinraffte.

»Aber ich haben Sachen doch bei ihr gelassen, Missis. Ich denken, daß sie vielleicht doch brauchen, wenn kleine Mädchen zur Beerdigung in ein Tuch einwickeln.«

»Das war recht.« Judith ging ins Haus. Der Gang war dunkel, aber sie sah, daß in den vorderen Zimmern Licht brannte.

Der kleine Philip rief nach ihr. Das brachte sie plötzlich wieder zu sich. Der arme Junge – sie hatte ganz vergessen, daß sie ihn auf sein Zimmer geschickt hatte. Inzwischen war es finster geworden, und er wunderte sich sicher, ob er den ganzen Abend nichts zu essen bekäme und sie sich nicht mehr um ihn kümmerte. Sie eilte in das Speisezimmer, nahm einen Leuchter vom Tisch und ging zu seiner Tür.

»Hier bin ich, Phil. Du kannst wieder herauskommen.«

Sie öffnete die Tür, aber das Zimmer war groß, und die Kerze verbreitete nicht genug Helligkeit, um ihn sofort zu sehen. »Phil, Kind, wo bist du denn?« rief sie.

Vom Bett her hörte sie einen sonderbaren Laut. Er war doch ein großer Junge, der nicht weinen würde, nur weil sie ihn ausgescholten hatte. Sie setzte den Leuchter auf den Tisch und schlug das Moskitonetz zurück. »Phil, wenn du eigensinnig bist, muß ich mich ja für dich schämen!«

Er lag quer über dem Bett und hatte das Gesicht in die Kissen gedrückt. Ein unnützer Junge! Nicht einmal die Schuhe hatte er ausgezogen, so daß die Decke schmutzig geworden war. Als sie sich über den Jungen beugte, richtete er sich halb auf. Wieder kam ein unverständlicher Laut aus seiner Kehle. Mit einem leisen Schrei nahm Judith ihn in die Arme.

Seine Augen waren blutunterlaufen, Lippen und Nase rot. Er wand sich vor Schmerzen und klammerte sich an sie, als ob sie ihn beschützen könnte. Sie fühlte, daß sein Gesicht fieberheiß war.

»Ich habe immer nach dir gerufen«, sagte er heiser, »aber ich glaube, du hast mich nicht gehört.«

Judiths Herz schlug wild. Sie legte vorsichtig seinen Kopf wieder auf das Kissen.

»Nein, liebes Kind, ich habe dich nicht gehört. Nun lege dich und sei ein braver Junge. Ich werde dich ausziehen. Wie lange ist es her, daß du dich krank fühlst?«

Sie konnte nicht verstehen, was er sagte. So schnell wie möglich kleidete sie ihn aus und zog ihm ein Nachtgewand an. Sie deckte auch das Bett auf, aber ihre Hände zitterten vor Schrecken. Es konnte doch nicht sein, daß er angesteckt war! Das gab es doch nicht bei Leuten, die sauber und vorsichtig waren und sich soviel Mühe mit ihren Kindern gaben. Als sie ihn zugedeckt hatte, legte sie die Hand auf seine Stirn. Sie dachte, daß selbst in dieser Hitze ihre Finger dem fieberheißen Kopf Kühlung bringen müßten.

Ein Diener brachte ein Tablett mit Speisen herein. Sie ging zu ihm und wunderte sich, wie ruhig ihre Stimme klang, obwohl sie von einer namenlosen Furcht befallen war.

»Suche Mr. Philip und sage ihm, er möchte so bald wie möglich kommen.«

Wenige Sekunden später trat Philip ein.

»Was ist denn geschehen, Judith?«

Sie zeigte nach dem Bett. Philip hob das Moskitonetz. »Nun, was hast du für Schmerzen, mein Junge? Zuviel gegessen?«

Aber schon das letzte Wort brachte er kaum noch heraus. Er setzte sich auf den Bettrand und nahm Philip in die Arme. Ein heftiges Zucken lief durch die Gestalt des Kindes von den Schultern bis zu den Füßen. »Oh, mein Gott«, sagte sein Vater.
Der kleine Philip hob den Kopf und stöhnte. Gurgelnde Geräusche waren in seinem Körper zu hören. Wieder schrie er und wand sich vor Schmerzen, dann mußte er erbrechen. Ein schwarzer Strom quoll aus seinem Munde über die Kissen und die Decken. Wieder und wieder übergab er sich, dann sank er vollkommen erschöpft zurück.
Sein Vater erhob sich. Einen Augenblick konnte er sich nicht rühren. Er stand bei dem Bett und sah Judith an. Sie fühlte, wie ihr Gesicht zuckte. Der kleine Philip hatte aufs neue Brechreiz und würgte, aber es kam nichts mehr heraus. Er stieß einen wilden Schmerzensschrei aus. Philip legte die Hände über die Augen und schauderte zusammen. Aber dann hob er den Kopf.
»Wir wollen sofort das Bett säubern. Laß die Laken und Decken verbrennen.«
Sie nahm frische Bezüge aus dem Schrank. Mechanisch ging sie hin, ohne ein Wort zu sagen. Später erinnerte sie sich an die hilflose Bewegung ihres Mannes, als er verzweifelt die Augen mit der Hand bedeckte. Erst dadurch war ihr voll zum Bewußtsein gekommen, wie entsetzlich das gelbe Fieber war.

Um sechs Uhr morgens kam David aus dem Hauptgang und trat zu seinem Vater auf die Veranda.
»Ich habe dafür gesorgt, daß die Mutter in ihr Zimmer gegangen ist. Sie – sie steht dicht vor dem Zusammenbruch.«
»Ich will zu ihr gehen«, sagte Philip. Vor einer Viertelstunde hatte er das Krankenzimmer verlassen. Er hatte es nicht mehr länger ertragen können, sein Kind so furchtbar leiden zu sehen. »Heute reite ich nicht aufs Feld hinaus, David. Willst du dich einmal draußen umsehen?«
»Ja. Kann ich sonst noch etwas tun?«

»Sage den Sklaven, daß niemand die Pflanzung verlassen darf, ganz gleich aus welchem Grunde, wenn ich nicht den Befehl dazu gegeben habe. Und sage den Leuten in der Küche, daß sie nur verwenden dürfen, was hier auf der Plantage gewachsen ist. Sprich auch mit der Amme, bevor du fortreitest. Sie soll Rita in dem Kinderzimmer halten oder höchstens auf die hintere Veranda gehen lassen. Auf keinen Fall darf das Mädchen mit uns oder den anderen, die in Phils Zimmer gewesen sind, in Berührung kommen.«

»Jawohl«, erwiderte David. Seine Stimme klang leise. Zum erstenmal in seinem Leben hatte er das gelbe Fieber gesehen, und es hatte ihn furchtbar erschreckt, so daß sein Selbstvertrauen erschüttert war. Deshalb war er froh, daß jemand ihm bestimmte Anweisungen gab, was er tun sollte. Er ging ins Haus, und Philip eilte zu Judith. Die ganze Nacht hatte sie den kleinen Philip mit unerbittlicher Ruhe gepflegt und nur ein- oder zweimal entsetzt das Gesicht verborgen, wenn seine Schmerzensschreie so qualvoll wurden, daß sie es nicht mehr ertragen konnte.

Er öffnete die Tür zu ihrem Zimmer. Judith hatte sich auf das Bett geworfen und schluchzte in das Kissen. Philip setzte sich neben ihr nieder, zog ihre Schuhe aus und lockerte ihr Kleid.

»Willst du nicht versuchen, ein wenig zu schlafen, Judith? Christine sorgt für ihn.«

»Ich kann nicht.« Zitternd klammerte sie sich an ihn und verbarg ihr Gesicht an seiner Brust. »Ach, Philip, wenn er doch sterben muß, warum muß er dann so schrecklich leiden?«

»Liebe Judith, er muß nicht sterben.« Philip versuchte, überzeugt zu sprechen. Sie sollte nicht erfahren, wie wenig Hoffnung er selbst noch hatte. »Die Krankheit verläuft nicht immer tödlich. Wenigstens die Hälfte der Menschen, die vom gelben Fieber befallen werden, kommt durch!«

Sie schüttelte den Kopf. »Aber er nicht«, sagte sie verzweifelt. »Philip, erinnerst du dich denn nicht, was ich ihm angetan habe?«

»Judith!«

Aber sie ließ sich nicht trösten. »Ich habe ihn in meiner Seele getötet.

Gott hat noch elf Jahre gewartet, um mir zu zeigen, was ich getan habe. Die ganze Nacht mußte ich daran denken.«
Vom Krankenzimmer her hörten sie schwach das Schreien des Jungen. Philip schauderte zusammen, und Judith legte die Hände über die Ohren. Aber dann erhob sie sich mühsam. »Laß mich zu ihm zurück!«
Er versuchte sie zurückzuhalten. Sie sah wirklich aus, als ob sie jeden Augenblick zusammenbrechen müßte, wie David gesagt hatte, und die Dienerinnen hatten versprochen, sie zu rufen, wenn es schlimmer werden würde und man sie brauchte. Aber sie bestand darauf.
»Ich kann ihn wenigstens halten, wenn die schweren Anfälle kommen. Die anderen verstehen das nicht so gut. Das kann nur eine Mutter.«
Es blieb ihm nichts anderes übrig, er mußte sie gehen lassen. Am Nachmittag fiel der kleine Philip in einen unruhigen Schlaf. Judith legte sich auf einer Matratze nieder, die sie in das Krankenzimmer hatte bringen lassen. David kam zur Tür und rief seinen Vater heraus.
In den Negerhütten waren drei Leute am gelben Fieber erkrankt, berichtete er. Er hatte die Schwarzen sofort zu dem Krankenhaus der Plantage bringen lassen und allen anderen verboten, in ihre Nähe zu gehen. Philip schickte Christoph nach Silberwald, um bei Caleb anzufragen, ob Rita dort bleiben könnte.
Als Christoph zurückkehrte, meldete er, daß in der ganzen Gegend das gelbe Fieber ausgebrochen sei. Zwei der Haussklaven in Silberwald waren am Morgen krank geworden. Von dort war er nach Lynhaven geritten. Er wollte Gervaise bitten, Rita bei sich aufzunehmen, aber dort erfuhr er, daß Walter Purcell mit furchtbaren Kopfschmerzen und blutunterlaufenen Augen von der Werft zurückgekehrt war, den Anfangszeichen des gelben Fiebers.
In der Nacht regnete es, und am nächsten Tage war die Luft unerträglich feucht. Wasserpfützen standen überall auf dem aufgeweichten Boden. Am Mittag brachen vier Neger auf den Indigofeldern bei der Arbeit zusammen. Philip hörte kaum, was David ihm berichtete,

denn er fürchtete für seinen Sohn, der überhitzt und mit dunkelrotem Gesicht von den Feldern zurückgekommen war. Unwillkürlich faßte Philip nach seinem Puls, um zu sehen, ob er fieberte, aber David beruhigte ihn.

»Ich bin nicht krank, Vater. Das kommt nur von dieser entsetzlichen feuchten Schwüle – hast du schon jemals solches Wetter erlebt?«

»Nein. Hast du gehört, wie es Walter Purcell geht?«

»Schlechter, soviel ich weiß. Und Mrs. Durham ist heute morgen in ihrem Garten ohnmächtig umgefallen.«

Philip schüttelte den Kopf. David setzte sich nieder und ließ die Reitpeitsche auf den Boden fallen.

»Vater, die Sklaven auf den Feldern sind vollständig demoralisiert. Die Neger fürchten sich zu arbeiten und in den Hütten zu bleiben. Niemand tut auch nur das geringste.« Er schien zu hoffen, daß sein Vater ihn ermutigen sollte. Aber Philip sagte nur müde:

»Darüber wundere ich mich nicht. Es kommt ja auch nicht darauf an.«

Nach einer Weile ging David hinaus, als ob irgendeine Art von Bewegung dem Stillsitzen gegenüber eine Erleichterung wäre. Philip wollte Judith aus dem Krankenzimmer holen, damit sie sich etwas ausruhen sollte, aber sie kam schon von selbst. Am Tisch sank sie in einen Stuhl und stützte den Kopf in die Hände.

»Philip, ich kann es nicht mehr mit ansehen.«

Er legte den Arm um sie und zog ihren Kopf an sich, damit sie ein wenig Ruhe bei ihm finden sollte. »Wie geht es ihm jetzt?«

»Er – er hat die ganze Nacht über phantasiert, aber jetzt ist er ruhig – furchtbar ruhig. Und er ist gelb geworden und fleckig und so eingefallen – vorige Woche sah er noch so wohl und rosig aus! Warum haben wir uns nicht auch mit ihm angesteckt?«

»Ich weiß es nicht. Ich wundere mich auch.«

Sie schwiegen. Es war auch sonst nichts mehr zu sagen.

David und Christoph traten zusammen ins Zimmer. Sie schlossen die Tür leise und blieben stehen und sahen zu ihren Eltern hinüber. Dann wechselten sie einen traurigen Blick, als ob jeder wünschte,

daß der andere zuerst sprechen sollte.
Judith stand langsam auf und tastete nach Philips Händen, als ob sie bereits wüßte, welche Nachricht die beiden brachten.
»Er – er ist tot, Mutter«, sagte David.
Philip legte den Arm um ihre Schultern, aber sie schluchzte nicht, und sie schrie auch nicht auf.
»Ja, ich wußte, daß er im Sterben lag«, erwiderte sie nur.
Sie hielt sich aufrecht, obwohl Philip sie stützte. Er gab Christoph einen Wink, daß sie hinausgehen sollten. Aus Erfahrung wußte er, daß ein furchtbarer Schmerz Judith zuerst gefühllos machen, aber nachher um so heftiger niederschmettern würde.
Die beiden verließen still das Zimmer. Judith preßte die Hände gegen die Schläfen. »Oh, mein Gott, vergib mir, ich wußte nicht, was ich tat!«
Plötzlich brach sie in seinen Armen zusammen und schluchzte herzzerreißend. Philip ließ sie, aber er fühlte sich hilflos wie ein Sklave, der an den Pfosten gebunden ist, um ausgepeitscht zu werden.

15.

Drei Tage nach Philips Tod brachte ein Sklave einen Brief von Caleb Sheramy. Darin stand, daß auch Roger von dem gelben Fieber befallen war. Judith fühlte sich zu elend, um einen neuen Bogen Papier zu nehmen, und schrieb nur unten an den Rand: »Ich werde dich in meine Gebete einschließen.« Damit schickte sie den Schwarzen zurück.
Am nächsten Tag hörten sie, daß auch Walter Purcell gestorben war. Philip schickte David mit einem Brief nach Lynhaven, in dem er Gervaise die Teilnahme der Larnes aussprach und sie zu trösten suchte.
Als David das Schreiben abgegeben hatte, ritt er zur Werft, um einen Auftrag zu widerrufen. Er hatte Boote bestellt, um die Ernte von Ardeith den Fluß hinunterzubringen. Aber die Sklaven arbeiteten

nicht auf den Feldern, und der Indigo verkam draußen, weil niemand ihn einerntete. Judith hatte David und Christoph gebeten, Rita mit sich zu nehmen und an einem sicheren Platz Zuflucht zu suchen, solange sie noch alle gesund waren. Aber David hatte die Bootsleute an den Docks gefragt, und die Auskunft, die er erhalten hatte, überzeugte ihn davon, daß es nirgends einen sicheren Platz vor dem gelben Fieber gab. Die Leute sagten, Neuorleans gliche einem Totenhaus; das westliche Ufer röche nach Pestilenz, und so wäre es in allen Städten bis hinauf nach Baton Rouge und darüber hinaus. Hier in Ardeith war man ebenso sicher wie anderswo. Es wurde alles getan, um das gelbe Fieber zu vertreiben. An den Straßenecken brannten Tag und Nacht Kienfackeln, um das Gift in der Luft zu zerstören, und alle zehn Minuten wurden Schüsse über den Fluß abgefeuert, um die Atmosphäre zu erschüttern. In den Tavernen und Kneipen bei den Werften herrschte lautes, ausgelassenes Treiben, als ob die Leute das Rattern der mit Särgen beladenen Totenwagen auf der Straße übertönen wollten. Einer der Wagen fuhr vor David die Straße entlang. Der Leichensammler ging den Maulеseln voraus, die das Gefährt zogen, und klopfte an alle Türen.
»Ist hier jemand gestorben, der fortgeschafft werden muß?« fragte er.
Wenn seine Frage bejaht wurde, zog er die Leiche mit einem Haken heraus und warf sie in einen Sarg, in dem schon zwei oder drei andere leblose Körper lagen, klappte den Deckel wieder darüber und fuhr weiter. Ein kleiner Negerjunge saß auf einem Sarg und hielt die Zügel.
David ritt an dem unheimlichen Wagen vorbei und bog in einen besseren Teil der Stadt ab, wo die reichen Familien wohnten. Ihre Häuser hatten Wände aus Zypressenholz oder Lehm und Spanischem Moos. Diese Leute hatten Sklaven und konnten wenigstens Särge für die Verstorbenen machen lassen. Sie bestellten den Totenwagen, um sie auf den Friedhof hinauszuschaffen. Aber auch sie mußten warten, bis die Leichenwagen frei waren, und so wurden die Särge auf der Veranda aufgetürmt, manchmal drei oder vier in einem einzigen

Hause. Hier und dort war ein Zettel an den Gartentüren befestigt. Man bat irgendeinen Geistlichen der vorüberging, hereinzukommen und ein letztes Gebet mit einem Sterbenden zu sprechen.
David schauderte zusammen. Der rußige Qualm der Fackeln drang beißend in seine Augen, so daß sie schmerzten. Wie zum Hohn blühten die Gärten an den Häusern in verschwenderischer Pracht. David liebte das Wachsen und Gedeihen der Pflanzen, aber heute schreckte ihn dieses wahnsinnig wilde Wuchern. Es stieß ihn ab, und es erschien ihm widerlich, daß die Natur ein solches Übermaß von Schönheit über die Erde ausschüttete. Er hatte das Gefühl, als ob die Pflanzen spöttisch lachten über das Wetter, das die Menschen tötete, obwohl diese doch sie gezogen und gepflegt hatten. Es hatte jeden Sommer einige Fälle von gelbem Fieber gegeben, und er hatte ab und zu auch ältere Leute von einem Fieberjahr sprechen hören, aber niemals hatte er sich die Schrecken dieser Seuche vorstellen können.
Er erinnerte sich daran, wie hoffnungslos und verzweifelt seine Mutter in der Nacht nach Philips Tod geschluchzt hatte. Ob wohl die Menschen in all diesen Häusern hier auch so tiefen Schmerz litten?
Als er sein Pferd einen Augenblick anhielt, um einen Jungen vorbeizulassen, der vor ihm die Straße kreuzte, lief eine Frau hinter ihm her und faßte nach seinem Zügel. Mit einem ungeduldigen Ausruf hielt er an.
Keuchend kam die Frau vor sein Pferd. »Sind Sie nicht David Larne?«
Sie trug ein ausgewaschenes Kleid, das an der einen Schulter einen großen Riß hatte. Ihr Hut war vom Kopf gefallen und hing an einem beschmutzten roten Band auf dem Rücken. David sah ihr schwarzes Haar, das von weißen Strähnen durchzogen war. Ihre schönen Augen hatten den sanften Schimmer schwarzen Samtes, aber ihre Haut war runzelig und ihre eingedrückte Nase ziemlich flach geworden.
»Ja, ich bin David Larne. Was wollen Sie von mir?«
»Ich glaube, Sie haben mich ganz vergessen?« fragte sie, während sie

versuchte, sich zu fassen. Sie hatte das Kleid am Hals geöffnet, um sich Kühlung zu verschaffen, und er sah, daß ihr der Schweiß den Rücken hinunterlief. »Ich bin Dolores.«

»Dolores?« David runzelte die Stirn, aber dann hellten sich seine Züge auf, und er schaute sie verwundert an.

»Meine Tante Dolores?«

»Erinnerst du dich noch?« Sie lächelte wieder auf ihre merkwürdige Weise, so daß eine Falte in ihrer Wange entstand.

»Aber natürlich.« David lächelte ihr zu und bemühte sich, sein Erstaunen über ihr jetziges nachlässiges Aussehen zu verbergen. Er stieg vom Pferde und stand vor ihr, während er den Zügel hielt. »Ich kann mich sehr gut auf dich besinnen. Du hast immer mit mir und Chris gespielt und uns die Wudulieder beigebracht.«

Dolores zuckte die Schultern. »Ich möchte dich etwas fragen, aber ich will dich nicht lange hier aufhalten. Ich möchte dich nicht in Verlegenheit bringen, mein lieber Junge.«

»Du bringst mich nicht in Verlegenheit«, versicherte David. Wenn Freunde seines Vaters vorbeikamen, mochten sie wohl erstaunt sein, ihn mit dieser heruntergekommenen Frau im Gespräch zu sehen, dachte er traurig. Aber in diesen Tagen kümmerte sich ja kaum ein Mensch um den anderen.

»Ich habe heute gehört, daß Roger das gelbe Fieber hat. Stimmt das, David?«

Er nickte.

»Ist er schwer krank?«

»Ich weiß es nicht. Wir haben es auch erst gestern erfahren, und der Vater hat nicht zugelassen, daß die Mutter hinging. Sie ist noch ganz erschöpft, weil sie meinen jüngsten Bruder gepflegt hat. Er ist daran gestorben.«

»Hm, ich weiß es. Sage ihr, daß ich sehr traurig darüber bin. Und sage ihr bitte auch, es tut mir jetzt so leid, daß ich ihren Neger so ausgeschimpft habe, der mir die Sachen brachte. Aber ich war ganz außer mir, weil meine kleine Tochter gerade gestorben war. David, weißt du, ob eine Frau in Silberwald ist, die Roger pflegt?«

»Sie haben nur ein paar gute Dienerinnen.«
»Ach, das sind nur Schwarze! Ich will hingehen. Danke, David. Das ist alles, was ich wissen wollte.«
»Warte!« rief er, als sie sich abwandte. »Wie willst du dorthin kommen? Der Weg ist sehr weit.«
»Ich denke, ich kann zu Fuß gehen. Ich habe ja das Fieber nicht.«
»In dieser Hitze? Das ist unmöglich!«
»O nein, mein lieber Junge. Ich habe mich von Roger ferngehalten, solange ich glaubte, er käme besser aus ohne mich. Aber da er nun das gelbe Fieber hat, kann wohl niemand sagen, seine Mutter solle fortbleiben und ihn bei dem Sklavenpack sterben lassen. Ich gehe nach Silberwald.«
Er hielt sie am Arm fest. »Steige auf das Pferd! Kannst du reiten?«
»Früher konnte ich es sehr gut, und ich denke, ich habe es nicht vergessen. Aber wird das Tier das aushalten? Ich fürchte, es bricht in der Hitze zusammen, wenn es uns beide tragen soll.«
»Pferde sind nicht so wichtig wie Menschen«, erwiderte David kurz. »Steig auf!«
Sie seufzte. »Das ist wirklich gut von dir, David. Ich dachte, du würdest dich schämen, mit mir zu reiten.« Sie stieg auf und lächelte ihm zu, als er sich vor ihr in den Sattel schwang. »Du siehst genau aus wie dein Vater.«
»Das sagen alle Leute.«
»Als ob du ihm aus dem Gesicht geschnitten wärst. Daher wußte ich auch, daß du es sein mußtest.«
Sie ritten langsam und sprachen nicht viel miteinander. David überlegte, was sein Onkel Caleb wohl sagen würde, wenn er Dolores sähe, aber es kam nicht darauf an. Wenn diese arme Frau ihren Sohn während des gelben Fiebers pflegen wollte, konnte es selbst der hartherzige Onkel nicht abschlagen. Wahrscheinlich würde er sich sogar freuen, wenn jemand kam, der die Schmerzen seines Sohnes lindern konnte. David fragte Dolores nach ihren Kindern. Sie sagte, es ginge ihnen gut. Ihr Mann könnte ja für sie sorgen.
Danach schwieg sie, und er versuchte auch nicht weiter, sie in ein

Gespräch zu ziehen. Die Sonne oder sonst etwas verursachten ihm Kopfschmerzen. Gewöhnlich kümmerte er sich nicht um die Hitze, im Gegenteil, er liebte den heißen Sommer – aber solch ein Wetter hatte er noch niemals erlebt.

Als sie vor der Tür in Silberwald ankamen, schüttelte er den Kopf, um zu klaren Gedanken zu kommen. Mit gesenktem Kopf blieb das Pferd erschöpft stehen, als Dolores abstieg.

Vor den Stufen, die zur Veranda führen, hielt sie an.

»Wie merkwürdig«, sagte sie, als ob sie zu sich selbst spräche, »daß ich früher hier gewohnt habe.«

David schlug mit dem Knopf der Reitpeitsche an die Tür.

»Wo ist Mr. Sheramy?« fragte er den Neger, der ihm öffnete.

»Wie geht es, Massa David?« erwiderte der Schwarze. »Er sein im hinteren Zimmer mit Massa Roger.«

»Wie geht es ihm?« fragte Dolores.

»Mäm? Er sehr krank, Mäm.« Der schwarze Junge betrachtete sie neugierig und wunderte sich, daß eine so abgerissene Frau in Davids Begleitung hierherkam.

»Sage ihm –«, begann David, aber Dolores unterbrach ihn.

»Sage ihm nichts! Er wird mich schon nicht hinauswerfen«, fügte sie hinzu, während sie David einen Seitenblick zuwarf. »Ich kenne ihn besser als du, mein lieber Junge.« Sie ging hinein. »Vielen Dank, David, daß du mich hergebracht hast«, sagte sie, als sie sich noch einmal umdrehte.

Eine Tür in der Halle öffnete sich, und Caleb trat heraus. Er hatte ihre Stimmen gehört, aber die beiden standen mit dem Rücken zur Sonne, und er erkannte sie nicht gleich.

»Ach, David«, sagte er dann und kam auf sie. Er ging gebeugt, und sein Gesicht war eingefallen. Dolores trat einen Schritt näher.

»Caleb, kennst du mich nicht?«

Er blieb stehen, streckte die Hand aus und berührte sie. »Dolores!« Seine Stimme klang fremd und seltsam, als ob sie aus weiter Ferne käme. Aus dem Krankenzimmer rief Roger nach ihm.

»Ich bin hergekommen, um ihn zu pflegen, Caleb.«

Er nahm ihre Hand in die seine, und ohne ein weiteres Wort gingen sie zusammen in Rogers Zimmer. Einen Augenblick noch blieb David in der Tür stehen. Er konnte hören, wie Roger stöhnte und die beiden anderen sich miteinander unterhielten. Ob Onkel Caleb sie wirklich geliebt hatte? Er wußte es nicht, und er kam sich plötzlich sonderbar jung und unerfahren vor. In Silberwald brauchte man ihn nicht, und vor ihm lag nun der Ritt nach Hause. Der Weg erschien ihm lang und mühsam. Seine Knochen schmerzten, und sein Kopf tat immer weher. Er verließ die Veranda und stieg in den Sattel.
Es blieb heiß, obwohl sich dunkle Wolken am Himmel zusammenzogen, noch bevor er die Hälfte des Weges zurückgelegt hatte. Sobald ich nach Ardeith komme, nehme ich ein kühles Bad, dachte er sehnsuchtsvoll. Seine Kehle brannte vor Durst, und die Stiche im Hinterkopf wurden so heftig, daß ihm das Sehen schwerfiel. Er konnte sich kaum im Sattel halten. Seine Hände, die den Zügel hielten, zitterten. Seltsam, wie sehr diese feuchte Hitze ihm zusetzte! Er schämte sich vor sich selbst. Man sollte glauben, daß er zu diesen Grünschnäbeln aus Kanada gehörte, die noch nie vorher wirklich heiße Sonne kennengelernt hatten.
Nun hatte er die Orangenhaine von Ardeith erreicht. Wie lang war doch noch der Weg von dort bis zum Hause! Mit aller Gewalt nahm er sich zusammen und richtete sich auf. Wenn seine Mutter ihn so erschöpft sah, würde sie glauben, daß auch er krank war, und sie hatte doch schon soviel durchgemacht. Sie durfte sich nicht auch noch um ihn sorgen. Natürlich war er gesund – oder war er es doch nicht? Nein, er hatte nicht das gelbe Fieber, nur dieses Wetter war daran schuld. Jeder mußte in dieser Sonnenglut Kopfschmerzen bekommen. Gott sei Dank, das Pferd bog schon von selbst in den Weg ein, der durch den Blumengarten zum Hause führte. Er fühlte sich schwindlig und sah zwei Oleanderbüsche, wo nur einer stand, und vor ihm schwankte das Herrenhaus, es wurde länger und kürzer, als ob er es durch eine Scheibe fehlerhaften Glases betrachtete.
Vor den Stufen blieb das Pferd stehen. David riß sich mit größter Mühe zusammen und stieg ab. Er klammerte sich an einen Pfosten

der Veranda, um nicht umzufallen. Er mußte so schnell wie möglich ins Haus gehen und sich ausruhen, bevor seine Mutter ihn sah. Nur ein paar Sekunden wollte er warten, bis sein Kopf klar wurde und er gehen konnte.

Sie trat mit dem Vater auf die Veranda heraus.

»David! Was ist mit dir?« rief sie entsetzt.

Er fühlte ihre Hände auf seinem Gesicht. Wie kühl ihre Finger waren. Er versuchte zu antworten, aber als er den Pfosten losließ, sank er um.

Was später geschah, wußte er nicht. Er hatte nur die undeutliche Empfindung, daß er auf dem Boden der Veranda lag und sein Kopf im Schoß seiner Mutter ruhte. Dann kamen Sklaven und trugen ihn ins Haus. Er hörte, daß sein Vater etwas sagte, und dann verstand er einige Worte seiner Mutter, weil ihr Kopf dem seinen so nahe war.

»Nein. Nein, Philip. Bitte, laß mich! Siehst du nicht, daß ich keine Widerstandskraft mehr habe?«

Im Herrenhaus von Silberwald saßen Caleb und Dolores an Rogers Krankenbett einander gegenüber. Ab und zu strich sie mit einem feuchten Tuch über die Stirn des Jungen. Caleb konnte sie deutlich sehen, denn zwei Leuchter brannten unausgesetzt in der stillen, zuglosen Luft. Wie müde sie aussah und wie alt, obwohl sie nicht mehr Jahre zählte als Judith. Das hatte er verschuldet, weil er sie fortgetrieben hatte.

Er hatte sie so unendlich geliebt in jenen glücklichen Tagen, und doch hatte er sich während der letzten Jahre einreden wollen, daß das nur Einbildung gewesen sei. Aber wenn sie jemals Ruhe haben würden und sich nicht mehr um das schwerleidende Kind kümmern müßten, wollte er ihr sagen, daß es ihm leid täte und daß er wünschte, er hätte mehr Verständnis gehabt. Vielleicht würde ihr das jetzt nichts mehr bedeuten. Aber sie liebte Roger so sehr, sie mußte sich doch schließlich freuen, wenn sein Vater wünschte, er könnte all die harten Worte zurücknehmen, die er früher gesagt hatte. Wie sie den Jungen verehrte! Wahrscheinlich wäre er schon längst gestorben, wenn sie ihn nicht so aufopfernd gepflegt hätte. Zwanzigmal am Tag wusch sie ihn nach dem furchtbaren Erbrechen, und sie hielt ihn in den Armen hoch, so daß er wenigstens atmen konnte, wenn die schrecklichen Anfälle kamen. Sie hatte kaum geschlafen, und im Kerzenlicht sah Caleb die schweren schwarzen Ringe unter ihren Augen, die ihre völlige Erschöpfung verrieten.

Roger bewegte sich unruhig unter der Decke und versuchte sie abzustreifen, aber Caleb breitete sie wieder über ihn.

»Möchtest du nicht ein wenig ausruhen, Dolores?« fragte er. »Ich bleibe bei ihm.«

Sie schüttelte den Kopf. »Du wüßtest nicht, was du tun solltest. Ich habe schon andere gepflegt. Im Hafenviertel werden im Sommer oft Leute krank.«

Er ging um das Bettende herum, trat zu ihr und legte eine Hand auf ihre Schulter.

»Er war doch früher so schön?« fragte sie ohne aufzusehen. »Ich habe ihn manchmal beobachtet, wenn er mit Judiths Söhnen am Uferdamm entlang ritt. Er war so fein und elegant angezogen und sah so vornehm aus.«

Caleb faßte sie fester an der Schulter. »Dolores, es tut mir leid, daß ich ihn dir fortgenommen habe.«

Seine Worte klangen steif und hart, denn er wußte kaum, wie er es sagen sollte oder ob sie ihm Glauben schenkte. Einen Augenblick antwortete sie nicht. Er sah, daß sie Rogers Handgelenk hielt und den Puls fühlte. Als sie ihn gefunden hatte, erwiderte sie langsam:

»Auch dann hätte er das gelbe Fieber bekommen, Caleb. Vielleicht wäre seine Krankheit zuviel für mich gewesen, wenn ich ihn die ganze Zeit um mich gehabt hätte.«

»Ich will dir reines Wasser holen«, sagte er. Er nahm die Waschschüssel und goß sie im Eimer aus, dann füllte er sie wieder aus dem Waschkrug. Sie nahm sie ihm ab und setzte sie auf den Tisch. Roger warf sich unruhig hin und her und sprach abgerissene Worte.

Plötzlich sprang Dolores auf, eilte zum Fenster und verbarg das Gesicht in den Falten des Vorhangs. Sie schluchzte lautlos, aber ihre

Schultern zitterten.
Caleb trat zu ihr und legte den Arm um sie.
Aber sie wollte nicht, daß er sie an sich zog und trat beiseite. Um Rogers willen war sie nach Silberwald gekommen, nicht seinetwegen, das wurde ihm jetzt klar.
Er ging zum Bett zurück und sah auf seinen Sohn nieder. Würde Roger sterben? fragte er sich bang.
Dolores strich ein paar Haarsträhnen aus dem Gesicht zurück. »Es ist kein Wasser mehr im Krug«, sagte sie. »Kannst du nicht etwas holen? Ich habe brennenden Durst, und ich muß auch Wasser für ihn haben.«
»Gut.« Caleb nahm den Krug und ging hinaus zu den Regentonnen, die hinter dem Haus standen. In der Küche brannte Licht, und er sah, daß mehrere Diener dort saßen, aber er rief sie nicht. Wenn er wenigstens auch etwas helfen konnte, fühlte er sich nicht so entsetzlich nutzlos.
Er nahm den Deckel von einem der großen Behälter ab und füllte den Krug. Das Wasser war frisch, denn es hatte am Morgen geregnet, und er selbst hatte dafür gesorgt, daß die Fässer zugedeckt wurden, sobald es aufhörte, damit das Wasser so wenig wie möglich mit der giftigen Luft in Berührung kam.
In der Halle setzte er den Krug auf den Boden, um eine Flasche Wein für Dolores zu holen. Es war nicht gut, Wasser zu trinken, während die Seuche wütete.
Caleb suchte zwischen den Flaschen und fand guten alten Portwein. Der würde ihr sicher helfen, bald wieder zu Kräften zu kommen. Als er ins Eßzimmer ging, um ein Glas zu holen, blieb er eine Weile am Fenster stehen und sah in die dunkle, feuchtwarme Nacht hinaus. Er versuchte, sich ihr Leben vorzustellen, das sie in dieser traurigen Umgebung mit Thad Upjohn geführt hatte. Mit Bitterkeit dachte er daran, daß ihre später geborenen Kinder ihm und nicht diesem Upjohn gehören könnten, wenn er sie damals nicht von sich gestoßen hätte. Dann würde ihm auch jetzt nicht der Verlust des einzigen Menschen drohen, den er auf der Welt liebte.

Als die Uhr schlug, fuhr er aus seinen Gedanken auf und erschrak, daß er so lange von Rogers Bett ferngeblieben war. Er nahm die Flasche unter den Arm, hielt das Glas in der einen Hand, den Krug in der anderen und schlich auf Zehenspitzen durch die Halle.
Im Krankenzimmer war es ruhig. Darüber war er erstaunt, denn selbst wenn Roger schlief, stöhnte und sprach er im Fieberwahn, und wenn er erwachte, versuchte Dolores, ihn zu trösten und zu beruhigen. Caleb setzte den Krug zu Boden und drückte die Klinke nieder, aber als er die Tür öffnete, erstarrte er vor Schrecken.
Roger lag vollkommen ruhig unter der Decke. Dolores kniete neben dem Bett. Sie hatte das Gesicht in dem Bett vergraben und die Hände hinter dem Kopf gefaltet. Caleb stand reglos. Er hatte das Gefühl, als ob plötzlich sein Herz im Halse schlüge und ihn erstickte. Endlich setzte er Flasche und Glas nieder, trat zu ihr und legte die Hand auf ihre Schulter.
»Dolores«, sagte er.
Sie fuhr zurück und legte die Hand auf den Mund.
»Ruhig!«
Im Kerzenlicht sah er Tränen auf ihren Wangen glänzen. Er half ihr auf. Sein Gesicht war dem Bett abgewandt. Sie taumelte, als ob es ihr schwerfiele, aufzustehen. Sie hielt sich mit beiden Händen an ihm, um nicht umzusinken.
»Caleb –« Ihre Stimme klang heiser, und ihre Worte waren kaum zu verstehen. »Caleb – er hat kein Fieber mehr – er schläft ruhig – oh, Gott sei gedankt –«
Plötzlich ließ er sie los, und es kam ihm kaum zum Bewußtsein, daß sie schwankte und sich an dem Bettpfosten hielt, denn er beugte sich über das Bett. Unsagbare Dankbarkeit überwältigte ihn, als er behutsam Rogers Gesicht und Hände betastete. Sie waren kühl und nur ein wenig feucht, und obwohl die Brust des Jungen sich kaum hob und senkte, atmete er doch friedlich.
Caleb wandte sich um. Er war so bewegt, daß sein Schluchzen seine Worte fast erstickte.
»Ach, Dolores – meine liebe, gute Dolores – er ist nicht tot! Er wird

am Leben bleiben, weil du ihn gepflegt hast – ich hätte ihn niemals – retten können.«
Sie klammerte sich noch immer an den Bettpfosten an, und als er sie in die Arme schließen wollte, stieß sie ihn zurück.
»Du – du faßt mich besser nicht an.«
Die Worte klangen undeutlich. Heftige Angst ergriff ihn. Er packte sie an den Schultern und wandte sich um, so daß das Licht der Kerze auf ihr Gesicht fiel. Ihre Lippen waren flammend rot und geschwollen, ihre Augen blutunterlaufen. Sie wollte noch etwas sagen, aber diesmal brachte sie nur noch unverständliche Laute hervor. Ihre Beine versagten. Caleb fing sie auf, bevor sie zu Boden sank.

Christoph ging in den Gemüsegarten hinaus. Eigentlich durfte man nachts nicht in diese stickige Fieberluft gehen, aber er wollte nachdenken, und im Hause konnte er seine Gedanken nicht sammeln. Es war schrecklich dort drinnen. David lag in wilden Fieberphantasien, und noch vor kurzem hatte er heftig um sich geschlagen, als seine Mutter ihn halten wollte, damit ihm das Atmen leichter fiele. Ein Faustschlag traf sie so schwer, daß sie zu Boden sank. Zum Unglück stürzte sie mit dem Kopf gegen ein Stuhlbein, und die Wunde blutete stark. Sein Vater hatte dafür gesorgt, daß sie sich zu Bett legte.
Christoph setzte sich auf einen Baumstumpf und rauchte eine Pfeife. Seinem Vater gefiel es nicht, daß er schon rauchte, aber auf diese Weise konnte er wenigstens die Moskitos fernhalten. Ob David wohl sterben würde? Christoph liebte seinen Bruder, aber wenn David nicht durchkam, bedeutete das für ihn selbst mehr als einen persönlichen Verlust. Grimmig biß er die Zähne zusammen. Dann war er selbst in ein Gefängnis eingeschlossen und mußte den Rest seines Lebens hier zubringen. Sonderbar, daß ihm diese große Plantage wie ein Gefängnis erschien. Aber was konnte er dafür, wenn ihn dieses ewige Umpflügen und Graben zu Tode langweilte? Die leidenschaftliche Begeisterung für die Landwirtschaft, die David mit seinem Vater teilte, war ihm fremd. Die beiden konnten vor Erregung und Freude außer sich geraten, wenn wieder ein Stück Wald in

ein Indigofeld verwandelt war. Aber nicht um sein Leben war es ihm möglich, zu beurteilen, ob die Indigoernte gut oder schlecht ausfallen würde. Er hatte auch nicht das geringste Interesse dafür. Aber der kleine Philip war tot, und wenn auch David noch sterben sollte, war er der einzige Sohn, der übrigblieb. Dann mußte er die Plantage als sein Erbe übernehmen.

Aber zum Himmeldonnerwetter, er wollte sie nicht haben! dachte Christoph in finsterem Groll. Niemand hatte ein Recht, sie ihm aufzuzwingen. Der Vater und David liebten die wachsenden Pflanzen so sehr, als ob sie menschliches Leben hätten. Natürlich war guter Indigo besser als schlechter, da sie ja von den Ernten lebten. Aber daß man nun jeden Tag auf die Felder hinausreiten mußte, um nachzusehen, wie sich die Blätter entfalteten und wie die Stengel reiften, das verstand er nicht. Das würde seinen Schaffensdrang niemals befriedigen. Sein Vater betrachtete die Plantage als einen Besitz, der noch lange nach ihm weiterbestehen würde, als einen dauerhaften Ausdruck für die Lebenskraft seiner Familie. Auch David dachte nicht anders. Er fühlte sich wie ein Kronprinz, der stolz auf sein Erbe war.

Natürlich würde David die Sache so ansehen. David war so unglaublich tüchtig, nahezu vollkommen. Schon während ihrer Kindheit war er immer größer und stärker gewesen als Chris, er hatte schneller gelernt und besser begriffen. Der Vater strahlte vor Stolz, wenn David beim Spielen trockene Blätter in einen Kessel legte, sie schüttelte und so tat, als ob es Indigo wäre. Und als sie später zusammen zu Tanzvergnügen und Bällen gingen, hingen die Augen aller Mädchen an David. Er war wie ein Magnet, der alle anzog. Christoph haßte seinen Bruder nicht, nein, er schätzte ihn. Aber als David krank wurde, überkam Christoph doch ein leise triumphierendes Gefühl, daß er wenigstens in dem einen Punkt mehr Widerstandskraft zeigte und gesund blieb.

Bevor David krank wurde, war alles so einfach gewesen. Sein Vater hatte natürlich damit gerechnet, eine Familie großer Landbesitzer zu gründen, die in ununterbrochener Erbfolge auf Ardeith wohnen

sollten. Aber er war, als er Christoph eines Tages zu sich rief, doch sehr großzügig, wenn er ihm auch Vorwürfe machte, daß er sich nicht genügend für die Plantage interessierte.
»Ich weiß, was du denkst, Chris«, sagte Philip. »Du glaubst, weil du ein jüngerer Sohn bist, hat es doch keinen Zweck, daß du dich besonders um Ardeith kümmerst. Aber mache dir deshalb keine Sorgen! Ich war selbst auch ein jüngerer Sohn, und keins meiner Kinder soll erleben, was ich durchgemacht habe. Ich werde dir zweitausend Acker Land hinterlassen, und wenn du klug wirtschaftest und Land dazukaufst, kann in nicht allzulanger Zeit dein Besitz ebenso groß sein wie der deines älteren Bruders.«
»Ich möchte kein Pflanzer werden«, erklärte Christoph unerwartet.
Sein Vater war erstaunt. Aber nachdem er einmal begonnen hatte, seine Meinung zu sagen, fuhr Christoph fort:
»Ich mag nicht Negersklaven züchten und Indigo kochen! Immer muß man nach dem Himmel Ausschau halten, ob auch genügend Regen kommt, gerade so, als ob man auf die Wiederkunft Christi wartet! Nein, das hasse ich!«
Daß einer seiner Söhne kein Land haben wollte, war für Philip ebenso unbegreiflich, als wenn er nicht hätte essen wollen.
»Aber was willst du denn anfangen?« fragte er verwundert.
»Das weiß ich nicht«, gestand Christoph ein. »Aber es gibt doch viele, die keine Landwirte sind, Vater! Mr. Purcell hat eine Werft, und Mr. Durham baut Boote –«
Boote bauen – das mußte etwas Herrliches sein, dachte Christoph, als er jetzt auf das Mundstück seiner Pfeife biß. Eine Bootswerft besitzen, mit den Kaufleuten die Preise ausmachen und große Kontobücher in verschiedenfarbigen Tinten führen! In einem solchen Geschäft war man Herr seines eigenen Geschickes und nicht von Sonne, Regen oder Wind abhängig oder was der Himmel sonst noch senden mochte. Auf diese Weise konnte ein Mann vorwärtskommen. Aber wenn David nicht wieder gesund wurde – Christoph blies den Rauch auf einen Moskito, der sich auf sein Knie gesetzt hatte.

David würde ihm sehr fehlen. Das war an sich schon schlimm genug, ohne daß der Vater ihm auch noch die Plantage an den Hals hängte. Natürlich erwartete man dann von ihm, daß er ein zweiter David werden würde. Aber das war unmöglich, denn er hatte eine ganz andere Veranlagung als sein Bruder.

Ärgerlich beobachtete Christoph, wie der Himmel sich im Osten lichtete. Nein, er wollte nicht zulassen, daß ihm das widerfuhr. Er würde ihnen schon zeigen, daß er auch auf andere Weise vorwärtskommen konnte.

Es wurde rasch heller und Christoph ging ins Haus. Er wusch sich, dann ließ er sich von den Dienern ein Frühstück in der Küche geben. Darauf rief er Josh und befahl ihm, ein Pferd zu satteln. Wenn jemand nach ihm fragen würde, sollte er sagen, der junge Herr sei zur Stadt geritten. Als er in Dalroy ankam, ging er zu dem großen Mooshaus, in dem die Durhams wohnten.

Alan Durham war zu Hause, und Christoph erkundigte sich nach dem Befinden seiner Frau. Er erfuhr, daß sie auf dem Wege der Besserung sei. Dann wurde er in den Salon geführt, so daß er ihr seine Aufwartung machen konnte. Bleich und nervös lag sie auf einem langen Sofa, in viele Kissen eingebettet. Christoph hielt sie für eine unangenehme, launenhafte Frau, aber er war höflich zu ihr. Sie sagte, es wäre sehr liebenswürdig von ihm, daß er sich nach ihr erkundigte. Christoph war froh, daß sie sich wohler fühlte, denn Mr. Durham war nun von dieser Sorge befreit und konnte sich wieder seinen Geschäften widmen. Als Christoph mit ihm allein war, fragte er ihn, ob er nicht einen Assistenten brauche, wenn er seine Bootswerft vergrößern wollte.

»Mein Vater hat mir zweitausend Acker versprochen«, erklärte er. »Ich werde ihn bitten, daß er mir Waldland mit gutem Baumbestand gibt. Das ist genug Holz für tausend große Boote und Schiffe.«

Alan Durham hörte erstaunt zu, denn Christoph war erst siebzehn Jahre alt.

»Ich kann mit Ihnen keinen Vertrag über das Land abschließen, bevor Sie volljährig sind«, erwiderte er. »Wenn Sie es natürlich im

Ernst meinen –«
»Ja!«
»Ich könnte Sie als Lehrling in der Buchhalterei einstellen, vorausgesetzt, daß Ihr Vater seine Einwilligung gibt. Sie müssen ganz von unten anfangen, um das Geschäft von Grund auf kennenzulernen. Aber«, fügte er zögernd hinzu, »glauben Sie wirklich, Ihr Vater wird zugeben, daß einer seiner Söhne als Lehrling bei mir eintritt?«
»Wenn er es nicht zuläßt«, entgegnete Christoph eigensinnig, »dauert es nur noch vier Jahre, bis ich einundzwanzig bin.«
»Hm. Und Sie sind fest entschlossen, als Schreiber in meiner Firma anzufangen?«
»Jawohl, Mr. Durham.«
Alan Durham stand am Fenster, spielte mit dem Griff und lächelte leicht. Christoph glaubte, daß der Mann nicht jeden Tag ein solches Angebot erhielt, das ihm zweitausend Acker Wald in sein Geschäft einbrachte. Er wußte zwar nicht genau, wie groß die Plantage Ardeith jetzt war, aber sein Vater vergewisserte sich immer von der Güte des Bodens, bevor er neues Land hinzukaufte. Und wenn später diese zweitausend Acker abgeholzt waren, würden die anderen Plantagenbesitzer nur um so eher bereit sein, diese Ländereien für einen guten Preis zu erwerben.
»Also gut, Christoph«, sagte Mr. Durham. »Ich nehme Sie an, wenn Ihr Vater seine Einwilligung gibt. Wenn nicht, kommen Sie zu mir, sobald Sie volljährig sind. Können Sie gut rechnen?«
»Sehr gut.« Rechnen war das einzige Fach, in dem Christoph seinen Bruder übertraf.
»Schön. Dann wollen wir jetzt einen Vertrag aufsetzen, wenn es Ihnen recht ist. Aber das Dokument hat erst Gültigkeit, wenn Ihr Vater es unterschrieben hat. Falls er es nicht tun will, kommen Sie zu mir, wenn sie das einundzwanzigste Jahr erreicht haben. Dann können wir die Sache noch einmal besprechen.«
»Ich danke Ihnen.«
Mehr sagte Christoph nicht, denn er besaß nicht wie David die Gabe, sich leicht und gewandt auszudrücken.

16.

Das gelbe Fieber packte Dolores furchtbar und raffte sie in drei Tagen dahin. Wie Caleb glaubte, hatte sie schon lange vorher gefühlt, daß sie krank werden würde, sich aber mit unheimlicher Energie aufrecht gehalten, bis Roger die Krisis überwunden hatte. Er machte sich die bittersten Vorwürfe und versuchte später, ihre anderen Kinder aufzufinden, als die kalte trockene Jahreszeit begann und dem gelben Fieber ein Ende machte. Aber die Familie Upjohn hatte die frühere Wohnung verlassen, und die Leute am Rattletrap Square kannten nur ihre nächsten Nachbarn. Alle Nachforschungen blieben vergeblich.

Als Christoph bestimmt wußte, daß David wieder gesund werden würde, ging er zu seinem Vater und zeigte ihm den Vertrag mit Alan Durham. Philip las das Schriftstück durch, und schließlich haftete sein Blick auf dem Datum.

»Chris, das war nicht notwendig.«

»Was meinst du, Vater?«

»Wenn dir das Leben auf der Plantage so verhaßt ist, hätte ich dich auf keinen Fall gezwungen, sie zu übernehmen. Du hast diesen Schritt doch gerade in den Tagen getan, als du annahmst, David würde sterben.«

Christoph sah zur Seite. Nach diesen Worten seines Vaters hatte er das Gefühl, herzlos zu sein.

»Wenn du aber als Lehrling anfängst, wirst du tüchtig arbeiten müssen und wenig Vergnügen haben«, sagte Philip nach einer Pause.

»Das macht nichts.«

Philip lächelte zögernd.

»Eigentlich müßte ich froh sein, daß du so genau weißt, was du werden willst. So viele Menschen kommen nie zu einem festen Entschluß über ihren späteren Beruf, bis es eines guten Tages zu spät ist, etwas zu beginnen.«

Er tauchte die Feder ein und schrieb unter Christophs Namen:
»Ich ermächtige meinen Sohn Christoph Larne, die Bedingungen des obigen Vertrages zu erfüllen, solange er noch nicht volljährig ist. Philip Larne.«
»Ich muß dann in der Stadt wohnen«, sagte Christoph. »Es ist zu weit, als daß ich jeden Tag herausreiten könnte. Mr. Durham hat mir ein Zimmer in seinem Hause angeboten.«
»Gut, damit bin ich einverstanden.«
Judith war ärgerlich und verletzt, als Philip ihr erzählte, daß Christoph das elterliche Haus verlassen wollte. Obwohl David beinahe wiederhergestellt war, hatten doch die schweren Erlebnisse sie nervös gemacht. Das Haus erschien ihr leer und verlassen, nachdem der kleine Philip gestorben war, und wenn Christoph in die Stadt zog, würde sie sich noch einsamer fühlen. Er war ein guter Junge, ruhig und zuverlässig, und sie würde ihn sehr vermissen.
»Aber wie kann er uns denn gerade jetzt verlassen, Philip? Ich brauche meine Kinder doch jetzt dringender als je!«
Philip war großzügiger. »Er wird uns mehr lieben, wenn wir ihn gehen lassen. Mir gefällt sein Plan nicht besonders, daß er als Lehrling in eine Firma eintreten will. Ich glaube auch nicht, daß es ihm sehr gefallen wird, aber er mag es ruhig einmal versuchen.«
»Bedeutet denn das nicht, daß er niemals wieder mit uns zusammenleben wird?« fragte sie traurig, während sie mit dem Schlüsselbund an ihrem Gürtel spielte.
»Nein, das glaube ich nicht«, antwortete er lächelnd. »Er muß jetzt in der Stadt bei den Durhams wohnen, bis er volljährig ist, ob er es gerne tut oder nicht. Und nach diesen Jahren wird er die Sache sicher satt haben und froh sein, wenn er zurückkommen kann. Aber wenn ich dir die Wahrheit sagen soll: Die meisten dummen Streiche habe ich in seinem Alter gemacht, weil man mich nicht tun ließ, was ich wollte. Deshalb werde ich meine Kinder zu nichts zwingen.«
Judith mußte nachgeben. Aber sie konnte Christoph kaum verzeihen, als sie sah, wie eifrig er bestrebt war, rasch von zu Hause fortzukommen. Er verbarg seine Freude und Erleichterung nicht.

Nun war es still und ruhig in dem großen Haus, und jetzt erst kam ihr zum Bewußtsein, wie sehr sie an die Gesellschaft ihrer Kinder gewöhnt war. So schloß sie sich enger als je an David an. Als sie ihn während der schrecklichen Qualen des gelben Fiebers gepflegt hatte, war ihr klar geworden, was sein Verlust für sie bedeuten würde. Aber nun kam David allmählich wieder mehr zu Kräften, und Philip sagte manchmal, daß sie den Jungen zu sehr bemuttere. »Er ist erwachsen«, erinnerte er sie, »und es gefällt ihm nicht, wenn du dich zu viel um ihn kümmerst.«

»Ach, Unsinn! Er hat mich sehr gern.«

»Sicher, liebe Judith, und ich freue mich darüber. Aber das ist immer noch kein Grund für dich, mich zu unterbrechen, wenn ich ihm einmal ins Gewissen rede. Gestern abend hat er mit dem jungen Durham zuviel Wein getrunken. Das ist nicht gut für einen jungen Menschen, der eben eine so schwere Krankheit durchgemacht hat.«

»Er betrinkt sich doch nicht.«

»Nein. Aber das kommt, wenn er schon so heftig trinkt, bevor er noch neunzehn Jahre alt ist. Ich habe nun mein ganzes Leben damit zugebracht, diese Plantage in die Höhe zu bringen, und ich möchte sie nicht einem jungen Mann hinterlassen, der so wenig Verantwortungsgefühl hat wie David.«

»Darüber brauchst du dir keine Sorgen zu machen. David liebt das Land sehr, jeden einzelnen Acker. Ich bezweifle, ob er jemals eine Frau so lieben wird wie sein Land.«

Philip lächelte. Davids aufrichtiges Interesse für den Stand der Ernten erfüllte ihn mit Stolz, und er war auch bereit, dafür bei anderen Dingen einmal ein Auge zuzudrücken.

Als David ihnen im Januar einen neuen Plan für Ardeith entwickelte, war Philip begeistert, obwohl der Vorschlag zunächst unpraktisch erschien. David kündigte an, daß er auf einige Zeit nach Neuorleans gehen wollte. Judith erhob Einspruch dagegen – David war noch sehr abgemagert und kaum stark genug für eine Reise. Aber er lachte sie aus.

»Du meinst, weil du mich im letzten Sommer mit einem Löffel gefüttert hast, müßte es so bleiben, Mutter. Aber das geht nicht.« David hatte sich auf den Eßtisch gesetzt und pendelte mit den Beinen. Vergnügt sah er von Judith zu Philip hinüber, der eben von den Tabakfeldern nach Hause gekommen war. »Also hört zu! Ich möchte einen gewissen Etienne Boré aufsuchen. Seine Pflanzung liegt am Fluß, etwas nördlich von Neuorleans. Er hat Versuche mit dem süßen Rohr gemacht.«

»Aber mein lieber Junge«, widersprach Judith, »hier in Ardeith kannst du alles erfahren, was es über das Rohr zu lernen gibt. Im nächsten Monat sind unsere Felder soweit.«

»Warte einen Augenblick«, unterbrach Philip seine Frau. »Welche Versuche hat dieser Etienne Boré gemacht?«

»Nun, er zieht das Rohr nicht, um nachher Stuhlsitze daraus zu flechten«, fuhr David eifrig fort. »Es mag sein, daß er sich etwas Unsinniges in den Kopf gesetzt hat, das er nicht ausführen kann, aber ich möchte doch einmal sehen, was für eine Bewandtnis es damit hat. Er preßte den Saft aus dem Rohr aus, kochte ihn, ließ ihn abkühlen und klärte ihn dann in einer besonderen Anlage.« David machte eine Pause, um seinen nächsten Worten mehr Nachdruck zu geben. »Und dann fand er, daß er Zucker hatte, so fein wie Sand und unglaublich süß. Man kann ihn in viereckige Formen pressen und verschicken.«

Philip runzelte ungläubig die Stirn, als er das hörte. Aber David ließ sich nicht beirren. »Vater, siehst du nicht, was das bedeutet? Gelingt uns das, so können wir unsere Ernten nach den Vereinigten Staaten verschicken, nach Europa, nach allen möglichen Ländern! Wenn ich herausfinden kann, wie man es macht, und wenn du mir Land und Sklaven gibst, um es einmal zu versuchen –«

»Und dann nimmst du die Neger von den Feldern, auf denen wir erprobte Ernten ziehen«, sagte Judith, »nur damit sie den Saft des Rohres kochen, auf die ungewisse Möglichkeit hin, daß er in abgekühltem Zustand zu genießen ist?«

Philip war im allgemeinen sehr vorsichtig, ehe er auf Davids ungestüme Pläne und Ideen einging, aber diesmal hatte er doch mit großer Aufmerksamkeit zugehört. »Vielleicht lohnt sich der Versuch doch. Wir brauchen tatsächlich eine neue Kultur –«

»An Stelle des Indigos?« fragte Judith plötzlich eifrig, da sie die Heuschreckenplage im Sommer haßte.

Aber Philip zerstörte ihre Hoffnungen. »Nein, nicht an Stelle des Indigos, sondern des Tabaks. In Kentucky haben die Farmer große Tabakpflanzungen angelegt, und ihre Sorten sind besser als die aus Louisiana. Nur weil sie in Neuorleans Hafenzoll zahlen müssen, haben sie unseren Tabakmarkt noch nicht ruiniert. Die Amerikaner wollen einen Vertrag abschließen, so daß sie ihren Tabak zollfrei den Strom herunterschicken können. Wenn ihnen das gelingt, können wir unsere Tabakfelder alle umpflügen.«

»Ich bin fest davon überzeugt, daß sie in Kentucky kein Rohr pflanzen können«, erwiderte David. »Das Rohr braucht sehr viel Sonne, um auszureifen, und soviel ich gehört habe, wird es in Kentucky sehr kalt. Also, kann ich nach Neuorleans fahren, Vater?«

»Ja. Aber mache dir keine zu großen Hoffnungen! Mir erscheint die ganze Sache doch mehr wie ein schöner Traum.«

Aber David war viel zu eifrig, um sich durch die Warnungen seines Vaters abschrecken zu lassen. In ausgezeichneter Stimmung fuhr er nach Neuorleans. Judith hoffte im stillen immer noch, daß die Zukkerkultur mit der Zeit den Anbau von Indigo verdrängen würde.

Obwohl sie nun zwanzig Jahre lang zwischen Indigofeldern gelebt hatte, war ihre Abneigung dagegen unverändert geblieben. Die Heuschrecken kamen in großen Mengen ins Haus, und sie schauderte jedesmal, wenn sie daran dachte. Und der Gestank der großen Indigokessel erregte Übelkeit bei ihr. Die Abfälle, die aus den Fässern kamen und dann verfaulten, zogen so viele Fliegen an, daß Judith immer an die ägyptische Plage erinnert wurde. Zivilisation und Indigo vertrugen sich ihrer Meinung nach nicht miteinander. Sie konnten unmöglich nebeneinander bestehen, sagte sie sich verzweifelt, wenn die Anstrengungen, im Sommer das Haus rein zu halten, sie manchmal übernervös machten.

Als ein Monat nach Davids Abreise vergangen war, ritt Philip eines Tages nach Lynhaven. Die Purcells trauerten noch um ihren Vater, und während des Winters hatte er nicht viel von Gervaise und ihren Kindern gesehen. Als er durch das Parktor ritt, lief ihm Emily durch den Garten entgegen. Sie war Purcells jüngste Tochter, ein hübsches, kleines Mädchen von acht oder neun Jahren mit schwarzen Locken und dem schmalen französischen Gesicht ihrer Mutter.
»Guten Morgen, Miß Emily«, rief Philip, als er vom Pferd stieg. »Wie geht es der Familie?«
Sie machte einen Knicks. »Danke gut, Mr. Larne«, erwiderte sie und lachte, als er ihre Hand in die seine nahm. »Aber sie haben drinnen einen furchtbaren Streit.«
»Was, sie streiten sich?«
Sie nickte und lachte wieder leise. »Mutter und die Jungens.«
Philip war erstaunt. Er konnte sich nicht vorstellen, daß die liebenswürdige Gervaise mit irgend jemand Streit haben sollte. Er war mit Emily auf das Haus zugegangen, aber nun blieb er stehen.
»Vielleicht reite ich erst zur Stadt und komme später wieder. Sage deiner Mutter nur, daß wir einen Brief von David erhalten haben. Er hat deine Schwester Babette in Neuorleans besucht. Es geht ihr und auch ihren Kindern sehr gut.«
»Ach, es würde mir leid tun, wenn Sie fortgingen«, widersprach Emily. »Meine Mutter möchte Sie sicher gerne sehen.«
Aber er war gerade im Begriff, zu seinem Pferde zurückzugehen, als Gervaise durch eine der Glastüren auf die Veranda heraustrat. Sie winkte ihm zu.
»Aber kommen Sie doch bitte herein, Philip! Ich dachte, ich hätte Ihre Stimme gehört. Was macht Judith?«
Philip war erstaunt, als er sie sah, versuchte aber, seine Verwunderung zu verbergen. Er erzählte ihr die guten Nachrichten von ihrer verheirateten Tochter. Wenn Gervaise sich mit ihren Söhnen gestritten hatte, so war ihr doch nicht anzusehen, daß sie sich deswegen irgendwie aufgeregt hatte. Sie sah auch nicht aus wie eine Frau, die vor sechs Monaten ihren Mann verloren hatte. Sie hatte die Trauerklei-

der bereits abgelegt und trug ein hübsches Kleid von rosenroter Farbe. Außerdem hatte sie das schwarze Haar mit einem feuerroten Band zurückgehalten. Ihr Gesicht hatte einen fast übermütigen Ausdruck, als ob sie sich heimlich über etwas freute.

»Das war lieb von David, daß er Babette besuchte. Aber kommen Sie herein und trinken Sie ein Glas Wein mit mir! Der Himmel weiß, ich brauche eine kleine Stärkung. Meine lieben Kinder führen Krieg mit mir und möchten mich am liebsten in Stücke zerreißen«, sagte sie lachend. »Hat Emily es Ihnen schon erzählt?«

»Ja, sie sagte, drinnen gäbe es Streit«, erwiderte Philip und lachte auch.

»Er ist noch in vollem Gange, aber kommen Sie doch bitte herein.« Sie faßte ihn am Arm und schob die Vorhänge zurück. Ihre beiden älteren Söhne standen im Wohnzimmer und sahen düster drein. Sie begrüßten Philip, aber sie machten ein Gesicht, als ob sie ihn tausend Meilen fortwünschten. »Ich verheirate mich morgen wieder«, erklärte Gervaise, »und Harry und George tun so, als ob ich ihnen angekündigt hätte, daß ich ein Kontor berauben wollte.«

Sie nahm eine geschliffene Glasflasche vom Tisch und schenkte Wein in die Gläser, während Philip ihre Söhne betrachtete. Harry war ungefähr so alt wie David, George ein paar Jahre jünger.

»Hast du Mr. Larne aber auch alles erzählt?« fragte Harry.

»Nein, mein lieber Junge«, entgegnete Gervaise unbefangen und reichte Philip ein Glas. »Das kannst du ja tun.«

»Mr. Larne«, rief George aufgebracht, »vielleicht können Sie Mutter wieder zur Vernunft bringen. Was halten Sie davon?«

Philip nahm das Glas in die Hand und verneigte sich vor Gervaise. Natürlich war er erstaunt, aber um sein Leben konnte er nicht begreifen, warum die Jungen über die Absicht ihrer Mutter so empört waren. »Offen gestanden«, sagte er zu ihnen, »geht mich die Sache ja nichts an. Da Sie mich aber um meine Meinung gefragt haben, möchte ich Ihnen aufrichtig sagen, daß es auch Sie nichts angeht.«

Gervaise lachte laut, aber die beiden Purcells sprachen zu gleicher Zeit auf ihn ein.

»Mr. Larne, er ist sechs Jahre jünger als sie –«
»Und er hat keinen Pfennig Geld –«
»Und Vater ist doch erst im vorigen August gestorben –«
»Er kann weiter nichts als tanzen und das Klavichord spielen –«
»Ich glaube, unsere Mutter hat den Verstand verloren!«
Philip lachte nun auch. Die ungestüme Aufregung der beiden wirkte lächerlich gegen die heitere Ruhe, die Gervaise zeigte. Die kleine Emily verstand natürlich die Schwierigkeiten der Lage nicht, aber sie kicherte, als ob ihr die hitzige Unterhaltung Spaß machte.
»Meine lieben Kinder, warum sagt ihr denn nicht die Wahrheit? Nun gut, ich werde es selbst tun.« Mit einer Handbewegung brachte Gervaise die beiden zum Schweigen. »Also, hören Sie zu, Philip –«
»Ja, Madame?«
»Ich heirate einen wirklich sehr netten, liebenswürdigen jungen Mann. Er heißt Louis Valcour und kam voriges Jahr von Neuorleans nach Dalroy. Harry hat nicht ganz recht, wenn er behauptet, daß Valcour keinen Pfennig besitzt. Das stimmt nicht. Er hat etwas Geld, wenn auch nicht viel. Und da mein guter Mann nicht wünschte, daß ich jedesmal Harry um Erlaubnis fragen müßte, wenn ich ein paar Einkäufe machen wollte, vermachte er mir einen bedeutenden Teil seines Vermögens, und wenn ich heirate, nehme ich meinen Anteil mit. Das ist der eigentliche Grund für den Widerstand meiner Söhne, aber sie tun so, als ob es ihnen nicht paßte, daß er Klavichord spielt.«
Sie goß sich selbst ein Glas Wein ein und stützte den Ellbogen auf die Stuhllehne, während sie trank. Das feuerrote Band stand wunderbar zum Schwarz ihrer Locken. Sie sah wirklich wie eine junge Frau aus, nicht zaghaft und unerfahren, sondern beherrscht und ruhig. Sie war sicher, daß sie erhielt, was sie sich wünschte, und dieses Bewußtsein erfüllte sie mit stiller Freude.
Philip dachte daran, daß man Gervaise als junges Kreolenmädchen von vierzehn Jahren einem Farmer aus Neuengland übergeben hatte, dem sie eine treue, gehorsame Frau und Haushälterin sein sollte. Gervaise war in ihrer Ehe nicht unglücklich geworden. Walter Pur-

cell, ein aufrechter und ehrlicher Charakter, hatte ihr gegenüber seine Pflicht erfüllt, und sie hatte die ihre getan. Niemals hatte Philip geahnt, daß auch in Gervaise leidenschaftliche Wünsche schlummern könnten, nachdem sie doch allem Anschein nach einen Kompromiß mit dem Leben abgeschlossen hatte. Er sah ihre Söhne an.
»Verstehen Sie denn nicht, was Ihre Mutter tut?« fragte er sie eindringlich. »Sie heiratet einen Kreolen. Vielleicht begreifen Sie nicht, was das bedeutet, aber ich würde es an Ihrer Stelle wenigstens versuchen.«
»Danke, Philip«, sagte Gervaise und wandte sich dann an die beiden. »Zweiundzwanzig Jahre lang habe ich alles getan, was man von mir erwartete. Ich war liebenswürdig, folgsam und wirtschaftlich, ich habe mich immer freundlich den Verhältnissen angepaßt, aber es hat mich innerlich kalt gelassen und gelangweilt. Jetzt ist das zu Ende. Ich habe mich verliebt. Ja – das mag euch verrückt oder herrlich erscheinen, je nach dem Standpunkt, den ihr einnehmt. Morgen heirate ich Louis Valcour. Wir werden in einem Haus in der Stadt wohnen, und ihr braucht nicht mit ihm zu sprechen, wenn euch nicht danach zumute ist. Aber einmal in meinem Leben tue ich, was mir gefällt.«
Die beiden schwiegen eigensinnig, als sie geendet hatte. Aber Philip sagte leise zu ihr:
»Ich bin stolz auf Sie, Gervaise.«
Sie lächelte, als ob sie sich darüber freute, daß sie wenigstens einen Menschen hatte, der sie verteidigte. Aber sie war ihrer Sache so sicher, daß sie eigentlich keine Unterstützung brauchte.
Harry und George seufzten.
»Zum Glück sind wir alt genug, um für uns selbst zu sorgen«, sagte Harry, der noch einen letzten Einwand erheben wollte. »Aber was soll aus den andern Kindern werden?«
»Den kleinen Walter schicke ich in Neuorleans zur Schule, und Emily kann bei euch in Lynhaven bleiben oder mit mir kommen – ganz wie sie es wünscht.«
Philip lächelte Emily zu, die zusammengekauert in einem großen

Sessel saß. »Nun, was wirst du tun, Miß Emily?« fragte er sie.
Sie sah ihn harmlos und unbefangen an. »Was soll ich denn tun? Sagen Sie es mir doch.«
»Ich glaube, daß du viel mehr Spaß hast, wenn du bei deiner Mutter bleibst.«
»Dann werde ich das tun.«
Gervaise beugte sich nieder und küßte sie. »Ich dachte mir schon, daß du mich begleiten würdest.«

*

Die Damen aus der Umgebung von Dalroy erklärten, es sei ein unglaublicher Skandal, daß Gervaise so schnell wieder heirate. Aber Gervaise kümmerte sich darum ebensowenig wie um das trockene Laub in ihrem Hinterhof. In heiterster Stimmung zog sie mit ihrem Mann in das kleine Haus in der Stadt, und einige Wochen lang überging sie alle mit ironischer Gleichgültigkeit und ließ sie reden, soviel sie wollten. Aber als dann die Flitterwochen vorüber waren, lud sie ihre aufgeregten Freundinnen zu einem Essen ein.
Natürlich kamen alle. Sie hatten ja gesagt, daß Gervaise noch sehen würde, wo sie hinkäme. Sicherlich würde dieser schamlose Mann ihr Herz brechen, der doch nur darauf ausging, sich ihre Mitgift anzueignen. Kein anderer Grund konnte einen jungen Mann von einunddreißig Jahren veranlassen, sich durch eine solche Heirat zum Stiefgroßvater zu machen. Alle waren gespannt, wie er aussah. Sie lernten einen schlanken Franzosen mit dunklem Haar und schwarzen Augen kennen. Sein feingeschnittenes Gesicht hatte einen etwas ironischen Ausdruck, als ob er sich heimlich über sie lustig machte. Er tanzte wunderbar und machte auch kein Geheimnis daraus, daß er sehr gut Klavichord spielen konnte. Judith und Philip gefiel er auf den ersten Blick. Sie waren sich darüber einig, daß Gervaise viel zu erfahren und zu klug war, um im Leben Schiffbruch zu leiden, und sie waren entzückt über ihr jugendlich blühendes Aussehen. Ihnen gegenüber war Gervaise vollkommen offen.

»Es ist sonderbar, aber das hätte ich eigentlich vor zwanzig Jahren erleben sollen«, sagte sie lächelnd.

L. Valcour war ebenso offen. Er war von Neuorleans mit einer verhältnismäßig bescheidenen Summe nach Dalroy gekommen. Mehr hatte ihm sein Vater, ein leidenschaftlicher Spieler, nicht hinterlassen. Valcour hatte die Absicht, ein Lagerhaus auf der Werft von Purcell zu bauen, das die Kaufleute benützen konnten. Nach Walter Purcells Tod machte er einen Besuch in Lynhaven, um einen Vertrag mit den Erben zu schließen, und dabei hatte er Gervaise kennengelernt, die trotz ihrer Trauerkleidung nicht sehr niedergedrückt zu sein schien. Auf den ersten Blick hatte er sich in sie verliebt.

»Das soll Liebe sein!« sagte Mrs. St. Clair verächtlich, als sie eine Woche später Judith besuchte und über die Familie Valcour herzog.

»Er liebt sie wirklich sehr, er betet sie geradezu an«, erwiderte Judith.

Aber Mrs. St. Clair, deren Tochter mit Harry Purcell verlobt war, wollte davon nichts hören. »Sie hat ihre eigenen Kinder zugunsten eines Glücksjägers beraubt!«

Judith hielt ihr entgegen, daß die jungen Purcells wirklich Verschwender sein müßten, wenn sie nicht mit den großen Einkünften aus den Werften auskommen könnten. Sie bewunderte die Tüchtigkeit, mit der Louis Valcour mit Gervaises Geld Lagerhäuser baute. Er kam geschäftlich glänzend vorwärts, und Gervaise schien mit ihrer Lage durchaus zufrieden zu sein. Sie war auch die erste Dame in der Gegend, die sich nach der aufsehenerregenden neuen Mode kleidete, und erschien in weitausgeschnittenen Kleidern mit hoher Taille, die durch einen Gürtel betont wurde. Die Röcke fielen lang und gerade herab wie bei einem Nachtgewand und enthüllten jede Linie einer Gestalt schonungsloser, als es einer Frau von siebenunddreißig Jahren lieb sein konnte.

Es dauerte nicht lange, dann flüsterten sich die Frauen heimlich zu, daß Gervaise sich allem Anschein nach überhaupt nicht mehr schnüre. Judith fragte sie danach und erhielt eine freimütige Antwort.

»Natürlich tue ich das nicht, denn ich bekomme ein Kind. Das kannst du ihnen ruhig erzählen. Ich bin gespannt, was sie dazu sagen werden!«
Judith lachte. Gervaise wußte es selbst nicht, aber seitdem sie mit einem Kreolen verheiratet war und fast immer Französisch sprach, nahm ihr Englisch wieder diesen eigenartigen Akzent an, den sie sich früher mit allergrößter Mühe abgewöhnt hatte.

17.

David kam von Neuorleans zurück und war des Lobes voll über die vielen Entwicklungsmöglichkeiten, die der Anbau von Rohr bot. Ungeduldig wartete er darauf, daß die erste Ernte reifen sollte. Philip war erfreut über die Begeisterung seines Sohnes, obwohl er Judith heimlich seine Befürchtung eingestand, dieses Interesse möchte schwinden, bevor das Rohr geschnitten werden konnte.
Judith war es nicht recht, daß er das sagte. Am nächsten Tag ging sie selbst aufs Feld hinaus und ermahnte David. Sie erinnerte ihn daran, daß dies sein erster selbständiger Versuch sei, an dem er beweisen müsse, ob er seine Aufgabe ernst nehme.
»Ich glaube nicht, daß Vater dir ganz traut«, sagte sie warnend.
»Ach, Vater ist furchtbar böse mit mir«, erwiderte David ironisch.
»Wie meinst du das?«
»Ach, hat er es dir nicht gesagt?« David strich über ein langes Rohrblatt. »Er denkt, ich habe in Neuorleans zuviel Schulden gemacht.«
»Aber David!« rief sie vorwurfsvoll. »Du hattest doch versprochen, das nicht zu tun.«
»Ja – aber wie konnte ich vorher wissen, daß das Geld, das er mir mitgab, nicht reichen würde? Ich mußte viele Geschenke für Mademoiselle Durand kaufen. Es würde dir doch auch nicht lieb sein, wenn ich einer jungen Dame aus Neuorleans den Hof machte, als ob

ich nur ein armer Teufel wäre?«
Judith seufzte. David hatte schon viel von der Schönheit und Anmut von Gervaises Nichte erzählt. Sie hoffte nur, daß er sich noch nicht ernstlich in das Mädchen verliebt hatte. »Wie stehst du denn zu Clélie Durand?« fragte sie.
»Ach, Mutter, du mußt doch nicht gleich so anfangen! Sie ist ein nettes Mädchen, und sie gefällt mir, das ist alles. Vater hätte mich nicht auszuschimpfen brauchen, weil ich etwas mehr Geld ausgegeben habe.«
»Nein«, gab sie lächelnd zu. »Das hätte er nicht tun sollen. Es waren deine ersten Ferien nach so langer Zeit. Soll ich darüber einmal mit ihm sprechen?«
»Würdest du das tun?« fragte David. Er zeigte seine Erleichterung so offen, daß sie es versprach.
Als sie zum Haus zurückgekehrt war, fragte sie Philip, ob David in Neuorleans verschwenderisch gelebt hätte.
»Sieh her«, erwiderte er und legte einen Stoß Rechnungen vor sie hin. »Wenn er Einkäufe auf den Schiffen machte, mußte er es auf Kredit tun, denn er hatte das meiste Geld für Wetten bei den Hahnenkämpfen ausgegeben.«
»Hahnenkämpfe?« fragte sie lachend. »Ist das alles? Wenn er nichts Schlimmeres getan hat als das, müßtest du eigentlich dankbar sein.«
»Aber ich fürchte«, entgegnete Philip ernst, »daß er den Wert des Geldes nicht kennt. Das habe ich ihm auch gesagt. Er hat mir zwar versprochen, in Zukunft sparsamer zu sein, aber ich weiß nicht, wie lange dieser gute Vorsatz dauern wird.«
Judith sah nachdenklich auf den Gesamtbetrag der Rechnungen. »Aber trotzdem verstehe ich nicht, daß du so hart mit ihm bist. Diese Summe kannst du doch bezahlen.«
»Darum handelt es sich nicht. Er ist alt genug, um zu wissen, daß er seine Versprechen halten muß.«
Sie sah ihn von der Seite an. »Als du zwanzig Jahre alt warst, hattest du es noch nicht gelernt.«

»Deshalb erscheint es mir ja gerade so wichtig. Ich habe ihn ziemlich hart angefaßt, und es tut mir nicht leid, daß ich es getan habe.«

»Kleider hat er allerdings reichlich gekauft«, bemerkte sie, als sie die Rechnungen durchblätterte. »Leinen, Tuch, Schuhe, Krawatten – aber was um Himmels willen hat er denn mit hundert Metern seidengestreiften Musselins gemacht?«

Philip zuckte mit der Schulter, antwortete aber nicht.

»Das ist aber ein sehr intimes Geschenk für eine Dame«, sagte Judith. »Ich bin davon überzeugt, daß Monsieur Durand seiner Tochter nicht erlaubt, derartige Geschenke von einem zufälligen Bewunderer anzunehmen! Philip –«

Sie hielt inne und atmete erleichtert auf. Es war zwar nicht lobenswert von David, kostspielige Geschenke für Mädchen zu kaufen, denen nichts daran lag, ob es schicklich war, solche Dinge von jungen Herren anzunehmen. Aber das zeigte wenigstens, daß er keine ernstliche Neigung für Clélie Durand hegte.

»Hast du ihn wegen dieser hundert Meter Musselin ausgescholten? Merkwürdig, daß ein Mann mit deiner Erfahrung ausgerechnet von David erwartet, in seinen jungen Jahren ein Tugendengel zu sein.«

»Ich dachte, es wäre dir unangenehm, davon zu hören«, erwiderte Philip nach einem kurzen Schweigen. »Deshalb habe ich bisher nicht von der Sache gesprochen.«

»Ich rege mich nicht im geringsten darüber auf«, entgegnete Judith und nahm die Papiere mit einer Hand auf, die andere legte sie in Philips Rechte. »Bezahle doch bitte die Rechnungen und schimpfe nicht mehr mit ihm. Du zerstörst deinen eigenen Kredit, wenn du es nicht tust, nur um David zu strafen. Das ist doch töricht.«

Philip gab nach, wiederholte aber, David müsse begreifen, daß er für seine Handlungsweise verantwortlich sei. Judith verteidigte ihn und entgegnete, daß er durch seine eifrige Arbeit bei dem Anbau des Rohrs schon genügend bewiesen habe, wie vernünftig er sei.

David hatte einen großen Apparat gebaut, den er einen Zerquetscher nannte. Die Rohre wurden einzeln hineingeschoben und kamen zwischen zwei Räder, die sie zerkleinerten. Die Maschine wurde durch Maulesel angetrieben, die in der Runde gingen. Judith wanderte oft zu den Feldern hinaus, setzte sich auf einen Stapel frisch geschnittenen Zuckerrohrs und sah zu, wie der Saft auf eine Rinne heruntertropfte. Diese führte zu einem Kessel, der von einem aus Palmblättern bestehenden Dach gegen Sonne und Regen geschützt wurde. Um Davids willen hoffte sie, daß der Versuch Erfolg haben würde, obwohl sie selbst daran zweifelte.

Aber kurz nach Weihnachten kam David eines Tages mit einem großen hölzernen Gefäß nach Hause. Er ging sofort ins Eßzimmer, wo seine Eltern damit beschäftigt waren, die Wirtschaftsbücher für den Haushalt und die Plantage nachzutragen.

»Sieh einmal her, Mutter!« rief er freudig erregt. »Vater, sieh doch nur!«

Er setzte das Gefäß zwischen sie auf den Tisch, dann gab er jedem einen Löffel. »Versuche es einmal!« forderte er sie auf.

Philip und Judith sahen nicht gerade allzu begeistert auf den Inhalt des Gefäßes. Es sah aus wie ein Haufen feuchten schmutzigen Sandes. Aber Davids Gesicht strahlte in jungenhaftem Stolz, und so steckten sie tapfer die Löffel in die Masse.

Als Judith gerade etwas davon auf die Zunge nahm, sah sie, daß Philips Gesicht sich aufhellte.

»David!« rief sie. »Das schmeckt gut!«

»Ja, es ist wirklich gut«, erklärte auch Philip überzeugt.

David umarmte beide vor Freude so stürmisch und wild, daß ihre Köpfe zusammenstießen. »Ich sagte euch doch, daß ich Zucker bekommen würde! Glaubt ihr mir jetzt?« Er sprang auf und setzte sich auf den Tisch, ohne darauf zu achten, daß er die Seiten in Judiths Wirtschaftsbuch zerknitterte. Vergnügt nahm er ihr den Löffel aus der Hand und holte für sich selbst eine große Portion des braunen Zuckers aus dem Gefäß. »Großartig schmeckt es«, rief er mit vollem Munde. »Vater, kann ich nächstes Jahr ein großes Feld dafür bekommen?«

Philip nickte. »Selbstverständlich. Das gibt eine lohnende Ernte.« Seine Augen leuchteten vor Stolz. »David, du bist der geborene

Pflanzer.«

»Ja«, entgegnete sein Sohn bescheiden.

David und Judith wechselten heimlich einen triumphierenden Blick.

Für David bedeutete die Anlegung größerer Zuckerfelder mehr ein fröhliches Abenteuer als eine schwere Aufgabe. Er rottete die Tabakstauden mit demselben Wohlbehagen und Vergnügen aus, wie Philip früher die großen Bäume abgeholzt hatte. Wenn Philip und Judith zuweilen allein waren, sprachen sie offen miteinander.

Sie gestanden sich ein, daß sie wünschten, Christoph gliche seinem älteren Bruder etwas mehr.

»Damit will ich aber natürlich nicht sagen, daß wir Grund hätten, über Christoph wirklich enttäuscht zu sein«, fügte Philip hinzu.

»Nein«, antwortete Judith mit leichten Gewissensbissen. »Ganz gewiß nicht.«

Aber sie waren doch enttäuscht von ihrem zweiten Sohn. Christoph war zuverlässig und bescheiden, ein vertrauenswürdiger junger Mann, wie Mr. Durham sagte. Aber seinen Eltern fiel es schwer, ihm irgendwie näherzukommen. Er war nicht besonders anhänglich und zeigte seine Gefühle kaum. Selten sprach er über seine Pläne, und noch weniger fragte er um Rat. Philip hatte große Achtung vor Christophs unerschütterlichem Glauben an das, was er tun wollte. Und manchmal, wenn Davids Übereifer zu einem Mißerfolg führte, sagte Philip sich dankbar, daß für Christoph niemals ungelöste Probleme existieren würden, und daß sie sich auch niemals um ihn zu sorgen brauchten. Aber trotzdem war er enttäuscht und überrascht, als Christoph bei der Durchführung seines Planes blieb und des ewigen Schreibens und Rechnens im Hause von Mr. Durham nicht überdrüssig wurde.

Im Gegenteil, bei Vollendung seines einundzwanzigsten Lebensjahres schloß Christoph einen neuen Vertrag ab, wodurch er jüngerer Teilhaber in der Firma wurde, und arbeitete fleißig im Kontor weiter. Im nächsten Jahr erklärte er seinen Eltern in aller Ruhe, daß er sich mit Alan Durhams Tochter Audrey verheiraten wolle.

Judith sagte Philip im Vertrauen, daß sie nicht recht wisse, ob der schweigsame Christoph mehr in Audrey oder in ihren Anteil an der Firma verliebt sei. Die Eltern konnten Christophs Gelassenheit nicht verstehen. Aber sie konnten auch nichts gegen Audrey einwenden, höchstens, daß auch sie ruhig und still war und sich kaum für etwas beigeisterte. »Wahrscheinlich wird sie eine untadelige Haushälterin sein«, meinte Judith, »und in ihrer Wohnung wird es niemals schmutzige Fußspuren auf der Veranda geben.«

»Das wird Chris vollkommen genügen«, erwiderte Philip.

Christoph baute ein stattliches Haus aus Zypressenholz und pflanzte Myrtenbäume in den Vorgarten. Dann heirateten die beiden unter strenger Einhaltung der Sitten und zogen friedlich in ihr neues Heim. Audrey war ebenso zurückhaltend und nüchtern wie ihr Mann. Sie wurde eine pflichteifrige Hausfrau, und wenn sie Gäste bei sich hatte, setzte sie ihnen die besten Gerichte vor, aber man langweilte sich bei ihr.

Als sie ein Jahr nach ihrer Hochzeit einem Mädchen das Leben schenkte, nahm sie die Pflichten einer Mutter mit derselben Ruhe und Umsicht auf sich, die sie auch sonst auszeichneten. Judith stickte eine Anzahl von Kleidern für das kleine Kind, aber heimlich schmollte sie.

»Eigentlich sollte zur Geburt meiner ersten Enkelin ein Freudenfest mit Fanfaren und Trompeten gefeiert werden«, sagte sie vorwurfsvoll zu Philip. »Aber Audrey tut so, als ob es eine ganz alltägliche Angelegenheit wäre, ein Kind zu bekommen.«

»Aber liebe Judith«, erwiderte Philip lachend, »das ist es doch auch. Aber manchmal wünschte ich mir«, fügte er ernster hinzu, »daß sie nicht so zurückhaltend wären. Ein Haus zu bauen und für das erste Kind zu sorgen, ist doch ziemlich kostspielig, und Christophs Einkommen ist nicht groß. Aber als ich ihm Hilfe anbot, sagte er, er wollte nicht gern Geld von seinem Vater annehmen, wenn er es nicht wirklich brauchte.«

Judith entgegnete nichts darauf. Wenn Philip auf diese Weise zu entschuldigen versuchte, daß er ihre Nachsicht gegenüber Davids Verschwendungssucht tadelte, wollte sie ihm keine Gelegenheit geben, das zu tun.

Aber auf die Dauer konnte man unmöglich übersehen, daß David zu üppig lebte. Sein jährliches Einkommen bestand aus der Hälfte des Verdienstes, den die Zuckerernte brachte, und da die Preise sehr hoch waren, verfügte er über größere Summen als seine Freunde. Als er wegen Spielschulden in Schwierigkeiten kam, weigerte sich Philip, ihm mehr Geld zu geben. David wandte sich wieder an Judith. Es war Hochsommer, das Zuckerrohr würde erst im November reif sein, und er schämte sich, so lange mit der Bezahlung seiner Ehrenschulden zu warten. Er war so betrübt darüber, und er versprach so leidenschaftlich, sich bessern zu wollen, daß Judith Mitleid mit ihm hatte und einen Scheck auf die Indigoernte ausstellte.

David wußte sich kaum zu lassen vor Freude und Dankbarkeit. »Du bist wunderbar gut, Mutter!« rief er. »Ich zahle dieses Geld sofort zurück, wenn die Zuckerernte verkauft ist.«

Er küßte sie wild, dann eilte er hinaus, rief seinen Diener und ließ sein Pferd satteln. Als er zur Stadt kam, um seine Schulden zu bezahlen, zeigte es sich, daß er diese überschätzt hatte. Mit der Summe, die er übrigbehielt, kaufte er blaues französisches Maroquinleder, damit seine Mutter sich Gesellschaftsschuhe daraus machen lassen sollte.

Einige Tage später trat Philip ins Wohnzimmer und gab ihr den ungültig gemachten Scheck.

»Was hast du denn damit kaufen wollen?« fragte er sie.

Judith war erstaunt, denn er kümmerte sich selten um ihre Ausgaben. »Warum willst du das wissen?«

Philips Gesichtszüge wurden hart. »Glaubtest du, der Scheck würde eingelöst werden, ohne von mir gegengezeichnet zu sein? Habe ich dir nicht gesagt, daß du Davids Schulden nicht bezahlen sollst?«

Sie zuckte die Schultern und seufzte.

»Ach, Philip, er war ganz außer sich!«

»Es hätte ihm gar nichts geschadet, wenn er sich noch eine Zeitlang den Kopf darüber zerbrochen hätte.« Er trat nahe zu ihr und faßte

sie am Arm. »Wenn du David noch einmal einen Schreck auf die Indigoernte gibst, nachdem ich ihm gesagt habe, daß er kein Geld von mir bekommt, war das der letzte Scheck auf die Plantage, den du ausgestellt hast.«
»Aber, Philip!« Sie machte sich von ihm los. »Soll ich nach all diesen vielen Jahren jedesmal um Erlaubnis fragen, wenn ich mir einen Meter Band kaufen will?«
»Ja, das ist meine Absicht«, erwiderte er unerbittlich. »David soll sich nicht hinter dich stecken, wenn er Geld haben will. Er muß endlich lernen, richtig mit seinem Geld umzugehen.«
»Ich weiß nicht, was plötzlich in dich gefahren ist«, rief Judith. »Immer warst du ein so nachsichtiger und liebevoller Vater, daß man sich keinen besseren auf der ganzen Welt vorstellen konnte, und jetzt fängst du plötzlich an, David abzukanzeln wie ein strenger Richter. Er ist genau so, wie du früher auch warst.«
»Das ist etwas ganz anderes. Vor allem darfst du ihm das nicht immer sagen. Zum mindesten mußte ich selbst die Folgen von allem tragen, was ich tat, als ich so alt war wie er. Ich hatte keine zärtliche Mutter, die mir Geld verschaffte und mir den Lockenkopf streichelte wie einem Kind, dem bitteres Unrecht geschehen ist.«
Judith spielte nervös mit den Hausschlüsseln, so daß sie klirrten.
Philips Züge entspannten sich. »Also, willst du mir versprechen, vernünftig zu handeln?«
»Ich kann es nicht ertragen, ihn niedergeschlagen zu sehen!« widersprach sie ihm mit einem bedauernden Lächeln. »Er war so froh und glücklich, als diese Sorgenlast von ihm abfiel. Ich wünschte nur, du hättest ihn heute nachmittag gesehen.«
»Wo ist er jetzt?«
»Er macht einen Besuch bei einer jungen Dame. Er hat sich einen hohen eleganten Hut gekauft und ein Paar Reithosen, in denen er kaum sitzen kann, aber er sagte, man trüge sie jetzt ganz eng.«
Nach einem kurzen Schweigen setzte Philip sich neben sie und legte die Hand auf ihre Knie. »Judith, ich sage nichts dazu, daß du David so gerne hast. Aber deine gesunde Urteilskraft darf dadurch nicht

getrübt werden. Ich möchte, daß du ihn nicht auch noch zu seinen Liebeleien ermutigst.«

Sie lachte. »Ich kann doch nichts dafür, daß alle jungen Mädchen in Dalroy ihn vergöttern!«

Ihre Blicke trafen sich. »Aber es liegt zum größten Teil an dir, daß er so wankelmütig und unbeständig ist.«

»Wie meinst du das?«

»Solange David von einem ganzen Schwarm Damen umgeben ist und nicht eine einzelne aussondert«, sagte Philip langsam, »stehst du seinem Herzen natürlich am nächsten. Deshalb versuchst du, den Tag möglichst weit hinauszuschieben, an dem du ihm nichts mehr bedeutest im Vergleich zu irgendeinem unbedeutenden jungen Ding. Willst du tatsächlich einen ewig von seiner Mutter behüteten alten Junggesellen aus ihm machen?«

Judith schwieg eine Weile. Sie versuchte sich einzureden, daß Philips Worte nicht wahr wären. Aber schließlich fragte sie leise: »Ist es – ist es wirklich so schlecht von mir, daß ich mich davor fürchte, ihn zu verlieren?«

»Ja.«

Judith legte ihre Hände in die seinen. »Ich – ich habe es wohl noch niemals von dieser Seite aus angesehen.«

Philip lächelte, küßte sie und ging aus dem Zimmer.

In diesem Herbst nahm David sich zusammen und spielte nicht soviel Karten. Er wettete auch nur in bescheidenen Grenzen bei den Hahnenkämpfen, die man nach dem Muster von Neuorleans in Dalroy eingeführt hatte. Judith freute sich darüber und sagte Philip, daß der Junge jetzt vernünftig würde. Philip, der mit dem Stand der Zuckerfelder sehr zufrieden war, gab ihr mehr oder weniger recht. Die Neger schnitten jetzt schon Davids vierte Ernte, und die anderen, die nicht auf den Feldern arbeiteten, waren dabei, die Zuckerraffinerie zu vergrößern. David hatte jetzt drei Zuckerquetschvorrichtungen mit starken Hölzern, Rädern und langen Deichseln für die Maulesel, und an Stelle der einen Reihe großer Kessel standen nun sechs Reihen unter dem Palmblattdach. Die Sklaven hatten auch in der Nähe einen Lagerschuppen für das ausgepreßte Zuckerrohr errichtet. Auch dieses war wertvoll, obwohl es unscheinbar aussah. Wenn es getrocknet war, nannten die Kreolen es Bagasse und benützten es als Brennstoff zum Kochen des Zuckersaftes. Selbst das harzreichste Holz konnte keine so starke Hitze erzeugen wie Bagasse.

»Er ist ein geborener Pflanzer«, sagte Philip an einem Dezemberabend wieder zu Judith, kurz bevor sie sich schlafen legten.

»Ich habe dir ja von Anfang an gesagt, daß er tüchtig werden würde«, erwiderte sie glücklich.

»Wenn Zucker gekocht wird, ist er die ganze Zeit unten bei den Öfen. Gleich nach dem Abendessen ist er wieder zurückgegangen, um die Feuer zu beobachten.«

Judith stützte sich auf einen Ellbogen. In der Ferne sah sie bei den Zuckerfeldern einen schwachen Lichtschimmer, den sie für den Widerschein des Mondlichts hätte halten können, wenn sie nicht genau gewußt hätte, daß dort die Zuckerschuppen standen. Bei der Zukkerfabrikation brannten die Feuer Tag und Nacht, aber sie mußten dauernd beaufsichtigt werden. David hielt gewöhnlich abends Wache und wurde gegen Mitternacht von den Negern abgelöst.

Judith schmiegte sich wieder in die Decken. Mit geheimer Genugtuung und mit Stolz dachte sie an Philip und an David. Mit welch großem Erfolg hatten sie die frühere Wildnis in fruchtbaren Ackerboden verwandelt und unter ihre Herrschaft gebracht! Die Felder von Ardeith dehnten sich nun so weit aus, daß sie nur an sehr klaren Tagen vom Fenster ihres Schlafzimmers aus den Waldsaum sehen konnte. Nur eine ungewisse dunkle Linie war zu erkennen, die sich am Ende der Plantage hinzog. Und auch dieser Wald gehörte noch zu Ardeith, viele Meilen weit. Von dort holten sie ihr Feuerholz. Und noch weiter hinunter lagen die Wälder, die Christoph gehörten. Ritas Mitgift war auf dreihundert Acker erhöht worden. Mit leisem Schmerz dachte Judith daran, daß ein Teil dieses Landes das Erbe des kleinen Philip gewesen wäre, wenn er am Leben geblieben wäre. Aber die drei Kinder, die sie noch hatte, waren so wohlgera-

ten, daß jede Mutter darauf stolz sein konnte. Mit einem Gefühl freudiger Genugtuung schlief sie schließlich ein.
Aber plötzlich erwachte sie verwirrt und angstvoll. Die Nachtlampe brannte noch in dem tiefen Glase. Beim Schein der trüben Flamme sah Judith, daß Philip sich eilig ankleidete und sie hörte die lauten schrillen Stimmen der Neger in der Halle.
»Was ist denn geschehen?« rief sie.
Philip zeigte nur mit dem Arm nach dem Fenster, dann knöpfte er schnell die Weste zu. Judith richtete sich im Bett auf und sah, daß helle Flammen bei den Zuckerschuppen aufloderten. Große dunkle Rauchwolken stiegen zum Himmel auf. Glühende Funken mischten sich in den schwarzen Qualm, und Neger eilten vor dem hellen Feuer hin und her.
»Aber wie ist denn das geschehen?« fragte sie atemlos.
»Dieser wahnsinnige David hat die Feuer in den Zuckerschuppen unbewacht zurückgelassen, und nun ist die ganze Bagasse in Brand geraten«, sagte Philip über die Schulter, als er die Tür öffnete.
Sie sprang aus dem Bett und hielt ihn zurück.
»Ist David verletzt worden? Wo ist er?«
»Niemand hat ihn gesehen«, entgegnete Philip grimmig. »Laß mich gehen, Judith! Wer weiß, welchen Schaden das Feuer noch anrichtet, wenn es nicht sofort eingedämmt wird. Bleib du im Hause!«
Er eilte davon. Judith trat ans Fenster und zitterte in der kühlen Luft, als sie die Fensterläden weiter aufstieß und hinausschaute. Die Schuppen mit Bagasse standen in hellen Flammen. Tränen traten in Judiths Augen, und sie schluchzte vor bitterer Enttäuschung. Daß David eine solche Dummheit machen konnte! Die Maiskolben standen noch auf den Feldern, und zwischen den einzelnen Abschnitten war das Gras und Unkraut vertrocknet, so daß es leicht Feuer fangen konnte. Wenn sich der Brand über den Platz hinaus ausdehnte, der für die Zuckerschuppen frei gemacht worden war, konnte es auch die Obstplantagen und die Indigofässer zerstören und vielleicht sogar die Hütten der Neger erreichen. Wie leicht war das möglich! Und wenn der Wind umsprang und die Funken in diese Richtung

trieb, war selbst das große Herrenhaus in Gefahr.
Schnell schlüpfte sie in ihre Schuhe, nahm einen Mantel und lief zur Küche. Dort gab sie der Dienerschaft Befehl, Eimer voll Kaffee zu kochen. Sie ließ diese zur Brandstelle bringen, außerdem Brot und Fleisch. Sie ging selbst hinaus und legte alles auf den abgeschlagenen Baumstümpfen zurecht, so nahe am Feuer, als es möglich war.
Die Sklaven waren fast alle nur halb angekleidet und fürchteten sich sehr, aber sie arbeiteten schwer unter Philips Anordnungen. Er hatte offenbar die Hoffnung aufgegeben, die Zuckerschuppen und die Raffinerieanlage zu retten, und ließ einen tiefen Schutzgraben um das Feuer herum ausheben. Er sah von weitem, daß sie Kaffee für die Neger in Tassen goß und kam zu ihr.
»Judith, was machst du hier draußen? Ich habe dir doch gesagt, daß du fortbleiben solltest.«
»Ich kann es nicht mit ansehen, daß du hier in der Kälte frierst. Und die Schwarzen tun mir auch leid. Ich habe dir noch eine Flasche Whisky mitgebracht.«
»Danke«, sagte er und lächelte trotz seiner düsteren Stimmung. Schnell trank er aus der Flasche, während sie zum Feuer hinübersah, das schon etwas heruntergebrannt war.
»Wird es sich noch ausbreiten, Philip?«
»Das glaube ich nicht. Aber die Zuckerernte ist vernichtet, die ganze Quetschvorrichtung und die großen Vorräte an Bagasse.« Im Widerschein der flackernden Flammen sah sie, daß sein Gesicht von Ruß geschwärzt war. »Ein paar Neger sind bei den Arbeiten verunglückt und ziemlich schwer verbrannt, und ein anderer –«
»Was meinst du?« fragte sie, als er nicht weitersprach.
Philip zeigte nur mit der Hand auf eine Stelle.
Judith trat von dem Baumstumpf fort, um nachzusehen, aber dann stieß sie einen Schrei aus.
»Ist der Mann tot?«
Er nickte.
Judith faßte seine beiden Arme; trotz der Hitze des nahen Feuers zitterte sie.

»Philip«, rief sie entsetzt, »weißt du auch bestimmt, daß David kein Leid zugestoßen ist?«
»Er ist nirgends hier in der Nähe«, erwiderte er kurz, »er ist fortgeritten – das habe ich dir doch schon gesagt – und hat die Feuer bei diesem starken Wind unbewacht zurückgelassen.«
Judith sank schwach auf einen Baumstumpf nieder. Sie war zu tief getroffen, um zu weinen.
Philip wandte sich um und rief den Leuten scharfe Befehle zu. Dazwischen hörten sie das ängstliche Wiehern eines Pferdes und die Schritte eines Mannes, der hastig näher kam. Dann tauchte in dem Feuerschein David auf. Atemlos eilte er herbei.
»Vater, was ist geschehen?«
»David, um Himmels willen, wo bist du gewesen?« fragte Philip scharf.
»Ich bin nur die Straße ein wenig hinaufgeritten – ich wollte nicht so lange fortbleiben – die Feuer waren heruntergebrannt.«
»Nun gut. Geh hin und hilf den Negern, das Feuer einzudämmen. Morgen sprechen wir weiter darüber.« Philip wandte sich an Judith. »Willst du jetzt nicht zum Haus zurückgehen? Ich danke dir für den warmen Kaffee und alles andere, aber du wirst dich doch zu Tode erkälten, wenn du hier nur mit einem Nachthemd unter dem Mantel auf den Feldern stehst.«
Seine Worte klangen so vorsorglich und liebevoll, daß sie ihm nicht widersprechen konnte. Sie erhob sich und ging zum Haus zurück, aber im Dunkeln stolperte sie über die Furchen in den Feldern.

David fühlte tiefste Reue. Er hatte nie geglaubt, daß so etwas geschehen könnte. Den Negern hatte er gesagt, sie sollten sich zur Ruhe legen und eine Stunde nach Mitternacht wieder zu den Feuern kommen. Er selbst hatte in der Nähe der Zuckerschuppen gesessen und die Feuer beobachtet, die verhältnismäßig niedrig unter den Kesseln brannten. Es war ziemlich kalt und einsam. Während er dort wachte, kam Roger Sheramy vorbei. Der Vetter hatte den Abend in der Stadt verbracht und auf dem Rückweg den Feuerschein bei den

Zuckerschuppen bemerkt. So war er näher geritten, um zu sehen, ob David dort Wache hielte und ihn wohl noch begleiten würde, um ein Glas zu trinken. »Es ist mächtig kalt«, sagte David. »Ich will mit dir ein wenig die Straße entlang reiten, um mich aufzuwärmen. Hier ist ja alles in bester Ordnung.«
Wie konnte er auch voraussehen, daß der Wind plötzlich so heftig werden würde?
Er bedauerte seine Schuld aufs tiefste, aber zu seinem Erstaunen mußte er erkennen, daß man ihm nicht sofort verzieh. Hatte er denn nicht versprochen, nach diesem Unglücksfall in Zukunft viel sorgfältiger und vorsichtiger zu sein? Welchen Zweck hatte es, noch lange über eine Sache zu reden, die man doch nicht mehr ändern konnte?
»Ist es dir zum Bewußtsein gekommen«, fragte Philip, »daß du die ganze Plantage und alle Menschen, die hier wohnen, in Gefahr gebracht hast?«
»Ja! Und ich habe dir doch gesagt, wie leid es mir tut.«
»Ein wenig Alleinsein und Ruhe, um darüber nachzudenken, wie leid es dir wirklich tut, würden ganz gut für dich sein.«
»Was meinst du damit, Vater?«
»Wenn du einen Neger beim Feuer als Wachtposten zurückgelassen hättest, würde der halbtot geprügelt worden sein, wenn er sich aus dem Staube gemacht und dadurch ein solches Unglück verursacht hätte. Man hätte ihn dann eingesperrt, und er hätte seine Strafe verdient. Und wenn du nicht gelernt hast, mehr Verantwortung zu fühlen, als du sie von irgendeinem Sklaven verlangst –« Er stand auf und trat dicht vor David hin. »Dich kann ich nicht in eine Zelle sperren, weil du deine Pflicht vernachlässigt hast. Aber die Plantage ist als Ersatz für ein Gefängnis auch ganz gut. Von heute ab bleibst du sechs Monate lang innerhalb der Grenzen von Ardeith, und wenn du dich zusammennimmst und dir nichts zuschulden kommen läßt, verlasse ich mich vielleicht wieder auf dich.«
»Sechs Monate!« rief David atemlos.
»Ja!«

»Aber was soll ich denn den anderen Leuten sagen? Es ist doch unmöglich, daß ein junger Mann in meinem Alter eingesperrt wird wie ein kleiner Junge!«

»Wenn du dich wie ein kleiner Junge benimmst«, sagte Philip, während er zur Tür ging, »macht dein Alter nicht viel Unterschied.«

David war wütend und empört. Schwerer hätte ihn sein Vater kaum bestrafen können. Er ging gerne zu Bällen, Tanzvergnügen und fröhlichen Zechgesellschaften in den Gasthäusern. Wenn er nun ein halbes Jahr lang die Pflanzung nicht verlassen durfte, war das für ihn eine Katastrophe. Er sagte, er wäre volljährig und könnte tun und lassen, was er wollte.

»Aber nicht mit meinem Eigentum«, erwiderte Philip.

Eine Woche lang ertrug David die Haft. Aber als seine Eltern dann eines Morgens aufwachten, war er verschwunden. Er hatte nichts mitgenommen als ein Pferd und ein paar Kleidungsstücke, die man in die Satteltasche stecken konnte. Einige Tage und Nächte konnte Judith vor Unruhe nicht schlafen. Sie versuchte, sich mit dem Gedanken zu trösten, daß er dies nur in einer augenblicklichen Aufwallung getan hätte, weil man ihn gestraft hatte. Sicher würde er zurückkehren, sobald sein Taschengeld aufgezehrt war. Aber er erschien nicht wieder, und als die dritte Woche verflossen war, mußte sie zu ihrem Schmerz einsehen, daß er nicht die Absicht hatte, zurückzukommen.

Philip war ernster und in sich gekehrter, als sie ihn jemals gesehen hatte. Diese Wendung hatte er nicht erwartet. Aber er hätte doch daran denken können, warf sie ihm vor, als das lange Warten sie fast zur Verzweiflung gebracht hatte. Immer wieder war sie zum Fenster geeilt, wenn sie draußen Hufschläge gehört hatte. Immer hatte sie gehofft, daß David heimkommen würde. »Wie ein kleines Kind hast du ihn behandelt!« rief sie. »Du hättest wissen sollen, daß er das nicht ertragen würde.«

»Ach, sei doch ruhig«, sagte Philip, ohne sie anzusehen. »Für mich ist es auch nicht leicht, das weißt du.«

Judith ging im Zimmer auf und ab. Philip stand am Fenster und

schaute hinaus.
»Was willst du nun unternehmen?« fragte sie schließlich.
»Ich werde nach Neuorleans reisen«, erklärte er kurz.
Während seiner Abwesenheit zwang sie sich zur Selbstbeherrschung. Immer wieder sagte sie sich, daß Philip ihn natürlich finden würde. David hatte nicht genug Geld, um weit fortzugehen. Vielleicht hatte er sich irgendwo in einem Gasthaus ein Zimmer gemietet und ließ es sich dort in froher Gesellschaft und Unabhängigkeit gut gehen. Dort hatte er ja größere Freiheit als zu Hause. Aber Philip kam zurück und berichtete, daß keiner seiner Bekannten und Freunde David gesehen hätte. Eine Woche später fuhr er in einem Boot den Strom bis Natchez hinauf und hielt unterwegs bei jeder Ortschaft an, aber wieder kam er allein nach Ardeith zurück.
Judiths Aufregung und Ärger schwanden, und schließlich wartete sie nur noch in Angst und Sorge. Zwei Monate gingen vorüber, und zwei weitere verstrichen, ohne daß sie von ihrem Sohne hörten oder jemand fanden, der ihnen hätte helfen können. Den Rest der Zuckerernte mußten sie umpflügen, weil sie keine Kessel und Maschinen hatten, um den Saft auszupressen und zu kochen.
Philip gab den Negern den Auftrag, die Zuckerschuppen, Maschinen und Kessel wieder aufzubauen. Er schien sich in die Arbeit stürzen zu wollen, um seine bösen Befürchtungen zu beschwichtigen.
»Warum arbeitest du jetzt so schwer?« fragte Judith, als er eines Abends nach Hause kam.
»Ich kann nicht schlafen, wenn ich nicht todmüde bin«, erwiderte Philip.
Darauf stellte sie keine weiteren Fragen an ihn. Wie er konnte auch sie die Untätigkeit nicht ertragen. Sie gewöhnte sich an, nachmittags weite Ritte auf die Felder zu machen, damit sie nachts Ruhe fand. Aber wenn sie auch schlief, träumte sie doch immer wieder, daß David bei irgendeiner einsamen Siedlung am Fluß tot ans Ufer geschwemmt wurde oder daß sein Skalp an dem Wigwam eines Indianers in den westlichen Wäldern hing. Als der Frühling ins Land zog, war ihr Haar an den Schläfen weiß geworden.

Sie wünschte nur, die Zuckerfelder lägen nicht so dicht bei dem Herrenhaus. Die Schößlinge, die im März aus dem Boden kamen, waren wie scharfe kleine Messer, die ihr ins Herz schnitten. Immer mußte sie daran denken, wie sehr David die Zuckerpflanzung geliebt hatte.

Im August, als David acht Monate verschwunden war, schlug Christoph vor, daß er ein Boot nehmen und nach Norden fahren wollte, um nach seinem Bruder Ausschau zu halten.

»Es hat keinen Zweck«, sagte Judith müde. »Jetzt ist er so lange fort. Wer weiß, wohin er inzwischen gekommen ist.«

Christoph legte die Hand auf ihren Arm. »Aber irgendwo muß er doch sein, Mutter. Wenn er tot wäre, hätten wir –«

»Christoph!« rief sie mit schriller, unnatürlicher Stimme.

Er versuchte sie zu beruhigen und ging wieder fort. Judith ließ ihr Pferd satteln und ritt auf die Felder. Verzweifelt fragte sie sich, warum die Menschen sich überhaupt Kinder wünschten.

Rita war wohl ein liebes nettes Mädchen, aber noch zu jung, um die Mutter verstehen zu können. Von ihren Söhnen war der eine gestorben, der andere trieb sich als heimatloser Vagabund umher. Nur Christoph, der am wenigsten von ihrem Charakter geerbt hatte, war als ein guter Junge herangewachsen, mit dem sie zufrieden sein konnte. Diese Erkenntnis war ebenso bitter wie die quälenden Gedanken an David.

Sie blickte über die grünen Zuckerrohrfelder. Die Pflanzen wollten ohne David nicht recht gedeihen. Philip war nur mit halbem Herzen bei der Sache. Die Halme neigten sich zur Seite, als ob sie merkten, daß ihr Herr sie verlassen hatte. Aber sie sagte sich, daß sie nicht herausgekommen war, um David zu tadeln. Sie wollte niemandem einen Vorwurf machen, sondern nur allein sein und die schützenden Decken abstreifen, die man so gern über die eigenen Fehler breitete. Sie selbst war daran schuld, daß David sich noch so launenhaft wie ein Kind benahm, obwohl er zum Manne herangewachsen war.

Plötzlich wurde ihr klar, daß sie David nicht mehr besitzen konnte und wollte. Er war jetzt ein Mann und brauchte ihre Fürsorge nicht mehr. Ohne daß er es selbst wußte, schlug er sich nun in der Welt durch, um sich auch seelisch von ihr frei zu machen, wie er es körperlich schon war. Sie erinnerte sich an die furchtbare Nacht, in der sie ihn geboren hatte. Die Schmerzen, die sie damals ertragen hatte, erschienen ihr leicht im Verhältnis zu den qualvollen letzten Monaten. Sie erkannte, daß es ihr eigener Fehler war, wenn ihr diese zweite Trennung von ihm schwerer wurde als die erste.

Die Sonne ging unter, und die Dämmerung brach herein. Nach ein paar Minuten wurde es rasch dunkel, und die Sterne am Himmel begannen aufzuleuchten.

Judith lenkte ihr Pferd heimwärts. Bei dem Kerzenschein, der aus der Halle drang, sah sie Philip auf den Stufen der Veranda sitzen. Er winkte ihr zu.

»Wo warst du?«

»Ich bin nur ausgeritten.«

Er rief Josh herbei, um das Pferd in den Stall zu führen.

Judith setzte sich neben ihn. Ein Negermädchen steckte den Kopf zur Haustür heraus. »Heute abend keine Gäste, Miß Judith?«

»Nein. Decke nur für Mr. Philip, Miß Rita und mich.«

»Merkwürdig, daß sie immer wieder dasselbe fragt«, sagte Philip leise.

Nur selten hatten sie in dieser Zeit Gäste bei sich. Noch vor einem Jahr hatte sie ärgerlich gesagt, daß sie niemals wüßte, wieviel Gedecke sie auflegen lassen sollte. Es verging kaum ein Abend, an dem David nicht Gäste mitbrachte. Judith atmete schwer, als sie sich daran erinnerte, und Philip legte seine Hand auf die ihre.

Dann hörten sie das Geräusch eines Wagens jenseits der Eichenallee und sahen verwundert auf, denn die Wagen von der Plantage kamen gewöhnlich nicht diesen Weg entlang. Undeutlich erkannten sie die Umrisse des Gefährtes unter den Bäumen.

»Wer in aller Welt kann das nur sein?« fragte Judith.

Philip stand auf.

»Hallo, bist du das, Vater?« hörten sie eine Stimme.

»David!« rief Judith. Sie zitterte vor Erregung so stark, daß sie im ersten Augenblick Philip nicht folgen konnte, der bereits die Allee hinuntereilte. Aber dann stürzte sie ins Haus, nahm eine Kerze vom Tisch und lief hinter ihm her. Sie schluchzte und weinte, so daß sie nicht rufen konnte.

»Hallo, ihr beiden!« rief David so vergnügt, als ob er von einer Gesellschaft käme. »Wie geht es euch allen?«

Sie nahm sich zusammen und wischte die Tränen aus den Augen, so daß sie sehen konnte. Ein abgenutzter Wagen stand vor ihr, der von einem alten Maultier gezogen wurde. Und auf dem Maultier ritt David. Er winkte und lachte, als er sich dem Hause näherte.

Seine Kleider waren so schmutzig und zerrissen, als ob er ein Landstreicher wäre, aber er saß mit ungezwungener Anmut auf dem altersschwachen Reittier. Er hatte einen rotblonden Bart, der ihm das Aussehen eines sagenhaften Wikingers gab, und die Sonne hatte sein Gesicht verbrannt, so daß er fast so dunkelbraun war wie die Indianer. Er lächelte, als er abstieg, faßte die Hand seines Vaters und zog mit dem anderen Arm seine Mutter an sich.

»Ach, wie schön ist es, euch alle wiederzusehen! Aber Mutter, höre doch auf zu weinen – mir geht es ausgezeichnet.«

Judith drückte ihn an sich, und Philip betastete die Arme und das Gesicht seines Sohnes, als ob er fürchtete, David könnte wieder verschwinden. »Geht es dir wirklich gut, mein Junge?«

»Ja, natürlich! Ich habe eine großartige Zeit verlebt.« Er nahm das Licht aus Judiths Hand und umarmte sie wieder. »Ist das Rita, die dort die Treppe herunterkommt? Wie groß ist das Kind geworden!«

»David!« rief Rita. »Aber was für einen langen Bart du hast!«

Er eilte ihr entgegen und hob sie hoch. Aber nach der ersten Begrüßung nannte sie ihn einen abscheulichen Strolch. Rita war erst zwölf Jahre alt und hatte nicht so sehr unter der Trennung gelitten, daß die Wiedersehensfreude sie ebenso überwältigt hätte wie die anderen. Auch konnte sie ihm nicht sofort verzeihen. »Alle haben sich deinetwegen so große Sorgen gemacht!« sagte sie böse. »Du solltest dich ordentlich schämen!«

David lachte und setzte sie wieder auf den Boden. Alle sprachen zu gleicher Zeit, aber Ritas Stimme übertönte die anderen.
»Du brüstest dich ja mächtig, daß man tatsächlich denken sollte, du bringst mindestens tausend Golddublonen nach Hause!«
David zupfte sie am Haar, dann legte er eine Hand auf Philips Schulter und sah vergnügt zu Judith und Rita.
»Ja, mein liebes Kind, die bringe ich wirklich mit.«
Er hob die Kerze, so daß der Lichtschein auf den alten häßlichen Wagen fiel. Nun erst sahen sie, daß ein großer, unförmiger Gegenstand darin lag, der mit einem Stück Segelleinen zugedeckt war. David begrüßte mit lauten Rufen die Neger, die aus dem Haus und von den Feldern kamen, um sich zu vergewissern, daß der junge Herr wirklich zurückgekehrt war. Dann zeigte er wieder auf den Wagen.
»Seht einmal her!« sagte er bedeutungsvoll.
»Was ist das denn?« fragte Philip.
Judith war es gleichgültig, was es sein mochte. »Liebster Junge, wo warst du nur die ganze Zeit?« wollte sie wissen.
»Ach – überall. In Savannah, in Charleston, an der Küste von Karolina. Dort habe ich dieses gefunden. Es war nur sehr mühselig, es nach Hause zu schaffen!«
Er nahm die Leinwand ab.
Sie sahen eine ungefüge Maschine auf Rädern mit großen Vorrichtungen, die gewaltigen Kämmen glichen. Sie war auf einem hölzernen Rahmen aufgebaut. David trat einen Schritt zurück wie ein Künstler, der eben ein Meisterwerk enthüllt hatte.
»Aber David, was ist das für eine Maschine?« fragte Philip.
Sein Sohn lachte siegessicher. »Man nennt es eine Baumwollkämmaschine.«
Er gab Rita die Kerze und legte beide Hände auf Philips Schultern, während er weitersprach. Er war so freudig erregt, daß er zuerst kaum einen zusammenhängenden Satz herausbringen konnte.
»Das ist die neueste Erfindung – man fängt eben erst an – sie wird auf den größten Plantagen an der Küste gebraucht. Ich kann euch nur

sagen, es ist ein Wunder. Ihr werdet es nicht glauben, bis ihr die Maschine arbeiten seht. Ich habe mir fast das Genick gebrochen, um sie noch rechtzeitig zur Baumwollernte herzubringen.«

»Aber wozu wird sie denn verwendet, David?« fragte Judith.

»Sie nimmt die Samenkapseln aus der Baumwolle. Zehnmal, zwanzigmal schneller als die geschicktesten Arbeiter.« David war ganz außer sich vor Begeisterung. »Es geht so rasch, daß einem schwindelig wird, wenn man zusieht. Ist die Baumwolle schon eingeerntet?«

»Ja, zum Teil«, antwortete Philip kurz. Er war noch zu verblüfft, um mehr zu sagen.

»Morgen in aller Frühe setzen wir die Maschine in Betrieb.« David klopfte seinem Vater auf den Rücken. »Und in drei Tagen haben wir die ganze Ernte gereinigt.«

Philip begann zu lachen. Auch Judith lachte, während noch Tränen ihre Wangen herabliefen. Sie hätte eine solche Entwicklung voraussehen müssen. David war doch ganz der Sohn seines Vaters. Sie hätte wissen müssen, daß er nicht eher nach Hause kommen würde, als bis er etwas Großes erreicht hatte.

Sie gingen auf das Haus zu, nachdem die Neger den Auftrag erhalten hatten, die Maschine für die Nacht unterzustellen. Judith hatte ihren Arm in den Davids gelegt. Sie war so glücklich, daß sie kaum hörte, was er sagte. Nur hin und wieder verstand sie einen Satz von seinem begeisterten Vortrag.

». . . zwei oder drei dieser Baumwollmaschinen bringen doppelt soviel Geld wie die ganze Indigoernte . . . bei den jetzigen Preisen lohnt es sich, auf der Hälfte der Felder Baumwolle zu pflanzen . . . ich kann es kaum erwarten, damit anzufangen . . . ach, ist das herrlich, wieder daheim zu sein . . .«

18.

Es war Davids Baumwollkämmaschine, die dem Indigo und den Heuschrecken auf Ardeith ein Ende machte. David hatte sich auf einem Schiff anheuern lassen, das die Küste von Florida hinunterfuhr und auch in Havanna anlegte. Dort hatte er viel von den neuen Indigoplantagen gehört, die tiefer im Süden angelegt wurden. Die Pflanzer in Guatemala ernteten genug Indigo, um die ganze Welt blau zu färben, berichtete David seinen Eltern. Ihre Konkurrenz hatte bereits einen Preissturz gebracht, der noch anhalten würde. Baumwolle mußte in Zukunft den Indigo ersetzen. Die neue Maschine beseitigte die einzige Schwierigkeit, die bisher den Anbau in großem Maße verhindert hatte, und in den Vereinigten Staaten brachten einhundert Pfund guter Baumwolle fünfundzwanzig amerikanische Dollars.

Judith versuchte nicht, sich den Wert dieser Summe klarzumachen. In Louisiana lebten die Vertreter vieler verschiedener Nationen zusammen, so daß es ihre rechnerischen Fähigkeiten überstieg, sich in den einzelnen Währungen zurechtzufinden. Aber die Vorteile dieser Wundermaschine waren offensichtlich. Von weit und breit kamen die Pflanzer aus der Umgebung von Dalroy herbei und beobachteten, mit welcher Geschwindigkeit die Samenkapseln aus der Baumwolle herausgekämmt wurden. Judith hörte mit größter Genugtuung, was sich die Leute darüber erzählten, und hatte das Gefühl, ein großes Abenteuer zu erleben. Das Verfahren, Zucker zu gewinnen, und die neue Art, die Baumwolle zu behandeln, riefen eine Revolution in dem Betrieb der Plantagen hervor, nicht nur in Ardeith, sondern in der ganzen Gegend. Indigo, früher das bedeutendste Erzeugnis und die Hauptquelle ihres Erwerbes, war plötzlich überholt.

Im ersten Jahr nach Aufstellung der Baumwollmaschine pflanzte Philip fünfhundert Acker Baumwolle, aber im nächsten Jahr waren es schon tausend und in dem darauffolgenden sogar zweitausend.

Die Baumwolle gedieh großartig, sie wucherte fast wie Unkraut, und das Auskämmen mit der Maschine war viel sauberer und angenehmer, als Indigo zu kochen. Und die Heuschrecken verschwanden vollkommen aus dem Haus.

Aber Philip steigerte auch die Zuckererzeugung und baute ein großes Ziegelhaus für die Destillation des Zuckersaftes. Außer ein paar unbedeutenden Leuten, die zu dumm oder zu träge waren, um neue Kulturen auf ihren Feldern einzurichten, sprach kein Mensch mehr über Indigo. Baumwolle und Zucker brachten den Städten am Fluß neuen Wohlstand und Aufschwung. Louis Valcour errichtete zwei neue Lagerhäuser, aber auch die reichten bald nicht mehr aus, so daß er noch fünf größere baute, denn Baumwolle nahm viel Platz ein und erforderte beträchtlichen Stapelraum. Die Familie Purcell baute neue Anlegestellen an beiden Enden der Stadt, um dem aufblühenden Handel am Strom zu genügen. Durham und Larne, die Bootbaufirma, eröffnete eine neue Werft zur Herstellung größerer Fahrzeuge.

Als Judith dies alles hörte, wandte sie sich verwundert an Philip.

»Ich bin wirklich fassungslos über diese schnelle Entwicklung«, gestand sie ihm.

Er lachte nur und drückte ihre Hand. Sein Gesicht trug denselben glücklichen Ausdruck wie damals, als er sie zum erstenmal in das neue Herrenhaus geführt hatte.

»Das ist Fortschritt«, sagte er. »Nein, es ist noch mehr als das – es ist Erfüllung unserer Wünsche. Davon haben wir geträumt, als wir den Fluß herunterkamen.«

Das Aussehen der Gegend veränderte sich so schnell, daß hervorragende Kennzeichen und Merkmale fast über Nacht verschwanden. An Stelle der alten Indigoplantagen, die hier und dort von Tabakfeldern unterbrochen worden waren, sah man jetzt meilenweit nichts als Baumwolle und Zuckerrohr, das sich im Winde wiegte. Die Indigofässer waren verschwunden und Baumwollmaschinen nahmen deren Platz ein. Die Rohbaumwolle wurde in Lagerhäusern aufgestapelt, und Reihen von Wagen belebten die Straße. Sie brachten die

großen Ballen zu den Werften. Die Tabakschuppen machten häßlichen Ziegelgebäuden Platz, in denen der Zucker destilliert wurde. Hohe Kamine wuchsen aus dem Boden und stießen nach der Zuckerernte Tag und Nacht schwarze Rauchwolken aus.
Auch das Bild der Stadt Dalroy veränderte sich. Mit dem wachsenden Reichtum wurden neue Wohnstraßen angelegt, die von dem Kern der Stadt abzweigten, und überall ertönte der Lärm von Sägen und Hämmern. Auf den Werften entwickelte sich lautes, geschäftiges Treiben. Neue Bankhäuser, neue Gaststätten und Kneipen entstanden, ebenso neue Läden, in denen teure Waren ausgestellt waren. Die Leute konnten es sich jetzt leisten, solche Dinge zu kaufen.
An den Anlegestellen sah man mehr Boote als jemals vertäut, und die Schiffe waren größer als früher. Sie nahmen die Baumwolle mit und brachten dafür Kleiderstoffe, Wein und Möbel für die reichen Leute.
Überall regte es sich, überall wurde tatkräftig gearbeitet. Das Land am großen Strom verlor die heitere Ruhe der Tage, in denen noch Indigo gepflanzt worden war. Über Baumwollkulturen stand noch wenig fest, man konnte nicht aus den Erfahrungen früherer Jahre lernen. Männer, die sich an Kreuzwegen trafen, stritten heftig darüber, welche Sorten am einträglichsten seien und wann man sie am besten anpflanze. Bei zufälligen Begegnungen an den Straßenecken sprach man darüber, daß der und der eine neuartige Baumwollmaschine in Betrieb hätte. Sie sollte die Rohbaumwolle schneller und besser auskämmen, als man es sonst jemals gesehen hatte. Oder man unterhielt sich darüber, daß ein Plantagenbesitzer massive Silbergefäße für seine Tafel bestellt hatte. Es war eine große, aufregende Zeit, und Judith dachte manchmal ein wenig belustigt, daß der größere Reichtum die Menschen ein wenig protzig und gewöhnlich mache. Aber selbst ihre plumpsten Prahlereien hatten noch etwas Gesundes und Liebenswertes an sich.
Judith glaubte, sie könnte in Ruhe dieses eigenartige Schauspiel beobachten; doch es dauerte nicht lange, da machten sich das Getöse

und die Unruhe der fortschreitenden Entwicklung auch innerhalb ihres Heims bemerkbar.
»Wir brauchen ein neues Haus«, behaupteten David und Rita.
»Aber liebe Kinder!« rief Judith. »Was habt ihr denn an diesem hier auszusetzen?« Sie betrachtete die roten Mooswände, die sie so sehr liebte. Aber die Kinder konnten natürlich nicht verstehen, wie eng das Leben ihrer Mutter mit diesem Haus verknüpft war.
Rita sprach in der kurzen, bestimmten und doch nicht unfreundlichen Art, die charakteristisch für sie war. Sie war jetzt fünfzehn, schlank und hübsch mit dem braunen Haar und den goldbraunen Augen Judiths.
»Heutzutage wohnt niemand mehr in Mooshäusern. Die sind zu einfach und zu primitiv. Dieses Haus hier«, erklärte sie energisch, »sieht aus wie eine Negerhütte.«
»Wir haben sechzehn Räume!« widersprach Judith.
»Aber sie sind eng und klein. Und sie haben Wände aus rotem Lehm und liegen alle in einem Geschoß. Wir können hier keine wirklich vornehmen Gesellschaften geben.«
»Man baut jetzt die Häuser aus Zypressenholz«, warf David ein.
Rita lachte verschmitzt. »Weißt du, welchen Eindruck dieses Haus auf mich macht, Mutter? Ich muß immer an Pioniere denken, die in diese Gegend kamen und meinten, sie hätten nun etwas ganz Besonderes.«
»Ja, liebes Kind, so war es auch wirklich«, gab Judith zu.
»Siehst du nicht ein, was wir meinen?« fragte David hartnäckig. »Die Leute achten auf uns. Jeder weiß, daß auf unserer Plantage zuerst Zucker raffiniert wurde und daß Ardeith die erste Baumwollmaschine aufstellte. Aber dieses Haus – nein, das ist wirklich nicht mehr angemessen. Man erwartet von Leuten wie den Larnes etwas anderes.«
Obwohl Judith es nur ungern zugab, erkannte sie doch, daß er recht hatte. Auf fast allen Plantagen ringsum sprach man davon, neue Herrenhäuser zu bauen. Auf einigen Farmen war auch schon mit der Arbeit begonnen worden. Die Häuser aus Lehm und Moos waren

ebenso plötzlich aus der Mode gekommen wie der Indigo.

Judith verstand diese neue Entwicklung, aber sie hörte den Plänen ihrer Kinder doch bedrückt zu. Kaum etwas von den Möbeln und anderen Sachen, die ihr so lieb geworden waren, würde in das großartige neue Gebäude mit den beiden Veranden passen, das die Kinder planten. Ihr stattlicher Eßtisch, dessen Platte durch den Gebrauch bei unzähligen Festessen glattgerieben worden war, die Stühle mit den geflochtenen Sitzen und die aus Rohr geflochtene Wiege, in der ihre Kinder geschlafen hatten, selbst das Bett, in dem sie mit Ausnahme von David geboren worden waren – all das würde jetzt zu altmodisch für die Einrichtung einer reichen Pflanzerfamilie sein. Als das Haus aus Zypressenholz dann wirklich gebaut wurde, wanderte sie einsam und niedergeschlagen in den alten Räumen umher. Liebevoll strich sie mit der Hand über Möbelstücke und Vorhänge, als ob sie Freunde wären, denen sie Lebewohl sagte.

»Was wollen wir mit all diesen Dingen anfangen?« fragte sie.

»Ach, die werfen wir einfach fort«, erwiderte David. »Vielleicht können wir einen Teil davon gebrauchen, um die neuen Sklavenhäuser einzurichten«, meinte Philip.

»Nun ja«, gab Judith zu. Die Unternehmungslust, mit der Philip und sie in diese Wildnis ausgezogen waren, konnte nicht eingedämmt werden. Sie war zu stark. Judith war darüber froh. Ihre Kinder wußten nicht, und Philip war zu eifrig bei der Sache, um zu erkennen, wie leicht es gewesen wäre, so weit zu gehen und nicht weiter. Sich zu begnügen mit dem, was bereits erreicht war, und in Frieden und Wohlstand auszuruhen. Judith sprach zu keinem Menschen darüber. Dieses Land war dauernden Veränderungen unterworfen, hier hatte man keine Achtung vor Dingen, die durch Alter geheiligt waren. Jeder regte und rührte sich, die Entwicklung ging schnell voran, und alles Veraltete wurde beiseite geworfen.

Das neue zweigeschossige Herrenhaus wurde weiß gestrichen. Die stattliche Vordertür hatte einen Griff und einen Klopfer aus Messingbronze. Sie führte in eine geräumige weite Halle. Im Hintergrund war unauffällig eine Treppe angebaut, die man bei Nacht und schlechtem Wetter benützen konnte. Im übrigen waren die beiden Stockwerke durch zwei Treppenläufe verbunden, die zu beiden Seiten des Haupteinganges begangen und in Form eines V nach der oberen Galerie hinaufführten. Äußere Treppen waren für dieses heiße Klima nach der modernen Auffassung ganz besonders geeignet, da man doch die meiste Zeit auf der Veranda zubrachte. Es war daher unbequem, wenn man jedesmal erst ins Haus gehen sollte, um nach oben zu kommen.

Die Hallen im oberen und unteren Geschoß liefen von der Vorderfront bis zur Rückseite durch, damit ständig frische Luft zuströmen konnte, und die Räume, die an beiden Seiten lagen, waren groß und hoch und hatten viele Fenster. Gestärkte weiße Vorhänge und Gardinen gaben ihnen ein freundliches Aussehen, und die Kerzenarme an den Wänden waren mit Unterteilen aus Glas oder blankem Zinn versehen, die den Lichtschein verstärkten. Im Wohnzimmer hing das große Bild von Judith, das sie mit zweiundzwanzig Jahren in Neuorleans hatte malen lassen, außerdem ein Porträt von Philip, das einige Zeit später entstanden war. Es stammte von einem französischen Künstler, der einmal einen Winter in Dalroy zugebracht hatte. Obwohl die Sklaven die meisten neuen Möbel angefertigt hatten, standen doch auch schwere Tische mit geschnitzten Füßen aus Frankreich und mehrere gepolsterte Sofas in den Räumen. Auch ein Klavichord hatten die Larnes von einem französischen Adligen gekauft, der den Schrecken der Französischen Revolution mit einigen guten Stücken seines Hausrates entkommen war. Er bekam so viel Geld dafür, daß er sich unter den Barbaren zu Tod trinken konnte. Es war sehr gebrechlich und sah wunderlich genug aus. Die Hälfte der eingelegten Hölzer war herausgefallen, und diese Art von Musikinstrumenten wurde auch schon unmodern, aber Rita liebte das Klavichord über alles und spielte begeistert darauf.

»Um Himmels willen, Judith, laß ihr doch das Vergnügen«, sagte Philip. »Sie ist jetzt schon älter, als du es bei unserer Heirat warst, und sie wird nicht immer bei uns bleiben.«

Judith seufzte und gab ihm recht. Sicher, es war ein entzückendes

Bild, wenn Rita am Klavichord saß und die jungen Herren aus der Nachbarschaft gerührt zuhörten. Sie ließen sich nicht einmal dadurch stören, daß das Instrument durch den Transport von Paris nach Louisiana sehr gelitten hatte und verstimmt war.

Auf der Rückseite des Hauses lagen die Näh- und Weberäume. Wenn auch die meisten Stoffe für Anzüge und Kleider gekauft wurden, war Judith doch eine zu sorgsame Hausfrau, um auch fertige Laken und Decken zu verwenden. Jenseits der Halle befanden sich die Vorratsräume und die Weinkammer, eine Reihe wichtiger Türen, deren Schlüssel Judith an ihrem Gürtel trug. Das Küchenhaus hatte man aus Ziegeln errichtet, um gegen Feuersgefahr geschützt zu sein, und die Regenbehälter auf der Rückseite der Gebäude waren aus gebranntem Ton, den bunte Glasuren schützten. Die Quartiere der Dienstboten lagen getrennt vom Haupthaus, waren aber durch einen gedeckten Gang damit verbunden. Auch diese waren mit Veranden ausgestattet, wo die Diener sitzen konnten, wenn sie ihre Tagesarbeit verrichtet hatten. »Sicher gehört nicht ein jeder zu einem solchen Haus«, sagten die Diener untereinander und prahlten den Sklaven anderer Familien gegenüber, daß die Dienerschaft in Ardeith nahezu ebensogut und vornehm wohnte wie die Herrschaft selbst.

Das obere Geschoß enthielt die Schlafräume. Es waren im ganzen acht außer den Zimmern für die Leute, die zur persönlichen Bedienung bestimmt waren, denn man mußte immer für die Aufnahme von Gästen bereit sein.

Neben Davids Zimmer lag ein anderes, das mit gepolsterten Stühlen, einem Nähtisch und Fußbänken ausgestattet war, da man erwartete, daß er nun bald eine Frau heimführen würde. Sie mußte natürlich ihr eigenes Wohnzimmer haben.

»Dieses Haus ist so großartig und wundervoll«, sagte Rita zu ihrer Mutter, »daß ich tatsächlich den Gedanken hasse, zu heiraten und von hier fortzuziehen.«

»Nun, es wird wohl noch eine Weile dauern, bis du heiratest«, erwiderte Judith schnell.

»Warum denn? Ich bin doch schon sechzehn.« Rita rieb sich die Augen. Sie hatte mit David in der vergangenen Nacht einen Ball besucht, den Gervaise ihrer Tochter Emily gab, und war eben erst ins Eßzimmer gekommen, um zu frühstücken.
Judith lächelte traurig, als sie Rita eine Tasse Kaffee einschenkte. Eines der Küchenmädchen brachte heiße Waffeln herein. Als sie hinausgegangen war, wandte sich Rita wieder an ihre Mutter.
»Bekomme ich eigentlich eine gute Aussteuer?«
»Natürlich, wenn du einen netten jungen Mann heiratest.«
»Vielleicht heirate ich einen, der arm ist«, entgegnete Rita sachlich. Sie behielt im allgemeinen ihre Gedanken für sich, und Judith wußte nicht recht, ob diese Äußerung ernst gemeint war. »Meiner Meinung nach muß ich vor David heiraten. Ich würde mich wie eine alte Jungfer fühlen, wenn eine junge Frau im Hause wäre, die mehr zu sagen hat als ich. Und David –«
»Nun, was wolltest du über ihn sagen?«
»Ach, er läuft jetzt auf jedem Ball Emily Purcell hinten und vorne nach. Bestimmt hat er sich in sie verliebt, denn früher hat er nie einem jungen Mädchen soviel Aufmerksamkeit geschenkt. Wäre es nicht nett, wenn die beiden heiraten würden?«
»O ja.« Judith langte nach der Kaffeekanne, um sich selbst eine Tasse einzugießen. Sie dachte daran, wie sehr sie eine solche Möglichkeit gefürchtet hatte, bevor David von Hause fortgegangen war. Heute freute sie sich nur, daß er an einem so begehrenswerten Mädchen wie Gervaises Tochter Gefallen fand. Wie töricht bin ich doch früher gewesen, dachte sie ironisch.
»Emily scheint wirklich ein liebes Ding zu sein«, sagte sie. »Vernünftig und ruhig. Kennst du sie gut?«
»Ich glaube kaum, daß irgend jemand sie genauer kennt. Sie ist sehr zurückhaltend. Aber sie versteht es, sich zu kleiden und sich zu unterhalten. Man wird gern auf ihre Gesellschaften gehen. Ich glaube, daß sie sehr gut zu David paßt.« Rita lachte hinter einer Waffel. »Ich bin nur froh, daß nicht Martha St. Clair meine Schwägerin wird!«
Judith lachte auch. Vor wenigen Monaten hatte Roger Sheramy die

jüngste der Töchter von St. Clair geheiratet. Aber wenn man Martha auch als ungewöhnlich schön bezeichnen mußte, war sie doch launenhaft wie ein verzogenes Kind. »Sage das nur nicht außerhalb des Hauses«, warnte Judith. »Roger ist dein Vetter.«

»Das tue ich nicht. Aber du weißt doch, Emily ist nicht besonders schön. Trotzdem hat sie sicher in ihrem ganzen Leben noch nicht soviel geweint wie Martha in einer Woche. Dabei hat Martha gar keinen Grund zum Heulen. Roger verwöhnt sie unglaublich. Mutter!«

»Ja?«

»Kann ich heute nachmittag mit Mr. Carl Heriot ausreiten?«

»Natürlich. Nimm Melissa mit und bleibe nicht bis nach Sonnenuntergang fort, du kannst auch Mr. Heriot zum Abendessen mitbringen, wenn du möchtest.«

»Ja. Könnte man aber nicht Melissa ein neues Reitkleid besorgen? Es sieht nicht gut aus, wenn eine feingekleidete junge Dame von einer armselig angezogenen Dienerin begleitet wird.«

»Warum gibst du ihr nicht das grüne, das du im vergangenen Frühjahr getragen hast?«

»Das ist ein guter Gedanke. Das werde ich tun.« Rita legte Messer und Gabel hin und ging zur Tür. Dort drehte sie sich noch einmal um. »Mutter, wenn ich heirate und mein eigenes Haus habe, kann ich dann auch mein Klavichord mitnehmen?«

»Selbstverständlich. Es spielt doch außer dir niemand darauf.«

»Danke schön.« Rita verließ das Zimmer.

Judith lächelte nachdenklich, als sie ihr nachsah. Wenn Carl Heriot der arme junge Mann war, von dem Rita vorher gesprochen hatte, konnte Judith höchstens den einen Einwand erheben, daß sie ihre Tochter noch nicht in so jungen Jahren verheiraten wollte. Die Heriots, eine alte englische Familie, waren kurz nach Ausbruch des Unabhängigkeitskrieges nach Westflorida geflohen. Mehrere Aufständische hatten ihrer Feindseligkeit gegen die Engländer dadurch Ausdruck gegeben, daß sie das Haus der Heriots in Pennsylvanien in Brand steckten. So hatten diese nicht viel von ihrem Vermögen mitnehmen können, aber das wenige hatten sie in Wäldern angelegt und trieben jetzt einen Handel mit Bau- und Feuerholz. Carls Mutter sprach gern über ihre große Vergangenheit, aber er selbst war ein vernünftiger junger Mann, der sich offenbar nicht zuviel darauf einbildete, das Mitglied einer in ihren Rechten gekränkten aristokratischen Familie zu sein. Judith glaubte, daß er ein guter Ehemann werden würde.

Am Nachmittag ritt Rita mit ihm nach dem Uferdamm, gefolgt von ihrer schwarzen Dienerin, die stolz das abgelegte Reitkleid ihrer jungen Herrin trug. Judith sah ihnen nach und sagte zu Philip, daß sie wirklich ein außergewöhnlich schönes Paar seien.

»Ich freue mich, daß du so denkst«, erwiderte er. »Carl und ich hatten eine Unterredung, während er auf Rita wartete. Er bat mich um die Erlaubnis, ihr einen Antrag machen zu dürfen.«

Judith rollte lächelnd das Ende des Vorhanges zusammen. »Glaubst du nicht, daß er ihr schon einen gemacht hat?«

»Vermutlich hat er das getan. Er schien seiner Sache sehr sicher zu sein, daß sie ihn annehmen würde.«

»Hoffentlich hast du ihn auch nach seinen Aussichten gefragt?«

»Gewiß. Er war sehr offen. Carl ist ein jüngerer Sohn, wie du weißt, und außerdem hat die Familie nicht viel unter ihre Kinder zu verteilen. Es war wirklich anerkennenswert, als er mir aufrichtig sagte, daß seine Mutter in der Erinnerung die Verluste wohl überschätzte, die sie in Pennsylvanien erlitten hatten. Aber Ritas Mitgift ist ja groß genug für einen Anfang. Woran dachtest du denn eben?«

»An David.«

»An ihn und Emily Purcell? Da steht es gut. Heute morgen bat er mich um Auskunft, mit wem ein junger Gentleman sprechen müsse, der einem Mädchen mit einem Stiefvater einen Antrag machen möchte. Er wollte von mir wissen, ob er sich in dem Fall an den Stiefvater, ihren ältesten Bruder oder ihre Mutter zu wenden habe. Ich sagte ihm, er müßte die Mutter fragen, wegen der Mitgift sich aber wahrscheinlich mit Harry Purcell verständigen. Ich bin froh. Es ist wirklich Zeit, daß David heiratet.«

»Mein Gott!« seufzte Judith. »Zwei Hochzeiten – und dazu noch all das andere!«

Philip lachte. »Es bleibt uns wenigstens keine Zeit zum Einrosten.«

Judith hatte manchmal das Gefühl, daß ihr der Atem wegbliebe, so schnell drängte die Entwicklung vorwärts. Nun hatten sie ein neues Jahrhundert begonnen und schrieben 1800 statt 1700, und mit dem Kalender schien sich auch alles andere geändert zu haben. Man hörte Gerüchte, daß Spanien Louisiana an Frankreich zurückgeben würde, und die Kreolen glaubten es nur zu gerne. Obwohl sie seit vielen Jahren zu Spanien gehörten, waren sie ihrer Abstammung und Tradition nach doch zum größten Teil Franzosen und hörten mit Stolz von Napoleons großen Eroberungen.

»Es wird herrlich werden«, sagte Gervaise, als sie an einem Dezembertag Judith und Philip auf den Werften traf. »Louis hat sich schon immer darüber beklagt, daß ihm die spanische Sprache so schwerfällt.«

Philip grinste. »Wenn wir aber zu Frankreich zurückkommen, können wir unmöglich Verfügungen übersehen, die uns nicht passen. Die schöne Ausrede, daß wir sie nicht lesen können, ist uns dann genommen.«

Gervaise lächelte Philip kühl zu und wandte sich dann an Judith. »Ihr seid in den englischen Kolonien aufgewachsen und versteht nicht, daß wir gern ein paar Unannehmlichkeiten auf uns nehmen würden, wenn wir die Flagge mit den Bourbonenlilien wieder auf dem Marktplatz sehen könnten.«

»Es wird aber nicht mehr die Fahne mit den Lilien sein«, erinnerte sie Philip, »sondern die Trikolore. Wir leben im Zeitalter der Revolutionen.«

»Ach ja«, sagte Gervaise. »Ich glaube, ich werde alt. Erst heute morgen war Louis entsetzt, als Emily vorlaut erklärte: ›Wem liegt denn etwas daran, ob wir französisch werden? Wer kümmert sich überhaupt um das, was wir sind?‹ Sie ist so jung, daß sie glaubt, alle Ereignisse vor ihrer Geburt wären bedeutungslos.«

Philip lachte. »Sollen wir David und Emily unter gekreuzten Flaggen verheiraten?«

»Aber mein lieber Philip, haben Sie denn gar keine guten Manieren mehr? Die beiden haben doch noch nicht einmal ihren Ehevertrag unterzeichnet.« Sie lachte ihm auch zu. »Aber jetzt muß ich wirklich gehen. Ich habe mir vor zwei Wochen einen neuen Hausboy gekauft, und ich muß noch einmal mit dem früheren Eigentümer über den Preis reden. Auf hundert Pfund Baumwolle habe ich ihn schon herunter, aber ich will nicht mehr als neunzig geben. Der Sklavenhändler glaubt aber nicht, daß ich es ernst meine.«

»Kommst du morgen abend zum Essen zu uns?« fragte Judith, als Gervaise ihrem Mädchen winkte.

»Bestimmt.« Sie warf ihr eine Kußhand zu. »Que le bon Dieu vous benisse!«

Philip und Judith fuhren darauf zu den Geschäften, in denen Seiden- und Musselinstoffe zum Kauf auslagen. Rita hatte um eine Aussteuer gebeten, die einer Prinzessin würdig gewesen wäre. Ihre Verlobung mit Carl Heriot sollte am nächsten Tage bei einer großen Gesellschaft bekanntgemacht werden, und Judith hatte zuviel zu tun, um sich auch noch um bevorstehende politische Änderungen zu kümmern.

Als sie am nächsten Morgen jedoch zur Küche ging, um das Füllen der Putenbraten zu beaufsichtigen, hörte sie, daß David eine Bemerkung über die beabsichtigte Rückgabe an Frankreich machte. Sie fragte ihn, was er darüber dächte. Er zog die Zügel an und brachte das Pferd zum Stehen, denn er war im Begriff, in die Stadt zu reiten.

»Ich denke überhaupt nichts darüber. Wenn sie uns an ein anderes Land abtreten, ohne uns vorher nach unserer Meinung zu fragen, können sie auch nicht erwarten, daß wir bei jedem Wechsel der Nationalität in Hochrufe ausbrechen.«

Lachend ritt er davon, und Judith lachte auch. Die gleichgültige Art, wie er darüber dachte und sprach, war typisch für die meisten Leute in Louisiana. Sie fröstelte und erinnerte sich daran, daß in allen

Räumen des Hauses Feuer gemacht werden mußte, bevor die Gäste kamen.
Als sie nacheinander eintrafen, war Judith reichlich beschäftigt, sie zu begrüßen. Sie bewunderte Rita, die höflich knickste und die Glückwünsche gerade mit dem richtigen Anflug mädchenhafter Befangenheit entgegennahm. So entging ihr fast ganz, was die einzelnen sagten. Erst als sie schließlich neben dem Punschtisch stand, um sich etwas auszuruhen, und nach einem Glas griff, hörte sie, daß die anderen sich laut und heftig unterhielten. Ritas Verlobung konnte dazu kaum den Anlaß gegeben haben.
»Was hat denn die Erregung zu bedeuten?« fragte sie Louis Valcour.
Er wollte gerade das Glas an die Lippen führen, hielt aber inne. »Aber meine liebe Mrs. Larne, haben Sie es noch nicht gehört?« fragte er erstaunt.
»Was denn?«
»Heute mittag kam ein Schiff an, das die neue Nachricht brachte. Die Abtretung an Frankreich war nur eine Formalität, Louisiana ist an die Vereinigten Staaten von Amerika verkauft worden.«
»Um Himmels willen!« Judith hätte beinahe ihren Punsch verschüttet. »Heißt das, daß wir jetzt Amerikaner sind?«
Gervaise kam auf sie zu und reichte ihr die Hand. »Was werden wir wohl das nächste Mal werden? Vielleicht Holländer?«
»Dann müßten wir ja noch eine neue Sprache lernen«, protestierte David, der mit Emily näher getreten war. Das junge Mädchen an seiner Seite sah entzückend aus. »Die Amerikaner sprechen wenigstens englisch.«
Judith seufzte. »Im Ernst – wie lange wird dies dauern?«
»Was meinen Sie? Die amerikanische Herrschaft über Louisiana?« fragte Louis Valcour. »Nach unseren bisherigen Erfahrungen wohl nicht sehr lange.«
»Verkauft!« David zuckte die Schultern. »Man hat uns nicht einmal abgetreten!«
Rita kam mit Carl näher. »Warte nur, bis meine Mutter das hört!«

sagte er.
»Wieviel waren wir denn wert?« fragte Judith.
»Fünfzehn Millionen Dollar«, entgegnete Louis Valcour.
»Und wieviel ist das?«
»Madame, ich habe nicht die geringste Ahnung. Aber es klingt nach einer ungeheuer großen Summe.«
»Wo ist Christoph?« fragte Rita. »Er weiß immer so genau mit dem Geld Bescheid. Cicero«, rief sie einem Diener zu, »suche Mr. Christoph und bringe ihn sofort hierher. Sage ihm, es handelt sich um eine geschäftliche Angelegenheit. Wenn er das hört«, wandte sie sich mit einem schelmischen Lächeln an die anderen, »kommt er gleich.«
»Immerhin ist es nicht zu verachten, wenn man in einem Land lebt, das fünfzehn Millionen Dollar wert ist.«
Als Christoph erschien, fragte Rita: »Wer ist der Präsident der Vereinigten Staaten, und wieviel sind fünfzehn Millionen Dollar?«
»Er heißt Thomas Jefferson«, erwiderte Christoph ohne Zögern. »Und fünfzehn Millionen Dollar sind vierhundertdreiunddreißig Tonnen Silber.«
»Heilige Engel im Himmel!« rief Gervaise. »Woher in aller Welt wissen Sie soviel?«
»Das Schiff hat Berichte über die Debatten im Kongreß gebracht«, erwiderte Christoph lächelnd. »Die Mitglieder des Kongresses haben heftig darum gestritten. Sie sagten, Louisiana könne unmöglich so viel wert sein. Kein Land auf der Erde sei so viel wert. Ein alter frommer Redner aus Neuengland regte an, die älteren angelsächsischen Staaten sollten sich von den anderen trennen und lieber ihre eigene Regierung einsetzen, statt sich von Fremden und besonders von den Heiden im Mississippital überstimmen zu lassen.«
»Das klingt alles so phantastisch«, meinte Judith.
»Mir ist die Sache ebenso rätselhaft wie vorher«, erklärte Rita.
»Sieh einmal her.« Christoph nahm eine Münze aus der Tasche. »Dies ist ein Picayune. Er ist ungefähr soviel wert wie die Hälfte eines amerikanischen Zehncentstückes. Ihr Münzsystem ist sehr ein-

fach – zehn Zehncentstücke gehen auf einen Dollar. Das ist alles, was man wissen muß.
»Zwei Picayunes auf ein Zehncentstück – zehn Zehncentstücke auf einen Dollar, fünfzehn Millionen – großer Gott«, sagte Rita, »so weit kann ich nicht zählen. Ich mache ihnen wirklich keinen Vorwurf, daß sie eine solche Summe nicht zahlen wollen.«
»Carl!« hörten sie eine scharfe Stimme.
Carl Heriot wandte sich um und bemerkte, daß seine Mutter auf ihn zukam. »Was ist das für ein Unsinn, daß Louisiana an die Amerikaner verkauft sein soll?« fragte sie aufgeregt.
Ihr Sohn unterdrückte ein Lachen. Er war ein junger Mann mit einem freundlichen Gesicht und hatte einige Sommersprossen. Eine vorwitzige Locke kräuselte sich auf seinem Scheitel, die er nicht glattstreichen konnte, soviel er auch bürstete. »Es ist wahr, Mutter«, antwortete er. »Wir haben eben darüber gesprochen.«
»Und das muß uns passieren – nach all dem Unglück, das wir schon durchgemacht haben! Dann hätten wir ja auch in Pennsylvanien bleiben können!«
Judith legte die Hand auf den Arm der zukünftigen Schwiegermutter Ritas. »Es wird vermutlich nicht viel Unterschied machen. Ein paar neue Paraden, sonst werden wir nicht viel davon merken.«
Aber als die Gäste sich verabschiedet hatten und sie ein einfaches Kleid zum Nachtessen anlegte, fragte sie Philip, ob sich wohl wirklich jemand darüber freute, daß sie nun Amerikaner waren. »Wir haben hier Spanier, die natürlich am liebsten zu Spanien gehören möchten, Franzosen, die den Anschluß an Frankreich wünschen, und eine Menge Leute wie die Heriots –«
»Und ebenso viele, die sich wie wir daran gewöhnt haben, keiner bestimmten Nation anzugehören und sich keine weiteren Sorgen darüber machen«, entgegnete Philip. »Immerhin, meint Chris, es wäre gut für den Verkehr und Handel auf dem Strom. Die Amerikaner sollen sehr unternehmungslustig sein.«
»Carl möchte sofort heiraten«, erzählte Judith unvermittelt, »aber Rita will die Hochzeit bis zum April verschieben, damit sie richtige

Orangenblüten im Haar tragen kann.«
»Du mußt ihr sagen, daß der Termin im April sehr gut paßt, denn Emily möchte David überreden, bis zum Juni zu warten, damit sie Kallablüten tragen kann. Aber jetzt wollen wir essen.«

Ritas Wunsch, sich als Braut mit Orangenblüten zu schmücken, ging in Erfüllung. Sie wurde in dem großen Wohnzimmer von Ardeith unter einem herrlichen Bogen aus weißen Rosen getraut. Eine der neu angelegten Straßen in der Stadt führte durch das Eigentum der Familie Heriot, und Carl baute dort ein Haus. Es war nicht besonders groß, aber sehr gemütlich, und es stand in einem großen Garten.
»Es kann ein recht hübscher Besitz werden, wenn wir alles angepflanzt haben«, sagte Rita. Das sollte heißen, wenn das Bau- und Feuerholzgeschäft sich so weit hob, daß sie sich einen Gartenarchitekten leisten konnten.
Judith freute sich, daß Carl und Rita so zuversichtlich über ihre Zukunft dachten. Ein kleines Haus auf einem großen Grundstück zu errichten, war ein gutes Zeichen für die Hoffnungsfreudigkeit dieser Generation.
Zwei Monate nach Ritas Hochzeit folgte Davids Trauung. Er und Emily verbrachten ihre Flitterwochen in Neuorleans, und im Juli brachte er seine junge Frau dann nach Ardeith.
Judith stellte große Vasen mit Rosen in das Schlafzimmer und Schalen mit Gardenien auf den Tisch in Emilys Wohnzimmer. Wie ruhig es doch im Hause war, dachte sie, als sie die Blumen ordnete. In den letzten Wochen war sie zum erstenmal wieder mit Philip allein gewesen, seitdem sie in dem Blockhaus gelebt hatten. Als sie sich ausmalte, wie ganz anders Emilys Einzug in das eigene Heim sein würde als der ihre, überkam sie ein unerklärliches, sonderbares Gefühl von Stolz und Trauer.
Sie vergewisserte sich noch einmal, ob alles bereit war. Emily sollte empfangen werden, wie es ihr als der jungen Frau gebührte. Alle standen vor dem Hauseingang – die Haus- und die Feldsklaven und

die Aufseher –, denn es war ein Festtag für die ganze Plantage. Wie viele Menschen waren es doch! Drei- bis vierhundert Neger und zehn Aufseher mit ihren Familien warteten vor dem großen Herrenhaus, um ihrem jungen Herrn und seiner Frau ihre Ehrerbietung zu zeigen und ihnen den Willkommensgruß zu entbieten. Eines Tages würde ja das junge Paar hier die Herrschaft führen und sie alle regieren.

Judith sah einen Wagen, der auf der Straße heranfuhr, trat eilig auf die obere Galerie hinaus und stieg dann die Treppe hinunter. Auf der unteren Veranda standen Philip, Caleb Sheramy, Roger und Martha, Rita und Carl, Christoph und Audrey.

»Sie kommen«, sagte Judith zu Philip.

Er trat zu den Stufen, die zur Haustür hinaufführten, und zog an dem Tau der großen Plantagenglocke. So selten wurde sie geläutet, daß ihr Klang eine fast orakelhafte Vorbedeutung hatte. Ihre Stimme ertönte nur bei feierlichen Gelegenheiten oder bei dringenden Notfällen, und wenn sie erscholl, mußte jeder auf der Plantage das Werkzeug oder das Gerät niederlegen und zum Herrenhause kommen.

Die Glocke läutete, und Martha hielt sich die Ohren zu. »Das ist ja ein furchtbarer Lärm!« sagte sie. »Wie das Dröhnen des Schicksals.«

Die Sklaven, die sich im Gras niedergelassen hatten, standen auf. Auch die Familie auf der Veranda erhob sich, und die Kapelle im Wohnzimmer begann leise zu spielen. Judith ging zu der Treppe und wartete Philip gegenüber.

Der Wagen bog in die Allee und hielt an. Der Kutscher, großartig anzusehen in seinem schwarzen Rock und seinem hohen Hut, grinste hochmütig den Feldsklaven vom Bock herunter zu. Der Diener sprang von seinem Sitz ab und öffnete den Wagenschlag. David stieg aus und schwenkte seinen Hut nach den Sklaven zu, als sie in Hochrufe ausbrachen. Dann half er Emily aus dem Wagen.

Einen Augenblick blieb sie stehen und sah mit einem scheuen, fast ehrfürchtigen Lächeln auf die vielen Sklaven und das Herrenhaus, als ob sie kaum glauben könnte, daß dieser Empfang ihr galt. Das enganliegende blaue Kleid, das lang und gerade auf ihre Füße niederfiel, betonte die zarte Form der knospenhaften Brüste und jede Linie ihrer schlanken Gestalt. An den hohen Samtgürtel hatte sie Rosen gesteckt, und lange weiße Spitzenhandschuhe bedeckten ihre Arme bis zu den kleinen Puffärmeln. Ein blaues Band bog den Rand ihres Hutes bis nahe an die Wangen und war unter dem Kinn geknüpft. Mit ihren großen dunklen Augen betrachtete sie alles beglückt und doch zaghaft. Sie umklammerte Davids Hand, und es sah fast aus, als ob sie am liebsten davongelaufen wäre, wenn sie ihn nicht neben sich gewußt hätte. Er schaute mit stolzer Verehrung auf sie nieder und schien die anderen kaum zu bemerken.

»Sehen die beiden nicht entzückend aus?« sagte Philip plötzlich zu Judith.

»Er liebt sie sehr«, erwiderte Judith leise.

Hinter sich hörte sie, daß Carl Heriot Rita zuflüsterte: »Sie fürchtet sich zu Tode.«

»Ach, rede doch nicht solchen Unsinn«, entgegnete Rita. »Mir ging es genau so, und ich bin doch im allgemeinen wirklich nicht furchtsam.«

Die Hausmädchen, die man zu dieser ehrenvollen Aufgabe ausgewählt hatte, streuten Blumen, über die Emily gehen sollte, und die anderen riefen: »Guten Abend – junge Missis, guten Abend – junger Massa!«

Emily lächelte und sah zu David auf. Er zog ihre Hand unter seinen Arm, und als sie nun langsam auf das Haus zugingen, knicksten die Mädchen und Frauen.

»Hochzeitsgabe!« schrien sie ihnen zu.

Emily begann zu lachen.

David ließ ihren Arm sinken und faßte in die Tasche. Emily legte die hohlen Hände zusammen, und als er sie mit kleinen Münzen gefüllt hatte, warf sie diese als ihr Geschenk unter die Sklaven. Die Schwarzen ließen das junge Paar hochleben und balgten sich um das Geld. Der Diener brachte einen Sack voll Münzen aus dem Wagen, und

David hielt ihn auf, so daß Emily hineingreifen konnte.
Die Sklaven warfen sich auf den Boden, um die Münzen aufzuheben, und wenn sie wieder aufsprangen, riefen sie: »Glückliche Tage für Missis! Glückliche Tage und viele Kinder!«
Judith lachte leise, als David und Emily näher kamen.
Als sie die ersten Stufen erreichten, stieg Philip hinunter, nahm Emilys Hände in die seinen und küßte sie. »Willkommen auf Ardeith, meine Tochter!«
»Ich danke dir, Vater.«
Emily wandte sich an Judith, die sie umarmte. »Wir wünschen dir alles Gute, liebes Kind.«
»Wir dir auch«, entgegnete die junge Frau.
Judith griff nach den Schlüsseln, die an ihrem Gürtel hingen, und löste zwei von dem Bund. »Diese gehören zu deinen Zimmern.«
Lächelnd nahm Emily sie in Empfang, dann trat sie zu den anderen. Die Frauen küßten sie auf die Wangen, die Herren küßten ihre Hand. Judith legte die Arme um David, während vom Garten her der Gesang der Sklaven ertönte. »Sie ist wirklich eine entzückende Frau, David«, flüsterte sie ihm zu. »Du wirst sehr glücklich mit ihr werden.«
Er sah Emily nach. »Ja, ich weiß es. Aber ich danke dir, Mutter.«
Als das junge Paar an die Haustür kam, hielten Philip und Judith die beiden Flügel für sie auf. Aber David und Emily blieben vor der Schwelle stehen, und Emily schüttelte den Kopf. Judith lächelte, als sie zuerst hineinging. Wie taktvoll diese junge Frau war, und wie gut sie alles machte! Niemand konnte sagen, daß Gervaise ihre Tochter nicht aufs beste erzogen hätte. In der Halle drehte sie sich um und sah zu den beiden zurück. Emily hob das Gesicht und blickte David an. Sie sah ihn so glücklich und vertrauensvoll an, daß die etwas unregelmäßigen Züge des schmalen Gesichts einen Augenblick strahlend schön erschienen. Sie legte die Arme um seinen Hals, und er trug sie über die Schwelle.

19.

Der Aufseher sagte, daß es heute nachmittag auf der Werft nichts mehr zu tun gäbe. Das Baumwollschiff sollte erst am nächsten Morgen bei Sonnenaufgang geladen werden, und wer Arbeit haben wollte, hätte in aller Frühe zur Stelle zu sein.
Gideon Upjohn saß auf einem leeren Schubkasten und ruhte sich aus. Er war enttäuscht, denn er hatte darauf gerechnet, daß das Baumwollboot noch heute geladen und er morgen auf dem Zuckerschiff Beschäftigung finden würde. Nun wurden wahrscheinlich die beiden Fahrzeuge zu gleicher Zeit abgefertigt, aber er konnte doch nur auf einem tätig sein.
Diese verdammten Handelsschiffe, die den Strom heraufkamen, dachte er finster. Sie belegten allen Platz an den Ladebrücken, so daß für die Baumwollballen kein Raum mehr blieb. Die reichen Leute, die sich mit bunten, auffallenden Kleidern herausputzten, kauften soviel Wein und teure Schuhe und Spiegel, aber einmal mußten sie doch auch genug bekommen!
Vielleicht war es besser, sich nach Esther umzusehen, statt trüben Gedanken nachzuhängen. Wenn sie schon all ihre Früchte verkauft hatte, konnten sie einen Spaziergang im Park machen. Das würde ihr guttun. Esther hatte wirklich ein hartes Leben. Sie mußte arbeiten wie ein Lastesel, und ihr Vater nahm ihr alles weg, was sie verdiente, um sich Kornbranntwein zu kaufen. Nachher lag er betrunken irgendwo herum.
Gideon suchte sich einen Weg zwischen Baumwollballen und den Fässern und wand sich zwischen den Lastträgern durch, die Kisten in die Lagerhäuser von Valcour brachten. Er ging bis zum Sklavenmarkt hinunter. Dort sah er viele Damen und Herren der vornehmen Gesellschaft, die sich voreinander verneigten. Die Kavaliere küßten den Damen die Hand und lächelten so förmlich, als ob sie schon gestorben wären und auf ihren eigenen Grabsteinen läsen, wie gut sie waren. Gideon schob die Hände in die Taschen und ging an ihnen vorbei näher ans Flußufer, wo einige Packmeister es sich auf

dem Boden oder auf Kisten bequem gemacht hatten. Bald entdeckte er Esther, die mit ihrem Fruchtkorb umherging. Wie schlank und zierlich sie war! Ihr blondes Haar hatte einen zarten Schimmer wie gelbe Narzissen. Und dabei sagte sie ihm immer, sie hätte keine Zeit, die Zöpfe aufzuflechten, höchstens am Sonntagabend. Sonst wäre sie immer viel zu müde dazu. Es mußte furchtbar hart für ein junges Mädchen sein, den ganzen langen Tag auf diesen heißen Docks umherzuwandern.

Während er auf sie zuging, warf ihr einer der Männer, denen sie Früchte angeboten hatte, einen begehrlichen Blick zu und streichelte ihren Hals. Esther schrak zurück, als er den Arm um sie legen wollte. Gideon sprang zu und stieß den Mann so heftig zurück, daß dieser zu Boden fiel.

»Verdammter Hund!« rief er, »laß deine schmutzigen Finger von dem Mädchen!«

Die anderen lachten, als der Packmeister unbeholfen am Boden lag und zu Gideon aufblinzelte. Er war zu betrunken, um kämpfen oder auch nur sich wehren zu können.

Gideon nahm Esthers Arm. »Komm mit, Schatz!«

Sie hielt den Korb dicht an sich. Wie ein erschrecktes Kaninchen sah sie aus. Er führte sie zu einer leeren Warenkiste in der Nähe der Verkaufsstände.

»Setz dich hier ein wenig hin«, sagte er freundlich.

Sie schaute zu ihm auf. In ihren tiefblauen Augen standen Tränen.

»Es war nicht nötig, Gideon, daß du das getan hast. Aber es war doch sehr fein von dir.«

»Ich lasse nicht zu, daß dich jemand wie eine Hafendirne behandelt«, antwortete er hitzig und setzte sich neben sie auf die Kiste.

Esther senkte den Blick und fuhr mit dem nackten Fuß in eine Ritze des Holzfußbodens. »Sie hätten dich aber auch schlagen können«, sagte sie leise. »Und ich bin daran gewöhnt, mich in acht zu nehmen, wenn die Männer mich belästigen. Ich meine –«

Ein Schluchzen erstickte ihre Stimme. Sie bückte sich und nahm den Korb auf, der zu ihren Füßen stand. Aber wieder fühlte sie ein Wür-

gen in der Kehle, und nun brach sie haltlos in Tränen aus. Gideon legte den Arm um sie und klopfte ihr sanft auf die Schulter.
»Du mußt nicht weinen, liebe Esther«, bat er sie zaghaft. »Das hat ja auch keinen Zweck.«
»Ach, ich weiß es.« Sie trocknete die Augen an ihrem Ärmel und schluckte. »Nur manchmal –«, sie stützte die Stirn in die Hände, »nur manchmal wird es mir zu schwer, dann überkommt es mich. Wenn man jeden Tag von morgens bis abends Früchte verkaufen soll und sich dabei immer vor den Männern in acht nehmen muß und schließlich doch nur drei Picayunes verdient –«
»Ja, ja. Du hast recht.« Gideon neigte sich vor und sah düster auf die breiten Planken der Werft. Nach einer Weile sagte er heftig: »Esther, du mußt von den Docks fort.«
»Gott weiß, ich möchte es zu gerne.« Aber sie schüttelte hoffnungslos den Kopf.
»Ganz im Ernst, Esther«, drängte er. »Es ist nicht gut, daß ein anständiges Mädchen hier Früchte verkauft. Du weißt ja, wohin das schließlich führt.«
»Nein, mir wird es nicht so gehen.«
»Doch. Es wird dir nicht erspart bleiben. Es gibt keine Frau, die das auf die Dauer aushalten kann, und du hast nicht viel Kraft. Eines Abends wird dein Vater zu sehr schlagen, dann läufst du von Hause fort und kommst hier auf die Docks. Und dann wirst du dich lieber mit irgendeinem betrunkenen Matrosen herumtreiben als nach Hause zurückkehren –«
Sie lehnte sich zurück und packte die Seitenwände der Kiste mit beiden Händen. »Ach, Gideon, warum bist du nicht still? Du weißt doch, daß meine Mutter nicht mehr arbeiten kann, und sie muß doch zu essen haben.«
»Und dein Vater muß saufen!«
Sie seufzte hilflos. »Gideon Upjohn, du machst mich noch wahnsinnig. Meine Mutter sagt, er kann nichts dafür, er muß trinken. Bedenke doch, er hat ein Holzbein und kann kaum etwas tun. Er hat fleißig gearbeitet, als ich noch klein war; aber dann kam er mit dem

Bein zwischen zwei schwere Lastboote, und es wurde ihm abgequetscht – ach, mein Gott!« Sie seufzte wieder. Wie abgespannt und erschöpft sah sie aus, und so machtlos war sie gegen die böse Welt, daß Gideon zornig wurde. Sechs Kinder waren in Esthers Familie gewesen. Zwei starben schon als Säuglinge, drei weitere waren bei der letzten großen Epidemie vom gelben Fieber hingerafft worden. Und nun mußte Esther, die jüngste, allein für alles sorgen. Die schwere Last lag auf ihren zarten Schultern.

»Diese Durhams hätten die schweren Lastschiffe auch nicht bei Hochwasser den Strom hinaufschicken sollen!« sagte Gideon.

»Natürlich. Aber sie zahlen doch zur Flutzeit besonders hohe Löhne für die Bootsleute, und mein Vater dachte, er könnte es machen.«

Aber Gideon ließ sich nicht so leicht einschüchtern. »Jedesmal kommen bei Hochwasser Leute um oder werden zu Krüppeln gemacht. Sie können doch Neger dazu verwenden!«

Esther zuckte die Schultern und versuchte nicht einmal mehr, darauf etwas zu antworten. Aber Gideon sprach verzweifelt weiter.

»Esther, liebes Kind, willst du mich nicht heiraten? Dann brauchst du doch nicht mehr auf diesen Docks herumzulaufen!«

»Ach, Gideon«, erwiderte sie hoffnungslos, »fang doch nicht wieder davon an! Wenn wir uns erst heiraten, habe ich bald zwei oder drei Kinder, und dann mußt du obendrein einer Frau Geld geben, damit sie sich um sie kümmert, wenn das nächste Kind kommt. Und mein Vater liegt zu Hause und schreit und brüllt, weil er Krokodile die Wand hinaufklettern sieht, und Mutter ist krank und braucht jemand, der ihr etwas kocht –«

Gideon ballte unwillkürlich die Fäuste. Esther hatte nur zu recht. Trotzdem rief er: »Liebe Esther, durch all das Unglück läßt du dich zu sehr niederdrücken. Ich habe dich schon so lange lieb.«

Sie streichelte seine Hand. »Es gibt nicht viele Männer wie dich, Gideon. Aber es wäre unrecht von mir. Ich darf dir nicht auch noch meine Sorgen aufpacken. Sieh du nur zu, daß du dich durchschlägst! Es ist schon für dich allein schwer genug.«

»Aber, zum Teufel, warum kann ich denn nicht auch noch für dich sorgen? Ich bin kräftig und laufe nicht immer in die Kneipe, wenn ich Geld in der Tasche habe, wie es manche tun. Warum soll ich nicht genug verdienen können, um für mein liebes Mädchen und ihre alte Mutter zu sorgen – und auch noch für die Kinder, wenn wir welche bekommen? Das müßte ich doch schaffen!«

»Ja.« Esther sah zu den reichbeladenen Booten hinüber. »Sage das einmal den Leuten, denen die Werften und die Docks gehören.«

Die beiden schwiegen.

»Jetzt muß ich aber noch die letzten Früchte verkaufen«, sagte Esther nach einiger Zeit und nahm den Korb vom Boden auf.

»Komm, ich nehme ihn dir ab«, sagte Gideon.

Sie gingen nach den Verkaufsständen, wo die reichen Leute die Waren prüften, die von den Handelsschiffen den Strom heraufgebracht worden waren. Oberhalb der Werft hielt gerade ein Wagen. Ein Diener sprang vom Bock und öffnete den Schlag. Dann verneigte er sich tief, als ein Herr ausstieg, dem eine junge Dame in einem langwallenden Seidenkleid und einem Hut mit Bändern folgte. Hinter ihr kam eine Zofe und hielt einen Sonnenschirm über den Kopf ihrer Herrin. Als sie an Gideon und Esther vorbeikamen, bemerkte die Dame:

»Ich hoffe nur, daß die Schiffe schönes, zartes Leinen von Irland mitgebracht haben.«

Ihre Stimme klang sanft, und sie sah mit dem blonden Haar lieblich und schön aus. Aber Gideon kümmerte sich wenig um sie. Mit kaltem Zorn betrachtete er ihren Mann, der einen hohen Seidenhut, ein feingefälteltes Leinenhemd und lange enganliegende Hosen trug. Das vornehme junge Paar traf mit Freunden zusammen, und die Dame hob die Hand, damit die anderen Herren sie küssen sollten. Sie kaufte an einem Stande dann etwas und reichte das Paket ihrer Dienerin.

Plötzlich wandte Gideon sich um. »Esther.«

»Ja?«

»Siehst du diesen hochnäsigen Kerl, der dort Leder kauft? Seine Frau ist auch dabei – es ist die in dem gelben Seidenkleid. Eine Schwarze hält den Sonnenschirm über sie.«

»Ja, ich sehe sie – aber was ist denn mit ihnen?«

»Weißt du, wer das ist?«

»Sind das nicht die Sheramys von Silberwald?«

»Ja, und was sagst du, wenn ich dir erzähle, daß dieser hochnäsige, herausgeputzte Mensch mein Bruder ist?«

»Was?« Sie sah ihn ungläubig an.

»Ist es nicht sonderbar? Der stolziert hier in einem hohen Hut herum, hat mehr Neger, als er zählen kann, und kauft seiner Frau so viel schöne Sachen, daß man ein Schiff zum Sinken damit beladen kann. Ist es nicht sonderbar? Man könnte einfach lachen!«

»Ach, laß mich jetzt in Ruhe, damit ich meine Früchte verkaufen kann, und fange nicht an, mir Märchen zu erzählen«, erwiderte Esther, die nüchtern und praktisch dachte.

Gideon sagte, sie solle sich auf einer Kiste in der Nähe ausruhen, nahm den Korb und bot die Früchte an. Als er schließlich alles verkauft hatte, kam er zurück und gab ihr das Geld. Es war schon spät geworden, und die Menschen, die sich an den Ständen angesammelt hatten, gingen nach Hause.

Gideon und Esther wanderten Arm in Arm nach dem Park, der oberhalb der Werften lag, und er erzählte ihr, wie er mit Roger Sheramy verwandt war.

»Du lieber Himmel!« rief Esther verwundert. »Aber Gideon, wie kommt es dann, daß er sich überhaupt nicht um dich kümmert?«

»Ich glaube, der weiß überhaupt nicht, daß ich lebe.«

»Aber wenn du nun nach Silberwald gehst, dich sauber anziehst und ihm sagst, wer du bist?«

»Ach, das hat keinen Zweck! Diese verdammten Neger werfen mich sofort aus dem Hause. Und wenn ich ihn auch sehe und es ihm sage, glaubt er es nicht. Für ihn bin ich nur irgendeine unverschämte Dockratte, die sich obendrein erdreistet, mit ihm verwandt zu sein!«

»Ja, ja. Du wirst wohl recht haben. Aber merkwürdig ist es schon,

wenn man das weiß.«
Er zog mit den Zehen Linien in den Staub und machte fünf Striche in einer Reihe.
»Ich muß jetzt aber nach Hause. Es ist Zeit, daß ich das Abendessen mache«, sagte Esther.
Sie verließen den Park. Hinter den Verkaufsständen lagen Kneipen und Gasthäuser. Die Straße wurde eng, und es roch übel. Kleine Kinder spielten und schrien laut, und in den Wohnungen keiften Frauen. Gideon nahm Esthers Arm und führte sie dicht an den Häusern vorbei. Schließlich bogen sie in eine Nebengasse ab. Als sie sich Esthers Wohnung näherten, schrak das Mädchen zurück und drückte sich an ihn.
»Ach, mein Gott, Gideon, höre doch, was da drinnen vorgeht!«
»Ein paar Betrunkene streiten sich. Hab keine Angst, ich bringe dich sicher nach Hause.«
Sie klammerte sich an seinen Arm. »Es hört sich aber so an – das muß mein Vater sein! Wenn der wieder zu Hause ist –«
Bevor er etwas sagen konnte, riß sie sich von ihm los und stieß die Tür auf. Er folgte ihr, und bei dem Schein des flackernden Herdfeuers sah er, daß Esthers Mutter hinter einem Stuhl kauerte, den sie wie einen Schutzschild vor sich hielt. Sie suchte ihren Mann zu beruhigen, der wütend im Zimmer herumtobte und mit seinem Holzbein aufstapfte. In dem Raum roch es nach billigem, schlechtem Schnaps. Die Kleider des Mannes waren schmutzig und filzig, und auf seinem Hemd waren Spuren von Tabak zu sehen.
»Wo ist Esther?« brüllte er. »Ich muß Geld haben! Dieses unverschämte Frauenzimmer! Ich breche ihr alle Knochen im Leib –«
Als Gideon auf ihn zusprang, schrie Esther laut auf vor Furcht. »Bitte, geh fort und laß uns allein! Er schlägt dich noch tot mit seinem Holzbein!«
Der Mann raste in seiner Trunkenheit. Er drehte sich schnell herum, stieß mit dem Holzbein nach Gideon und traf ihn am Knie. Als Gideon niederstürzte, schrie Esther wieder auf. Ihr Vater hatte sie wild am Handgelenk gepackt. Ihre Hand brach auf, und die wenigen

Geldstücke, die sie an dem Tag verdient hatte, fielen klirrend zu Boden. Als Gideon sich erhob, taumelte der Betrunkene zur Tür hinaus.

»Warte, Ma!« rief Esther zu ihrer Mutter hinüber und eilte zu Gideon. »Bist du sehr schwer verletzt?« fragte sie atemlos.

Er stützte sich gegen die Wand und schüttelte den Kopf. Esther hatte eine Schramme an der Stirn, die heftig blutete.

»Es wird mir gleich wieder besser sein«, sagte Gideon. »Kümmere dich um deine Mutter! Ich glaube, sie ist ohnmächtig geworden.«

Zögernd wandte Esther sich von ihm ab und kniete neben der Frau nieder. Gideon bewegte sein Bein und versuchte, ob er wieder auftreten konnte. Langsam ging er zu Esther, die auf dem Boden saß und den Kopf ihrer Mutter in den Schoß genommen hatte. Gideon stützte sich auf den umgeworfenen Stuhl.

»Kannst du sie nicht wieder zum Bewußtsein bringen?« fragte er mitfühlend.

Sie sah zu ihm auf und schüttelte den Kopf. »Mutter wurde immer blau im Gesicht und hatte Atemnot, wenn der Vater versuchte, mich zu schlagen. Diesmal ist es zuviel für sie geworden. Ich glaube, es ist mit ihr zu Ende.«

»Großer Gott!« sagte Gideon leise und setzte sich neben Esther auf den Fußboden. Sie vergrub das Gesicht in den Händen, und Tränen rannen durch ihre Finger, rot gefärbt von dem Blut, das von ihrer Stirn herunterlief.

»Du weißt nicht, wie mir zumute ist, Gideon. Meine Mutter war die ganze Zeit so krank, aber sie war immer so gut und lieb zu mir. Und ich glaube, du verstehst auch nicht, wie es mit meinem Vater ist. Sie hat ihn wirklich sehr geliebt. Ich kann es vor Gott beschwören, daß sie ihn gern hatte. Und sie hat auch immer gesagt, daß er früher gut und fleißig war. Aber dann kam das Unglück, und er verlor sein Bein. Da war es aus mit ihm.«

Ihre Stimme versagte. Gideon legte den Arm um ihre Schulter und zog sie an sich. Der Kopf ihrer Mutter glitt von ihrem Schoß auf den Boden, und sie weinte an seiner Brust. Er konnte hören, wie die

Leute in den anderen Räumen des Hauses schrien und schwatzten. Es war beinahe dunkel geworden, und die Flammen auf dem Herd warfen ein unruhiges Licht in die Stube.

»Ich möchte nur wissen, was ich jetzt tun soll«, sagte Esther schließlich.

Diese Worte brachten ihn wieder zu sich. »Wenn du es wirklich nicht weißt, werde ich es dir sagen. Morgen in aller Frühe heiraten wir, und ich werde dich schon beschützen. Wenn dein betrunkener Vater dir noch einmal etwas zuleide tun will, schlage ich ihn tot.«

Sie hatte das Gesicht immer noch an seiner Brust verborgen. »Er hat mich gut behandelt, als ich noch klein war«, erwiderte sie leise.

»Ja, aber jetzt tut er es nicht mehr. Willst du mich nicht heiraten, Esther?«

Sie nickte. »Ich kann doch allein nicht durchs Leben kommen. Ach, du bist so gut«, rief sie und legte die Arme um ihn.

Gideon nahm sie an dem Abend zu seiner Schwester mit, bei der er selbst nach dem Tode seines Vaters ein Unterkommen gefunden hatte. Ihr Mann hatte eine gute Stellung als Wächter in einem der Lagerhäuser von Valcour. Die Wohnung bestand aus drei Räumen, so daß Lulie und ihr Mann ein Schlafzimmer für sich allein hatten. In der Nacht schlief Esther mit Gideon und den Kindern in einem Raum. Am nächsten Morgen holte er einen Mann, der Esthers Mutter beerdigte. Sie legten sie in ein Grab des allgemeinen Kirchhofs.

Esther sagte, es wäre nicht recht, einen Tag nach dem Tode ihrer Mutter zu heiraten, aber Lulie war vernünftiger und redete ihr zu. Sie sagte, es wäre immer noch besser, als daß Esther mit Gideon im selben Raum schliefe, ohne mit ihm verheiratet zu sein. Ihre Mädchen schliefen zwar auch bei ihm, aber das wären doch kleine Kinder, die außerdem mit ihm verwandt wären. So ließen Esther und Gideon sich trauen und mieteten ein Zimmer in einer anderen Straße. Lulie sah es sehr ungern, daß Gideon von ihr fortzog, denn er hatte für sein Nachtquartier gezahlt, und dieser Zuschuß hatte immer sehr geholfen. Aber sie sah ein, daß er und Esther eine Wohnung für sich allein brauchten.

Esther war eine gute Hausfrau. Sie arbeitete hart und sorgte gut für ihn. Jeden Morgen bereitete sie ihm ein schmackhaftes Frühstück und packte ihm ein stärkendes Mittagessen ein, das meistens aus geröstetem Maisbrot und Setzeiern bestand. Manchmal reichte es auch zu einer Apfelsine. Und sie hielt sich sehr ordentlich und war nicht so nachlässig wie viele Frauen. Nein, Esther war sehr sauber, und sie putzte den Fußboden, bis er so blitzblank war, daß man davon hätte essen können. Regelmäßig wusch sie seine Kleider, und zweimal in der Woche bekam er ein reines Hemd, das sie geplättet und ausgebessert hatte. Immer lag eine saubere Decke auf ihrem Lager, so daß sie nicht auf der bloßen Matratze zu schlafen brauchen, wie es viele taten.

Gideon konnte sich nicht vorstellen, daß er jemals ein Leben ohne Esther hatte ertragen können. Seine Schwester Lulie war gewiß auch eine gute Frau und hatte ihr Bestes für ihn getan, aber sie bekam ein Kind nach dem anderen, und mit der Zeit war sie gleichgültig geworden. Man konnte ihr keinen Vorwurf deshalb machen. Sie selbst sagte ja, daß immer ein Kind zwischen ihr und dem Waschzuber wäre und daß sie beim Waschen so starke Schmerzen im Rücken bekäme. Wie schön war es nun, daß er Esther bei sich hatte! Sie war so jung und so hübsch, und sie liebte ihn.

Wenn er abends nach Hause kam, sorgte sie dafür, daß er sich aufs Bett legte, nahm seinen Kopf in ihren Schoß, strich mit der Hand über seine Stirn und sagte ihm, wie gut er zu ihr sei, und wie glücklich sie sei, daß sie nicht mehr auf dem Dock umherwandern müsse. Wenn er solche Worte hörte, fühlte er sich nicht mehr so abgespannt. Später brachte sie eine Schüssel mit Wasser, wusch seine Füße und kühlte sie, nachdem er den ganzen Tag über schwer gearbeitet hatte. Er konnte sich ausruhen, bis sie das Abendessen auftrug. Und es war auch immer eine gute Mahlzeit. Geröstetes Maisbrot, recht heiß und nicht so feucht, wie es andere Frauen machten. Dazu aßen sie Zuckersirup und gewöhnlich Kochfleisch. Im allgemeinen schmeckte dieses Abfallfleisch nicht. Es bestand aus den Resten, die der Schlächter von den Knochen schabte, nachdem er die guten Stücke, die Koteletts und das Filet, für die reichen Leute herausgeschnitten hatte. Aber Esther verstand sich gut darauf, es zuzubereiten. Sie nahm reichlich Lorbeerblätter und andere Gewürze, so daß es schmackhaft wurde. »Man muß Fleisch im Leib haben, wenn man schwere Baumwollballen tragen soll«, sagte sie, und sie hatte recht. Wenn sie die Pfannen und das Geschirr abgewaschen und das Herdfeuer abgedeckt hatte, machten sie zusammen noch einen Spaziergang nach dem höher gelegenen Teil der Stadt, wo die Straßen breiter und ruhiger waren. Und hatte er gute Arbeit und guten Verdienst gehabt, so sahen sie sich auch noch einen Hahnenkampf an, oder sie besuchten einen Nachbar, mit dem sie Karten spielten. Bei schlechtem Wetter saßen sie vergnügt daheim und plauderten miteinander, und immer wieder sagte sie ihm, wie glücklich sie sei, weil er sie geheiratet habe.

Ja, sie kamen gut miteinander aus, und je länger sie zusammenlebten, desto mehr liebte und schätzte er Esther. Sie wurde noch hübscher und legte auch die rauhe Sprache ab, die sie auf den Docks gelernt hatte. Es gab harte Ausdrücke, die wohl ein Mann gebrauchen konnte, aber eine Frau durfte sie nicht in den Mund nehmen. Wenn er sie darauf aufmerksam machte, wurde sie nicht böse darüber, sondern sagte nur: »Es tut mir wirklich leid. Aber du weißt ja, wie es auf den Docks war und wie mein Vater immer redete.«

Manchmal überlegte er, was aus dem alten Mann geworden sein mochte. Aber das war im Grunde gleichgültig, solange er Esther in Ruhe ließ.

Selbst nachdem sie ihm anvertraut hatte, daß sie ein Kind bekommen würde und sich nicht mehr so wohl fühlte, gab sie sich die größte Mühe mit dem Kochen und hielt die Wohnung peinlich sauber.

Gideon nannte seine kleine Tochter Gardenia, nach der Blüte, die im Park zur Sommerzeit so schön duftete. Das Kind machte ihnen viel Freude, aber manchmal war es doch auch weniger schön, wenn Gardy nachts Leibschmerzen hatte und schrie, so daß sie beide nicht schlafen konnten. Ein Mann mußte seinen Schlaf haben, wenn er am nächsten Tag schwer arbeiten sollte. Nach einer durchwachten

Nacht, in der das Kind dauernd geschrien hatte, war Esther zuweilen zu müde und abgespannt, um ihm viel zum Frühstück zu kochen. Dann wurde er ärgerlich, wenn er sich auch bemühte, es nicht zu zeigen. Aber wenn er dann auf die Docks hinauskam, fühlte er sich schwindlig, weil er nicht genug geschlafen hatte.

Nach einem solchen Tag war er abends vollkommen erschöpft, und das Nachhausekommen war nicht mehr so schön wie früher. Das Zimmer war nicht aufgeräumt, Wäsche und Windeln hingen an Leinen, um zu trocknen, und überall herrschte Unordnung. Esther war nicht nachlässig geworden, aber die Kleine krabbelte im Zimmer umher und brachte alles durcheinander, und Esther konnte nicht immer wieder alles an die rechte Stelle bringen, dabei kochen und obendrein noch waschen. Sie machte ihm keine Vorwürfe, auch dann nicht, als sie einen neuen Waschzuber brauchte und er ihn nicht kaufen konnte. Er hatte es satt gehabt, immer zu Hause zu bleiben und das Kindergeschrei zu hören, und so war er zu den Hahnenkämpfen gegangen und hatte sein Geld verwettet. Als er ihr sagte, daß es ihm leid täte, sah sie ihn nur sonderbar an und erwiderte: »Mach dir keine Sorgen darüber! Ich weiß ja, wie es ist.«

Aber in der Nacht wachte er auf, und sie weinte. Er dachte, das Kind wäre wieder krank. Aber die kleine Gardy lag an der anderen Seite von Esther und schlief so ruhig, als ob sie nur die Posaune des Jüngsten Gerichts aufwecken könnte.

Gideon legte den Arm um seine Frau. »Rege dich nicht so auf, liebes Kind. Ich weiß, es ist schwer für dich, in dem alten schlechten Topf zu waschen. Aber ich werde dir einen neuen kaufen.«

»Ach, es ist nicht der Zuber«, sagte Esther. »Es ist – es ist – alles zusammen. Ich wußte ja vorher, daß es so kommen würde. Es wird nicht mehr lange dauern, dann wärst du froh, wenn du mich niemals gesehen hättest.«

»Ach, so darfst du nicht reden. Du weißt, daß ich dich liebhabe. Schlafe nur ein, dann wirst du dich schon wieder wohler fühlen.«

»Nein.« Sie setzte sich auf. »Ich werde versuchen zu schlafen, aber ich werde nicht wieder glücklich sein. Ich will nicht mehr weinen,

aber das macht es auch nicht besser.«
»Was ist denn nur mit dir?« rief er. »Du läßt mich die Nacht nicht schlafen, und dann wunderst du dich, wenn ich am Morgen ärgerlich bin!«
»Ich bekomme wieder ein Kind!«
»Um Himmels willen! Und die Kleine ist noch nicht einmal entwöhnt!« Aber dann tat es ihm leid, daß er das gesagt hatte, und er fügte schnell hinzu: »Das macht nichts. Wenn man dich reden hört, muß man ja glauben, du bist nicht verheiratet und mußt dich schämen, ein Kind zu haben.«
»Ach, laß nur!« Esther legte sich wieder nieder.
Als sie am nächsten Morgen aufstanden, kochte sie die Milch für die kleine Gardy und bereitete auch seinen Maisbrei, ohne noch etwas darüber zu sagen. Aber sie hatte einen Blick, als ob sie in eine vierzigjährige düstere Zukunft schaute und sich nicht mehr an dem heutigen Tage freuen könnte.
Bald sah Gideon auch ein, daß sie klüger gewesen war als er, denn in diesem Frühjahr gab es ein besonders starkes Hochwasser. Die Männer, die auf den Docks arbeiteten, fürchteten die Hochwasserjahre wie die Pest. Der Fluß war bis an die Ufer gefüllt, und die Strömung so reißend, daß man die Boote nicht steuern konnte. Deshalb wagten es nur sehr wenige Händler, ihre Waren zu verschiffen. Tagelang bekam Gideon überhaupt keine Arbeit. Esther schleppte sich zu den Verkaufsständen und versuchte, irgendeinen gutmütigen Händler zu finden, der ihr zu dem Reis eine Zwiebel schenkte. Aber die Leute sagten, die Zeiten wären schlecht, und man könnte nicht länger etwas umsonst geben. An manchen Abenden hatten sie überhaupt nichts zu essen.
Er hätte sich ja an Caß, den Mann seiner Schwester Lulie, um Hilfe wenden können, obwohl er das über alles haßte, aber auch Caß erhielt jetzt nur halben Lohn. Mr. Valcour beschäftigte die freien Arbeiter nur die Hälfte der Zeit. Als Caß ihn fragte, wie es ihm ginge, warf sich Gideon in die Brust und sagte: »Ach, uns geht es gut.« Er konnte es nicht ertragen, daß andere etwas von seinem Elend und

von seiner Not erfuhren. Scham schmerzte ihn mehr als Hunger. Es gab immer einmal eine schwere Zeit, in der man nichts erhoffte, aber es lastete entsetzlich auf einem Mann, wenn er sehen mußte, daß sich seine Frau, die ein Kind erwartete, nur noch mühsam aufrecht hielt und seine kleine Tochter immer schmächtiger wurde.

»Wenn ich an deiner Stelle wäre und gehen könnte«, sagte Esther, »würde ich die Sheramys besuchen und ihnen einmal sagen, wie schlecht es uns geht.«

»Ach, halt den Mund! Die würden doch nichts für uns tun.«

»Aber warum denn nicht?« fragte sie. »Um Himmels willen, sie kaufen doch immer die teuersten Sachen! Ich sehe diese Leute, wie sie in ihren schönbemalten Wagen umherfahren, und ich höre, wie sie schimpfen, daß keine Schiffe den Fluß heraufkommen und ihnen schöne Schuhe von Neuorleans bringen! Sie haben so viel Geld, daß sie selbst im heißesten Wetter Schuhe tragen. Und dieser Roger Sheramy ist doch dein eigener Bruder!«

»Um Gottes willen, hör auf! Im Juni wird das Wasser wieder niedriger sein.«

»Gewiß«, sagte Esther, »aber ich werde das Kind schon im Mai haben.«

»Aber ich schwöre dir, Esther, diese Leute haben keine Ahnung, wie es uns geht, wenn der Fluß Hochwasser führt. Meine Mutter hat doch selbst auf Silberwald gelebt, und die wußte es genau. Sie hat immer gesagt, wenn man viel hat, so hat man doch immer noch etwas, worüber man sich sorgt.«

»Ich verstehe nicht, daß man sich noch Sorgen machen kann, wenn man so reichlich zu leben hat«, antwortete Esther müde.

Bei der zweiten Geburt starb sie beinahe. Lulie kam zu ihr und pflegte sie, und die Frauen aus der Nachbarschaft brachten ihr Reis und Früchte, damit sie wieder zu Kräften kommen sollte, obwohl sie für ihre eigenen Familien kaum genug hatten. Das Kind war winzig und verrunzelt, und Gideon wunderte sich, daß es überhaupt am Leben blieb, denn Esther hatte keine Milch. Aber drei andere Frauen in der Straße, die auch Kinder nährten, wechselten miteinander ab und gaben ihm zu Anfang die Brust, so daß es wenigstens nicht verhungerte. In solchen Zeiten konnte man wirklich sehen, wie gut die Menschen doch im Grunde waren, dachte Gideon manchmal. Wenn es nicht soviel Kummer und Elend gäbe, würde man das niemals erkennen.

Schließlich gelang es ihm, Zimmermannsarbeit zu bekommen. Die Purcells nützten die Zeit des geringen Warenverkehrs aus, um ihre Lagerschuppen zu reparieren. Es fiel Gideon schwer, denn er war nicht an solche Tätigkeit gewöhnt, und er verstand auch nicht viel davon. Aber er war doch glücklich, daß er überhaupt Beschäftigung gefunden hatte, während so viele andere arbeitslos waren. Es sah so aus, als ob das Hochwasser überhaupt nicht mehr heruntergehen würde. Anstatt daß es zu einem Höchststand und einer Überschwemmung der Plantagen an den Ufern kam, stieg der Fluß nur bis nahe an den oberen Rand der Ufer. Verheerende Überflutungen traten nicht ein, aber die Strömung blieb so stark, daß sie die Schiffahrt verhinderte. Noch niemals war das Frühjahr so bitter und hart für die Dockarbeiter gewesen.

Gideon machte sich manchmal Gedanken, ob er überhaupt so weiterleben könnte. Er mühte und plagte sich, bis ihm der Rücken schmerzte, und doch konnte er nicht genug verdienen, um seine Familie zu unterhalten. Immerhin fand er es noch erträglicher, sich auf dem Dock aufzuhalten, als nach Hause zu gehen. In dem Zimmer war es heiß, und es roch immer nach abgestandenem Essen und Windeln, die zum Trocknen aufgehängt waren. Der kleine John wimmerte und weinte auf seinem Bett, und Gardy lief überall umher und sah schmutzig aus, weil sie so oft auf die Erde fiel. Und Esther war so gereizt, daß er kaum wagte, sie anzusprechen. Er machte ihr keine Vorwürfe, denn er wußte, daß es für sie ebenso schwer war wie für ihn, vielleicht noch viel schwerer. Aber eines Abends verlor er doch jede Selbstbeherrschung, als er nach Hause kam und Esthers Vater in der Wohnung fand.

Er wollte ihm nichts tun, aber als er den Alten sah, drehte sich alles um ihn. Der kleine John lag winselnd auf dem Bett, und Gardy schrie vor Schrecken, als der Alte Esther an den Schultern schüttelte und sie anbrüllte: »Ich weiß, daß du einen Mann hast, der viel Geld verdient! Du mußt mir etwas geben, daß ich mir Whisky kaufen kann.«

Als Gideon die Tür öffnete, lief Gardy auf ihn zu, um bei ihm Schutz zu suchen. Dabei stolperte sie über den Fuß des Alten, und der stieß nach ihr. Gideon geriet außer sich vor Wut, packte das Fleischmesser, das auf dem Tisch lag, und stach den Alten in die Kehle.

Als er wieder zur Besinnung kam und Esthers Vater in einer großen Blutlache auf dem Boden liegen sah, fühlte er keine Reue.

Aber die Tür stand offen, und eine Frau in der Gasse schrie entsetzt auf. Sie lief zum nächsten Haus, und wenige Sekunden später drängten sich in Gideons Stube die Leute. Die Frau rief laut, die beiden Männer hätten einen Streit miteinander gehabt, und der Junge hätte den Alten umgebracht. Darauf nahmen sie Gideon mit und brachten ihn zur Wache.

Esther glaubte bestimmt, man würde ihn gehen lassen, wenn sie den Leuten beim Gericht erklärte, wie alles gekommen war. Aber inzwischen mußte sie etwas tun. Sie bat eine Nachbarin, auf die Kinder aufzupassen, und ging wieder auf die Docks, um Früchte zu verkaufen.

Als Gideon vor Gericht gestellt wurde, war sie auch zugegen, fand aber, daß kaum einer von den Leuten klar sprechen konnte. Sie redeten alle durcheinander, englisch, französisch und spanisch zu gleicher Zeit. Gideon hatte Spanisch von seiner Mutter gelernt, und Esther hatte etwas Französisch auf den Docks aufgeschnappt. Aber die Leute bei Gericht drückten sich nicht mit den Worten aus, an die sie und Gideon gewöhnt waren. Einer der Richter verstand kein Wort Englisch, ein anderer konnte nicht spanisch sprechen. Einige Schreiber mußten dauernd übersetzen und rückübersetzen, bis Esther schließlich so verwirrt war, daß sie überhaupt nicht mehr wußte, worüber sie redeten. Sie verlangten, daß Gideon ein Schriftstück unterzeichnen sollte, aber der konnte nur verstört den Kopf

schütteln. Er versuchte, ihnen klarzumachen, daß er nicht wüßte, wie er seinen Namen schreiben sollte.
Dann verkündete ein Mann mit einer langen Nase, daß Gideon Upjohn ins Gefängnis zurückgebracht werden sollte. Er war des Mordes schuldig gesprochen und sollte deshalb gehängt werden. Drei Männer sprachen nacheinander und verkündeten das Urteil in drei verschiedenen Sprachen, und es war die einzige Darlegung, die Esther an diesem Tage deutlich verstand. Sie schrie laut auf, eilte zu Gideon, umarmte ihn und schluchzte laut.
Aber ein Mann zog sie fort. »Seien Sie doch ruhig, junge Frau«, sagte er. »Nehmen Sie es nicht so schwer!«
»Aber hören Sie doch!« rief Gideon. »Ich habe Ihnen doch gesagt –«
Aber sie befahlen ihm, den Mund zu halten, und führten ihn ab.
Esther schleppte sich nach Hause. Dort setzte sie sich auf den Boden und nahm ihre beiden Kinder in die Arme, aber sie hatte kaum noch Kraft zu weinen. Während sie noch bei ihnen saß, kam der Mann, der die Miete einsammelte. Er müßte das Geld jetzt haben, erklärte er. Drei Tage wäre sie schon im Verzug.
»Ich habe nicht ein einziges Kupferstück«, erwiderte Esther düster. Sie hatte das Gefühl, als ob alles in ihr tot und erstorben wäre.
Der Mann wiederholte, daß er nicht länger warten könne. Wenn sie jetzt die Miete nicht bezahle, müsse sie am nächsten Morgen aus der Wohnung heraus. Er würde schon in aller Frühe kommen, und wenn sie dann nicht ausgezogen sei, würde er sie und die Kinder auf die Straße setzen.

Die Kleinen schrien, weil sie etwas zu essen haben wollten. In einem Sack fand Esther schließlich noch ein wenig grobgemahlenen Mais und kochte ihn für die Kinder. Dann legte sie sich auf ihr Lager und nahm die beiden in die Arme. Ihr Mann sollte also an den Galgen und sie selbst auf die Straße geworfen werden! Nein, das durfte nicht geschehen. Niemand durfte ihrem Mann und ihren Kindern das antun, solange sie noch lebte und handeln konnte. Gideon mochte sagen, was er wollte, morgen würde sie nach Silberwald gehen und sich eher umbringen lassen, als daß sie nicht Mr. Sheramy sagte, was sie ihm sagen wollte.

Am nächsten Morgen stand sie frühzeitig auf, packte ihre Habe in ein Bündel und brachte es mit den Kindern zu Lulie. Als sie ihrer Schwägerin erzählte, daß sie keine Wohnung mehr hätten, erbot sich Lulie, die Kinder für diesen Tag bei sich zu behalten. Esther ließ sie ruhig denken, daß sie selbst zum Gefängnis ginge, um sich von Gideon zu verabschieden.

Dann machte sie sich auf den Weg nach Silberwald. Es wurde glühend heiß, als die Sonne höher stieg. Sie hatte sich so sauber und gut wie möglich angezogen und trug auch ihre Schuhe, aber wenn die Wagen vorüberfuhren, wirbelten die Hufe der Pferde so viel Staub auf, daß sie schon schmutzig war, bevor sie nur eine Meile zurückgelegt hatte. Sie fühlte ein unerträgliches Jucken auf der Kopfhaut unter dem Hut, und die Hitze wurde immer qualvoller.

Die Wege zwischen den einzelnen Pflanzungen waren ihr unbekannt, und sie rief einen Neger an, der auf einem Wagen durch die Baumwollfelder fuhr.

»Wo ist Silberwald?« fragte sie.

Er streckte die Hand mit der Peitsche aus. »Weiter Straße hinauf.«

»Ist es weit?«

»Ja, noch großes Stück.«

Esthers Hände verkrampften sich. »Fährst du zufällig dorthin? Kannst du mich auf dem Wagen mitnehmen?«

»Nein, ich fahren nicht dorthin, weiße Frau. Ich müssen mich um meine Arbeit kümmern. Haben keine Zeit, Leute spazierenzufahren.«

Er schlug auf die Maultiere ein, und der Wagen fuhr weiter.

Esther setzte sich auf die Erde nieder. Ihre Beine schmerzten so sehr, daß sie zweifelte, ob sie wieder aufstehen und weitergehen könnte. Aber schließlich raffte sie sich auf.

Die Straße führte in Windungen durch weitere Baumwollfelder. Dann kamen scheinbar endlose Zuckerplantagen, darauf ein kleines Gehölz und wieder Felder. Ein anderer Neger, den sie auf der Straße traf, sagte ihr, daß diese Ländereien zu Silberwald gehörten. Das nächste große weiße Gebäude sei das Herrenhaus.

Der Bau lag weit zurück von der Verkehrsstraße, verborgen hinter großen Bäumen und umgeben von Blumengärten. Esther wanderte durch die Anlagen zu der hinteren Tür. Die Haussklaven waren mit verschiedenen Arbeiten beschäftigt oder ruhten sich auf den Stufen aus, die zu ihren Quartieren führten. Esther stieg die Hintertreppe hinauf und klopfte.

»Ich möchte Mr. Sheramy sprechen«, sagte sie zu dem Negerjungen, der die Tür öffnete.

Er sah auf ihr schweißbedecktes Gesicht, auf ihre feuchten Hände und ihr staubbedecktes Kleid. »Massa draußen auf Feld«, antwortete er. »Was wollen Sie von ihm?«

»Ich möchte ihn sprechen.« Sie trat einen Schritt zurück und stützte sich auf das Geländer, denn sie war so müde, daß ihre Beine zitterten.

Einige Neger, die an der Tür zur Küche lehnten, betrachteten sie gleichgültig. »Die Missis erlauben hier kein Betteln«, sagte einer von ihnen.

Esther fuhr herum. »Halt den Mund, du schwarzer Nigger!« rief sie. »Ich will Mr. Roger Sheramy sprechen, und du kannst mich nicht zwingen fortzugehen, ehe ich ihn gesprochen habe.« Sie drehte sich nach dem Jungen um, der noch in der Tür stand. »Wenn er auf dem Feld ist, wo ist dann der alte Herr – sein Vater?«

Der Neger zuckte die Schultern. »Alte Massa Caleb tot seit zwei Jahren. Was sein denn mit Ihnen, Frau?«

»Nichts ist mit mir. Ich bin nur so müde von dem weiten Weg, daß ich mich kaum aufrecht halten kann«, rief Esther. »Ich möchte Mr. Roger Sheramy sprechen, weil ich mit seinem Bruder verheiratet bin. Und der kommt an den Galgen, wenn Mr. Sheramy nicht hilft und etwas dagegen tut. Ich muß –«

»Sie machen, daß fortkommen! Sie – Bruder von Massa heiraten? Der haben überhaupt keinen Bruder! Der Ihnen geben Tracht Prügel! Gehen Sie fort. Liederliche Frauenzimmer!«

»Willst du wohl das Maul halten, du schwarzes Luder!« schrie Esther.
Im selben Augenblick öffnete sich die hintere Tür, und im Eingang stand die Dame, die Esther in Begleitung Mr. Sheramys auf den Docks gesehen hatte. Unwillkürlich dachte Esther, daß eine so schöne junge Frau auch sehr freundlich und gütig sein müßte. Die andere sah so zierlich und fein aus. Ihre goldblonden Locken wurden von einem blauseidenen Netz zusammengehalten, ihr Kleid war aus kühlem weißem Musselin, und eine steife Halskrause erhob sich hinter ihren Schultern. Sie führte einen kleinen Jungen an der Hand.
»Lem!« rief sie. »Was in aller Welt soll denn dieser Lärm bedeuten? Ich habe euch Schwarzen doch gesagt, daß ihr nicht miteinander streiten sollt.«
Ihr Blick fiel auf die Frau, die an der hinteren Veranda lehnte. Esthers Hut war verrutscht, ihr Gesicht von Wut und Ärger entstellt.
»Wer ist das, Lem?«
Der Türboy zuckte die Schultern. »Miß Martha, sie eben kommen und an die Tür klopfen. Ich glaube, sie nicht ganz richtig im Kopf. Sie sagen, ihr Mann sollen gehängt werden –«
Die junge Frau betrachtete Esther. »Was wollen Sie denn?« fragte sie mit kühler Herablassung.
Esther trat schnell vor. »Bitte, Madame, sind Sie nicht Mrs. Sheramy?«
»Ja. Was machen Sie hier?«
»Ich muß Sie sprechen«, bat Esther. »Bitte, Madame, hören Sie mich an! Ich habe es schon dem Neger gesagt, aber der behauptete, es wäre eine Lüge. Aber es ist wahr. Ich heiße Upjohn, und mein Mann ist ein Bruder Ihres Mannes. Und sie wollen ihn jetzt aufhängen –«
Die Dame preßte die Lippen zusammen, ihre Augen verengten sich, und sie faßte den kleinen Jungen fester an der Hand.
»Kommen Sie herein«, sagte sie kurz.
Esther folgte ihr. Mrs. Sheramy öffnete die Tür zu einem großen, kühlen Raum. Weiße Gardinen hingen vor den Fenstern, und Ge-

mälde schmückten die Wände. Mrs. Sheramy zog an einem gestickten Klingelzug, und eine Negerin kam herein.
»Mammy – bringe Master Cyril in das Kinderzimmer. Und es soll mich niemand stören, bis ich wieder klingle.«
Nachdem die Amme den Jungen hinausgeführt hatte, ließ sich die junge Frau in einem großen Sessel neben dem Tisch nieder, auf dem eine Vase mit frischen Blumen stand. »Nun, was haben Sie eben alles gesagt?«
Esther sank in einen Stuhl. Sie war zwar nicht aufgefordert worden, sich zu setzen, aber sie war zu müde, um noch länger stehen zu können. Ihre Kleider waren feucht von Schweiß und klebten an ihrem Körper, und ihre Zunge war vor Durst geschwollen. Sie erzählte ihre Geschichte. Aber sie sprach übereilt und zusammenhanglos. Die Worte kamen aus ihrem Munde, bevor sie richtig nachgedacht hatte.
Mrs. Sheramy hatte das Kinn in die Hand gestützt und hörte zu. »Ich weiß nicht, ob Sie absichtlich lügen, oder ob Sie es tun, weil Sie nicht ganz bei sich sind«, sagte sie schließlich langsam und von oben herab.
»Keins von beiden ist der Fall«, erwiderte Esther verzweifelt. »Bitte, Madame, hat Ihr Mann Ihnen niemals gesagt, daß seine Mutter später einen Dockarbeiter heiratete?«
Mrs. Sheramy rückte einige der Rosen in der Vase zurecht.
»Mein Mann hat niemals viel von seiner Mutter gewußt«, erklärte sie nach einiger Zeit. »Es ging ein ungewisses Gerücht, daß sie sich mit einem Dockarbeiter eingelassen hätte. Aber ich kann doch nicht wissen, ob Ihr Mann ihr Sohn ist. Und selbst wenn er es wäre, weiß ich nicht, was Sie von mir wollen.«
»Ich bitte Sie um Ihre Hilfe«, sagte Esther schwach.
»Aber gute Frau, wie kann ich Ihnen helfen?« Mrs. Sheramy lächelte freundlich. »Sie tun mir ja sehr leid, aber Sie haben doch eben selbst erzählt, daß Ihr Mann einen anderen erstochen hat und vom Gericht zum Tode verurteilt wurde. Daran kann ich doch nichts ändern. Es ist natürlich sehr traurig, daß sie und Ihre Kinder unversorgt zu-

rückbleiben – hier, nehmen Sie das.« Sie zog eine Schublade des Tisches auf und nahm eine Geldbörse heraus. »Das hilft Ihnen wenigstens so lange, bis Sie Arbeit gefunden haben.«
Esther stand langsam auf. Ihre Hände ballten sich zu Fäusten. »Sie sind die gemeinste Frau, die ich jemals gesehen habe.«
Mrs. Sheramy trat zu ihr und steckte ihr den Geldbeutel in die Hand. »Es ist besser, Sie gehen jetzt wieder«, sagte sie beschwichtigend.
»Nein, ich gehe nicht!« Esther warf die Börse auf den Boden. »Ich will kein Geld von Ihnen. Mein Mann kann den Lebensunterhalt für mich und meine Kinder verdienen, wenn er aus dem Gefängnis kommt. Sie müssen zur Stadt fahren und den Richtern erklären, daß er meinen Vater nur deshalb erstochen hat, weil er betrunken war und mein Kind mit Füßen trat.«
Mrs. Sheramy seufzte. »Aber warum haben Sie ihnen denn das nicht selbst erzählt, wenn es sich so verhält, Mrs. Upjohn?«
»Ich habe es versucht, aber ich konnte mich ihnen nicht verständlich machen. Sie sprachen alle durcheinander und mindestens die Hälfte ausländisches Zeug! Aber wenn Sie kommen, werden Sie sie anhören, was Sie ihnen sagen!«
»Aber ich habe die Tat doch gar nicht gesehen! Ich kann nicht als Zeugin auftreten«, erwiderte Mrs. Sheramy geduldig, als ob sie einem kleinen Kind etwas begreiflich machen wollte. Sie hob die Börse vom Boden auf. »Nehmen Sie das, Mrs. Upjohn, und gehen Sie jetzt! Daß Sie hier laut schreien, hilft Ihnen auch nicht.«
»Ich gehe nicht fort. Ich bleibe hier und sage es Mr. Sheramy selbst. Ich rühre mich nicht von der Stelle.«
»Das werden Sie doch tun«, entgegnete Mrs. Sheramy.
Trotz ihrer großen Erschöpfung wunderte sich Esther, daß eine Frau so freundlich sprechen konnte, obwohl sie vor Wut kochte, wie man sehen konnte.
»Es tut mir leid«, fuhr Mrs. Sheramy gelassen fort, »aber wenn Sie fortfahren, hier so laut zu schreien und eine Szene zu machen, muß ich die Diener rufen und Sie fortbringen lassen. Also, wollen Sie nun ruhig gehen – oder soll ich klingeln?«

Sie legte die Hand an den Zug. Esther fühlte, daß sie mit ihren eigenen Händen unsichere Bewegungen machte. Das schöne, aber so herzlose Gesicht dieser Frau schien plötzlich zu verschwinden, dann wieder beängstigend nahe zu sein. Esther fühlte eine sonderbare Leichtigkeit im Kopf und wußte, daß sie fiel, aber sie konnte nichts dagegen tun.

Als sie die Augen wieder öffnete, lag sie auf einem weichen, sauberen Bett mit einer blauen Steppdecke. Am Fußende stand Mr. Roger Sheramy, und seine Frau saß auf einem Stuhl in der Nähe. Mr. Sheramy sah Gideon ein wenig ähnlich. Er hatte dieselbe sonderbare Sattelnase und die gleichen schweren, buschigen Augenbrauen, die über der Stirnwurzel beinahe zusammenwuchsen.

»Also, was hast du daraufhin getan, Martha?« fragte er.

»Ich wollte nur an dem Klingelzug ziehen, da wurde sie ohnmächtig.«

Mr. Sheramy packte den Bettpfosten fester. »Martha«, sagte er langsam, »ich wußte nicht, daß du so sein könntest.«

»Um Himmels willen, Roger!« rief sie. »Diese Geschichte ist schon skandalös genug – willst du vielleicht irgendeinen ungebildeten Sträfling anerkennen, der behauptet, mit dir verwandt zu sein? Dann werden sie bald in Scharen an der Hintertür stehen.«

Er seufzte und warf einen Blick auf Esther. »Ich glaube, sie kommt wieder zu sich. Eins von den Mädchen soll etwas Kognak bringen.«

Er setzte sich neben das Bett. Esther konnte noch nicht sprechen, aber sie schaute dankbar zu ihm auf.

Roger war in einer schwierigen Lage. Nachdem Esther gegessen und sich ausgeruht hatte, mußte sie ihm ihre Geschichte noch einmal erzählen. Ihr Bericht klang überzeugend. Von seinem Vater hatte er niemals viel über seine Mutter erfahren. Wenn Caleb nach ihrem Tode ihre anderen Kinder wirklich hätte finden wollen, dachte Roger, hätte er wohl Erfolg haben können. In einem Punkt mochte

Martha allerdings recht haben. Wenn die Geschichte öffentlich anerkannt wurde, dann würde ein ganzer Strom von armen Verurteilten zu ihm kommen, die ihn belästigten und um Hilfe baten – nur unter dem Vorwand, mit ihm verwandt zu sein. Aber sein natürliches Gerechtigkeitsgefühl entschied für Esther. Ganz gleich, ob Gideon Upjohn ein Sohn von Dolores war oder nicht, wenn er einen Mann unter solchen Umständen getötet hatte, durfte er deshalb nicht an den Galgen kommen. Roger sagte das Martha, als er sie am Nachmittag weinend in ihrem Zimmer fand.

»Es hat keinen Zweck, daß du so traurig bist, weil ich einem Mann helfen will, der in Not ist.«

Marthas Tränen glänzten an den Wimpern, als sie zu ihm aufschaute. Eine Locke hatte sich aus dem Netz gelöst und lag wie ein Seidenband auf ihrer Stirn.

»Lieber Roger«, erwiderte sie leise, »meinetwegen bin ich nicht traurig. Ich denke nur an Cyril.«

»An Cyril?« fragte er verwundert.

Martha setzte sich auf seinen Schoß und schlang die Arme um ihn. »Natürlich, Liebster. Siehst du denn nicht, was geschehen wird, wenn wir irgendeine Verwandtschaft mit solchen Leuten anerkennen? Die schmutzigen Kinder dieser Frau rufen dann, wenn sie Cyril auf der Werft sehen: ›Hallo, Vetter!‹ Und du weißt, was für ein Skandal entsteht, wenn die Frauen erst darüber klatschen. Das darfst du ihm nicht antun. Wir lieben doch unseren Jungen so sehr – bitte, tu es nicht, Roger!«

Sie legte ihre Wange an die seine und schmiegte sich an ihn. Wenn sie weinte, war er immer hilflos, und er war ihr auch jetzt nicht gewachsen. Immerhin versuchte er, seine Meinung durchzusetzen.

»Martha, du verlangst von mir, hart und herzlos zu sein. Willst du wirklich, daß ich gleichgültig sein soll, wenn ein Unschuldiger gehängt wird? Ich soll mich nicht einmal darum kümmern, daß sein Fall vor Gericht ordentlich verhandelt wird?«

»Aber du bist doch nicht verantwortlich für das, was ihm geschehen ist.« Wieder sah sie ihn bittend an. Er fühlte, wie eine ihrer Tränen

seine Wange herunterlief. »Und ich bin ebensowenig schuld daran.«
»Hat Mrs. Upjohn dir eigentlich gesagt, daß sie aus ihrer Wohnung herausgesetzt wurde, weil sie die Miete nicht bezahlen konnte?«
»Ja. Aber ich habe ihr doch Geld angeboten.«
»Gut – aber gehören die Häuser dort unten nicht deiner Familie?«
»Ich glaube. Der Grund und Boden war ein Teil des ursprünglichen Lehens vom König, das er der Familie St. Clair gab. Aber ist es denn meine Schuld, daß andere Leute ihre Miete nicht zahlen können?«
»Nein, Liebling. Aber wenn ich ein Landeigentümer bin, der dazu beiträgt, die Gesetze zu machen, muß ich mich auch dafür interessieren, daß sie gerecht angewandt werden. Außerdem ist Gideon Upjohn sehr wahrscheinlich mein Halbbruder, und wenn ich ihm nicht aus seiner gefährlichen Lage heraushelfe, werde ich selbst nie wieder Frieden finden.«
»Auch wenn er wirklich dein Halbbruder ist, bist du dafür nicht verantwortlich. Aber du bist verantwortlich für dein eigenes Kind. Soll Cyril denn später einmal ein Familienskandal anhängen, wohin er auch geht? Nein, das könnte ich nicht ertragen, Roger!« Sie legte die Hände vors Gesicht und begann wieder zu schluchzen, leise und hilflos.
Schließlich stand Roger auf und ging fort. In seiner Verzweiflung schickte er den Wagen nach Ardeith und gab dem Kutscher einen Brief an seine Tante Judith mit. Darin bat er sie, sofort nach Silberwald zu kommen. Er mußte mit jemand sprechen, der mehr von dem Leben seiner Mutter wußte als er selbst.
Kurz vor Einbruch der Dunkelheit traf Judith in Begleitung einer Dienerin ein, die ihr Gepäck trug. »Das ist mein Nachtkleid«, sagte sie zu Roger. »Du kannst nicht von mir verlangen, daß ich um Mitternacht auf dieser einsamen Straße zurückfahre. Aber was für Sorgen hast du denn, mein Junge? Deinen Brief konnte ich kaum lesen. Du mußt ganz kopflos gewesen sein, als du ihn schriebst.«
Roger atmete erleichtert auf und lachte. Er war so froh, daß er sie sah. Sie hielt nicht viel von Martha, das wußte er, und wenn der Fall

nicht so dringend gewesen wäre, hätte er gezögert, sich an seine Tante zu wenden, um einen Streitfall zwischen ihnen beiden zu entscheiden. Aber Judith war klar und entschlossen in ihrem Denken und würde seine Überzeugung verstehen, daß er den Upjohns helfen mußte – trotz Marthas Tränen.

»Ganz kopflos bin ich gerade nicht«, begann er, als sie ins Wohnzimmer traten, »aber ich brauche deinen Rat. Du kanntest doch meine Mutter!«

»Ach«, sagte Judith. »Ich wußte bestimmt, daß diese traurige Geschichte wieder aufgewärmt würde. Was ist denn geschehen, Roger?«

Er erzählte ihr, daß Esther nach Silberwald gekommen war.

»Ich verstehe«, erwiderte Judith schließlich. »Und ich soll nun eine Lösung finden, die Gideon gerecht wird und auch Martha besänftigt.«

»Ja, das habe ich gemeint. Tante Judith ist Gideon Upjohn wirklich mein Bruder?«

Judith bejahte. »Wo ist denn die junge Frau jetzt?« fragte sie.

»Hier im Hause. Sie war so schwach, daß wir sie heute nicht mehr fortschicken konnten. Ich habe mit ihr gesprochen. Sie will nichts weiter als in Frieden leben, und trotz allem, was Martha sagt, wäre das doch das wenigste, was wir für sie tun könnten.«

Judith betrachtete den feinen Rauch, der von der Kerze aufstieg. »Warum tust du es dann nicht, Roger? Ich weiß, daß du dich nicht mit Martha herumstreiten willst. Ich kann gerade nicht behaupten, daß ich sehr gut mit ihr auskomme, aber meiner Meinung nach ist es auch keine Sünde, wenn ein Mann in seine Frau verliebt ist. Nimm dir einen tüchtigen Rechtsanwalt, der dafür sorgt, daß der Fall Gideon Upjohn noch einmal vor Gericht verhandelt wird. Wenn jemand dich fragt, warum du das tust, kannst du ruhig sagen, die Frau des armen Menschen wäre zu dir gekommen und hätte an deiner Tür gebettelt. So hättest du ihre Geschichte erfahren und eben Mitleid mit ihr gehabt. Der Name Upjohn ist in unseren Kreisen nicht bekannt, und Martha braucht keinen Klatsch zu fürchten.«

»Großartig!« rief Roger erfreut. »Ich danke dir, Tante Judith. Dagegen kann Martha unmöglich etwas einwenden.«

Am nächsten Morgen sprach Judith mit Esther Upjohn, fuhr dann nach den Docks und zahlte eine Jahresmiete für eine anständige Wohnung, die sie Esther und ihren Kindern zur Verfügung stellte. Roger beauftragte einen bekannten tüchtigen Rechtsanwalt, Gideons Sache durchzufechten, und dieser setzte auch die Freilassung durch. Noch ehe der Fall entschieden war, sagte Roger sich selbst, daß er sich in diesem Fall als ein großzügiger, ritterlich denkender junger Mann gezeigt habe. Er hatte Gideon Upjohn nicht persönlich gesehen, aber eine große Summe an den Rechtsanwalt gezahlt. Nicht viele andere hätten soviel für ihn getan, erklärte Martha, und Judith gab das zu.

Martha sagte ihm das, während sie ihr schönes bleiches Gesicht gegen die Kissen lehnte. An dem Morgen, an dem Roger sich entschlossen hatte, Gideon zu verteidigen, fühlte sie sich so schwach, daß sie nicht mehr aufstehen konnte, und auch während des Prozesses blieb ihr Zustand unverändert. Roger machte sich Sorgen, denn gewöhnlich war Martha gesund wie ein junges Fohlen. Aber nun lag sie in ihrem Zimmer auf dem Diwan und atmete den süßen Duft der Rosen ein, die in ihrem Arm lagen. Wie sie sagte, linderte er ihre Schmerzen. Und sie hauchte mit kaum hörbarer Stimme, daß dieser Zusammenbruch ja nicht erstaunlich sei – nach allem, was sie hätte durchmachen müssen.

Als keine Besserung in ihrem Befinden eintrat, ließ Roger Ärzte aus Neuorleans kommen. Sie sagten, es wäre ein sonderbar langwieriger Fall von nervösen Zuständen, und empfahlen, sie zur Ader zu lassen.

An dem Tage, an dem dies geschehen sollte, bat Roger Tante Judith nach Silberwald. Sie brachte Emily mit, war aber höchst ungehalten über dieses Benehmen Marthas. Emily hatte noch niemals solche nervösen Zustände gehabt, und wenn sie auch nicht Marthas Schönheit besaß, war sie doch vernünftig und verständnisvoll.

Judith saß an Marthas Bett und hielt ihre Hand. Nachdem alles vorüber war und Martha erschöpft und entzückend bleich und lieblich in die Kissen zurückgesunken war, stand Judith auf und überließ Roger ihren Posten neben dem Bett. Sie ging ins Wohnzimmer, wo Emily wartete.

»Hier ist ein Glas Sherry«, sagte ihre Schwiegertochter. »Sicher kannst du einen Schluck Wein vertragen. Wie geht es dir denn?«

»Danke, liebes Kind. Ich brauche wirklich eine Stärkung. Ach, sie hat zum Gotterbarmen gestöhnt.«

»Daran zweifle ich nicht. Jetzt wollen wir aber wieder nach Hause fahren.«

»Glaubst du nicht, daß sie uns nötig hat?«

Emily zuckte die Schultern. »Meiner Meinung nach wird sie die ganze Nacht ruhig schlafen. Und später darf Vetter Roger nie wieder ein Wort über seine armen Verwandten fallen lassen.«

20.

Gewöhnlich teilten sich Philip und David in die Verwaltung der Pflanzung. Philip betreute die Baumwollfelder, und David hatte die Verantwortung für die Zuckerplantage. Emily war ebenso begeistert über die Zuckerkulturen wie ihr Mann. Selbst nachdem sie Kinder hatte, denen sie einen Teil ihrer Aufmerksamkeit widmen mußte, ritt sie häufig auf die Felder, und sie konnte über die Ernteaussichten ebenso sachverständig urteilen wie er. Judith bewunderte sie deshalb. David wäre auch sehr bald einer Frau überdrüssig geworden, die sich in ihrer Unterhaltung nur auf Kleider und Kinder beschränkte. Sie war froh, daß Emily vernünftig genug war, das einzusehen.

Als David heiratete, hatte Philip ein Stück Land westlich vom Fluß gekauft und ein Boot mit einer Anzahl Neger auf die andere Seite geschickt, um es zu bearbeiten. Eines Abends, als David und Emily auf der hinteren Veranda saßen, sprachen sie über die Ernte, die dieses

Land bringen würde. Judith kam auch mit ihrem Strickzeug auf die hintere Galerie.
»Ich habe eben David geraten, daß er einen weißen Aufseher hinüberschicken soll«, sagte Emily, als Judith sich zu ihnen setzte. »Die Neger tun nicht viel, wenn sie nicht unter scharfer Aufsicht stehen.«
»Das habe ich zuerst auch geglaubt«, erwiderte David, »aber sie scheinen doch ganz gute Erfolge drüben zu haben. Vater wollte einmal einen Versuch mit einem Negeraufseher machen und hat dazu den besten Zuckerarbeiter eingesetzt, den wir auf der Plantage haben.«
»So? Wer ist es denn?« fragte Emily.
»Ein gewisser Benny. Er ist noch jung, aber äußerst tüchtig. Seine Mutter hat im Herrenhaus gearbeitet, als ich noch ein kleiner Junge war. Später hat der Vater ihr die Aufsicht über die Negerkinder gegeben, solange die Eltern tagsüber auf den Feldern arbeiten. Benny ist nahezu weiß und hat viel mehr Verstand als die gewöhnlichen Sklaven.«
Emily nickte nachdenklich. »Wenn die anderen Schwarzen genügend Achtung vor ihm haben und ihm gehorchen, mag das ein sehr guter Gedanke sein.«
»Er scheint sich recht gut zu bewähren«, meinte David.
Judith ging ins Haus zurück. In ihrem Zimmer blieb sie vor dem Spiegel stehen und trommelte mit den Fingern gegen die Scheibe. Das also war aus Benny geworden! Sie hatte ihn seit vielen Jahren nicht erwähnt und ihn auch nicht mehr gesehen seit jenem Nachmittag, an dem der kleine Philip das gelbe Fieber bekommen hatte. Aber als David seinen Namen aussprach, wußte sie, daß sie ihn nicht vergessen hatte und daß sie ihm immer noch grollte. Allem Anschein nach hatte Philip dieses Zuckerland um Bennys willen gekauft. Sie sagte sich, sie könne nur froh sein, daß dieses Problem sich so einfach gelöst hatte. Aber sie war nicht froh. Alles, was an die Zeit erinnerte, die Bennys Geburt vorausging, schmerzte so tief. Aber wenn sie auch in all diesen vielen Jahren der Unruhe in ihrem Herzen nicht

hatte Herr werden können, dachte sie bitter, so hatte sie doch wenigstens gelernt, den Mund zu halten. Sie sprach nicht von Benny, selbst dann nicht, als David ihn ein Jahr später eines Abends beim Essen erwähnte.

»Vater, ich möchte dir etwas über das Zuckerfeld jenseits des Flusses sagen.«

»Was stimmt denn nicht?« fragte Philip.

»Der Zucker gedeiht sehr gut, aber diesen Benny, den wir als Aufseher hinübergeschickt haben, müssen wir wieder zurückholen.«

»Was hat er denn gemacht?« fragte Emily, als Philip nichts darauf erwiderte.

Judith sah nicht auf. Sie trank ruhig etwas Wein und bestrich ein Biskuit mit Butter.

»Er stiftet Unruhe«, erklärte David kurz. »Benny ist tüchtig, aber nahezu weiß, und diese Leute haben immer einen großen Mund, wenn sie auf den Feldern arbeiten. Er hat dort drüben schon viel dummes Zeug geredet. Die Neger müßten all die Arbeit tun und bekämen nichts dafür, sagt er. Er macht die Schwarzen unzufrieden.«

»Um Himmels willen!« rief Emily. »Jeder sagt doch, daß die Neger auf Ardeith fast wie eigene Kinder gehalten werden.«

»Unsere Neger sind auch immer zufrieden gewesen«, antwortete David. »Aber es braucht nur einer wie dieser Benny den Mund aufzureißen, dann werden sie aufsässig. Wenn er nicht lernt, ruhig zu sein, bin ich dafür, ihn zu verkaufen. Dann kann er einmal sehen, was es heißt, unter einem andern Herrn zu arbeiten, der sich nicht um seine Schwarzen kümmert.«

Judith hatte ihr Biskuit zerbrochen und zuviel Butter darauf gestrichen. Sie kratzte sie wieder ab.

»Was hat er ihnen denn gesagt?« fragte Philip.

»Er sprach davon, daß sie alle frei wären und eigenes Land im Westen bekommen sollten. Das ist ja alles Unsinn, aber es ist gefährlich, wenn er so redet.«

Emily lachte leicht. »Ach, gib mir doch bitte die Marmelade, David!

Man sollte wirklich glauben, daß ein intelligenter Neger mehr Verstand hätte. Weiß er denn nichts von den Gesetzen über die Freilassung der Neger?«

»Natürlich hat er davon keine Ahnung. Die Neger denken, wenn sie frei sind, können sie sich auch für Weiße halten. Benny ist sein ganzes Leben lang ein Sklave gewesen, und er bildet sich ein, Nahrung und Unterkunft gäbe es ebenso umsonst wie den Sonnenschein. Was meinst du dazu, Vater? Wäre es nicht besser, wenn wir ihn auf eine andere Plantage verkauften?«

»Das möchte ich nicht tun, David«, entgegnete Philip kurz. »Aber ich werde mich einmal um ihn kümmern. Wie steht denn der Zucker auf unserem Ufer?«

Aber David wollte sich nicht so leicht von der Sache abbringen lassen. »Vater, du mußt doch verstehen, daß ich diesen Benny weder drüben noch hier auf den Zuckerfeldern haben möchte. Wenn ich für die Plantage verantwortlich sein soll, muß ich auch die Arbeiter unter meiner Kontrolle haben. Schickst du Benny auf die Baumwollfelder, so geht mich das nichts an. Aber von Baumwollkultur versteht er nichts.«

Philip schwieg.

»Wenn ich eine Plantage führte, würde ich solche hellfarbigen Neger entweder in die Stadt verkaufen oder sie als Diener im Hause verwenden«, sagte Emily nach einer Pause. »Auf den Feldern taugen sie nicht viel. Sie sind überheblich und nehmen sich den anderen gegenüber zu viel heraus. Immer geben sie vor, daß sie mit ihrer Herrschaft verwandt sind –«

»Jetzt ist es aber genug, Emily«, sagte Philip scharf. »Es hat keinen Zweck, hier eine lange Rede über die Sache zu halten. Ich werde mich um ihn kümmern.«

Es war das erstemal, daß er so schroff zu ihr gesprochen hatte. Sie verstummte und wurde rot. David war zu gut erzogen, um seinem Vater in Gegenwart anderer Vorwürfe zu machen, aber er sah ihn unwillig an.

»Es – es tut mir leid«, sagte Emily. »Ich wollte mich nicht in Dinge

einmischen, die mich nichts angehen.«
Philip legte seine Hand auf die ihre. »Verzeih, liebes Kind. Aber es war heute unverhältnismäßig heiß, und ich bin etwas abgespannt.«
Judith hielt es bis zum Ende des Essens bei Tisch aus, aber sie versuchte, nicht an Benny zu denken. Sie sagte sich immer wieder, daß er sie nichts anginge und daß sie kein Recht hätte, Philip zu widersprechen, wenn er ihm gerecht werden wollte. Es war ja nur richtig, daß Philip ihn in Ardeith behielt, wo Benny gut behandelt wurde, statt ihn an einen unbekannten Herrn zu verkaufen, der unfreundlich und hart zu ihm sein mochte. Sie wünschte, daß er ihm die Freiheit geben könnte. Aber das war ein zu leichter Ausweg, den Philip niemals wählen würde. Die Lage der befreiten Neger war bedauernswert. Das konnte niemand bestreiten. Da sie von einer großen Anzahl gesetzlicher Einschränkungen bedrückt wurden, lebten sie in traurigeren Verhältnissen als die ärmsten Weißen.
Judith sprach mit Philip nicht über Benny, und sie wußte, daß er ihr dafür dankbar war. Aber trotzdem mußte sie an ihn denken. David wußte nicht, wer Benny war. Die Hälfte der hellfarbigen Neger auf einer Plantage behauptete ja, mit der Herrschaft verwandt zu sein. Und wenn Benny tatsächlich etwas von seiner Abkunft wußte und darüber redete, würde David das nur für Prahlerei halten.
Aber David machte sich noch Sorgen wegen des jungen Negers. Judith hörte, daß er eines Tages mit Emily darüber sprach.
»Was hat dein Vater denn mit diesem hellfarbigen Aufseher auf dem Zuckerfeld gemacht«, fragte Emily.
»Zur Zeit läßt er ihn auf den Orangenplantagen arbeiten. Aber das ist keine Beschäftigung für das ganze Jahr. Später muß er ihn doch auf die Baumwollfelder schicken. Er glaubt mir nicht, daß Benny ein geborener Rebell ist. Mit dem Mann werden wir überall Schwierigkeiten haben. Wenn ich Herr auf der Plantage wäre, würde ich ihn so schnell wie möglich entfernen.«
Judith ging hinaus und schalt die Hausmädchen, weil sie den Bronzeklopfer an der Haustür nicht ordentlich geputzt hatten. Dadurch

fanden ihre überreizten Nerven eine Entspannung. Sie atmete auf, als David beim Essen über Politik und nicht über die Zustände auf der Plantage sprach.
Sie war auch froh, daß die Politik ihr Interesse immer stärker in Anspruch nahm und ihre Gedanken auf diese Weise von Benny abgelenkt wurden. Lange Zeit hatten sich die Bewohner der Dalroy-Höhen nicht um ihre politische Zugehörigkeit gekümmert. Sie änderte sich so häufig, daß sie ihnen so unkontrollierbar wie das Wetter erschien. Aber nun war ein Zustand der Ungewißheit eingetreten, der die Entwicklung und das Aufblühen des Landes beeinträchtigte. Dalroy wuchs schnell. Seitdem die Vereinigten Staaten das Land gekauft hatten, bevölkerte sich Louisiana rasch, aber Dalroy gehörte zu dem Teil, der einst ein Bezirk Westfloridas gewesen war. Als die Provinz früher unter englischer Herrschaft stand, war sie vollkommen von Louisiana getrennt gewesen, und ob Westflorida nun zu Louisiana gehörte oder nicht, schien bei dem Verkauf des Landes nicht klar entschieden zu sein.
Judith bat David, es ihr zu erklären.
»Es ist wirklich sonderbar«, antwortete er. »Die Amerikaner nehmen an, daß wir zu den Vereinigten Staaten gehören, aber der spanische Gouverneur ist immer noch hier. Und in der Zwischenzeit gehorchen wir den amerikanischen Gesetzen, die uns zusagen. Und niemand kümmert sich viel darum.«
Er äußerte sich so gleichgültig darüber, daß Judith erstaunt war, als die Bewohner des Dalroy-Höhenzuges plötzlich beschlossen, in der Angelegenheit etwas zu tun.
Es war ein Tag im Spätsommer. Judith saß auf der Galerie und stickte an einem Kleid für Emilys kleinen Sohn Sebastian.
Plötzlich kam Emily eilig die Vordertreppe hinunter. »Aber Mutter, wollen all diese Herren zum Abendessen zu uns kommen?« fragte sie erstaunt.
Judith wandte sich um. »Welche Herren meinst du denn?«
»Ich sah sie von oben.« Emily zeigte in die Richtung, und Judith sah, daß Philip und David in Begleitung von etwa zwanzig anderen Män-

nern in die Auffahrtsstraße einritten. Sie hielt den Atem an. An guten Tagen ließ sie gewöhnlich für zehn Leute kochen, denn es war immer möglich, daß Philip und David jeder etwa drei Gäste unangemeldet mitbrachten. Aber auf ein großes Festessen war sie nicht vorbereitet.
»Die Mädchen können Rühreier machen«, sagte sie zu Emily. »Aber ich wünschte nur, sie hätten mir vorher gesagt, daß sie eine Gesellschaft planten.«
»Es sieht aber nicht so aus, als ob es eine Gesellschaft werden sollte«, widersprach Emily. »Es sind keine Damen dabei.«
Judith ging zur vorderen Treppe, um die Gäste zu begrüßen. Es waren die drei jungen Purcells, Louis Valcour, Roger Sheramy, Christoph, mehrere Mitglieder der Familie Durham, Carl Heriot mit zwei Brüdern und noch verschiedene andere.
»Kannst du uns etwas zu essen geben?« fragte Philip, als er aus dem Sattel stieg.
»Ja«, rief sie zurück, »wenn ihr keine besonderen Ansprüche stellt und mit dem zufrieden seid, was ihr bekommt.« Sie mußte lachen, obwohl sie sich ärgerte. Philip machte ein so verschmitztes Gesicht wie ein Junge, der dabei ist, die Speisekammer zu plündern. Während die anderen Emily begrüßten, nahm sie Philip an der Treppe zur Seite. »Was führt ihr denn jetzt wieder im Schilde?«, fragte sie.
Er lächelte sie vergnügt an. »Wir sind dabei, den spanischen Gouverneur abzusetzen.«
»Um Himmels willen, Philip! Wie wollt ihr denn das machen?«
Er lachte und schlug mit der Reitpeitsche durch die Luft. »Wir treffen uns heute abend im Dunkeln auf dem öffentlichen Marktplatz. Es werden im ganzen mehrere hundert sein. Dann ziehen wir zum Palais und fordern ihn auf, das Gebäude zu verlassen.« Er lachte den anderen zu. Sein Haar war nahezu weiß geworden, aber im übrigen sah er kaum älter aus als David.
»Aber ist denn das nicht gefährlich?« widersprach Emily. »Hat er nicht eine bewaffnete Wache in seinem Palais?«
»Warum überlaßt ihr das nicht der amerikanischen Regierung? Sie

kann doch die spanischen Beamten ausweisen!« rief Judith.
»Die amerikanische Regierung hatte sieben Jahre Zeit, das zu tun«, erwiderte David. »Aber die Leute haben sich ja überhaupt nicht um uns gekümmert. Nun nehmen wir die Sache eben selbst in die Hand. Louisiana ist als ein amerikanisches Territorium organisiert, und es wird nicht lange dauern, bis es um Aufnahme in die Vereinigten Staaten bittet. Und wir sind ein Teil von Louisiana. Trotzdem sitzt diese spanische Wache immer noch hier und lebt auf Kosten unserer Steuern. Und die Amerikaner wissen entweder gar nicht, daß die Spanier noch hier sind, oder sie kümmern sich nicht darum.« Er zog ein Dokument aus seiner inneren Rocktasche. »Deshalb haben wir eine Unabhängigkeitserklärung für Westflorida aufgesetzt.«
Judith sank schwach auf eine Treppenstufe nieder. »In meinem ganzen Leben habe ich noch nicht so etwas Widersinniges gehört.«
»Warum soll das widersinnig sein?« fragte Roger Sheramy. »Morgen früh werden wir entweder alle gefangengesetzt sein oder in dem freien Staat Westflorida leben –«
»Dann können wir ja warten, bis die Amerikaner von uns Kenntnis nehmen«, fügte Philip hinzu.
Judith sah Angst in Emilys Gesicht. Auch sie war besorgt, aber sie hatte länger mit Philip und David zusammengelebt als die junge Frau, und sie wußte, daß man die beiden unmöglich von verwegenen Plänen abbringen konnte. Sie seufzte nur und sagte: »Seht nur zu, daß die Sache gut abläuft.« Dann ging sie hinein, um die Vorbereitungen zum Essen zu treffen.
Sie aßen in Eile, und alle sprachen durcheinander, so daß es ihr schwerfiel, etwas Genaueres zu erfahren.
Emily zeigte sich beherrscht und ruhig, als ob sie nicht länger die Gefahren einer Revolution fürchtete. Aber als die Männer bei Anbruch der Dunkelheit wieder fortritten, sah Judith, daß Emilys Tränen auf Sebastians Kopf fielen, während sie ihn küßte und ihm gute Nacht sagte.
»Ich fürchte mich«, rief Emily, als die Amme mit dem Kind das Zimmer verlassen hatte. »Es kann ihnen doch so leicht etwas

zustoßen!«
Judith nahm freundlich ihre Hand. »Der spanische Gouverneur hat ja in Wirklichkeit kein Recht mehr, hier zu sein, liebes Kind«, erwiderte sie tröstend.
»Ich verstehe nicht, wie du so ruhig sein kannst.«
»Und ich habe mich darüber gewundert, wie gefaßt du warst.«
»Ach, ich zitterte innerlich, aber ich wollte vor David keine Furcht zeigen.«
»Ich wünschte nur, ich wäre in deinem Alter auch so klug gewesen«, sagte Judith lächelnd.
Aber Emily schien sie nicht zu hören. Sie lachte kurz auf. »David glaubt, ich bin so selbstsicher. Als er fortritt, sagte er noch, es sei gut, eine so furchtlose Frau zu haben – Martha Sheramy wäre beinahe in einem Wasserfall von Tränen untergegangen.«
»Ach, das hätte ich mir denken können. Sie weiß, daß sie hübsch aussieht, wenn sie weint.«
»Ich sehe nicht hübsch aus«, entgegnete Emily kurz, »aber ich fürchte immer noch, daß sie erschossen werden könnten.«
Sie nahm eine Häkelarbeit und setzte sich ans Licht. Nach einer Weile schaute sie auf. »Es ist so lieb von dir, daß du mich nicht immer streichelst. Ich kann es nicht vertragen, wenn man mich immer betut.«
Es wurde spät, aber keine der beiden Frauen schlug vor, zu Bett zu gehen. Emily verließ einmal das Zimmer, um nach dem kleinen Sebastian zu sehen, aber er schlief fest. Der Junge wußte ja noch nichts von der bösen Politik. Judith holte auch ihre Stickerei und setzte sich zu dem Leuchter. Sie war viel beunruhigter über den geplanten Angriff auf das Palais des Gouverneurs, als sie Emily eingestehen wollte. Lange Zeit arbeiteten sie schweigend.
Es war beinahe Mitternacht, als Emily die Arbeit in den Schoß legte und sich plötzlich aufrichtete.
»Was ist denn das?«
»Ich habe nichts gehört.« Judith steckte die Nadel in den Stoff und lauschte.

»Da ist es wieder – es klingt, als ob jemand ruft – aber aus weiter Ferne.« Emily trat ans Fenster.

Judith folgte ihr. Sie sagte sich, daß sie als die Ältere der anderen ein Beispiel an Mut geben müßte. »Aber wenn es zu einem Kampf kommt, liebe Emily, kann es doch nur in der Stadt sein. Unmöglich kämpfen sie hier in der ganzen Gegend!«

Emily hatte den Vorhang zurückgezogen. Plötzlich packte sie Judith an der Schulter, und auch diese hielt den Atem an.

Weit hinten auf den Feldern bewegten sich Fackeln. Sie waren so weit entfernt, daß sie wie winzige Sterne aussahen, und sie kamen nicht in einer ausgerichteten Reihe näher, sondern in einem ungeordneten Haufen. Schwach waren auch aus der Ferne wütende Stimmen zu hören. Emily faßte sich an die Kehle und stieß einen Schrei aus.

»Das sind keine Soldaten!«

Judith zog die Vorhänge zusammen und trat vom Fenster zurück. Sie fühlte ein Prickeln auf der Kopfhaut, und ihre Hände waren plötzlich feucht geworden. »Es sind die Neger!« sagte sie.

Emily lehnte sich gegen die Wand. Sie zitterte am ganzen Körper vor Schrecken.

»Benny!« stieß sie entsetzt aus, stürzte hinaus und eilte die Hintertreppe zu dem Kinderzimmer hinauf.

Judith zog an dem Klingelzug und hörte, wie die Glocke in der Stille der Dienerwohnungen widerhallte. Mit einer heftigen Anstrengung riß sie sich zusammen, so daß sie nicht mehr zitterte, und zwang sich, klar und kühl zu denken. Sie wohnten meilenweit von anderen Niederlassungen entfernt. In Ardeith konnte ein Sklavenaufstand ausbrechen, und niemand brauchte etwas davon zu erfahren, bis sie, Emily und die Kinder von den heimkehrenden Männern am nächsten Morgen ermordet aufgefunden wurden. Niemals hatte sie ernsthaft an eine solche Möglichkeit gedacht. Die Neger in Ardeith waren gut erzogen, wurden gut behandelt und fühlten sich allem Anschein nach auch glücklich. Aber ein unzufriedener Charakter wie Benny konnte hundert andere zu einem Aufstand mitreißen, obwohl sie von sich aus nicht einmal im Traum daran gedacht haben mochten. Offenbar hatte er die anderen Schwarzen aufgehetzt. Die Neger waren eine zügellose Menge, halb verrückt und ohne Disziplin. Sie brüllten laut, denn sie sahen in Abwesenheit der Besitzer eine Gelegenheit, das Haupthaus zu plündern.

Sie wollte gerade noch einmal klingeln, als Christine ins Zimmer eilte und sich verschlafen die Augen rieb.

»Was ist es, Miß Judith? Was sollen ich tun? Ich haben eingeschlafen bei Warten auf Sie.«

»Was weißt du über einen Aufstand unter deinen Leuten?« fragte Judith.

Die Dienerin sah sie verstört an. »Mäm?«

Judith bog den Vorhang beiseite.

»Ach Gott, verdammte Feldnigger!« rief Christine, brach in Tränen aus, sank auf die Knie und hob flehend die Hände. »Miß Judith, ich schwören bei Gott, wir Leute im Haus nichts tun. Wir uns nicht mit andere einlassen – Sie wissen, daß wir das nicht tun – ich schwören bei Gott Allmächtigen – er sollen meine Knochen in Wasser verwandeln –«

»Es ist schon gut. Steh auf und hör auf zu schwatzen«, erwiderte Judith scharf. »Wenn du wirklich meinst, was du sagst, dann wecke die anderen. Sie sollen die Pferde satteln. Und wenn du selbst nicht umgebracht werden willst, dann beeile dich! Du weißt ja, daß die Feldnigger immer glauben, die Hausdiener leben ebensogut wie ihre Herren. Denen kommt es nicht darauf an, die bringen euch ebenso geschwind um wie uns. Also, mach schnell!«

Sie drehte sich um und sah Emily, die Sebastian an der Hand führte. Hinter ihnen kam die Amme im Nachtkleid, die das kleine Mädchen trug.

»Emily, überlasse die Kinder jetzt der Frau. Die sorgt ebenso gut für sie wie du. Tu, was ich dir sage!« befahl Judith, als Emily die Kleinen an sich zog, als ob sie die beiden verteidigen wollte. »Hier ist der Schlüssel zu dem Waffenzimmer. Hole dir ein Gewehr und bringe mir auch eins.«

Sie ging auf die Galerie hinaus. Die aufständischen Sklaven strömten auf das Haus zu. Sie waren inzwischen bedeutend näher gekommen. Judith zog an dem Strick der großen Plantagenglocke, die mit gebieterischer Stimme erdröhnte. Ihr Klang würde die Aufseher und alle Neger wecken, die nicht auf Bennys aufreizende Reden von einer glorreichen Zukunft geachtet hatten.
Emily brachte die Gewehre.
»Hast du auch das Waffenzimmer wieder abgeschlossen?« fragte Judith.
»Selbstverständlich.«
»Gut. Wenn die Neger in den Raum kämen, würden wir alle ermordet werden. Bis jetzt haben nur wenige von ihnen richtige Waffen. Hier, nimm das Gewehr! Du hast schon auf Vögel und Eichhörnchen geschossen. Halte die Hand ruhig und schieße nicht, um die Schwarzen zu töten – höchstens im äußersten Notfall.«
Emily wandte sich zu ihren Kindern, umarmte sie ein letztes Mal und schwang sich dann auf ein Pferd. Die Hausskiaven eilten aus ihren Quartieren herbei. Die meisten hatten keine Zeit gehabt, sich anzukleiden. Judith kehrte ins Haus zurück und holte Schießwaffen für Josh, Cicero und ein paar andere der ältesten und zuverlässigsten Sklaven. Dann stieg auch sie in den Sattel, und sie ritten den Feldnegern entgegen.
Allem Anschein nach hatte der Führer den Befehl gegeben, sich dem Hause ruhig zu nähern, aber als die Rebellen sahen, daß die Haussklaven ihnen bewaffnet und zu Pferde entgegenkamen, brach die letzte Disziplin bei ihnen zusammen, und sie stürzten mit wildem Schreien vorwärts. Es waren höchstens hundert Feldneger. Sie ritten auf den Maultieren, die zur Arbeit gebraucht wurden, und trugen Stöcke und Fackeln, die sie aus Feuerholz gemacht hatten. Nur wenige hatten Gewehre, denn außer den Aufsehern durfte auf den Feldern niemand Schußwaffen tragen. Aber mit Entsetzen sah Judith, daß viele der Schwarzen Macheten über den Köpfen schwangen, diese mörderischen Zuckerrohrmesser mit kurzem Handgriff. Die Klingen waren oben breit und wurden nach unten schmaler. Die

Schneiden hatten an beiden Seiten Sägezähne. Die Macheten wurden morgens von den Aufsehern unter die Arbeiter verteilt und am Abend wieder in die Zuckerhäuser eingeschlossen. Durch wessen Fahrlässigkeit mochte es den Negern gelungen sein, in ein solches Haus einzubrechen? Aber plötzlich erinnerte sie sich, daß Benny Aufseher auf der Zuckerplantage gewesen war und auch Macheten unter Verwahrung gehabt hatte. Eine unheimliche Wut überkam sie. Sie sah ihn auf einem Pferd an der Spitze der brüllenden Menge. Eine Fackel beleuchtete sein Gesicht, und sie erkannte ihn an seiner Ähnlichkeit mit Philip.

Sie hörte einen Schuß, dann noch einen. Als sie sich umblickte, sah sie die Aufseher, die nur spärlich bekleidet gegen die Neger anritten. Von allen Seiten stürzten Negerinnen herbei und schrien vor Furcht und Schrecken.

»Werft die Macheten auf den Boden!« hörte Judith den Ruf einer Männerstimme.

Die Aufseher schossen, und mehrere Neger stürzten zu Boden. Andere ließen ihre Macheten fallen. Aber Judith sah es kaum. Sie war sich nur bewußt, daß Benny auf sie zuritt. Jetzt war er ganz nahe. Er hatte eine Machete an einem Strick um den Hals gebunden und eine Pistole in der Hand.

»Schießt diesen verdammten weißen Nigger vom Gaul!« rief einer der Aufseher. »Er ist der Anführer der ganzen Bande, er hat sie aufgehetzt!«

Judith hob ihre Waffe. Ihre Hand war vollkommen ruhig als sie zielte und abdrückte.

Einen Augenblick schwankte Benny, aber er riß sich zusammen und trieb sein Pferd an. Judith feuerte zum zweitenmal und sah, daß er zu Boden stürzte.

»Achtung, alte Miß!« rief jemand hinter ihr, aber sie erkannte die Gefahr kaum, in der sie schwebte. Sie zwang ihr Pferd mitten in den wirren schwarzen Haufen hinein und streifte den Zügel über den linken Ellbogen, während sie die Waffe aufs neue lud. Und als sie an Benny vorbeiritt, der zusammengebrochen war, beugte sie sich vor

und gab noch einen Schuß auf ihn ab.
Dann fühlte sie plötzlich einen scharfen, feurigen Schmerz in dem Knie, das sie über den Sattel gelegt hatte, und sah im Schein einer Fackel eine Machete mit den schrecklichen Sägezähnen aufblitzen. Mit dem Gewehrkolben stieß sie die Waffe beiseite, bevor diese sie ein zweites Mal treffen konnte. Einen Augenblick saß sie wie erstarrt und hörte kaum das entsetzliche Wiehern ihres Pferdes. Es war, als ob der Schmerz im Knie all ihre Tatkraft zerstört hätte. Sie konnte an nichts anderes mehr denken als an das, was sie eben getan hatte.
Ihr Geist war merkwürdig fühllos im Gegensatz zu der Gewalt des Schmerzes, der ihren ganzen Körper durchzitterte. Die Schüsse und die Kampfrufe um sie her schienen aus weiter Ferne zu kommen. Sie fühlte, daß eine Hand sich über die ihre auf den Zügel legte, und sie hörte, daß in der Dunkelheit jemand sagte:
»Alte Miß verwundet – werden gleich Bewußtsein verlieren.«
Es war der treue Josh, der einst mit Philip den Fluß heruntergekommen war. Sie erkannte ihn an der Stimme und wußte, daß er sie vom Pferd gehoben hatte. Das war das letzte, was ihr an diesem Abend zum Bewußtsein kam.
Als sie wieder zu sich kam, hatte sie das Gefühl, daß die ganze untere Hälfte ihres Körpers in Flammen stünde. Jemand hatte ein feuchtes Tuch auf ihr Gesicht gelegt. Unwillkürlich stöhnte sie leise.
»Bewege dich nicht, Mutter, es wird bald wieder besser werden«, sagte David.
Sie sah sich um. Es war früh am Morgen, und sie lag in ihrem eigenen Zimmer. Auf den Bettüchern entdeckte sie große Blutflecken. David und Philip waren neben ihrem Lager, und Emily beugte sich über sie und strich mit einem Tuch, das sie in kaltes Wasser getaucht hatte, über ihre Stirn.
»Sind die Kinder in Sicherheit?« fragte Judith.
»Ja, Liebste«, erwiderte Philip sanft und legte seine Hand auf die ihre. »Aber sprich lieber noch nicht!«
Er saß auf der Kante des Bettes. Judith wandte plötzlich den Kopf von ihm ab und legte den Arm über die Augen. Sie erinnerte sich

daran, daß sie seinen Sohn getötet und noch einmal rachsüchtig auf Benny geschossen hatte, als er schon sterbend am Boden lag. Wieder stöhnte sie.

»Sie muß furchtbare Schmerzen haben, David«, sagte Emily. »Meinst du nicht, wir sollten ihr ein Schlafmittel geben?«

»Nein, noch nicht.« David kniete neben dem Bett nieder. »Mutter, bitte versuche es auszuhalten. Du warst schon so tapfer, und wir sind alle so stolz auf dich!«

»Ach, kannst du nicht ruhig sein!« stöhnte Judith.

Ihre Gedanken verwirrten sich wieder, und sie sah ihre Angehörigen nur wie durch einen Schleier, denn wilder Schmerz und heftiges Fieber quälten sie. Aber am nächsten Tag war ihr Kopf klarer. Von Emily wurde sie mit hingebender Dankbarkeit gepflegt, und David wollte kaum ihr Zimmer verlassen. Sie sagten immer wieder, daß nur ihrem Mut die Rettung des Hauses und der Kinder zu verdanken sei, denn sie habe die aufständischen Sklaven zurückgehalten, bis die Aufseher und die treuen Neger zur Abwehr herbeieilten. Nachdem sie Benny erschossen hatte, waren seine Anhänger von sinnloser Panik gepackt worden.

Lange bevor sie so weit hergestellt war, um Besuch zu empfangen, kamen ihre anderen Kinder und ihre Freundinnen, um ihr zu gratulieren. Überall sprach man von ihrer Tapferkeit. Wieweit die Geschichte durch die Erzählung von Mund zu Mund aufgebauscht wurde, wußte Judith nicht, aber sie war jedenfalls zur Heldin geworden. Sie sagten ihr, daß der Schaden nicht groß gewesen sei – nur ein paar Neger waren erschossen und einige Aufseher verwundet worden. Die Neger hatten auch einige Baumwollfelder beschädigt, als sie durchgeritten waren. Aber nun saßen die Anführer im Wachthaus, und die anderen schämten sich und bereuten ihre Tat. Der Aufstand war nur auf Benny zurückzuführen, der die Schwarzen mit seinen dauernden Reden für eine Weile aufgewiegelt und verrückt gemacht hatte. Aber sie hatte Benny erschossen, obwohl sie jetzt in einem Alter stand, in dem eine Dame nicht mehr zu tun haben sollte, als sich um ihren Haushalt zu kümmern und sich von ih-

ren Kindern und Enkeln betreuen zu lassen. Aber sie war den Feinden kühn entgegengeritten und hatte Benny niedergeschossen wie ein tapferer Soldat.
Erbittert hörte Judith zu. Manchmal wurde es ihr zuviel, so daß sie es nicht länger ertragen konnte. Dann bat sie die anderen, sie möchten doch aufhören zu reden und sie allein lassen. Das legte man jedoch nur als unglaubliche Bescheidenheit aus.
Aber sie lag wach und dachte stundenlang nach, während Emily mit einem Stickzeug neben ihrem Bett saß und glaubte, sie schliefe. Judith versuchte sich klarzumachen, was an jenem Abend über sie gekommen war und ihr alle Überlegung und Selbstbeherrschung geraubt hatte, die sie ihrer Meinung nach während ihres Lebens erlangt hatte. War es wirklich notwendig gewesen, Benny zu töten? Ja. Hätte sie ihn nicht niedergeschossen, so hätte es ein anderer getan. Aber während sie ruhig lag, dachte sie wieder und wieder darüber nach, ob sie ihn erschossen hatte, um Davids Kinder zu retten oder weil sie ihn haßte. Sie wußte es nicht. Bis zum letzten Tage ihres Lebens wurde sie sich darüber nicht klar. Aber das Gefühl, eine schmachvolle Tat getan zu haben, drückte sie tiefer nieder als aller Schmerz und Kummer, den sie erfahren hatte.
In den ersten Tagen war dieses Gefühl so stark, daß sie sich nicht dazu aufraffen konnte, nach Philip zu fragen. Er war an ihrem Lager gewesen, als sie zum erstenmal das Bewußtsein wiedererlangt hatte, aber seitdem ferngeblieben. Schließlich konnte sie es nicht länger ertragen und fragte David, warum Philip nicht zu ihr käme.
»Vater fühlt sich nicht ganz wohl«, erwiderte David. Es schien ihr, daß er einen Augenblick gezögert hätte, bevor er die Antwort gab. »Er hat sich neulich abends im Palais des Gouverneurs erkältet. Wir hätten ihn niemals mitreiten lassen sollen – bei seinem Alter.«
»Seid ihr denn nun wenigstens den Gouverneur losgeworden?« fragte Judith, nur um irgend etwas zu sagen.
»O ja. Er kehrt nach Spanien zurück. Wir werden als ein Teil von Louisiana zu den Vereinigten Staaten gehören.« Er beugte sich über sie. »Mache dir keine Sorgen um den Vater!«

»Schon gut«, entgegnete sie. Aber sie dachte: Eine Erkältung. Eine kleine Erkältung ist Grund genug für ihn, um nicht zu mir zu kommen. Dadurch gibt er es mir zu verstehen. Er allein von allen weiß, daß ich kein Mitleid fühle und nicht verzeihen kann.
Judith hatte die anderen gebeten, sie in der nächsten Nacht allein zu lassen. Sie war jetzt frei von Fieber und konnte besser und ruhiger schlafen, wenn niemand an ihrem Lager wachte. Aber nachdem die anderen zu Bett gegangen waren, lag sie noch wach. Wenn es ihr möglich gewesen wäre, hätte sie Philip aufgesucht, aber ihr Bein war geschient. Sie dachte daran, daß sie und Philip sechsunddreißig Jahre lang in Liebe miteinander verbunden gewesen waren. Und jetzt würde er ihr nicht verzeihen, weil er wußte, daß sie ihm im geheimen doch nicht vergeben hatte.
Ach, er hätte wirklich freundlicher sein sollen, dachte sie, während sie still im Dunkeln weinte. Er hätte wissen müssen, daß man manchmal seiner Leidenschaft so hilflos ausgeliefert war wie einem übermächtigen Feind. Sie erinnerte sich daran, daß dieser letzte Schuß nicht notwendig gewesen war. Aber in jenem Augenblick hatte sie nicht anders handeln können. Philip hätte das verstehen sollen.
Plötzlich hörte sie, daß die Klinke an der Tür heruntergedrückt wurde, und fuhr ärgerlich zusammen. Diese ewige Fürsorge! Warum mußten sie auch noch mitten in der Nacht in ihr Zimmer schleichen?
»Judith!« fragte jemand leise.
Es war Philip, aber seine Stimme klang sonderbar.
Sie richtete sich auf. »Philip? Philip!«
Beim Schein des Nachtlichtes sah sie, daß er die Tür zumachte. Er trug einen Schlafrock und hatte einen wollenen Schal um den Hals gebunden. Langsam kam er näher, kniete neben dem Bett nieder und schloß sie in die Arme. Sie empfand so tiefe Dankbarkeit, daß sie zuerst nicht merkte, wie heiß sein Gesicht war.
»Philip, du bist krank! Du glühst vor Fieber!« rief sie plötzlich.
»Ja, ich weiß es«, sagte er leise. »Die Kinder hüten mich ja so sehr,

daß ich mich nicht rühren kann. Ich mußte heimlich zu dir schleichen, als ob ich ein Gefangener wäre. Hoffentlich habe ich dich nicht aufgeweckt.«
»Nein, ich habe nicht geschlafen. Aber du bist wirklich schwerkrank!« Sie schluchzte.
Er fühlte ihre Tränen. »Aber liebe Judith, haben sie dir denn nicht gesagt, daß ich krank bin? Ich glaube sogar, daß ich in Fieberphantasien lag. Aber wie geht es dir?«
»Ach, mir geht es wieder gut. Ich habe ja nur die Verwundung am Knie. Aber du hättest nicht aus dem Bett aufstehen sollen, Philip. Komm, lege dich her, ich werde dich gut zudecken.«
Er richtete sich auf, aber er mußte sich dabei auf den Bettpfosten stützen. Seine Bewegungen waren unsicher, und er fiel beinahe auf das Lager. Judith rückte trotz ihrer Schmerzen beiseite, um ihm Platz zu machen. Er schloß sie in die Arme, aber sie fühlte, wie schwach er war.
»Kannst du so einschlafen?« fragte sie.
»Nein. Ich möchte mit dir sprechen. Ich ließ dich am ersten Tag allein, bevor mich das Fieber packte und hilflos machte. Das tut mir leid. Ich kann offenbar nicht die rechten Worte finden, um es auszudrücken. Aber es tut mir sehr leid.«
»Du vergibst mir also, daß ich ihn erschossen habe?« fragte sie leise.
»Es blieb ja wohl nichts anderes übrig?«
»Nein – aber haben sie dir gesagt, daß ich noch einmal auf ihn feuerte, als er sterbend am Boden lag?«
»Ja, das weiß ich.«
»Und du vergibst mir auch das?«
»Zuerst vergab ich dir nicht.« Seine Stimme klang sehr schwach, und die Worte waren kaum zu verstehen. »Es ist schon gut. Das ist jetzt alles nicht mehr wichtig.«
Sie zog seinen Kopf an ihre Schulter und bat ihn, nicht mehr zu sprechen. Ruhig lag er neben ihr. Ein wunderbarer Friede kam über sie. Einen Menschen gab es auf der Welt, der ihre innersten Sünden und

Geheimnisse kannte und sie trotzdem liebte. Ob wirklich gute Menschen jemals fühlen konnten, was der Friede bedeutete, der mit solcher Erkenntnis kam?
Plötzlich richtete sie sich so jäh auf, daß ihr Knie heftig schmerzte. »Philip!« rief sie. »Philip!«
Als er nicht antwortete, tastete sie über seine Hände, sein Gesicht, seinen Körper. Sie waren nicht kalt, aber nicht so heiß wie vorher. Wieder rief sie ihn an und schüttelte ihn, aber er antwortete nicht. Schließlich hörte sie David an der Tür.
»Mutter, was hast du?« fragte er, als er eintrat. »Ist der Vater bei dir? Wie kommt es denn, daß er sein Zimmer verlassen hat?«
Er rief Emily herein, dann kniete er neben Philip nieder.
Judith rückte entsetzt von ihm ab. Sie konnte kein Wort über die Lippen bringen. Erst als David den Kopf hob und sie ansah, fragte sie: »Ist er – tot?«
David nickte. Dann bedeckte er plötzlich das Gesicht mit den Händen und ließ den Kopf auf die Steppdecke sinken wie ein Kind. Judith beobachtete ihn. Sie war zu erschüttert, als daß sie mit ihm sprechen oder ihn berühren konnte. Dann sank sie zurück, faßte das Kissen mit beiden Armen und vergrub ihr Gesicht darin.
Nach einer langen Weile sagte Emily. »Der Schmerz ist zu groß für deine Mutter, David. Er bringt sie um. Wir – wir hätten ihr vielleicht doch sagen sollen, daß der Vater im Sterben lag.«
Judith fühlte, daß er den Arm um sie legte. Sie ließ es geschehen und weinte an seiner Brust, aber die Tränen trösteten und beruhigten sie nicht. Sie fühlte nichts als eine furchtbare Leere. Jahrelang würde sie diese Leere nun ertragen müssen. Als alte Frau würde sie in einer jungen Welt leben und keinen Menschen mehr haben, der sie ganz verstand.

Auf der Veranda wurde Philip feierlich aufgebahrt. Judith ließ sich auf einem Diwan hinaustragen, als die Leute von Ardeith kamen, um den Toten zum letztenmal zu ehren.
Sie versammelten sich um das Haus. Einige von ihnen standen reglos

mit gesenktem Kopf, einige klagten oder sangen sonderbare geistliche Lieder, in denen sich Religion, Wudukult und Totenklage mischten.
Judiths Kinder und Enkel standen in einer Gruppe hinter ihr. Sie bemühten sich sehr um sie. Der kleine Sebastian hielt eine Flasche mit duftendem Wasser, womit er ein Taschentuch anfeuchtete. Dann reichte er es ihr, damit sie ihre Tränen trocknen konnte. Sie dankte ihm dafür, aber sie vergoß keine Träne mehr. Nur der eine Gedanke beherrschte sie: Diese Feier war ein weiterer Schritt auf dem Weg in die Einsamkeit.
Worte formten sich in ihrem Geist. »Philip war ihr Herr. Er war ihr Vater. Natürlich liebten sie ihn. Aber er war mein Mann. Wir beide gehörten zusammen. Verstehen sie das nicht? Können sie sich nicht vorstellen, was es bedeutet, wenn man sechsunddreißig Jahre zusammengelebt hat und dann plötzlich für immer auseinandergerissen wird? Ach, Philip, Philip!«
Aber er war tot. Steif und starr lag er auf dem Prunkbett, das mit weißer Seide ausgeschlagen und mit weißen Blumen bedeckt war.
David trat vor und läutete die Glocke. Tiefes Schweigen herrschte, als er dann zu reden begann.
»Hört zu, bevor ihr die Stufen heraufsteigt. Niemand soll um die Zukunft besorgt sein, weder unsere Leute noch die Aufseher. Niemand soll entlassen oder verkauft werden. Die Arbeit auf der Ardeith-Plantage soll weitergeführt werden, als ob der alte Herr noch unter uns wäre. Und nun kommt bitte herauf – einer nach dem anderen.«
Er ging zurück und trat neben die Bahre. Zuerst stiegen die Aufseher mit ihren Frauen und Kindern die Stufen hinauf. Sie trugen schwarze Kleider und hielten die Hüte in den Händen. An dem Diwan, auf dem Judith lag, blieben sie stehen.
»Wir drücken Ihnen unser tiefstes Beileid aus, Madame.«
»Eins dürfen Sie glauben, Mrs. Larne. Wir waren sehr stolz, daß wir für ihn arbeiten konnten.«
»Ich danke Ihnen.«

Einzeln gingen sie dann an dem Sarge vorbei.
Der Oberaufseher trat zu David und reichte ihm die Hand.
»Und Ihnen versprechen wir, daß wir alles, was wir für ihn getan haben, auch für Sie tun werden.«
Sie schüttelten sich die Hände. »Davon bin ich überzeugt«, erwiderte David. »Ich danke Ihnen sehr.«
»Sie wissen, daß es eine kleine Unruhe unter den Negern gegeben hat – aber das wird nicht wieder vorkommen. Sie sind alle sehr traurig darüber. Dieser weiße Nigger hat den ganzen Aufstand verschuldet.«
»Ja, das verstehe ich. Ich habe auch niemals an Ihrer Treue gezweifelt.«
»Ich danke Ihnen. Es ist sehr gütig von Ihnen, daß Sie das sagen.«
Dann kamen die Neger. Zuerst gingen auch sie an Judith vorbei. Die Männer setzten einen Fuß hinter den anderen, hielten den Hut in beiden Händen und machten eine tiefe Verbeugung. Die Frauen und Kinder knicksten tief.
»Miß Judith, wir sein schrecklich traurig, Mäm.«
»Er war ein guter Mann, alte Massa.«
»Wir Nigger immer Gott dem Herrn danken, daß wir Massa gehören.«
»Er sein jetzt aufgestiegen in glorreichen Himmel und sitzen auf goldenen Thron.«
»Ich wetten, große Jubel im Himmel, wenn er kommen.«
So gingen sie vorbei, einer nach dem anderen, und legten Blumensträuße aus ihren Gärten auf den Toten, bis er über und über mit Rosen und Lilien und purpurroten Wasserhyazinthen aus den kleinen Wasserbuchten bedeckt war.
Schließlich war alles vorüber. Sie trugen Judith ins Haus, denn sie war noch nicht kräftig genug, um auf den Kirchhof mitfahren zu können. Judith lag im großen Wohnzimmer, und Christine war bei ihr, falls sie etwas brauchen sollte. Sie wußte, was jetzt geschah. Sie würden ihn nach St. Margareten geleiten. Eine kleine, aus Baumstämmen zusammengefügte Kapelle, als Judith und Philip noch jung

waren, aber jetzt ein mächtiger Bau aus grauen Steinen, die man den Strom heruntergebracht hatte. Dort betteten sie Philip in dem Familiengrab der Larnes zur letzten Ruhe. Neben dem kleinen Philip, der vor siebzehn Jahren dort beigesetzt worden war. Ein Gedenkstein war für ihn errichtet, der die Daten seiner Geburt und seines Todes und einen Spruch aus der Heiligen Schrift trug. Judith dachte jetzt daran, welche Trauer und Bitterkeit sie gefühlt hatte, als sie den Grabstein bestellte.

Und jetzt würden sie einen anderen Stein auf dieses Grab setzen. Sie konnte ihn im Geiste vor sich sehen. »Philip Larne. 6. Juni 1744. Gestorben auf der Ardeith-Plantage in Louisiana am 23. September 1810. Kein Mensch lebt sich selbst, und keiner stirbt sich selbst . . .«

Warum hatte sie diesen Spruch gewählt? Warum nicht: »Selig sind die Toten, die in dem Herrn sterben«, oder einen anderen, der durch den dauernden Gebrauch fast seine Bedeutung verloren hatte? Sie wußte es nicht, aber der erste paßte so gut für Philip.

Allmählich nahm das Leben auf Ardeith auch ohne Philip wieder einen geordneten Gang. David hielt eine Besprechung mit den Aufsehern der Baumwollfelder ab. Bis dahin hatte er nichts mit der Baumwolle zu tun gehabt. Er sagte ihnen, sie möchten so bald wie möglich ihre schriftlichen Berichte einreichen, damit er sich unterrichten könne. Auf den am weitesten entfernt liegenden Feldern sollten sie mit der Ernte beginnen und sich auch um die Entkörnungsmaschinen kümmern, damit diese sich immer in gutem Zustande befänden.

Allmählich schloß sich die Lücke, die Philip hinterlassen hatte. Niemand vermißte ihn im Grunde. Nur in Judiths Leben war eine große Leere eingetreten.

Die anderen sagten es ihr nicht, aber bald erkannte sie selbst, daß ihr Knie niemals vollkommen heilen würde. Die Schmerzen würden sich verlieren, aber das Knie blieb verkrüppelt. Für den Rest ihres Lebens würde sie lahm bleiben und nie wieder in den Sattel steigen

können.
Aber das war alles nicht wichtig. Nichts war wichtig als dieses trostlose Gefühl des Alleinseins. David und Emily waren ehrerbietig und rücksichtsvoll, und ihre Enkel machten immer erst einen Knicks, bevor sie mit ihr sprachen. Sie war eine große Dame, reich an Jahren und Ehren. Sie stützte sich auf einen Stock mit goldenem Knopf, und sie trug eine Haube aus feinster Spitze über dem weißen Haar.
Eines Tages im Herbst klingelte sie und sagte der alten Christine, sie möchte die junge Frau rufen.
Emily kam an die Tür. Judith saß in einem großen Armsessel und hatte den Stock neben sich stehen.
»Ja, Mutter? Was möchtest du?«
»Komm herein, mein Kind.«
Als Emily näher trat, löste Judith den Schlüsselbund von ihrem Gürtel und reichte ihn Emily.
Die Hände der jungen Frau schlossen sich darum. Ohne daß es ihr zum Bewußtsein kam, weiteten sich ihre Augen, als ob sie in die Zukunft sehen könnte. Sie richtete sich auf und schien zu wachsen.
»Ich danke dir, Mutter.«
Sie war ein guter Charakter. Niemals würde sie ihre Schwiegermutter daran erinnern, wie nutzlos sie jetzt geworden war, niemals eine Bemerkung darüber machen, daß die alte Frau jetzt nicht mehr die Herrschaft führte.
»Ich hoffe, daß ich das Haus ebensogut verwalte, wie du es getan hast, Mutter.«
»Davon bin ich überzeugt. Und noch eins, Emily. Heute nachmittag lasse ich meine Sachen aus dem Hauptschlafzimmer bringen, und wenn es dir recht ist, richte ich das hintere Arbeitszimmer im unteren Stock als Schlafzimmer ein. Mit dem kranken Knie fällt es mir zu schwer, die Treppe hinaufzusteigen.«
»Selbstverständlich«, entgegnete Emily. »Und möchtest du nicht auch das Wohnzimmer nehmen, das nebenan liegt? Du mußt doch eins für dich allein haben.«
»Ich danke dir. Du bist sehr rücksichtsvoll.«

Emily warf einen Blick auf die Schlüssel in ihrer Hand, löste zwei von dem Bund und gab sie zurück. »Das sind die deinen.«
»O ja, das sind meine Zimmer. Ich danke dir, Emily.«
Als die junge Frau gegangen war, blieb Judith still am Fenster sitzen und schaute hinaus auf die Blumen und die Baumwollfelder, die dahinterlagen. Wie sonderbar war es doch, daß sie als kräftiges gesundes Farmermädchen den Fluß heruntergekommen war und mitgeholfen hatte, diese Wohnstätte und diese Kultur zu begründen, deren Hauptstärke darin beruhte, daß jeder wußte, was er vom anderen zu erwarten hatte. Aber obwohl sie einen so großen Anteil an dem Aufbau dieser Plantage gehabt hatte, wußte sie selbst jetzt noch nicht, wie das alles zustande gekommen war.
Es war so ruhig an diesem Nachmittag, daß sie die Neger auf den Baumwollfeldern singen hören konnte.

»Ich will regen meine Hände,
Wo die Baumwollfelder stehn,
Halleluja, Herre Jesus,
Ich bin geboren in diesem Land!«

Sie konnte sich kaum noch daran erinnern, daß diese Gegend früher eine dschungelhafte Wildnis gewesen war. Aber während ihrer Lebenszeit hatte sich diese große Wandlung vollzogen. Die Jahre waren so schnell vergangen, und nun war alles vorüber. Sie hatte diese unglaubliche Entwicklung miterlebt, ja sie selbst war ein Teil davon gewesen. Und nun war die Zeit gekommen, in der nichts mehr von ihr gefordert wurde.
Judith faltete die Hände über dem Knopf ihres Stockes und fühlte erstaunt, daß dieser Gedanke ihr Ruhe und Erleichterung brachte. Wenn man von dem lahmen Knie absah, war ihre Gesundheit ausgezeichnet. Wahrscheinlich würde sie noch viele Jahre weiterleben und sich an der Zivilisation und Kultur erfreuen können, die sie mit so viel Mühe und Arbeit geschaffen hatte. Nie wieder kamen große Aufregungen in ihr Leben. Die tiefen Freuden, die sie früher ge-

kannt hatte, würde sie nie mehr empfinden, aber sie würde auch nie wieder so schmerzlich leiden müssen, wie sie gelitten hatte.
Dieses Gefühl der Entspannung war köstlich. Ihre Kinder und Enkel mußten die gleichen Erfahrungen machen wie sie selbst, und sie war bei ihnen, wenn sie ihre Hilfe brauchten. Sie hatte Weisheit und Erfahrung gesammelt, denn sie hatte diesen Weg schon vor ihnen zurückgelegt. All ihr Wissen war klar, frei von überschwenglicher Freude und wildem Schmerz. Sie konnte unbesorgt ihren Rat geben, da sie nicht mehr von dem Irrtum der Jugend befangen war, daß die ganze Welt sich um sie selbst drehte.
Judith lächelte in ruhiger Siegesgewißheit, und verwundert erkannte sie, daß sie erst jetzt, nachdem die Schlüsselgewalt in andere Hände übergegangen war, Frieden gewonnen hatte.